Nathan Hill
Wellness

PIPER

Zu diesem Buch

Chicago 1993: Im rauen Stadtviertel Wicker Park begegnen sich Elizabeth Augustine und Jack Baker zum ersten Mal. Sie ist Studentin der Psychologie, er eingeschrieben am Art Institute of Chicago und mit seiner unkonventionellen Fotokunst dabei, eine vielversprechende Karriere zu beginnen. Jack stammt aus Kansas, aus der klaustrophobischen Enge einer Farmersfamilie, die ein großes Geheimnis mit sich trägt. Und Elizabeth gefällt genau das: dass Jack ohne Geld und einen materialistischen Hintergrund zu ihr kommt, den sie in ihrer eigenen Familie hassen gelernt hat. Die Augustines sind äußerst vermögend, aber sie haben nicht minder dunkle Geheimnisse zu verbergen.
Als Jacks Karriere stockt und Elizabeth sich in ihrem Beruf immer häufiger die Sinnfrage stellt, ziehen sie Bilanz und fragen jeder für sich, was die mittleren Jahre mit ihnen gemacht haben. Hat ihre Ehe noch eine Zukunft – und müssen sie sich nicht allmählich all den abgründigen Fragen stellen, um als Menschen zu überleben? Auch wenn das vielleicht das Ende ihrer Liebe bedeuten könnte?
»Wellness« ist der Eheroman für unsere Zeit und erzählt zum Beginn des Internetzeitalters in großherziger, hellsichtiger und kühner Manier von einer Welt ohne letzte Sicherheiten.

Nathan Hill, geboren 1978, gelang mit seinem ersten Roman »Geister« ein internationaler Bestseller, den die *New York Times*, *Slate* und die *Washington Post* als eines der besten Bücher des Jahres feierten und der in mehr als zwanzig Sprachen übersetzt wurde. Seine Erzählungen erschienen in namhaften Magazinen und waren für den Pushcart- und den Barthelme-Preis nominiert. Nathan Hill lebt in Naples, Florida.
Dirk van Gunsteren, geboren 1953, lebt als Literaturübersetzer in München. Er übersetzte u.a. Werke von Thomas Pynchon, J.S. Foer, Philip Roth und T.C. Boyle.
Stephan Kleiner, geboren 1975, lebt als literarischer Übersetzer in München. Er übertrug u.a. Bret Easton Ellis, Nick Hornby, Michel Houellebecq und Hanya Yanagihara ins Deutsche.

Nathan Hill

Roman

Aus dem Amerikanischen Englisch
von Dirk van Gunsteren und Stephan Kleiner

PIPER

Mehr über unsere Autorinnen, Autoren und Bücher:
www.piper.de

Wenn Ihnen dieser Roman gefallen hat, schreiben Sie uns unter Nennung des Titels »Wellness« an *empfehlungen@piper.de*, und wir empfehlen Ihnen gerne vergleichbare Bücher.

Inhalte fremder Webseiten, auf die in diesem Buch hingewiesen wird, macht sich der Verlag nicht zu eigen und übernimmt dafür keine Haftung.
Wir behalten uns eine Nutzung des Werks für Text und Data Mining im Sinne von § 44b UrhG vor.

Von Nathan Hill liegen im Piper Verlag vor:
Geister
Wellness

Ungekürzte Taschenbuchausgabe
ISBN 978-3-492-32137-2
April 2025
© Nathan Hill 2023
Titel der amerikanischen Originalausgabe:
»Wellness«, Alfred A. Knopf/Penguin Random House LLC, New York 2023
© der deutschsprachigen Ausgabe 2024:
Piper Verlag GmbH, Georgenstraße 4, 80799 München, *www.piper.de*
Für direkten Kontakt und Fragen zum Produkt wenden Sie sich an:
info@piper.de
By arrangement with the author. All rights reserved
Umschlaggestaltung: zero-media.net, München, nach einem Entwurf von Oliver Munday
Umschlagabbildung: Tara Moore / Getty Images
Satz: psb, Berlin
Gesetzt aus der Sabon
Druck und Bindung: CPI books GmbH, Leck
Printed in the EU

Für meine Eltern

Kommst Du?

Er wohnt allein im dritten Stock eines alten Backsteinhauses, ohne Ausblick auf den Himmel. Aus dem Fenster sieht er nur ihr Fenster, kaum mehr als eine Armlänge entfernt auf der anderen Seite der Gasse, wo sie im dritten Stock des alten Nachbarhauses wohnt. Keiner von beiden kennt den Namen des anderen. Sie haben nie miteinander gesprochen. Es ist Winter in Chicago.

In die enge Gasse fällt kaum Licht, ebenso wenig wie Regen oder Schnee, Graupel oder Nebel oder dieses knisternde, nasse Januarzeug, das die Einheimischen als *Wintermix* bezeichnen. Die Gasse ist dunkel und still und wetterlos. Sie ist scheinbar ohne jede Atmosphäre, eine in die Stadt gestickte Leerstelle mit dem einzigen Zweck, Dinge von anderen Dingen zu trennen – wie der Weltraum.

Sie ist zum ersten Mal an Heiligabend erschienen. Er ging früh zu Bett und tat sich schrecklich leid – der einzige Mensch in diesem lauten Gebäude, der nirgendwo anders hinkonnte –, als auf der anderen Seite der Gasse eine Lampe angeschaltet und das gewohnte gähnende Dunkel des Fensters durch einen schwachen warmen Lichtschein ersetzt wurde. Er stand auf, trat ans Fenster und spähte hinaus. Da war sie, richtete sich ein, zog mit raschen Bewegungen kleine, leuchtend bunte Kleider aus zwei großen, zueinanderpassenden Koffern. Ihr Fenster war dem seinen so nah, *sie* war ihm so nah – man hätte die Kluft zwischen ihren Wohnungen mit einem beherzten Sprung überwinden können –, dass er ein, zwei Meter zurückwich und sich im Dunkel verbarg. Doch in den vergangenen Wochen ist er öfter, als er sich eingestehen möchte, zu dieser Bühne vor seinem Fenster geschlichen. Manchmal sitzt er minutenlang im Dunkeln und sieht ihr zu.

Zu sagen, dass er sie schön findet, wäre zu einfach. Natürlich findet er sie schön – objektiv, klassisch, *offensichtlich* schön. Selbst ihr Gang – elastisch und beschwingt – verzaubert ihn. Sie gleitet in dicken Socken über den Boden, macht hier und da eine kleine Pirouette, sodass sich ihr Rock für einen Augenblick bauscht. An diesem tristen Ort bevorzugt sie Kleider, bunte, geblümte Sommerkleider, die gar nicht in die heruntergekommene Gegend und den kalten Winter passen. Sie schlägt die Beine unter, wenn sie in ihrem Plüschsessel sitzt; sie hat ein paar Kerzen angezündet, ihr Gesicht ist kühl und gelassen, sie hält in der einen Hand ein Buch, während die Finger der anderen über den Rand eines Weinglases streichen. Er sieht, wie sie das Glas berührt, und fragt sich, wie eine Fingerspitze so große Sehnsucht erzeugen kann.

Ihre Wohnung ist dekoriert mit Postkarten von Orten, wo sie, wie er annimmt, mal gewesen ist – Paris, Venedig, Barcelona, Rom –, und gerahmten Postern von Kunstwerken, die sie, wie er annimmt, im Original gesehen hat – David, die Pietà, das letzte Abendmahl, Guernica. Ihr Geschmack ist weit gefächert und schüchtert ihn ein. Er selbst hat noch nicht mal das Meer gesehen.

Sie ist eine unmäßige Leserin, sie liest zu allen Tages- und Nachtzeiten, schaltet um zwei Uhr morgens ihre gelbe Nachttischlampe ein und arbeitet sich durch große, unhandliche Fachbücher – Biologie, Neurologie, Psychologie, Mikroökonomie –, durch Dramen oder Gedichtsammlungen oder dicke Wälzer über Kriege und Imperien oder grau gebundene wissenschaftliche Veröffentlichungen mit unentzifferbaren Titeln. Sie hört Musik, klassische Musik nach der Art zu urteilen, wie sie den Kopf wiegt. Er versucht, Buchumschläge und Plattencover zu identifizieren, und eilt am nächsten Tag in die Bibliothek, um all die Autoren zu lesen, die ihr nachts den Schlaf rauben, und all die Symphonien zu hören, die sie unentwegt, wie es scheint, abspielt: die Haffner, die Eroica, die Aus der Neuen Welt, die Unvollendete, die Fantastique. Er stellt sich vor, dass er, wenn sie tatsächlich mal miteinander sprechen, irgendetwas über die Symphonie fantastique sagen wird, und sie wird beeindruckt sein und sich in ihn verlieben.

Wenn sie tatsächlich miteinander sprechen.

Sie ist genau der kultivierte, weltgewandte Mensch, den er in dieser beängstigend großen Stadt zu finden gehofft hat. Der offensichtliche Fehler in diesem Plan ist, wie ihm jetzt bewusst wird, dass eine so kultivierte, weltgewandte Frau wie sie keinerlei Interesse an einem so provinziellen und gewöhnlichen Burschen wie ihm haben kann.

Sie hatte nur einmal Besuch. Einen Mann. Bevor er kam, verbrachte sie erschreckend viel Zeit im Badezimmer, probierte sechs Kleider an und entschied sich schließlich für das engste, ein dunkelrotes. Sie steckte ihr Haar auf. Sie legte Make-up auf, wusch es wieder ab, legte es erneut auf. Sie duschte zweimal. Sie sah vollkommen fremd aus. Der Mann brachte ein Sixpack Bier mit, und sie verbrachten zwei, wie es schien, unerfreuliche, unheitere Stunden. Beim Abschied schüttelten sie sich die Hand. Danach kam er nicht mehr.

Als er gegangen war, zog sie sich ein schlunziges altes T-Shirt an, aß Frühstücksflocken ohne alles und saß wie in einem Anfall innerer Trägheit da. Sie weinte nicht. Sie saß nur da.

Über die sauerstofflose Gasse hinweg beobachtete er sie und fand, dass sie in diesem Augenblick schön war, obgleich das Wort »schön« mit einem Mal zu klein schien, um die Situation zu beschreiben. *Schönheit hat ein öffentliches und ein privates Gesicht,* dachte er, *und es geschieht leicht, dass*

das eine das andere auslöscht. Auf eine Postkarte von Chicago schrieb er: *Bei mir müsstest du dich nicht verstellen.* Er warf sie weg und versuchte es erneut: *Du müsstest niemals jemand sein, der versucht, jemand anderes zu sein.*
Aber er hat sie nicht abgeschickt. Er schickt sie nicht ab.
Manchmal bleibt ihre Wohnung dunkel, und er verbringt den Abend für sich – seinen gewöhnlichen, hermetischen Abend – und fragt sich, wo sie wohl ist.
Dann beobachtet sie ihn.
Sie sitzt im Dunkel, er kann sie nicht sehen.
Sie beobachtet ihn, studiert ihn, bemerkt seine Stille, seine Ruhe, die bewundernswerte Tatsache, dass er stundenlang mit gekreuzten Beinen auf dem Bett sitzt und liest. Er ist immer allein dort drinnen. Seine Wohnung – eine trostlose kleine Schachtel mit kahlen weißen Wänden, einem Bücherregal aus Brettern und Ziegelsteinen und einem Futon auf dem Boden – ist kein Ort, wo man Gäste empfängt. Wie es scheint, hält die Einsamkeit ihn umschlossen wie ein Knopfloch.
Zu sagen, dass sie ihn gut aussehend findet, wäre zu einfach. Sie findet, dass er insofern gut aussieht, als ihm nicht bewusst zu sein scheint, dass er gut aussehen könnte: Ein dunkler Spitzbart verbirgt ein zartes Kindergesicht, weite Pullover verhüllen einen knabenhaften Körper. Sein Haar war vor Jahren kurz geschnitten und fällt ihm nun in fettigen, kinnlangen Strähnen ins Gesicht. Sein Kleidungsstil ist apokalyptisch: fadenscheinige schwarze Hemden, schwarze Kampfstiefel und dunkle Jeans, die dringend geflickt werden müssten. Sie sieht nichts, was darauf hindeutet, dass er eine einzige Krawatte besitzt.
Manchmal steht er vor dem Spiegel, mit nacktem Oberkörper, bleich und unzufrieden. Er ist so *klein* – schmächtig und anämisch und dürr wie ein Junkie. Er lebt von Zigaretten und gelegentlichen Mahlzeiten, meist ist es irgendwas aus einer Schachtel, in Plastik verpackt, für die Mikrowelle, manchmal auch etwas Getrocknetes, das mithilfe von Wasser

zu etwas grenzwertig Essbarem wird. Wenn sie das sieht, hat sie dasselbe Gefühl wie beim Anblick der Tauben, die sich auf den tödlichen, stromführenden Drähten der Hochbahn niederlassen.

Er braucht Gemüse.

Kalium und Eisen. Fasern und Fruktose. Feste, knusprige Körner und Säfte in allen Farben. All die Elemente und Elixiere eines gesunden Lebens. Sie möchte eine Ananas mit Geschenkband umwickeln und ihm schicken. Mit einem Kärtchen. Jede Woche ein anderes Stück Obst. Auf dem Kärtchen würde stehen: *Tu dir das nicht an.*

Beinahe einen Monat lang verfolgt sie, wie Tattoos sich efeugleich auf seinem Rücken ausbreiten und in einem Aufruhr aus Mustern und Farben an seinen schlanken Armen hinunterwachsen. Sie denkt: *Ich könnte damit leben.* Tatsächlich hat so ein auffallendes Tattoo ja auch etwas Beruhigendes, besonders eins, das man sogar dann sehen kann, wenn der Besitzer ein zugeknöpftes Arbeitshemd trägt. Es verrät Selbstbewusstsein, findet sie, es spricht von einem Menschen, der starke Überzeugungen hat, im Gegensatz zu ihr mit ihrer täglichen inneren Krise und der Frage, die sie verfolgt, seit sie nach Chicago gekommen ist: *Wer werde ich werden?* Oder vielleicht genauer: *Welches von meinen vielen Ichs ist das echte?* Der Junge mit den aggressiven Tattoos scheint einen neuen Weg zu weisen – er könnte ein Mittel gegen ihre Angst vor der Zersplitterung sein.

Er ist ein Künstler, so viel ist klar, denn meist sieht sie ihn Farben und Lösemittel, Tinkturen und Lasuren mischen, er fischt Fotopapier aus chemischen Lösungen oder beugt sich über einen Lichttisch und vergleicht Negative mithilfe einer kleinen runden Lupe. Sie staunt, wie lange er das tun kann. Er verbringt eine ganze Stunde damit, zwei Negative zu vergleichen, starrt auf das eine, dann auf das andere, dann wieder auf das erste, immer auf der Suche nach dem perfekten Bild. Und wenn er es gefunden hat, kreist er es mit einem roten Fettstift ein und streicht alle anderen durch, und ihr gefällt diese Entschlossenheit: Wenn er sich für ein Bild, ein Tattoo, einen bohemienhaften Lebensstil entscheidet, dann tut er das aus vollem Herzen. Das ist etwas, um das sie ihn beneidet, das sie begehrt – sie, die nicht mal die einfachsten Dinge entscheiden kann: Was soll sie anziehen, was soll sie studieren, wo soll sie leben, wen soll sie lieben, *was soll sie mit ihrem Leben anfangen?* Der Geist dieses Jungen scheint ruhig, weil er auf ein hohes Ziel gerichtet ist; sie hingegen fühlt sich wie eine Bohne, die aus ihrer Schote springen will.

Er ist genau der trotzige, leidenschaftliche Mensch, den sie in dieser abgelegenen Stadt finden wollte. Der offensichtliche Fehler in diesem Plan ist, wie ihr jetzt bewusst wird, dass ein so trotziger, leidenschaftlicher Mann wie er keinerlei Interesse an einer so konventionellen Frau wie ihr haben kann.

Also sprechen sie nicht miteinander, und die Winternächte vergehen glazialisch langsam, das Eis überzieht die Äste der Bäume wie Seepocken. Den ganzen Winter geht das so: Wenn sein Licht aus ist, beobachtet er sie, wenn ihr Licht aus ist, beobachtet sie ihn. Und an den Abenden, an denen sie nicht zu Hause ist, sitzt er da und fühlt sich niedergeschlagen, vielleicht sogar ein bisschen verzweifelt, und er sieht zu ihrem Fenster und hat das Gefühl, als würde seine Zeit ihm durch die Finger rinnen, als wären alle Gelegenheiten verstrichen, als wäre er dabei, das Rennen gegen das Leben, das er gern führen würde, zu verlieren. Und an den Abenden, an denen er nicht zu Hause ist, sitzt sie da und fühlt sich verlassen, wieder mal rüde gestoßen von der Welt da draußen, und sie starrt auf sein Fenster wie auf ein Aquarium und hofft, dass aus dem Zwielicht irgendetwas Wunderbares erblüht.

Da sind sie also, im Schatten. Draußen fällt plump und lautlos der Schnee. Drinnen hocken sie in ihren kleinen, getrennten Wohnungen, in ihren heruntergekommenen alten

Häusern. Beide haben das Licht gelöscht. Beide warten auf die Rückkehr des anderen. Sie sitzen nicht weit vom Fenster entfernt und warten. Sie starren über die Gasse in eine dunkle Wohnung, und sie wissen es nicht, aber sie starren einander an.

Die Gebäude waren nie dazu gedacht, bewohnt zu werden. Seines war ursprünglich eine Fabrik. Ihres ein Lagerhaus. Wer immer sie errichtet hat, ging nicht davon aus, dass einmal Menschen hier wohnen würden, daher gibt es keinen Ausblick. Beide Gebäude stammen aus den 1890er-Jahren, waren bis in die 1950er-Jahre profitabel, wurden in den 1960er-Jahren aufgegeben und stehen seither leer. Das heißt bis jetzt, im Januar 1993, denn sie sind besetzt und reanimiert worden – billige Wohnungen und Studios für die darbenden Künstler der Stadt –, und sein Job ist es, das zu dokumentieren.

Er soll das Gedächtnis des Gebäudes sein, den desolaten Zustand vor der Renovierung protokollieren. Bald werden die Arbeiter kommen – wobei die Bedeutung des Wortes »Arbeiter« sehr weit gefasst ist, um die Dichter und Maler und Bassgitarristen zu beschreiben, die diese Arbeiten als Gegenleistung für ihre reduzierten Mieten ausführen werden –, sie werden den Müll entsorgen, putzen, schleifen, malen und lackieren, um das alles hier einigermaßen bewohnbar zu machen. Und darum streift er durch die schmutzigsten, heruntergekommensten Winkeln der ehemaligen Fabrik, geht mit einer geborgten Kamera herum und fotografiert die Ruinen, den verklumpten Bodensatz von drei Jahrzehnten Vernachlässigung.

Er ist im vierten Stock und geht durch lange Korridore. Jeder Schritt wirbelt einen Staubnebel auf. Er fotografiert den Schmutz, das allgegenwärtige Geröll aus herabgefallenen Kacheln, Putz und Backsteinen. Er fotografiert die kunstvollen Graffiti. Er fotografiert die zerbrochenen Fensterscheiben, die zu faserigen Streifen zerfallenen Vorhänge. Er fürchtet, er könnte auf einen schlafenden Obdachlosen stoßen, und überlegt, ob er möglichst leise oder möglichst laut sein soll.

Er bleibt stehen, als ihm etwas ins Auge fällt: ein Sonnenstrahl auf einer Wand. Der Lichtstreifen bescheint die abblätternde, von Tausenden winzigen Rissen und Fissuren durchzogene Wandfarbe. Sie ist vor hundert Jahren aufgetragen worden, doch jetzt befreit sie sich. Die Textur erinnert ihn an das Craquelé auf den Porträts niederländischer Meister. Sie erinnert ihn auch – viel prosaischer – an den kleinen Teich auf dem Land seines Vaters, der in Dürresommern trockenfiel, sodass der feuchte Schlamm zum Vorschein kam, und der wurde in der Sonne hart und zerbrach zu kleinen Fraktalen aus Erde. Diese Wandfarbe sieht genauso aus wie die zerrissene Erde, und er fotografiert sie in einem schiefen Winkel, damit der Blick des Betrachters in die durchfurchte Tiefe gezogen wird. Es ist weniger ein Foto *von* etwas als vielmehr ein Foto *über* etwas: über Zeit, Veränderung, Transfiguration.

Er geht weiter. Er beschließt, laut zu sein, denn in diesen Schuhen wird er wohl kaum schleichen können. Es sind stabile, mit Stahl verstärkte Stiefel, die er billig in einem Army-Store gekauft hat, und so etwas braucht man hier, denn hin und wieder steht ein Nagel aus dem Boden, oder es liegen Scherben herum, Zeugnisse einer wilden Nacht, in der ein paar Bierflaschen draufgegangen sind. Außerdem sollte er wohl eine Maske tragen, denkt er, denn die Luft ist voll Staub – Staub und Dreck, vermutlich auch Schimmelpilzsporen, toxischen Bleimolekülen und unfreundlichen Mikroben. Es ist ein unbewegter Feinstaubdunst, der das durch einige Fenster einfallende Sonnenlicht in bleiche Balken verwandelt. In der Landschaftsfotografie nennt man das »Jesuslicht«, aber hier ist es blasphemischer. Staublicht vielleicht.

Und dann die Nadeln. Er findet eine Menge davon, kleine, methodisch angelegte Häufchen in den dunklen Ecken, mühsam gesammelt und leer bis auf das schwarze Klümpchen am Ende der Kanüle, und er fotografiert sie mit der geringsten Schärfentiefe, die die Kamera hergibt, damit das Bild beinahe nur ein verschwommenes Durcheinander zeigt, was, wie er findet, sehr treffend den Zustand des armen Menschen heraufbeschwört, der hier gesessen und sich nach einem Schuss gesehnt hat. Dem Heroin ist diese Gegend in einer seltsamen Hassliebe verbunden: Man schüttelt zwar den Kopf über die Spritzen, die man im Park findet, und über die leer stehenden Gebäude, die allgemein als »Schießbuden« bekannt sind, weil da so viele Junkies hausen, aber die meisten Künstler in seinem Haus, die sich darüber beklagen, sehen so aus, als würden sie ebenfalls Heroin nehmen. Und zwar regelmäßig. Sie haben dieses magere, strähnige, hohläugige, farblose Erscheinungsbild von Leuten, die oft high sind. Und so ist er auch zu dieser Wohnung gekommen. Der Vermieter hat ihn bei seiner ersten Ausstellung angesprochen. »Bist du Jack Baker?«

»Ja.«

»Du bist der Fotograf?«

»Ja.«

Es war die Herbstausstellung der School of the Art Institute of Chicago. Ausgestellt wurden die Arbeiten des neuen Jahrgangs, und unter diesen etwa zwei Dutzend Studenten war Jack der einzige, der hauptsächlich Landschaftsfotos machte. Die anderen waren expressionistische Maler von überragendem Talent oder schufen aus den verschiedensten Objekten aufwendige Skulpturen oder machten Videoinstallationen aus komplex gekoppelten Kameras und Bildschirmen.

Jack dagegen machte Polaroids.

Von Bäumen.

Die Bäume zu Hause, auf der Prärie, waren dem Wetter ausgesetzt: Sie neigten sich zur Seite, gebeugt vom unablässigen Wind.

Neun dieser Polaroids waren in einem Quadrat von einem Meter Seitenlänge an die weiße Wand geklebt. Jack stand bereit für den Fall, dass jemand eine Frage zu seinen Fotos hatte, aber niemand hatte eine. Dutzende gut gekleideter Sammler waren vorbeigegangen, doch dann sprach ihn ein blasser Mann mit einem löchrigen weißen Pullover und nachlässig geschnürten Arbeitsstiefeln an. Er hieß Benjamin Quince, studierte im siebten Studienjahr im Masterstudiengang Neue Medien und arbeitete an seiner Masterarbeit, was für einen Neuling wie Jack nach gewaltigen akademischen Leistungen klang. Benjamin war buchstäblich der Erste, der Jack eine Frage zu seinem Werk stellte. Sie lautete: »Tja. Bäume?«

»Wo ich herkomme, weht immer ein starker Wind«, sagte Jack. »Darum wachsen die Bäume schief.«

»Ich verstehe«, sagte Benjamin, kniff hinter großen runden Brillengläsern die Augen zusammen und rieb sich den spärlichen Kinnbart. Sein löchriger Pullover hatte ein paar Flecken, und sein dünnes, gelbbraunes Haar war ungewaschen und auf eine Länge gewachsen, die häufiges Hinters-Ohr-Streichen erforderte. Er sagte: »Und woher kommst du?«

»Kansas«, sagte Jack.

»Ah«, sagte Benjamin heftig nickend, als hätte Jack damit etwas Bedeutsames bestätigt. »Das Herz Amerikas.«

»Ja.«

»Amerikas Kornkammer.«

»Stimmt.«

»Kansas. Mais oder Weizen? Ich kann's mir nicht merken.«

»Kennst du das Lied ›Home on the Range‹?«

»Klar.«

»So ungefähr ist es da, wo ich herkomme.«

»Gut, dass du's geschafft hast, da wegzukommen«, sagte Benjamin, blinzelte und musterte die Polaroids. »Ich wette, kein Mensch interessiert sich für diese Bilder.«

»Vielen Dank.«

»Das sollte kein Werturteil sein. Ich will damit nur sagen, dass deine Fotos bei dem Publikum hier vermutlich nicht ankommen. Hab ich recht?«

»Die meisten bleiben zwischen einer und drei Sekunden stehen, lächeln freundlich und gehen weiter.«

»Weißt du, warum?«

»Eigentlich nicht.«

»Weil Polaroids keinen bezifferbaren Wert haben.«

»Wie bitte?«

»Sie verkaufen sich nicht. Kein Polaroid ist je bei Sotheby's versteigert worden. Es sind Massenprodukte für den Augenblick. Die Chemikalien zersetzen sich, die Bilder verschwinden. Ein Polaroidfoto ist nicht beständig. Diese Leute hier« – Benjamin machte eine unbestimmte Geste, die alle anderen im Raum einschloss – »nennen sich Sammler, aber die bessere Bezeichnung wäre wahrscheinlich Investoren. Es sind Handlanger des Kapitalismus. Sie sind darauf aus, billig zu kaufen und teuer zu verkaufen. Dein Problem ist, dass ein Polaroid niemals einen hohen Preis erzielen wird.«

»Daran habe ich noch nie gedacht.«

»Gut für dich.«

»Mir haben in erster Linie die Bäume gefallen.«

»Ich muss sagen, ich bewundere deine Authentizität. Du bist keiner von diesen sich anbiedernden Schleimscheißern. Das gefällt mir.« Benjamin trat näher, legte die Hand auf Jacks Schulter und sagte im Flüsterton: »Hör mal, mir gehört ein Gebäude in Wicker Park. Eine alte Gießerei. Hab ich für einen Dollar gekauft, die Bank wollte das Ding unbedingt loswerden. Kennst du Wicker Park?«

»Eigentlich nicht.«

»In der North Side. Etwa eine Viertelstunde mit dem Zug. Sechs Stationen mit der Blue Line, und du bist in einer vollkommen anderen Welt.«

»Inwiefern anders?«

»Vor allem echt. Es ist eine Gegend mit Substanz. Wo die echte Kunst passiert, nicht dieser Quatsch für den Stiftungsrat. Und echte Musik, nicht dieser angepasste Scheißdreck aus dem Radio. Ich renoviere mein Gebäude von Grund auf und mache daraus eine Genossenschaft für Künstler. Ich werde es *The Foundry* nennen. Sehr exklusiv, Mitgliedschaft nur auf Einladung. Kein Mainstream, nichts Konventionelles, keine Verbindungsstudenten, keine Yuppies.«

»Klingt nett.«

»Nimmst du Heroin?«

»Nein.«

»Aber du siehst aus, als wärst du ein Junkie. Perfekt. Willst du einziehen?«

Es ist das erste Mal in Jacks Leben, dass es für ihn von Vorteil ist, schwach und mager zu sein. Er findet, dass er an einem aufregenden Ort gelandet ist, und trotz des schlechten Zustands des Hauses, trotz der Dunkelheit und Trostlosigkeit und der brutalen Kälte des Chicagoer Winters, trotz der vielen Überfälle in dieser Gegend, trotz der angeblichen Dealer im Park und der Gangs mit ihren komplizierten Rivalitäten und gelegentlichen Kämpfen gefällt es ihm. Es ist der erste Winter, den er nicht zu Hause verbringt, und er kann gar nicht fassen, wie lebendig er sich hier fühlt, wie überaus und wirklich und zum ersten Mal frei. Die Stadt ist laut und schmutzig, teuer und gefährlich, aber sie gefällt ihm. Besonders der Lärm, das Donnern der Hochbahn, das Hupen der ungeduldigen Taxifahrer, das Kreischen der Polizeisirenen, das Stöhnen, mit dem das Eis auf dem See gegen den Beton der Uferbefestigung drückt. Und ihm gefallen die Nächte, wenn der Lärm verstummt, wenn die Stadt stillgelegt ist, erstickt von einem Schneesturm, der den dicksten, langsamsten Schnee ablädt, den er je gesehen hat. Dann sind die Wagen am Straßenrand unter der weißen Schicht begraben, der Himmel ist wie ein im Widerschein der Straßenbeleuchtung orangerot schimmernder Stoff, und jeder Schritt wird von einem befriedigenden, urtümlichen Knirschen begleitet. Ihm gefällt die Stadt am Abend, besonders wenn er das Art Institute verlässt und die Michigan Avenue und diese großartige Skyline sieht, diese Gebäude, deren Spitzen an bedeckten Tagen die Wolken berühren, die gewaltigen flachen Fassaden mit den Hunderten winzigen gelben Rechtecken, hinter denen Handel und Wandel der Stadt Überstunden machen.

Es ist ein seltsames Gefühl, die eigene Lebendigkeit zu spüren, vielleicht zum allerersten Mal, und zu begreifen, dass das Leben bis zu diesem Punkt eigentlich nicht gelebt, sondern ertragen worden ist.

In Chicago sieht er zum ersten Mal Kunst (wo er herkommt, gibt es keine Museen); er geht zum ersten Mal in ein Theater (er war nie auf einer Schule, in der ein Stück aufgeführt wurde); er isst Speisen, die er noch nie probiert hat (und denen er bis jetzt auch nie begegnet ist: Pesto, Pita, Empanada, Pirogi, Baba Ghanoush); er hört zu, wenn Kommilitonen ernsthaft darüber diskutieren, wer besser ist: John Ashbery oder Frank O'Hara? Arne Naess oder Noam Chomsky? David Bowie oder buchstäblich jeder andere? (Themen, die einem zu Hause bloß verständnislose Blicke und womöglich Schläge eingebracht hätten.) Für den Rest seines Lebens werden die Songs, die in diesem Winter veröffentlicht werden, dieses Gefühl von Freiheit und Entfaltung heraufbeschwören. Rage Against the Machine mit ihrem »Fuck you, I won't do what you tell me!« bringen sein Ethos ziemlich genau auf den Punkt, aber auch die billigen Hits, die von den Kommerzsendern gespielt werden, sind mit Bedeutung erfüllt, Songs wie »Life Is A Highway« und »Right Now« und »Finally« und diese *Aladin*-Melodie, die andauernd im Radio gespielt wird und langsam zu Jacks privater Chicago-Hymne wird. Es ist tatsächlich *eine vollkommen andere Welt*.

(Er würde niemals zugeben, dass er manchmal heimlich einen Song aus einem Disney-Zeichentrickfilm vor sich hin summt und ihn unter der Dusche sogar singt und dass der

Text für ihn sehr bedeutsam ist und er Kraft daraus schöpft. Nein, das wird er mit ins Grab nehmen.)

Er liebt den Lärm der Stadt, weil der etwas Beruhigendes hat: Er spricht von Menschen, Nachbarn, Landsleuten. Es hat auch etwas Großartiges, unempfindlich gegen den Lärm der urbanen Nacht zu werden, friedlich durchzuschlafen, ohne beim Klang der Hupen und Stimmen, der Alarmanlagen und Polizeisirenen auch nur zusammenzuzucken – das ist ein aussagekräftiger Messwert für Transzendenz. Zu Hause war das einzige Geräusch das leise Atmen des unablässigen, gleichförmigen Präriewindes. Manchmal, nach Sonnenuntergang, konnte man unter dem Wind das Bellen und Heulen der Kojoten hören, die nachts das Land durchstreiften. Und hin und wieder, es war unheimlich, verstummte das Heulen eines Rudels ganz plötzlich, bis auf eine Stimme, und die wurde eindringlicher, mehr wie ein Schrei, und dann klagender, mehr wie ein Weinen, und Jack, der noch wach lag und es hörte, obwohl er sich die Decke über den Kopf gezogen hatte, wusste genau, was das war: Ein Kojote hatte sich im Zaun verfangen.

Folgendes war passiert: Manchmal springen Kojoten an einem Stacheldrahtzaun nicht hoch genug, und dann bleiben sie mit den Hinterbeinen am obersten Draht hängen, genau da, wo die Beine in den Rumpf übergehen und, wie bei den meisten Hundeartigen, einen verhängnisvollen Winkel bilden. Die Vorderpfoten recken sich paddelnd, reichen aber nicht ganz bis zum Boden, die Hinterbeine rudern in der Luft, und da hängen sie, ganz gleich, wie kraftvoll sie treten, denn die Gelenke von Kojoten sind nicht so beweglich wie die anderer Tiere, die sich aus einer solchen Lage befreien können. Kojoten können ihre Hinterbeine, die ausschließlich für die Vorwärtsbewegung gemacht sind, nicht weit genug nach hinten strecken, und so hängen sie da, die ganze Nacht. Und weil sie an einem Stacheldraht hängen, ist die Wahrscheinlichkeit groß, dass sich einige scharfe Stacheln in ihren Bauch bohren, in den weichsten und empfindlichsten Teil ihres Körpers, und je mehr sie treten und zucken und zappeln, desto tiefer bohren sich die Stacheln in ihre Eingeweide, und so sterben sie dann schließlich: Sie verbluten, und der Wind trägt ihre Schreie kilometerweit. Morgens sah Jack sie dort hängen wie Wäsche an einer Leine.

Im Vergleich dazu sind die Sirenen von Chicago geradezu ein Segen. Sogar die Überfälle sind ein, wie ihm scheint, angemessener Eintrittspreis für diese Welt.

Jack ist noch nicht ausgeraubt worden. Seit er nach Wicker Park gezogen ist, hat er eine Aufmachung perfektioniert, von der er hofft, dass sie diese Burschen abschreckt, ein semigefährliches Erscheinungsbild aus gebrauchten Klamotten von der Heilsarmee, einer Armladung Tattoos, ungekämmtem Haar, einem urban marschierenden Schritt, dem harten, entschlossenen Blick und der Zigarette, die er praktisch immer zwischen den Lippen hat. All das signalisiert, wie er hofft: *Verpiss dich!* Er will nicht ausgeraubt werden, und doch ist ihm klar, dass die bloße Möglichkeit, ausgeraubt zu werden, auf eine seltsame Art dazugehört und einen Teil der Attraktion ausmacht. Die Künstler, die hierherkommen, tun das nicht trotz der Gefahren, die hier drohen, sondern genau deswegen. Laut Benjamin Quince (der sich abendelang über dieses Thema verbreiten kann) ist Wicker Park Chicagos Antwort auf Montmartre: billig, schmutzig, heruntergekommen und daher lebendig.

Also wird der Schmutz gepriesen, und Jack macht Fotos, die genau das festhalten sollen: Schmutz und Schmodder. Er sucht in den Korridoren und ehemaligen Büros und Lagerräumen im vierten Stock nach Spuren eines Lebens am Rand. Die abblätternde Wandfarbe. Die liegen gelassenen Spritzen. Die zerbrochenen Fensterscheiben. Die bräunlich verfärbten Vorhänge. Die bröckelnden Wände. Den Staub, der sich in all den Jahren so verdichtet hat, dass er nicht mehr wie Staub, sondern eher wie Sand ist.

»Das ist so was von abgefahren«, sagt Benjamin später, als er die Fotos sieht.

Die beiden stehen an einem Tag im tiefsten Winter auf dem Dach des Genossenschaftshauses. Jack bläst warme Luft in seine kalten, halb geschlossenen Hände. Er hat wie immer seine dünne schwarze Seemannsjacke an und darunter sämtliche Pullover, die er besitzt. Benjamin trägt einen Parka, der so voluminös ist, dass er wie ein Ballon wirkt. Seine Wangen sind rosig wie eine Wassermelone, und der Parka sieht warm und weich aus und ist vermutlich mit Daunen gefüllt, einem Material, von dem Jack schon gehört hat, das er aber nicht genauer definieren könnte.

Benjamin sieht sich die Fotos an, und Jack betrachtet die graue Gegend, die vereinzelten Fußgänger und Wagen, die schmutzigen Schneehaufen sowie die schnurgerade auf ihren Fluchtpunkt am Seeufer ausgerichteten Straßen und Gassen. Sie stehen auf der Ostseite des Gebäudes, der Seite, die zu dem Mädchen im Fenster zeigt. Der Namenlosen. Jack sieht hinab in ihre Wohnung. Die Frau ist nicht da, aber diese neue Perspektive ist eigenartig aufregend. Er stellt fest, dass sie auf den Boden vor dem Fenster einen Teppich gelegt hat – das kann er von seinem üblichen Beobachtungspunkt im dritten Stock nicht sehen. Diese neue Information erscheint ihm sehr bedeutsam: *Sie ist eine Frau, die Teppiche kauft.*

Er will alles über sie wissen. Doch er hat niemanden nach ihr gefragt, denn er weiß nicht, wie er das anstellen soll, ohne zu verraten, dass er sie gelegentlich beobachtet, eine Tatsache, für die er sich allerdings nur insofern schämt, als er weiß, dass andere es verwerflich fänden.

Benjamin bewundert noch immer die Fotos und sagt: »Die müssen wir ins Internet stellen.«

»Okay«, sagt Jack, während direkt unter ihnen ein Mann in die Gasse einbiegt. Er schleppt eine große schwarze Reisetasche, und die Tatsache, dass er wankt, deutet darauf hin, dass entweder die Tasche sehr schwer oder er sehr betrunken ist.

Jack sagt: »Was ist das Internet?«

Benjamin sieht zum ersten Mal von den Fotos auf. »Im Ernst?«

»Ja. Was ist das?«

»Das Internet. Du weißt schon – der Informations-Superhighway. Das digitale hypertextuelle globale Cyberspace-Ding.«

Jack nickt und sagt: »Damit kann ich, ehrlich gesagt, auch nicht viel anfangen.«

Benjamin lacht. »Benutzt man in Kansas noch keine Computer?«

»Meine Eltern haben nie eingesehen, wozu das gut sein soll.«

»Tja, na ja, das Internet. Wie soll ich es erklären?« Benjamin denkt einen Augenblick nach und sagt: »Du kennst diese Zettel, die die Leute an Telefonmasten tackern?«

»Ja.«

»Das Internet ist wie diese Zettel, nur dass sie nicht an einem Telefonmast stecken, sondern im Telefon.«

»Verstehe ich nicht.«

»Stell dir vor, dass sich diese Zettel im Telefondraht befinden und mit Lichtgeschwindigkeit verschickt werden, und jeder Zettel ist mit allen anderen verbunden, dynamisch, kommunikativ und für jeden zugänglich.«

»Für jeden?«

»Für jeden, der einen Computer und ein Telefon hat. Ich hatte Besucher aus England, Australien, Japan.«

»Wieso interessieren Leute aus Japan sich für deine Zettel?«

»Außenseiter gibt's überall, mein Freund. Die Unverstandenen, die Unbeliebten, die Freaks. Im Internet finden wir einander. Es ist wie eine wunderbare alternative Welt. Man braucht sich den konformistischen Regeln dieser Welt nicht mehr zu beugen. Du kannst dein wildes, schräges Ich sein. Darum gibt es im Internet mehr Ehrlichkeit, weniger Betrug. Es ist wirklicher.«

»Wirklicher als was?«

»Als die Welt. Dieses fabrizierte Konstrukt, dieses Goldfischglas, in dem wir leben. Dieser ganze kommerzialisierte, Gedanken kontrollierende Unterdrückungsapparat.«

»Mann, das muss ja ein Wahnsinnszettel sein, den du da getackert hast.«

»Absolut auf der Höhe der Zeit.«

»Und worum geht's da? Die *Foundry*?«

»Irgendwie schon, aber auch um die Gegend und die Energie hier, all diese Anti-Establishment-Schwingungen. Willst du mal sehen?«

»Klar.«

»Ich zeig dir, wie das geht. Ich werde dein Internet-Sherpa sein und dich aus den Achtzigern holen.«

»Danke.«

»Du solltest für mich arbeiten. Ich brauche Bilder. Fotos von Bars, Bands, Partys. Von coolen Leuten, die coole Sachen machen. So was in der Art. Meinst du, das kriegst du hin?«

»Ich glaube schon.«

»Super!«, sagt Benjamin, und so kommt es, dass Jack einen Job in der New Economy hat, auch wenn er nicht ganz versteht, was das bedeutet.

Der Mann unter ihnen bleibt am Fahrradständer hinter dem Haus stehen. Er mustert leicht schwankend die vielen festgeketteten Fahrräder. Dann stellt er die Tasche ab, öffnet den Reißverschluss und holt einen langen Bolzenschneider hervor, mit dem er rasch und geübt den Bügel des Schlosses an einem der teureren Räder mit Zehngangschaltung durchschneidet.

»Heh!«, ruft Jack.

Der Mann fährt erschrocken herum und sieht die Gasse hinunter. Dann geht sein Blick über die Fenster des Gebäudes, und schließlich schirmt er die Augen mit der Hand ab und entdeckt sie dort oben auf dem Dach, fünf Stockwerke über ihm. Er lächelt und winkt. Es ist ein großes, ausladendes Winken, als wären sie alte Freunde.

Was können sie schon tun? Jack und Benjamin winken zurück. Und dann sehen sie zu, wie der Mann den Bolzenschneider in der Tasche verstaut und sie sich über die Schulter hängt, bevor er auf das nunmehr befreite Fahrrad steigt und davonfährt.

Benjamin lächelt, sieht Jack an und sagt: »Das war so was von scheißwirklich.«

Sie steht in einer der Ecken einer weiteren lauten Bar, eingeladen von einem weiteren Typen mit großen Meinungen, und soll wieder einmal eine Band hören, die sie, wie man ihr sagt, lieben wird. Heute Abend ist sie im Empty Bottle, der Bar an der Western Avenue mit der großen Leuchtreklame für Old Style Beer und einer Markise, auf der MUSIK/FREUNDLICH/TANZ steht.
Im Augenblick stimmt nur eine dieser Angaben.
Es gibt tatsächlich Musik, aber sie ist nicht tanzbar und alles andere als freundlich. Sie hört eine Band, deren Namen sie nicht verstanden hat, weil die Musik der Band zu laut ist. Ihr Begleiter hat ihn ihr zugerufen, Zentimeter von ihrem Ohr entfernt, *zweimal*, aber nichts da. Der Drummer und der Leadgitarrist scheinen besessen davon, jedes Verhalten zu unterbinden, das die totale Konzentration auf die Band beeinträchtigen könnte. Sogar die Texte – in denen es irgendwie um die bewegende spirituelle Pein und Entfremdung des Leadsängers geht – werden von mächtigen Gitarrenakkorden überdröhnt, und der Drummer beherrscht offenbar nur einen Move, zu dem eine Menge Becken gehören. Die Leute stehen da und tanzen nicht, sondern zucken im Takt. An der Bar bestellt man die Drinks mithilfe von Gesten.
Sie steht weit entfernt von der Bühne, am Fenster. Wenn die Tür geöffnet wird, strömt ein Schwall kalte Luft herein, und darum trägt sie noch immer Schal, Handschuhe und die Wollmütze, die sie über die Ohren gezogen hat, um das Pan-

dämonium auf der Bühne um wenigstens ein paar Dezibel zu dämpfen. Die Hälfte der Gäste steht vor der Tür – lieber in der Kälte als im Lärm, die Beine eng beieinander, die Arme an den Rumpf gelegt, Mumien im Schnee. Es ist einer jener Chicagoer Winterabende, die so jenseits von eiskalt sind, dass man verzweifeln könnte, so bitterkalt, dass die Leute auf dem Bürgersteig spontan zu fluchen beginnen. »*Scheiße*, ist das kalt!«, rufen sie da draußen und stampfen mit den Füßen auf. Es ist die Art von Kälte, die einem in die Stiefel kriecht und die ganze Nacht dort bleibt.

Die Band, die sie hört, ist nicht die, wegen der sie gekommen ist. Die letzte Gruppe ist angeblich das große Ding, auch wenn ihr Begleiter ihr nichts dazu sagen will. Er will es ihr nicht verderben. Ihre Erfahrung, diese Musik zum allerersten Mal zu hören, soll unberührt sein, sagt er. Er organisiert ihre Erfahrung und denkt wahrscheinlich, dass sie das zu schätzen weiß. Sie steht neben ihm, nippt an ihrem Bier, und da eine Unterhaltung bei diesem Krach nicht möglich ist, wartet sie einfach ab.

Die Wände im Empty Bottle sind aus unverputzten Backsteinen und an den meisten Stellen mit so vielen Postern, Flyern und Stickern beklebt, dass man, wenn man sie genauer betrachtet, kognitiv überfordert ist. Die Decke ist mit Weißblech verkleidet, nur über der Bühne hängen Schallschluckelemente aus Schaumgummi, die aussehen wie Eierkartons, ein, zwei Meter über den Köpfen der Musiker. Die Bühne selbst ist bloß einen halben Meter hoch, mattschwarz lackiert und flankiert von großen, aufeinandergestapelten Verstärkern. An der Bar gibt's neun Biersorten vom Fass, und alle kosten einen Dollar fünfzig.

Es ist eine der für kompromisslose Musik bekannten örtlichen Bars, in die sie sich in letzter Zeit von Männern hat einladen lassen, die sie beeindrucken wollten. Heute Abend ist es ein ernsthafter, intellektueller, düsterer Typ mit einer Art von Gewichtigkeit, die man *verklemmt* nennen könnte, ein Spross der Oberklasse mit blondem, exakt in der Mitte gescheiteltem Haar, John-Lennon-Brille und gemustertem Pullover über einem Hemd mit nochmals anderem Muster, und er heißt Bradley: *Nenn mich Brad.* Er hat heute Morgen in der Mikroökonomie-Vorlesung neben ihr gesessen, die Ärmel ihrer dicken Wintermäntel haben sich die ganzen fünfzig Minuten berührt und die Pfützen aus schmutzigem Schneematsch unter ihren Stiefeln sich schließlich zu einer einzigen vereinigt. Nach der Vorlesung – in der es um erwarteten Nutzen, Risikovermeidung und die Frage gegangen war, wie man bei unsicherer Informationslage Entscheidungen trifft – spürte sie, während sie ihre Sachen zusammenpackten, dass er sie musterte, und als sie ihn ansah, verdrehte er die Augen und sagte: »Laaaangweilig«, und sie lächelte, obwohl sie die Vorlesung ganz und gar nicht langweilig gefunden hatte. Dann, beim Verlassen des Hörsaals, fragte er sie, ob sie am Abend schon was vorhabe, denn falls nicht, könnten sie sich diese neue, umwerfende Band im Empty Bottle anhören, wo er zufällig den Barmann kenne – was bedeutete, dass sie Bier würde trinken können, obwohl sie noch nicht volljährig war –, und als sie leichtes Interesse zeigte, wurde er ausführlicher und bestand darauf, dass sie diese Band absolut hören müsse, jetzt, noch heute Abend, solange ihre Musik noch rein sei, bevor ihnen der Durchbruch gelang und die verderblichen Mächte der Popularität und des Geldes sie erfassen und zugrunde richten würden. Also gut, okay, sie verabredete sich mit Brad um neun im Empty Bottle, und als sie dann da war, bestellte er Bier und sagte: »Magst du Musik?«, und sie sagte: »Klar mag ich Musik.« Er zwang sie praktisch, es zu beweisen, und begann sie zu testen: Kennst du diese Band, kennst du jene Band? Fugazi, Pavement, The Replacements, Big Star, Tortoise, Pixies, Hüsker Dü – diesen letzten Namen sprach er so akkurat aus, dass sie jeden einzelnen Umlaut hörte –, und als sie sagte, sie kenne keine einzige davon, schüttelte er mitleidig den Kopf und erbot sich selbstverständlich, sie zu erleuchten. Wie sich zeigte, besaß Nenn-mich-Brad eine umfangreiche Sammlung seltener Vinylplatten, von der er ihr unbedingt erzählen musste und die er ihr noch lieber zeigen wollte: eine ganze Wand in seiner Wohnung, die ausschließlich den seltensten und genialsten Platten gewidmet war, heiligen Platten, die praktisch niemand außer ihm kannte oder angemessen würdigte.

Sie hörte nicht mehr zu. Brad brauchte keine Ermunterung, um seinen Monolog fortzusetzen – er verströmte geradezu sexuelle Bedürftigkeit, wie eine leise, dumpfe Panik –, und so blendete sie ihn aus, bis der expressive Gitarrist mit einem ausgefeilten Riff einsetzte, worauf Brad verstummte und das ohrenbetäubende Set begann.

Sie hat Brad nichts davon gesagt, aber der einzige Grund, warum das Gerücht von einer neuen, umwerfenden Band ihr Interesse geweckt hat, ist, dass sie bei solchen Auftritten oft *ihn* sieht, den jungen Mann im Fenster auf der anderen Seite der Gasse. Und tatsächlich: Als sie kam, war er schon da, in der ersten Reihe, mit seiner Kamera, und sie hatte das Gefühl, als würde sich in ihrem Bauch etwas heben – vielleicht das, was die Leute meinen, wenn sie sagen: »Mein Herz hat einen Hüpfer gemacht.« Aber das klingt so angenehm und erfreulich, viel erfreulicher jedenfalls als das, was sie spürt, und das ist weniger ein Hüpfen, sondern eher ein Verflüssigen.

Immer wenn sie ihn irgendwo draußen sieht, wird sie schüchtern, obwohl sie sich eigentlich nicht für einen schüchternen Menschen hält. Sie sieht ihn spätnachts im Empty Bottle, im Rainbo Klub, in der Lounge Ax, im Phillys' Inn, bei der Arbeit mit seiner Kamera, und dann sieht sie ihm zu, bis ihre Aufmerksamkeit, ihr Interesse unerträglich werden: *Warum bemerkst du mich nicht?* Es ist, als wäre ein Scheinwerfer auf ihr Gesicht gerichtet, der umso heller scheint, je länger sie ihn anstarrt, aber dieser Typ sieht sie einfach nicht. Er ist immer ganz vorn, immer mit der Kamera beschäftigt, geht in die Knie, wenn er die Sänger und Leadgitarristen fotografiert, damit sie monumental wirken.

Sie hat seine Arbeiten online gesehen, an einer dieser elektronischen Pinnwände, und so hat sie auch herausgefunden, wie er heißt: *Fotos von Jack Baker*. Er steht immer vorn, an der Bühne – und manchmal auch *auf* der Bühne, von wo er das Publikum aus der Perspektive des Drummers fotografiert –, wenn die besten Bands spielen, die Lokalberühmtheiten, mit denen er dann meist die Bar verlässt, woraus sie folgert, dass er für sie unerreichbar ist.

Hier, in Chicago, ist sie ein Niemand.

Sie wird nicht zu den After-Show-Partys eingeladen, die, wie sie weiß, anderswo stattfinden. Und sie weiß, dass sie stattfinden, weil sie sie auf der Pinnwand gesehen hat, Fotos von Jack Baker: von ihm aufgenommene Ausschweifungen, irgendwo hier in der Gegend. Gibt es eine schlimmere Qual, als zu wissen, dass andere gerade einen Riesenspaß haben, und selbst nicht eingeladen zu sein? Sie heißt Elizabeth Augustine – *von den Litchfield-Augustines* –, aber der gute Name ihrer Familie zählt nur in gewissen Kreisen etwas, und diese Kreise verkehren hier nicht. Sie ist bloß irgendeine Studentin, ein Erstsemester an der DePaul, eine Uneingeweihte in der hinteren Ecke, die den Finger nicht gerade am Puls der örtlichen Musikszene hat, und um zu erfahren, wo Jack Baker und die anderen tonangebenden Leute der Gegend zu finden sind, ist sie auf die Hilfe von Kennern angewiesen, von Typen wie Brad, der sich, als es gerade ein bisschen leiser ist, weil der Leadgitarrist sein Instrument stimmt, zu ihr beugt und ihr diese umwerfende Band erklärt: Ihr Sound unterscheide sich klar von Rock oder Alternative oder Grunge. Sie könnte die Unterschiede gar nicht benennen, für sie klingt das alles wie Lärm, doch Brad besteht darauf, dass der Seattle-Sound, der jetzt andauernd im Radio gespielt wird und die Hitparaden dominiert, ganz anders ist als der Chicago-Sound, der, wie er sagt, weniger kommerziell ist, näher dran an den Jazz-Wurzeln, weniger Mainstream, mehr Indie. Es ist ein Bruch mit dem Eastcoast-Hardcore, der seine Seele schon längst verkauft hat, und ein Bruch mit dem Westcoast-Grunge, der dabei ist, sie zu verkaufen. Es ist ein ganz eigener Sound, hervorgebracht von diesem vergessenen Landstrich, über den alle immer nur hinwegfliegen, er ist unbeschmutzt von finanziellen Interessen. Sie hat noch nie über das *Terroir* eines Rocksongs nachgedacht, wohl aber über die hinderlichen Aspekte von Geld, und tatsächlich war die Flucht vor der Gier und dem Reichtum ihrer Familie – und dem unmenschlichen Verhalten, dem nie endenden Streben, dem ewigen Konkurrenzkampf, den Gier und Reichtum erfordern – einer der Hauptgründe, warum sie alles und jeden hinter sich gelassen hat und nach Chicago gekommen ist.

Es soll, hat sie sich geschworen, ihr letzter Ortswechsel sein. Noch bevor sie hier angekommen ist, hat sie sich geschworen, dass sie bleiben wird, dass sie sich, nach einer Kindheit voller Umzüge, endlich eine dauerhafte Existenz aufbauen wird. *Ihr eigenes Leben, ein anständiges Leben voll Mitgefühl.* Sie hat ihre Kindheit in den reichen Vororten der großen Ostküstenmetropolen verbracht, ist auf unzählige Privatschulen gegangen und von einem Ort zum anderen gezogen, während ihr Vater sich mal diese, mal jene Firma vorgenommen, geprüft, gekauft, ausgenommen, filetiert, liquidiert, kassiert, realisiert, profitiert und dabei nichts als Insolvenzen und wütende Gläubiger hinterlassen hat – das ist so etwas wie eine Familientradition.

Und so war sie begeistert, als sie in Chicago auf diese Szene getroffen ist, in der man den krassen Merkantilismus ablehnt und es von jedem, der nach Reichtum strebt, heißt, er habe »sich verkauft«, er sei »ein Schaf«.

Sie will sich nicht verkaufen.

Sie will kein Schaf sein.

Aber sie möchte sehr gern zu diesen Partys eingeladen werden.

Die Band beginnt mit ihrer nächsten überlauten Darbietung, und Jack fotografiert den Sänger, erst von der Seite, im

Profil, dann von hinten und schließlich von vorn, wobei er in die Knie geht und die Kamera nach oben richtet, und der Sänger beugt sich wie choreografiert vor und presst das Mikrofon an die Lippen, was auf dem Foto bestimmt heroisch aussehen wird, und auf einmal flüstert er etwas ins Mikrofon, aber man kann es nicht verstehen, denn der eitle Gitarrist steigt wieder ein und zerreißt den Moment mit voller Lautstärke. Sie spürt eine geradezu geschwisterliche Rivalität zwischen dem Sänger und dem Gitarristen, beide wollen die Bewunderung des Publikums. Die Mühe, den Namen der Band herauszufinden, kann sie sich sparen – sie wird sich auflösen, wahrscheinlich noch vor dem Frühjahr. Jack ist inzwischen aufgestanden und zieht den Pullover aus, den dicken schwarzen Pullover, der ihm eineinhalb Nummern zu groß und im Grunde seine tägliche Winteruniform ist. Er ist hinten ausgefranst, weil er immer darauf sitzt. Darunter trägt er einen dünneren schwarzen Pullover.

Was ist an diesem Typen, das sie so unwiderstehlich findet? Sicher nicht bloß die Tatsache, dass er auf der anderen Seite der Gasse wohnt. Bei den meisten Männern würde sie nur den unwiderstehlichen Drang verspüren, die Vorhänge zuzuziehen, doch bei diesem befällt sie ein unerklärliches Gefühl des Erkennens, als besäße er vielleicht eine bedeutende Eigenschaft, die sie sucht, aber nicht ganz benennen kann. Elizabeth ist mit dem festen Vorsatz nach Chicago gekommen, sich kopfüber in die lebhafte Boheme dieser Stadt zu stürzen, mit Dichtern zu trinken und mit Malern zu schlafen. (Oder auch umgekehrt, wie es sich ergibt.) Und es hätten nicht mal gute Dichter oder gute Maler sein müssen – das einzige Kriterium, das ein Mann zu erfüllen hat, damit sie mit ihm nach Hause geht, ist, dass er ein guter, interessanter, selbstloser Mensch ist.

Eine Bedingung, die die Typen in Chicago bislang nicht erfüllt haben.

Doch der im Fenster scheint anders zu sein. Er verströmt

eine Freundlichkeit, Sanftheit und Zurückhaltung, die im krassen Widerspruch zu dem Weltbeherrschungsethos steht, vor dem sie nach Chicago geflohen ist. Jack Baker ist rücksichtsvoll – jedenfalls glaubt sie das. Sie glaubt, dass er ein rücksichtsvoller Mensch, ein rücksichtsvoller Liebhaber ist. Sie glaubt es, weil sie von ihrem Platz am Fenster Zeugin so vieler privater Augenblicke, so vieler kleiner Momente von Aufmerksamkeit geworden ist: die Bücher, die Gedichte, die philosophischen Texte, die er bis spät in die Nacht liest, die Geduld und Sorgfalt, mit der er all die Negative betrachtet, bis er das richtige gefunden hat, die Art, wie er sich schüchtern hinter seinen langen Strähnen versteckt. Selbst seine Berufswahl – Fotograf – erscheint ihr auf sympathische Weise bescheiden. Er wird immer ein Außenstehender sein, einer, der zusieht. Ein Fotograf steht per Definition nicht im Mittelpunkt. Sie war mit Männern aus, die immer im Mittelpunkt stehen mussten, wie diese Burschen auf der Bühne, wie Brad, und sie hat festgestellt, dass das irgendwann erdrückend wird.

Die Band beendet ihr Set mit einem explosionsartigen Donnern, das sich von dem vorangegangenen Lärm nur durch die Inbrunst unterscheidet, mit der der Drummer die Becken bearbeitet. Wenn man die ganze Zeit mit voller Lautstärke spielt, ist ein Crescendo unmöglich, und so werden die Musiker nun einfach schneller und verdichten den Rhythmus so sehr, dass aus den großen Boxen nur noch ein Klangbrei quillt. Mit einem finalen orgasmischen Aufbäumen der Gitarristenhüfte kommen sie zu einem misstönenden Ende, und der Sänger sagt die ersten verständlichen Worte an diesem Abend: »Danke, Chicago!«, als würde er auf dem ausverkauften Soldier Field stehen und nicht in einer Kneipe, in die sich ein paar Dutzend Leute vor der Kälte verkrochen haben.

Die Musiker packen ihre Instrumente ein, und Brad wendet sich zu ihr und sagt: »Na, was sagst du jetzt?« Dann verschränkt er die Arme und wartet. Ganz gleich, wie ihre

Antwort lautet – Elizabeth weiß, dass sein Urteil deutlich sein wird.

»Auf einer Skala von eins bis zehn«, sagt sie, »wie sehr, würdest du sagen, haben dich deine Eltern geliebt?«

»Was?«

»Auf einer Skala von eins bis zehn.«

»Mann«, sagt er und lacht verlegen. »Haha!«

»Ich meine es ernst.«

»Du«, sagt er mit einem breiten, dummen Grinsen, zeigt auf sie und schüttelt den Kopf. »Du traust dich ja was. Du willst es wissen, was?«

Dann geht er zur Bar, um neues Bier zu holen.

Am anderen Ende des Raums mischt Jack sich unter die Leute. Er geht zu verschiedenen Grüppchen, die an der Theke stehen, sagt etwas und macht ein Foto. Auch diese Bilder hat sie online gesehen: Porträts von Leuten in Bars. Sie erinnern sie an die Gesellschaftszeitschriften zu Hause, die für gewöhnlich mindestens sechs Hochglanzseiten voller Schnappschüsse von Leuten enthielten, die in letzter Zeit an wichtigen gesellschaftlichen Ereignissen oder Benefizveranstaltungen teilgenommen hatten. Der Unterschied zwischen diesen und jenen Fotos ist, dass die Leute in Chicago eine ironische Distanz ausstrahlen. Sie lächeln nicht; die meisten sehen nicht mal in die Kamera. Ihre Haltung signalisiert: Sie wissen, dass sie fotografiert werden, sind aber nicht bereit zu kooperieren. Jack bedankt sich und geht weiter.

Er kommt jetzt in ihre Richtung, zum vorderen Teil der Bar, und sucht nach neuen Gesichtern: Mit taxierendem Blick fasst er mal diese, mal jene Person ins Auge, und Elizabeth fragt sich, ob dies der Moment ist, in dem er sie endlich bemerken und ein Foto von *ihr* machen wird. Sie kommt zu dem Schluss, dass es ihr egal ist, wie offensichtlich sie sich um ihn bemüht: Sie wird ihn jetzt ansehen, direkt ansehen, sie wird seine Aufmerksamkeit fordern. Aus irgendeinem Grund kommt ihr das sehr riskant und beängstigend vor, und als sein Blick in ihre Richtung geht, will sie sich beinahe instinktiv verbergen. Sie hat ihn noch nie so mutig angesehen, und darum bemerkt sie, dass er sie rasch in Erwägung zieht und ebenso rasch verwirft. Ohne irgendein Erkennen oder Interesse geht er weiter.

In diesem Augenblick fühlt sie sich, als würde sie als einziges Mädchen der Schule nicht zum Abschlussball eingeladen.

Sie sieht ihn hinausgehen. Als er die Tür öffnet, strömt arktische Luft herein, vor der sich alle Umstehenden tiefer in ihre Jacken und Mäntel verkriechen, und da wird ihr bewusst, dass sie die Mütze tief in die Stirn gezogen und den Mund mit dem Schal bedeckt hat. Sie ist praktisch maskiert.

Sie legt Schal und Mütze ab, fährt sich mit den Fingern durchs Haar und sieht zum Fenster hinaus. Sie bringt ihr Gesicht ganz dicht an das Glas, sodass sie die Kälte der Luft da draußen spüren kann. Jack steht am Bordstein, er macht ein Foto, geht einen Schritt beiseite, macht noch eins aus einem anderen Winkel, geht noch einen Schritt und macht noch ein Foto. Die Leute tun, als würden sie ihn nicht bemerken, und doch richten sie ihren Körper nach der Kamera aus. Jetzt zielt er auf Elizabeth, aber zwischen ihnen sind all diese Leute, die beieinanderstehen und dicke weiße Wolken in die kalte Nachtluft atmen, und so hat er sie nicht bemerkt – oder vielleicht ignoriert er sie auch, sie ist sich nicht sicher.

In diesem Moment ertönen vom anderen Ende der Bar ein paar einfache, ruhige Gitarrenakkorde. Elizabeth blickt zur Bühne, um zu sehen, welche Band jetzt dran ist, doch zu ihrer Überraschung steht da nur eine Frau. Sie ist klein, kaum eins sechzig, sie ist blond, dünn und jung, sie trägt Jeans, ein Trägerhemd und eine cremefarbene Strickjacke und hat glattes, schulterlanges Haar. Mit anderen Worten: Sie sieht nicht aus wie ein Rockstar. Ihr Auftritt ist das Gegenteil von der Exzentrik der Band, die eben gespielt hat. Weil sie so unprätentiös wirkt, hält Elizabeth es für möglich, dass sie bloß ein Gast ist und betrunken zur Gitarre gegriffen hat und dass der Barmann sie gleich vor die Tür setzen wird. Aber nein, er tritt nicht in Aktion, und bei den ersten Klängen kommt Jack Baker wieder rein und fängt sofort an, die Frau zu fotografieren, und damit ist klar, dass sie sich nicht warmspielt, sondern ihr Set begonnen hat, dass sie keine Band und nur diese Gitarre hat, die nicht an die gewaltigen Boxen hinter ihr angeschlossen ist, sondern bloß an einen kleinen Verstärker zu ihren Füßen, sodass sie über dem Gequatsche der Leute nur schwer zu verstehen ist. Elizabeth beugt sich vor und hört der seltsam monotonen Stimme zu, diesem Lied, das anscheinend von einem Mann handelt, der so gierig ist, dass er nichts mehr wirklich würdigen kann:

I bet you've long since passed understanding
What it takes to be satisfied

Das ist eigentlich nicht gesungen, aber auch nicht gesprochen – es ist irgendwie seltsam dazwischen. Und nicht ganz sauber im Ton, aber auch nicht direkt falsch. Sie spielt die Gitarre so zurückhaltend und singt so nüchtern, ohne die Verzierungen, das Melodrama und die Mätzchen der typischen Rocksänger. Als Brad zurückkehrt, flüstert Elizabeth: »Wer ist das?«

Er sieht zur Bühne und wirkt überrascht, als hätte er noch gar nicht bemerkt, dass dort jemand auftritt. »Niemand«, sagt er. »Füllmasse.«

»Füllmasse?«, sagt sie.

»Die Hauptband verspätet sich. Sie füllt die Pause.«

Er wedelt mit der Hand und setzt seinen Vortrag fort. Diesmal ist es ein Monolog über die fünf besten Konzerte, die er je erlebt hat. Ringsum unterhalten die Leute sich laut und ungeniert. Elizabeth versucht, sich auf die Musik zu konzentrieren. An der Theke stehen die vier Typen der vorigen Band und lachen betont laut, als sollten alle merken, wie sehr sie den Auftritt der Sängerin ignorieren. Und so geht der kleine Song dahin: Die Frau spielt schlichte Gitarrenakkorde, und ihre bescheidene Lautstärke kämpft gegen das Gequatsche der gleichgültigen Menge an.

»Nummer fünf? Die Stones im Silverdome«, sagt Brad.
»Das Konzert wäre höher auf meiner Liste, aber 1989, als es stattfand, hatten die Stones ihren kreativen Höhepunkt schon überschritten. Außerdem ist die Atmosphäre im Silverdome so leblos wie in einer Klapsmühle.«

»Mh-hm.«

»Nummer vier war Soul Asylum im vergangenen Juli im Metro, und das hätte leicht Nummer drei oder sogar Nummer zwei werden können, wenn nicht all diese Yuppies da gewesen wären, die die ganze Zeit ›Runaway Train‹ geschrien haben, als wäre es der einzige Song, den sie kennen.«

Während Brad seinen Countdown fortsetzt, denkt Elizabeth, dass er für einen, der behauptet, Musik zu lieben, offenbar sehr vieles daran zu hassen scheint. Die Sängerin singt noch immer von dem unersättlichen Mann, der kein Glück mehr empfinden kann, und Elizabeth hört zu und kichert, worauf Brad seine umständlichen Ausführungen unterbricht, sie irritiert ansieht – er lässt sich nicht gern bekichern – und fragt: »Was ist so komisch?«

»Dieser Song«, sagt sie. »Er ist über dich.«

»Tatsächlich?« Er ist jetzt echt interessiert und hört endlich zu, während die Frau in ihrem Sprechgesang fortfährt:

You're like a vine that keeps climbing higher
But all the money in the world is not enough

Brad ist völlig verwirrt, aber das ist Elizabeth egal. Es ist, als wäre dieser Song nur für sie geschrieben worden, ein Song über die Gier, der zu entkommen sie sich zur Lebensaufgabe gemacht hat.

Dann geht die Tür auf, und mit der kalten Luft kommen drei Typen herein, die so exzentrisch gekleidet sind, dass sie nur die Hauptband sein können. Den Sänger erkennt sie sofort an der dicken Plastiksonnenbrille und dem hellblauen, mit Rüschen besetzten Smokinghemd aus den Siebzigerjahren – auffallend uncool und daher natürlich *echt* cool –, dessen obere vier Knöpfe mit Bedacht geöffnet sind. Die drei treten so großspurig auf, dass die Menge sich unwillkürlich teilt.

»Das sind sie!«, sagt Brad. »Das sind sie!«

Auf der Bühne bringt die Sängerin ihren Song zu Ende, zuckt die Schultern, als wollte sie sich entschuldigen, und sagt: »Das war's dann wohl.« Ein paar Leute klatschen. Elizabeth sieht, dass die Frau ihre Gitarre einpackt und mit Jack – der sie die ganze Zeit fotografiert hat – zum Hinterausgang geht. Jack, die Sängerin und ihre kleine Entourage gehen irgendwohin, wo sie eine wunderbare Party erwartet.

Ihr Blick folgt Jack, während Brad nicht aufhört, ihr zu erklären, was für ein Glück sie hat, heute Abend hier zu sein und diese neue Band zum ersten Mal zu erleben, mit ihm, und sie nickt, starrt aber weiter auf den Fotografen mit dem Kindergesicht, und genau in dem Moment, als Jack an der Hauptband vorbeigeht, wandert sein Blick zu den Musikern und an ihnen vorbei zu einem Tisch ganz hinten, an dem ein paar nichtssagende Gestalten sitzen, und dann, auf einmal, sieht er Elizabeth in die Augen. Sie sieht, dass er sie sieht, jetzt ohne Schal und Mütze, und beide spüren den Schauer des Erkennens. Er lächelt und winkt, und sie lächelt und winkt zurück. Brad sieht sie entgeistert an, und die Erleichterung, die sie spürt, lässt sie beinahe in die Knie gehen.

Und was tut Jack? Er geht an der Band vorbei, direkt zu Elizabeth, er ignoriert die genialen Musiker und den jetzt ernsthaft irritierten Brad, er streckt die Hand aus und sagt die ersten Worte, die er jemals zu ihr spricht:

»Kommst du?«

K ommst du?
Was für eine eigenartige, herrliche Frage.
Kommst du?
Sie hat es niemanden je so sagen hören. Keine von Elizabeths Freundinnen in all den Privatschulen hätte es je so gesagt, ebenso wenig wie ihre Eltern oder einer der Gäste, von denen so viele zu ihren Eltern kamen. Sie hätten es niemals so unbestimmt formuliert. Sie hätten sich korrekt ausgedrückt: *Möchtest du uns begleiten?*
Es wäre ein ordnungsgemäßer, vollständiger Satz gewesen: *Möchtest du gern anderswo hingehen?*
Ein hochliterarischer, kultivierter, polierter Satz: *Bitte machen Sie uns die Freude Ihrer Gesellschaft.*
Doch Jack hatte nur *Kommst du?* gesagt, was in ihren Ohren erfrischend – und charmant – unvollständig klang. Er hielt ihr seine Hand hin und sah sie völlig arglos an, ohne zu wissen, dass er etwas Komisches oder Seltsames gesagt hatte, und das erfüllte sie mit Zärtlichkeit.
Kommst du? wurde für sie beide zu einem Mantra, zu einer Art Zauber, der die Erregung, die Überraschung, den Überschwang der ersten Nacht heraufbeschwor.
»Kommst du?«, sagt er ein paar Tage später und führt sie zum Art Institute, wo sie sich Hand in Hand seine Lieblingsmodernisten ansehen. »Kommst du?«, sagt sie in der Woche darauf, als sie Studentenkarten ergattert hat und sie sich in der Lyric Opera »La Bohème« ansehen, und er so tut, als

wäre es ihm nicht peinlich, in seinem alten Pullover zwischen all den Anzug- und Krawattenträgern zu sitzen. »Kommst du?«, sagt sie ein paar Sommer später, als sie nach Italien fahren und so ziemlich jedes Bild, jeden Wandteppich, jede Statue besichtigen, die Venedig zu bieten hat. Und einige Jahre später, an einem bedeutsamen Abend, als er vor ihr niederkniet und die kleine, samtüberzogene Schachtel mit dem geschmackvollen Verlobungsring aufklappt, tut er alles, wie es die Tradition vorschreibt, nur dass er nicht »Heirate mich« sagt, sondern »Kommst du?«.

Das alles beginnt an diesem Abend, als er im Empty Bottle die Hand nach ihr ausstreckt und diesen unvollständigen Satz sagt, den sie vervollständigt, indem sie seine Hand nimmt und nickt, *ja*, und dann gehen sie durch das Schneetreiben und die bittere Kälte, und zum ersten Mal in diesem Winter ist die arktische Temperatur nicht bedrückend, sondern *wahnsinnig komisch*: Sie schlüpfen in Vestibüle und Gassen, um dem schneidenden Wind zu entgehen, reiben lachend ihre Hände aneinander, rennen zum nächsten Windschutz und arbeiten sich auf diese absurde Weise bis zu einer Bar an der Division Street vor, wo sie bei einem Gespräch darüber, wie gut ihnen die Sängerin gefallen hat, ebendiese Sängerin mitsamt ihrer Entourage aus den Augen verlieren und ihnen bewusst wird, dass man sie abgehängt hat und sie allein sind, was sie zum Lachen bringt und ihnen eigentlich egal ist, weil sie nun noch mehr miteinander reden und die grundlegenden Fakten über das Leben des anderen erfahren können: Sie heißt Elizabeth und stammt aus Neuengland; er heißt Jack und kommt aus den Great Plains; er studiert Fotografie am Art Institute; sie studiert an der De Paul University, ihr Hauptfach ist kognitive Psychologie, aber auch Verhaltensökonomie, Evolutionsbiologie und Neurowissenschaften und ...

»Moment mal«, sagt er, »du hast vier Hauptfächer?«

»Fünf, wenn man Theater mitzählt. Ich habe zwar kein Talent, aber es macht viel Spaß.«

»Dann bist du also ein Genie.«

»Eigentlich bin ich bloß hartnäckig«, sagt sie. »Ich habe einen guten Kopf und ein noch besseres Arbeitsethos.«

»Das ist genau das, was ein Genie sagen würde.«

»Im Nebenfach studiere ich Musiktheorie, nur so zum Spaß. Und wahrscheinlich werde ich mir ein paar Vorlesungen über ethnografische Soziologie anhören. Im Grunde studiere ich den ganzen Menschen, und das gehe ich von allen Seiten an. So mache ich es immer.«

Das kurze Schweigen, das darauf folgt, lässt sie sofort bereuen, es so gesagt zu haben: *Im Grunde studiere ich den ganzen Menschen* – wie aufgeblasen, wie prätentiös! Jack sieht sie einen schrecklichen stummen Moment lang an, und sie fragt sich, ob sie den Abend mit ihrer Überheblichkeit ruiniert hat oder er ihn ruinieren wird, indem er sich als einer dieser Typen erweist, die von ihrem Ehrgeiz eingeschüchtert sind. Doch dann sagt er: »Hast du Hunger?«, und ihre Antwort ist: »Ja!«, weil sie erstens tatsächlich sehr hungrig ist und zweitens weiß, dass ein Essen mit Jack die Nacht zu etwas Besonderem machen und voranbringen wird, denn es bedeutet, dass sie jetzt *so eine Art Verabredung* haben, dass sie über die Kategorie *zufällige Kneipenbekanntschaft* hinaus sind, dass sie gar nichts ruiniert hat und er gar nicht eingeschüchtert ist, und so laufen sie zu einem Bistro an der Milwaukee Street, in dem sie noch nie war, weil es Earwax heißt, und das ist nun wirklich *krass*, aber er überredet sie, dort etwas zu essen, und so teilen sie sich einen Black Bean Burger und einen Sojamilkshake, und er erzählt ihr, dass er sich mit dem Gedanken trägt, Vegetarier zu werden, und dass das in der rückständigen Fleischfressergegend, aus der er stammt, unmöglich wäre, aber hier, in Chicago, kann er zum Vegetarier werden, wenn er das will, worauf sie ihm gesteht, dass sie jetzt, in Chicago, endlich ihrem Verlangen nach sehr fettigen, sehr süßen, dessertartigen Sachen nachgeben kann, nach alldem Zeug, das ihre Eltern ihr verboten haben, weil sie eigenartig auf Ernährung fixiert sind und nur Lebensmittel essen, deren Fette verändert oder durch Chemikalien ersetzt worden sind – fettreduzierten, geschmacklosen Käse, Diätjoghurt, Margarine und Müsliriegel. Und Jack lächelt das zuversichtliche Lächeln eines Mannes, der eine sehr gute Idee hat, und führt sie nach nebenan zu einem Imbiss namens Swank Frank, wo er die frittierten Twinkies bestellt, die sie sich ebenfalls teilen und die verdammt himmlisch sind, und während sie die Twinkies essen, sprechen sie darüber, dass das Leben immer erfüllt sein sollte von genau diesen einfachen, aber profunden Freuden (und scheiß auf das, was ihre Eltern über ihre Taille und ihre Figur gesagt haben), und das führt dann – ihre klebrigen Hände gestikulieren wild, ihre lachenden Münder sind mit Puderzucker bestäubt – zu einer Aufzählung ihrer liebsten, besten, einfachsten Freuden.

»Rückenmassage«, sagt sie, ohne eine Sekunde nachzudenken. »Eine lange, langsame, vollkommen ziellose Rückenmassage.«

»Eine heiße Dusche«, sagt er. »Unglaublich heiß. Alles-heiße-Wasser-im-Gebäude-verbrauchen-heiß.«

»Der erste Schluck Wasser, wenn man sehr durstig ist.«

»Der erste Schluck Kaffee am Morgen.«

»Der Geruch der Abluft aus dem Wäschetrockner.«

»Der Geruch von Asphalt in einem Vergnügungspark.«

»Ins Meer rennen.«

»Eine Heuwagenfahrt bei Sonnenuntergang.«

»Warmes Hummerfleisch mit geschmolzener Butter auf durchweichtem Weißbrot.«

»Käseravioli aus der Dose.«

»Whoopie Pies mit Marshmallowcreme.«

»Kartoffelkroketten mit Mayonnaise.«

»Der Augenblick, wenn der erste Takt des Hochzeitsmarschs erklingt und alle aufstehen.«

»Wenn man einen Rothko so lange ansieht, dass man das Gefühl hat, er würde vibrieren.«

»Der David von Michelangelo.«
»*American Gothic*.«
»Der Anfang von Mozarts 40. Symphonie.«
»Rage Against the Machine.«
»Das Violinsolo aus Scheherazade.«
»Die *Idée fixe* der Symphonie fantastique.«
»Das Herbstlaub in den White Mountains.«
»Zusehen, wenn ein Polaroid sich entwickelt.«
»Der rote Schimmer auf der Innenseite einer Auster.«
»Der grüne Himmel vor einem Tornado.«
»Nacktbaden am Morgen.«
»Nacktbaden zu jeder Tageszeit.«

Es ist ein ganz und gar manischer, unablässiger Austausch, der sich manchmal anfühlt, als würde man eine Treppe hinunterstürzen, als könnte man sich, von der Schwerkraft gepackt, kaum aufrecht halten, als würde man Stufen überspringen, nach dem Geländer greifen und dann doch, wie durch einen Zauber, unversehrt und triumphierend auf den Füßen landen.

Sie gehen auf der North Avenue zwei Blocks zum Urbis Orbis, dem Café mit den herrlich unfreundlichen Kellnerinnen, dem Ort, wo sich die Nachtschwärmer der Gegend treffen und es jetzt brechend voll ist. Die beiden finden einen Tisch in der hinteren Ecke, bestellen ihren Kaffee für einen Dollar, rauchen Zigaretten und starren einander ein, zwei Sekunden lang an, und dann, in dem allerersten Augenblick des Schweigens an diesem Abend, sagt Elizabeth: »Auf einer Skala von eins bis zehn, wie sehr, würdest du sagen, haben dich deine Eltern geliebt?«

Jack lacht. »Ende des Small Talks.«

»Ich will keine Zeit verschwenden. Ich will sofort wissen, was ich wissen muss.«

»Klingt vernünftig«, sagt Jack, nickt und lächelt, und dann scheint er einen Augenblick nachzudenken und starrt auf seinen Kaffee. Aus dem Lächeln wird ein trauriges Lächeln, das Elizabeth mit einer ganz neuen Wärme für ihn erfüllt, und dann sagt er: »Das ist schwer zu beantworten. Bei meinem Vater ist es irgendwie unklar.«

»Unklar?«

»Als würde man Null durch Null teilen. Das Ergebnis ist keine reelle Zahl. Es ist eins von diesen Paradoxa. Der Wert befindet sich nicht auf deiner Skala. Was ich damit sagen will, ist: Es wäre nicht richtig zu sagen, dass mein Vater *mich* nicht liebt, denn er liebt *nichts*. Der Mann hat keine Gefühle. Nicht mehr. Er spürt nichts. Er ist einer von denen, die sagen: ›Mir geht's gut, ich will nicht darüber sprechen, lass mich in Ruhe.‹«

»Oh, ich verstehe«, sagt sie, streckt die Hand aus und streicht über seinen Arm, nur ganz leicht, als kleines Zeichen ihrer Sympathie und Anteilnahme, dabei steckt in dieser Geste, wie sie beide wissen, sehr viel mehr Bedeutung und Absicht.

Jack lächelt. »Ja, mein Dad ist so ein richtiger Rancher, sehr wortkarg. Hat nie irgendwelche Gefühle gezeigt. Das Einzige, bei dem er in Fahrt kam, war das Land. Er hat das Land geliebt und wusste alles darüber. Wir sind über die Prärie gelaufen, und er hat mir gezeigt, was es da zu sehen gab: *Das ist Bartgras, das ist Indianergras, das ist ein Ulmentrieb.* Es war schön.«

»Es klingt schön.«

»Aber es ist lange her. Jetzt tut er das nicht mehr. Vor ungefähr zehn Jahren hat er aufgehört, die Ranch zu betreiben, und seitdem sitzt er eigentlich nur noch auf dem Sofa, sieht Sportsendungen und spürt nichts.«

»Und deine Mom?«

»Meine Mom war weniger um mich als um meine unsterbliche Seele besorgt, die, wie sie sagte, sündig war. Also hing ihre Liebe von der Frage ab, ob ich errettet war.«

»Und bist du das? Errettet?«

»Sie hat gesagt, nach Chicago auf eine Kunstschule zu gehen sei im Grunde dasselbe, als würde man in Gomorrha ein Bordell besuchen – also wahrscheinlich nicht.« Er verdreht die Augen. »Ihre ganze Kirchengemeinde betet für mich.«

»Worum beten sie?«

»Ich weiß nicht. Dass ich errettet werde. Dass ich der Versuchung widerstehe.«

»Und wie sieht's damit aus?«

»Ich glaube, ich habe der Versuchung ganz gut widerstanden«, sagt er. »Bis jetzt.« Er erwidert ihre Geste, berührt ihren Arm knapp über dem Handgelenk, er streicht nur ganz leicht darüber, doch das Signal, das er damit sendet, ist stark: Das Interesse beruht auf Gegenseitigkeit. Beide erröten heftig, und rasch dreht er den Spieß um: »Und du? Deine Eltern? Auf einer Skala von eins bis zehn?«

»Tja« – sie grinst, und ihr Gesicht fühlt sich heiß an –, »ich würde sagen, die Liebe war im mittleren Bereich, solange ich den Mund hielt und brav mit ihnen durchs Land zog. Wir sind ständig umgezogen: nach Boston, New York, Washington, D.C., wieder nach Boston, dann nach Westport und dann, glaube ich, nach Philadelphia, danach für ein paar seltsame Wochen ins Hudson Valley, wieder nach Boston, für ein paar Monate nach Washington...«

»An wie vielen Orten hast du gelebt?«

»Ich hatte keine Freundin länger als eineinhalb Jahre.«

»Mann!«

»Nach ungefähr eineinhalb Jahren sind wir umgezogen.«

»Warum? Was machen deine Eltern?«

»Meine Mom hat in Wellesley Geschichte studiert und danach nichts anderes getan, als umfangreiche Privatsammlungen von antiken Schmuckstücken und Möbeln zu kuratieren.«

»Okay. Und dein Dad?«

»Er ist, ich glaube, so nennt man das, die Karriereleiter emporgestiegen.«

»Verstehe.«

»Er hat das Familienvermögen gemehrt. Ich stamme von einer langen Reihe kriminell erfolgreicher Leute ab.«

»Erfolgreich womit?«

»Mit jeder schlimmen Sache, die ihnen eingefallen ist. Wirklich, meine Vorfahren sind eine einzige Ansammlung von üblen Typen. Von Schwindlern. Betrügern. Leuten, die vierteljährlich den Profit abschöpfen. In finanziellen Dingen gerissen, aber ohne jede Moral. Vor ein paar Generationen ist meine Familie durch Bestechung und Betrug reich geworden, und seither hat sich wenig geändert. Ich wollte mit diesem Geld nichts zu tun haben.«

»Sie müssen stinksauer sein, dass du gegangen bist.«

»Sie haben gesagt, wenn ich das tue, bin ich auf mich allein gestellt. Das war mir ganz recht – ich will ihr Geld sowieso nicht. Es war immer nur ein Machtmittel. Ich will ihnen und ihrem Geld nicht verpflichtet sein.«

»Manche«, sagt Jack nickend, »sind einfach in die falsche Familie geboren.«

»Stimmt.«

»Manche müssen sich ihre eigene Familie schaffen.«

»Stimmt genau.«

»Meine Mom und mein Dad«, sagt Jack, »haben mich nie richtig *verstanden*.«

»Geht mir genauso.«

»Sie waren zu sehr damit beschäftigt, ihr eigenes Elend zu füttern. Sich gegenseitig fertigzumachen und immer irgendwas Neues zu finden, das man dem anderen vorwerfen kann. Ich glaube, meine Eltern haben keinen einzigen Augenblick miteinander verbracht, den sie genossen haben.«

»Meine sind ganz genauso«, sagt Elizabeth.

»Ich verstehe das nicht. Ich meine, wenn die Ehe einen nicht mit Freude erfüllt, was soll's dann?«

»Es heißt ja immer, eine Ehe ist schwierig, aber wenn es *so* schwierig ist, macht man wohl was falsch.«

»Genau.«

»Wenn es so schwierig ist, sollte man damit aufhören.«

»Ja! Wenn nicht jeder Tag eine Freude bringt, dann geh. Verschwinde.«

»Und das habe ich getan«, sagt sie. »Ich bin gegangen. Ich musste fliehen.«

»Ich auch. Und ich will nie zurück.«

»Ich auch nicht.«

Und das, wird ihnen bewusst, während sie einander staunend ansehen, ist der Grund, warum sie diese enorme Vertrautheit spüren, warum sie einander erkennen und so leicht, so mühelos verstehen: Sie sind beide nach Chicago gekommen, um Waisen zu werden.

Sie lächeln einander an, lassen sich Kaffee nachschenken, zünden Zigaretten an. Elizabeth nimmt die Befragung wieder auf.

»Beschreibe das erste Objekt, das du geliebt hast.«

Und dann: »Erzähl mir von einer Situation, in der du ausgelacht worden bist.«

Und: »Wann hast du zuletzt vor einem anderen Menschen geweint?«

»Beschreibe einen Moment in deinem Leben, in dem du schreckliche Angst hattest.«

»Hast du eine Vorstellung davon, wie du sterben wirst?«

»Wenn du jetzt sterben würdest, was würdest du am meisten bereuen?«

»Beschreibe genau, was du an mir am attraktivsten findest.«

Im Lauf der Zeit werden sie vergessen, wie sie diese Fragen beantwortet haben, nicht aber die sehr viel bedeutsamere Tatsache, dass diese Fragen tatsächlich beantwortet wurden. Dass sie beide den Impuls verspürten, zu reden und zu reden, ganz anders als sonst, wenn sie jemand Neues kennenlernten und eher auf der Hut waren. Was jetzt, in diesem Augenblick, in diesem Café ein ziemlich wichtiges Zeichen zu sein scheint. *Es ist Liebe*, denken sie. *So fühlt es sich wohl an.*

Das Orbis schließt, es muss halb vier oder vier sein, und die beiden sind ausgelassen, zappelig, aufgedreht vom Koffein. Elizabeth stellt die letzte Frage dieses Abends: »Glaubst du an Liebe auf den ersten Blick?«

Ohne Zögern und mit Nachdruck sagt Jack: »*Ja.*«

»Du scheinst dir da ganz sicher zu sein.«

»Manchmal weiß man es einfach.«

»Aber woher?«

»Man kann es fühlen, hier.« Er legt die Hand an seine Brust. »Ganz deutlich.«

Eine Geste, eine Behauptung, vor der sie die Flucht ergreifen würde, wenn sie von jemand anders käme. Wenn irgendein anderer Typ sie für eine Frau halten würde, die auf einen solchen Spruch reinfällt, wäre sie genervt. Aber bei Jack klingt es nicht wie ein Spruch. Seine Augen hinter den langen, zotteligen Strähnen sehen sie ernst an.

»Und du?«, sagt er. »Liebe auf den ersten Blick – was glaubst du?«

Statt einer Antwort lächelt sie ihn an, zieht ihn hinaus aus dem Orbis, hinaus in die Kälte, und dann gehen sie, eng umschlungen, um sich zu wärmen, nach Hause. Sie bleiben an der Gasse stehen, die ihre Wohnungen trennt, diese beiden heruntergekommenen Gebäude im Stadium der Renovierung, und sehen einander in die Augen, und er ist nervös und still und weiß nicht, was er tun soll, und so sagt sie: »Kommst du?« und nimmt ihn mit in ihre Wohnung, und dort schläft er diese Nacht in ihrem schmalen Bett, dicht an sie geschmiegt, wie auch in der nächsten und übernächsten Nacht und zahllosen anderen Nächten, den ganzen Rest des Jahres und in den vielen Wintern danach und all der erstaunlichen Zeit, die noch vor ihnen liegt.

Getrennte Schlafzimmer

Vielleicht war es der häufige Gebrauch des Wortes »Traum«, der diese Besprechungen so befrachtete. Wie zum Beispiel in dem Satz: »Dies ist Ihre *Traumwohnung*«, den Bauunternehmer, Architekten, Innenausstatter und Makler gern sagten, wenn über eine neue kostspielige Extravaganz zu entscheiden war. Die Implikation war klar: Wenn dies das Heim ist, in dem man bis zu seinem Tod leben wird, sollte man vielleicht nicht sparen. Dann sollte man vielleicht echte Marmorfliesen kaufen anstatt die billigen aus Keramik und sich für echtes Holz von alten Scheunen entscheiden anstatt für das auf alt getrimmte Laminat aus der Fabrik. Und vielleicht sollten die Schranktüren nicht aus billigen MDF-Platten sein, sondern aus erstklassigem Tropenholz, zum Beispiel dem des Trompetenbaums.

Selbstverständlich erhielten alle an der Planung beteiligten Firmen Rabatte und Provisionen, was gewisse starke Anreize schuf, solche Extras vorzuschlagen.

Die vorläufig letzte Beschwörung des *Traums* erfolgte, als Jack und Elizabeth die Eigentumswohnung besichtigten, die sie kürzlich erworben hatten, eine Vierzimmerwohnung in dem nördlich von Chicago gelegenen Vorort Park Shore, in einem Gebäude, das, wenn es erst renoviert war, in Anspielung auf seinen ursprünglichen Besitzer, eine längst geschlossene Werft, *The Shipworks* heißen würde. Es wurde gerade entkernt, damit man es von innen vollkommen neu aufbauen konnte – als Jack zuletzt da gewesen war, hatten nur noch die

Außenmauern gestanden. Ihre zukünftige Wohnung war im Augenblick buchstäblich Luft, ein Rechteck am Himmel, im fünften Stock – doch dieses Stück Himmel war genau definiert und niedergelegt in den Kreditanträgen, mit denen sie so viele zähe Stunden verbracht hatten. Sie waren ihr ganzes Erwachsenenleben lang Mieter gewesen, doch jetzt wurden Jack und Elizabeth endlich Eigentümer, jetzt endlich *schlugen* sie *Wurzeln,* wie der Kreditmakler es ausdrückte – ein Ausdruck, der Jack insgeheim gegen den Strich ging: Elizabeth und er hatten sich 1993 kennengelernt, jetzt war es 2014, und er fand, mehr als zwei Jahrzehnte in dieser Stadt sollten doch wohl reichen, um als einigermaßen *verwurzelt* zu gelten, oder?

Sie hatten den ganzen Nachmittag damit zugebracht, kreditbezogene beeidete Erklärungen zu lesen, zu paraphieren, zu unterschreiben und notariell beglaubigen zu lassen, worauf sie schließlich eine vorläufige Bewilligung erhalten hatten, und dann hatten sie am Bauzaun gestanden und auf das getrunken, was bald *The Shipworks* sein würde. Sie waren im Begriff, Eigentümer zu werden und eine Immobilie zu erwerben, die technisch zwar noch gar nicht vorhanden, aber irgendwo auf den vierhundert Seiten des Kreditantrags, die Jack unter dem Arm trug, mit einer Präzision beschrieben und aufgezeichnet war, die der NASA zur Ehre gereicht hätte. Diese Papiere zu unterschreiben erschien ihnen wie das Bedeutendste, was sie je getan hatten; selbst das Heiraten und Kinderkriegen erforderte weniger Dokumente und weit weniger Bewilligungen als die Hypothek auf eine Eigentumswohnung, die eigentlich noch nicht existierte. Sie sahen hinauf, dorthin, wo die Wohnung eines Tages sein würde. Jack dachte daran, dass er in früherer Zeit seine Frau über die Schwelle hätte tragen müssen, doch hier gab es ja keine Schwelle, und Elizabeth legte keinen Wert auf althergebrachte Gesten. Außerdem war Jack noch nie stark genug gewesen, um irgendjemanden irgendwohin zu tragen.

»*Genau da* werden wir wohnen«, sagte er, zeigte auf das Stück Himmel, das ihre Wohnung demnächst einnehmen würde, und gab, um der Bedeutung des Augenblicks gerecht zu werden, seiner Stimme einen feierlichen Klang. »Genau da wird Toby aufwachsen.«

Elizabeth kniff die Augen zusammen und runzelte die Stirn. »Ich dachte, unsere Wohnung ist *dort*«, sagte sie und wies auf ein ganz anderes Stück Himmel.

»Ach ja? Ich könnte schwören, sie ist *da*.«

Es war die erste von vielen kleinen Meinungsverschiedenheiten. Wenn man ein ganzes Heim aus dem Nichts erschafft, gibt es, wie sich zeigte, unzählige unvorhergesehene Fragen, und Jack war selbst überrascht, wie sehr er sich für jede davon interessierte. Zum Beispiel wollte Elizabeth in der Küche keine geschlossenen Schränke, sondern offene Regale, ein Konzept, das Jack wie reine Ketzerei vorkam, auch wenn er sich noch nie in seinem Leben auch nur einen einzigen Gedanken über Küchenschränke gemacht hatte.

»Offene Regale?«, fragte er entsetzt.

»Ja.«

»Du willst, dass unser ganzes Zeug« – er machte eine unbestimmte Geste – »*offen herumsteht?*«

»Das wäre doch schön.«

»Das wäre peinlich.«

»Nein, sieh doch mal.« Sie zog ihren Laptop hervor und zeigte ihm ein Foto von einer solchen Küche. Es war eins von vielen Hundert Küchenfotos, die sie gesammelt, geordnet und zusammen mit Dutzenden Webadressen und Youtube-Videos gespeichert hatte. Wie gewöhnlich hatte sie ihr »Elizabeth-Ding« gemacht und war das Thema von allen Seiten angegangen. Das Foto zeigte eine Küche mit Regalen aus dunklem Walnussholz, auf denen weiße Teller, weiße Schüsseln und weiße Kaffeebecher gestapelt und geschmackvoll zwischen allerlei Schnickschnack arrangiert waren. Es war eine Küche, in der alles entweder weiß oder in Naturholztönen gehalten und das Geschirr ein vollständiges Service war, wo es keine Flecken oder Soßenspritzer gab, wo die riesige Landhausspüle leer und sauber und von den üblichen Küchengeräten – Toaster, Mikrowelle, Kaffeemaschine – nichts zu sehen war. Es war eine Küche, die eher zu Reflexion und Meditation als zur Zubereitung von Essen einlud.

»Siehst du?«, sagte Elizabeth. »Schön, oder?«

Jack nickte. »O ja, sehr, sehr schön«, sagte er und versuchte, diplomatisch zu sein. »Aber ich habe den Verdacht, das liegt mehr an dem Millionenbudget als an den offenen Regalen.«

Sie saßen an der Theke ihrer kleinen, beengten Küche in Wicker Park, wo sich in der wasserfleckigen Standardspüle das Geschirr stapelte, weil weder er noch Elizabeth gern den Abwasch machten, wo der Kühlschrank voller Fingerabdrücke eines Achtjährigen war, der immer vergaß, sich nach dem Spielen oder Essen die Hände zu waschen, wo der Toaster über einem Haufen verbrannter Brotkrümel stand, die gläserne Kaffeekanne einen mehr oder weniger permanenten Belag wie eine Wasserpfeife hatte und die Decke der Mikrowelle infolge unzähliger explodierter Tomatensoßen mit einer roten Kruste überzogen war. Es gab eine tiefe Kluft zwischen ihrem Leben und dem von Leuten mit offenen Regalen.

»Lass es mich kurz demonstrieren«, sagte Jack, stand auf und ging zu dem Oberschrank, in dem sie all die Plastikteller, das Plastikbesteck und die Plastikbecher aufbewahrten, die sich in Tobys ersten Lebensjahren angesammelt hatten, außerdem das total wahnsinnige Sammelsurium von Tupperdosen, ein Konglomerat aus uneinheitlich geformten Plastikbehältern und (manchmal) ihren Deckeln, und das alles so hineingequetscht, dass, wie nicht anders zu erwarten, einer der größeren Container herausfiel und dumpf auf der Theke aufschlug, sobald Jack die Tür öffnete. Der Stapel verlor seinen inneren Zusammenhalt und stürzte als eine Art Tupperdosenlawine auf die Theke und von dort zu Boden – eine effektivere Demonstration, als Jack gehofft hatte.

Er sah Elizabeth an. Sie starrte zurück und sagte: »Ich glaube, ich habe verstanden, was du sagen willst.«

»Wie kommst du auf die Idee, wir könnten jemals offene Regale haben?«

»Ich sagte, ich habe verstanden.«

»Wir müssen realistisch bleiben«, sagte Jack. »Ich meine, willst du wirklich alles ausstellen? Damit alle alles sehen können?«

»Okay. Zunächst mal: Wer ist *alle*?«

»Ich weiß nicht. Gäste.«

»Wann hatten wir zuletzt Gäste?«

»Manchmal haben wir Gäste.«

»Und dann: Wenn wir offene Regale hätten, würde es bei uns nicht so aussehen«, sagte sie und wies auf das Durcheinander von Tupperdosen. »Es würde besser aussehen als vorher. Wir wären besser.«

Und das war also die tiefe philosophische Kluft zwischen ihnen: Sollte ihr neues Heim ihre gegenwärtige Realität oder ihre künftigen Ansprüche widerspiegeln? Sollte die Gestaltung dem Leben gerecht werden, das sie tatsächlich führten, oder dem, das sie führen wollten? Für Elizabeth war diese neue Eigentumswohnung eine Gelegenheit für ein Upgrade, und das betraf nicht nur die Wohnung, sondern ihrer aller Lebensweise. Zum Beispiel wollte sie, dass es in ihrer neuen Wohnung eine »Mal- und Bastelecke« gab, obwohl keiner von ihnen besonders gern bastelte; sie wollte ein »Spielzimmer«, in dem sie nostalgische, analoge Spiele wie Pachisi und UNO und Mau-Mau spielen würden, obwohl Toby sich nur für Spiele zu interessieren schien, bei denen er anderen online zusehen konnte; sie wollte, dass die neue Eigentumswohnung »fernsehfrei« war, obwohl sie an den meisten Abenden vor dem Fernseher einschlief. Es fiel Jack schwer, diese Wünsche zu hören und nicht zu denken, dass Elizabeth ihren alltäglichen Ärger in die Gestaltung der Wohnung einbrachte, dass sie ihre Missbilligung in die Wände einfließen ließ.

»Ich will einen offenen Kamin«, sagte sie eines Abends beim Essen, als sie schweigend Salat aßen und durch die zahlreichen Feeds auf ihren Smartphones scrollten.

»Einen offenen Kamin?«, sagte er und sah auf.

Sie nickte. »Wie den da.« Sie zeigte ihm auf ihrem Screen ein Foto aus einer Architekturzeitschrift: Ein Paar mittleren Alters saß lesend gemütlich aneinandergekuschelt im Bett, vor dessen Fußende ein munteres Feuer brannte. Die beiden hätten in einer Blockhütte im Wald sitzen können. Sie hatten die sorglosen, zufriedenen Gesichter von Menschen mit wohldurchdachten Ruhestandsplänen.

»Ich bin nicht ganz sicher, ob das unser Stil ist«, sagte Jack.

»Ich finde es toll«, sagte sie. »Ich will so einen Kamin. Und außerdem will ich mehr lesen.«

»Aber du liest doch die ganze Zeit.«

»Zum Vergnügen, meine ich. Nicht für die Arbeit. Und für uns beide, dich und mich. Ich wünsche mir, dass wir viel mehr lesen.«

»Findest du, ich lese nicht genug?«

»Ich meine ja nur: Sieht das nicht gemütlich aus? Wäre das nicht schön?«

Er legte das Handy und die Gabel hin, faltete die Hände und sah sie an. »Ist alles in Ordnung?«

»Natürlich.«

»Du bist nicht unzufrieden?«

»Mir geht's prima, Jack.«

»Es hört sich so an, als wärst du unzufrieden.«

»Mir geht's wirklich prima.«

»Ich meine, all diese Wünsche für unsere neue Wohnung. Offene Regale. Kein Fernseher. Ein Spieleraum. Deine neue minimalistische Ästhetik.«

»Was ist denn mit meiner Ästhetik?«

»Sie passt nicht zu uns. Darum sieht es für mich so aus, als wärst du vielleicht unzufrieden, vielleicht ein bisschen unglücklich.«

»Ich bin nicht unglücklich«, sagte Elizabeth und tätschelte seinen Arm. »Oder jedenfalls nicht abnorm unglücklich.«

»Nicht abnorm. Was heißt das?«

»Es heißt, dass ich genau so glücklich bin, wie in diesem Lebensabschnitt zu erwarten ist.«

»Und welcher Lebensabschnitt ist das?«

»Der Lebensabschnitt, der sich am unteren Ende einer u-förmigen Kurve befindet.«

Ja, natürlich, die u-förmige Kurve. Die erwähnte sie in letzter Zeit oft, wenn Jack nachfragte. Es war ein unter Wirtschaftswissenschaftlern und Verhaltenspsychologen wohlbekanntes Phänomen, dass persönliches Glück und Wohlbefinden im Lauf eines Lebens einem vertrauten Muster folgten: Die Menschen waren am glücklichsten, wenn sie jung und wenn sie alt waren; dazwischen waren sie am wenigsten glücklich. Wie es schien, erlebte man mit etwa zwanzig einen Höhepunkt und einen zweiten mit etwa sechzig, in der Mitte aber sackte die Kurve ab, und dort befanden sich Jack und Elizabeth, auf dem Tiefpunkt der Kurve, in der Mitte des Lebens, einer Periode, die nicht etwa durch die wohlbekannte und nach ihr benannte Midlife-Crisis gekennzeichnet war (die war eher selten – nur zehn Prozent gaben an, eine zu haben), sondern vielmehr durch ein langsames Versinken in stiller Unruhe und Unzufriedenheit. Es war, wie Elizabeth betonte, ein universales Phänomen: In all den Jahrzehnten, in denen man es untersucht hatte, galt die u-förmige Kurve für Männer wie Frauen, Reiche wie Arme, Beschäftigte wie Arbeitslose, Gebildete wie Ungebildete, Eltern wie Kinderlose, und zwar in allen Ländern, Kulturen und Ethnien. Die wissenschaftlichen Erkenntnisse besagten, dass Menschen in mittleren Jahren ständig ein Gefühl mit sich herumtrugen, das statistisch betrachtet so war, als wäre jemand, der ihnen nahestand, kürzlich gestorben. Genau so fühle sie sich, sagte Elizabeth. Sie vermutete, dass es etwas Biologisches war, dass es etwas mit natürlicher Auslese und dem evolutionären Druck vor

Jahrmillionen zu tun hatte, denn kürzlich hatten Primatenforscher herausgefunden, dass es genau dieselbe Glückskurve auch bei Menschenaffen gab, was darauf hindeutete, dass die Traurigkeit in mittleren Jahren unseren Vorfahren in prähistorischen Zeiten irgendeine Art von Vorteil verschafft und zu ihrem Überleben beigetragen haben musste. Vielleicht, spekulierte Elizabeth, lag es daran, dass die Verletzlichsten eines Rudels stets die Jungen und die Alten waren, und darum war es wichtig, dass diese sich glücklich und zufrieden fühlten, denn je zufriedener sie waren, desto weniger Risiken gingen sie ein und desto größer war die Wahrscheinlichkeit, dass sie überlebten. Die Urmenschen mittleren Alters hingegen mussten das genaue Gegenteil empfinden: eine Rastlosigkeit, eine starke innere Unruhe, die so groß war, dass es vergleichsweise besser war, hinaus in die gefährliche Welt zu gehen. Irgendwer musste schließlich tun, was zu tun war.

Elizabeth schien den Gedanken tröstlich zu finden, dass dieses Absacken biologisch bedingt war und nichts darauf hindeutete, dass mit der Ehe oder ihrem Leben etwas nicht stimmte. Jack dagegen fand den Zusammenhang ganz und gar nicht tröstlich, sondern sah seine Befürchtungen bestätigt. Er hörte nur: Seine Frau war traurig.

»Aber ich werde nicht für immer traurig sein«, sagte Elizabeth. »Wenn wir in den Sechzigern sind, werden wir wieder so glücklich sein wie damals, als wir uns kennengelernt haben. Das sagt jedenfalls die Wissenschaft. Ist das nicht aufregend? Etwas, auf das man sich freuen kann?«

»Das ist aber noch ganz schön lange hin, Schatz.«

»Bis dahin ist es wichtig, dass wir etwas dafür tun, mit unserer emotionalen Realität zurechtzukommen. Wir sollten neue Abenteuer suchen, neue Erlebnisse und die tägliche Routine hier und da ein bisschen verändern. Damit das Leben frisch und interessant bleibt.«

»Daher der Kamin?«

»Ich glaube einfach, dass es uns motivieren würde, gemeinsam mehr zu lesen, wenn wir einen Kamin hätten. Das ist alles.«

»Tja«, sagte Jack und griff wieder zu seiner Gabel, »ich mag keine offenen Kamine.«

Sie starrte ihn an. »Wirklich?«

»Wirklich.«

»Du magst keine offenen Kamine. Warum weiß ich davon nichts?«

Jack zuckte die Schultern. »Das Thema kam nie zur Sprache.«

»Aber jeder mag offene Kamine.«

»Ich nicht.«

»Aber warum?«

»Sie sind schmutzig«, sagte er. »Und gefährlich.«

»Gefährlich?«

»Du weißt schon, der Rauch. Der ist nicht gut für Toby. Wegen dem Feinstaub.«

Sie sah ihn mit verwirrt zusammengekniffenen Augen an. »Du magst keine offenen Kamine ... wegen dem *Feinstaub*?«

Schließlich gab es so viele dumme Streitereien und Scharmützel, dass sie sich darauf einigten, getrennte Pinterest-Seiten zusammenzustellen und diese dem Projektmanager von *The Shipworks* zu schicken, damit er zwischen ihnen vermittelte. Sie baten ihn, die beiden Collagen zu kombinieren und so ein Heim zu schaffen, das im Grunde eine Verschmelzung zweier Verschmelzungen sein würde. Und nun waren sie in seinem Büro und im Begriff, ihr neues Heim zum ersten Mal zu besichtigen.

Der Projektmanager – zugleich Verkaufsleiter, Finanzdirektor und Makler des Projekts – war Jacks alter Freund und Vermieter Benjamin Quince, der seine Masterarbeit im Fach Neue Medien aufgegeben hatte, als deutlich wurde, dass er auf einem anderen Gebiet weit mehr Erfolg haben würde: Immobilien. Die Fotos im Internet hatten eine zwar unbeabsichtigte, aber höchst effektive Werbewirkung entfaltet und genau das Mainstream-Publikum angezogen, dem er in dieser Gegend eigentlich hatte entkommen wollen. Er hatte sich lautstark über die unzähligen Yuppies beklagt, die in das Viertel drängten, bis ihm klar geworden war, wie viel Miete er von ihnen verlangen konnte, woraufhin er die Profite aus *The Foundry* in andere Projekte – alte Gebäude, die er billig kaufte, renovierte und teuer vermietete – investierte und mit seinen Unternehmungen in andere, ebenfalls im Wandel begriffene Viertel expandierte. Schließlich hatte er seine eigene Firma gegründet, die sich auf die Planung, Finanzierung und Erstellung von Eigentumswohnungen im Raum Chicago spezialisierte. Das Büro befand sich in der Innenstadt. Benjamin hatte Jack und Elizabeth auf die Gelegenheit, sich in *The Shipworks* einzukaufen, aufmerksam gemacht.

»Jack, Elizabeth, wie schön, euch zu sehen«, sagte Benjamin jetzt in seinem großen, hellen Büro mit Blick auf den Fluss. »Kann ich euch was zu trinken anbieten? Ich habe einen Kasten unbehandeltes Mineralwasser. Es wirkt entzündungshemmend und ist antioxidativ, absolut erstklassig. So viel besser für den Körper als die Soße aus dem Hahn.«

Vor langer Zeit, als Jack ihn kennengelernt hatte, war Benjamin ein hageres, bleiches, hohlwangiges Beispiel für konsequente Fehlernährung und Vitaminabstinenz gewesen. Jetzt war er robust, muskulös, ein Mann, der an Halbmarathons und Extremhindernisläufen teilnahm, der jeden Morgen in ebendiesem Büro Gruppenmeditationen veranstaltete, fanatisch darauf achtete, ausschließlich organische, natürliche, authentische Nahrungsmittel und Ergänzungsstoffe zu sich zu nehmen, und sich weigerte, irgendetwas in seinen Körper zu lassen, das irgendwie verarbeitet, verändert, künstlich hergestellt, beworben oder öffentlich empfohlen war. Es war, als hätte sich die Bandbreite seiner gegen das Establishment gerichteten Haltung, die er als Student eingenommen hatte, mit den Jahren radikal verengt und bezöge sich nur noch auf seine Ernährung. Seine Haut wirkte infolge unermüdlicher

Befeuchtung wie emailliert, sein Bart war lang und rechteckig, kompakt und sorgsam gepflegt und ging auf den Wangen in grau melierte Stoppeln über. Der Schädel war kahl, die breiten Schultern spannten das Sportjackett. Als er Jack umarmte, drückte er so fest zu, dass Jack ein *Uff!* entfuhr.

»Bitte«, sagte Benjamin und schob Jack und Elizabeth zu den Eames-Sesseln aus schwarzem Leder. Seine Zähne hatten den Alabasterschimmer, den nur teure Zähne haben. Sein Gesicht glänzte womöglich noch mehr als die Haut am Rest seines Körpers. »Setzt euch«, sagte er, »macht's euch gemütlich. Heute ist der große Tag, stimmt's? Die Bescherung. Ich bin so aufgeregt.«

Die Wände seines Büros waren größtenteils mit großformatigen Bildern dekoriert, auf denen zu sehen war, wie *The Shipworks* aussehen würde, wenn die Arbeiten beendet waren. Die meisten zeigten quirliges urbanes Leben in der Abenddämmerung, mit Radfahrern und Leuten, die Hunde ausführten. Hinter ihnen glühte das Gebäude orangerot und einladend. Es war für eine gemischte Nutzung vorgesehen, und der Entwurf folgte gewissen neuen urbanistischen Grundsätzen: Es sollte umweltverträglich sein und über eine große Vielfalt von Wohnungen verfügen. Es gab Wohn- und Büroräume im Erdgeschoss, große Penthouses und dazwischen ein paar Dutzend Wohnungen verschiedener Größe, manche sehr groß, andere bescheidener, und wieder andere waren Sozialwohnungen, für die es irgendeinen Bundeszuschuss gab. Eine Wohnung in *The Shipworks* war für Jack und Elizabeth die einzige Chance, sich jemals ein Leben in Park Shore, Illinois, leisten zu können, einem Ort, wo die anderen Gebäude meist auf ausgedehnten Rasenflächen standen, riesige Herrenhäuser, Ende des 19. Jahrhunderts als Sommerfrische der Reichen erbaut und inzwischen siebenstellige Summen wert. Es war ein Ort, der ganz eindeutig außerhalb ihrer finanziellen Möglichkeiten lag: Jack bezog als Lehrbeauftragter ein relativ schmales Gehalt, und Elizabeth führte ein kleines und sehr bescheidenes Non-Profit-Unternehmen. Ihre Mittel waren schon immer begrenzt gewesen, was an Geld hereinkam, ging für die Miete und Toby drauf. Die einzige Summe, die sie je hatten beiseitelegen können, verdankten sie einem außergewöhnlichen Glücksfall, einem Privatauftrag, der Elizabeth vor ein paar Jahren in den Schoß gefallen war und für den sie ein enormes Honorar kassiert hatte, das seither auf einem Sparkonto lag. Manchmal spätnachts loggte Jack sich in die Website seiner Bank ein und starrte auf diesen gewaltigen Betrag: Es war mehr Geld, als er je in seinem Leben besessen hatte. Es hatte als eine Art Schutzwall gedient – ein großer, schwerer Haufen Geld, der sie vor dem Druck der Welt schützte. Es verschaffte ihnen Luft. Im Wissen um diesen Notgroschen konnten sie sich entspannen.

Und Elizabeth überzeugte Jack davon, dieses Geld in ihre nagelneue Traumwohnung in *The Shipworks* zu stecken.

Der Name ging auf die Tatsache zurück, dass sich in dem Gebäude der Ausstellungsraum der *Chicago Shipworks* befunden hatte, einer in den 1880er-Jahren gegründeten Firma, die eine Werft am Ufer des Lake Michigan betrieben hatte. Die Werft war irgendwann in den 1950er-Jahren unter verdächtigen Umständen abgebrannt – unter anderem war es um Bankrott und Versicherungsbetrug gegangen –, doch dieses Gebäude war unversehrt und verlassen, ein einst schöner Backsteinbau mit Decken, hoch genug für einen Schiffsmast. Die Holzböden waren mit Schellack versiegelt und glänzten wie das Deck eines Segelboots, und die mit Stuck gestaltete Fassade hatte die Form eines Schiffsbugs. Nach dem Kauf hatte Benjamin sich darangemacht, es in seiner ganzen Pracht wiederherzustellen. Selbstverständlich hatte er die alten Holzböden erhalten wollen, denn sie bestanden nicht aus den üblichen Eichen- oder Ahornbohlen, sondern waren aus dem damals im Schiffbau verwendeten Teakholz, doch die Bautechniker hatten festgestellt, dass das Holz im Lauf der Jahrzehnte zu sehr gelitten hatte und nicht mehr belastbar war, und so hatten die Architekten beschlossen, neue Böden aus einem Kompositwerkstoff namens *Permateek* einzuziehen, der ziemlich genauso aussah wie Teakholz, aber wesentlich haltbarer war. Eine vom Gesundheitsamt veranlasste Untersuchung der Wände ergab, dass der Mörtel zwischen den Backsteinen gewisse toxische Stoffe in Mengen enthielt, die heutige Grenzwerte weit überstiegen, und so wurden sämtliche Innenwände herausgerissen und durch moderne Wandplatten ersetzt, die so bedruckt waren, dass sie wie das ursprüngliche Mauerwerk aussahen. Und schließlich stellte sich heraus, dass die wunderschöne Schiffsbugfassade nach den Frost- und Tauperioden vieler brutaler Winter von innen heraus zerbröselte und Risse bekam, weswegen sie abgetragen worden war und man jetzt mit einem 3-D-Drucker unter Zuhilfenahme alter Fotos Fassadenteile aus komplexen Polymeren anfertigte.

Der springende Punkt war: *The Shipworks* würde mehr oder weniger genauso aussehen wie im Jahr 1890, obwohl buchstäblich alles, was *The Shipworks* ausmachte, neu war. Daher der Slogan »Klassischer Stil, moderner Luxus«, der in großen blauen, maritim wirkenden Lettern auf jedem der Poster stand.

»Ganz ehrlich«, sagte Benjamin und strahlte sie von seinem Platz hinter dem Schreibtisch an, »ich bin ausnehmend, überwältigend, ja geradezu anmaßend stolz auf dieses Design. Ich habe meine allerbesten Leute darauf angesetzt. Seid ihr bereit, euch überwältigen zu lassen? Ja? Dann nehmt die hier.« Er reichte ihnen zwei große VR-Headsets, und Jack verstand, wie die »Besichtigung« einer noch nicht existierenden Eigentumswohnung stattfinden würde.

»Unsere Technik ist besser als die in Hollywood«, sagte Benjamin, während er ihnen mit den Masken half. »Das Neueste vom Neuen.«

Als sie die Headsets aufgesetzt hatten und Benjamin »Okay, bereit?« gesagt und etwas auf der Tastatur getippt

hatte, erwachten die beiden kleinen Bildschirme vor Jacks Augen zum Leben, und plötzlich stand er in einer, wie er zugeben musste, ziemlich lebensgetreuen, dreidimensionalen, fotorealistischen Darstellung eines Wohnzimmers.
Eines cool-minimalistischen Wohnzimmers.
Alles in Weiß und Walnussholz.
Jack seufzte und sah sich um. Wenn er den Kopf bewegte, veränderte sich das Bild dementsprechend. Er sah ein weißes Ledersofa, das wahrscheinlich etwa acht Minuten lang wirklich schön sein würde – bis zu einem bedauerlichen Unfall, bei dem Toby und Traubensaft eine Rolle spielten. In weißen wandhohen Regalen lagen nach Farben geordnete Bücherstapel neben Vasen, Bilderrahmen und diversen *objets d'art*. Unverputzte Backsteinwände, kein Fernseher weit und breit. Stattdessen Gemälde, viel größer und teurer, wie es schien, als irgendein Bild, das sie besaßen. Auf der Anrichte hinter dem Sofa standen zarte und bestimmt sehr zerbrechliche Keramiken. Und jenseits davon ging der Blick in eine große Küche mit zahlreichen offenen Regalen.
»Willkommen in eurer Traumwohnung«, sagte Benjamin.
»So schön«, hörte er Elizabeth unter ihrem Headset sagen.
»Die Küche ist perfekt. Und ich liebe diese Akzentwand.« Damit meinte sie vermutlich die Wand am anderen Ende des Wohnzimmers, die mit Brettern aus verwittertem, sonnengebleichtem Holz verkleidet war, Holz, das vom Alter gezeichnet war und Charakter hatte.
»Recycelt«, sagte Benjamin. »Echtes Holz von ehemaligen Scheunen aus dem Herzen Amerikas. Ich habe einen guten Lieferanten.«
»Die Wand ist einfach großartig.«
»Echtes Hartholz natürlich, daher keine Formaldehydbelastung. Und die Fliesen sind handgemacht, in Enkaustik-Technik und ohne irgendwelche künstlichen Zusätze. Und seht ihr, dass die Wände zu funkeln scheinen? Das liegt daran, dass sie mit einer proenergetischen Lackmischung behandelt

sind, deren Oberfläche zur Förderung des Biorhythmus die Wellenlänge des Sonnenlichts nachahmt. Das Wasserfiltersystem ist auf Chicagos toxische Brühe mit ihrem Mikroplastik und ihren Schwermetallen abgestimmt. Nonemissiver Induktionsherd. Desinfizierendes UV-Licht in allen Bädern. Luftreiniger befreien die Luft von allen industriellen Schadstoffen. Habt ihr eine Vorstellung, wie viele Chemikalien auf einem einzigen Staubkorn kleben? Die Zahl ist fünfstellig, kein Scheiß. Phenole, Phthalate, BPA, PFA, VOC. Die industriellen Mächte, die über uns herrschen, wollen nicht, dass wir wissen, wie ungesund das *Atmen* heutzutage ist, darum haben die meisten keine Ahnung. Sie kochen mit Gas, sie sind wie Schafe im Schlachthof. Aber ihr braucht euch darüber keine Gedanken zu machen. Ihr werdet ein Zuhause haben, das auf eure Gesundheit ausgerichtet ist. Stellt es euch als eine *lebenslange* Entgiftung vor. Ich weiß, das stand nicht auf eurer Liste, aber ich habe mir die Freiheit genommen. Immerhin ist es ja eure Traumwohnung.«

»Sie ist toll«, sagte Elizabeth. »Ich finde sie wunderbar.«

»Und du, Jack?«, sagte Benjamin. »Du bist so still.«

»Ich bin noch dabei, mich umzusehen«, sagte Jack in einer Art Singsang, damit seine Stimme ihn nicht verriet.

»Er findet sie grässlich«, sagte Elizabeth.

»Ich finde sie nicht grässlich«, widersprach er. »Es ist nur ... dieses Design scheint keinen von meinen Wünschen zu berücksichtigen.«

»Aber nein«, sagte Benjamin. »Du hast ja dein Refugium noch gar nicht gesehen.«

»Mein was?«

»Dein Refugium. Komm.«

Und plötzlich bewegte sich Jack vom Wohnzimmer durch die Küche und dann durch einen Gang, wobei das Bild leicht wippte, um Schritte zu simulieren, und er fühlte sich ein bisschen schwummrig und desorientiert, weil er eine Bewegung wahrnahm, ohne sich tatsächlich zu bewegen. Er schwebte in einen bemerkenswert düsteren und hässlichen Raum: klotzige Möbel aus dunklem Eichenholz, rotbraune Wände, moosgrüne Laken auf dem Bett – anscheinend ein Wasserbett –, geraffte, möglicherweise tatsächlich schwarze Vorhänge, eine Dartscheibe, ein Getränkekühlschrank. Es war ein sehr maskuliner, unmodischer Raum, und Jack fragte sich, ob er so wahrgenommen wurde: als jemand, der eine Männerhöhle brauchte.

»Willkommen in deinem Refugium.«

»Ich verstehe das nicht. Ich habe ein eigenes Zimmer?«

»Ja, deine eigene Suite.«

»Und wo schläft Elizabeth?«

»In ihrer eigenen Suite. Ganz am anderen Ende.«

»Im Ernst?«

»Da ist auch der Kamin.«

»Moment mal.« Jack löste den Klettverschluss und nahm die Brille ab. »Wir haben getrennte Schlafzimmer?«

»Man spricht von *dualen Elternzimmern*«, sagte Benjamin und malte mit den Fingern Anführungszeichen in die Luft. »Das haben wir auf der Pinterest-Seite deiner Frau entdeckt.«

»Es ist eine Art Trend«, sagte Elizabeth, die jetzt ebenfalls die Brille absetzte.

»Ein Trend.«

»Ja. Getrennte Schlafzimmer. Viele Leute machen das so.«

»Wir sollen getrennt schlafen?«, sagte Jack. »Wie in den Fünfzigerjahren?«

»Wir *müssen* ja nicht getrennt schlafen«, sagte Elizabeth. »Aber so haben wir die *Option,* falls wir getrennt schlafen wollen.«

»Und was ist, wenn wir das nie wollen?«

»Aber Jack«, sagte sie sanft, »das tun wir doch schon.«

Das war seiner Meinung nach etwas zu viel Information in Benjamins Anwesenheit, auch wenn es stimmte, dass sie im Lauf der Jahre eine Routine entwickelt hatten, die bewirkte, dass sie meist getrennt schliefen. Sie hatten damit begonnen, als Toby ein Kleinkind gewesen war und eine Phase durchgemacht hatte, in der er ein furchtbar mäkeliger Esser war, was Elizabeth enorm gestresst hatte, so sehr, dass sie mitten in der Nacht aufgewacht war, jede Nacht. Dann hatte sie dagelegen und sich Sorgen gemacht, die Art von Sorgen, die man sich um drei Uhr morgens macht, wenn alle Ängste und Qualen unermesslich groß sind. Während Jack neben ihr friedlich schlief, sich hin und wieder umdrehte, ihr zu nahe rückte und ihr den Platz nahm. Elizabeth beschrieb es als eine Art sehr langsamer Verfolgungsjagd, die sich anscheinend Nacht für Nacht in ihrem Doppelbett abspielte: Jack wälzte sich im Schlaf zu Elizabeth und legte eines oder zwei oder (manchmal, irgendwie) sogar drei seiner Gliedmaßen auf sie, hielt sie umschlungen oder klammerte sich gelegentlich regelrecht an sie, worauf sie sich aus dieser Umarmung befreien und von ihm abrücken musste, denn derart beladen konnte sie unmöglich wieder einschlafen, doch dann – gewöhnlich genau in dem Augenblick, in dem sie endlich wieder in den Schlaf glitt – rückte Jack nach und legte den Arm um sie, worauf sie abermals von ihm abrückte, und dieses Spiel setzte sich fort, bis Elizabeth nur noch ein schmales Stück Matratze blieb, auf dem sie unmöglich schlafen konnte, und so stand sie schließlich auf und schlief auf dem Klappbett im Büro. Jack merkte von alldem nichts, bis er allein erwachte. Das ging jetzt seit beinahe sieben Jahren so. Morgens stellte Jack fest, dass er in der Nacht verlassen worden war. Und in den Nächten, in denen Elizabeth wegen dringender morgendlicher Termine früh zu Bett ging, schlief Jack auf dem Klappbett im Büro, um ihr die Mühe zu ersparen. Und obwohl diese Praxis sich im Lauf der Jahre verfestigt hatte und zur Gewohnheit geworden war, wurde Jack erst in diesem Augenblick bewusst, dass es sich in seinen Augen dennoch nur um eine Phase handelte, eine jener vorübergehenden Irritationen in ihrer Beziehung, die sie überwinden mussten, damit sie wieder so eng umschlungen schlafen konnten wie früher.

Es auf den Grundriss ihrer *Traumwohnung* zu übertragen würde jedoch bedeuten, dass es absolut keine Phase war. Er stellte sich den Rest seines Lebens als eine kalte, einsame Leere vor, in der er seine Tage nicht mit seiner Frau, sondern mit einer Art besserer Untermieterin verbrachte. Er dachte an seine Eltern, die, solange er zurückdenken konnte, in separaten Betten schliefen.

»Ich glaube«, sagte Jack, »bei dualen Elternzimmern sage ich kategorisch Nein.«

»Du bist nicht ganz zufrieden«, sagte Benjamin. »Das verstehe ich vollkommen. Ich verstehe deine Beschwerde. Aber eine Änderung könnte Monate dauern, und es gibt ein paar Dinge, die wir bedenken sollten, bevor wir wieder ans Zeichenbrett gehen. Ein paar ... sagen wir: äußere Umstände.«

»Okay.«

»Ich denke da vor allem an zwei Faktoren. Der erste heißt ›Risiko‹.«

»Risiko?«

»Wie man es beherrscht. Wie man es verringert und aufteilt. Es gab, wie ihr wisst, ein paar Probleme bei der Konstruktion, ein paar Pannen, plötzlich steigende Kosten, alles nicht amortisiert, unglücklich und unvorhergesehen. Das hat unser Risiko erhöht. Die Investoren sind nervös. Das Projekt sieht plötzlich nicht mehr wie der sichere Geldparkplatz aus, der es ihrer Meinung nach sein sollte. Sie könnten sich zurückziehen.«

»Und das Ganze platzen lassen?«

»Vielleicht, ja, aber wahrscheinlicher ist, dass es die Bauarbeiten bis zum Abschluss der unvermeidlichen Gerichtsverfahren verzögern würde. Um ein halbes Jahr? Vielleicht sogar um ein ganzes?«

»Ein *Jahr*?«

»Vielleicht sogar um zwei Jahre.«

»Aber wir haben schon dafür bezahlt!«

»Und das war sehr klug von euch. Ihr habt zur Risikobeherrschung beigetragen, indem ihr selbst einen Teil des Risikos übernommen habt. Sehr gut.«

»Ben, das waren unsere gesamten Rücklagen.«

»Und ich verstehe, wie irritierend das sein muss. Aber ich glaube, du verstehst nicht, wie wichtig es ist, das Risiko zu beherrschen. Wirklich. Nichts von Bedeutung ist je ohne Risikobeherrschung entstanden.«

»Das waren unsere *gesamten Rücklagen*. Alles. Wir können es uns nicht leisten, ein Jahr lang Hypothekenzinsen *und* Miete zu bezahlen.«

»Jack, kennst du das älteste Buch der Welt?«

»Nein.«

»Ein Hauptbuch, geschrieben in Mesopotamien vor sechstausend Jahren. Vor der Erfindung der Literatur. Es ist älter als Regierungen und Religionen. Weißt du, worum es geht? Weißt du, was wir erfinden mussten, bevor wir all die anderen Dinge erfinden konnten? *Versicherungen,* Jack. Entschädigung. Projektfinanzierung. Haftungsbeschränkung. Verstehst du, was ich damit sagen will?«

»Ich habe absolut keine Ahnung.«

»Großes aufzubauen ist *riskant,* Jack, und die Menschheit würde es nicht tun, wenn wir nicht gelernt hätten, das Risiko zu verteilen. Die Sumerer haben das früher erkannt als alle anderen und das erste Großreich der Welt errichtet. Sie haben eine Methode gefunden, ihre vielen Expeditionen in unerforschte Gebiete zu versichern, ihre Karawanen und Schiffe, die es mit unbekannten Gefahren zu tun bekamen. In den Geschichtsbüchern stehen nur die Reisenden und Entdecker, die Marco Polos und Magellans und so, aber die wahren Helden dieser Geschichten sind die Versicherer.«

»Wie zum Beispiel du.«

»Ich will mich nicht brüsten, aber: Ja, das ist es, worin ich richtig gut bin. Ich verbinde auf alchemistische Weise so viele grundverschiedene Interessen: die Investoren, die Sponsoren, die Käufer, die Lieferanten, die Kreditgeber, die Baufirmen und so weiter. Meine Projekte sind wie gewaltige, überaus komplexe Wesen – schwierig, ungebärdig, asynchron, ein bisschen barock. Eine Projektfinanzierung in dieser Größenordnung erfordert erhebliche Expertise. Aber es war ja schon immer mein besonderes Talent, Menschen zusammenzubringen. Wie sich gezeigt hat, bin ich ein sehr mittelmäßiger Künstler, aber ein ausgezeichneter Logistiker und ein verdammter Mozart, wenn es ums Risikomanagement geht. Also macht euch keine Sorgen. Ich kriege das schon hin.«

»Okay. Na gut. Was sollen wir tun?«

»Wir bringen es *jetzt* zu Ende. Wir schließen die Planung für möglichst viele Einheiten möglichst schnell ab und mindern so das Risiko der Investoren. Das ist der erste äußere Faktor.«

»Und der zweite?«

»Der zweite lautet ›Scheidung‹.«

»Wie bitte?«

»Nicht, dass ich damit irgendwas über *euch beide* sagen will«, sagte Benjamin und lächelte breit. »Es ist nur so ... na ja, ihr wisst schon: Es betrifft fünfzig Prozent aller Ehen.«

»Aha.«

»Viele Paare beschließen nach der Scheidung, in derselben Wohnung zu bleiben. Wegen der Kinder.«

»Sie leben weiter zusammen, obwohl sie sich haben scheiden lassen?«

»Na klar. Viele Paare finden das geradezu ideal. Jeder hat sein eigenes Schlafzimmer, seinen eigenen Eingang. Im Fall einer Scheidung könnt ihr also beide in der Wohnung bleiben und das Trauma für Toby auf ein Minimum begrenzen. Und stellt euch vor, wie schön das für ihn wäre: Keine Wochenenden fort von zu Hause, keine trübseligen Übernachtungen in Dads deprimierender, leerer kleiner Wohnung.«

Jack sah seine Frau an. »Willst du dich scheiden lassen?«, fragte er sie.

»Jack, das ist unsere Traumwohnung«, sagte sie. »Sollten wir da nicht alle Möglichkeiten bedenken?«

»Das ist keine Antwort auf meine Frage.«

»Ich will keine Aussage über unsere Ehe machen. Ich will nur gut schlafen.«

»Betrachtet es nicht als Ehekritik, sondern als Eheversicherung«, sagte Benjamin. »Ich meine: Man schließt ja keine Versicherung für ein Boot ab, weil man *will,* dass es sinkt, stimmt's? Und hier gilt dasselbe Prinzip. Dass es getrennte Flügel für sie und ihn gibt, hat nichts zu bedeuten. Es ist nur ein Schutz vor dem Risiko, das jedes größere menschliche Unternehmen mit sich bringt.«

»Aber«, sagte Jack, »es kommt mir so, ich weiß nicht, so unromantisch vor. So pragmatisch.«

»Sagst du nicht immer, wir sollen realistisch sein?«, sagte Elizabeth.

»Ja.«

»Tja, und jetzt bin ich realistisch.«

»Und das ist das *eine Thema,* bei dem du beschlossen hast, realistisch zu sein? Unsere Scheidung?«

Wann hatten sie so unvermittelt und gründlich die Rollen getauscht? Mit einem Mal war Jack der mit der Erwartungshaltung, für den sein Zuhause nicht ihr wirkliches Leben widerspiegeln sollte, sondern eine idealisierte Version, in der er und Elizabeth gemeinsam einschliefen und gemeinsam aufwachten und sich in allem einig waren. Er sehnte sich nach der Intensität, der knisternden Spannung, der Leichtigkeit, der Nähe ihrer ersten gemeinsamen Jahre. In dem Winter, in dem sie sich kennengelernt hatten, vor langer Zeit, hatte Jack jede Nacht in ihrer kleinen Wohnung verbracht und mit ihr in ihrem winzigen Bett geschlafen. Morgens hatten sie Muskelkater, weil sie einander stundenlang so fest umschlungen hatten.

Jack dachte an diesen Winter. Monatelang waren sie durch eine Gasse getrennt gewesen. Damals hatten sie die Distanz unbedingt überwinden wollen. Und jetzt, zwanzig Jahre später, wollten sie diese Distanz wieder zurück.

Der Song, den die Kinder aus voller Kehle sangen, war ein populäres Tanzstück über eine Frau, die sich in einem Nachtclub schwer betrinkt und Sex mit einem Fremden und anschließend einen Blackout hat, sodass sie sich am nächsten Morgen an nichts erinnern kann.

Nein, das stimmte nicht ganz. Das Stück, zu dessen Klängen die Kinder vor ihren Eltern tanzten, war, wenn man genau hinhörte, eine oberflächlich bereinigte Version jenes anstößigen Songs, bei der die erwachsene Sängerin durch ein süßes kleines Mädchen und die schlimmsten Worte durch familienfreundliche Formulierungen ersetzt worden waren. Es war jetzt ein Song von Kindern für Kinder, Teil einer Zusammenstellung kindgerechter Coverversionen von Popsongs, der einzigen Musik, die bei diesen Spielnachmittagen in Brandies großem Haus in Park Shore gespielt wurde. Normalerweise lief sie gedämpft im Hintergrund, es sei denn, die Kinder hatten wie heute beschlossen, eine Show einzustudieren. Und da waren sie also, acht Kinder zwischen sechs und elf Jahren, die herumsprangen, sich drehten, mit den Händen fuchtelten, mit dem Hintern wackelten und in Brandies Wohnzimmer irgendwelche Popstars aus irgendwelchen Musikvideos imitierten. Die Eltern sahen zu, klatschten, jubelten und bedachten die Kinder mit einem Maximum an selbstwertstärkender Ermunterung und Unterstützung.

Elizabeth musterte die Eltern. Sie sah ihnen zu, während die Eltern ihren Kindern zusahen. Sie suchte nach Anzeichen von Unbehagen oder Irritation darüber, dass ihre Kinder diesem Song ausgesetzt waren, ja leider sogar dazu tanzten. Es war Musik, die man in Clubs hörte und deren Texte von Clubs handelten und davon, dass man in Clubs gesehen wurde – im Grunde nichts als schwungvoll-betrunkener Solipsismus mit Einsprengseln sexueller Haltlosigkeit.

»It's going down!«, sangen die Kinder. »I'm yelling timber!« Im Original war das die Stelle, wo die Sängerin betrunken umfiel oder aber dem Fremden einen Blowjob verpasste – der Text ließ beide Interpretationen zu. Doch die anderen Eltern schienen nichts zu merken, wahrscheinlich weil viele Schlüsselwörter ersetzt worden waren – eins hier, eins dort –, sodass die Aussage des neuen Textes oft das genaue Gegenteil von dem des Originals war, den Elizabeth dennoch wie ein epistemisches Echo im Ohr hatte.

»Let's make a day you will remember«, sangen die Kinder.
»Let's make a night you won't remember«, sang das Echo.
»One more dance, another town«, sangen die Kinder.
»One more shot, another round«, sang das Echo.

Es war so vieles geändert worden, dass von der ursprünglichen Bedeutung fast nichts mehr übrig war. Es war jetzt ein Nonsens-Stück, zensiert und ohne jeden roten Faden. Elizabeth fragte sich, wie viele solcher Änderungen man an einem Song vornehmen musste, um seine Aussage zu zerstören, wie viele Wörter man brauchte – zehn? zwanzig? –, um ihn in einen ganz neuen Song zu verwandeln.

Sie saß etwas abseits und sah die Kinder singen und tanzen, sah die Eltern, die sie pflichtschuldig bejubelten, und ihren Sohn Toby, der ebenfalls abseits saß, auf dem Küchenboden, den Rücken an die Wand gelehnt, die Knie angezogen. Er ignorierte die anderen, starrte auf den Bildschirm seines Tablets und spielte Minecraft, wie üblich allein. Das tat er immer bei diesen Spielnachmittagen. Elizabeth wünschte, er würde sich endlich den anderen Kindern anschließen, doch Toby zog sich lieber zurück. Seit einem Monat ging sie mit ihm zu diesen Treffen, und noch immer wollte ihr Sohn sich nicht in die Gruppe einfügen. Stattdessen errichtete er komplizierte Gebäude – Burgen, Kathedralen, ganze unterirdische Städte – auf seinem kleinen Bildschirm, in seiner digitalen Scheinwelt, weit weg von den anderen Kindern.

Bei diesem Anblick empfand sie einen vertrauten Schmerz. Toby war acht und in seiner Schule »der Neue«. Sie konnte sich gut erinnern, wie sich das anfühlte. Sie selbst war so oft die Neue gewesen und spürte noch jetzt das damit verbundene Gefühl: die Angst, die Not, die dunklen Vorahnungen, mit denen sie in das nächste fremde Klassenzimmer getreten war, mitten im Schuljahr, wenn die Klassengemeinschaft bereits etabliert war und sich längst Cliquen gebildet hatten. Elizabeth war automatisch ausgegrenzt worden, eine Kuriosität, die idiotisch durch die Korridore ging und nach einem leeren Spind suchte, zu spät im Klassenzimmer erschien und stets das bedrückende Gefühl hatte, beobachtet und beurteilt zu werden. Der Horror, der einen in einer Cafeteria mit wenigen freien Sitzplätzen überkam. Die schreckliche Wahl: Sollte sie sich abseits halten wie eine Aussätzige oder versuchen, Anschluss zu finden – »Kann ich mich zu euch setzen?« –, und damit öffentliche Zurückweisung und ewige Demütigung riskieren? Sie konnte dieses Gefühl ganz leicht heraufbeschwören, es steckte in ihrem Körper, noch immer präsent. Es war so, als würde sie mit ihrem Wagen auf einer vereisten Straße ins Schleudern geraten: der Augenblick, in dem man die Kontrolle über das Fahrzeug verliert und sich alle Muskeln anspannen und man sich zusammenkrümmt und auf die Katastrophe gefasst macht. So fühlte es sich an, die ganze Zeit, wenn man die Neue war.

Darum empfand sie Mitgefühl für ihren Sohn. Sie konnte verstehen, dass Toby sich abseits hielt und allein bleiben wollte. In seinem Alter hatte sie das auch gewollt. Sie erinnerte sich an ein Bilderbuch, das sie immer wieder gelesen hatte, als sie noch jünger gewesen war als Toby jetzt. Es hieß

Sylvester und der Zauberstein und handelte von einem kleinen Jungen – nein, eigentlich war es ein Esel, aber egal. Er findet einen Zauberstein, der Wünsche erfüllt, und eines Tages begegnet Sylvester, während er den Stein in der Hand hält, einem hungrigen Löwen und ruft: »Ach, wäre ich doch ein Stein!« Und schon ist er in einen Stein verwandelt, einen großen grauen und rosaroten Felsen. Dann kommt viel Traurigkeit, denn Sylvester ist zwar sicher vor dem Löwen, kann aber nicht den Stein nehmen und sich seine frühere Gestalt zurückwünschen (keine Arme), und so muss er ein Felsen bleiben. Man sucht lange nach ihm, und er muss stumm sehen, wie die Leute an ihm vorbeigehen. Schließlich wird er natürlich wieder in Sylvester zurückverwandelt, und alles endet gut, doch Elizabeth hatte lieber vorher aufgehört zu lesen. Der Teil vor dem Ende, wo alle nach Sylvester suchen, ihn aber nicht finden können, gefiel ihr besser. Eigentlich war das der schönste Teil der Geschichte: ein Felsen zu sein, übersehen, ignoriert. Die Art, wie der Löwe den Felsen hilflos ansah, bevor er sich trollte. Das war es im Grunde, was Elizabeth sich jedes Mal, wenn sie die Neue war, am sehnlichsten wünschte: Sie wollte in Ruhe gelassen werden. Und wenn man sie nicht in Ruhe ließ, wollte sie in den Momenten, in denen sie unangenehmer Aufmerksamkeit ausgesetzt war, wenigstens den Stoizismus, den Gleichmut, die emotionslose Fassade dieses Felsens haben. Eine so harte Oberfläche und graue Ausdruckslosigkeit, dass sie nicht aus der Ruhe zu bringen war.

Und jetzt, so viele Jahre später, tat Toby das Gleiche und verschanzte sich hinter seinem Computer.

Die anderen Kinder fuhren fort zu singen und zu tanzen, und Elizabeth ging zu Toby, setzte sich neben ihn und sah über seine Schulter auf den Bildschirm, wo seine Finger sich so rasch und in komplexen Mustern bewegten wie die eines Pianisten: Er veränderte mit einer Hand die Perspektive, während er mit der anderen in seinem digitalen Inventar suchte und zugleich mit Tippbewegungen diverse Gebäudeteile dirigierte. Das alles in einem derartigen Tempo, dass Elizabeth nie eine klare Vorstellung davon hatte, was er da eigentlich machte.

»Hallo, Kumpel«, sagte sie. »Möchtest du vielleicht mit den anderen Kindern spielen?«

Sie wartete auf eine Reaktion, doch er ignorierte sie und fuhr fort, mit den Fingern über den Bildschirm zu streichen und diese pixeligen bunten Kästen von einer Stelle zur anderen zu schieben.

»Die anderen Kinder haben viel Spaß«, sagte sie.

Keine Reaktion.

»Was baust du da?«

»Mein Geheimversteck«, sagte er. »Es ist unterirdisch.«

»Unterirdisch?«, sagte sie mit geheuchelter Begeisterung. »Toll!«

»Ja, siehst du?«, sagte er und zoomte in das Bild. »Hier, unter dem Baum, ist der verborgene Eingang. Man geht die Stufen runter bis zu der Tür da. Die besteht aus reinem Netherit und ist mit einem großen Schloss und mit Fallen gesichert.«

»Deine Eingangstür ist mit Fallen gesichert?«

»Ich hab unter bestimmte Fliesen Dynamit gelegt – hier.«

Er hob eine der ganz normal wirkenden grauen Fliesen hoch, sodass ein Hohlraum zum Vorschein kam, den er tatsächlich mit einer großen – einer unangenehm, geradezu psychotisch großen – Menge TNT gefüllt hatte. Mit zahllosen Bündeln knallroter Stangen.

»Aber warum denn nur, Schatz?«, sagte sie.

»Keiner weiß, dass es da ist«, sagte er. »Und wenn einer reinwill, fliegt alles *in die Luft!*«

»Ja, Schatz. Aber warum hast du diese Fallen eingebaut?«

Er sah sie an. »Damit keiner reinkann«, sagte er. »Damit sie mich in Ruhe lassen.«

»Aber würde dein Geheimversteck nicht mehr Spaß machen, wenn du ein paar Freunde einladen würdest?«

Für einen Augenblick starrte er sie verwirrt an. Toby hatte

so vieles von ihr geerbt – ihr widerspenstiges blondes Haar, ihre schlechte Haltung, ihre Vorliebe, sich abzusondern –, doch wenn er sie so ansah, war nicht zu leugnen, dass er Jacks dunkle, forschende Augen hatte.

»Was findest du besser«, sagte er schließlich, »Diamanten oder Netherit?«

»Was ist Netherit?«

»Ein Metall aus einer anderen Dimension.«

»Aus was für einer Dimension?«

»Da ist es dunkel, es gibt kein Tageslicht und auch kein Wetter.«

»Okay, dann würde ich sagen: Diamanten.«

»Nein«, sagte er, schüttelte den Kopf und wandte sich wieder dem Tablet zu. »Netherit ist besser.«

»Okay.«

»Es ist stärker und brennt nicht.«

Er setzte seine stumme Bautätigkeit fort und beachtete sie nicht mehr.

Es war, wie es damals schien, eine gute, wohlerwogene, ja sogar verantwortungsvolle Entscheidung gewesen, Toby Minecraft spielen zu lassen. Immerhin war das Spiel ja ganz unschuldig: Man baute etwas. Es war wie digitales Lego. Wie nett, hatte Elizabeth gedacht, wie gesund. Außerdem hatte sie Forschungsberichte gelesen, die zeigten, dass Minecraft Kindern mit angst- oder aufmerksamkeitsbezogenen Problemen tatsächlich *helfen* konnte, indem es sie nicht nur dazu anhielt, sich auf eine einzige Aufgabe zu konzentrieren und Probleme in ihre konstituierenden Bestandteile zu zerlegen, sondern ihnen auch die Vorteile von Geduld und Gratifikationsaufschub vermittelte. Und es stimmte, dass Toby, wenn er Minecraft spielte, die Geduld und den Fleiß, die Kreativität und die Konzentration bewies, auf die Elizabeth immer gehofft hatte – oft baute er wochenlang an gewaltigen, detailliert ausgeführten Höhlenwelten, an ganzen Städten, die er mit allem außer Menschen füllte –, doch es stimmte auch, dass seine Geduld und sein Fleiß sich ausschließlich in Minecraft und nirgendwo sonst manifestierten. In jedem anderen Lebensbereich war Toby so impulsiv und gelegentlich explosiv, wie er es schon immer gewesen war. Nur dass es jetzt etwas Neues gab, das maximale Wutausbrüche auslöste: Minecraft und die Frage, wann (und ob) er es spielen durfte.

Das Spiel schien stärker als all seine anderen Interessen, als würde es die wirkliche Welt vollkommen auslöschen. Es war sein liebstes – und manchmal einziges – Gesprächsthema: Entweder beschrieb er sein augenblickliches oder nächstes Minecraft-Projekt oder er redete über das, was andere auf den vielen Minecraft-Youtube-Kanälen machten, denen er folgte. Er hatte sogar selbst einen aufgemacht, auf dem er zeigte, was er »Reaktionsvideos« nannte. Er sah anderen beim Minecraft-Spielen zu und reagierte darauf, und zwar oft dramatisch. Es war grotesk. In Elizabeths Kindheit und Jugend galt es als erwiesen, dass das Spielen von Videospielen der Gipfel der Faulheit war. Vor ein paar Jahren war der Trend aufgekommen, nicht mehr selbst zu spielen, sondern anderen dabei zuzusehen, was irgendwie noch fauler war. Es war wie eine darwinsche Pyramide der Faulheit. Doch das behielt Elizabeth für sich. Toby war sehr stolz darauf, dass sein Kanal, den er »The Tobinator« getauft hatte, seit Kurzem mehr als tausend Follower hatte. Noch ein paar mehr, sagte er, und er werde Werbeeinnahmen haben, was ihn zu entzücken schien, und darum widerstand sie dem manchmal starken Verlangen, sein Tablet in den See zu werfen.

»Noch zehn Minuten«, sagte sie, als die anderen Kinder ihre Show zu Ende brachten und mit tiefen Verbeugungen den frenetischen Applaus der Eltern entgegennahmen. »Noch zehn Minuten Bildschirmzeit, okay? Und dann spielst du mit den anderen.« Toby zeigte keine Reaktion.

Seit einem Monat versuchte sie ihrem Sohn zu erklären, wie man sich mit neuen Leuten anfreundete. Anfangs hatte sie ganz naiv gesagt, er solle doch einfach hingehen und mit ihnen reden, diesen Rat aber bald revidieren müssen, nachdem sie gesehen hatte, wie Toby zu einer Gruppe Kinder gegangen war und ihre Unterhaltung mit einer vollkommen zusammenhangslosen, auf Minecraft bezogenen Bemerkung unterbrochen hatte: »Wollt ihr mal sehen, wie ich eine Kuh in die Luft sprenge?« Die Kinder hatten ihn verwirrt angesehen, sich abgewendet und ihre Unterhaltung fortgesetzt. Daher hatte Elizabeth ihren ursprünglichen Vorschlag um den Hinweis erweitert, er solle zunächst einmal herausfinden, worüber die anderen sich eigentlich unterhielten, damit er sich an dem Gespräch beteiligen und etwas dazu beitragen könne, anstatt es unhöflich zu unterbrechen. Aber auch das erforderte Ergänzungen, als sie sah, dass Toby zu einer Gruppe Kinder ging und kaum eine Armlänge entfernt dastand und sie anstarrte, bis sie ihn bemerkten, sich offenbar unbehaglich fühlten und sehr demonstrativ weggingen, fort von diesem unbeholfen starrenden neuen Jungen.

Elizabeth machte sich daran, den ganzen Prozess des Einstiegs in eine Unterhaltung, den sie in all den Situationen, in denen sie die Neue gewesen war, intuitiv perfektioniert hatte, in kleine, erlernbare Schritte zu zerlegen. (Das machte ihr großen Spaß – Verhaltenspsychologen lieben Diagramme.) Schritt eins war: *Beobachte. Sieh und hör zu.* Sie sagte Toby, bevor er sich einer Gruppe nähere, solle er sich davon überzeugen, dass es eine Gruppe war, der er sich tatsächlich nähern *wollte,* dass die Kinder nett miteinander sprachen und allgemein freundlich waren und andere nicht drangsalierten oder sich über Kinder inner- oder außerhalb der Gruppe lustig machten. (Toby war, wie sie wusste, zwischenmenschlich etwas unbeholfen und daher wahrscheinlich ein leichtes Ziel für Spötter und Drangsalierer, und bei der Vorstellung, er könnte genau die Behandlung erfahren, die sie als Kind gelegentlich hatte erdulden müssen, wenn sie Anschluss an einen Kreis gesucht hatte, in dem sie eigentlich nichts verloren hatte, brach es ihr schier das Herz.) Also ja, beobachte die Gruppe und hör zu, was die Kinder sagen, um dich davon zu überzeugen, dass sie nicht grausam oder vulgär sind – *aber,* fügte sie sogleich hinzu, da gab es ja auch noch Schritt zwei, der praktisch gleichzeitig mit Schritt eins erfolgte: *Sei unauffällig.* Sie erklärte Toby, die meisten Menschen würden nicht gern angestarrt und fänden es beunruhigend und manchmal sogar bedrohlich. Also schlug Elizabeth ein Requisit vor – Tobys Tablet würde hier nützlich sein –, mit dem er sich, während er lauschte, beschäftigen könne, damit der Eindruck entstehe, seine Aufmerksamkeit sei auf etwas anderes gerichtet. Danach erfolgte natürlich Schritt drei: *Finde heraus, um was es geht.* Hier, sagte sie, müsse er feststellen, worüber die Gruppe gerade spreche, und sich fragen, ob er etwas Wertvolles beizutragen habe. Sollte die Gruppe sich also gerade über Minecraft unterhalten, dann sei es selbstverständlich vollkommen angemessen, sich zu beteiligen und den anderen von der explodierenden Kuh zu erzählen, doch das sei buchstäblich die einzige Situation, in der er eine Bemerkung über Minecraft machen könne, und in allen anderen solle er auf eine hilfreiche, unterstützende Weise ins Gespräch eintreten.

Aber natürlich nicht vor Schritt vier: *Stelle fest, wer der Anführer ist.*

Nach Elizabeths Erfahrung gab es in jeder Gruppe – ganz gleich, wie egalitär sie auf den ersten Blick wirkte – zu jedem Zeitpunkt eine Person, die auf einer tiefen und vielleicht unbewussten Ebene das Sagen hatte, eine Art Leitfigur, die von der Gruppe stillschweigend bestimmt wurde. Das hatte sie während all der quälend einsamen Mittagspausen erkannt, in denen sie dagesessen und so getan hatte, als wäre ihr das Alleinsein egal, als wäre sie ein glatter grauer Felsen. Sie hatte sich mit dem objektiven, leidenschaftslosen Blick der Wissenschaftlerin, die sie später werden würde, umgesehen und ein Muster bemerkt: Da saß eine Gruppe von Leuten, die sich unterhielten, und wenn einer von ihnen aufstand, um zur Toilette zu gehen oder sich ein Dessert zu holen, und die Gruppe das Gespräch mühelos und ohne Unterbrechung fortsetzte, wusste Elizabeth, dass die Person, die gerade gegangen war, nicht die Leitfigur war. Doch wenn das Gespräch ins Stocken geriet oder plötzlich abriss, wenn die anderen sich mit leerem Blick ansahen und Lücken mit sinnlosen Füllwörtern stopften – »Also, äh, na ja, irgendwie ...« –, wie eine Schallplatte, die einen Sprung hatte, dann war das der Beweis, dass die Gruppe ihren Anführer verloren hatte und nun einen neuen suchte.

Diese Beobachtung wurde Jahre später durch ihre Forschungsergebnisse bei *Wellness* bestätigt. Sie stellte fest, dass Menschen in Anwesenheit von Persönlichkeiten, die sie als größer, wichtiger oder mächtiger empfanden, alle möglichen unbewussten Verhaltensweisen zeigten: Sie hielten ihre Schultern anders als sonst, ahmten die Körpersprache des anderen nach, sprachen mit etwas höherer Stimme, neigten den Kopf ein wenig mehr – es waren beinahe, aber doch nicht ganz unmerkliche Gesten der Ehrerbietung.

Es gab so viel, das man über Menschen herausfinden konnte, wenn man sie nur genau genug beobachtete. Das war es, was Elizabeth während zahlloser einsamer Mittagspausen, Freistunden und Schulfeste gelernt hatte: Die Menschen gaben ständig etwas von sich preis, allerdings unbewusst und kaum wahrnehmbar.

Dies alles erklärte sie Toby und war noch nicht mal zu den Schritten fünf, sechs und sieben gekommen – die lauteten: *Warte auf eine Gesprächspause, Trag etwas Hilfreiches bei* und schließlich *Wenn nötig, sag die Unwahrheit,* ein Schritt, von dem sie Toby, nicht aber Jack erzählen würde, denn der war in allen Dingen stets aufrichtig und würde nicht verstehen, wie nützlich diese strategische Unehrlichkeit in ihrer komplizierten Jugend gewesen war –, als Toby erklärte, das alles sei hoffnungslos kompliziert und unmöglich und übersteige seine Fähigkeiten. Fortan hielt er sich abseits, spielte Minecraft und versuchte überhaupt nicht mehr, Anschluss zu finden, was, wie Elizabeth zugeben musste, ein ziemlicher Rückschlag war. Es geschah ziemlich oft, dass Elizabeth mit ihrer Erziehung bei Toby das genaue Gegenteil von dem erreichte, was sie erreichen wollte.

»Sieh einfach mich an«, sagte sie, denn auch wenn Toby ihrem bewährten Siebenschritteschema nicht folgen wollte – sie jedenfalls würde das tun. Sie tat es auch jetzt, als sie nach der kurzen Show der Kinder zurück ins Wohnzimmer ging.

Schritt eins: *Beobachte. Sieh und hör zu.*

Die Eltern, die zu diesen Spielnachmittagen erschienen, wohnten allesamt in der Nähe und unterhielten sich über Gemeinsamkeiten: die Kinder, die Schule, Dinge von örtlichem Belang. Bei früheren Unterhaltungen hatte Elizabeth erfahren, dass es Bemühungen gab, das Recyclingprogramm der Gemeinde auszuweiten, und man eine Kampagne veranstaltete, um den Gemeinderat zu einer symbolischen Resolution für die Flüchtlinge weltweit zu bewegen. Bis vor einem Monat war Elizabeth noch nie in Park Shore gewesen, und auf ihre Frage, wie es dort sei, hatte Benjamin geantwortet: »Es ist das LSD des Immobilienmarkts.«

»Das LSD des Immobilienmarkts?«, hatte sie gefragt.

»Liberal. Steinreich. Distinguiert.«

Es war ein Ort voller großer alter Landhäuser, in deren großen Fenstern jetzt Regenbogenflaggen prangten, zum Zeichen, dass hier alle Menschen willkommen waren. Es war ein Ort voller panzerartiger SUV mit Aufklebern, auf denen etwas von KOEXISTENZ stand. Es gab Rasenflächen, so weich und dick wie Teppiche, und ausgedehnte, ausschließlich mit heimischen und nicht invasiven Pflanzen gestaltete Gärten, bei deren Pflege keinerlei Chemikalien zum Einsatz kamen, die für Bienen oder ihre Brut schädlich waren. Es gab ein altmodisches Zentrum mit netten Geschäften und Restaurants, einen regelmäßigen Bauernmarkt, einen Expresszug in die Stadt sowie ein Kompostprogramm, bei dem man im Sommer und Herbst seine Gartenabfälle abgeben und sich im Frühjahr gesunden, nährstoffreichen Humus zur Verwendung im Garten abholen konnte, gratis. Als Elizabeth davon hörte, dachte sie, dass sie vielleicht zum ersten Mal in ihrem Leben mit dem Gärtnern anfangen würde. Vielleicht konnten Toby und sie auf dem Dach von *The Shipworks* einen kleinen Garten anlegen. Vielleicht konnten sie dort Samen keimen lassen oder so, Tomaten pflanzen, Kräuter ziehen und so weiter, sich dem richtigen Leben – dem richtigen, *blühenden* Leben – widmen anstatt dem digitalen Leben, mit dem er sich wie besessen beschäftigte, mit diesen pixeligen Minecrafttieren und -pflanzen, deren Existenz rein utilitaristisch war. (»Warum sprengst du eine Kuh in die Luft?«, hatte sie ihn gefragt. Die schlichte Antwort hatte gelautet: »Damit ich Fleisch und Leder habe.«)

Was für eine Überraschung, nach so langer Zeit in der Stadt endlich in einem Vorort zu landen und dies zu finden: Gemeinschaft, Zuspruch, Aufnahme, Leichtigkeit, Optimismus.

In Chicago hatte sie sich so beengt gefühlt, und zwar nicht nur physisch – wenn sie auf dem Bürgersteig angerempelt wurde oder in einem voll besetzten Zug stand –, sondern irgendwie auch mental. Sie hatte sich gefühlt, als würden Jacks und Tobys Anwesenheit in ihrer kleinen Wohnung alles andere überdecken. Wenn sie im selben Raum wie Elizabeth waren, konnte sie sich auf nichts konzentrieren, selbst wenn die beiden vollkommen still waren – sie hätten ebenso gut auf Bongotrommeln spielen können. Sie fühlte sich, als wäre sie ständig unter wohlwollender Beobachtung, als würde Jack alles registrieren – sie konnte nicht mal eine neue Marke Pickles kaufen, ohne einem strengen Kreuzverhör unterzogen zu werden: Hatte ihr die andere Marke nicht geschmeckt? Inwiefern nicht? Was hatte sie zu der neuen Marke greifen lassen? Wollte sie noch andere Marken ausprobieren, um festzustellen, welche ihre Lieblingsmarke war? Und so weiter, und so weiter. Es war alles so unerträglich langweilig.

Jack war in letzter Zeit auffallend, ja geradezu manisch allgegenwärtig. Er folgte ihr, wenn sie den Raum verließ, setzte sich neben sie, wenn sie las, und fragte sie, was sie sich ansah, wenn sie auf ihrem Handy scrollte. Irgendwelche Arbeiten im Haushalt erledigte er nicht von sich aus, sondern eilte herbei, wenn er sah, dass Elizabeth sie erledigen wollte, und sagte ihr, sie solle sich entspannen, auf dem Sofa oder im Bett oder in einem Schaumbad, das er ihr gern einlassen werde. Außerdem schickte er ihr immer wieder kitschige kleine Nachrichten; einmal hatte er sogar einen richtigen Papierzettel in ihr Portemonnaie geschmuggelt, auf dem stand: »Nur damit du weißt, wie sehr ich dich liebe«, und sie später, als sie von der Arbeit nach Hause gekommen war, mit einem Gesicht voll Erwartung und Bedürftigkeit gefragt: »Hast du meine Nachricht gefunden?« Manchmal, wenn sie im Wohnzimmer saßen und lasen, sah sie von ihrem Buch auf und stellte fest, dass er sie anstarrte, und wenn sie dann sagte: »Was?«, lächelte er wie ein verlorenes Lämmchen und sagte: »Hab dich lieb.« Es machte sie ganz verrückt. In einem anderen Zusammenhang wären diese Dinge vielleicht liebenswert gewesen: Am Anfang ihrer Beziehung waren Jacks romantische Gesten ihr spontan und großartig erschienen, doch jetzt hatten sie etwas Bemühtes, Verzweifeltes. *Entspann dich,* wollte sie ihm sagen, *streng dich nicht so an.* Doch das konnte sie nicht, ohne die großen Gefühle ihres sanften Mannes zu verletzen, und so lächelte sie, sagte: »Danke für deine Nachricht«, und wechselte das Thema. Sie sehnte sich nach Raum, nach mehr Raum und Privatsphäre, nach der geräumigen Eigentumswohnung in *The Shipworks* mit einem eigenen Schlafzimmer, nach den Bäumen und Rasenflächen und der offenen Weite von Park Shore.

In der Geschichte, die sie sich in ihren Zwanzigern erzählt hatten, war das Vorortleben geistlos und bedrückend gewesen, doch so kam es ihr jetzt gar nicht vor. Es kam ihr vor wie eine Befreiung.

Elizabeth ging wieder ins Wohnzimmer und lauschte darauf, was die anderen Eltern sagten, sah dabei auf ihr Handy – Schritt zwei: *Sei unauffällig* – und scrollte durch die Schlagzeilen des Tages, die allesamt Variationen über irgendeine Art großer Bedrohung waren: In Afrika gab es einen Ebola-Ausbruch – würde sich das Virus weltweit ausbreiten? Im Nahen Osten tobte ein Bürgerkrieg – würde er sich ausweiten? Die Aktienkurse waren eingebrochen – würde es zu einer Rezession kommen? Elizabeth sah nicht mehr auf die Meldungen, sondern durch sie hindurch, und lauschte.

Schritt drei: Finde heraus, um was es geht.

Im Augenblick sprach Brandie. Sie pries überschwänglich die lippensynchrone Darbietung der Kinder und fragte sie, ob sie nicht Lust hätten, ein Visionboard zu machen. Sie betonte, der beste Weg, ihre Musikträume Wirklichkeit werden zu lassen, sei, diese Träume in ehrgeizigen Collagen zu visualisieren, und fügte hinzu, sie habe zufällig einen großen Stapel Pop-Zeitschriften, die sie extra für diesen Zweck aufbewahrt habe, und selbstverständlich genug Scheren, Klebestifte, Marker und Sticker für alle.

Das tat Brandie oft: Sie nahm etwas, wofür ein Kind sich interessierte, und blies es auf. Sie war es, die diese Spielnachmittage organisierte und in ihrem eigenen großen Haus veranstaltete, und sie war es auch, die sich meist irgendwelche witzigen oder neuartigen Sachen ausdachte, die die Kinder zusammen machen konnten. Elizabeth brauchte nicht viel Zeit für *Schritt vier: Stelle fest, wer der Anführer ist,* denn das war ohne jeden Zweifel Brandie. Elizabeth hatte sofort bemerkt, dass die anderen Eltern, auch wenn sie eine größere Gruppe bildeten, sich immer an Brandie richteten und sie, wenn sie zu Ende gesprochen hatten, kurz ansahen – kleine, um Zustimmung heischende Gesten, für die Elizabeths Blick geschärft war. Wenn Brandie die Arme verschränkte, taten viele der anderen in unbewusster Nachahmung dasselbe, und wenn Brandie lächelte, lächelten sie ebenfalls, und es war ein echtes Lächeln, bei dem auch die Muskeln rings um die Augen zum Einsatz kamen, was bedeutete, dass sie es nicht bloß für Brandie aufsetzten, sondern ganz aufrichtig denselben positiven Affekt empfanden wie ihre Anführerin.

Brandie hatte viele Jahre in Marketing und Vertrieb gearbeitet, doch als die Kinder gekommen waren, hatte sie aufgehört, um Vollzeitmutter zu werden. So drückte sie es aus – nicht: »Ich bin Mutter«, sondern: »Ich bin Vollzeitmutter.« Jetzt saß sie in jedem Schulkomitee, leitete sämtliche schulischen Wohltätigkeitsveranstaltungen, begleitete Ausflüge, war Elternsprecherin bei allen Konferenzen und organisierte Reinigungsaktionen an den örtlichen Stränden. In der kleinen Welt von Park Shore war Brandie wie ein mitfühlender, freigebiger, großherziger Bond-Bösewicht: Sie hatte bei allem die Finger im Spiel.

Sie schien religiös, aber auf eine unklare, unscharf definierte Weise, die sich darin äußerte, dass sie oft davon sprach, sie sende gute Gedanken an Menschen, die diese bräuchten. Ihr Haus war Anfang des 20. Jahrhunderts von einem historisch bedeutenden Architekten erbaut worden, die amerikanische Interpretation eines französischen Landsitzes, groß, aber nicht protzig, schick, aber nicht herausgeputzt, elegant, aber zurückhaltend und eingerichtet in jenem neonordischen Stil, der karg und gemütlich zugleich wirkte: viel helles Holz, gedämpfte, neutrale Farben, dicke, handgemachte Wolldecken, die einladend auf Sessel- oder Sofalehnen lagen. Eine ganze Wand war zahlreichen Kunst- und Bastelprojekten der Kinder gewidmet. Die Küche war groß und mit langen offenen Regalen versehen.

Brandies Garderobe war stets vor allem angemessen: der Jahreszeit, dem Anlass, dem Alter. Heute trug sie ein sommerliches T-Shirt und eine schmale Jeans – beides so jungfräulich weiß, dass es schien, als wären diese Kleidungsstücke nie mit den schmuddeligen Aspekten des Lebens mit Kindern in Berührung gekommen –, dazu eine kleine goldene Armbanduhr und eine Umhängetasche aus geflochtenem Bast. Brandie hatte immer eine Designer-Basttasche dabei, und zwar jedes Mal eine neue. Sie musste eine riesige Sammlung teurer Basttaschen haben, aus denen sie alles mögliche Mutterzeug hervorzauberte, das gerade gebraucht wurde: Feuchttücher, Pflaster, Nähzeug, Pinzette, Fleckenstifte, Verbandsmull. Elizabeth hielt sich an *Schritt fünf: Warte auf eine Gesprächspause*, und hörte zu, während Brandie und die anderen Eltern sich unterhielten. Gerade hatte sie den Entschluss gefasst, bei nächster Gelegenheit etwas zu sagen, als Brandie sie ansah und diesen Schritt unnötig machte.

»Ach, Elizabeth«, sagte sie, »ich hab was für dich.«

Brandie ging auf sie zu, griff in ihre Tasche und holte eine kleine, sorgfältig gefaltete Papiertüte hervor, auf die in kalligrafischen Lettern Tobys Name stand.

»Was ist das?«, fragte Elizabeth.

»Apfeltaschen«, sagte Brandie triumphierend.

»Wirklich?« Elizabeth öffnete die Tüte und sah die dreieckigen Gebäckstücke darin, goldbraun, mit Puderzucker bestäubt und einzeln in Pergamentpapier verpackt.

»Die sind für Toby«, sagte Brandie. »Als Willkommensgeschenk. Es tut mir leid, dass es so lange gedauert hat. Immerhin kommt ihr ja schon seit einem Monat – das ist eigentlich unentschuldbar.«

»Du hast Apfeltaschen gemacht?«

»*Wir* haben Apfeltaschen gemacht. Die Kinder und ich.«

»Toll. Danke.«

»Gern geschehen! Es hat einen Riesenspaß gemacht. Und außerdem mussten wir Äpfel verbrauchen – unser Garten ist voll davon.«

»Das ist wirklich sehr freundlich von euch.«

»Wir dachten, es wäre nett, weil Toby sie doch so gern mag.«

»Er mag sie?«

»Aber ja – sie sind sein Lieblingsdessert.«

»Sein Lieblingsdessert?«

»Sein allerliebstes Lieblingsdessert!«, rief Brandie in Richtung Küche, wo Toby hockte. »Stimmt's, Tobyto?«

Elizabeth drehte sich um: Toby starrte nicht mehr auf das Display, sondern nickte und sah Elizabeth an oder vielleicht auch das, was sie in der Hand hielt, diese Tüte mit Apfeltaschen, von denen sie bisher nicht gewusst hatte, dass ihr Sohn sie kannte, ja mochte, ja über alles liebte.

»Natürlich«, sagte Elizabeth und nickte ebenfalls. »Apfeltaschen, ja.«

»Einfach im Ofen aufwärmen«, sagte Brandie. »Fünf Minuten bei zweihundert Grad müssten reichen.«

Und dann kamen alle Kinder wieder ins Wohnzimmer und verkündeten, sie würden jetzt eine weitere Show aufführen, und alle Erwachsenen sollten sich für diesen aufregenden zweiten Teil versammeln. Brandie klatschte Beifall und rief: »Oh, prima!«, und Elizabeth dachte an *Schritt sechs: Trag etwas Hilfreiches bei* und sagte zu Brandie: »Ich finde, Toby sollte mitmachen.« Dann ging sie zu ihrem Sohn, der, als er sie kommen sah, wieder auf das Display blickte und sich etwas fester an die Wand drückte, hockte sich neben ihn und sagte: »Die Bildschirmzeit ist jetzt vorbei.« Keine Reaktion. Dann: »Toby, du solltest jetzt mit den anderen Kindern spielen.« Wieder keine Reaktion. Sie beschloss, ihm das Tablet wegzunehmen, doch als sie danach griff und leicht daran zog, stieß Toby ansatzlos und ohne jede Vorwarnung einen Schrei aus.

Es war die Art von Schrei, die sie am meisten hasste, ein durchdringendes Schrillen, das stets zu einem großen, unaufhaltsamen Tobsuchtsanfall führte, ein Schrei, der sofort Panik auslöste. Beinahe unwillkürlich rief Elizabeth bereits: »Nein, nein, nein, nein«, doch Toby machte sich ganz steif, verzerrte das Gesicht und lief knallrot an, und es erschien jener andere Mensch, in den Toby sich während dieser Episoden verwandelte, jener untröstliche Nicht-Toby, der alle Verbindungen zur Welt abbrach und einzig und allein in seiner unausprechlichen Wut und Empörung lebte. Das hatte er schon als Kleinkind getan, und Elizabeth hatte lange gehofft, dass sie es irgendwie schaffen würde, ihm dieses Verhalten abzugewöhnen, oder dass er, falls das nicht gelang, einfach herauswachsen würde – doch bisher hatte sie damit kein Glück gehabt. Die Anfälle kamen immer wieder, und wie Elizabeth inzwischen wusste, begegnete man ihnen am besten, indem man sie nicht belohnte oder bestrafte, sondern Fürsorge und Mitgefühl zeigte und sich Toby mit liebevoller Geduld widmete. Zu Hause bekam sie das ganz gut hin, doch wenn so ein Anfall in der Öffentlichkeit stattfand, in einem Zug oder in einem Lebensmittelgeschäft oder, wie jetzt, vor anderen Eltern, spürte Elizabeth all diese Augen, die sie mit einer Mischung aus Bestürzung und Faszination anstarrten und sofort in die einsamen Cafeteriastunden ihrer Jugend versetzten, wo ihr die versammelten Schüler mit ihren grausamen Blicken gesagt hatten: *Du gehörst nicht hierher.* Sie spürte die Blicke, als Tobys Schrei den gesamten Raum zum Schweigen brachte, und Elizabeth hatte das dringende Bedürfnis, *irgendwas zu unternehmen,* irgendwas zu tun, damit er aufhörte, irgendeinen magischen Muttertrick aus dem Hut zu zaubern – doch natürlich gab es nichts, was sie tun konnte, außer beruhigend auf ihn einzureden (»Ist schon gut, Toby, ist schon gut«) und zu hoffen, dass es kein langer Anfall sein würde, keiner von denen, bei denen Toby zwischen abgrundtiefen Schluchzern mühsam nach Luft rang.

Wer weiß, wie schlimm es noch geworden wäre, hätte Brandie nicht genau in dem Moment eingegriffen, in dem Tobys Schrei in Tonlage und Lautstärke den Höhepunkt erreichte. Plötzlich war sie neben ihm und sagte überraschend aufgeräumt und mit großem Enthusiasmus: »Du brauchst eine Auszeit.«

Worauf er sofort verstummte.

»Ich glaube, du möchtest ein bisschen für dich allein sein, stimmt's, Tobyto?«

Toby sah, vielleicht etwas verdutzt über Brandies unvermitteltes Erscheinen und ihre unerwartete Fröhlichkeit, zu ihr auf und sagte: »Mh-hm.« Seine großen Augen glänzten.

»Im Ruheraum sind ein paar Gewichtsdecken. Damit deckst du dich jetzt zu und nimmst dir deine Auszeit, okay?«

»Okay.« Toby stand schniefend auf.

»Genau«, sagte Brandie. »Die Decke drückt die schlimmen Gedanken dann bis runter in deine Schuhe.«

Worauf Toby – es war unglaublich – kicherte.

Und dann machte er sich auf den Weg zum Ruheraum, und Brandie nahm das Tablet, das er zurückgelassen hatte, und reichte es Elizabeth.

»Danke«, sagte Elizabeth.

»Was für ein süßes Kerlchen«, sagte Brandie. Die beiden sahen ihm nach.

»Wie hast du das gemacht?«

Brandie zuckte die Schultern. »Ich hab ihm einfach meine friedvollen Gedanken geschickt.«

»Das war alles? Du hast ihm deine Gedanken geschickt?«

»Ja. Das ist eigentlich ganz einfach. Ich habe zu mir gesagt: *Ich bin Friede inmitten von Chaos.* Das habe ich gedacht und geglaubt, und das Universum hat es wahr gemacht. Du solltest es mal probieren. Sprich es laut aus und bemühe dich ehrlich, es zu glauben.«

Elizabeth sah ihre Gastgeberin an, als wollte sie sagen: *Im Ernst jetzt?*, doch angesichts von Brandies breitem, arglosem Lächeln dachte sie an *Schritt sieben: Wenn nötig, sag die Unwahrheit,* nickte und lächelte ebenfalls.

»Ich bin Friede inmitten von Chaos«, sagte sie und versuchte, aufrichtig zu lächeln, nicht nur mit dem Mund, sondern auch mit den Augen.

Auch die am kompetentesten wirkenden Internetseiten waren sich uneins über etwas so Simples wie die richtige Methode, einen Bizeps zu trainieren. In der Frage, wie man seinen Bizeps vergrößern könne, herrschte online ein Chaos. Als Jack das Thema zum ersten Mal googelte und auf das erste Resultat klickte, dachte er noch, er hätte alles unter Kontrolle. Es klang ganz einfach: Man machte seinen Bizeps größer, indem man mittelschwere Gewichte viele, viele Male hob – vier Sets mit je zwölf Wiederholungen, dabei das Gewicht auf fünfundvierzig Prozent der Kontraktionskapazität des Muskels heben, sechzig Sekunden bewusste Ruhe zwischen den Sets, zwei- bis dreimal pro Woche –, was angeblich die sogenannte sarkoplasmische Flüssigkeit im Muskel aktivierte und ihn größer machte. Jack probierte es einen Monat lang, war aber unzufrieden mit dem Resultat und recherchierte abermals im Internet, wo er feststellte, dass er es *ganz falsch* gemacht hatte. Das Geheimnis eines größeren Bizeps war, nicht mittelschwere, sondern sehr schwere Gewichte zu verwenden, diese aber nur wenige Male zu heben – nur drei Sets, jeweils bis zur völligen Erschöpfung des Muskels, das Gewicht bis auf fünfundachtzig Prozent der Kontraktionskapazität des Muskels, zweieinhalb Minuten Ruhe zwischen den Sets, genau zweimal pro Woche –, was angeblich dem myofibrillen Gewebe des Muskels einen solchen Schock versetzte, dass es sich vergrößerte. Also probierte Jack die Methode einen Monat lang aus, war erneut unzufrieden mit seinem ausbleibenden Muskelwachstum, recherchierte erneut im Internet und stellte erneut fest, dass er alles *ganz falsch* gemacht hatte. Der Schlüssel zu echtem Muskelaufbau, erfuhr er, war progressives Training – man begann mit den leichtesten Gewichten und steigerte sich bis hin zu den schwersten und hob sie jeweils sieben- bis zwanzigmal –, was sowohl das Wachstum der langsamen Ausdauerfasern als auch das der schnellen Kraftfasern begünstigte, die jeweils einen gewissen Anteil des Muskels ausmachten. Also gut, Jack verbrachte einen weiteren Monat mit progressivem Training und recherchierte abermals im Internet, als er weder bei seinem Bizeps noch bei seinem Trizeps, seinem Deltamuskel, seinem Quadrizeps oder irgendeiner anderen Muskelpartie, die er, wie empfohlen, »gezielt angesprochen« hatte, eine Veränderung feststellen konnte, was daran lag, dass er wieder mal alles *ganz falsch* gemacht hatte, denn laut einer anderen Website spielte es keine große Rolle, ob er mit leichten oder schweren oder zunehmend schweren Gewichten trainierte, solange er das Ganze nicht mit der richtigen Ernährung unterstützte, denn wenn man die Kalorienzufuhr reduzierte, um Fett zu verlieren (was Jack natürlich wollte), beraubte man die energiehungrigen Muskeln der Nährstoffe, die sie zum Aufbau brauchten, und daher hatte ein Training bei reduzierter Kalorienzufuhr zur Folge, dass der Körper widersinnigerweise Muskelfasern verbrannte, um ein Defizit auszugleichen, das durch den Aufbau von Muskelmasse überhaupt erst entstanden war – eine Art biologisches Penelope-Paradox, bei dem Jacks Körper nachts vernichtete, was er tagsüber aufgebaut hatte. Jack brauchte also eine optimierte Diät, wofür er zunächst den Grundumsatz eines Menschen seines Alters, seines Geschlechts, seiner Größe, seines Gewichts und seines Körperfettanteils (gemessen an Hals, Rücken und Bauch mithilfe eines Körperfalten-Messschiebers) ermitteln musste, doch als er diese Daten online in vier »Grundumsatzberechner« eingab, erhielt er vier weit divergierende Werte. Die Differenz zwischen dem niedrigsten und dem höchsten entsprach dem Kalorienwert einer großen Salamipizza. Dass dieselben Daten so inkonsistente Resultate erbrachten, war seltsam, um nicht zu sagen ärgerlich angesichts der Tatsache, dass die Anschaffung eines *Hautfalten-Messschiebers* in erster Linie dazu hatte dienen sollen, seinen Plan, Fett zu verlieren und Muskeln aufzubauen, auf eine wissenschaftliche Grundlage zu stellen, was dringend notwendig erschien, denn bei zu wenigen Kalorien würde er keine Muskeln aufbauen und bei zu vielen kein Fett verlieren, und so kam ihm die Aufnahme der korrekten täglichen Kalorienmenge vor, als müsste er einen Faden in eine unmöglich kleine Nadel einfädeln. Schließlich nahm er den Durchschnitt der vier Werte und berechnete seinen täglichen Bedarf an Hauptnährstoffen, deren wichtigster, darin waren sich praktisch alle einig, Protein war. Es wurde in geradezu monströsen Mengen gebraucht: Als er seinen Proteinbedarf berechnete, stellte er fest, dass er, um ihn zu decken, täglich drei Hähnchen essen müsste, was ihm unwahrscheinlich und auch irgendwie abartig erschien. Daher vertrat man online allgemein die Ansicht, man solle zur Ergänzung der normalen Proteinaufnahme ein bis zwei Smoothies mit Proteinpulver trinken, was in ein weiteres schwindelerregendes Onlinelabyrinth führte, wo Hersteller von Proteinpulvern aus Molke, Knochen, Soja, Hanf, Erbsen, Reis oder unklar bezeichneten »Superfoods« behaupteten, nur ihr Proteinpulver sei das richtige Proteinpulver, und wer irgendein anderes Proteinpulver nehme, mache alles *ganz falsch*.

Jack hatte an einer guten Uni studiert, und doch schien diese ganze Sache – Muskeln aufbauen und zugleich abnehmen – hoffnungslos kompliziert. Je mehr Onlinerecherche er betrieb, desto weniger hatte er das Gefühl, an objektiv vertrauenswürdige Informationen zu kommen. Weswegen er sich schließlich für *The System* entschied.

Werbung für *The System* tauchte kurz nach Jacks erstem im Zusammenhang mit dem Thema Gewichtsverlust unternommenen Ausflug in das Kaninchenloch des Internets auf, gleich nach seiner Google-Suche: »Wie verliert man Bauchfett?« Diese Suche fand zu der Zeit statt, als die neue Eigentumswohnung in *The Shipworks* geplant wurde und Elizabeth ihre Kritik an ihrem ganzen Lebensstil artikulierte. Eine der Veränderungen, die ihr vorschwebte – abgesehen von der Mal- und Bastelecke, den offenen Regalen und so weiter –, war ein »Home Gym«, eine kleine Nische mit einem Laufband, ein paar Gewichten, einer Maschine mit kompliziert angeordneten Kabeln, an der man etwa dreißig verschiedene Übungen machen konnte, sowie einem dieser riesigen Gummibälle, auf denen man herumturnte, um an seinem »Kern« zu arbeiten. Wie gewöhnlich verstand Jack nicht ganz, warum Elizabeth das wollte, wenn sie doch regelmäßig im Gym trainierte.

»Warum willst du so was zu Hause haben?«, fragte er.

»Ich dachte, es könnte« – kleine Pause, um nach einer zartfühlenden Formulierung zu suchen – »für uns *beide* sein.«

Womit sie natürlich meinte: für ihn.

»Du findest, ich sollte mehr trainieren?«, sagte er überrascht.

»Ich weiß, dass du das Gym grässlich findest.«

»Ja.«

»Aber, na ja, wir werden älter«, sagte sie, und dann folgte ein kurzer Vortrag über die besonderen Bedürfnisse älterer Menschen im Hinblick auf Knochendichte, Beweglichkeit der Hüfte und so weiter. Das Home Gym war untrennbar verbunden mit der Aussicht auf ein langes Leben, auch wenn Jack und Elizabeth erst in ihren Vierzigern waren.

Am nächsten Morgen aber, unter der Dusche – Jack stand in der alten grauen Badewanne mit den Löwenfüßen, die er ebenso hasste wie die Tatsache, dass der Vinylvorhang sich immer nach innen bauschte und wie eine kalte Qualle an seiner Haut klebte –, untersuchte Jack seinen Bauch. Er kniff hinein und drückte daran herum. Nach der Dusche stand er vor dem großen Badezimmerspiegel und musterte sich, musterte sich wirklich gewissenhaft, und was er sah, war eine kleine, aber unverkennbare Wampe. Er sah einen Ring aus Fett, der sich auf Höhe des Bauchnabels um seine Taille gelegt hatte, als hätte er einen kleinen Fahrradschlauch verschluckt. Seltsamerweise war es das erste Mal, dass er ihn bemerkte. Jack war immer so klein und schmächtig gewesen, seinem Selbstverständnis nach so sehr ein schwaches und mageres Bürschchen, dass er diesen teigigeren Typen, der still und heimlich erschienen war, glatt übersehen hatte.

Noch am selben Tag suchte er im Internet nach einer Methode, wie er sein Bauchfett reduzieren könnte, und fortan wurde er mit Werbung für *The System* bombardiert. Er sah das Banner zuerst auf Facebook zwischen zwei Posts seines Vaters, in denen der alte Mann – wie immer in Großbuchstaben – gegen irgendwas wütete. Die besorgniserregenden Schlagzeilen des vergangenen Monats hatten dem verwirrten Geist des älteren Baker so manche Vorlage geliefert: Krawalle in Missouri (TERRORISTEN!), Luftschläge im Nahen Osten (ABLENKUNGSMANÖVER!), im Mittelmeer ertrinkende Migranten (SCHAUSPIELER!), ein Ebola-Ausbruch in Afrika (ABGEKARTETES SPIEL DER PHARMAINDUSTRIE!).

Wie immer stritt Jack sich mit seinem Vater, er argumentierte und kommentierte auf Facebook, ignorierte aber die Werbung.

Dann sah er sie wieder, diese kryptischen Hinweise auf etwas, das *The System* hieß. Die Werbung erschien auch außerhalb von Facebook, auf verschiedenen Websites, immer ganz oben, und schließlich begann sie Jack durchs Internet zu folgen und Slogans an ihm auszuprobieren, bis sie den fand, der ihn am meisten ansprach.

Nicht härter trainieren – sondern schlauer.
Gewaltige Steigerungen. Geräuschlos.
Der datengenerierte Weg zu definierten Muskeln.

Und so weiter.

Der ganze Reiz beruhte auf dem Versprechen, *The System* könne irgendwie in einen hineinsehen und nützliche Daten zutage fördern, aufgrund derer sich ein optimiertes, personalisiertes Trainingsprogramm zusammenstellen ließ. Das klang überzeugend, und deshalb war Jack jetzt hier, im Gym, einer von mehreren, die *#OnTheSystem* waren. Man wusste immer, wer *#OnTheSystem* war, denn erstens hatten alle dasselbe Armband, das aussah wie eine Uhr ohne Zifferblatt, in Tigerorange, der Markenfarbe von *The System,* und zweitens weil sie alle sich hin und wieder unvermittelt sehr gerade aufsetzten. Das bewirkte die Haltungs-Funktion der App, die einen benachrichtigte, wenn man krumm saß oder stand, was Jack offenbar ständig tat, denn etwa alle zehn bis zwölf Minuten summte das Armband, und auf seinem Handy erschien eine weitere Nachricht, die ihm etwas über Rückengesundheit, Nackensteifheit, Energiefluss oder andere haltungsbezogene Dinge verriet. Ein ganzes Gym voller Leute, die plötzlich hochfuhren, das erinnerte Jack an die Präriehundkolonien in Kansas.

Woher das Armband wusste, dass er sich nicht gerade hielt, war ebenso ein Rätsel wie die Tatsache, dass es den Sauerstoffsättigungsgrad seines Blutes, den pH-Wert seines Schweißes, die Plastizität und den Feuchtigkeitsgehalt seiner Haut, seinen Milchsäurewert, sein Diabetesrisiko, seine UV-Belastung und sogar seine augenblickliche Stimmung kannte. Das Armband hatte das alles im Blick, ebenso wie die naheliegenden Daten: seine Pulsrate, die von ihm zurückgelegten Schritte, seine Schlafqualität. Jeden Morgen erhielt Jack einen Bericht über die vergangene Nacht: Das Armband zeichnete auf, wie lange er sich herumwälzte, und errechnete daraus die Zeit, die er in ruhigem, friedlichem, erstrebenswertem REM-Schlaf verbrachte. Es verfügte sogar über ein Mikrofon, das sein Schnarchen aufnahm – die App spielte es ihm am nächsten Morgen vor. Es war ein gelegentliches Schnarchen, das er jedes Mal wieder überraschend fand. Er hatte nicht gewusst, dass er ein Schnarcher war.

The System quantifizierte alles, nicht nur harte Zahlen wie Kalorien, Bauchumfang und Bizepsgröße, sondern auch weichere, abstraktere Werte wie Jacks Wohlbefinden, seinen Optimismus, seine Leidenschaft – die App wollte wissen, ob er, wie *The System* es ausdrückte, *sein Potenzial ausschöpfte*. Es bat ihn, seine Arbeit und sein häusliches Leben zu beschreiben, und so verfasste er einen ganzen Essay über seinen Werdegang, wie nach seinem Masterabschluss alles sehr vielversprechend ausgesehen hatte, weil er von einer der örtlichen Universitäten als Lehrbeauftragter für die Anfängerkurse »Einführung in die amerikanische Kunst« und »Einführung in die Fotografie« eingestellt worden war, eine Teilzeitstelle, für die er mit Mitte zwanzig superdankbar gewesen war, denn er hatte gedacht, er könne ein wenig Unterrichtserfahrung sammeln, um dann zuzuschlagen, wenn einer der Vollzeitprofessoren umzog oder sich zur Ruhe setzte. Und tatsächlich hatte es diese Abgänge gegeben – das Problem für Jack war nur, dass beinahe alle Fachbereiche der Universitäten in und um Chicago beschlossen hatten, die vakanten Positionen nicht mehr mit Vollzeitprofessoren auf Lebenszeit zu besetzen, sondern mit billigen Teilzeitlehrbeauftragten, die auf Semesterbasis eingestellt wurden und für die Unterrichtstätigkeit eines Professors etwa zehn Prozent des Professorengehalts bekamen, ohne Kranken- oder Rentenversicherung und ohne Garantie, dass sie im nächsten Semester wieder eingestellt wurden. Jack veranstaltete jetzt so viele Kunstgeschichtsseminare und Einführungen in die Fotografie, wie er konnte, er machte praktisch denselben Job wie damals, nach seinem Studium, nur dass er dafür nun weniger dankbar war.

All dies tippte Jack in sein Handy – langsam, denn die Kunst des Tippens, wie Toby es tat, mit beiden Daumen und in rasender Geschwindigkeit, hatte er nicht gemeistert –, in der Hoffnung, dass die App eine Art magischer Antwort für ihn hatte, eine Lösung für das Problem seiner stockenden Karriere.

Er bekam einen Gutschein für ein Seminar für angehende Immobilienmakler.

Das war ... okay ... so weit in Ordnung.

Was Elizabeth betraf, war Jack sehr viel weniger spezifisch und erwähnte *The System* gegenüber nur, er spüre eine besorgniserregende Distanz zu seiner Frau, einen seltsamen kleinen, lauernden Widerstreit. Seit sie die Eigentumswohnung gekauft hätten, habe sie unbestimmte häusliche Frustrationen zum Ausdruck gebracht, und er fürchte, dass die Elternschaft ihre Ehe nach und nach in etwas verwandelt hätte, bei dem es mehr um die Organisation einer Familie gehe als um Romantik. In letzter Zeit gebe es in ihrer Beziehung einen beklagenswerten Mangel an Schwung.

Die App schickte ihm einen Gutschein für einen Vibrator. Wegen seiner Form hieß der Apparat »Madagaskar«: Eine dünne Spitze ging in einen dicken, bauchigen Mittelteil über, wodurch angeblich »umfassende Stimulation« möglich war. Er gehörte zu einem Sortiment geografie-inspirierter Sexspielzeuge – es gab auch ein Prostata-Massagegerät namens »Mexiko«, das geradezu bedrohlich aussah. In seiner Verzweiflung kaufte Jack den »Madagaskar« und präsentierte ihn Elizabeth mit der Anregung, sie könnten ihn doch gemeinsam ausprobieren. Sie sagte, das müssten sie ganz bestimmt mal tun, und legte ihn in ihre Nachttischschublade, wo er noch immer lag, unberührt.

Jack war überrascht, dass *The System* sich so sehr für seine Ehe interessierte. Die App forderte ihn auf, nicht nur seine eigene Stimmung, sondern auch die seiner Partnerin zu notieren: ob sie glücklich oder traurig sei, distanziert oder zugewandt, sexuell aufgeschlossen oder desinteressiert. Aber die App war ja ein Gesundheitsmonitor, und die Daten belegten, dass es nichts gab, was der Gesundheit förderlicher war als eine hochwertige, hoch befriedigende intime Langzeitpartnerschaft. *The System* schickte ihm jede Menge Informationen zu diesem Thema, aus denen hervorging, dass eine gute Partnerschaft der wichtigste Faktor für eine gute Gesundheit war – so gesehen war der Unterschied zwischen einer guten und einer schlechten Beziehung derselbe wie der zwischen Rauchen und Nichtrauchen. Menschen, die eine glückliche Ehe führten, hatten eine höhere Lebenserwartung, da sie seltener an Depressionen, Herzerkrankungen, Alzheimer und Arthritis erkrankten und generell weniger zu Entzündungen neigten. Wie sich zeigte, war das Gefühl, in seiner Ehe isoliert, einsam und unbefriedigt zu sein, nicht nur emotional belastend, sondern auch gesundheitsschädlich, und darum nahm der Gesundheitsmonitor die Qualität von Jacks Beziehung sehr ernst.

The System sammelte nicht nur Jacks subjektive Angaben über seine Befindlichkeit, sondern es ließ zudem die objektiven Daten, die das Armband übermittelte, durch eine zu »tiefem Lernen« befähigte KI bearbeiten und lieferte dann zusätzlich zu dem personalisierten Trainingsprogramm, das Jack erwartet hatte, einen personalisierten Tagesablauf. *The System* empfahl ihm die optimalen Mahlzeiten, den optimalen Zeitpunkt für die Nahrungsaufnahme und die optimale Menge Wasser, die er dazu trinken sollte. *The System* empfahl ihm die optimale Zeit, um zu Bett zu gehen, und die optimale Zeit, um aufzustehen. Und sie empfahl ihm Methoden, um seine Ehe zu optimieren. Es gab tatsächlich ein ganzes Subsystem, das sich der Aufgabe widmete, die Zahl seiner »Liebespunkte«, wie die App sie nannte, zu erhöhen, und ihn aufforderte, bestimmte, in sehr befriedigenden Partnerschaften vorherrschende Rituale »als Spiel zu begreifen«. Er bekam Punkte und Medaillen und andere Belohnungen für die Bewältigung verschiedener Aufgaben: *Akte der Dienstbarkeit* waren häusliche Tätigkeiten – die Spülmaschine ein- und ausräumen, den Abfall hinausbringen, das Badezimmer putzen –, im Grunde die tägliche Hausarbeit; *Romantische Gesten* waren heimliche Ich-denke-an-dich-Momente im Verlauf eines sonst ganz normalen Tages – eine sexy SMS, ein im Portemonnaie oder in der Aktentasche verstecktes Liebesbriefchen oder ein lautloses, nur mit den Lippen geformtes »Ich liebe dich« quer durch den Raum; *Unvergessliche Erinnerungen* schließlich erforderten ausgefeilte Abendarrangements, Auslandsreisen, Wandertouren oder Wochenenden in abgelegenen Blockhütten – all das hatte Jack in letzter Zeit vorgeschlagen. Laut *The Systems* Statistik lag Jack bei diesen »gebenden« Werten bei neunundneunzig Prozent, und darum war es wirklich enttäuschend, dass der kumulative Wert seiner Beziehung in den Fünfzigern herumdümpelte, was vor allem an zwei Dingen lag: Erstens war sein *Erfüllungswert* sehr niedrig, denn er hatte seit einem Monat nicht ein einziges von Elizabeths speziellen Bedürfnissen erfüllt, und zwar nicht, weil er es nicht gewollt hätte, sondern weil sie keine zu haben schien. Es konnten Wochen vergehen, ohne dass sie einen besonderen Wunsch äußerte oder eine Schwierigkeit erwähnte, bei deren Überwindung er ihr vielleicht behilflich sein konnte. Vor Jahren hatte er sich in genau diese Eigenschaft verliebt – ihre Unabhängigkeit, ihre Selbstsicherheit und Selbstgenügsamkeit –, doch jetzt hatte er immer öfter das Gefühl, an den Rand gedrückt zu werden. Als würde er dasitzen und sich fragen: *Brauchst du mich eigentlich noch? Gibt es überhaupt Momente, in denen du mich brauchst?*

Und zweitens war da die Sache mit seinem *Intimitätsquotienten,* der unterdurchschnittlich war. Er wurde ermittelt anhand der Häufigkeit ihrer sexuellen Begegnungen und der Daten, die das Armband bei ihrem gelegentlichen Geschlechtsverkehr aufzeichnete. Das Armband konnte, dank einem eingebauten Beschleunigungsmesser, nicht nur erkennen, dass Sex stattfand, sondern registrierte auch die Dauer, Jacks Pulsrate, die beim Sex verbrauchten Kalorien und die Lautstärke der quietschenden Bettfedern sowie dessen, was die App als *weibliche Kopulationsgeräusche* bezeichnete, für deren Analyse es ein weiteres Untermenü gab. Es war Jack ein wenig unbehaglich, *The System* Zugang zu diesen höchst persönlichen, intimen Informationen zu gewähren, doch die App erinnerte ihn immer wieder: *Was du nicht misst, kannst du nicht verbessern.* Und so ging Jack hin und vermaß alles. (Auf der Website von *The System* konnte man sogar einen »Smartring« kaufen, der um die Peniswurzel gelegt wurde und die Zahl und Kraft der Stöße registrierte, doch Jack hatte sich – aus offensichtlichen Gründen – zurückgehalten.)

Es frustrierte ihn, dass es an diesen Fronten keinen Fortschritt gab: Trotz der vielen strengen Regeln von *The System* hatte sich weder der Zustand seines Körpers noch der seiner Ehe verbessert. Elizabeth benahm sich noch immer, als wäre es das Ziel eines jeden Tages, der abendlichen Erschöpfung entgegenzusprinten. Sie war immer beschäftigt und eilte von hier nach dort, ihr Terminplan war vollgestopft mit Arbeit, Spielnachmittagen, freiwilligen Diensten und Hausarbeit. Doch Jack gab nicht auf und hoffte, dass all die Übungen, die romantischen Gesten und Akte der Dienstbarkeit schließlich wie eine Art von raffiniertem Fliegenpapier sein würden, das Elizabeth festhielt, sie zur Ruhe brachte, damit er endlich die Veränderung erlebte, die er sich wünschte. Eigentlich wünschte er sich keine *Veränderung,* sondern eine Art Umkehr: Er wollte seine fröhliche Frau zurück, er wollte seinen mageren Körper zurück. Und darum befolgte er die Ratschläge von *The System,* darum war er jetzt im Gym und machte etwas, das sie hier »Burpees« nannten.

Er wäre sich wie ein Idiot vorgekommen, wenn nicht viele andere ebenfalls Burpees gemacht hätten, mindestens ein Dutzend Leute, die allesamt das gleiche orangerote Armband trugen und diese objektiv absurd wirkende Übung machten: einen Liegestütz, gefolgt von einem Strecksprung. Er sah sich nach den anderen um. Für ihn fühlte es sich so an, als wären sie vereint durch diese alberne Übung. Sie waren ein Club.

Der Burpee-Club. Als er zwischen zwei Burpee-Sets ausruhte, versuchte er, den Blick eines anderen aufzufangen, damit er grinsen, die Schultern zucken und mimisch *Ich finde das auch lächerlich* kommunizieren konnte, doch er konnte keinen Blick auffangen, weil man im Gym, wie ihm schon aufgefallen war, nicht auf Kommunikation aus war. Man war nicht kontaktfreudig, man wollte nicht angesprochen werden. Das galt besonders für die Frauen, die, wenn sie von einer Station zur anderen wechselten, so intensiv auf den Boden starrten, als wollten sie den Beton mit der Kraft ihrer Gedanken aufweichen. Wenn man im Gym trainierte, tat man das mit einem Gesicht, das tiefe innere Fokussierung und Konzentration verriet. Wenn man sich ausruhte, sah man auf sein Handy. Und die ganze Zeit trug man Kopfhörer, manche in DJ-Größe. Heute waren mindestens zwanzig Leute da, aber keiner interessierte sich im Mindesten für irgendeinen anderen.

Das wäre vielleicht nicht so ungewöhnlich gewesen, wenn das Gym nicht in ebenjenem Gebäude gewesen wäre, in dem es vor vielen Jahren ein Café namens Urbis Orbis gegeben hatte. Es war das lebendig schlagende Herz von Wicker Park gewesen, als Jack hierhergezogen war, ein Ort, wo die Leute die ganze Nacht vor ihrem nachfüllbaren Eindollarkaffee gesessen und gequatscht hatten. Dorthin ging man, wenn man *nicht* allein sein wollte, und das war vielleicht der Grund, warum es Jack so eigenartig bedeutsam vorkam, dass alle Versuche, mit anderen Burpee-Menschen in Kontakt zu treten, vergeblich waren. Ein Ort, der einst für Geselligkeit und Austausch bekannt gewesen war, diente jetzt dem sehr privaten, einsamen, narzisstischen Impuls, begehrenswert zu erscheinen.

In diesem Gebäude hatten Jack und Elizabeth sich kennengelernt. Die Erinnerung daran war noch immer greifbar, jene Nacht war so bedeutsam, dass er fand, sie hätten eine eigene Gedenkplakette an der Wand verdient: *Hier hat alles an-*

gefangen. Für Jack war dieser Ort ein Sumpf der Nostalgie. Ein paar andere kannten das Gebäude noch als das Orbis-Haus. Als das Urbis Orbis hatte schließen müssen (die meisten hatten es darauf zurückgeführt, dass ständig nachgeschenkt wurde, was die Gäste animiert hatte, stundenlang Tische zu besetzen, ohne mehr als einen Dollar auszugeben), wurde das Gebäude zu einem aufwendig gestalteten Wohnhaus umgebaut und als Hauptset für die elfte Staffel von MTVs *The Real World* benutzt, was die ganze Nachbarschaft schier um den Verstand brachte. Und zwar nicht nur wegen der Kameras, die den sieben WG-Mitgliedern überallhin folgten, sondern auch, weil die Ansässigen wussten, dass ihr Künstlerviertel nicht mehr so künstlerisch sein würde, wenn ein Medienkonzern wie Viacom es erst einmal kolonisiert hätte. Man war empört. Man protestierte. Jack erinnerte sich an einen Abend, an dem sich eine kleine Menge vor dem Haus versammelt hatte und rief: »Wir sind echt – ihr nicht! Wir sind echt – ihr nicht!«, und eines der WG-Mitglieder – war es Kyle? – kam nach Hause, gefolgt von seinem üblichen Kamerazirkus, und als er die Tür aufschließen wollte und die Menge ihn beschimpfte – »Wir sind echt – du nicht! Wir sind echt – du nicht!« –, hörte er plötzlich auf, mit dem Schlüssel herumzufummeln, stand bloß da und ließ den Kopf hängen, starrte auf seine Schuhe und sah ganz traurig und niedergeschlagen aus, und Jack verspürte plötzlich Mitgefühl für diesen armen Kerl, der bestimmt nicht darum gebeten hatte, in ein so aufgemotztes Gebäude in einer so heruntergekommenen Gegend versetzt zu werden. Doch dann hob der Typ – oder war es doch Chris? – plötzlich den Kopf und fragte einen der Kameramänner: »Hast du das? Bitte sag, dass du das hast.« Und der Kameramann hob grinsend den Daumen, und einer der Produzenten trat vor und rief der Menge zu: »Also, das war *so* was von *stark!* Echt groß! Wir brauchen das jetzt noch mal aus einem anderen Winkel, also macht bitte einfach weiter, ihr seid *fantastisch!*« Er klatschte in die Hände und lächelte breit, die Kameramänner eilten auf ihre neuen Positionen, und die Demonstranten – sie waren jetzt ein bisschen verwirrt und sahen einander an: *Sollen wir wirklich weitermachen?* – riefen ihre Parole mit deutlich verminderter Inbrunst. Wieder ließ der Schauspieler den Kopf hängen und sah ganz niedergeschmettert und traurig aus, und Jack hörte die Menge rufen: »Wir sind echt – du nicht! Wir sind echt – du nicht!«, und dachte, dass in diesem Augenblick niemand mehr echt war.

Jetzt, Jahre später, war praktisch jedes altmodische Geschäft in der Gegend durch die Filiale einer Kette ersetzt worden. Dieses fantastische vegetarische Café zum Beispiel, das ein paar Jahre länger durchgehalten hatte als Jacks Vegetarismus, war jetzt ein Doc-Martens-Laden. Und wo seine liebste Kunstgalerie gewesen war, hatte sich Urban Outfitters breitgemacht. Und Swank Frank, die Imbissbude, wo er und Elizabeth ein frittiertes Twinkie gegessen hatten, wenn alle anderen Bars schon geschlossen waren, war jetzt eine Bank of America.

Aus dem Künstlerviertel war ein Yuppieviertel mit künstlerischem Anstrich geworden.

Sein Handy summte, eine neue Nachricht: TOLLER TRICK FÜR DIE LOW-CARB-DIÄT. Es ging darum, dass man Kohlehydrate vermeiden und im Durchschnitt ein paar Hundert Kalorien sparen konnte, wenn man statt Kartoffelbrei pürierten Blumenkohl aß. Und dann bot ihm die App einen Gutschein für Blumenkohl im nächsten Supermarkt an. Das war es, was *The System* in den Pausen zwischen den Trainingseinheiten tat: Es schickte ihm Tipps zur Lebensführung. Wenn Jack zwischen seinen Burpee-Sets zwei Minuten ausruhen musste, konnte er diese Zeit produktiv nutzen. Er konnte ein paar Sachen lernen, um das zu erreichen, was die App oft als *Spitzeneffizienz* (das Optimum der Optimierung sozusagen) bezeichnete. Die Tipps kamen oftmals in Form kleiner Listen, die ihm das Gefühl gaben, in buchstäblich allen Bereichen seines Lebens zu versagen, auch bei den einfachsten Dingen: »6 Fehler, die du unter der Dusche machst«, »9 Arten, falsch zu schlafen« oder »Die 7 verborgenen Gefahren beim Sitzen«. Das war ein Lieblingsthema von *The System*: SITZEN IST DAS NEUE RAUCHEN verkündete es mehrmals pro Woche. *The System* war strikt dagegen, den ganzen Tag am Schreibtisch zu sitzen; stattdessen sollten die User den ganzen Tag am Schreibtisch *stehen* oder, besser noch, *gehen,* indem sie unter ihren Stehpulten ein langsames Laufband installierten. Auf diese Weise konnte man an einem normalen Arbeitstag etwa zehn Kilometer zurücklegen. Die App schickte Jack einen Gutschein für eine Stehpult-Laufband-Kombination, die ungefähr so viel kostete, wie er in einem ganzen Semester verdiente.

Er machte noch einen Burpee.

Liegestütz – aufstehen – hochspringen – wiederholen.

Vor ihm lagen noch mindestens zwei Burpee-Sets, gefolgt von Bizepstraining, Kniebeugen und einer Reihe idiotischer, mit Schaumgummiwalzen ausgeführter Verrenkungen, die seinen *Kern* stärken sollten, einen nicht näher definierten, unsichtbaren inneren Teil von ihm, der nach Ansicht von *The System* dringend verbessert werden musste. Das hatte er schon an dem Tag erfahren, an dem er das Armband angelegt und seine Fitness-Evaluierung gelesen hatte. *Problemzone: Kern* stand da, und das erinnerte ihn an etwas, das seine Mutter immer zu ihm gesagt hatte: »Jack Baker, du bist durch und durch verdorben.« Offenbar fand die KI das auch.

Vielleicht, dachte er, sollte er einen Blumenkohl kaufen.

Vielleicht sollte er heute einen Blumenkohl und fettarmes Eiweiß – mit ziemlicher Sicherheit Hähnchenbrust – mitbringen und den Blumenkohl pürieren, und wenn Elizabeth dann fragte, was er da tat, würde er ihr erklären, dass Blumenkohlbrei ein köstlicher und kohlehydratfreier Ersatz für Kartoffelbrei sei, ein, wie er fand, beeindruckendes ernährungstechnisches Detailwissen. Und wenn Toby den

Blumenkohlbrei mochte? Wenn er eine ganze Portion aß, ohne sich zu beklagen? Volltreffer! Ein echter Ehemann-Punkt. Dann gab es heute Nacht vielleicht auch ein bisschen Bewegung im Bett. Vielleicht würde er vorschlagen, den Madagaskar auszuprobieren, und vielleicht würde es ihr gefallen.

Doch halt – höchstwahrscheinlich hatte Elizabeth das Abendessen schon organisiert und taute in diesem Augenblick irgendwas auf. Wenn er mit spontanen Ideen nach Hause kam, stresste sie das enorm, denn dann musste sie ihren Plan ändern, und wenn sie gewusst hätte, dass er kochen wollte ... Jacks Versuche, etwas zur Hausarbeit beizutragen, schienen grundsätzlich nach hinten loszugehen. Elizabeth deutete zwar ständig an, dass es ihr recht wäre, wenn er sich mehr an der Zubereitung der Mahlzeiten beteiligen würde, hatte aber einen zehntägigen Speiseplan im Kopf und ärgerte sich über jede Abweichung davon. Es war, als wollte sie, dass er etwas beitrug, aber nur auf exakt die Weise, die sie sich vorstellte, ohne ihn in die Details einzuweihen.

Vielleicht würde er doch keinen Blumenkohl mitbringen. Vielleicht würde er den Blumenkohl bloß erwähnen, um die Idee für die Zukunft in ihrem Kopf zu verankern. Vielleicht war der Blumenkohltrick genug Beitrag zum häuslichen Leben, um später gewisse Madagaskar-Möglichkeiten zu eröffnen.

Er beendete das letzte Set Burpees und stellte sich vor, dass er genauso ernst und professionell wirkte wie die anderen. Dann Bizepstraining, Kniebeugen, die zahlreichen schrecklichen Übungen zur Stärkung des Kerns. Beim Hinausgehen gab er den Umfang seiner Taille und seines Bizeps ein, gemessen mit dem Maßband, das jeder #*OnTheSystem* vom Gym erhielt.

Wie üblich gab es keine Veränderung.

Die Idee kam ihr, als sie die Apfeltaschen aufwärmte. Brandies Apfeltaschen. Sie hatte sie gerade in den Ofen gelegt – fünf Minuten bei zweihundert Grad –, und Toby saß an ihrem kleinen, unaufgeräumten Küchentisch und wartete auf seinen Snack. Er starrte auf den Ofen, sah dann Elizabeth an und sagte: »Wie viele darf ich?« Und da fiel ihr eine Arbeit ein, die sie mal gelesen hatte, über einen Versuch in Stanford, bei dem es um Kinder und Marshmallows und Geduld gegangen war.

»Wir werden ein Spiel spielen«, sagte sie.

Die Küche war bereits erfüllt vom Duft nach Äpfeln, Zimt und karamellisiertem Zucker. Elizabeth zog das Blech aus dem Ofen und legte die dampfenden Apfeltaschen in einen Glasbehälter, alle bis auf eine, die sie mitten auf einen großen weißen Teller platzierte. Der Teller stand vor Toby auf dem Tisch, etwas entfernt, aber so, dass er ihn erreichen konnte, wenn er sich auf den Stuhl stellte. Daneben ein Glas Milch.

»Ich werde jetzt rausgehen«, sagte sie, »und in fünfzehn Minuten zurückkommen. In dieser Zeit darfst du diese Apfeltasche essen.«

Er starrte die Apfeltasche an. Sie sah den Ernst, der ihn überkam.

»*Aber*«, sagte sie, und sein Blick ging wieder zu ihr, »wenn ich zurückkomme und die Apfeltasche ist noch da, bekommst du *zwei* Apfeltaschen. Hast du das verstanden?«

Er nickte.

»Du kannst also entweder jetzt eine Apfeltasche essen oder in fünfzehn Minuten zwei.«

»Okay«, sagte Toby.

»Ich hoffe, du lässt dir Zeit und überlegst es dir gut.«

Danach ging sie ins Schlafzimmer und ließ Toby mit seinem Dilemma allein. Sie klappte ihren Laptop auf, stellte den Timer auf fünfzehn Minuten und wartete.

Jeder Psychologiestudent im ersten Studienjahr kannte diesen Versuch. Elizabeth war ihm in einem Sozialwissenschaftsseminar begegnet. Es ging bei dem Experiment um Selbstbeherrschung und Gratifikationsaufschub bei kleinen Kindern, die von den Untersuchenden vor eine quälende Wahl gestellt worden waren: Sie durften entweder sofort ein Marshmallow essen oder fünfzehn Minuten später zwei. Wie sich zeigte, konnten einige Kinder fünfzehn Minuten warten, andere nicht. Sodann hatte man diese Kinder durch ihre Jugend bis ins Erwachsenenleben begleitet und festgestellt, dass diejenigen, die der Marshmallowversuchung fünfzehn Minuten widerstanden hatten, im späteren Leben weit besser abschnitten als die anderen. Sie erzielten bessere Noten, schrieben bessere Abschlussprüfungen, wurden an besseren Universitäten zugelassen, bekamen besser bezahlte Jobs, hatten weniger ungewollte Schwangerschaften, weniger Begegnungen mit der Polizei, weniger Herz- oder Schlaganfälle und waren weniger depressiv – es war erstaunlich, wie viel von ihrer Zukunft sich aus dem Augenblick herauslesen ließ, in dem man ihnen ein Marshmallow gegeben und die Wahl gelassen hatte.

Ihr Kinderarzt hatte ihnen geraten, verschiedene Dinge auszuprobieren, an denen Toby Geduld, Zurückhaltung und Frustrationstoleranz üben konnte. Das war nach einem privaten Gespräch, zu dem Elizabeth ihr eigenes Exemplar des DSM-5 mitgebracht hatte, in dem Passagen über oppositionelles Trotzverhalten, disruptive Affektstörungen, periodische explosive Störungen und diverse Wahrnehmungsverarbeitungsstörungen markiert waren, und der Arzt hatte gesagt: »Ich weiß nicht – vielleicht.« Das Problem war, dass Toby nie ganz die Kriterien für irgendeine diagnostizierbare Störung erfüllte. Um offiziell als ADHS-Patient zu gelten, musste man mindestens sechs spezifische Symptome für Hyperaktivität und Impulsivität vorweisen, doch bei Toby waren es nur vier. Das war das Ergebnis sämtlicher Untersuchungen, Tests und Analysen: Es ergab sich nie ein klares Bild, und für jedes vorhandene Symptom gab es etwas, das gegen die jeweilige Diagnose sprach. Ja, Toby hatte Schwierigkeiten, auf seinem Stuhl sitzen zu bleiben, er zappelte und zuckte mit den Händen oder Füßen und reagierte empfindlich auf plötzliche Geräusche, er schien sich vor unbekannten Menschen und neuartigen Situationen zu fürchten und hatte unvermittelte Wutanfälle, die irgendwann in haltloses, keuchendes Schluchzen übergingen; andererseits aber schien er sich danach ehrlich zu schämen und entschuldigte sich, er schnitt bei allen Tests, bei denen es um seine Empathiekompetenz ging, überdurchschnittlich gut ab, er war sogar fremden Menschen gegenüber oft sehr aufmerksam und mitfühlend und konnte manchmal spüren, wenn ihre Laune sich verschlechterte, obwohl er in einem anderen Raum war. Dann stand er plötzlich neben ihr und sagte: »Was ist los, Mom?« Also zuckten die Ärzte ratlos die Schultern. Was Elizabeth erleichternd fand, irgendwie. Sie war froh, dass Toby anscheinend keine Störung hatte. Andererseits: Wenn er eine hätte, wüsste sie wenigstens genau, was sie zu tun hätte. Es würde eine Behandlung geben, eine Vorgehensweise, ein Skript, dem man folgen konnte. Doch bei Toby gab es kein Skript, keine Vorgehensweise, keine Sicherheiten. Sie mussten es selbst herausfinden.

Elizabeth saß auf dem Bett, starrte auf ihren Laptop und wartete. Sie hatte ihn ganz aufgeklappt, denn sie wollte diese kurze ungestörte Zeit nutzen, um etwas Arbeit zu erledigen, fand sich stattdessen aber auf Instagram wieder, wo sie durch Brandies Posts scrollte. Als sie sich vor einem Monat zum ersten Mal begegnet waren, hatte Elizabeth sofort auf Instagram nach Brandie gesucht und sie seither sporadisch, aber regelmäßig beobachtet. Es war bereits ein Foto vom Auftritt der Kinder am heutigen Spielnachmittag gepostet, daneben ein gestern hochgeladenes, auf dem Brandies Kinder in ihrer großen weißen, sonnendurchfluteten Küche Äpfel schnitten und Blätterteigstücke belegten, auf den Gesichtern das breite Lächeln, das mit einem liebevollen, harmonischen Familienleben einherging. Darunter Brandie beim Meditieren im Garten; über dem Foto stand: VERÄNDERE DIE PERSPEKTIVE, UND DU VERÄNDERST DEIN LEBEN. Daneben ein Selfie von Brandie und ihrem Mann, beide schick gemacht, bei einem Date. Ihr Mann war irgendeine Art von Banker. Er hieß Mike und trug gern Polohemden, die sich eng an seine beeindruckend breite Brust und die muskulösen Oberarme schmiegten. *Ich liebe diesen Mann so sehr,* hatte Brandie geschrieben, gefolgt von drei Emojis mit Herzen anstelle von Augen.

Das plötzliche Summen des Timers ließ sie hochschrecken. Elizabeth merkte, dass sie in einem dieser Internet-Träume versunken und mehr Zeit vergangen war, als sie gedacht hatte, dass sie Brandies Mann (er war wirklich sehr fit) also bereits länger anstarrte, als vermutlich schicklich war.

Sie ging zurück in die Küche und war nicht allzu erstaunt, dort weder die Apfeltasche noch ihren Sohn vorzufinden.

Er war in seinem Zimmer und sah Youtube. Sie holte ihn wieder in die Küche und sagte, sie würden es noch einmal versuchen. Und sie erhöhte den Einsatz: Wenn er fünfzehn Minuten wartete, würde er *drei* Apfeltaschen bekommen und außerdem zusätzliche Bildschirmzeit am Abend. Aber wenn er nicht widerstehen konnte, wenn er die eine Apfeltasche aß, würde er gar keine Bildschirmzeit bekommen und früh zu Bett gehen.

»Verstehst du, welche Folgen das, was du tust, hat?« Er nickte. »Du musst dich nur für fünfzehn Minuten beherrschen«, sagte sie. Wieder nickte er.

Sie ging ins Schlafzimmer, aktivierte den Timer und wartete.

Die Kinder, die dem Marshmallow widerstanden hatten, besaßen die Fähigkeit, sich abzulenken, sich von ihren Wünschen zu distanzieren und so zu tun, als wären diese von ihnen getrennt. Sie konnten sich selbst in der Zukunft vorstellen und etwas für die Person tun, die sie in fünfzehn Minuten sein würden, was überraschend schwierig war. Neuere Forschungen zeigten, dass man, wenn man sich seine Zukunft vorstellte, einen anderen Teil des Gehirns gebrauchte als bei Gedanken an das gegenwärtige Ich. Bei Fantasien über das zukünftige Ich waren dieselben Gehirnpartien im Einsatz, wie wenn man sich das Innenleben einer Berühmtheit oder die Beweggründe einer Figur in einem Roman vorstellte. Mit anderen Worten: Jetzt auf das Marshmallow zu verzichten, um es in der Zukunft zu essen, fühlte sich in diesem Augenblick für einen bestimmten Teil des Gehirns so an, als würde man das Marshmallow buchstäblich jemand anderem schenken.

Der Trick, das wusste sie, bestand darin, intensiver in der Fantasie zu leben. Die mentale Kluft zwischen dem Menschen, der man jetzt war, und dem, der man bald sein würde, zu verkleinern. Sich eine Geschichte über eine Zukunft zu erzählen, die verlockender war als die Gegenwart – das war etwas, für das Elizabeth ein besonderes Talent zu haben schien. Es war eine ihrer Superkräfte. Und nicht erst seit Neuestem – in gewisser Weise hatte sie ihr zukünftiges Leben in *The Shipworks* bereits geplant und die Wohnung so gestaltet, dass sie ein Maximum an Zufriedenheit bieten würde. Es war schon in ihrer Kindheit und Jugend ihre Grundhaltung gewesen, als sie ständig umgezogen und auf eine neue Schule gekommen war, als sie immer wieder von vorn hatte anfangen müssen, allein und ohne Freundinnen. Elizabeth hatte Geschichten über sich selbst und ihre Zukunft erfinden müssen, die erträglicher waren als die Gegenwart und mit größerer Hoffnung verbunden als ihre Vergangenheit, und bis es so weit war, musste sie warten, warten, warten.

Im Grunde hatte Elizabeth schon immer in detaillierten, optimistischen Geschichten über ihre Zukunft gelebt. In ihrer Fantasie. In ihrem Kopf. Es war ihre einzige feste Adresse.

Für Toby galt das nicht. Er lebte ganz und gar in den Wünschen und Bedürfnissen der Gegenwart. Sie gab es nicht gern zu, aber er war ein Iss-das-Marshmallow-sofort-Junge. Und diese Jungen, die nicht imstande waren, ihre spontanen Impulse zu beherrschen, wurden dann oft Männer, denen man lieber aus dem Weg ging. Und so einer sollte Toby nicht werden.

Der Timer summte. Sie kehrte in die Küche zurück. Ihr Sohn war verschwunden. Ebenso die Apfeltasche.

»Ich werde dir einen kleinen Trick beibringen«, sagte sie, nachdem sie ihn vor dem Computer gefunden und wieder in die Küche gebracht hatte. »Stell dir einfach vor, auf dem Teller liegt gar nichts zum Essen.«

Toby sah sie verwirrt an.

»Stell dir vor, es ist bloß ein *Foto* von einer Apfeltasche«, sagte sie, »auf einem Stück Papier. Du würdest doch nicht ein Stück Papier essen wollen, oder?«

Toby schüttelte den Kopf.

»Das wäre krass, oder?« Sie versuchte, flapsig zu klingen, unbeschwert. »Ein Stück Papier mit einer Apfeltasche drauf! Igitt!«

Toby lachte.

»Stell dir also vor, es ist bloß ein Stück Papier, und wenn du es fünfzehn Minuten lang nicht isst, kannst du so viele Apfeltaschen haben, wie du willst.« Sie ließ den Mund offen stehen, machte große Augen und schüttelte den Kopf, als wollte sie sagen: *Ist das zu fassen?*

»So viele, wie ich will?« Toby sah sie zweifelnd und mit zusammengekniffenen Augen an. Sie wussten beide, dass Süßes in dieser Familie höchst restriktiv gehandhabt und nur in winzigen Portionen ausgegeben wurde.

»So viele, wie du willst«, versicherte Elizabeth ihm. »Stell dir das mal vor! Denk daran, wie glücklich du in fünfzehn Minuten sein wirst, wenn du so viele Apfeltaschen isst, wie du willst. Stellst du es dir vor?«

Er schloss die Augen und hob den Kopf, als wäre er in einem schönen Tagtraum.

»Ja«, sagte er.

»Bist du in deiner Vorstellung glücklich?«

»Ja.«

»Gut. Dann denk jetzt nur daran, wie glücklich du bald sein wirst. Spüre es in deinen Gedanken, und wenn du fünfzehn Minuten warten kannst, wirst du dieses Gefühl auch in Wirklichkeit spüren. Okay?«

»Okay!«

»Okay. Die Zeit ... läuft.«

Sie ging hinaus, ließ die Küchentür aber einen Spaltbreit offen, sodass sie ihn beobachten konnte. Sobald er glaubte, die Tür sei geschlossen, im allerersten Augenblick, in dem er allein war, griff er über den Tisch, nahm die Apfeltasche und stopfte sie sich in den Mund.

Sie stürmte in die Küche. »Was machst du denn da?«

Toby war eingeschüchtert von ihrem Erscheinen und ihrem unvermittelten Ärger. Er hörte auf zu kauen. Krümel fielen ihm aus dem Mund.

»Warum isst du die Apfeltasche?«

»Du hast gesagt, ich darf.«

»Aber du solltest doch warten!«

»Du hast gesagt, ich kann sie essen, wenn ich will.«

»Aber du sollst nicht wollen!«

Elizabeth wollte gerade den Abfalleimer aufklappen und die restlichen Apfeltaschen wegwerfen, als die Wohnungstür geöffnet wurde und sie Jacks fröhliche Stimme hörte: »Ich bin wieder da!« Im nächsten Augenblick tänzelte er in Sportkleidung und noch ganz high vom Training herein, rief: »Mein *Gott*, riecht das *gut* hier!«, gab Elizabeth einen Kuss auf die Wange, tänzelte zur Theke, nahm sich zwei Apfeltaschen, schob sie sich sogleich – man hätte sagen können *impulsiv* – in den Mund, schloss die Augen und machte: »Mmhhhh!« Elizabeth und Toby sahen ihn stumm an.

Manchmal, besonders an den frustrierenderen Tagen, schien Jacks Fähigkeit, irgendein Bedürfnis ohne irgendwelche Komplikationen oder Schuldgefühle zu stillen, einzig und allein dazu da zu sein, sie zu verspotten.

»Also«, sagte Jack, nachdem er die Apfeltaschen hinuntergeschlungen hatte, und schlug zur Betonung mit den Handflächen leicht auf die Theke, »ich habe was *höchst* Interessantes über *Blumenkohl* gehört.«

Später, nach dem Abendessen, als sie die Küche aufgeräumt und die Lunchboxen für morgen vorbereitet, den Abfall hinausgebracht und Toby bei den Hausaufgaben geholfen hatten, begann das allabendliche Bettritual. Toby hatte schon immer eine bemerkenswert klare Vorstellung davon gehabt, wie er zu Bett gebracht werden wollte. Als er noch ein Kleinkind gewesen war, hatten sie zu dritt um den Tisch herumgetanzt und ein albernes Lied gesungen, jeden Abend dasselbe, und dann kamen die Bettgeschichten, verschiedene kurze, altersgerechte Bücher, die Jack und Elizabeth ihm im Bett vorlasen, und wenn Jack an der Reihe war, kuschelte Elizabeth sich zu Toby unter die Decke, und dann taten sie beide so, als hätten sie diese Geschichte noch nie gehört (während sie sie in Wirklichkeit viele, viele Male gehört hatten), und bei den dramatischen Stellen klammerte Toby sich an sie und sagte: »Was passiert jetzt?«, und Elizabeth sagte: »Ich hab solche Angst!«, und er sagte: »Keine Angst, Mom, es ist bloß eine Geschichte.« Darüber mussten sie kichern, und es war schön, sich unter der Decke an ihn zu kuscheln, und sie staunte über seine Fähigkeit, bei einer Begegnung mit so alten, vertrauten Dingen so schöne, frische Empfindungen zu entwickeln.

Inzwischen hatte sich das Ritual jedoch geändert. Es gab keinen Tanz und kein albernes Lied mehr, und Jack und Elizabeth teilten sich auf. Erst war Jack dran und las Toby etwa eine halbe Stunde lang aus einem Abenteuer- oder Fantasybuch vor, das sie ausgesucht hatten – im Augenblick arbeiteten sie sich durch *Narnia* –, und dann ging Jack hinaus, und Elizabeth übernahm. Ihre Aufgabe bestand hauptsächlich darin, Toby zu beruhigen und zu trösten, denn an den meisten Abenden hatte er große Angst vor dem Einschlafen.

Dass er mit dem Essen der Apfeltasche nicht fünfzehn Minuten warten konnte, lag, wie Elizabeth wusste, nicht daran, dass er keinen Begriff von der Zukunft hatte, denn abends, wenn sie ihn zu Bett brachte, schilderte er ihr eine Zukunft voller schrecklicher Dinge, die geschehen könnten, während er schlief.

»Woher weiß ich, dass keine Räuber kommen?«

»Woher weiß ich, dass mir keine Käfer übers Gesicht krabbeln?«

»Woher weiß ich, dass ich keine schlechten Träume haben werde?«

»Woher weiß ich, dass ich wieder aufwache?«

Er wollte von Elizabeth die Versicherung, nein, die Gewissheit, dass in der Nacht, wenn er nicht auf der Hut war, nichts Schlimmes passieren würde. Für Toby schien das Einschlafen eine schwierige Übung in Vertrauen zu sein. Vertrauen darauf, dass die Welt nicht grausam war, wenn er nicht achtgab. Und ja, ein kleiner Teil von ihr ärgerte sich über diese nach Geschlecht vorgenommene Aufteilung der Pflichten: Der Vater hatte den ganzen Spaß, der Mutter blieb die emotionale Arbeit. Aber irgendwie gefiel ihr auch, dass ihr Sohn sie brauchte, wirklich brauchte, und dass er diese große Sorge hatte, die nur sie beschwichtigen konnte. Abends war er so verletzlich, so gequält von Angst und Zweifeln, dass sie ihm sofort verzieh, wie schwierig und unausstehlich er tagsüber gewesen war und wie viele Wutanfälle er gehabt hatte. Alles, worauf es ankam, war, den Schrecken in seinem Herzen zu bannen.

»Woher weiß ich, dass du und Dad noch da seid, wenn ich aufwache?«

»Aber Schatz, wir sind immer da, wenn du aufwachst.«

»Aber woher weiß ich, dass es morgen auch so ist? Vielleicht seid ihr morgen weg.«

»Selbst wenn einer von uns gerade nicht da ist, kommt er gleich wieder zurück.«

»Nein, nicht so. Ich meine weg, wirklich richtig weg.«

»Das würden wir nie tun.«

»Aber was, wenn ihr nichts dagegen machen könnt? Wenn ihr einfach im Schlaf verschwindet?«

Elizabeth nickte. Wahrscheinlich hatte er etwas im Fernsehen oder im Internet oder in einem Comic gesehen, oder vielleicht war vorhin in Narnia jemand einfach verschwunden. Das war das Paradox bei Toby in diesem Alter – oder eigentlich bei allen Menschen jeden Alters: Sie konnten in bestimmter Hinsicht ganz nüchtern und rational sein, während sie in anderer geradezu wahnhaft und paranoid waren. Und sie wusste aus ihren eigenen Forschungen zu diesem Thema bei *Wellness*, dass die effektivste Methode, Menschen von einem irrationalen Glauben zu befreien, darin bestand, ihn von innen und außen zu widerlegen.

Zunächst von außen: »Aber Schatz, im wirklichen Leben verschwinden Menschen nicht einfach so. Das kommt nur in erfundenen Geschichten vor. Darüber brauchst du dir keine Sorgen zu machen.«

Toby nickte halbherzig und wenig überzeugt, weshalb Elizabeth auf die andere Spur wechselte und das Problem von innen anging.

»Aber selbst wenn wir verschwinden sollten – weißt du, was dann passieren würde?«, sagte sie.

»Was denn?« Tobys Augen blickten plötzlich interessierter.

»Wir würden zurückkommen.«

»Ja?«

»Wir würden alles dafür geben zurückzukommen. Und weißt du auch, warum?«

»Warum denn?«

»Weil wir dich so sehr vermissen würden«, sagte sie und strich mit dem Finger über seine Brust.

»Echt?«

»Wir würden dich so sehr vermissen, dass wir wieder erscheinen würden. Weil wir dich so sehr lieben. Wir lieben dich so sehr, dass wir einfach wieder zurückkommen würden.«

»Okay«, sagte er und war beruhigt. Elizabeth nahm ihn in die Arme, und er legte den Kopf an ihre Schulter. Sie hielt ihn, bis sein Atem immer ruhiger ging, und dann stand sie auf, deckte ihn zu, gab ihm einen Kuss auf die Stirn und sagte die Gutenachtformel, die allerdings nicht »Schlaf gut« oder »Schöne Träume« oder so lautete. Das hätte Toby, für den die Nacht etwas Furchterregendes, Tückisches war, nur verunsichert. Nein, was sie jeden Abend zu ihm sagte, war etwas, das alle auf den Youtube-Kanälen, denen Toby folgte, am Ende ihres Beitrags sagten und das er eigenartigerweise beruhigend fand.

»Vergiss nicht zu abonnieren«, flüsterte sie ihm ins Ohr.

»Vergiss nicht zu abonnieren«, sagte er, die Worte gedämpft durch das Kissen.

Sie schloss die Tür und ging ins Schlafzimmer, wo sie feststellte, dass Jack bereits anwesend und das Licht gedimmt war. Schummerlicht. Sexy. Jack hatte spezielle Glühbirnen angeschafft, die er über das Handy ansteuern konnte. Es waren LED-Birnen, die durch Funk miteinander verbunden waren und deren Farbtemperatur sich an den Tagesverlauf anpassen ließ: kühles, bläulich weißes Mittagslicht, das eher cremefarbene Licht des Nachmittags, das bernsteingelbe frühe Abendlicht. Es gab viele Arten von Tageslicht, was irgendwas mit der Kelvinskala zu tun hatte. Jack nahm die Sache sehr ernst; seine Ausbildung zum Fotografen mache ihn empfindlich für Farbtemperaturen, sagte er. Die Farbe allerdings, auf die er das Schlafzimmerlicht jetzt eingestellt hatte, gab es am Himmel nicht. Eher in einem Bordell. Oder in einem Stripclub. Scharlachrot, Bordeauxrot, Purpurrot.

Er saß auf dem Bett und erwartete sie. Er hatte Hemd, Hose, Schuhe und Socken ausgezogen und sogar das alberne orangerote Ding abgelegt, das er sein *Wearable* nannte und das jetzt auf dem Nachttisch lag. Er trug nur noch seine Boxershorts, und als er sich zu ihr umdrehte, sah sie, was er in der Hand hielt: den Vibrator, den er ihr geschenkt hatte. Er zeigte ihn ihr und sagte: »Ich dachte, wir könnten vielleicht ...«

Sie spürte das scharfe Zucken des Schuldgefühls, das sie immer befiel, wenn er in Stimmung war, sie aber nicht. Sie hasste es, diese Person zu sein: die unansehnliche, erschöpfte Ehefrau, die Nein sagt. Was für ein Klischee.

»Du bräuchtest gar nichts zu tun«, sagte er, als er ihr Zögern spürte. »Du könntest einfach daliegen und es genießen. Überlass die Arbeit mir.«

»Die *Arbeit*?«

»Du weißt schon, was ich meine. Ich bin der Gebende, und du brauchst nur dazuliegen und zu empfangen. Keine weiteren Verantwortlichkeiten.«

So war er schon immer gewesen, schon als sie sich kennengelernt hatten: so aufmerksam, so gewillt, ihr zuzuhören und sie zu befriedigen. Nicht wie die anderen Burschen, die sie kannte. Die waren blindlings vorangestolpert, hatten seltsame Dinge getan, die ihr, wie sie glaubten, gefallen würden – meist waren dazu Verrenkungen nötig, es gab Klapse, es wurde gefummelt, gedrückt und gerieben –, und dann ihr die Schuld gegeben, wenn sie keinen rechten Gefallen daran fand. Nein, Jack hatte ganz ehrlich gesagt, dass sie ihm zeigen musste, wie er sie so berühren konnte, dass es ihr gefiel. Sie hatte ihn führen und korrigieren, ihm eine Richtung vorgeben können, und er hatte sich dadurch nicht bevormundet gefühlt und war nicht wütend geworden, was ihr damals fast wie ein Wunder vorgekommen war. Jetzt fragte sie sich allerdings, warum sie das so beeindruckend gefunden hatte: Ein Mann, der tat, um was man ihn bat – sollte das nicht der Normalfall sein? Alltäglich? Nichts Besonderes? Und wie gering waren ihre Erwartungen gewesen, damals, mit achtzehn, als ihr Jack mit seiner Frage: »Was gefällt dir?« wie ein Held erschienen war?

Nicht dass das jetzt eine Rolle spielte. Es war nur ein weiterer Bereich, in dem sie auf die Person zurückblickte, die sie einmal gewesen war, und sie erschütternd fremd fand.

In all den Jahren war Jack ein aufmerksamer, rücksichtsvoller Liebhaber geblieben. Und ihr Liebesleben war beständig und befriedigend – vielleicht nicht so robust, wie es mal gewesen war, aber wer konnte das schon erwarten? Sie hatten mehr Sex als manche Paare und weniger als andere. Sie zählte nicht mit, für sie war es keine Frage der Quantität, sie dachte nicht *soundso oft pro Woche*, denn das war ebenso geschmacklos wie ungenau. Sie schliefen miteinander, wenn sie wollten und konnten, und das war manchmal oft und manchmal weniger oft und hing von einer Menge anderer Variablen ab. Dabei wog am schwersten, wie anstrengend Toby an diesem Tag gewesen war, aber auch andere Faktoren flossen ein: wie weit ihr Mom-Hirn sich von ihrem Sex-Hirn entfernt fühlte, wie viele anstrengende Aufgaben auf der Liste in ihrem Kopf standen, wie es um ihre emotionalen Reserven bestellt war.

Sie setzte sich neben Jack und lehnte sich an ihn. »Danke«, sagte sie, »aber ich bin einfach ... du weißt schon ... «

»Du bist nicht in Stimmung.«

»Nicht mal annähernd«, sagte sie. »Nicht mal in derselben Galaxie wie der Gedanke an Sex. Tut mir leid.«

»Ist schon okay.«

»Es ist nur so, dass es ein langer, anstrengender Tag war.«

»Es ist wirklich okay.«

»Ich würde gern sexuell befriedigt werden«, sagte sie, »aber vielleicht lieber ein bisschen später in dieser Woche.«

Jack lachte. »Ich werde mit deiner Sekretärin sprechen und mir einen Termin geben lassen.«

»Ja«, sagte sie. »Tut mir leid.« Sie wusste, dass Jack fand, Sex solle spontan und leidenschaftlich sein, doch nach Tobys Geburt war das schwierig geworden: Die Ansprüche, die mit Beruf und Elternschaft einhergingen, standen der Spontaneität meist im Weg. Früher hatten sie einander *verführt*, jetzt war es eher so, als würden sie einander *fragen*. Eine Notwendigkeit zur Planung hatte sich in ihr Liebesleben geschlichen, und sie verstand, dass Jack das vermutlich traurig fand. Einem Romantiker wie ihm erschien das wahrscheinlich etwas langweilig. Pragmatisch. Monoton.

Er stand auf, griff zum Handy, tippte ein bisschen herum, und schon wich das schwüle Rot einem bleichen Weiß.

»Toby hat eine existenzielle Krise«, sagte Elizabeth.

»Eine was?«

»Er denkt, einer von uns wird aufhören zu existieren.«

»Du meinst sterben?«

»Nein. Nicht sterben. Plötzlich nicht mehr da sein. Verschwinden.«

»Oh«, sagte Jack. »Hat die Vorortbetschwester mit ihm über die christliche Entrückung gesprochen?«

»Brandie ist nicht eine von denen. Eher der New-Age-Typ, glaube ich, mehr *wow*. Und außerdem wäre sie niemals so unvorsichtig. Sie ist wirklich nett. Sie hat Apfeltaschen für uns gemacht.«

»Damit fangen sie immer an. Mit Essen. Um das Vertrauen zu gewinnen.«

»Ach, hör schon auf.«

»Erst geben sie dir was zu essen. Und dann wollen sie deine Seele.«

»So ist das aber nicht. Brandie steht, glaube ich, eher auf

positives Denken. Du weißt schon: die Kraft des Geistes und so. Was, wie du weißt, nicht total irrational ist.«

»Nicht?«

»Wenn du ein positiver Mensch bist, reagieren andere im Allgemeinen auch positiv auf dich, und das stärkt dein Selbstvertrauen und verringert deinen Stress. Positives Denken ist eine Art selbsterfüllende Prophezeiung.«

»Na gut, solange sie Toby keine seltsamen Broschüren gibt.«

»Sie ist harmlos.«

»Gut.«

»Jack, tut mir leid, dass ich heute nicht in Stimmung bin.«

»Es ist wirklich okay«, sagte er. Dann legte er den Vibrator wieder in die Nachttischschublade, zog T-Shirt und Sweatpants an, gab Elizabeth einen Kuss und sagte ihr Gute Nacht. An der Tür blieb er stehen, sah sich zu ihr um und sagte in einem Singsang: »Hab dich lieb.«

Sie setzte ein Lächeln auf. »Ich dich auch.«

Er schloss die Tür und ging in sein Arbeitszimmer, um zu tun, was immer er nachts an seinem Computer tat.

In dieser Nacht schlief Elizabeth wie gewöhnlich schnell ein, um dann wie gewöhnlich wieder aufzuwachen. Es war späte Nacht oder früher Morgen, draußen war es noch dunkel. Sie war allein im Bett. Jack schlief wohl wieder mal auf dem Klappsofa im Arbeitszimmer. Es mochte ein oder drei oder fünf Uhr sein – sie sah nicht auf ihr Handy, denn sie wollte es gar nicht genau wissen. Es geschah jetzt immer häufiger, dass sie nicht die ganze Nacht durchschlafen konnte. Sie dachte an die Arbeit, an Jack, an Toby, seine neue Schule und neuen Freunde, an den Umzug und manchmal an die idiotischsten Dinge: Im Kühlschrank lag Hähnchenfleisch, das beinahe abgelaufen war, und für einen Augenblick überlegte sie, ob sie aufstehen und sich eine Notiz machen sollte oder ob sie morgen von allein daran denken würde, und dann spulten sich alle möglichen Hähnchenrezepte, die sie im Kopf hatte, vor ihr ab, und sie dachte daran, welche Hähnchengerichte sie in letzter Zeit gegessen hatten und welche Toby nicht mochte und welche die gesündesten waren und so weiter. Eine derart idiotische Girlande um das Thema Hähnchenfleisch konnte sie um drei Uhr morgens eine volle Stunde beschäftigen.

Sie hatte jedoch ein Mittel gefunden, um diese Sorgen und Grübeleien zu vermeiden. Die Kombination aus einer Benzo und einer bestimmten Entspannungsübung ließ sie gewöhnlich schnell wieder einschlafen. Sie trank etwas Wasser, nahm eine Tafil und griff nach dem Vibrator in der Nachttischschublade, dem »Madakaskar«, der trotz der lächerlichen geografischen Anspielung ein durchaus bemerkenswertes Gerät war. Sie steckte ihn unter die Decke und wählte ihre liebste Einstellung, die »tektonische Plattenverschiebung« hieß und sie binnen Minuten zum Höhepunkt brachte.

Das sechsstündige Seminar, an dem Jack zu Beginn eines jeden Semesters teilnehmen musste, hatte bis vor wenigen Jahren noch »Orientierung« geheißen, doch dann hatte die Universität es in »Onboarding« umbenannt. Mit dem neuen Namen war eine Umgestaltung des Seminars einhergegangen, nach der es zu dieser grässlichen, aufgeblähten, tagesfüllenden Veranstaltung geworden war. Ein Team von Personalverwaltungsleuten mühte sich in unglaublicher Ausführlichkeit, »die DNA der Leitlinien unserer Universität zu sozialisieren«, was sich natürlich auf die umfassende Selbstdarstellung bezog, in die man zwei Jahre Zeit und unzählige Dollar für Beratungsfirmen investiert hatte, um in einer gewaltigen Anstrengung alles, was die Universität tat, in einem einzigen Satz zu formulieren. Das hatte sich der neue Finanzvorstand der Universität so ausgedacht. Er hatte dem Kollegium allen Ernstes erklärt, die Entwicklung dieser Leitlinie, in der die Funktion der Universität mit einem einzigen Satz ausgedrückt werde, sei so etwas wie ihre »Mondmission«, und sie gebeten, an diesem Unternehmen mitzuwirken, »nicht weil es leicht ist, sondern weil es schwer ist«. Warum die Universität ihre gesammelte Intelligenz, Kreativität und Energie dazu einsetzen sollte, alles, was sie tat, mit einem einzigen Satz zu beschreiben, war den meisten Dozenten ein Rätsel, doch das hielt die Verwaltung nicht davon ab, sie begeistert für »Arbeitsgruppen zur Erstellung der Leitlinie« einzuteilen, damit sie (unbezahlt) Gelegenheit hatten, an der Formulierung dieses einen magischen Satzes mitzuwirken, in dem alles, was alle glaubten, zu einem Text verdichtet würde, der idealerweise auf einen Briefkopf passte.

»Dieses Unternehmen muss sich dringend Maßstäbe setzen«, sagte der Finanzvorstand dem versammelten Lehrkörper. »Wir können nur hoffen, dass alle am selben Strang ziehen, aber ehrlich gesagt: Hoffnung ist keine Strategie.«

Dass die Universität keinen traditionellen Dekan mehr hatte, sondern einen Finanzvorstand, war ebenfalls eine neue Entwicklung, doch das ließen die meisten Professoren durchgehen, denn sie sahen die weit bedeutsameren Worte an der Wand: Wenn die Universität eine kodifizierte Leitlinie hatte, konnte sie Lehrkräfte, die diese nicht erfüllten, vor die Tür setzen. Für gut bestallte Professoren, die jahrelang die Annehmlichkeiten und überschaubaren Verpflichtungen einer Festanstellung genossen hatten, war das eine echte Drohung. Und tatsächlich hatte Jack einige seiner Kollegen noch nie so interessiert erlebt wie bei ihrer Mitarbeit in den Arbeitsgruppen zur Erstellung der Leitlinie, wo sie ein einziges, alles andere überlagerndes Ziel verfolgten: ihr Revier zu verteidigen. Ein Professor für Geografie zum Beispiel, der seit ungefähr den Siebzigerjahren fest angestellt war und dessen einziger Beitrag während der letzten zehn Jahre in einer Einmannkampagne bestanden hatte, welche die Stadt Chicago zu einer Umstellung auf das metrische System bewegen sollte (seine ständigen Eingaben, Beschwerden und Briefe waren der Grund, warum sein Viertel das einzige in der Stadt war, in dem auf den Verkehrsschildern 48 *km/h* stand – so sehr hatte er seinen Stadtrat genervt), dieser Mann, der in vier Jahren an keiner Fakultätsversammlung teilgenommen und sich seit Beginn des 21. Jahrhunderts für keine einzige Kommission gemeldet hatte, kämpfte jetzt wie ein Löwe um die Aufnahme des metrischen Systems in die Leitlinie. Er war buchstäblich der Einzige auf dem Campus, dem daran lag, doch er war entschlossen, dafür zu sorgen, dass sein Anliegen in die allgemein verbindliche Formulierung einfloss.

Und das Verblüffende war: *Er schaffte es.* Es gelang ihm, in einem der zahlreichen Nebensätze die Formulierung »in Übereinstimmung mit globalen Standards« unterzubringen, die, wie er glaubte, spezifisch genug war, um seine Interessen zu schützen, worauf er wieder in der Versenkung verschwand.

Dasselbe passierte überall, in jeder Arbeitsgruppe: Eigenwillige Professoren aus zwei Dutzend Fakultäten kämpften um die explizite Erwähnung ihres Fachbereichs in der Leitlinie. Es war daher nicht schwer zu verstehen, warum am Ende herauskam, was herauskam: ein komplex verdichteter grammatikalischer Albtraum mit zahlreichen Verästelungen und Semikola, der die Mitglieder der Fakultät für englische Sprache bei der Verabschiedung durch den Senat zum symbolischen Verlassen des Sitzungssaals zwang.

Seither hatten alle neuen Mitarbeiter das »Onboarding«-Symposium über sich ergehen lassen müssen, bei dem ihnen die Leute von der Personalverwaltung sämtliche Klauseln und Subklauseln der Leitlinie mit all ihren Nebensätzen und Einschüben bis ins letzte Detail erläuterten, was alles in allem sechs Stunden dauerte. Das wahrhaft Üble an der ganzen Sache aber war, dass Jack zum neunten Mal an Bord war, und zwar hauptsächlich wegen eines Softwarefehlers. Als befristeter Dozent wurde Jack aus Sicht des Computers am Ende eines jeden Semesters entlassen. Zu Beginn des nächsten Semesters wurde er dann wieder eingestellt. Das diente dazu, den Tarifvertrag zu umgehen, nach dem jemand, der mehr als eine bestimmte Wochenzahl pro Jahr arbeitete, Anspruch auf eine Kranken- und Pensionsversicherung hatte. Um der Uni diese Kosten zu ersparen, wurden sämtliche Lehrbeauftragten also zwei- oder sogar dreimal jährlich entlassen. Und wenn sie zu Beginn des nächsten Semesters wieder eingestellt wurden, erschienen sie im System als neue Mitarbeiter und mussten als solche am Onboarding-Symposium teilnehmen.

Und so saß Jack also an einem Konferenztisch in dem reich geschmückten Ballsaal, in dem sonst universitäre Wohltätigkeitsveranstaltungen stattfanden. Ringsumher sah er vertraute Gesichter, all die anderen Lehrbeauftragten, die er von den vergangenen Onboarding-Symposien kannte und die jetzt so desinteressiert und gelangweilt wirkten wie die Studenten, über die sie sich manchmal beklagten. An Jacks großem rundem Tisch für zehn Personen saß nur einer, der wirklich neu war: der Mann neben Jack, auf dessen Namensschildchen »Carl/Assistenzprofessor/Ingenieurwesen« stand. Das hatte Jack mit einem kurzen, finsteren Blick registriert, finster wegen »Assistenzprofessor« und dem, was dieses Wort implizierte: Festanstellung, Sicherheit, Erfolg, Bestätigung. Die Universität genehmigte diese Vollzeitstellen nur noch selten, und wenn, dann fast immer in den Mathematisch-Naturwissenschaftlichen oder technischen Fakultäten. Im Grunde ging es darum, Leute einzustellen, die verlässlich Forschungsgelder an Land zogen und daher »ihr Futter selbst verdienten«, wie der Finanzvorstand es ausdrückte. Carl war jung, Ende zwanzig, Anfang dreißig, vermutlich frisch promoviert, hatte kurzes, zerzaustes Haar und einen sehr zarten Schnurrbart und trug ein bügelfreies sommerhimmelblaues Hemd. Während der ersten Stunde hatte er noch brav mitgeschrieben, schließlich aber damit aufgehört, und nun saß er wie die anderen da und ließ das Symposium über sich ergehen. Sie hatten gerade Sektion 3, Abschnitt 4, Unterabschnitt 9 beendet, den Teil, in dem es um das »sichere Campusumfeld« ging, und nun war für das PV-Team der Moment gekommen, das Thema sexuelle Belästigung anzusprechen. Das geschah in Form einer gründlichen Erläuterung der juristischen Definition von sexueller Belästigung, gefolgt von »einer Gelegenheit, das Gelernte anzuwenden«, wie die PV-Leute sagten: Man zeigte ihnen Filme, in denen zwei Schauspieler Szenen spielten, in denen es möglicherweise zu sexueller Belästigung kam. Der Gedanke dahinter war, dass jeder neue Mitarbeiter an den vielen Tischen in diesem Ballsaal für sich selbst entscheiden sollte, ob das in den Filmen gezeigte Verhalten den Tatbestand der sexuellen Belästigung erfüllte. Die Antwort lautete: Ja. Jedes Mal. Jeder Film zeigte eine eindeutige sexuelle Belästigung. Allerdings meldete sich bei jedem Onboarding-Symposium immer derselbe Volltrottel von der Philosophischen Fakultät zu Wort, wollte ganz genau klären, ob es sich bei diesem oder jenem Verhalten technisch, juristisch betrachtet, tatsächlich um sexuelle Belästigung handelte, und versuchte, Grenzfälle zu rechtfertigen, um, wie er sagte, »die Grauzone möglichst genau auszuloten«. Es war derselbe Typ, der auf Twitter hitzige Diskussionen regelmäßig mit provozierenden Beiträgen anheizte und seine anmaßenden E-Mails zumeist »an alle Empfänger« sandte. Und jedes Mal hörten die PV-Leute ihm geduldig und mit neutralem Gesicht zu und erklärten ihm, nein, bei den Filmen gebe es nichts auszuloten. Es handele sich um Tatbestände. Und alle lehnten sich zurück und verdrehten die Augen, weil dieser verdammte Jerry aus der Philosophischen meinte, sokratisch werden zu müssen, und die Mittagspause verzögerte.

Das Mittagessen bestand aus Baguettesandwiches, die zu fünfundneunzig Prozent aus Brot bestanden. Zwischen den Hälften lag eine gräuliche Scheibe Putenbrust oder Schinken für die Fleischesser, eine Scheibe Käse für die Vegetarier und ein durchscheinendes Salatblatt für die Veganer. Während der Mittagspause sollten sie ein Kennenlernspiel spielen, bei dem jeder sein *Lebenswerk* beschreiben musste, und zwar so, wie er es dem normalen, mittelmäßig gebildeten »Mann von der Straße« beschreiben würde. So hatte es der Finanzvorstand der Universität formuliert, ein Mann mit einem Abschluss in – ja, tatsächlich – *Betriebswirtschaft,* der fand, es sei wirklich wichtig, dass die Akademiker ihren Elfenbeinturm verließen und in Kontakt mit normalen Menschen kamen.

»Ich bin Fotograf«, war alles, was Jack sagte, als er an der Reihe war – unbestimmt und einfach.

Die anderen am Tisch hatten Jacks angestrengte Erklärungsversuche bereits bei früheren Symposien gehört und stellten keine weiteren Fragen – außer Carl von den Ingenieurwissenschaften, der zum ersten Mal dabei und ehrlich interessiert war. »Was fotografierst du?«

»Eigentlich nichts«, sagte Jack. »Ich habe keine Motive, nicht im herkömmlichen Sinne.«

Das rief das Stirnrunzeln hervor, das Jack bei jedem sah, dem er seine Kunst erklären sollte. »Ich bin verwirrt«, sagte Carl.

»Ich bin Fotograf, benutze aber keine Kamera.«

»Und wie...?«

»Ich gebe Chemikalien auf lichtempfindliches Papier, um interessante Resultate zu erzielen.«

»Okay.«

»Ich setze Emulsionen und Entwickler und Fixierer und verschiedene Reagenzien und manchmal auch Licht ein, wie ein Maler Farben einsetzt.«

»Mh-hm.«

»Aber anstelle von Leinwand benutze ich reaktives Silberbromidpapier.«

»Aha.«

»Man könnte sagen, meine Werke sind eine Kreuzung aus Fotografie, Malerei und vielleicht Alchemie, plus ein bisschen Drucktechnik. Ich nenne sie *Fotochemigramme*.«

»Ich verstehe«, sagte Carl, sah Jack an und trommelte geistesabwesend mit den Fingern auf dem Tisch. »Und was... bedeuten sie?«

»Ich verstehe die Frage nicht.«

»Was ist die Bedeutung dahinter? Worum geht es in deiner Kunst?«

»Oh, tja, wenn ich es formulieren müsste, würde ich wohl sagen, das Thema meiner Fotos ist der fotografische Prozess selbst. Seine Chemie.«

»Mh-hm.«

»Aber die Bilder selbst haben keine *Bedeutung*. Nicht im eigentlichen Sinne. Es sind nicht Bilder *von* etwas. Sie sind nicht figurativ, nicht gegenständlich, anikonisch und total abstrakt.«

»Ich dachte immer, Kunst hätte einen verborgenen Bedeutungsgehalt.«

»Bei meiner Kunst geht es um Form, Balance und Textur. Ich könnte sagen: um Bilder in ihrer reinsten Form. Entkoppelt von jeder Bedeutung.«

»Ich verstehe.« Eine kleine Pause, während Carl der Ingenieur das verarbeitete. »Eine Frage noch.«

»Du willst wissen, warum.«

»Irgendwie schon.«

»Warum ausgerechnet das mein Lebenswerk ist.«

»Ich hätte es netter formuliert.«

»Sagen wir einfach: Manche meiner Bilder sehen verdammt cool aus.«

»Wie sehen sie denn aus?«

»Da gibt's große Felder aus Farben und Schatten, dazwischen bis zum Boden eine Schneise, und dann diese dunklen, man könnte vielleicht sagen: Kleckse oder Tropfen in der Mitte mit all diesen kleinen, schwarzen plastischen Strichen.«

»Mh-hm.«

»Die Bilder sind schwer zu beschreiben.«

»Offensichtlich.«

»Du müsstest sie sehen.«

»Wahrscheinlich.«

»Hier.«

Jack holte sein Handy hervor und rief das Foto seines neuesten Werks auf, das, wie Jack fand, wirklich sehr gelungen war: ein zentraler Fleck, von dem zahlreiche erstaunlich interessante Tentakeln ausgingen. Er erklärte gerade, wie er diesen Fleck erzeugt hatte, nämlich indem er unfixiertes Fotopapier in eine Wanne mit Wasser gelegt und dann mit einer Pipette Entwicklerlösung auf die Wasseroberfläche getropft hatte, die sich dann mit dem Wasser vermischt und, als sie mit dem Papier auf dem Boden der Wanne in Kontakt gekommen war, diese coolen Formen erzeugt hatte, die zart und kinetisch und wolkenartig und ätherisch waren, als Carl ihn plötzlich unterbrach: »Es sieht aus wie ein Vogel.«

»Okay«, sagte Jack. »Also ... ein Vogel ist es nicht.«

»Aber es sieht wirklich wie ein Vogel aus.«

»Es soll nicht wie irgendetwas aussehen. Es ist abstrakt.«

»Ich sehe da einen Vogel«, sagte Carl. »Sieht das nicht aus wie ein Vogel?« Er reichte das Handy seinem Nachbarn, der nickte und es weitergab. Das Handy ging langsam von einem zum anderen, und alle waren sich einig, dass das Ding auf dem Bild ziemliche Ähnlichkeit mit einem Vogel hatte.

»Und was ist dein Gebiet?«, fragte Jack, als er sein Handy wiederhatte. Er wollte sehr gern das Thema wechseln.

»Ingenieurwesen«, sagte Carl.

»Ja, ich weiß«, sagte Jack und zeigte auf das Namensschildchen.

»Material.«

»Okay.«

Carl sah ihn an, als wäre die Frage damit erschöpfend beantwortet.

»Irgendwelche besonderen Materialien?«, fragte Jack.

»Kunststoffe«, sagte Carl.

»Tja«, sagte Jack nickend, »danke für die Auskunft.«

Sie verbrachten den Rest der Mittagspause damit, ihre trockenen Sandwiches zu essen und durch die Nachrichten und Meldungen auf ihren Handys zu scrollen.

Jack hatte ein Update von *#OnTheSystem*. Es ging um sein Schnarchen: Offenbar hatte er gestern Nacht wieder geschnarcht. Er hörte sich eine kurze Aufnahme an, die sein Armband davon gemacht hatte. Sie klang, als würde er rhythmisch *Nh-grrnn-Nh-grrnn* machen, ohne zu atmen. Es war sehr seltsam.

Er hatte auch eine neue E-Mail von Benjamin – Betreff:

Wir haben vielleicht ein Problem – mit einigen angehängten Fotos vom Bauzaun um *The Shipworks*. Bis vor ein paar Tagen war da nur nacktes Sperrholz gewesen, doch jetzt war der Zaun so weit das Auge reichte mit einer einzigen, vielfach wiederholten Parole besprayt:

RETTET DAS HISTORISCHE PARK SHORE!
STOPPT THE SHIPWORKS!

Doch Jack hatte keine Zeit, über diese E-Mail nachzudenken, denn der Finanzvorstand war wieder ans Rednerpult getreten und verkündete die Einführung einer aufregenden neuen Verfahrensweise zur Evaluierung der Lehrkräfte. »Dadurch steht unsere Entscheidung, wen wir einstellen, wen wir ausstellen und wen wir befördern müssen, auf einer solideren Grundlage.«

Worauf er sich der vollen Aufmerksamkeit seines Publikums sicher sein konnte.

»Die Zeiten, in denen Professoren sich in den Elfenbeinturm zurückziehen konnten, sind vorbei«, sagte der Finanzvorstand, und da war auch schon eine seiner zwei Lieblingsphrasen: *Elfenbeinturm,* ein Wort, das er mit abfälligem Unterton in jeder Rede mindestens dreimal verwendete. Die andere lautete *um ehrlich zu sein* – das sagte er immer, wenn als Nächstes etwas Unhöfliches kam, wie zum Beispiel jetzt. »Um ehrlich zu sein: Die Lehrkräfte haben den Kontakt zu dem verloren, was für die wirklichen Menschen in der wirklichen Welt wichtig ist.«

Normalerweise hätte das unter den versammelten Teilzeitkräften Heiterkeit ausgelöst, denn es liefen diverse Wetten darüber, ob und wie oft er die beiden Phrasen *Elfenbeinturm* und *um ehrlich zu sein* kurz nacheinander gebrauchen würde, doch nun war man viel zu besorgt über das, worauf der Finanzvorstand hinauswollte, um irgendwelche sardonischen Bemerkungen zu machen.

»Viel zu lange haben Akademiker ihre Arbeiten in obskuren Zeitschriften veröffentlicht, die, um ehrlich zu sein, niemand liest«, fuhr der Finanzvorstand fort. »Viel zu lange haben Universitäten Forschungen gefördert, die nur für eine kleine Elite bedeutsam sind. Und, *um ganz ehrlich zu sein,* das muss sich ändern.«

Die PV-Leute begannen, verschlossene Umschläge zu verteilen. Auf Jacks Umschlag standen sein Name und seine Funktion, und auf der Umschlagklappe prangte ein roter Stempel VERTRAULICH.

»Moderne Marketingabteilungen wissen, wie man Geld klug einsetzt, wie man Investitionen in Gewinne verwandelt und Aufmerksamkeit generiert, um maximale Wirkung zu erzeugen«, sagte der Finanzvorstand. »Und um ehrlich zu sein, ist es höchste Zeit, dieses Wissen in den Elfenbeinturm zu tragen.«

Er drückte auf einen Knopf am Rednerpult, und auf einem großen Bildschirm hinter ihm erschien ein Foto von ein paar lachenden Geschäftsleuten in schicken Anzügen. Das Foto hatte auf den ersten Blick nicht sehr viel mit der in hässlichen, klobigen Lettern gehaltenen Überschrift zu tun: DER WIRKUNGSALGORITHMUS.

»Der Wirkungsalgorithmus ist ein Werkzeug, das den genauen Wert der Beiträge eines jeden Mitarbeiters ermittelt«, sagte der Finanzvorstand, und dann erschien auf dem Bildschirm eine Liste von Dingen, die man in den sozialen Medien tat; daneben stand, was diese Dinge wert waren:

Auf Facebook geteilt: 4 Dollar
Auf Facebook gelikt: 19 Cent
Instagram Follower: 2 Cent
Twitter Erwähnung: 30 Cent
Normaler Retweet: 30 Cent
Prominenten-Retweet (z. B. Kardashian): 4.650 Dollar

»Auf der Basis der Häufigkeit, mit der andere ein Werk erwähnen, kann der Wirkungsalgorithmus genau ermitteln, wie bedeutsam dieses Werk ist«, sagte der Finanzvorstand. »Zum Beispiel: Sie sind in der Today Show erwähnt worden? Starke Wirkung. Sie sind nur einmal in einer obskuren Fachzeitschrift zitiert worden? Schwache Wirkung. Der Algorithmus ermöglicht absolute Transparenz bei unseren Einstellungsentscheidungen. Wir brauchen nur Ihr Gehalt mit Ihrem Wirkungsgrad zu vergleichen, um zu wissen, ob unsere Investition eine Rendite erbringt. Ganz einfach. Öffnen Sie jetzt bitte Ihren Umschlag.«

Aggressives Rascheln und Reißen erfüllte den Raum, ein Geräusch, das an impulsive Kinder bei der Weihnachtsbescherung denken ließ.

»Wir haben uns erlaubt, Ihren individuellen Wirkungsgrad für das vergangene Jahr zu berechnen«, sagte der Finanzvorstand. »Wenn der Wert höher ist als Ihr aktuelles Gehalt: sehr gut, machen Sie weiter so. Wenn er niedriger ist, dann haben Sie, um ehrlich zu sein, einige Arbeit vor sich.«

Ein Blick auf seine Bewertung bestätigte Jacks Befürchtung: Seine Fotos waren nirgends besprochen, zitiert, getweetet, gelikt oder geteilt worden. Der Algorithmus hatte nur eine einzige Erwähnung von Jack Bakers Kunstwerken finden können: auf Youtube in einem obskuren Gamingchannel namens »The Tobinator«, dessen Host hin und wieder mitteilte, dass die Fotos existierten. Das war laut Algorithmus dreizehn Dollar wert.

Jacks ganze Wirkung: dreizehn Dollar.

Auf der anderen Seite des Saals rief Jerry der Philosoph »Jaa!«, reckte in einer Triumphgeste à la Rocky Balboa die Arme in die Luft und zeigte allen seine sehr hohe Bewertung.

Jack sank in sich zusammen und wartete auf das Signal des Armbands – doch es kam nicht. Es kam nicht, weil er es, wie er jetzt feststellte, nicht trug.

Warum nicht?

Er erinnerte sich, es gestern Abend im Schlafzimmer abgelegt zu haben, vor seinem spektakulär gescheiterten Versuch, Elizabeth zu verführen. Was zur nächsten Frage führte: Wie konnte das Armband sein Schnarchen aufgezeichnet haben, wenn es im Schlafzimmer bei Elizabeth und nicht im Arbeitszimmer neben dem Klappsofa gelegen hatte?

Er öffnete die App, hörte es sich noch einmal an und brauchte nicht lange, um auf die Antwort zu kommen: Was er da hörte, war kein Schnarchen. Es war das Summen eines Vibrators.

Neue Beziehungsenergie

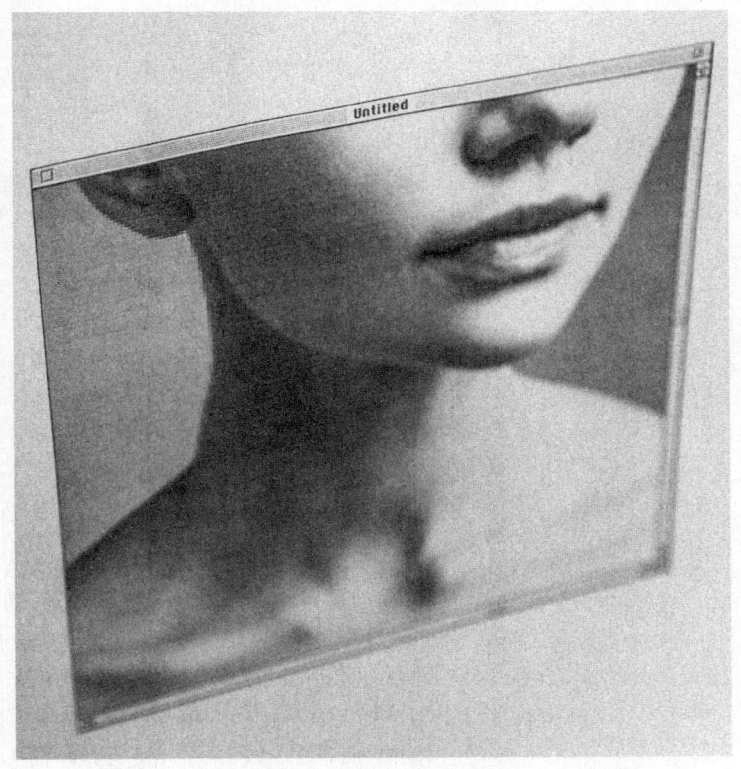

Da sind sie, Jack und Elizabeth, aneinandergeschmiegt auf Elizabeths zerwühltem kleinem Bett. Sie liegt auf dem Bauch, die Ellbogen auf die Matratze und das Kinn in die Hände gestützt, liest in einem dicken Schinken – »Einführung in die Psychologie« –, macht sich hin und wieder eine Notiz, blättert um. Jacks Kopf ruht in der Mulde ihres Rückens, er hat die Beine übereinandergeschlagen, und ein Fuß ragt über die Matratze hinaus. In der einen Hand hat er eine Zigarette, in der anderen ein zerlesenes Taschenbuch, ein vollkommen undurchdringliches Philosophiebuch, das er gebraucht bei Myopic gekauft hat und für ein Kunstseminar liest. Man hört nur das Rascheln des Papiers beim Umblättern, ihren Atem, den gelegentlichen Zug an einer Zigarette, das damit verbundene leise Knistern. Es ist spät an einem Sonntagabend. Sie müssen die Hausarbeiten für die Seminare am Montag erledigen. Das haben sie das ganze Wochenende nicht getan, weil es ihnen so vulgär erschien, sich mit etwas anderem als sich selbst zu beschäftigen.

Ihr erstes Date liegt längst hinter ihnen, ebenso wie das zweite oder dritte. Sie sind jetzt in der Wir-hatten-so-viele-Dates-dass-wir-sie-nicht-mehr-zählen-Phase. Sie tun das, was frisch verliebte Paare tun: Sie widmen sich einander so ausgiebig und ausschließlich, dass sie für die Welt verloren sind. Sie verbringen ihre gesamte Zeit zusammen und haben eigenartige neue Gewohnheiten angenommen, eine gemeinsame Sprache entwickelt, ein bizarres Königreich für zwei errichtet. Eine ihrer neuen Lieblingsbeschäftigungen ist, sich vorzustellen, die unbelebten Objekte in Elizabeths kleiner Wohnung seien in Wirklichkeit lebendig, ihre private Welt sei voller Namen, exzentrischer Persönlichkeiten und barocker Vorgeschichten. Das Geschirr, das Sofa, verschiedene Strümpfe und Mützen, verschiedene Schals und Handschuhe, die Kaffeebecher, Wasserkrüge und Kerzenhalter – sie alle erwachen zum Leben wie in einem Disney-Film, wenn Jack und Elizabeth hier in ihrem Bett liegen. All die Witze und Anspielungen, die nur der andere versteht, die entzückenden privaten Kosenamen: Ihre hartnäckige Hingabe an den makellosen neuen Organismus, *das Paar,* kann ans Sektiererische grenzen – so jedenfalls Elizabeths Psychologieprofessor und Mentor Dr. Otto Sanborne, dessen augenblickliches Forschungsthema tatsächlich die komplizierte Psychologie der Liebe auf den ersten Blick ist. Er sagt, frisch verliebte Paare zeigten im Grunde dasselbe Verhalten wie Anhänger einer Sekte – sie verstärkten ihre Gruppenidentität durch gemeinsame Rituale, ein eigenes Vokabular und das Gefühl, dem Rest der Welt überlegen zu sein –, seien allerdings, im Gegensatz zu Angehörigen von Sekten, nicht auf Rekrutierung und Gehirnwäsche aus.

»Der einzige Unterschied zwischen einer Sekte und einem Paar ist der Ehrgeiz«, pflegt er zu sagen.

Und ja, es stimmt: Jack und Elizabeth sind in diesen ersten Wochen ausgesprochen exklusiv und zurückgezogen. Sie verbringen ganze Wochenenden im Bett, unbekleidet, unbedeckt; die Stunden vergehen in herrlich dickflüssigen, langsamen Tropfen, und die Zeit fühlt sich an, als wäre sie, ja, heilig. Sie liegen gemeinsam da und lesen. Sie blättern um. Wenn einer auch nur die kleinste Reaktion äußert – ein leises »Hm« oder die Andeutung eines Lachens –, hört der andere auf zu lesen, wendet den Kopf und sagt: »Was?« Es erscheint ihnen ungehörig, sich mit verschiedenen Büchern zu beschäftigen und dabei verschiedene Erfahrungen zu machen. Sie wollen im Kopf des anderen sein, sie wollen einander total und vollständig kennen. Wie sollen Hausarbeiten damit konkurrieren? Schließlich wächst die Attraktivität des anderen ins Unerträgliche, und die beiseitegelegten Bücher werden nicht wieder aufgenommen. Sie vergessen die morgigen Seminare. Sie spielen das Spiel, bei dem sich einer über den Körper des anderen beugt und ihn studiert. Sie sind Entdecker und Kartografen, ihre Körper sind die Wildnis, und wenn sie etwas Interessantes finden, berühren sie es leicht mit der Fingerspitze und fragen: »Was ist das?« Die weißen Flecken an seinem linken Ellbogen, eine Erinnerung an die Windpocken, die er als Junge hatte. Die Narben auf seinen Fußsohlen stammen von einem Pfadfinderunfall: Er ist idiotischerweise in ein noch glimmendes Lagerfeuer getreten. Die Konstellation von Wirbeln auf seinem Kopf, die sein schwarzes Haar wie eine Strömungskarte der Ozeane aussehen lassen. Wie sich zeigt, ist sie sehr gelenkig und kann ihre Finger verbiegen wie eine Hexe. Sie behauptet beharrlich, ihr eines Ohrläppchen sei etwas größer als das andere, und anfangs glaubt er das nicht, aber dann messen sie mit Zirkel und Lineal nach. An ihrem Körper gibt es, wie er entdeckt, drei Schattierungen von Blond: Goldblond auf ihrem Kopf, Strohblond auf ihren Armen, Dunkelblond weiter unten. Er kann Wörter Buchstabe für Buchstabe mit dem Finger auf ihren Rücken schreiben, und sie ist ungewöhnlich gut darin, sie zu entziffern. Sie hat eine ganz kleine Delle auf dem Nasenrücken – von vorn sieht man sie nicht, nur im Profil –, die, wie sie sagt, von einem Sportunfall auf der Highschool stammt.

»Was für ein Sport war das?«, fragt er.

»Tennis.«

»Tennis, wirklich, ein ziemlich gefährlicher Sport.«

»Ich weiß, es klingt unwahrscheinlich.«

»Wie ist es passiert?«

»Beim Training. Ich hab nicht darauf geachtet, wo ich hinlaufe, und ... na ja: Darf ich vorstellen? Nase – das ist Rückhand.«

»Au«, sagt er und küsst ganz leicht die Delle, die fortan *Der Wimbledon-Graben* heißt.

Sie beugt sich zu ihm, sie schmusen – gemächlich, dann leidenschaftlich, dann zärtlich, dann wieder leidenschaftlich –, sie küssen sich volle fünfundvierzig Minuten lang. Großes Gelächter, als der dicke Schinken mit einem dumpfen Poltern vom Bett fällt. Noch eine Zigarette, der Rauch schwebt bläulich leuchtend im Lampenlicht. Sie liegen aufeinander, bis ihnen die Glieder einschlafen. Ein kleines, unerwartetes Nickerchen, aufwachen im Dunkeln, dann Hunger. Rühreier machen, sie essen und dabei reden, immer reden, bis spät in die Nacht, bis in den Morgen ...

»Ist es schon Morgen?«, sagt sie, als das dunkle Rechteck des einzigen Fensters einen bläulichen Schimmer bekommt.

Ja, wie heilig die gemeinsame Zeit ist. Und wie unheilig es sich anfühlt, wenn sie sich schließlich trennen müssen. Wie profan es ist, diesen Raum zu verlassen, Kleider anzuziehen, in einen Bus zu steigen, *mit anderen Menschen,* und zur Uni zu fahren. Wie gottlos dieser Bus ist nach zwei Tagen Sex und Berührung und Gesprächen unter der warmen Wolldecke. Sie blickt sich um, sieht all diese genervten Menschen, die nicht glühen, wie sie glüht, und denkt: *Ihr macht es falsch.*

Dann sitzt sie in der Psychologievorlesung und merkt plötzlich, dass sie seit einer halben Stunde kein Wort von dem aufgenommen hat, was der Professor vorträgt. Sie hat sich Jacks Hände an ihrer Taille vorgestellt, seine Lippen an ihrem Hals. Sie geht wie in einem Tagtraum über den Campus – bis ihr mit einem Mal einfällt: *Mist,* sie ist zur Mittagspause verabredet. Mit einer Kommilitonin namens Agatha, die im Hauptfach Schauspiel studiert. Elizabeth hat sie bei der Orientierungsveranstaltung kennengelernt. Agatha will Schauspielerin werden, und Elizabeth hat den unbestimmten Plan, vielleicht mal Theaterstücke zu schreiben, und darum hat Agatha beschlossen, dass sie perfekt zusammenpassen. »Wir werden beste Freundinnen sein«, hat sie gesagt. Aber

Elizabeth hat sie seit Wochen nicht gesehen und die gemeinsame Mittagspause total vergessen. Sie rennt zu dem Café, kommt aber trotzdem eine halbe Stunde zu spät. Agatha sitzt allein an einem Tisch voller Sandwichkrümel und weint.

»Es tut mir so leid!«, sagt Elizabeth, umarmt sie und setzt sich neben sie. »Ich war mit den Gedanken ganz woanders. Bitte entschuldige.«

Agatha sieht sie mit nassen, verquollenen, geröteten Augen und zitterndem Kinn an. »*Nein*«, heult sie, »es ist nicht wegen dir!« Die Worte quellen in absteigender Tonfolge aus ihr hervor – es klingt wie ein zusammenfallender Dudelsack.

»Oh, oh«, sagt Elizabeth. Obwohl sie Agatha erst seit ein paar Monaten kennt, hat sie verstanden, was Agatha von ihren Freundinnen erwartet: Sie sollen an ihren Dramen teilhaben, sich in sie verwickeln lassen. Theaterleute sind manchmal so, und jede Tragödie braucht ein Publikum. Elizabeth findet das liebenswert, und zugleich ist es ihr vollkommen fremd. Sie hat ihre Emotionen nie so ungefiltert preisgegeben, schon gar nicht so öffentlich.

Elizabeth studiert Agathas qualvoll verzerrtes Gesicht und sagt: »Großeltern?«

Agatha schüttelt den Kopf.

»Freund?«

Wieder Nein.

»Ah«, sagt Elizabeth. »Ein Vorsprechen.«

Worauf Agatha in sich zusammensackt und sagt: »Ich bin wirklich die *Allerschlechteste!*« Sie lässt den Kopf auf die Arme sinken wie die Leute, die in der Bibliothek einschlafen.

»Bist du nicht.«

»Doch«, sagt Agatha mit dumpfer Stimme. »Ich bin buchstäblich die Allerschlechteste.«

»Das nächste Mal kriegst du die Rolle.«

»Das hast du letztes Mal auch gesagt.«

»Irgendwann hab ich recht, du wirst sehen.«

»Auf der Highschool war ich Emily in *Unsere kleine Stadt*,

ich war Maria in *West Side Story,* ich war Antigone in *Antigone* – was mache ich denn falsch, verdammt?«

Elizabeth lächelt. Sie streichelt den Arm ihrer Freundin. Was ihr an Agatha am besten gefällt, ist, dass sie absolut nichts Zurückhaltendes hat, nichts Verborgenes, Berechnendes. Sie stammt aus einer kleinen Stadt mitten in Illinois, trägt einfache T-Shirts und große, klobige Doc Martens und findet nichts dabei, in karierten Boxershorts herumzulaufen. In Andeutung eines Rocks bindet sie sich einen großen Pullover oder ein Flanellhemd um die Taille. Ihre Frisur gehört zum Genre »Irgendwie, Hauptsache, aus dem Weg«. Sie bevorzugt weite Pullover und alte Jeans, die nicht mal in ihrer Heimatstadt was hergemacht hätten, und die heißt – kein Witz – Normal.

»Hör zu«, sagt Elizabeth, »du bist ein wunderschöner und erstaunlicher Mensch und wirst Glück und Erfolg finden. Das weiß ich. Ganz sicher. Alles wird sich fügen, und zwar wahrscheinlich, wenn du am wenigsten damit rechnest. Du tust einfach, was du so tust, und auf einmal – *Peng!* – zuckt ein Blitz aus dem Nichts, und die Leute werden erkennen, wie großartig du bist. Sie werden dich *sehen.* Du musst nur dafür bereit sein. Du musst dafür offen sein. Du musst den Augenblick wertschätzen, in dem du jetzt bist. Sieh dich um! Die Sonne scheint! Ist das nicht toll?«

Agatha hebt den Kopf von den Armen und starrt Elizabeth verblüfft an.

»Was ist denn mit *dir* los?«, sagt sie. Sie mustert Elizabeth eingehend, setzt sich auf und sagt: »O Gott!«

»Was?«

»Du bist anders als sonst.«

»Wie denn?«

»Du strahlst.«

»Wirklich?«

»Als wäre deine Wand völlig weg.«

»Ich habe eine Wand?«

»Habe ich dich deshalb die ganze Zeit nicht zu sehen bekommen? Hast du jemanden kennengelernt? Ja, oder? Erzähl mir alles!«

Worauf Elizabeth die ganze lange Geschichte erzählt. Sie fühlt sich verzaubert und aufgedreht, weil sie einen neuen Freund hat, ist aber auch ein bisschen verlegen, weil sie ein solcher Mensch geworden ist: liebestrunken, liebeskrank. Sie fragt sich, ob Jack ebenso oft an sie denkt, und fühlt sich tatsächlich gekränkt, als sie sich vorstellt, dass er das vielleicht nicht tut. Das erzeugt einen heftigen Schmerz. Und damit beginnen die Sorgen, und Elizabeths Gedanken werden düsterer. Eben noch hat sie an ihren schönen, sensiblen Künstler und die langen, herrlichen Tage gedacht, die sie mit ihm verbracht hat, und im nächsten Augenblick drängt sich eine vergiftete Frage auf: *Was, wenn er weggeht?*

Was, wenn das alles wieder weggeht?

Es erscheint ihr nicht hinnehmbar, dass auch diese Liebe – die für sie so wichtig geworden ist und sich zu diesem Zeitpunkt wie etwas biologisch Unverzichtbares anfühlt, etwas, *ohne das sie buchstäblich sterben würde* – so ungewiss ist. Sie könnte verschwinden. Elizabeth hat keine Kontrolle darüber. Er könnte sie einfach verlassen. Sie geht in Gedanken noch einmal das ganze gemeinsame Wochenende durch und sucht nach Fehlern. Hat sie wirklich nackt am Herd gestanden und Rührei gemacht? *Vor seinen Augen?* Sie stellt sich vor, dass gewisse Körperpartien dabei schrecklich ausgesehen haben, und ist peinlich berührt.

Dann die Angst, als sie mit dem Bus nach Hause fährt. Sie macht sich auf die Enttäuschung gefasst. Sagt sich, dass es schon okay sein wird, wenn er plötzlich Schluss macht und verschwindet, keine große Sache. Sie kennen sich ja erst ein paar Wochen. Sie wird über ihn hinwegkommen. Jetzt hat sie das Gefühl, als würde sie sich von ihrem Körper lösen und sich selbst dabei zusehen, wie sie nach Hause, die Treppe hinauf, in ihre Wohnung geht, stumpf ans Fenster tritt, mit dem Schlimmsten rechnet und über die Gasse sieht, und da ist er, da ist Jack und wartet auf sie, er steht an seinem Fenster und hat etwas auf die Scheibe geschrieben: ICH DENKE DIE GANZE ZEIT AN DICH, und auf einmal ist ihr Hochgefühl wieder da, und sie fühlt sich wieder wie ein Mensch.

Über die dunkle Gasse hinweg winken sie einander genau gleichzeitig zu. Lachen genau gleichzeitig. Legen die Hände in genau derselben schamhaften Geste vor den Mund. Mit einer kleinen Kopfbewegung winkt sie ihn herüber. Er rennt hinaus aus seiner Wohnung und hinauf in ihre.

»Es ist, als wärst du in meinem Kopf«, sagt er. »Als würde ich plötzlich meine Gedanken mit dir zusammen denken.«

»Genau dasselbe wollte ich auch sagen!«

»Weißt du, was ich meine?«

»Ich hab ein bisschen geforscht«, sagt sie.

»Worüber?«

»Liebe.«

Er lacht. »Du hast über Liebe geforscht?« Sie sieht ihn strafend an, und er hält inne und lächelt. »Natürlich hast du geforscht«, sagt er. »Du bist es von allen Seiten angegangen.«

»Das gehört zu meinem Praktikum. Wir forschen über Liebe. Ich habe in letzter Zeit viel darüber gelesen – Ethnografie, psychologische Anthropologie ...«

»Du hast dein Elizabeth-Ding gemacht.«

»Ja.«

»Und?«

»Ich finde es interessant, dass so viele verschiedene Kulturen so ähnliche Vorstellungen von derselben Sache haben. Auf der ganzen Welt sind Menschen, obwohl sie durch Kontinente, Ozeane oder Zeit voneinander getrennt waren und nie miteinander in Kontakt getreten sind, ganz von selbst zu einer mehr oder weniger gleichen Anschauung von Liebe gekommen. Das ist irgendwie schön, finde ich.«

»Und welche Anschauung ist das?«

»Dass die Liebe sowohl ein Teil des Körpers ist als auch außerhalb des Körpers existiert. Sie gehört zu uns, kann aber auch von uns getrennt sein.«

»Das verstehe ich nicht.«

»Man glaubte zunächst, dass die Liebe irgendwo in uns ihren Sitz hat«, sagt sie. »An einem ganz bestimmten Ort. Wie eine Flüssigkeit in einem Gefäß. Was, wenn man darüber nachdenkt, eine ziemlich brillante Metapher ist. Sie erklärt, warum Liebe einen fast körperlichen, biologischen Aspekt hat.«

Er drückt sie an sich, als wollte er diesen Punkt unterstreichen. Sie tut dasselbe und fährt fort: »Aber es erklärt auch, warum die Liebe manchmal flüchtig erscheint, warum sie manchmal einfach verfliegt. Weil sie eine *Substanz* ist. Und Substanzen können schwinden.«

»Und wo ist ihr Sitz? Wo ist dieses Gefäß?«

»Die meisten dachten, im Herzen. Aber auch im Haar, in den Nieren, im Blut oder in einem winzigen Tier, das in einem lebt.«

Er setzt sich auf, mit einem Mal sehr interessiert, und mustert sie forschend. »Davon musst du mir erzählen.«

»Von dem Tier?«

»Ja. Erzähl mir von dem Tier.«

»Okay, also ... bevor Genaueres über das Gehirn oder das Nervensystem bekannt war, dachte man, die Menschen seien am Leben, weil in ihnen etwas lebte, von dem sie bewegt und gesteuert würden. Das Tier im Tier.«

»So was wie die Seele?«

»Es gab verschiedene Namen dafür, aber ja, im Grunde wie die Seele. Es war ein Destillat, die Essenz eines Menschen, sein ureigenstes Ich, meist in Form eines Vogels, einer Fledermaus, einer Schlange, eines Schmetterlings oder irgendeines anderen regional bedeutsamen Tieres.«

Jack nickt und senkt den Blick auf den eigenen Schoß, und es scheint, als würde ihn hinter den langen schwarzen Strähnen eine Traurigkeit überkommen, zu erkennen an den Falten in der bleichen Haut rings um die dunklen, kummervoll blickenden Augen.

»Was ist?«, fragt sie.

»Nichts«, sagt er. »Es ist nur ... ich habe diese Geschichte schon mal gehört. Als ich klein war. Ich dachte, sie wäre erfunden.«

»Wie geht die Geschichte?«

»Wenn man schläft, verlässt deine Seele den Körper und erkundet die Welt.«

»Okay.«

»Wenn man träumt, ist das, was man erlebt, eigentlich das, was die Seele erlebt, wenn sie herumwandert. Manchmal ist sie ein Vogel, manchmal eine Maus. Sie nimmt die Gestalt eines Tieres an und sieht sich um.«

»Ja, genau. Das hat man früher geglaubt.«

»In der Geschichte, die ich gehört habe, stößt die Seele manchmal – selten, aber doch hin und wieder – auf andere Seelen, die auf ihren eigenen Reisen unterwegs sind. Wenn du also im wirklichen Leben auf jemanden triffst, der dir ganz vertraut vorkommt und zu dem du – zack! – sofort eine Verbindung hast, dann sind sich eure Seelen schon einmal in der Nacht begegnet.«

»Wie schön!«

»Das fand ich auch.«

»Glaubst du das?«

»Vorher hab ich's nicht geglaubt«, sagt er und lässt die aufregende Implikation unausgesprochen.

»Vor was?«, fragt sie.

Er lächelt. »Vor *dir*.«

Ach, wie sehr sie sich danach sehnt, so zu lieben: mit großer Geste, instinktiv, ohne Befangenheit oder Zögern und diesen ständigen verhassten nagenden Zweifel. Ihm scheint das alles ganz leichtzufallen – er liebt, ohne sich Gedanken über die Folgen zu machen. Er lässt einfach sein Herz sprechen, authentisch und unbefleckt von Ängsten. Elizabeth kommt es vor wie Zauberei.

Ein paar Abende später, bei der Eröffnung seiner Ausstellung, tut er es wieder. Es ist seine erste Soloausstellung und findet im Erdgeschoss des Flatiron Buildings statt, einem von mehreren Veranstaltungsorten in der Gegend, die mit jedem Monat mehr Leute von außerhalb anziehen, Fremde aus den reichen Vororten, die in teuren Wagen vorfahren und fragen, ob es ratsam ist, hier zu parken. Nervöse Menschen, die sich sehr offensichtlich um die Sicherheit ihrer Person und ihres Besitzes sorgen, aber auch Wicker Parks zunehmende Reputation und die künstlerische Szene dort interessant finden. Es geht das Gerücht, das zur Vernissage ein Kritiker der *Tribune* kommen wird – Benjamin Quince hat eine Pressemitteilung über »die erste Ausstellung dieses jungen Fotografen« herausgegeben, »der die kulturelle Explosion von Wicker Park festgehalten hat« –, und die ganze Nachbarschaft ist gespannt.

Die Ausstellung heißt »Jack Baker: Mädchen im Fenster«. Jack hat aus kurzer Distanz und in schrägen Winkeln Computerbildschirme mit geöffneten Fenstern fotografiert, und in diesen Bildschirmfenstern sieht man Fotos von Frauen in verschiedenen Stadien der Entkleidung. Die Distanz ist so kurz, der Aufnahmewinkel so schräg, die Schärfentiefe so klein, dass die Körper eigenartig verzerrt, unscharf, texturiert und abstrakt wirken. Jack hat diese Bilder auf große Leinwände gedruckt, sodass Gesichter oder Körper, die auf dem Computerbildschirm so klein wie eine Briefmarke waren, jetzt ins Gigantische vergrößert sind. Sie sprengen jeden Maßstab, und manchmal ist es nicht ganz einfach zu verstehen, was man da sieht. Die Leute starren die Fotos verwirrt an, bis sie das Bild erkennen und merken, dass sie eine Supersupersupernahaufnahme einer nackten Frau betrachten.

Alle sind da, all die exzentrischen Maler und Dichter und Schauspieler und Filmemacher und die anderen schrägen Vögel, die Elizabeth im Genossenschaftshaus gesehen hat, viele der Musiker, bei deren Konzerten sie war, die Rockbands, deren Triumphe Jack fotografiert hat, und ungewöhnlich viele Leute in den Dreißigern und Vierzigern, die aus ihren großen Wohnungen am Seeufer oder ihren großen Häusern in Evanston oder aus den westlichen Vororten gekommen sind. Besonders dieses Publikum scheint es Benjamin angetan zu haben, der regelrecht aufgekratzt ist, weil er es geschafft hat, dieses Vorortvolk hierherzulocken. »Wir schocken die Spießer«, zischt er jedem zu, der es hören will.

Elizabeth steht neben Jack, während er interessierten Besuchern seine Philosophie erläutert. »Jetzt, in den Neunzigern, am Ende der Geschichte, besteht die Aufgabe des Fotografen nicht im Kreieren, sondern im *Rekreieren*«, sagt er zu einem älteren Paar, bei dem es sich möglicherweise um Sammler handelt. »Der Fotograf muss neu abmischen, rekonstruieren, rekontextualisieren. In einer Welt, in der die Kunst alle Themen erschöpft hat, in der alle Motive bis zum Klischee fotografiert worden sind, ist es die Aufgabe der Kunst, die Dinge wieder fremd zu machen« – die beiden nicken, lächeln und nehmen das Gesagte begierig auf –, »und daher habe ich diese Internet-Akte benutzt«, fährt Jack ermutigt fort. »Es ist nicht der weibliche Akt selbst, der mich interessiert, sondern vielmehr seine Allgegenwart und die Tatsache, dass das neue Internet voller nackter Körper ist. Ich wollte eine Art Transsubstantiation an ihnen vornehmen, ich wollte die zweidimensionale Oberfläche eines Computerbildschirms in ein dreidimensionales Objekt verwandeln und aus einem ungreifbaren digitalen Code etwas Wirkliches, Greifbares machen.«

»Ist eins davon verkäuflich?«, fragen die beiden, und Elizabeth lächelt, küsst Jack auf die Wange und geht weiter. Sie schlendert durch die Menge, lauscht mal hier, mal dort und bewegt sich in Richtung Ausschank, der allerdings bloß aus einem Bierfass und einem Stapel Plastikbecher besteht. Sie kennt niemanden hier, jedenfalls nicht gut genug, um sich unters Volk zu mischen und sich zu unterhalten, und darum steht sie allein an diesem Fass und zapft sich ein viel zu stark schäumendes Bier, als Benjamin verkündet, der Künstler wolle einen Toast ausbringen. Im nächsten Augenblick springt Jack auf einen Tisch, sieht sich um und ruft: »Wo ist Elizabeth?«, und dann entdeckt er sie, und die Menge zwischen ihnen teilt sich, und er hebt sein Glas in ihre Richtung und sagt: »Ich möchte diesen Abend Elizabeth widmen, dem brillantesten Menschen, den ich kenne, meiner Inspiration, meiner Muse, meiner Edie Sedgwick, meiner Julia«, was ein allgemeines *Oooohhh* hervorruft, sogar bei diesem sonst ziemlich zynischen Publikum.

Danach fühlt sie sich, als wäre sie von der ganzen Nachbarschaft aufgenommen und ans Herz gedrückt worden.

Es ist der Augenblick, in dem ihre Beziehung nicht mehr nur privat, sondern öffentlich ist. Alle wollen mit ihr sprechen. Man klopft zu allen möglichen Zeiten an ihre Wohnungstür und lädt sie zu irgendwelchen neuen Eskapaden ein, bei denen es meist um irgendeine Wahnsinnsband geht, die in einer der Bars in der Gegend spielt. Die Musiker auf der Bühne tragen Secondhandpullover und starren auf den Boden, ihre langen Haare verbergen individuelle Züge, sie beugen sich über ihre heulenden Gitarren, gesichtslos, schlaff, blasiert. Unten, am Rand des Moshpits, steht Elizabeth, in einer Hand ein Bier, in der anderen eine Zigarette, und nickt im Takt.

Von diesen Konzerten werden sie in den kommenden Jahren mit Ehrfurcht sprechen, von diesen Nächten, in denen sie eine Band erlebt haben, als sie noch ein Geheimtipp war und in irgendeiner Bar vor zehn Leuten gespielt hat, als sie noch keinen großen Plattenvertrag hatte, vor ihrem Durchbruch auf MTV. Sie sehen Veruca Salt im Double Door. Jesus Lizard in der Czar Bar. Urge Overkill in der Lounge Ax. Wesley Willis auf dem Bürgersteig, wo er Keyboard für alle spielt, die es hören wollen. Smashing Pumpkins im Metro. Liz Phair im Empty Bottle. Und alle, *bevor sie berühmt waren.* Es wird zu einer Art Bindemittel zwischen ihnen, diese Kameraderie einer Gemeinschaft mit gemeinsamen Erfahrungen: so viele Nächte, so viele Partys und After-Show-Partys, sie haben mit der Band herumgehangen und sind betrunken auf irgendwelchen Sofas eingeschlafen. Dann ein Katerfrühstück aus Kaffee und irgendwas Gebratenem in Leo's Lunchroom und lange Nachmittage auf der Suche nach irgendwelchen Vintagesachen bei Ragstock, wo es nach Patschuli riecht und die Ständer so voll sind, dass man manchmal Mühe hat, ein Kleid herauszuziehen. Oder man studiert bei Myopic, wo die Dielen bei jedem Schritt quietschen, die schmalen, durchhängenden Regale voller Bücher. Oder man hängt bei Quimby herum und liest die örtlichen Zines, Erwachsenencomics oder die neueste Ausgabe von *Adbusters*. Und manchmal, wenn sie was anderes sehen wollen, fahren sie mit der Hochbahn: Einer lenkt den Typen am Schalter ab, während die anderen wie Hirsche über das Drehkreuz springen – »Wir sind Hirsche!«, ruft Elizabeth –, ein Spiel, das nie langweilig wird. Gewöhnlich besetzen sie einen ganzen Wagen – meist ist es der am Zugende, in dem am wenigsten Leute sitzen –, und dann fahren sie zahllosen billigen städtischen Abenteuern entgegen: an den See oder zu Free Concerts im Grant Park oder in die Jazzclubs in Uptown oder die Schwulenclubs in Boys Town oder die Bars am Logan Square – wo diejenigen, die noch keinen Alkohol trinken dürfen, es trotzdem tun und dabei Barmänner, Türsteher und Polizisten austricksen –, oder sie fahren zu einem der winzigen Indie-Kinos, die es in Chicago gibt, kleine Räume mit Leinwänden, so groß wie Bettlaken, wo Elizabeth *Clockwork Orange* und *Das Kabinett des Dr. Caligari* und Fellini-Retrospektiven und eine Mitternachtsvorführung von *Beach Babes from Beyond* sieht, bei der sich alle kaputtlachen.

Manchmal steigen sie in eines der wenigen funktionierenden Autos und fahren zu einer der Malls in der Northside, um einen Nachmittag unter Yuppies zu verbringen. Mit den Angestellten von The Gap spielen sie ein Spiel, bei dem es darauf ankommt, reinzugehen, die hintere Wand zu berühren und das Geschäft wieder zu verlassen, ohne von einem der Angestellten gefragt zu werden: »Kann ich Ihnen helfen?« Das ist schwieriger, als es klingt, denn The Gap verfolgt offensichtlich eine Geschäftspolitik, nach der jeder Mitarbeiter aufgefordert ist, jeden Kunden, der hereinkommt, sogleich anzusprechen. Sie nennen das Geschäft *The Gapopticon*: ein hell erleuchtetes Konsumgefängnis, in dem man unter ständiger Beobachtung steht. Besonders Benjamin kann sich furchtbar darüber aufregen, dass die moderne Inkarnation eines Panopticons die Mall ist, dass die zahlreichen Angestellten und Wachmänner und Kameras einen daran gewöhnen sollen, nicht nur beobachtet zu werden, sondern auch sich selbst zu beobachten, dass all diese großen Spiegel einen ständig daran erinnern sollen, wie andere einen sehen, dass man sich der Tyrannei des Blicks unterwirft und begreift, dass es an einem immer etwas auszusetzen gibt.

»Wenn man gesehen wird, ist man weniger man selbst«, sagt er oft, und so ist diese Gap-Sache nicht nur ein lustiges Spiel, sondern auch eine Art symbolische Performance: Rein und raus, ohne gesehen zu werden. Dafür muss man ganz unschuldig vor dem Geschäft stehen und den Moment abpassen, in dem alle Verkäufer gerade irgendwo anders hinsehen, reinrennen und hinter dem Ständer mit den Jeansröcken in Deckung gehen, bis die Luft rein ist, sich gebückt zu den Tops und den Flip-Flops vorarbeiten, dem Gang zwischen den Regalen bis zur Rückwand folgen, sie mit der Hand berühren, während die Verkäuferin an der Umkleidekabine beschäftigt ist, und dann zügig wieder hinausgehen, ohne zu rennen, denn das zieht immer unerwünschte Aufmerksamkeit auf sich, während die anderen draußen vor dem Eingang stehen und das Ganze wie Sportreporter kommentieren: »Hoppla, das war knapp!« – »Ja, Bob, aber durch diesen brillanten Haken bei den Overalls hat sie die Katastrophe gerade noch mal abgewendet.«

Es ist alles so *witzig*.

Den Angestellten in den Geschäften der großen Ketten Streiche zu spielen wird zu ihrem liebsten Zeitvertreib. Sie nennen es »Kulturblockade«. Es ist gewissermaßen das neue Ding: Sie leisten Widerstand gegen die alles gleichmachende, alles zerstörende kapitalistische Maschine, allerdings mit Humor. Sie schließen Wetten darüber ab, ob es einem von ihnen gelingen wird, zwei Stunden lang so zu tun, als wollte er einen Dodge Caravan kaufen, ohne dass der Verkäufer merkt, dass er auf den Arm genommen wird, oder geben vor, Angestellte einer weltweit operierenden Marke zu sein, und sprechen explizit aus, was in den Botschaften der Werbung für diese Marke nur implizit gesagt wird. In diesem Genre gelingen ihnen einige schöne Aktionen: Einmal tut einer von ihnen, als würde er bei Dillard Parfümproben verteilen, und sagt dazu: »Dieser Duft hält die Dunkelheit ab«; einmal geht einer von ihnen bei Macy in die Abteilung mit Tommy-Hilfiger-Pullovern und ruft: »Hundert Prozent Wolle für hundertprozentige Schafe!«; einmal gibt sich eine von ihnen bei Victoria's Secret als BH-Verkäuferin aus und sagt den Kundinnen: »Je höher Ihre Brüste sitzen, desto mehr sind Sie wert!«; einmal gehen sie in voller Sportkleidung zu Nike und sagen zu den Kunden: »Denken Sie nicht über Sklavenarbeit nach – just do it!« Sie kleben Sticker mit diversen antikapitalistischen Parolen auf Bankautomaten, Kassen und Spiegel:

> Glaub nicht, was sie dir sagen
> Schalte das System ab
> Bescheiß, wo du kannst
> Sei kein Schaf
> **STELL ALLES IN FRAGE**

Abends kehren sie zu *The Foundry* zurück, versammeln sich in der Galerie im Erdgeschoss, trinken billigen Wein, rauchen Nelkenzigaretten und massieren einander den Rücken.

In Zweier-, Dreier- oder Vierergruppen kneten sie sich gegenseitig die Muskeln weich. Sie sind alle neu hier, allesamt aus weit entfernten Orten hergekommen und in diesem Viertel gelandet, und durch die Berührungen bei der Massage stellen sie eine Verbindung zueinander her. Und ja, es stimmt, sie erinnern an eine Horde Gorillas, die einander von Zecken und Flöhen befreien, und ja, einige reißen genau darüber Witze und verteilen Spitznamen, die aus den Büchern von Jane Goodall stammen, aber das macht nichts. Sie sind miteinander verflochten, sie essen und trinken gemeinsam, und manchmal schlafen sie miteinander. Im Biologieseminar hat Elizabeth ein neues Wort gelernt: *Inoskulation*. Es beschreibt ein Phänomen, das auftritt, wenn sich Blutgefäße eines transplantierten Organs mit den bereits vorhandenen Gefäßen des Körpers verbinden und so ein neues vaskuläres System schaffen. Als sie beim Lollapalooza die Breeders sehen, werfen sie einander bei »Cannonball« bedeutsame Blicke zu und singen diese perfekte Textzeile mit – *I'll be your whatever-you-want* –, und es ist, als wäre die Zeile für sie, über sie geschrieben worden.

Warum Rückenmassagen? Warum nicht? Herrgott, sie alle haben sich ganz allgemein der *Kunst* verschrieben, was angesichts eines Wirtschaftssystems, in dem das Geld angeblich von oben nach unten durchsickert, eine irrsinnig schlechte Entscheidung ist. Und wenn man große Fehler macht, sucht man sich Leute, die mitmachen. Wenn man schon für den Rest des Lebens arm sein wird, dann sollte man sich wenigstens gut amüsieren und *Ja* zu allem sagen, was einem ein gutes Gefühl macht. Wie Rückenmassagen. Und Haschkekse. Und Songs von Ani DiFranco oder Tori Amos singen, während man auf dem Sofa steht oder hüpft oder manchmal sogar tanzt – das fühlt sich richtig gut an. Und Absinth trinken und Gedichte vorlesen: gut. Und aus Schnapsgläsern Zitronensaft mit pulverisierten halluzinogenen Pilzen trinken: schmeckt ekelhaft, ist aber gut. Und zum ersten Mal Lachgas ausprobieren: hauptsächlich gut, bis auf den Moment nach dem Inhalieren, in dem es sich anfühlt, als würde Elizabeths Kopf sehr schnell schrumpfen und dann ebenso schnell explodieren. Es gibt einen Ausdruck für das Geschehen in der Mikrosekunde nach dem Urknall, als aus einem unendlich kleinen Punkt das unendlich große Universum wurde: *kosmologische Inflation*. Es ist der Ausdruck, den sie verwenden, um zu beschreiben, was in ihrem Kopf passiert, wenn sie Lachgas inhaliert haben, und was ihre Herzen tun, wenn sie zusammen sind.

Elizabeth ist solche offenen Bekundungen von Freundschaft und Zuneigung nicht gewöhnt, aber ihr ist bewusst geworden, dass es zum ersten Mal in ihrem Leben nichts gibt, das sie von diesen Menschen losreißen wird. Kein herrischer Vater wird eines Tages verkünden, dass sie in eine andere Stadt ziehen werden. Darum kann sie aufhören, distanziert und stets auf das Schlimmste gefasst zu sein. Diese Menschen werden nicht verschwinden. Sie wird nicht verschwinden. Endlich kann sie es sich gestatten zu lieben.

Eines Sonntags, ein paar Wochen nach Jacks Ausstellung, fahren sie mit der Red Line stadtauswärts. Sie sind eine große Gruppe, etwa ein Dutzend, und haben den letzten Wagen für sich. Es ist einer der ersten schönen Frühlingstage, und sie wollen den Nachmittag in den Secondhandläden von Andersonville verbringen. Elizabeth lehnt sich an Agatha. Ihre Freundin bearbeitet eine Verspannung in Elizabeths Nacken mit einem eisernen Griff, den man nur als vulkanisch bezeichnen kann. Der Zug ist in einen Tunnel gefahren, weshalb das helle Sonnenlicht vorbeirasenden grauen Betonwänden gewichen ist. Benjamin steht auf und räuspert sich. Alle sehen ihn an. Er sagt: »Da ihr Philister allesamt keine Zeitung lest, muss ich wohl derjenige sein, der es euch beibringt.«

»Was denn?«, sagt Elizabeth.

Benjamin holt den Feuilletonteil der *Tribune* hervor, auf dessen erster Seite ein großes Foto von Jack und Elizabeth zu sehen ist. Sie stehen Hand in Hand vor einem der nicht jugendfreien Bilder aus der Serie »Mädchen im Fenster«. Es ist bei der Vernissage aufgenommen worden, und in dem dazugehörigen Artikel – den Benjamin jetzt vorliest – geht es um die trendige, geradezu explodierende Kunstszene in Wicker Park. Der Verfasser bezeichnet *The Foundry* als einen Ort, wo diese transformatorische Energie zu spüren sei, als ein Zentrum neuen Lebens in dieser sonst so geschundenen Gegend, und gegen Ende des Artikels widmet er sich ausführlich Jacks Ausstellung, erwähnt, dass die Galerie sämtliche Fotos verkauft habe, und bezeichnet Jack Baker als den »aufregendsten jungen Künstler in Chicago«.

Als Benjamin fertig ist, sehen sie einander stumm und staunend an. Sie fahren in den Bahnhof Grand Street ein, und das ist einfach perfekt, denn als die Türen aufgehen, verkündet die Stimme des Zugführers aus den Lautsprechern: »*Grand.*« Elizabeth hört es und registriert zum ersten Mal die Doppelbedeutung. Sie sieht ihre schönen Freunde, die alle lächeln und lachen (während Jack, ganz der sensible Künstler, errötet). Elizabeth sieht diese Leute – ihre Leute – und hat das Gefühl, dass sie, diese mit einem Massentransportmittel unter der Stadt hindurchgleitenden Passagiere, die Vorhut der Geschichte sind, das glutheiße, gleißende Leuchtfeuer von Wandel und Fortschritt. Mehr denn je ist sie sich sicher, dass sie Jack liebt, dass sie ihre Freunde liebt, diese Stadt, diesen sonnigen Sonntag im Frühling.

Es ist genau so, wie der Zugführer gesagt hat.
Es ist grandios.
Grand.

Aber irgendwann begannen sie doch, Freunde zu verlieren. Was sie mit Anfang zwanzig als einen Zuwachs an Menschen, Erfahrungen und mehr oder weniger ständigem Amüsement erlebt hatten, schlug jetzt, mit Ende zwanzig, in eine Reduzierung um, denn Freunde verließen die Stadt, um anderswo zu arbeiten oder mit einem Partner zusammenzuleben. Anfangs waren die Veränderungen kaum wahrnehmbar – einzelne Verluste, kein Trend –, das Leben blieb im Grunde unverändert. Aber dann, mit Ende zwanzig und scheinbar urplötzlich, kamen die Kinder. Elizabeths Freundinnen wurden schwanger, und zwar so gleichzeitig, dass es war, als hätten sie sich heimlich und hinter Elizabeths Rücken verabredet, diesen Punkt in dem kleinen Zeitfenster zwischen achtundzwanzig und zweiunddreißig zu erledigen. Für Elizabeth war es, als hätte man sie hintergangen. Sie war entgeistert, dass ihre Genossen, diese Künstler und Rebellen, die in den Neunzigerjahren so entschlossen gegen das Establishment aufbegehrt hatten, sich ihm nur zehn Jahre später in die Arme warfen. Die meisten von ihnen verließen Wicker Park und zogen in billigere Wohnungen, wo sie sich, wie sie es ausdrückten, »ausbreiten« konnten. Als Elizabeth zum ersten Mal in einem Vorortgarten an einer unter dem Thema »Dora die Entdeckerin« veranstalteten Geburtstagsfeier teilnahm, fühlte sie sich verraten. Ihre engsten Freundinnen und Freunde – Menschen, mit denen sie gelebt, Partys gefeiert, sich betrunken, andere Gegenden erkundet, Drogen genommen hatte – verschwanden aus ihrem Leben. Es war erschreckend, wie schnell das manchmal geschah, wie leicht sie sich aus ihrem Kreis lösten. Agatha zum Beispiel, Elizabeths wahrscheinlich beste Freundin. Elizabeth und Jack besuchten sie und ihren Mann oft zum Essen oder für einen gemeinsamen Filmabend und fuhren regelmäßig mit ihnen aufs Land, in die Countys Saugatuck oder Door. Dann wurde Agatha schwanger und sprach die ganze Zeit davon, wie sehr das Baby Tante Elizabeth lieben werde und dass das Kind ihre Freundschaft auf gar keinen Fall beeinträchtigen werde, ein Versprechen, das sie bereits eine halbe Stunde nach der Geburt brach. Elizabeth bekam die Nachricht: *ES IST EIN JUNGE!*, und schrieb: *WAS????*, und Agatha antwortete: *PREMIERE!! ÜBERRASCHUNG!!!*, und Elizabeth schrieb: *OMG GLÜCKWUNSCH BIN SCHON UNTERWEGS!!!!*, aber Agatha antwortete: *das baby ist noch ein bisschen schwach und damit es keine infektion kriegt dürfen im augenblick nur familienmitglieder kommen.*

So schnell war Elizabeth überflüssig geworden. So schnell hatte Agathas neuer Stamm – diese *Familie* – Vorrang. Elizabeth las die Nachricht und war verletzt. *Ich dachte, wir wären auch Familie,* wollte sie antworten.

Es passierte jedes Mal, wenn ein Freund oder eine Freundin ein Kind bekam: Die pränatalen Versprechen wurden postnatal gebrochen, und die frischgebackenen Eltern verschwanden aus dem Blickfeld. Elizabeth mühte sich, die sich auflösenden Beziehungen aufrechtzuerhalten. Sie plante einen Brunch und bekam zu hören: *Tut uns leid, aber um die Zeit macht er gerade sein Schläfchen.* Sie plante ein Mittagessen, doch es hieß: *Um die Zeit sind die Kinder am anstrengendsten.* Sie plante ein Abendessen und bekam die Antwort: *Da bringen wir gerade die Kleine ins Bett.* Sie plante einen Abend mit Cocktails nach der Zubettgehzeit und bot sogar an, Getränke, Shaker und Gläser mitzubringen, damit ihre Freunde buchstäblich nichts zu tun brauchten, als dazusitzen, zu trinken und sich über den Besuch zu freuen, doch die lehnten trotzdem ab: *Tut uns leid, aber wir sind völlig erledigt.*

Selbst die seltenen Abende, an denen es ihr und Jack gelang, sich in der Hoffnung auf ein bisschen persönliche Interaktion bei ihren Freunden einzuschleichen, endeten meist ohne zufriedenstellende Unterhaltungen, denn die Anwesenheit von Besuchern schien bei den Kindern den Wunsch auszulösen, penetrant und manchmal gewaltsam die Aufmerksamkeit auf sich zu ziehen, und die Eltern wollten sich vielleicht von ihrer besten Seite zeigen und ihre Kinder in Anwesenheit der Freunde nicht allzu streng disziplinieren, worauf die Kinder diese herrliche neue Freiheit auskosteten, sich aufführten wie kleine Teufel, schrien und herumtobten, was die Eltern nur noch mehr ärgerte, und diese ganze Spirale bewirkte, dass Elizabeth sich für ihre bloße Anwesenheit schuldig fühlte. Dass sie sich fühlte, als würde sie Umstände machen. Dass sie das Gefühl hatte, ihre Einladungen und Besuche seien für ihre Freunde ein *Ärgernis*. Schließlich gab sie es auf, und es blieben nur noch sie und Jack. Zu zweit, allein, blickten sie auf die Jahrzehnte, die sich vor ihnen erstreckten, und trafen ihre Freunde nur noch zu oberflächlichen Gesprächen bei diversen chaotischen Kindergeburtstagen.

Und doch schienen die anderen mit diesem neuen Leben nicht zu hadern. Im Gegenteil: Elizabeth drängte sich der Eindruck auf, dass sie es vorzuziehen und die größeren Häuser und bürgerlichen Vorstadtgärten, zu denen sie sich hochgearbeitet hatten, tatsächlich zu genießen schienen. Sie waren alle recht zufrieden mit der ganzen Situation: Sie hatten ein Kind und manchmal sogar ein zweites, sie bildeten eine Einheit, eine Gemeinschaft, eine Familie. Man fragte Elizabeth, ob sie nicht auch Kinder wolle. Das gab ihr das Gefühl, als würde sie möglicherweise etwas verpassen, als würden die Ideale ihrer frühen Zwanzigerjahre sie blind machen für eine fundamental wichtige Lebenserfahrung. Sie dachte daran, wie sie früher gewesen war, an ihr manchmal schreckliches Verhalten, wenn sie und ihre Freunde den ganzen Tag in einer Vorort-Mall verbracht und andere verspottet hatten. Damals hatte sich das gut angefühlt, es war witzig und sogar irgendwie wichtig gewesen – »Kulturblockade« hatten sie es genannt und dem Ganzen den Anstrich hochgesinnten, tugendhaften Widerstands gegeben: Die kapitalistische Maschine war offenkundig unmoralisch, und daher waren die Menschen, die in dieser Maschine arbeiteten, ebenfalls offenkundig unmoralisch, und man brauchte kein schlechtes Gewissen zu haben, wenn man sich über diese Menschen lustig machte oder sich ihnen überlegen fühlte. Für eine Zwanzigjährige war diese Logik verführerisch, doch jetzt dachte Elizabeth daran zurück und schämte sich. All diese Aktionen erschienen ihr schnöselig. Arrogant. Scheinheilig. Sogar grob anmaßend: Es war die Welt vor der großen Wirtschaftskrise, vor 9/11, vor der Globalisierung, vor dem Immobilienkrach, und sie alle hatten gewusst, dass sie, ganz gleich, wie sehr sie den Kapitalismus verachteten und ihm Widerstand leisteten, nie Schwierigkeiten haben würden, in diesem Wirtschaftssystem einen Job und ein Auskommen zu finden. Elizabeth kam der Gedanke, die Freunde, die in die Vororte gezogen waren, seien vielleicht die Hellsichtigeren. Sie hatten die Täuschung am schnellsten durchschaut.

Sie und Jack waren nach Chicago gezogen, um Waisen zu werden, um sich von ihren widrigen Herkunftsfamilien zu lösen und bei den Gleichgesinnten in der Genossenschaft eine neue zu finden. Und das war ihnen auch gelungen – eine Zeit lang. Sie hatten allerdings nicht bedacht, dass Gleichgesinnte nicht immer gleichgesinnt bleiben. Und wenn sich die Gedanken veränderten, veränderte sich auch die Familie.

Elizabeth hätte es wissen sollen – immerhin wusste sie ja, in wie viele Personen sich ein einziger Mensch im Verlauf seines Lebens verwandeln konnte. Sie selbst war in den vielen Schulen, die sie besucht hatte, so viele verschiedene Elizabeths gewesen. In einer war sie ein Mathegenie gewesen, in einer anderen hatte sie sich für Musik begeistert und Cello gelernt. In der nächsten hatte sie sich für Umweltschutz engagiert und als Berufswunsch Försterin angegeben. Später hatte sie in der Theatergruppe gespielt und begonnen, Stücke und Monologe zu schreiben. In der nächsten Schule war sie dem Debattierclub beigetreten und hatte eine Karriere als Anwältin in Betracht gezogen. Und das Verrückte war: *All diese Ichs hatten sich damals wahr und authentisch angefühlt.* In jeder Schule hatte sie Fragebögen ausgefüllt, in denen nach Interessen oder Vorlieben gefragt wurde, um zu bestimmen, welchen Beruf sie anstreben sollte, und jedes Mal war das Ergebnis ein anderes gewesen. In dem einen Schuljahr hatte sie Mathematikerin werden sollen, im nächsten Musiklehrerin, dann Försterin, Dramatikerin, Anwältin. Selbst ihre Antwort auf die simpelste Frage – »Woher kommst du?« – hatte sich verändert, denn jedes Mal gab Elizabeth ihren jeweils letzten Wohnort als Heimatort an. Ihr war bewusst, dass das Ich sich verändern und entwickeln konnte, und so war es nicht unvorstellbar, dass sie sich jetzt weiterentwickelte und eine neue Person wurde: vielleicht eine Mutter.

Sie brachte das Thema Jack gegenüber zur Sprache und überlegte laut, ob sie erwägen sollten, ein Kind zu haben. Als er zögerte, fragte sie, ob ihre Zurückhaltung in diesem Punkt vielleicht eine Folge ihrer jeweiligen schwierigen Kindheit sei. Fürchteten sie, genau die Verhältnisse herzustellen, vor denen sie selbst geflohen waren? Würde diesen Ängsten nachzugeben nicht bedeuten, dass ihre schrecklichen Familien irgendwie gewonnen hätten? Könnte es nicht sein, dass das Bewusstsein für diese Gefahr wie eine Impfung dagegen war?

Schließlich stimmte er zu. Als Toby geboren wurde, verstand Elizabeth endlich, warum ihre Freunde verschwunden waren. Sie war verblüfft, wie ihre Prioritäten sich verschoben, sogleich und unvermittelt. Jede Tätigkeit, die nicht Tobys Sicherheit und Wohlbefinden diente, erschien ihr wie eine Ablenkung oder Unterbrechung. Zerknirscht musste sie sich eingestehen, dass ein abendlicher Besuch von Freunden, die Martinis trinken und sich unterhalten wollten, nicht direkt unwillkommen, aber eigentlich nicht besonders wichtig war. Als würde Sisyphos eine Teepause einlegen. Ihr wurde klar, dass ihre Freunde sie nicht verlassen hatten, jedenfalls nicht willentlich; vielmehr war ihre Aufmerksamkeit von anderen Dingen in Anspruch genommen worden, ihre Liebe hatte sich auf ein anderes Objekt gerichtet, ihre Tage drehten sich ungewollt und unvermeidlich um etwas völlig anderes. Endlich erkannte Elizabeth das seltsame Paradox: Die Elternschaft fegte das übrige Leben beiseite, fühlte sich irgendwie aber auch ungemein wohlig an. Sie verschlang die Seele und erfüllte sie zugleich.

Insgeheim verzieh sie ihren alten Freunden und schimpfte mit sich, weil sie keine Geduld mit ihnen gehabt hatte und ein Mensch war, auf den sie leicht verzichten konnten. Vermutlich war es bei all diesen Geburtstagsfeiern aufreizend offensichtlich gewesen, dass sie sich gar nicht richtig auf den Nachmittag eingelassen hatte und immer schon auf dem Sprung gewesen war. So war sie schon immer gewesen: Sie hatte sich bei Einladungen zum Essen verspätet, Briefe und Anrufe viel zu lange nicht beantwortet und sich gelegentlich doppelt verabredet. Es war, als würde sie unbewusst ständig die Nachricht aussenden: *Eigentlich brauche ich dich nicht.*

Sie machte mit den Verlusten ihren Frieden, so gut sie konnte, gelobte, ein besserer Mensch zu werden, und suchte wie viele Eltern nach neuen Freunden unter den Müttern und Vätern der Kinder in der Schule ihres Sohns.

Und darum stand sie an einem Spätsommermorgen mit Brandie an der Zufahrt zur Park Shore Country Day School, sah, wie Eltern ihre Kinder absetzten, und hörte, wie Brandie jede neue Familie vorstellte, als wäre sie selbst ein Butler in einem Roman von Jane Austen.

»Mr. Keith Masterson und Mrs. Julie Masterson aus Forest Hills«, sagte Brandy und wies mit dem Kinn auf den silbergrauen Toyota Sequoia in der kreisrunden Zufahrt. »Beide Zahnärzte. Wenn du für ihren Sohn Brax ein Dessert machst, muss es absolut zuckerfrei sein.«

»Verstanden«, sagte Elizabeth. »Danke.«

»Mr. Bryan Green und Mrs. Penelope Green aus Evanston«, sagte Brandie und zeigte auf einen anderen Wagen. »Sie ist ihr ganzes Leben schon Veganerin. Mein Rat? Frag sie nie, wie sie es schafft, genug Eisen zu sich zu nehmen. Das scheint irgendwas in ihr zu triggern, und dann wird sie irgendwie aktivistisch.«

»Okay, gut zu wissen.«

Die Park Shore Country Day School lag nicht auf dem Land. Es war streng genommen auch keine Tagesschule, sondern eine Privatschule mit zwölf Jahrgangsstufen, die in einer umgebauten ehemaligen Carnegie Library untergebracht war, in Park Shores malerischer Innenstadt, ein paar Blocks von *The Shipworks* entfernt, an dem noch immer gebaut wurde. Der Leitgedanke der Schule war, dass man die alte ländliche Tagesschule als Inspiration und Ausgangspunkt der eigenen Pädagogik nehmen sollte. In der Praxis bedeutete das, dass Kinder unterschiedlichen Alters im selben Raum lernten und die Lehrer nicht auf nur ein Fach spezialisiert waren, sondern den Unterricht fächerübergreifend gestalteten. Wie im farbig gestalteten Prospekt der Schule erklärt wurde, kehrte man damit zu einem pädagogischen Konzept von früher zurück, als Schulen noch nicht dem Ethos des Fließbands unterworfen und in eine Art fordistischer Fabrik verwandelt worden waren, wo Schüler wie Maschinen behandelt wurden und Lehrer wie Fließbandarbeiter waren, die sich nur um einen kleinen Teil dieser Maschinen kümmerten: Lesen, Schreiben, Mathe, Physik usw. In der Park Shore Country Day School wurden alle Lehrstoffe gleichzeitig angeboten, was der kindlichen – und angeblich natürlichen – Art zu lernen mehr entgegenkam.

Elizabeth und Jack hatten Toby dort angemeldet, weil diese Schule in dem Ruf stand, für Tobys besondere Bedürfnisse besser geeignet zu sein. Durch den flexiblen Unterricht, die weniger starren Regeln und die Konzentration auf die motorischen und sensorischen Fähigkeiten der Schüler bot sie eine Umgebung, in der Toby sich anscheinend entspannen und Ruhe und Beständigkeit entwickeln konnte. Er hatte in dieser Schule weniger Wutanfälle. Er war kein Junge, der den ganzen Tag an seinem Pult sitzen und zuhören konnte, und die Park Shore Day School hatte grundsätzliche Vorbehalte sowohl gegen langes Sitzen als auch gegen Pulte. Das passte gut.

»Mr. Anthony Forrester und Mrs. Martha Forrester aus Northbrook«, sagte Brandie. »Sie arbeitet in der Personalabteilung von United Airlines. Er ist seit ungefähr drei Jahren ›zwischen zwei Jobs‹. Wir haben eigentlich aufgehört, ihn danach zu fragen.«

»Verstehe.«

»Mr. Theodore Norman und Mrs. Carrie Norman-Ward aus Winnetka. Sie wird bald allerdings nur noch Carrie Ward sein, ohne Bindestrich. Sie lassen sich scheiden.«

»Oje.«

»Und das ist übrigens kein Gerücht. Sie gehen sehr offensiv damit um und haben sogar auf Facebook was dazu gepostet, einen richtig langen, gemeinsam verfassten Aufsatz, in dem sie schreiben, dass sie sich einander entfremdet haben und sich jetzt dankbar, mit großem Respekt füreinander und in Freundschaft trennen.«

»Wie zivilisiert.«

»Sie waren bei einem Paartherapeuten, bis ihnen klar geworden ist, dass ihre Ehe nicht zu retten war, und sind dann zu einem Trennungstherapeuten gegangen, der sich die Praxis mit dem Paartherapeuten teilt. Sie geben sich große Mühe, die Scheidung so reibungslos und anständig wie möglich über die Bühne zu bringen, wegen der Kinder.«

Elizabeth nickte. »Das mit der Entfremdung – wie ist das passiert?«

»Wie meinst du das?«

»Wie haben sie sich einander entfremdet? Wie ist es dazu gekommen?«

»Es ist nichts passiert – oder jedenfalls nichts Besonderes, so viel ich weiß. Sie haben einfach aufgehört, starke Gefühle füreinander zu haben. Es ist wohl das, was vielen Paaren passiert: Die Leidenschaft lässt nach, der Funke erlischt. Es müsste eigentlich einen Namen dafür geben.«

»Es gibt einen Namen dafür.«

»Ach ja?«

»Hypoaktive Partnerbindungsstörung.«

»Im Ernst?«

»So lautet die Diagnose«, sagte Elizabeth. »Ich forsche in der Arbeit darüber. ›Hypoaktive Partnerbindungsstörung‹ ist bloß die hochgestochene Bezeichnung für das Phänomen, das du beschreibst: das Abkühlen einer romantischen Liebe.«

»Ich hatte ja keine Ahnung.«

»Wir erproben ein Heilmittel.«

»Ein Heilmittel? Dann hast du so was wie einen Liebestrank erfunden?«

»Es handelt sich eher um einen Neurotransmitter, der auf eine sehr spezifische genetische Polymorphie abzielt, aber in unserer Praxis nennen wir es tatsächlich ›Liebestrank Nummer neun‹.«

»Wie interessant!«

»Es ist ein Cocktail aus verschiedenen wichtigen Peptiden, die Menschen helfen können, die ursprünglichen Gefühle für ihren Partner wiederherzustellen.«

»Ein Liebestrank – stell dir vor!«, sagte Brandie und fügte schnell hinzu: »Mike und ich erneuern unser Ehegelöbnis mindestens einmal pro Jahr.«

»Ja, ich habe die Fotos auf Instagram gesehen – toll!«

»Es ist unsere Art zu sagen: *Ich würde dich sofort wieder heiraten.* So halten wir unsere Liebe am Leben.«

»Wie schön.«

Brandie entdeckte eine neue Familie, die in einem knallroten Elektroauto vollkommen lautlos an ihnen vorbeifuhr, beugte sich zu Elizabeth und sagte: »Wenn man vom Teufel spricht: Da sind unsere Turteltäubchen. Du hast bestimmt schon von ihnen gehört.«

Sie sprach von Kate und Kyle, die kürzlich aus dem Silicon Valley nach Illinois gezogen und für die Eltern der Park Shore Day School rasch zu einer Kuriosität geworden waren. Kyle war Mitte vierzig und Vater der neunjährigen Camilla, und Kate war Mitte zwanzig und, wie alle annahmen, die Stiefmutter. Wenn Kyle und Kate sich voneinander verabschiedeten – wie zum Beispiel jetzt, als Kyle seine Frau und seine Tochter an der Schule absetzte –, knutschten sie, vor den Augen ihrer Tochter, der anwesenden Eltern, Lehrer und Passanten. Sie gingen richtig zur Sache, heftig und mit Zunge, wie Teenager beim Abschlussball.

»Wow«, sagte Brandie und sah zu, wie sie in der kreisrunden Zufahrt übereinander herfielen. Kate hatte die Arme um Kyle geschlungen, einen stämmigen Mann mit der Statur eines Rugbyspielers, und küsste ihn leidenschaftlich und vollkommen unbefangen. Und als sie damit fertig waren, gab Kyle ihr einen liebevollen Klaps auf den Hintern, ziemlich laut und vor all den Kindern.

»*Wow*«, sagte Brandie noch einmal.

In der Elternschaft war Kate ein überraschender Neuzugang, und zwar vor allem wegen ihres Alters. Sie war erst fünfundzwanzig, und es erschien den anderen Eltern, die in ihren Dreißigern oder Vierzigern waren, befremdlich, dass jemand mit einem so jungen Gesicht mütterliche Verantwortung trug. Kate spürte das wahrscheinlich, denn sie machte häufig kleine Bemerkungen, die auf ebendiesen Unterschied hinwiesen. Eines ihrer bevorzugten Manöver war, einen Satz mit den Worten »Also, für Leute aus meiner Generation ...« zu beginnen.

Einmal sagte sie zu Elizabeth: »Du bist wie die coole Mutter, die ich nie hatte«, worauf Elizabeth insgeheim mehrere Tage lang erstaunlich verärgert war.

Kate arbeitete in dem neuen Google-Center, das kürzlich in der West Loop eröffnet worden war, doch was sie dort tat, war unklar. »Es hat eine Menge mit Mathematik und Programmieren zu tun«, sagte sie. »Fragt mich gar nicht erst – es ist stinklangweilig.« Sie war nett, freundlich, sehr kontaktfreudig und hatte anscheinend eine hervorragende Beziehung zu ihrer Stieftochter, doch einige Eltern fanden sie etwas seltsam und beängstigend, hauptsächlich weil Kate und ihr Mann eine offene Ehe führten und keinerlei Hehl daraus machten. Überhaupt war Offenheit Kates hervorstechendster Charakterzug: Sie sprach absolut unverblümt über Dinge, über die sich die meisten nur betrunken oder in irgendwelchen therapeutischen Situationen geäußert hätten. So wussten inzwischen alle, dass Kate sich für Männer interessierte, die nicht ihr Ehemann waren, dass sie mit ihnen ausging und gelegentlich auch mit ihnen in Urlaub fuhr. Sie erwähnte es ohne jede Scham, als wäre es das Normalste von der Welt. Und vielleicht war es ja tatsächlich normal – für Kalifornier oder Menschen, die in den Achtziger- oder Neunzigerjahren geboren waren. Man war sich wirklich nicht sicher. Doch einige der Älteren fanden es leicht anstößig, denn die meisten stammten aus dem Mittleren Westen, und die Erörterung privater oder intimer Angelegenheiten löste in ihnen Gefühle aus, die irgendwo zwischen Unbehagen und Horror lagen.

»Hallo, ihr«, sagte Kate, als sie zu ihnen trat. »Ich muss mich für mein Aussehen entschuldigen, aber ich hatte gestern eine Übernachtungsparty, und es ist richtig spät geworden. Ihr seid also buchstäblich Zeugen meiner Schande.«

Es stimmte zwar, dass Kates langes, aschgraues Haar – es war wohl eigentlich brünett, aber aus irgendeinem Grund färbte sie es grau – noch nass vom Duschen war, doch abgesehen davon sah sie aus wie immer: unerhört modisch und cool, strahlend und jung. Kate besaß die Fähigkeit, bestimmte modische Fehltritte in etwas Attraktives zu verwandeln. Ihr graues Haar zum Beispiel wirkte markant. Und sie hatte eine riesige Brille, die eigentlich viel zu groß für ihr Gesicht war, ein eckiges, klotziges Modell, das in Elizabeths Jugend als hoffnungslos bescheuert gegolten hätte, bei Kate jedoch wirklich hip war. Die Brille rutschte ihr immer die Nase herunter, sodass sie sie alle paar Sekunden hinaufschieben musste, und selbst das war irgendwie liebenswert. Außerdem trug sie Hosen, die Elizabeth nicht mal im Traum angezogen hätte, diese hoch auf der Taille sitzenden Dinger aus den Achtzigerjahren, die Elizabeth »Momjeans« nannte und in denen alle anderen absolut grässlich aussahen, nur nicht junge Frauen wie Kate.

»Entschuldigung – du warst auf einer Übernachtungsparty?«, fragte Brandie.

Kate sah sie über den Rand ihrer großen Brille ernst an. »Und ich leide stille Qualen, wirklich.«

»Was meinst du mit Übernachtungsparty?«

»Also, die meisten in meinem Alter würden sagen, sie hätten jemanden abgeschleppt, aber in eurer Generation würde man wohl von One-Night-Stand sprechen.«

»Ich verstehe.«

»Ja, Kyle hat mich heute Morgen gesehen und sich kaputtgelacht.«

»Dein Mann«, sagte Brandie, »hat nichts dagegen, dass du jemanden ... abschleppst?«

»Nein, nein, natürlich nicht. Er tut das ja auch. Gott sei Dank. Ich wüsste gar nicht, wie ich eine gute Mutter sein könnte, wenn seine Freundinnen nicht hier und da aushelfen würden. Darum habe ich eine Riesenhochachtung vor Müttern wie euch, die alles ganz allein machen. Das ist echt bewundernswert.«

»Mir wäre es nicht recht, wenn mein Mann Freundinnen hätte«, sagte Brandie.

»Aber die sind wunderbar!«, sagte Kate. »Es ist, als wären

wir eine große Familie. Und ich habe auf diese Weise ein Dutzend Babysitter.«

»Ein *Dutzend*?«

Kate zuckte die Schultern. »Man braucht ein Dorf! Jedenfalls spreche ich lieber von ›Übernachtungsparty‹ als von ›Abschleppen‹«, denn so kann ich Camilla besser erklären, warum jemand über Nacht bleibt.«

»Okay, aber ist das nicht manchmal verwirrend für sie? Dass jemand Fremdes im Haus ist?«

»Aber sie findet das toll! So hat sie morgens gleich eine neue Freundin. Oder Freund.«

»Mh-hm.«

»Oder, wie heute, sogar zwei.«

»Tja«, sagte Brandie und packte die Griffe ihrer Basttasche fester, »ich sage immer: Man muss Liebe geben, um Liebe zu bekommen.«

»Okay, ihr beiden«, sagte Kate, verabschiedete sich und machte sich auf die Suche nach einem Kaffee. Elizabeth und Brandie sahen ihr nach.

»Na dann, alles Gute«, sagte Brandie. »Ich meine, ich würde sie nicht in die Nähe meiner Familie lassen, aber ich wünsche ihr alles Gute.«

Dann läutete die Klingel, die Schule begann, und auch Brandie machte sich auf den Weg. Elizabeth beschloss, noch etwas in Park Shore zu bleiben, anstatt sich durch den Verkehr zurück in die Stadt zu kämpfen, und schlenderte durch das kleine Zentrum. Schließlich kam sie am Café vorbei, sah durch das Fenster Kate an einem Tisch sitzen, auf dem ein riesiger Caffè Latte stand, und ging kurz entschlossen hinein.

»Entschuldigung.«

Kate sah auf. »Oh, hallo.«

»Ja, hallo. Äh, wir kennen uns noch nicht gut, aber kann ich dich was fragen?«

»Na klar.«

»Es ist eine eher persönliche Frage, sie betrifft dich und deinen Mann.«

»Okay.«

»Oder vielmehr das, was ihr ... macht.«

»Du meinst beruflich?«

»Nein, ich meine in eurer Beziehung.«

»Ach so, du meinst unsere wechselnden Partner.«

»Ja.«

»Klar. Was willst du wissen?«

»Fühlt es sich wirklich so an, wie du es beschrieben hast?«

»Was meinst du?«

»Wie eine große Familie?«

Kate grinste. »Ja. Natürlich sind da starke Gefühle im Spiel, die klar kommuniziert und in der Spur gehalten werden müssen. Aber ja, meistens fühlt es sich an wie eine große Familie.«

Elizabeth nickte.

»Warum fragst du?«, sagte Kate.

»Es klang irgendwie schön.«

»Es ist auch schön.«

»Ich habe mich schon seit Jahren nicht mehr als Teil von so einer Familie gefühlt. Das fehlt mir sehr.«

»Setz dich«, sagte Kate. »Ich liebe es, Menschen zu bekehren.«

Sie verbrachten den Rest des Vormittags in diesem Café, und Elizabeth hörte sich Kates schonungslose Kritik an der modernen Ehe an.

»Es ist vollkommen bescheuert«, sagte Kate. »Die Ehe ist bescheuert. Jedenfalls so, wie wir sie heute im Westen praktizieren. Unser Konzept ist idiotisch. Wir stecken in dieser nutzlosen Heuristik fest. Ich finde, es ist höchste Zeit, die ganze Idee zu begraben.«

»Du willst die Ehe abschaffen?«

»Ich will sie updaten. Ich will neue Modelle beta-testen. Ich will diese alten Strukturen aufbrechen und von vorn anfangen. Für mich ist die Ehe bloß eine Technologie, die nie besonders zukunftsträchtig war. Im viktorianischen England oder so mag sie ja ganz gut funktioniert haben, aber bei uns? Jetzt? Eher nicht. Unsere Beziehungen finden im 21. Jahrhundert statt, aber sie laufen mit einer Software aus dem 18. Jahrhundert, und die hat jede Menge Bugs und stürzt andauernd ab. Bei jeder anderen Technologie versuchen wir, innovativ zu sein, zu modernisieren und zu verbessern, aber bei der Ehe verweigern wir uns jedem Fortschritt. Wir sind davon überzeugt, die Bugs zu *mögen*. Wir finden sie *gut*, diese Abstürze. *Wenn es nicht so schwer wäre, wäre es nichts wert.* Wir haben uns einreden lassen, dass diese Bugs dazugehören. Vollkommen bescheuert.«

»Aber worin genau bestehen die Bugs?«

»Na ja, der größte ist klarerweise die Vorstellung, dass es diesen einen Übermenschen gibt, der dich sozusagen vervollständigt. Diesen einen Menschen, der all deine Bedürfnisse befriedigt. Was historisch betrachtet vollkommen absurd ist. Eine totale Verirrung. Ich meine, sieh dir die Griechen an, also die alten Griechen, Plato und so. Zu Platos Zeiten war es die Aufgabe des Mannes, seiner Frau finanzielle Sicherheit zu geben. Das war seine Rolle. Sie hatte Liebhaber für ihre sexuellen Bedürfnisse, den Tempel für ihre spirituellen Bedürfnisse, Schwiegereltern, die ihr mit den Kindern geholfen haben, und das Dorf für ihre sozialen Bedürfnisse. Ein paar Jahrhunderte später haben wir beschlossen, dass all diese Bedürfnisse von einer einzigen Person befriedigt werden sollen, nämlich von dem magischen Ehemann, der ganz allein vollbringen soll, was vorher eine ganze Gruppe erledigt hat. Das ist doch komplett verrückt.«

»Aber als ich Jack kennengelernt habe, war es tatsächlich wie Magie. Ich weiß, es klingt kitschig, aber so hat es sich damals angefühlt. Als wären wir Seelenverwandte.«

»Das ist bloß NBE.«

»NBE?«

»Neue Beziehungsenergie. Wenn man zum ersten Mal dieses starke Interesse am anderen spürt. Du weißt schon, dieses beflügelnde, überschäumende, alles umfassende *Mein-Gott-ich-will-total-mit-dir-verschmelzen*-Gefühl.«

»Ich weiß, was du meinst«, sagte Elizabeth.

»Dieses NBE-Gefühl hält meist ein halbes bis ganzes Jahr an. Unter den allergünstigsten Umständen bis zu drei Jahre. Wie lange seid ihr schon zusammen, Jack und du?«

»Verheiratet seit fünfzehn Jahren, zusammen seit zwanzig.«

»Dann weißt du, wovon ich rede. Ich meine, wann hast du zuletzt etwas Vergleichbares gespürt? Dieses aufregende, sprudelnde, erotische ...«

»Schon gut, ich hab's verstanden.«

»Du solltest dich deshalb nicht schlecht fühlen – es ist nicht deine Schuld. Du hast es eben mit einer Technologie zu tun, die veraltet, kaputt und vielleicht sogar schädlich ist, weil sie bewirkt, dass die Menschen sich wie Versager oder Betrüger vorkommen. Ich meine, es hat schon seinen Grund, dass die Ehe während des größten Teils der menschlichen Geschichte nichts mit Romantik oder Sex oder Liebe zu tun hatte. Hast du dich je gefragt, warum arrangierte Ehen jahrhundertelang die Norm waren?«

»Ich würde sagen, wegen des Patriarchats.«

»Ja, okay, aber außerdem? Weil NBE-Gefühle zwar stark, aber *flüchtig* sind. Und eine Ehe muss verlässlich, dauerhaft und widerstandsfähig sein. Deswegen hat man immer gedacht, es ist zu gefährlich, wenn es in einer Ehe zu viel romantische Liebe gibt.«

»Darum haben die Eltern die Sache entschieden.«

»Genau. NBE bringt die Menschen dazu, verrückte Sachen zu machen. Man kann sich nicht darauf verlassen, dass sie rational handeln. Weißt du, was eine Seescheide ist?«

»Eine Seescheide? Nein.«

»Ein wirbelloses Meerestier, das mit der Strömung durch

den Ozean treibt und nach Korallen sucht. Wenn es welche gefunden hat, setzt es sich auf ihnen fest und frisst sein eigenes Gehirn.«

»Ich nehme an, das ist jetzt irgendwie metaphorisch.«

»Wenn eine Seescheide Sicherheit gefunden hat, ist das Denken für sie überflüssig. Bei Menschen ist es genauso, wenn sie *den Richtigen* gefunden haben.«

»Oh, danke.«

»Plato sagt dasselbe: dass romantische Liebe zu irrational und unbeständig ist. Für ihn ist die beständigste Form der Liebe eher wie eine tiefe Freundschaft, eher ...«

»Platonisch?«

»Genau. Man sollte also etwas so Flüchtiges wie die romantische Liebe nicht mit etwas Beständigem wie der Ehe vermischen. Und wenn ich mir die Scheidungsrate so ansehe, würde ich sagen, es spricht einiges für Plato. Die Hälfte der Ehen wird geschieden, und ein weiteres Viertel besteht nur wegen der Kinder weiter. Wusstest du, dass siebzig Prozent der Verheirateten Affären haben?«

»Nein, das wusste ich nicht.«

»Es ist eine komplette Katastrophe. Und der Grund dafür ist, dass wir einfach viel zu viel von der Ehe erwarten. Bis dass der Tod uns scheidet? Allen anderen entsagen? Nein, das ist unmöglich, verdammt. Und trotzdem denken die Leute, *ich* wäre verrückt. Ich verstehe das. Ich hab die Blicke gesehen, die die anderen mir zuwerfen, und ich weiß, warum ich nicht zu den Spielnachmittagen eingeladen werde. Aber so, wie ich es sehe, tun mein Mann und ich etwas sehr Konservatives: Wir versuchen, unsere Ehe zu bewahren, indem wir ihr nicht so viel aufbürden.«

»Aber warum dann überhaupt heiraten, wenn ihr so dagegen seid?«

»Weil wir in uns zwei widerstreitende Impulse haben: den Wunsch nach Neuem und den Wunsch nach Stabilität. Es ist ein ständiges Hin und Her. Wenn ich zu viele One-Night-

Stands habe, sehne ich mich nach Stabilität. Wenn ich zu viele Abende auf dem Sofa verbringe, sehne ich mich nach etwas Neuem. Der Trick ist, das Paradox auszuhalten.«

»Und das geht in einer normalen Ehe nicht?«

»Die sogenannte *normale,* monogame Ehe wurde nicht für Leute wie dich und mich erfunden, sondern für ganz andere User. Die Monogamie war eine notwendige Erfindung, um die traurigsten, unerwünschtesten, unfähigsten und armseligsten Typen ruhigzustellen.«

»Okay. Wow.«

»Denk mal darüber nach. Patriarchat plus Kapitalismus, aber ohne Monogamie, das ist ein instabiles System. Der Kapitalismus sorgt dafür, dass der Reichtum sich immer mehr konzentriert, und das Patriarchat sorgt dafür, dass er sich unter Männern konzentriert. Es ist ein System, das **Frauen** einen Anreiz bietet, alte, mächtige Männer zu heiraten, und wenn man nicht durch Monogamie die entsprechenden Bedingungen schafft, hat man Massen von armseligen jungen Männern, die keine Frau finden können. Und wie wir alle wissen, gibt es für das gesellschaftliche Gefüge nichts Schlimmeres als Versager, die nicht zum Schuss kommen. Also musste die Monogamie eingeführt werden.«

»So habe ich das noch nie betrachtet.«

»Die Ehe ist ein Werkzeug. Manche Werkzeuge verstärken menschliche Fähigkeiten, andere beschränken sie. Ein Hebel verstärkt, ein Schloss beschränkt. Und ich will die Beschränkung in einen Hebel verwandeln, damit die Ehe es mir ermöglicht, hin und wieder dieses romantische NBE-Hoch zu erleben, ohne dass ich das Gefühl habe, als Ehefrau versagt zu haben.«

»Aber ich habe dich mit deinem Mann gesehen – da war von mangelnder Liebe nichts zu merken.«

»Ehrlich, Elizabeth: Du solltest mal eine Affäre haben. Oder besser: Sag deinem Mann, er soll eine Affäre haben. Danach wird er dir tausendmal attraktiver erscheinen. Es ist wie Zauberei.«

»Ich bin nicht sicher, ob Jack damit einverstanden wäre.«
»Lass uns mal ausgehen, zu viert. Ein Double-Date! Kyle kann diesen Kram richtig gut erklären. Das wird bestimmt ein toller Abend.«
»Ich weiß nicht.«
»Schreib Jack eine SMS, jetzt gleich. Schreib ihm, du hast eine Idee für ein Abenteuer. Er wird sich sehr freuen.«
»Nein, wird er nicht. Eine Affäre? Vor ein paar Tagen habe ich getrennte Schlafzimmer vorgeschlagen – er ist regelrecht ausgeflippt.«
»Getrennte Schlafzimmer – eine hervorragende Idee.«
»Was ich damit sagen will, ist: Jack und ich sind schon so lange zusammen, dass ich jetzt nicht mit einem so ... radikalen Vorschlag kommen kann. Das wäre einfach nicht fair.«
»Weißt du, womit ich mein Geld verdiene?«
»Irgendwas mit Mathematik.«
»Es nennt sich algebraische Topologie.«
»Und was ist das?«
»Ein Teilgebiet der Mathematik, bei dem es hauptsächlich um die intrinsischen qualitativen Aspekte von räumlichen Körpern geht, die homöomorphisch transformiert werden.«
»Aha.«
»Im Grunde ist es die Mathematik der Deformation und Veränderung. Ich erkläre es immer so: Stell dir einen Basketball vor. Welche Form hat er?«
»Er ist rund.«
»Genauer?«
»Ich meine, er ist eine Kugel.«
»Richtig. Und wenn ich die Luft rauslasse?«
»Dann ist er keine Kugel mehr.«
»Stimmt. Im geometrischen Sinn ist der Ball ein neues Objekt. Aber wir alle wissen, dass er das nicht ist – er ist noch immer dasselbe Objekt. Ein Basketball. Wenn man die Luft rauslässt, kann man ihn zu einer Schüssel formen, aber eigentlich ist er noch immer ein Basketball. Man kann ihn

falten wie eine Pizza, aber das ändert nichts daran, dass er im Grunde noch immer ein Basketball ist. Aber was, wenn ich das Ding zerreißen würde?«

»Dann wäre es kein Basketball mehr?«

»Und auch nicht zwei Basketbälle. Der Ball ist in zwei grundsätzlich andere Dinge verwandelt worden, in zwei neue Objekte. Und damit beschäftigt sich meine Mathematik. Ganz einfach ausgedrückt beschreibt sie, wie sehr man ein Objekt verformen kann, ohne dass es ein neues Objekt wird.«

»Verstehe.«

»Das hat gewisse Implikationen im Hinblick auf Massendaten, aber das würde jetzt zu weit führen.«

»Und worauf willst du damit hinaus?«

»Dinge verändern sich. Das ist einfach gegeben. Die eigentliche Frage ist: Wie viel Veränderung ist möglich? Du musst dich fragen, wie sehr sich eure Ehe verändern kann, ohne dass sie keine Ehe mehr ist.«

»Das heißt, wenn ich Jack diesen Vorschlag mache, wird das den Basketball zerreißen?«

»Ich meinte eigentlich: Bist du sicher, dass er nicht schon zerrissen ist?«

Elizabeth nickte. »Na gut, vielleicht sollte ich mit Jack darüber reden. Ein Abenteuer – das klingt ziemlich gut. Ich glaube, so etwas könnten wir gebrauchen.«

»Na bitte!«, rief Kate und klatschte in die Hände.

»Danke. Das war sehr erhellend.«

»Sehr gern geschehen. Kann ich dich auch was fragen?«

»Klar.«

»Du hast was gesagt, das mich neugierig gemacht hat, nämlich, dass du früher geglaubt hast, ihr wärt Seelenverwandte.«

»Ja.«

»Glaubst du das noch immer?«

»Also, Jack ist wunderbar. Rücksichtsvoll, intelligent, ein guter Vater und ein durch und durch anständiger Mensch.«

»Aber glaubst du, dass er ein Seelenverwandter ist?«
»Ehrlich gesagt: Nein, nicht mehr.«
»Wann hast du aufgehört, das zu glauben?«
»Am Dienstag, dem 4. November 2008.«
»Das ist bemerkenswert genau.«
»Es war ein denkwürdiger Tag.«
»Was ist passiert?«
»Das ist eine längere Geschichte«, sagte Elizabeth. »Kurz gesagt: Das war der Tag, an dem sich bei mir irgendwie alles gelöst hat.«

Die Lösung

Es begann an einem Dienstagmittag im Jahr 2008, und zwar damit, dass Toby wieder mal nicht essen wollte. Er war gerade aus dem Mittagsschlaf aufgewacht. Toby war damals zwei Jahre alt und machte nicht mehr regelmäßig einen Mittagsschlaf, doch an diesem Dienstag hatte er ganze eineinhalb Stunden geschlafen, und Elizabeth hatte die Zeit mit Kochen und Nachdenken verbracht. Sie dachte über ihre Arbeit nach, insbesondere über einen neuen Klienten, der mit einer eigenartigen Bitte an sie herangetreten war.

Elizabeth arbeitete in einem Forschungsinstitut der DePaul University, das sich auf den Placeboeffekt spezialisiert hatte. Offiziell hieß es »Institut für Placeboforschung«, doch besser bekannt war es unter dem Tarnnamen *Wellness*. Dort wurden gewisse »gesundheitsfördernde« Produkte überprüft, um festzustellen, ob sie bessere Resultate erbrachten als Placebos. Im Grunde waren Elizabeth und ihre Mitarbeiter Aufpasser, die im Auftrag der Bundesämter für Lebensmittelüberwachung, Arzneimittelzulassung und Verbraucherschutz die Spreu vom Weizen trennen sollten. Im Jahr 2008 gehörten zu den bekannteren Produkten, die sie getestet hatten: der SlimSkirt, ein enger Minirock aus einem dehnbaren Material, der sich anfühlte, als würde man eine Gummimanschette tragen, wodurch einfaches Gehen angeblich einem effizienten Training der Gesäßmuskulatur gleichkam; die Skechers Shape-ups, Schuhe mit großen, halbmondförmigen Sohlen, die angeblich ebenfalls durch bloßes Gehen die Gesäßmuskeln kräftigten; den Smart-Shake, ein fett- und kalorienarmer Smoothie, der Mahlzeiten ersetzen und beim Abnehmen helfen sollte; eine Detox-Diät namens MasterCleanse, bei der man nichts als eine Mischung aus Tee, Limonade, Ahornsirup und – aus irgendeinem Grund – Cayennepfeffer zu sich nahm, was angeblich sämtliche Cholesterole, Toxine und Fette einfach aus dem Körper spülte.

Wellness musste diese Produkte testen, denn jedes davon hatte sich als irgendwie effektiv erwiesen. Einige Benutzer bestätigten, dass die Produkte das taten, was sie angeblich tun sollten, dass sie also kein Betrug waren. Oft sagten diese Leute, dass sie sich mithilfe der Produkte viel gesünder und sogar schlanker fühlten. Und manchmal bestätigte eine körperliche Untersuchung, dass die Begeisterung berechtigt war: Einige der Frauen hatten, nachdem sie den SlimSkirt einen Monat lang getragen hatten, tatsächlich in einem Maße abgenommen, das zwar nicht lebensverändernd, aber doch statistisch signifikant war.

Die Frage, die *Wellness* beantworten sollte, lautete: Waren diese positiven Resultate auf das Produkt oder den Placeboeffekt zurückzuführen?

2008 galt es als gesichert, dass es den Placeboeffekt wirklich gab und dass er eigenartig, ja fast erschreckend stark war. Placebostudien als eigenständiges Fachgebiet waren von Elizabeths Chef Dr. Otto Sanborne ins Leben gerufen worden, einem Psychologieprofessor an der DePaul University, der als Erster – wiederholt und unwiderleglich – nachgewiesen hatte, dass Medikamente, von denen Krankenhauspatienten annahmen, sie seien besonders wirksam, tatsächlich wirksamer waren, während solche, die von den Patienten für wenig wirksam gehalten wurden, tatsächlich weniger gut wirkten (Sanborne, 1975). Seither hatte er in einer Reihe ziemlich kreativer Experimente nachgewiesen, wie empfänglich Menschen für Suggestion und Placebos waren. Wenn man beispielsweise jemandem mit chronischen Rückenschmerzen eine Zuckerpille gab und sagte, es handele sich um ein Schmerzmittel, dann funktionierte das meist besser, als wenn man ihm ein Schmerzmittel gab und sagte, es handele sich um eine Zuckerpille (Sanborne, 1976). Und manchmal brauchten die Versuchspersonen nicht mal eine Geschichte, sondern bloß das richtige Ambiente, das richtige Tableau, die richtigen aufs Unbewusste zielenden psychosozialen Signifikanten: Wenn ein Arzt beim Verabreichen der Placebopillen einen blütenweißen Kittel trug, waren die »Schmerzmittel« wirksamer, als wenn er ein schmutziges T-Shirt trug (Sanborne, 1977). Mit anderen Worten: Die Placebostudien waren in Wirklichkeit Untersuchungen über Kontext, Erwartungen, Glauben, Symbole, Metaphern und Geschichten, die Menschen dazu bringen konnten, allen möglichen Täuschungen zu erliegen.

Zumeist, so Sanbornes ursprüngliche Hypothese, waren die Versuchspersonen Opfer von Selbsttäuschungen und Halluzinationen. Er nahm an, dass der Placeboeffekt *nur im Kopf* stattfand. Doch dann forschten andere ebenfalls und widerlegten dieses Modell, indem sie nachwiesen, dass Placebos manchmal tatsächlich körperliche Auswirkungen hatten. Zum Beispiel bekamen Menschen, die falschem Giftefeu ausgesetzt waren, tatsächlich Ausschlag (Barber, 1978). Und bei Personen, die angeblich Koffein eingenommen hatten, wurde eine Erhöhung der Herzfrequenz gemessen (Flaten und Blumenthal, 1999). Und wenn man Arbeitern sagte, ihre Tätigkeit sei einem »intensiven Training« gleichwertig, wurden sie schlanker, und ihre Muskelkraft nahm zu, obwohl sie an ihrem Lebensstil nichts geändert hatten (Crum und Langer, 2007). Auch wenn die zugrunde liegenden neurobiologischen Mechanismen noch weitgehend unerforscht waren, lag auf der Hand, dass der Schlüssel zur seltsamen und bemerkenswerten Wirksamkeit von Placebos der *Glaube* war. Die Versuchspersonen mussten die Geschichte, die man ihnen erzählte, glauben. Und das war der Grund, warum Elizabeths Arbeitsplatz nicht »Institut für Placebostudien« hieß, denn wenn die Leute das lasen und begriffen, dass man ihnen Placebos verabreichte, glaubten sie nicht mehr an die Geschichten, die man ihnen erzählte, und damit war der Placeboeffekt dahin. Daher also der absichtlich allgemein gehaltene Name *Wellness* – ein Wort, das bedeuten konnte, was immer man hineininterpretieren wollte, wie geschaffen für eine Tätigkeit, bei der es darum ging, Geschichten zu erfinden, an die die Versuchspersonen glauben sollten, um dann die Wirksamkeit dieser Geschichten zu erforschen.

Zum Beispiel: Wie fand man heraus, ob der SlimSkirt ein gutes Produkt war oder nur auf einer guten Geschichte basierte? Man veränderte die Geschichte. Was, wenn man den Leuten sagte, es gehe dabei nicht um die Stärkung der Beinmuskulatur, sondern um die Einschränkung von Bewegung? Was, wenn man ihnen sagte – wie Elizabeth es in einer besonders eleganten, befriedigenden Studie getan hatte –, dieser Rock sei für Personen mit Beinverletzungen entwickelt worden und solle sie daran hindern, ihre Beinmuskulatur zu überanstrengen? Und sie dann einen Monat lang in diesem von Elizabeth in RestrictiSkirt umgetauften Rock herumlaufen ließ? Was geschah dann?

Dann klagten diese Leute, ihre Beinmuskulatur habe sich zurückgebildet, sie seien faul geworden, fühlten sich ständig müde und hätten zugenommen, was übrigens tatsächlich der Fall war.

Bingo! Die Wirksamkeit des SlimSkirts war nicht in ihm selbst begründet, sondern in der Geschichte, die man dazu erzählte.

Dasselbe galt für den hundertfünfzig Kalorien enthaltenden Smoothie namens Smart-Shake, der, wenn man den Leuten sagte, es sei ein Sechshundert-Kalorien-Dessert namens The Feast, für deutliche Gewichtszunahmen sorgte.

Das Schönste an dieser Arbeit war, sich die alternativen Wahrheiten auszudenken. Es verlieh Elizabeth ein eigenartiges Gefühl der Macht, dass eine von ihr erfundene Geschichte in den Körper einer anderen Person einging und Wirklichkeit wurde.

An diesem Dienstag im Jahr 2008 dachte sie ernsthaft und sorgfältig über ihre Arbeit nach. Und über diesen seltsamen neuen Klienten: United Airlines, die Fluglinie mit Hauptsitz in Chicago, hatte sich mit einem Problem bei ihr gemeldet. Man hatte festgestellt, dass UA-Passagiere im Allgemeinen nicht besonders gern mit UA flogen. Der Gerechtigkeit halber musste man sagen, dass es keine einzige große Fluglinie gab, mit der die Leute gern flogen, denn diverse ökonomische Zwänge hatten dazu geführt, dass die Fluggesellschaften eine Reihe von kostendämpfenden Maßnahmen hatten umsetzen müssen, die, um es mit den Worten von United Airlines zu sagen, zu »Unzufriedenheit und manchmal regelrecht feindseligem Verhalten seitens der Passagiere« geführt hatten. Zu diesen Maßnahmen hatte gehört, dass man die Zahl der Sitzplätze in den ohnehin bereits beengten Maschinen erhöht und die Beinfreiheit auf ein Minimum reduziert hatte. Des Weiteren hatte man Angehörige des Bodenpersonals an den Schaltern und Gates entlassen, was zu längeren Wartezeiten führte, und die während des Flugs servierten Mahlzeiten verkleinert, sodass sie sich im Vergleich zu denen, die die Passagiere bei früheren Flügen erhalten hatten, geradezu knauserig ausnahmen. Und da United Airlines diese Maßnahmen nicht rückgängig machen konnte, ohne sich den Zorn der Aktionäre zuzuziehen, war man an Elizabeth herangetreten: Wie konnte man die Passagiere dazu bringen, trotz dieser Zumutungen zufrieden zu sein? United Airlines hatte nicht vor, die Bedingungen zu verändern, und so fragte man Elizabeth, ob sie dabei helfen könne, das *Urteil* der Passagiere zu verändern.

Kurz gesagt: *Wellness* wurde zum ersten Mal gebeten, Blödsinn nicht zu entlarven, sondern selbst zu formulieren.

Was Dr. Sanborne unter Verweis auf sein Berufsethos rundheraus ablehnte: Das Institut, sagte er, dürfe nicht genau die Täuschungen erzeugen, die es sonst aufzudecken versuche.

Doch die Sache beschäftigte Elizabeth – auch an diesem Dienstagmittag ging sie ihr durch den Kopf. Ihr Interesse hatte zwei äußerst wichtige Gründe: Der eine war die Tatsache, dass sie erst kürzlich aus einem langen Mutterschaftsurlaub zurückgekehrt und ihr jede auch nur halbwegs knifflige Aufgabe nach den vielen Monaten der emotional befriedigenden, aber – um ehrlich zu sein – intellektuell völlig anspruchslosen Sorge für ein Kleinkind hochwillkommen war; der andere Grund war das Honorar.

Das von United Airlines angebotene exorbitante Honorar lag um einige Größenordnungen über dem, was die Bundesämter mit ihren knappen Budgets zahlen konnten. Für Dr. Sanborne, der in seinem Fachbereich seit Jahrzehnten als Koryphäe galt, fünfundsiebzig war und sich bald sehr komfortabel zur Ruhe setzen würde, war diese beträchtliche Summe nicht sonderlich verlockend, für Jack, Elizabeth und Toby dagegen bedeutete sie eine Menge.

Also dachte Elizabeth nach, wie man diese unzufriedenen Passagiere zufriedenstellen könnte, ohne die materiellen Bedingungen zu verändern. Die Frage beschäftigte sie, während sie den Reis in den Reiskocher gab, den Brokkoli auf der hinteren Herdplatte dämpfte, die in schmale Streifen geschnittene, auf der vorderen Herdplatte schmorende Paprikaschote abschmeckte, die Kichererbsen in der Küchenmaschine zu einer Paste verarbeitete und in der Mikrowelle die Käsemakkaroni wärmte, die, obwohl widerwärtig und unnatürlich orangerot, das Einzige waren, was Toby essen würde.

Denn Toby war mit zwei Jahren urplötzlich überaus wählerisch geworden.

Ein wählerischer, mäkeliger, überkritischer Esser, der alles außer Käsemakkaroni zurückwies, als wollte er sich für den Rest seines Lebens von nichts anderem ernähren. Elizabeth recherchierte. Sie las alle relevanten Untersuchungen und Forschungsberichte. Das war ihre Art, ein Problem anzugehen, und zwar nicht erst, seit Toby in die Kleinkindphase eingetreten war, sondern schon während der Schwangerschaft: Ihre Herangehensweise an die Mutterschaft war wissenschaftlich exakt. Sie orientierte sich ausschließlich an den besten, seriösesten, gründlich begutachteten Forschungsergebnissen und war daher immun gegen persönliche Vorurteile, die Albernheiten der Pop-Psychologie und die kurzlebigen Moden, die in den Ratgeberabteilungen der Buchhandlungen propagiert wurden. Nachdem sie sich durch zahlreiche Ausgaben der *Zeitschrift der amerikanischen Gesellschaft für Ernährung*, der *Zeitschrift der Akademie für Ernährung und Diätetik*, der *Zeitschrift für Ernährungsverhalten*, der *Zeitschrift für klinische Ernährung* und *Appetit* gearbeitet hatte, wusste sie unter anderem, dass es unerlässlich war, Toby bei der Überwindung seines augenblicklichen Essverhaltens zu helfen, und zwar *jetzt*. Sofort. So schnell wie möglich. Sie erfuhr nämlich, dass die in Tobys Alter etablierten Essgewohnheiten nach dem Urteil der Verfasser von Langzeituntersuchungen zu diesem Thema *veränderungsresistent* waren, dass die von Zweijährigen abgelehnten Lebensmittel auch Jahre später noch zurückgewiesen wurden (Skinner et al., 2002), dass aus Kindern, die Angst vor neuen Speisen hatten, Erwachsene wurden, die Angst vor neuen Situationen, neuen Orten und sogar neuen Kontakten hatten (Pliner und Hobden, 1992), und dass in der Kindheit erworbene Ernährungsgewohnheiten mit hoher Wahrscheinlichkeit bis ins Erwachsenenleben fortbestanden (Kelder et al., 1994; Singer et al., 1995; Resnicow et al., 1998). Elizabeth hatte die beängstigende Befürchtung, Toby könnte seinen Plan umsetzen und tatsächlich nur noch Käsemakkaroni essen. Sie stellte sich ihn nach Jahren dieser Diät vor: übergewichtig, mangelernährt, ohne Freunde, einsam, das Gehirn unterversorgt mit Vitaminen und Mineralien, stattdessen geflutet mit gesättigten Fettsäuren, Haut und Haar zu einem synthetischen Orangerot verfärbt.

Es war eine der schlimmeren elterlichen Zwangsvorstellungen: Elizabeth registrierte irgendein unerwünschtes Verhalten und malte sich aus, wie ruiniert Tobys Leben sein würde, wenn dieses Verhalten nicht nur fortbestand, sondern sich ausweitete und gefährliche Formen annahm. Das tat sie die ganze Zeit. Wenn Toby zu lange auf den Bildschirm ihres Laptops starrte, machte sie sich Sorgen über seine künftige Internetsucht. Wenn er auf dem Spielplatz ein anders Kind schubste, machte sie sich Sorgen über männliche Aggression und Jugenddelinquenz. Sie beurteilte jedes Verhalten danach, wie es wäre, wenn sich alle so verhalten würden. Und sie wünschte, sie könnte ohne diese bedrohlichen kategorischen Imperative auskommen, doch es war ihr unmöglich, sich keine Sorgen zu machen, besonders wenn die wissenschaftliche Literatur ihre Ängste bestätigte und damit als berechtigt auswies. Wie zum Beispiel in der Krise um Tobys Essverhalten und die dringende Notwendigkeit, ihn *umgehend* zu einem normalen Allesesser zu machen.

In der Fachliteratur wurde selektives Essverhalten als »Neophobie«, als Angst vor Neuem, bezeichnet, und die beste Methode, diese zu überwinden, bestand nach Meinung der Experten darin, Mahlzeiten zuzubereiten, die sowohl bekannte als auch neue Elemente enthielten, und dies mit möglichst vielen verschiedenen Lebensmitteln fortzusetzen, bis das Kind schließlich freiwillig und gern alles aß, was auf seinem Teller landete (so lautete der Rat von Carruth et al., 2004; Sullivan und Birch, 1994; Birch und Marlin, 1982). Der Schlüssel zum Erfolg lag ganz einfach darin, das Kind neuartigem Essen auszusetzen. Ganz ähnlich wie viele andere Ängste nahm die Angst vor Nahrungsmitteln ab, wenn man das Kind wiederholt und entspannt kleinen Mengen dieser Nahrungsmittel aussetzte. Laut den Wissenschaftlern mussten Kinder in Tobys Alter ein Nahrungsmittel zwischen acht und zwanzig Mal essen, bis sie es akzeptierten und sogar mochten (Wardle, Herrera, Cooke und Gibson, 2003), daher war es wichtig, Toby neue Speisen anzubieten, selbst wenn er behauptete, sie nicht zu mögen. Also bestand das Mittagessen an diesem Tag aus Sushi-Reis (den er bereits fünfmal probiert und zurückgewiesen hatte – Elizabeth hatte Buch geführt), Hummus (achtmal), Paprika (viermal), in Scheiben geschnittenen sauren Gurken (sechsmal), gedünstetem Brokkoli (elfmal) und den Käsemakkaroni, von denen er sich seit etlichen Monaten hauptsächlich ernährte.

Um all das zuzubereiten, hatte sie etwas mehr als eine Stunde gebraucht. Nun richtete sie alles auf zwei weißen Kunststofftellern an, stellte sie auf den Tisch und setzte Toby, der noch bettwarm war, auf seinen Hochstuhl. Dann nahm sie ihm gegenüber vor ihrem identischen Teller Platz und sagte wie immer vor den gemeinsamen Mahlzeiten: »*Bon appetit.*«

Wie meistens lautete Tobys Antwort: »Nein.«

Es war ein Dienstagmittag. Jack war in der Uni und unterrichtete. Elizabeths Arbeitszeiten bei *Wellness* waren so flexibel, dass sie sich um Toby kümmern konnte, deshalb fielen die Nachmittage meist in ihr Ressort. Der Tagesplan in ihrem Kalender sah vor:

10:30 Mittagsschlaf?
12:00 Mittagessen
12:30 Einkaufen

Sie erinnerte sich an die Zeit vor Toby, als das Mittagessen oder der Einkauf im Supermarkt nicht besonders geplant oder im Kalender festgehalten werden mussten. Damals waren das normale Dinge gewesen, die ganz natürlich in den Tagesablauf eingebettet gewesen waren: Sie hatte irgendwann um die Mittagszeit schnell etwas gegessen und war irgendwann kurz zum Supermarkt gegangen. Doch jetzt, da Toby da war, musste jeder Tag genau geplant werden – mit einem Kleinkind konnte man nicht schnell etwas essen oder mal kurz irgendwohin gehen. Am Morgen hatte sie auf ihren Kalender gesehen und – auch wenn sie es niemals zugeben würde – angesichts der eineinhalb Stunden zwischen halb elf und Mittag eine gewisse Erleichterung und Vorfreude verspürt: Toby würde – hoffentlich – schlafen, und sie würde Zeit für sich haben. Alles, was danach kam, würde wie immer aufreibend sein.

Elizabeth zeigte ruhig auf die verschiedenen Speisen auf Tobys Teller und sagte ihre Namen. »Hummus.« Sie versuchte, die Worte verlockend und aufregend klingen zu lassen und ihn von der schlechten Laune abzulenken, mit der er anscheinend aufgewacht war. »Gurke. Brokkoli.«

Toby starrte auf seinen Teller, als sähe er ihn erst jetzt, und sagte: »Oh, schön.«

»Danke«, sagte Elizabeth. Er hatte recht, es sah tatsächlich schön aus. Sie hatte (in einem Aufsatz von Sobal und Wansink, 2007, in dem es um »Tischlandschaften«, »Tellerlandschaften« und andere »artifizielle Speisemikrogeografien« gegangen war) gelesen, dass die Art und Weise, wie eine Mahlzeit präsentiert wurde, wichtige Hinweise auf ihren Verzehr gab. Darum waren die sechs Elemente, aus denen das heutige Mittagessen bestand, *schön* und in vollkommen runden Portionen angerichtet – Elizabeth hatte Ringformen verwendet –, was auf den makellos weißen Tellern wirklich hübsch aussah. Die Paprika war fein gewürfelt. Das Hummus war mit zwei Löffeln zu einem länglichen Klößchen geformt. Die Gurke war in feine Streifen geschnitten. Das Ganze sah aus wie ein interessantes *Amuse-Bouche* in einem Viersternerestaurant. Sie servierte das Essen nicht – sie *zelebrierte* es.

»Du weißt ja«, sagte sie, »von allem einen Bissen.«
Toby nickte.
»Fangen wir mit dem Hummus an.«

Er sah zu, wie sie den Löffel in das glatte, cremige Hummusklößchen tauchte, und starrte sie an. Manchmal bekam sein Gesicht einen Ausdruck, der für ein Kleinkind viel zu erwachsen und irgendwie vielschichtig wirkte. Und wenn sie das Gesicht, das er jetzt machte, hätte beschreiben sollen, hätte sie es vielleicht als *gequält* bezeichnet.

Nicht traurig, nicht wütend. Sie sah darin keine der Hauptemotionen, sondern vielmehr einen Ausdruck, der eine komplizierte, beinahe spirituelle Pein verriet.

Er ließ seinen Löffel auf den Boden fallen und begann zu weinen. Es war 12:02 Uhr.

In Augenblicken wie diesem war es hilfreich, sich ins Gedächtnis zu rufen, was die evolutionäre Psychologie über das manchmal verblüffende Verhalten von Kindern herausgefunden hatte. Besonders tröstlich fand Elizabeth die Theorie, Neophobie im Hinblick auf Nahrungsmittel sei eine evolutionäre Anpassung: Kleinkinder, die ihnen unbekannte Nahrungsmittel ablehnten, folgten damit lediglich einem Verhaltensmuster, das sich durch eine Million Jahre der natürlichen Auslese ausgebildet habe. Die Argumentation (am einleuchtendsten beschrieben von Cashdan, 1998) lautete so: In der gesamten biologischen Geschichte des Menschen wurden Kinder bis zum Alter von etwa zwei Jahren gestillt und begannen dann, feste Nahrung zu sich zu nehmen. Die Umwelt unserer hominiden Vorfahren war jedoch gefährlich: Es gab giftige Pflanzen und verdorbenes Fleisch. Wie konnte ein kleiner, der Muttermilch entwöhnter Allesesser überleben? Indem er im Alter von zwei Jahren extrem misstrauisch und kritisch wurde. Im Grunde machte die natürliche Auslese Kleinkinder zu wählerischen kleinen Snobs, die hauptsächlich aßen, was sie bereits kannten, und von allem, was sie nicht kannten, nur winzige Bissen nahmen, bis diese Nahrungsmittel sich im Lauf der Zeit als sicher erwiesen hatten. Mit anderen Worten: Die Angst vor unbekanntem Essen half den Kindern zu überleben.

Diese evolutionäre Erklärung ermöglichte es Elizabeth, Tobys Mäkeligkeit und das Theater, das er beim Essen veranstaltete, in einem anderen Licht zu sehen und ihren Sohn nicht als *schwierig* oder *bockig* oder *ungezogen* zu betrachten, sondern als einen kleinen Jungen, der tief verankerten Impulsen folgte, die angesichts eines gewaltigen Angebots unbedenklicher Nahrungsmittel überflüssig geworden waren.

Es war ein verhaltenstherapeutischer Ansatz, der es leichter machte, damit umzugehen.

(Dieser Perspektivwechsel war manchmal allerdings schwer durchzuhalten, besonders in misslichen Momenten wie neulich auf dem Spielplatz, als eine Mutter ihren Sohn gefragt hatte: »Möchtest du Rosinen?«, und der Kleine fröhlich und zufrieden die Rosinen gegessen und um mehr gebeten hatte. Elizabeth war sehr neidisch geworden, denn wenn Toby Rosinen sah, begann er zu schreien, weigerte sich, sie auch nur zu berühren, und weinte, bis Elizabeth sie wieder weggesteckt hatte.)

Elizabeth nahm Tobys Löffel, spülte ihn ab und legte ihn neben seinen Teller. Dann sagte sie: »Wie wär's mit ein bisschen Käsemakkaroni?«

Toby sah sie an und hörte auf zu weinen. Bei Kleinkindern ging das *so schnell*, von einer Sekunde auf die andere.

»Käweroni?« Mit einem Mal war er wieder froh. Und Elizabeth nickte und lächelte, während er einen Bissen von diesem orangeroten, klebrigen, unappetitlichen, mikrowellengeeigneten Zeug aß.

Es fühlte sich an wie ein Sieg. Toby zu beruhigen und dazu zu bringen, dass er bei Tisch etwas – irgendetwas – aß, war tatsächlich ein Sieg, wenn auch ein komplizierter, vielleicht sogar peinlicher. Sein mäkeliges Kind zum Essen zu überreden, war nicht gerade der Stoff für ein Epos. Niemand komponierte eine Oper über eine Mutter, die ihrem Kind Hummus nahebrachte. Es schien nicht der Rede wert zu sein, und tatsächlich sah Elizabeth, wenn sie ihren jüngeren Kolleginnen und Kollegen in der Arbeit davon erzählte, dass deren Blick nach wenigen Minuten ins Leere ging. Dann entschuldigte sie sich – »Tut mir leid, das ist bestimmt sehr langweilig« –, worauf diese höflichen Menschen ihr versicherten, nein, das sei überhaupt nicht langweilig. Um dann schnell das Thema zu wechseln.

Opern wurden über große Dramen komponiert, während

Elizabeth täglich mit einer Million blöder häuslicher Dramen konfrontiert war. Schon das Wort »häuslich« war, wie sie fand, unglücklich, denn es implizierte »langweilig«. Sie erinnerte sich an eine Kommilitonin in einem Drehbuchseminar, eine eher untypische Studentin in den Vierzigern, die ihr Studium wieder aufgenommen hatte, um ihren College-Abschluss zu machen. Während die anderen Drehbuchentwürfe vorgelegt hatten, in denen es um Mord und Apokalypse gegangen war, hatte diese Frau über Paare, Trennungen und Kinder geschrieben. Der Dozent hatte das als »Geschichtchen über häusliche Dramen« bezeichnet, worauf die Frau beim nächsten Mal einen schlechten Weltraumthriller präsentiert hatte.

Und das Schlimme war: Elizabeth hatte zu denen gehört, die sich heimlich darüber lustig gemacht hatten. Sie hatte das Skript ihren Freunden in der Genossenschaft gezeigt, und gemeinsam hatten sie eines Abends auf ihre schreckliche, arrogante Art Szenen daraus gespielt. Elizabeth schämte sich beim Gedanken daran. Es bestärkte sie darin, ihre eigenen kleinen häuslichen Geschichten für sich zu behalten und nicht der Kritik anderer auszusetzen. Es waren Siege, über die sie nicht sprechen wollte.

Das Problem war, dass sich Siege, die man geheim halten muss, nicht wie Siege anfühlen. Wenn man nicht mit anderen darüber sprechen kann, fühlen sie sich an wie eine andere Art von Niederlage.

Elizabeth steckte einen Löffel voll gewürfelte Paprika in den Mund. Toby sah sie an, starrte auf seinen eigenen Teller und ließ den Löffel klappernd auf den Tisch fallen.

»Kann nicht«, sagte er.

»Soll ich dir helfen?«

Sie trat zu ihm und griff nach seinem Löffel, doch das machte ihn sofort wütend. »Nein!«, schrie er. »Meiner!«

»Okay«, sagte Elizabeth und gab ihm den Löffel. Er umklammerte ihn mit festem Griff. Sie setzte sich wieder und aß einen Löffel voll Reis. »Und jetzt du«, sagte sie.

Wieder ließ er den Löffel fallen. Er landete ungefähr auf derselben Stelle wie zuvor. Toby sah Elizabeth an und zuckte die Schultern. »Kann nicht«, sagte er.

»Ich helfe dir«, sagte sie und nahm mit ihrem Löffel etwas von den Paprikawürfeln auf seinem Teller, doch wieder schrie er: »Nein! Nein! Nein!«, und fegte mit dem Arm den Teller vom Tisch.

Elizabeth atmete tief durch und setzte sich. Sie hatte das Essen auf ihrem Teller genauso hübsch angerichtet wie auf seinem, denn laut einschlägigen Forschungsergebnissen neigten Kleinkinder dazu, sich am Verhalten der Eltern zu orientieren (Carruth et al., 2004), was bedeutete, dass sie beobachteten und imitierten, was ihre Eltern bei Tisch taten (siehe Visalberghi und Addessi, 2000). Darum reagierte Elizabeth nicht auf den Tellersturz, das Geschmier aus Hummus und Käsemakkaroni und weiträumig verteilten Brokkoli- und Paprikastücken, die sie nachher von dem blitzsauberen Küchenboden würde wischen müssen – blitzsauber, weil Forschungsergebnisse zeigten, dass Kleinkinder ihr unangepasstes Essverhalten leichter überwanden, wenn die Küche ein sauberer, hygienischer, zu sozialer Interaktion einladender und positiv besetzter Ort war (Horodynski und Stommel, 2005) –, sondern nahm ganz ruhig einen weiteren Bissen von ihrem Sushi-Reis. Kinder reagierten besser auf vorbildliches Verhalten ihrer Eltern als auf Tadel (Solomon und Serres, 1999), und darum würde sie zu Toby niemals sagen, er sei *ein böser Junge* oder *ein verdammter kleiner Scheißkerl,* auch wenn sie das, wenn sie ehrlich war, ständig dachte.

Nein, sie würde ihn nicht als *schwieriges Kind* oder auch nur als *schlechten Esser* bezeichnen, denn wenn man einem Kind ein solches Etikett gab, wirkte das oft selbstverstärkend (Ambady et al., 2001). Das Kind verinnerlichte dann diese Bezeichnung und bemühte sich, das zu werden, für was man es ohnehin schon hielt (ein als »Empfänglichkeit für Stereotype« bekanntes Phänomen), weswegen Elizabeth, wenn sie mit Toby über ihn selbst sprach, ihre Worte so wählte, dass sie eine Ermunterung zu besserem Verhalten waren, etwa indem sie ihn einen »braven Jungen« nannte oder vielleicht sogar einen »braven Jungen, der gern Hummus isst«.

Diese Erziehungsmethode wurde in der Fachliteratur als »Nachahmungslernen« oder »Soufflieren« bezeichnet.

Im Augenblick mühte sie sich mit aller Kraft, einen bestimmten Gemütszustand zu soufflieren und zur Nachahmung zu empfehlen: *Gelassenheit.* Sie wollte gelassen bleiben angesichts Tobys regelmäßiger Ausbrüche, angesichts dieser schrecklichen neophobischen Phase, angesichts der Tatsache, dass sie täglich Stunden mit der Zubereitung von Mahlzeiten verbrachte, die nur einem einzigen Zweck dienten: zurückgewiesen zu werden. Besonders schmerzhaft war es, wenn Toby sich weigerte, etwas zu essen, das er noch eine Woche zuvor geliebt hatte: Es fühlte sich an, als würde er absichtlich Hoffnungen nähren, um sie dann zu zerstören. Es war wie eine eigenartige Beleidigung, wenn er Essen, das er vor ein paar Tagen noch gern gegessen hatte, auf den Boden warf, oder wenn sie ihn auf den Arm nehmen wollte und er nach ihr schlug, oder wenn sie ihm sagte: »Ich liebe dich«, und er bloß schrie: »Nein!« Es war schwer, nicht das Gefühl zu bekommen, dass er das alles absichtlich tat und es Teil einer Taktik war, mit der er sie ärgern und beleidigen wollte. Elizabeth bemühte sich, diesem inneren Narrativ zu widerstehen, denn wie sie wusste, war depressiven Eltern (laut Cornish et al., 2006) gemeinsam, dass sie hinter dem Fehlverhalten ihres Kindes eine Absicht vermuteten, weil ihre Wahrnehmung durch die düstere, trostlose »Depressionsverzerrung« beeinträchtigt war, und darum war der Gedanke *Er macht das absichtlich* der erste Schritt in einen sehr dunklen Tunnel.

Also vor allem Gelassenheit.

Sie aß gelassen etwas Reis. Sie sagte gelassen: »Siehst du Mommy Essen auf den Boden werfen? Nein, oder?«

Toby sah auf den Boden und schien ehrlich überrascht,

dass dort Essen herumlag. Er zeigte darauf und sagte: »Käweroni?«

Keiner seiner Sätze war länger als drei Worte. Außerdem hatte er die Tendenz, den meisten Äußerungen – auch reinen Aussagesätzen – die Intonation einer Frage zu geben.

»Möchtest du Käsemakkaroni?«, fragte Elizabeth.

»Wo?«, sagte er und zuckte die Schultern, als hätte er keine Ahnung, warum sein Essen nicht mehr vor ihm stand, als wäre er mit seinen vierundzwanzig Monaten nicht alt genug, um nicht nur simple Ursache-Wirkung-Zusammenhänge, sondern auch höhere Beziehungsprinzipien zu begreifen und zu induktivem Denken imstande zu sein (was er, laut Schulz et al., 2007, durchaus war).

»Ich habe noch Käsemakkaroni«, sagte Elizabeth. »Möchtest du von meinem Teller essen?«

»Okay«, sagte Toby und nickte nachdenklich, als wäre das ein ausgezeichneter Kompromiss.

Sie stellte den Teller vor ihn hin und erinnerte ihn an die einzige Essensregel: Er konnte essen, was er wollte, musste aber von allem, was auf dem Teller war, wenigstens einen Bissen probieren. Sie wusste, dass er sich sofort über die Käsemakkaroni hermachen würde, aber auch, wie wichtig es war, ihn nicht zu zwingen, die anderen, hochwertigeren Sachen auf dem Teller zu essen, denn der Spruch »Iss dein Gemüse« war oft kontraproduktiv und bewirkte, dass Kinder Gemüse hassten (siehe Dovey et al., 2008). Außerdem war ihr bewusst, dass sie die Käsemakkaroni nicht als eine Art Belohnung für das Essen von Gemüse nutzen konnte, denn nach der Korrumpierungstheorie (siehe Lepper und Greene, 1978) würde Toby dann denken: »Wenn ich eine Belohnung bekomme, damit ich es esse, mag ich Gemüse vermutlich nicht allzu gern.«

Toby musterte das Essen auf dem Teller. Dann sah er Elizabeth an und sagte: »Blasen?«

Elizabeth seufzte. »Nein«, sagte sie. Er wollte den Bildschirmschoner auf ihrem Laptop sehen: bunte Blasen, die über den Bildschirm schwebten, miteinander kollidierten, von den Rändern abprallten und hin und wieder platzten. Es war geistlos und simpel, aber schon als Baby war Toby davon vollkommen fasziniert gewesen, und damals hatte Elizabeth ihm erlaubt, diese Blasen zu betrachten, denn sie hatte gelesen (Chiang und Wynn, 2000), wie Babys das Konzept der Objektpermanenz erfassten: Visuelle Objekte zu verfolgen und zu sehen, wie sie sich bewegten und überschnitten, konnte Kindern das Wesen der »Objektheit« der wirklichen Welt nahebringen. Aber das war vor über einem Jahr gewesen, und Toby liebte den Bildschirmschoner noch immer, obwohl er eigentlich längst darüber hinaus sein sollte.

»Blasen?«, fragte er noch einmal.

»Jetzt nicht«, sagte Elizabeth. »Jetzt wird gegessen.«

Das war eine eherne Regel: Keine Medien während der Mahlzeiten. Kein Fernseher, kein Computer, kein Handy, denn wenn Kinder beim Essen auf einen Bildschirm sahen, galt ihre Aufmerksamkeit (laut Serra-Majem et al., 2002) dem, was sich dort abspielte, und nicht ihrem Körper, sodass sie wichtige Selbstregulationssignale ignorierten und zu viel in sich hineinstopften. Toby kannte diese Regel – er hatte noch nie, nicht ein einziges Mal, beim Essen diese Bildschirmblasen betrachten dürfen –, doch sein Gesicht verzerrte sich vor Wut, und er schlug mit den Fäusten auf den Teller, sodass noch mehr Essen auf den Boden fiel, und schrie: »Blasen!«

War es vernünftig, keine Rücksicht auf den Geschmack seines Kindes zu nehmen? Toby hatte so viele wunderbare, anregende Dinge, die er betrachten oder mit denen er spielen konnte, und doch gab es nichts, was er lieber tat, als digitale Blasen zu verfolgen und sie platzen zu sehen. Dieser dämliche Bildschirmschoner verzauberte ihn geradezu. War es falsch, dass Elizabeth das irgendwie ... dürftig fand?

»Du darfst die Blasen später sehen«, sagte sie. »Erst wird gegessen.«

Sie wusste, dass Toby das Konzept »später« noch nicht ganz erfasste, dass Kleinkinder das grammatikalische Futur oft missverstanden (Harner, 1975, 1980 und 1982) und die Welt als eine Art immerwährender Gegenwart erlebten – in Elizabeths Vorstellung wie ein Goldfisch in seinem Goldfischglas. Irgendwann in den nächsten ein, zwei Jahren würde Toby das sich entfaltende Wesen der Zeit erkennen, doch im Augenblick war er noch immer impulsgesteuert. Sein Begehren war spontan, er hatte noch nicht gelernt, die Wunscherfüllung aufzuschieben und in die Zukunft zu projizieren. Das alles würde noch kommen – im Augenblick blieb Elizabeth nichts anderes übrig, als seine Wutausbrüche zu ertragen und abzuwarten.

Es war 12:15 Uhr.

»Blasen *jetzt*«, rief er in einem eigenartigen Befehlston, als hätte er sich in einen Kompanieführer verwandelt. Sie fragte sich, woher er das wohl hatte, wie er gelernt haben konnte, seinem sonst so weichen Babygesicht einen derart herrischen, beinahe despotischen Ausdruck zu geben.

»Schreien ändert gar nichts«, sagte sie. »Bitte iss.«

»Nein!«

»Willst du lieber etwas anderes essen?«

»Nein!«

»Hast du Hunger?«

»Nein!«

»Aber *ich* habe Hunger«, sagte sie. »Darf ich dein Essen haben?«

Sie wollte ein bisschen albern sein, die Stimmung auflockern und ein *Vorbild für das angemessene Verhalten bei Tisch* sein. Sie wollte, dass Toby sah, wie sie zufrieden sein Essen aß, denn der Anblick essender Menschen konnte neophobische Kinder gewissermaßen stellvertretend mit bestimmten Speisen bekannt machen und so ihre Ablehnung dieser Speisen reduzieren (Hobden und Pliner, 1995). Aber als sie die Hand nach dem Teller ausstreckte und sagte: »Mmmh, das sieht aber gut aus«, bekam Tobys Gesicht einen verwirrten, entsetzten Ausdruck. Er sah sie mit schockiert aufgerissenen, feuchten Augen an und rief tief verletzt: »Meins!«

Alle Erinnerung daran, dass er seinen eigenen Teller auf den Boden geworfen und noch Sekunden zuvor behauptet hatte, er wolle überhaupt nichts essen, war gelöscht. Er lebte in einem vollkommen neuen Augenblick, in dem seine eigene Mutter versuchte, ihm sein kostbares Mittagessen wegzunehmen.

»Böse, böse Mommy!«, schluchzte er herzzerreißend. »Meins!«

Elizabeth wusste (hauptsächlich aus der Arbeit von Laible und Thompson, 2002), dass es zwischen Müttern und ihren Kleinkindern im Durchschnitt alle drei Minuten zu einem Konflikt kam. Das waren zwanzig Konflikte pro Stunde – jede Stunde, den ganzen Tag. Im Durchschnitt. In derselben Studie stand, dass es bei dysfunktionalen Mutter-Kind-Paaren mehr als fünfzig Konflikte pro Stunde sein konnten – alle zweiundsiebzig Sekunden eine Auseinandersetzung –, was Elizabeth peinlich zutreffend erschien. Des Weiteren wusste sie, dass dies nur der Anfang war und die Anzahl der Mutter-Kind-Konflikte in genau Tobys Alter einen Höhepunkt erreichte und – leider – und bis zum Alter von vier Jahren dort verharrte. Das stand in einem Aufsatz von Klimes-Dougan und Kopp, 1999, den sie in einer Vierteljahresschrift für Entwicklungspsychologie entdeckt hatte und bei deren Lektüre ihr das Herz schwer geworden war, denn das bedeutete, dass ihr noch zwei Jahre davon bevorstanden.

Zwei ganze Jahre. So lange hatte sie für ihren Masterabschluss gebraucht. Mit dreiundzwanzig waren zwei Jahre eine gewaltige, persönlichkeitsbildende Zeitspanne, doch jetzt, als Mutter eines Kleinkinds, waren sie etwas, das sie ertragen und überstehen musste und dann hoffentlich weitgehend vergessen würde.

Toby war inzwischen vornübergesunken, hatte den Kopf auf die Tischplatte gelegt und barg das Gesicht in den Armen.

Seine Schultern zuckten, während er haltlos weinte und immer wieder sagte: »Meins! Meins!«

Schließlich aß er, unterbrochen von Schluchzern, drei Bissen Käsemakkaroni, einen Löffel voll Hummus und ein Brokkoliröschen, auf dem er zehn Hoffnung spendende Sekunden lang herumkaute, bevor er es schließlich ausspuckte und genau dorthin schob, wo es zuvor gelegen hatte. Elizabeth notierte den Fortschritt in ihrem »Essenstagebuch«. Dann hob sie Toby von seinem Hochstuhl und reinigte mit einem feuchten Lappen sein Gesicht, seine Hände und sein T-Shirt. Es war 12:21 Uhr.

In den nächsten Minuten kam es zu drei weiteren Konflikten: einmal, weil Toby nicht wollte, dass Elizabeth ihm zusah, während er in einem Malbuch malte, dann, weil sie ihn mit seinem Malbuch allein ließ, und schließlich, weil ihm genau in dem Augenblick, als sie ihm sagte, sie würden jetzt einkaufen gehen, einfiel, dass er die Blasen sehen wollte.

An Tagen wie diesen dachte sie an den Rat, den ein Therapeut Menschen gegeben hatte, die sich vor Turbulenzen beim Fliegen fürchteten: Anstatt an die Luftlöcher zu denken, die noch kommen würden, sollten sie lieber versuchen, sich über die zu freuen, die bereits hinter ihnen lagen. Wann immer man eine Turbulenz erlebte, sollte man denken: *Ja! Eine weniger!* Was ungefähr das war, was Elizabeth auf dem Weg zum Supermarkt zu sich selbst sagte, während Toby im Kindersitz hinter ihr jaulte: »Blasen!« Sie dachte: Noch ein Kampf, den ich nicht mehr führen muss.

Bis vor Kurzem hatte sie Toby nur selten zum Einkaufen mitgenommen, doch dann war seine Neophobie immer schlimmer geworden, und sie hatte nach Strategien zu ihrer Bekämpfung gesucht und war auf einen Aufsatz gestoßen (Larson et al., 2006), in dem stand, dass Kinder, die am gesamten Prozess der Essenszubereitung beteiligt waren, beim Essen etwas aufgeschlossener waren und sich gewissermaßen als »Eigentümer« dieses Essens sahen: Es war nicht etwas, das plötzlich auf ihrem Teller lag, sondern stand in einem größeren, aufregenderen Zusammenhang. Laut einer anderen Untersuchung (Casey und Rozin, 1989) hatten Eltern berichtet, die wirksamste Art, Kindern bei der Überwindung ihrer Ablehnung gewisser Nahrungsmittel zu helfen, bestehe darin, sie an Kauf und Zubereitung des Essens zu beteiligen. Das war offenbar doppelt so effektiv wie eine Belohnung und zehnmal so effektiv wie der Hinweis, das ständige Drama ums Essen mache ihre Mutter depressiv.

Elizabeth hatte sich vorgestellt, mit Toby durch den Supermarkt zu gehen, wo er ihr helfen würde, beispielsweise Sojabohnenschoten auszusuchen. Dann würde er ihr helfen, die Schoten zu palen, wodurch er sich mit den Bohnen vertraut machen und Gefallen an ihnen finden konnte, was dann hoffentlich dazu führen würde, seine Angst vor praktisch allem, was grün war, abzulegen. Das war jedenfalls der Grundgedanke: dass man den Supermarkt als Erweiterung der eigenen Küche betrachtete. Der ganze Prozess des Einkaufens, der Zubereitung und des Essens mit all den verschiedenen Dingen, die dabei mitspielten, die ganze »Fettsucht fördernde Ökologie« mit ihren vielen »einander überlagernden, interaktiven, angeborenen, erworbenen, soziokulturellen, politischen, ökonomischen, auf der Mikro- wie auf der Makroebene existierenden lebensmittelbezogenen Einflüssen«, wie es in der erschöpfenden Literatur zu diesem Thema (beispielsweise in der Arbeit von Rosenkranz und Dzewaltowski, 2008) hieß, war wie eine Art Organismus, der, wenn er nicht zuträglich gestaltet wurde, zu kranken, fehlernährten Kindern führte.

Wie üblich waren Elizabeths Fantasien von vorbildlicher Mutterschaft und aufregenden Edamame-Abenteuern lachhaft weit von der Realität entfernt. So gab es drei weitere Konflikte, bis Toby aus dem Wagen und im Supermarkt war. Erst wollte er nicht, dass sie seinen Sicherheitsgurt löste, und schrie los, als sie das Schloss berührte, denn sie hatte einmal beim Anschnallen die Haut zwischen seinem Daumen und dem Zeigefinger eingeklemmt, sodass eine gerötete Stelle zurückgeblieben war, und das ließ er sie nie, nie vergessen. Dann machte er sich schlaff, sodass es fast unmöglich war, ihn aus dem Wagen zu heben – es war, als würde man einen Zwanziglitersack Wasser aus dem Kindersitz hieven. Die ganze Zeit sagte Elizabeth: »Komm, Toby, hilf mir. Bitte hilf mir, dich da rauszuholen«, allerdings ohne erkennbare Wirkung. Als er schließlich draußen war, wollte er nicht laufen.

»Känguru?«, sagte er und hob die Arme zum Zeichen, dass er im Tragetuch sitzen wollte.

Das Tragetuch war eine drei Meter lange dunkelrote Stoffbahn, die sie auf komplizierte Weise um Schultern und Oberkörper schlang und verknotete, sodass vor ihrer Brust eine Art Beutel entstand. Daher der Name, den diese Technik in der Literatur hatte: der Kängurubeutel. Sie hatte das Tuch gekauft, als Toby ein Baby gewesen war, nachdem sie über die für Eltern und Kind beruhigende, tröstliche, vertrauensbildende Wirkung von Körperkontakt gelesen hatte (Feldman et al., 2003). Im Kängurubeutel drückte Toby das Gesicht an ihre Brust. Das hatte sie immer schön gefunden, doch in letzter Zeit war er so schwer geworden, dass ihre Schultern und ihr Rücken schmerzten, so groß, dass seine Stirn hin und wieder an ihr Kinn schlug, und insgesamt einfach zu unhandlich. Doch sie hatte das Tuch noch nicht ausgemustert, und jetzt, da Toby ein solches Theater veranstaltete und nicht laufen wollte, sah sie einen Konflikt, den sie lieber vermeiden wollte. Also kam er ins Tragetuch, und für eine Weile ging alles ziemlich glatt. Er zeigte ruhig auf die Äpfel und sagte: »Äf-fel?«, er zeigte auf die Bananen und sagte: »Nanen?«, er zeigte auf die Avocados und sagte: »Kados?« Und Elizabeth lobte ihn jedes Mal, wenn er ein Obst oder Gemüse erkannte und benannte, und war froh, dass er wenigstens die Namen der Sachen wusste, die er nicht mochte.

Insgeheim aber wünschte sie, er würde aufhören, alles so zu sagen, als wäre es eine Frage. Das tat er die ganze Zeit, seit er angefangen hatte, Wörter oder Sätze zu sagen. Es war ein Tic, den Linguisten als »steigende Intonation« bezeichneten. Ihr gefiel das gar nicht, denn erstens war Toby so jung und makellos, dass ihr die Vorstellung, er könnte bereits so etwas wie einen Tic entwickelt haben, tragisch erschien. Zweitens klang diese Intonation wie das kleinkindhafte Gegenstück zu einem hirnlosen Teenager, und sie fürchtete, wenn er das nicht ablegte, würde ihn nie jemand ernst nehmen. Und drittens war der Tic, wie sie wusste, ganz und gar ihre Schuld. Sie hatte ihm das angewöhnt. Der Kinderarzt hatte es mehr oder weniger bestätigt, als sie ihn gefragt hatte: »Warum klingt alles, was Toby sagt, wie eine Frage?«

»Na ja«, hatte der Arzt gesagt und versucht, diplomatisch zu sein, »Kinder ahmen die Sprechweise ihrer Eltern nach.«

»Aber ich spreche doch gar nicht so.«

»Nicht wenn Sie mit Erwachsenen sprechen«, sagte er. »Aber vielleicht, wenn Sie mit *ihm* sprechen.«

»Ich verstehe nicht.«

»Stellen Sie ihm zum Beispiel viele Fragen?«

Die Antwort darauf war: *O Gott, ja*. Sie war sich dessen gar nicht bewusst und merkte es erst, als sie wirklich darauf achtete, dass praktisch alles, was sie zu Toby sagte, eine Frage war: Wie macht eine Ente? Wo ist dein Bauchnabel? Wie sagen wir zu der netten Frau? Werfen wir Sachen auf den Boden? Welche Farbe hat die Ampel? Woher kommt die Guacamole? Welches Tier macht Muh? Es war eine dumme Angewohnheit: In jedem Augenblick gab es etwas, das sie ihm beibringen konnte. Sie konnte ihn fragen, ob er die Namen von Obst und Gemüse und Farben und Körperteilen kannte. Sie nahm ihn mit zur Arbeit und fragte ihn nach den Namen ihrer Kolleginnen und Kollegen. Selbst die Anweisungen, die sie ihm gab, hatten sich in Fragen verwandelt: Bist du nicht müde? Ist es nicht Zeit fürs Bettibett? Sie hatte nicht gemerkt, dass ihre bevorzugte Form der Äußerung die Frageform geworden war. Daher war es ganz natürlich, dass Toby ebenfalls so sprach. Er ließ alles wie eine Frage klingen, weil er dachte, dass Menschen eben so sprachen.

Elizabeth hatte ihm die Welt erklären wollen, doch stattdessen hatte sie ihm einen Tic verpasst.

Als hätte es noch eines Beweises dafür bedurft, wie schnell sie an der Mutterschaft gescheitert war.

Sie befanden sich im Gang mit den verpackten Lebensmitteln, als Toby über Elizabeths Schulter sah, auf etwas hinter ihr zeigte und sagte: »Das?« Was übersetzt hieß: »Das möchte ich essen«, ein Satz, den Elizabeth gern hörte. Also drehte sie sich um und sah, worauf Toby zeigte: Käsemakkaroni. Und nicht mal die quasi gesunde Bioversion mit echtem Käse – nein, Toby aß nur die am stärksten verarbeiteten, in einem möglichst grauenhaft künstlichen Rotorange. »Das?«, sagte er.

»Schatz, du hast gerade was gegessen.«

»Das?«

»Wenn du Käsemakkaroni wolltest, hättest du sie nicht auf den Boden werfen sollen.«

»Käweroni jetzt?«

»Nein.«

Toby sah sie mit großen, feuchten Augen an, legte eine Hand an den Bauch und sagte: »Ich ... so *Hunger.*«

Und dann begann er zu weinen.

Es war manchmal schwer zu glauben, dass Toby ein solches Theater nicht aus bewusster Grausamkeit veranstaltete. Denn obwohl sie wusste, dass es ungerecht war, dem Chaos der Wünsche und Bedürfnisse eines Kleinkinds Absicht und echte Boshaftigkeit zu unterstellen, kam es ihr doch ein bisschen seltsam vor, dass Toby sie ständig und punktgenau in Wut bringen konnte. Und jedes Mal, wenn sie diese Wut spürte, weil Toby genau das tat, was nötig war, um sie zu wecken, musste sie sich ins Bewusstsein rufen, dass dies *schlechte Gedanken* waren, die Gedanken einer deprimierten Mutter, und dass ihre Arbeit mit dem Placeboeffekt ihr gezeigt hatte, wie die Wirklichkeit durch Geschichten erschaffen wurde, an die man glaubte, und wie wichtig es daher war, an die richtigen Geschichten zu glauben. Ganz gleich, wie zwingend die Beweise schienen, dass Toby sie regelmäßig, absichtlich und gezielt bestrafte – sie wusste, *dass sie es nicht glauben durfte,* denn wenn sie es glaubte, würden andere schreckliche Verhaltensweisen folgen. Darüber hatte sie wirklich alles gelesen. Sie wusste, dass depressive Eltern in einer *Konfliktepisode,* wenn sie es mit einem Kind zu tun hatten, das, wie jetzt Toby, einen *höchst negativen Affekt* zeigte, dazu neigten, *destruktiv* zu reagieren. Dies waren die Eltern, die am meisten drohten, kritisierten und schimpften (Lovejoy et al., 2000), die physischen Zwang anwendeten (Smith und Brooks-Gunn, 1997), die am wenigsten argumentierten (Bluestone und Tamis-LeMonda, 1999), am häufigsten laut wurden (Dumas und Wekerle, 1995), am häufigsten Dinge sagten, die kritisch und schuldzuweisend waren (Hamilton et al., 1993), am häufigsten starke feindselige Gefühle gegenüber ihren Kindern hatten (Lyons-Ruth et al., 1986), am häufigsten ihre Kinder als schwieriger, bösartiger und verdorbener wahrnahmen, als diese es tatsächlich waren (McGrath, Records und Rice, 2007). Und all das waren Verhaltensweisen, durch die Toby, wenn sie ihnen nachgab, später im Leben ein ernsthaft verhaltensgestörter, aggressiver, widerspenstiger, asozialer Versager werden würde (Ingoldsby et al., 2006; Scaramella und Leve, 2004; Shaw et al., 2004; Dishion und Patterson, 1994; Herrenkohl et al., 1997; Strassberg et al., 1994; usw., usw., usw.).

Wenn sie die Wut und jenes panikartige Gefühl kommen spürte, bei dem ihr war, als würde der Druck ihrer eigenen Haut ihr Platzangst machen, dann schob sie all diese destruktiven Impulse ganz nach unten, dann begrub sie sie und konzentrierte sich auf äußerliche Ruhe und Gelassenheit, während sie innerlich die schlechte Geschichte durchstrich –

~~TOBY TUT MIR DAS ABSICHTLICH AN~~

– und sie durch bessere ersetzte:

TOBY BRAUCHT MEINE LIEBE UND UNTERSTÜTZUNG.
ICH BIN EINE GUTE MUTTER.
ICH HABE MICH DAFÜR ENTSCHIEDEN.

»Ich verstehe, dass du hungrig bist, Schatz«, sagte sie, sah in seine großen Augen und bemühte sich, eine emphatische Verbindung zu ihm herzustellen. »Wir werden was essen, wenn wir zu Hause sind.«

»Das jetzt?«, sagte er.

»Nein. Wenn wir zu Hause sind.«

»Jetzt?«

»Zu Hause.«

»Bitte jetzt?«

»Ich hab Nein gesagt.«

Und da schlug er sie.

Weil er so dicht vor ihr war, hatte er es bis zu ihrem Gesicht nicht weit. Und der Schlag kam so plötzlich und überraschend, dass sie ihn nicht abwehren konnte. Tobys Handfläche klatschte heftig an Elizabeths Wange.

Es war unklar, ob es böse Absicht oder die unabsichtliche Folge von Tobys Tendenz war, in Situationen erhöhter Emotionalität ganz zappelig zu werden. Seine Arme ruderten, die Beine strampelten, der Kopf stieß vor und zurück – er konnte diesen körperlichen Ausdruck seiner Wut nicht kontrollieren. Vielleicht war der Schlag bloß eine seiner heftigen Bewegungen gewesen – vielleicht aber auch Absicht. Jedenfalls tat es weh, und Elizabeth sagte: »Au!«, und hob die Arme, um weitere rudernde Hände abzuwehren. »Keine Schläge!«, sagte sie wütend.

Er begann zu weinen, stieß sich von ihr ab und trat mit den Beinen, um aus dem Beutel des Tragetuchs zu fliehen. Anstelle seiner Mutter schlug Toby jetzt sich selbst, was, zusammen mit seinem lauten Geschrei, Elizabeth an gewisse exotische Klagerituale denken ließ, an unerträgliches Weh und qualverzerrte Gesichter.

Andere Kunden blieben stehen und starrten.

Wieder einmal versuchte Elizabeth, Ruhe und Gelassenheit zu verströmen, und wiederholte innerlich ihre Mantras –
TOBY BRAUCHT MEINE LIEBE UND UNTERSTÜTZUNG
– nur, dass gerade dieses Mantra, das in der wissenschaftlichen Literatur allgemein als hilfreich betrachtet wurde, in ihrem Fall nicht sonderlich geeignet schien. Dass Toby ihre Liebe und Unterstützung brauchte, war eine durch keinen empirischen Beweis gestützte Annahme. Elizabeth hatte alle Liebe und Unterstützung, die sie aufbringen konnte, in dieses Kind gegossen, und nun hing er an ihr, schrie und schlug und zog alle Aufmerksamkeit auf sich. Es war schwer zu übersehen, dass es zwischen Elizabeths Liebe und Unterstützung und Tobys Geschrei und Gefuchtel eine starke Wechselbeziehung zu geben schien, dass sie im Tandem auftraten und eins das andere befeuerte: Toby wurde wütend, Elizabeth reagierte mit Liebe und Unterstützung, und Toby wurde noch viel, viel wütender. Es war, wie wenn ein Arzt bei einem Patienten hohen Blutdruck erzeugte, indem er seinen Blutdruck maß, ein bekanntes medizinisches Phänomen namens »Messeffekt« (siehe Landrey und Lip, 1999). Es führt dazu, dass man das, wonach man sucht, überhaupt erst erzeugt, indem man danach sucht; man erschafft etwas, das nicht existieren würde, wenn man es nicht hätte finden wollen. Vielleicht war die Beziehung bei bestimmten dysfunktionalen Mutter-Kind-Paaren ähnlich gegensätzlich – *wenn nicht x, dann nicht y* –, und vielleicht wäre es das Beste, ihre Liebe und Unterstützung von ihm *abzuziehen*. Vielleicht erzeugten Elizabeths Versuche, Tobys problematisches Verhalten zu korrigieren, dieses Verhalten überhaupt erst. Sie erinnerte sich an ein Flussdiagramm, das sie mal gesehen hatte (in Goodman und Gotlib, 1999): Auf der einen Seite hatte »Depressive Mutter« gestanden, auf der anderen »Verhaltensgestörtes Kind«, und dazwischen war ein Chaos aus psycho-

logischen Dysfunktionen, maladaptiven Verhaltensmustern und situationsbedingten Stressoren, die alle durch in beide Richtungen weisende Pfeile verbunden waren. Das bedeutete, dass das Ganze ein einziges dynamisches, selbstverstärkendes Ursache-Wirkung-System war, in dem der übermäßige Stress, den eine Mutter empfand, wenn sie mit ihrem ungezogenen Kind interagierte, bewirkte, dass die Mutter depressiv wurde, was wiederum dem Kind Angst machte, sodass es sich noch schlechter benahm, und das vergrößerte den Stress der Mutter und machte sie noch depressiver, worauf das Kind sich noch schlechter benahm und so weiter, in einer *beständigen Abwärtsspirale* (wie es zu Elizabeths Entsetzen in Cummings und Davies, 1994, hieß). Sie fragte sich, ob Toby, wenn sie das Muttersein einfach einstellte und ihre Liebe und Unterstützung für sich behielt, ein ganz normal funktionierender Junge sein könnte, unbehindert durch die unbeholfene Einmischung seiner Mutter (dafür gab es natürlich keinen Beleg), was zu ihrem zweiten Mantra führte –

ICH BIN EINE GUTE MUTTER

–, was empirisch *definitiv* falsch war, und zwar buchstäblich von der ersten Minute ihrer Mutterschaft an. Im Kreißsaal, wo sie Toby auf natürliche Weise und ohne Eingriffe zur Welt hatte bringen wollen, ohne unnötige, überdosierte Medikamente und chirurgische Maßnahmen, war ihr Blutdruck nach einer Nacht voller schwerer Wehen plötzlich in die Höhe geschossen, und der Herzschlag des Kindes war schwächer geworden, und in dieser Situation hatte der Arzt auf einen Kaiserschnitt bestanden, um dem nunmehr »in Not befindlichen« Kind zu helfen. Man hatte sie mit Schmerzmitteln vollgepumpt und die Operation vorgenommen, und danach war ihr kalt und übel gewesen, und sie war vor lauter Erschöpfung eine Stunde lang völlig weg gewesen. In dieser Zeit hatte Toby ganz allein in einem Inkubator gelegen. Und die Sache mit dem Kängurubeutel? Das wirklich Schlimme war, dass sich, laut der Wissenschaft, die positiven Auswirkungen nur manifestierten, wenn der essenzielle Hautkontakt erstmals innerhalb einer Stunde nach der Geburt hergestellt wurde. Es stand in den Forschungsberichten. Dort hieß dieser Zeitabschnitt »die heilige Stunde« – ein entscheidender Moment in der Entwicklung, den es *nur ein Mal im Leben* gab. Und Elizabeth hatte ihn verschlafen.

Sie stellte sich Toby in dem Inkubator vor: verängstigt, allein, traumatisiert. Er stieß diese schrecklichen Laute aus, die Forscher tatsächlich als »Äußerungen verzweifelten Protests« bezeichneten, womit sie eine Formulierung übernahmen, mit der man die Schreie von in kleine Kisten gesperrten Schimpansen beschrieben hatte (Bergman et al., 2004). Kein Wunder, dass Kinder, die die »heilige Stunde« verpassten, später gewalttätiger, depressiver, ängstlicher oder suizidaler waren (Phillips, 2013): Bei ihrer ersten furchtbaren Begegnung mit der Welt hatten sie eine brutale, unvergessliche Lektion gelernt: *Du bist allein.*

Schlimmer noch war die Tatsache, dass die »heilige Stunde« auch für die Mütter überaus wichtig war (DeChateau, schon 1977, verdammt), denn bei denjenigen, die diesen Augenblick der Verbindung nicht erlebten, wurden weniger Hormone ausgeschüttet, die bewirkten, dass sie sich freuten und ihr Baby öfter küssten und ihm länger in die Augen sahen. Selbst ein Jahr nach der Geburt hielten Mütter, die die »heilige Stunde« erlebt hatten, ihr Baby öfter im Arm, zeigten ein positiveres Sprechverhalten, hielten Arzttermine besser ein und stillten länger. In einer bedrückenden Studie aus Russland (Bystrova, 2008) hieß es, das Fehlen von Hautkontakt post partum führe zu »einer deutlich verminderten Fähigkeit der Mutter zu positiv affizierter Interaktion mit dem Kind«. Mit anderen Worten: Was Elizabeth getan hatte, hatte ihre *Fähigkeit zu lieben* vermindert.

»So ein Quatsch!«, sagte Jack, als Elizabeth ihm davon erzählte.

»Woher willst du das wissen?«, sagte sie. Natürlich war

es unmöglich festzustellen, ob es ihr an Liebesfähigkeit fehlte. Liebe war eine so subjektive Empfindung, dass man nicht sicher sein konnte, ob andere Mütter nicht über mehr davon verfügten. Es war, als würde man sich fragen, ob dieser rote Teppich da für andere vielleicht *röter* war. Sie würde es nie erfahren. Sie konnte nur die harten Beweise betrachten, die Art, wie ihre Liebe in Toby Wurzeln schlug und zu einer Vielzahl von maladaptiven Verhaltensmustern erblühte. Das Saugen zum Beispiel hatte er nie wirklich hingekriegt, und Elizabeths Körper hatte letztlich nicht genug Milch produziert, und so waren sie beim Stillen spektakulär gescheitert – auch dies übrigens eine bekannte Folge einer versäumten »heiligen Stunde« (Widström et al., 1990). Toby bekam also recht bald Säuglingsmilch. Damals war Elizabeth einigermaßen enttäuscht gewesen, doch sie wurde regelrecht verzagt, als sie las (Galloway et al., 2003), dass Kinder, die nicht gestillt worden waren, häufig eine *Lebensmittel-Neophobie* entwickelten.

Und daher war es möglich ... ja, sie konnte sich eingestehen, dass sie vielleicht nur darum so tief in die Literatur über Neophobie eingetaucht war und Tobys Neophobieproblem mit solcher Dringlichkeit behandelte, weil sie letztlich selbst schuld daran war. Und dass es wohl ziemlich wahrscheinlich war, dass alles Schlechte in Toby – die mangelnde Impulskontrolle, die allgemeine Ängstlichkeit, die extreme Abneigung gegen so viele Lebensmittel, der verbale Tic –, dass alles Kaputte von ihr stammte.

Das war, wie sich zeigte, das Schmerzhafteste am Elternsein: Man war nicht nur direkt mit all seinen Unzulänglichkeiten und Fehlern konfrontiert, sondern sah sie auch verkörpert in seinem Kind. Sie wusste, dass jeder Augenblick, in dem sie nicht aufmerksam, wachsam und vorsichtig war, ein Augenblick war, der Toby für immer beschädigen konnte.

Und darum war sie, als Toby seinen Wutanfall bekam und strampelnd versuchte, sich aus dem Tragetuch zu befreien, darauf bedacht, ihre destruktivsten Impulse zu beherrschen und zu unterdrücken – in erster Linie den, ihm wehzutun. Ihn emotional so zu verletzen, wie er umgekehrt sie verletzte. Etwas Vernichtendes zu sagen – das war im Augenblick ein ziemlich starker Impuls. Ihn zu verspotten, sich über seinen Schmerz lustig zu machen. Über sein blödes Geheule die Augen zu verdrehen. *Du denkst, du hast eine schlechte Mutter? Du hast keinen blassen Schimmer. Versuch's mal mit meiner,* wollte sie sagen. Elizabeth merkte sofort, dass das etwas war, das ihr eigener Vater zu ihr gesagt hätte und vielleicht tatsächlich gesagt hatte, als sie in Tobys Alter gewesen war, was vielleicht erklärte, wie Elizabeth es geschafft hatte, all ihren Schmerz so gut zu verbergen. Jede Äußerung irgendeiner Aufmerksamkeit heischenden Emotion in ihrem Elternhaus wurde zu einem Wettkampf mit ihrem Vater, den er stets gewann. Und so hatte Elizabeth aufgehört zu konkurrieren und war vor allem nett geworden.

Beständig.

Friedfertig.

Ruhig.

Fleißig.

Ihre ganze Jugend hindurch hatte sie die äußerliche Ruhe und Gelassenheit kultiviert, die sie jetzt für Toby demonstrierte. »Ist schon gut, mein Schatz. Na komm, alles ist gut«, sagte sie, obwohl sie sich gar nicht so fühlte. Was sie fühlte, war eindeutig *gar nicht gut.* Es war eher ein allumfassendes, geradezu körperliches Grauen bei dem Gedanken, dass ihr *noch zwei Jahre davon* bevorstanden: fünfzig Konflikte pro Stunde, sechshundert pro Tag, zweihunderttausend im Jahr.

Das war ihre unmittelbare Zukunft: ein halbe Million Auseinandersetzungen.

Eine halbe Million Gelegenheiten, destruktiv zu reagieren.

Es war erbarmungslos. Es war unvorstellbar.

Toby schrie sie an, und sie dachte: *Das schaffe ich nie.*

»Entschuldigung?«, sagte jemand hinter ihr, und als Elizabeth sich umdrehte, stand da eine alte Frau und lächelte sie freundlich an. Sie hatte krauses weißes Haar und gebeugte Schultern und hielt in den gefalteten Händen eine kleine Einkaufstasche aus Stoff.

»Ja?«, sagte Elizabeth.

»Brauchen Sie Hilfe?«

»Nein. Warum?«

»Weil es so aussieht«, sagte die alte Frau mit Sympathie und Mitgefühl, »als wäre bei Ihnen was lose.«

Und das – verdammt! –, das war zu viel.

»*Woher wollen Sie das wissen!*«, rief Elizabeth, und dann brach ihre Stimme. Jetzt, heute, in diesem Augenblick, konnte sie nicht mehr. Sie hatte ihre Kapazität erschöpft, mehr konnte sie nicht ertragen. Sie hatte geglaubt, vollkommene mütterliche Ruhe und Gelassenheit zu verströmen, doch diese Frau, diese *Fremde,* hatte sie durchschaut und erkannt, dass Elizabeth innerlich zerbröckelte.

»Was?«, sagte die Frau und wich etwas zurück. »Nein, ich meine« – sie zeigte auf den Boden – »Ihr Tuch. Da hat sich was gelöst.«

Elizabeth sah zu Boden. Ihre Schuhe standen auf eineinhalb Metern dunkelrotem Stoff.

»Oh«, sagte Elizabeth leise. Aber es war zu spät. Die Tränen flossen bereits.

Sie saßen gut zwanzig Minuten im Supermarktcafé. Die alte Frau kaufte Toby einen Cupcake, spielte mit ihm und sorgte dafür, dass er beschäftigt war, während Elizabeth gründlich weinte, was die Frau geflissentlich übersah. Und während Elizabeth weinte, dachte sie an ihr drittes Mantra:

ICH HABE MICH DAFÜR ENTSCHIEDEN.

Sie hatte sich willentlich und aus freien Stücken entschieden, ein Kind zu haben, und damit auch auf viel Luxus und zahllose Annehmlichkeiten verzichtet: auf ganze Nächte voll erholsamem Schlaf, auf eine makellos saubere Wohnung, verfügbare finanzielle Mittel, entspannte, friedliche Tage ohne Konflikte und Wut. All das hatte sie geopfert. Und nicht nur das: Weil sie sich dafür entschieden und es selbst herbeigeführt hatte, tat sie jetzt so, als wäre sie trotzdem glücklich und zufrieden.

Und das löste in ihrem Kopf etwas aus – das Aufblitzen einer Offenbarung –, wie es manchmal geschieht, wenn der Geist sich unbewusst mit einem Problem beschäftigt und man es erst merkt, wenn sich die Lösung mit einem Mal ins Bewusstsein drängt. Plötzlich wurde ihr klar: Das perfekte Placebo war *Entscheidung*.

Wenn man sich für etwas entschied, ertrug man alle Nachteile und versicherte sich trotzdem: *Es war die richtige Entscheidung.*

Das, dachte Elizabeth, war die Lösung für das Problem ihres seltsamen neuen Klienten: Wie konnte United Airlines mit einem unterdurchschnittlichen Flugerlebnis zufriedene Kunden gewinnen? Indem sie das Erlebnis noch viel, viel schlimmer machte und die Kunden dazu brachte, sich freiwillig dafür zu entscheiden.

Das war die Lösung! Man musste die Sitze noch schmaler, die Beinfreiheit noch kleiner, die Konkurrenz um den wenigen Stauraum noch härter machen. Man musste es den Leuten richtig unbequem machen, ihnen aber sagen, sie könnten *gegen ein geringes Entgelt* diese Misslichkeiten vermeiden und ein mehr oder weniger normal unterdurchschnittliches Flugerlebnis haben. Wenn sie also vorher wussten, wie grässlich es sein würde, aber keinen Aufpreis bezahlen wollten, würden sie weniger unzufrieden sein, denn sie hatten sich ja dafür entschieden. Sie hatten es selbst herbeigeführt.

Es war ihr Heureka-Moment, der Moment, der alles änderte und dazu führte, dass sie United Airlines ihre Idee vortrug und ein beträchtliches Honorar kassierte, mit dem sie und Jack eine Anzahlung auf eine Wohnung leisten konnten, ihre Traumwohnung im Vorort.

Das alles begann an einem Dienstag im Jahr 2008 um 13 Uhr.

Eine Woche später, als Elizabeth diese Supermarkt-Episode mit mehr Humor betrachten konnte und der Anekdote, mit der sie bald ihre Freundinnen unterhalten würde, einen Namen gegeben hatte – »Die Lösung« –, stand sie mittags in der Küche und servierte Toby das Essen. Es war der übliche Teller – fünf neue Speisen plus Käsemakkaroni –, und wie üblich weigerte Toby sich zu essen.

Jack war noch zu Hause, wollte nicht zu spät zur Arbeit kommen und suchte in aller Eile Sachen zusammen. Er gab erst Elizabeth und dann Toby einen Kuss und sah den Teller mit dem unberührten Essen.

»Mensch, das sieht ja toll aus«, sagte er, zog sein Handy hervor, hielt es über Tobys Teller, machte ein Foto und zeigte es Toby, der nickte und »Oh, schön« sagte.

Und dann – es war unglaublich – begann er zu essen.

Er aß den Reis, die Gurke, die Paprika, das Hummus. Er aß alles auf, rasch und zufrieden. Elizabeth sah Jack verblüfft an. »Wie hast du …?«, sagte sie und war momentan unfähig, einen ganzen Satz zu formulieren.

»Anscheinend«, sagte Jack, »findet er das Essen schön.«

»Schön?«

»Ja, und er will etwas so Schönes nicht kaputt machen, indem er es aufisst.«

Elizabeth sah Toby Brokkoli kauen und nach mehr davon greifen. Er aß jetzt alles, was auf seinem Teller war, *mit Ausnahme* der Käsemakkaroni.

»Wenn man ein Foto davon macht«, sagte Jack, »bleibt das schöne Essen für immer erhalten, und darum kann er es essen, ohne es zu zerstören. Er hat einen sehr ausgeprägten Sinn für Ästhetik. Vielleicht von mir?«

»Und warum isst er die Makkaroni nicht?«

»Die gefallen ihm nicht besonders«, sagte Jack. »Er isst sie nur, weil sie ein hässliches Durcheinander sind, das man ruhig zerstören kann.«

»Seit wann weißt du das?«

»Seit ein paar Wochen. Entschuldige – ich hab ganz vergessen, es dir zu erzählen.«

Und dann war er zur Tür hinaus, und Elizabeth sah zu, wie Toby mit genau dem Appetit aß, den sie sich für ihn immer gewünscht hatte. Alles, worauf sie gehofft und wonach sie gestrebt hatte, wurde ihr in einem einzigen Augenblick gewährt – und doch machte sie das nicht glücklich. Kein bisschen.

Jedes Paar hat eine Geschichte, die es sich selbst erzählt, eine Geschichte, die wie eine Maschine unter ihnen dahinschnurrt und sie durch alle möglichen Fährnisse und voran in die Zukunft treibt. Für Jack und Elizabeth handelte diese Geschichte von einer Liebe auf den ersten Blick, von zwei Träumern, die ihre andere Hälfte entdeckten, von zwei Waisenkindern, die ein Zuhause fanden, von zwei Menschen, die einander verstanden – einander *kapierten* –, sofort und mit Leichtigkeit.

Aber Geschichten haben nur Kraft, solange man sie glaubt, und als Elizabeth in der Küche saß und Toby beim Essen zusah, fragte sie sich, ob ihre gemeinsame Geschichte nicht ebenfalls bloß ein hübsch herausgeputztes Placebo war, eine Geschichte, die sie beide glaubten, weil sie sich dabei wie etwas Besonderes fühlten. Und vielleicht war Liebe immer so, bloß ein Placebo, und jede Hochzeit war ein Teil der aufwendigen Verzierung des Placebos, sein therapeutischer Kontext. Und sobald sie darüber nachdachte, war es, als wäre der

Vorhang gefallen, und es ging ihr wie den Klienten bei *Wellness*, wenn sie die Wahrheit über ihre sogenannten Therapien erfuhren: Die Geschichte hatte keine Kraft mehr.

Das war der Tag, an dem sie den Glauben verlor. Es war der Tag, an dem die Geschichte, die sie unter dem Titel *Jack und Elizabeth, die Seelenverwandten* kannte, ihrer – um es in der Sprache der einschlägigen Literatur zu diesem Thema zu sagen – Wirkmacht beraubt wurde.

Gedeihstörung

Eine bedrückende Tatsache, die Jack Bakers Mutter im Verlauf seiner Kindheit stets gern ansprach, war, dass er eigentlich gar nicht hätte geboren werden sollen.
Er hätte eigentlich nicht einmal *gezeugt* werden sollen, versicherte sie ihm wiederholt. Zum Teil wegen ihres Alters: Sie war damals siebenunddreißig. Heute ist eine Schwangerschaft mit siebenunddreißig nichts Besonderes mehr, doch das war 1974 in Kansas. Und 1974 bekamen Frauen in Kansas, ganz besonders in den abgelegenen Flint Hills, mit siebenunddreißig keine Kinder. Daher das schreckliche Wort des Arztes: *Spätgebärende.* Und er sagte ihr, auf wie viele verschiedenen Weisen eine Schwangerschaft in so vorgerücktem Alter schiefgehen konnte – Totgeburt, Missbildungen, Defekte –, und er sagte es so, dass es für sie in diesem Moment wie ein Vorwurf klang, als hätte sie so lange mit dem Kinderkriegen gewartet, um ihrem Arzt das Leben schwer zu machen. Sie schämte sich, so spät noch zu gebären. Sie sagte dem Arzt, sie habe keineswegs vorgehabt, noch einmal schwanger zu werden. Sie und Lawrence waren ja nicht mal mehr *intim* miteinander, eigentlich schon sehr lange nicht mehr. »Ich weiß ja, dass einmal reicht, um schwanger zu werden«, sagte sie zum Arzt, »aber bitte – wie groß kann das verdammte Risiko schon sein, wenn es bloß *ein einziges Mal* ist?«

»Besonders in Ihrem Alter«, fügte der Arzt wenig hilfreich hinzu.

Doch genau das war geschehen: Ruth und Lawrence Baker

hatten seit Jahren nicht das Bett geteilt – nur an einem einzigen Abend im Frühling, als ein seltener ehelicher Verkehr zu Jacks ebenso unwahrscheinlicher wie unglückseliger Zeugung geführt hatte.

Unglückselig, weil die Bakers keine Kinder mehr brauchten oder wollten. Das Geld war knapp, das Haus war klein, und überhaupt, sagte Ruth oft zu Jack, als er noch klein war, hatten sie ja schon Evelyn. Und das hieß, dass jemand, der schon ein so unglaubliches Kind wie Evelyn hatte, kein weiteres mehr brauchte.

Evelyn war gezeugt worden, als Ruth in den Zwanzigern war, im besten Gebäralter. Ihr Körper war auf dem Höhepunkt seiner Kraft gewesen. Das merkte man Evelyn an. In seiner frühesten Erinnerung an seine große Schwester sah Jack sie bei der Homecoming-Parade auf einem Festwagen stehen, in einem tollen Kleid, mit Schärpe und Diadem, lächelnd und winkend. Eigentlich war das Wort *Festwagen* ein bisschen zu groß für den Flachbettanhänger mit angeklebten Papierwimpeln. Der Anhänger wurde von einem Traktor gezogen, den Jacks Vater fuhr, ein stiller, gleichmütiger Mann, dessen Stolz auf Evelyn das Einzige war, was seine sonst so stoische Miene regelmäßig aufhellte – auf seinem Gesicht war ein ganz untypisch zufriedenes Grinsen. Praktisch alle im County waren gekommen, hatten Gartenstühle mitgebracht und besetzten nun zwei Blocks der Main Street, um sich eine Parade anzusehen, die aus Traktoren mit Anhängern, einem Feuerwehrwagen, einem Polizeiwagen, zwei Bonbons werfenden Clowns und den Veteranen auf ihren donnergrollenden Motorrädern bestand. Und dort oben, hoch über ihnen, stand Jacks große Schwester, seit drei Jahren Homecoming-Queen, Abschlussrednerin ihres zugegebenermaßen bescheidenen Jahrgangs aus zehn Absolventen und Star des Mädchen-Basketballteams der Highschool. Die Schule war so klein, dass es buchstäblich zu wenige Schüler gab, um eine Mannschaft in irgendeiner anderen Sportart zusammenzustellen.

Daher war Basketball ein ziemlich großes Ding, und in einigen von Jacks frühesten Erinnerungen saß er in der kleinen, stickigen Sporthalle und sah seiner Schwester zu, während die dicht gedrängt auf der Empore sitzenden Rancher sie aus Leibeskräften anfeuerten. Auf dem Spielfeld wirkte sie oft so lässig, dass man hätte meinen können, sie sei gar nicht richtig bei der Sache – als würde sie einfach bloß ein bisschen herumtraben. Bis man die anderen Mädchen sah, die keuchend, mit gesenktem Kopf sprinteten, und merkte, dass Evelyn sie einfach stehen ließ, mühelos, gelassen und gewandt. Die anderen Mädchen versuchten rudernd Schritt zu halten und kamen einem vor wie sich rüttelnde und schüttelnde alte Schrottkarren. Evelyn dagegen war wie ein Komet. Sie tat zwei Schritte, war plötzlich unter dem Korb und machte den Punkt.

Doch so spektakulär sie auch auf dem Basketballfeld war – am meisten sprach man über ihre Bilder. Evelyn war eine ungeheuer begabte Malerin, eine von denen, die eine Landschaft, ein Gebäude, eine Person mit wenigen Pinselstrichen und Farbtupfern festhalten konnte. Klassenkameraden und Nachbarn saßen ihr Modell und riefen nach kaum einem Dutzend Strichen: »Herrgott, ja, das bin ich!« Sie besaß die Fähigkeit, die Welt auf ihre fundamentalen Elemente zu reduzieren. Ihr liebstes Motiv war das Land selbst, die Prärie in der Umgebung der Ranch. Jeden Abend bei Sonnenuntergang saß Evelyn dort draußen und malte immer wieder dieselbe Szenerie im stets wechselnden Abendlicht. Im Sommer war das Land satt und üppig, im Winter braun und knöchern, im Frühling versengt und verbrannt von den jährlichen Feuern.

Evelyn hatte Talent. Das wussten alle. Jacks Mutter hatte, wie sie ihm erklärte, nur über beschränkte Ressourcen verfügt, und die hatte Evelyn aufgebraucht. Daher war Ruth auch nicht allzu überrascht, als der Arzt seine düstere Warnung aussprach, ebenso wenig wie später, als die Symptome kamen: unvermittelte, stechende Kopfschmerzen, allgemeine

Erschöpfung, ein Schmerz im unteren Rücken, der irgendwas mit den Nieren zu tun zu haben schien. Sie nahm nicht zu, ebenso wenig wie das Kind in ihrem Bauch. Bei jedem Arztbesuch erfuhr sie, dass Jack irgendwelche wichtigen Entwicklungsstufen wieder einmal nicht erreicht hatte. Als er so groß wie eine Walnuss hätte sein sollen, war er so groß wie eine Erbse. Als er so groß wie eine Grapefruit hätte sein sollen, war er so groß wie eine Pflaume. Er war stets eine Enttäuschung. Und der Arzt stellte Ruth Fragen, die wie Vorwürfe klangen: Essen Sie genug? Nehmen Sie Ihre Vitamine? Sind Sie giftigen Substanzen ausgesetzt? Ja, ja und nein – natürlich nicht, sie machte alles richtig, sie hatte immer alles richtig gemacht, abgesehen natürlich von der Tatsache, dass sie schwanger geworden war, wie er sie jedes Mal erinnerte.

Dann kamen beunruhigende Testergebnisse. Es gab einen wichtigen Marker, ein Protein im Fruchtwasser, das mit fünfzigprozentiger Wahrscheinlichkeit auf eine mögliche *Missbildung* hindeutete. Das Kind würde vielleicht Probleme haben. Begriffsstutzig und mit den grundlegenden Dingen des Lebens überfordert sein. Ruth wusste nicht genau, auf welche Erkrankungen der Arzt anspielte, merkte aber, wie ernst es ihm war, als er ihr einen Zettel mit den Adressen und Telefonnummern von vier Beratungsstellen für Familienplanung in Wichita zuschob, die, wie er wusste, in Wirklichkeit Abtreibungskliniken waren.

Ruth wies Jack oft darauf hin, dass solche Einrichtungen 1974 in Kansas nicht so umstritten waren wie heute.

Tatsächlich waren sie überhaupt nicht umstritten. Zu jener Zeit waren Abtreibungen in Kansas ziemlich akzeptiert und ganz und gar nicht ungewöhnlich. Lange bevor das landesweite Abtreibungsverbot vom Obersten Bundesgericht aufgehoben worden war, hatte Kansas diesen Eingriff legalisiert. Frauen, die in den angrenzenden Staaten Oklahoma, Missouri oder Nebraska in Schwierigkeiten gerieten, fuhren nach Kansas. Als einziger Bundesstaat in der Geschichte der USA wählte Kansas einen Arzt, der selbst Schwangerschaftsabbrüche vorgenommen hatte, ins Repräsentantenhaus. Er hieß Bill Roy und stammte aus Topeka, und bei der Wahl zum Senat im Herbst 1974, an der Ruth wegen schwangerschaftsbedingter Komplikationen nicht teilnahm, fehlten nur ein paar Tausend Stimmen, und er hätte die politische Karriere eines zum ersten Mal angetretenen Senators namens Bob Dole beendet.

Das alles soll nur heißen, dass eine Frau, eine *Spätgebärende*, die 1974 in Kansas eine problematische Schwangerschaft erlebte, nichts Seltsames daran fand, von ihrem Arzt eine Liste von Abtreibungskliniken zu bekommen. Sie hätte natürlich mit niemandem darüber gesprochen, aber nicht, weil sie es für falsch gehalten hätte, sondern weil es privat war, und im Mittelwesten respektiert man die Privatsphäre.

Das also war ein weiterer Grund, warum Jack Baker, wie Ruth ihm später unverblümt zu verstehen gab, eigentlich nie hätte geboren werden sollen: Wäre er 1974 in Kansas von irgendeiner anderen Frau empfangen worden, dann wäre er stillschweigend und ohne Probleme beseitigt worden. Aber Ruth Baker war nicht irgendeine Frau, denn ihre Kirche war die nicht konfessionsgebundene Flint Hills Calvary Church, deren kleine Gemeinde in einer ehemaligen Saatguthandlung unweit der Baker-Ranch zusammenkam. Die Sonntagspredigten des Pfarrers beschränkten sich auf drei Themen: die Vermeidung sündiger Gedanken, die Vorbereitung auf das Ende der Zeiten sowie Schwangerschaftsabbrüche, denn die waren gleichbedeutend mit Mord, und eine Abtreibung vornehmen zu lassen war ein »1A-Verstoß gegen Gottes Willen«.

Dergleichen sagte er oft: Bestimmte Verse aus der Bibel waren »1A« oder »erstklassig« oder »hervorragend«. Seine Gemeinde bestand hauptsächlich aus Viehzüchtern und ihren Familien, und er bediente sich gern ihrer Sprache. Sonntagmorgens saß Jack neben seiner Mutter in der Kirche und hörte den Pfarrer gegen Schwangerschaftsabbrüche wettern – und während Jack heranwuchs, wurden diese Predigten häufiger, die Tonlagen wütender, die Gemeindemitglieder aggressiver und radikaler –, und dann sah Ruth auf ihren Sohn hinab, als wollte sie sagen: *Bist du nicht ein Glückspilz?* Als wollte sie ihm vermitteln, dass sie Jack bestimmt abgetrieben hätte, wäre sie nicht zufällig in diese Kirche gegangen und hätte der Pfarrer nicht zufällig diese eine Obsession gehabt. Es war ihre verdrehte Art, ihn zur Hingabe an die Kirche zu bewegen, denn die hatte ihm buchstäblich das Leben gerettet.

Es war kaum zu glauben, aber Jack wurde sechs Wochen zu früh geboren, Mitte November, winzig und gelbsüchtig. Im Krankenhaus legte man ihn für eine Woche unter ultraviolettes Licht – das sollte gegen die Gelbsucht helfen. Seine Mutter und sein Vater betrachteten ihn, dieses winzige, unwahrscheinliche Wesen, dieses stille, mausartige Kind, ihr uringelbes Baby.

Die Gelbsucht war, wie sich zeigte, nur der Anfang von Jacks Problemen. Für Ruth und Lawrence waren seine ersten vier Jahre eine endlose Abfolge von Krankheiten, Fiebern, Schwächen und Unverträglichkeiten. Es waren vier Jahre, in denen sie sich wie begraben fühlten unter erbrochener Milch und Magensäure, Kampheröl, Vaseline, Bariumshakes, Galmei-Lotion, eitrigem Schleim, Eiswasserbädern und Wasserstoffperoxid gegen Ohrenschmerzen, die schließlich Drainagen erforderten. In dieser Zeit hätte man ihren Gemütszustand wohl so beschreiben können: *Sie rechneten mit dem Schlimmsten.* Seine Eltern machten sich vorsorglich darauf gefasst, dass dieses Kind sterben würde. Sie versuchten, sich emotional nicht zu sehr mit ihm zu verbinden, beobachteten sein Verhalten und warteten auf Anzeichen einer neuen Katastrophe, eines Todesboten. Jack war ein kränklicher, schmächtiger Junge, der oft sein Essen nicht bei sich behalten konnte und es in langen, eruptiven Strahlen erbrach – viel zu heftig, wie es schien, für einen so kleinen Menschen. Er weinte mehr oder weniger die ganze Zeit. Er schien nicht zu wachsen.

Die Ärzte hatten dafür ein nagelneues schreckliches Wort: *Gedeihstörung*. Dieses Kind gedieh nicht, aber sie wussten nicht, warum. Also stellten sie Ruth noch mehr vorwurfsvolle Fragen, die darauf abzuzielen schienen, dass es, da die Ärzte nicht herausfinden konnten, was mit ihrem Kind nicht stimmte, auch diesmal ihre Schuld war.

»Stillen Sie ihn?«, fragten viele, viele Kinderärzte, Kinderschwestern und sogar einige neugierige Eltern.

»Natürlich stille ich ihn.«

»Sind Sie sicher, dass Sie es richtig machen?«

»Natürlich mache ich es richtig.«

»Zeigen Sie's mir. Ich möchte gern sehen, wie Sie ihn stillen.«

Ruth Baker begann die Besuche bei den Spezialisten, die Jack brauchte, zu fürchten. Und das nicht nur, weil diese Besuche häufig und teuer waren, sondern auch, weil sie bei jedem neuen Spezialisten das ganze Gedeihstörungsverhör aufs Neue über sich ergehen lassen musste: die voreingenommenen Fragen, das zweifelnde Stirnrunzeln, die hochgezogenen Augenbrauen. All diese Termine hätte sie nur zu gern abgesagt oder gar nicht erst vereinbart, doch das hätte in den Augen der Ärzte bestätigt, dass sie genau die Art von Mutter war, für die sie sie ohnehin schon hielten. Also ging sie hin, beantwortete rüde Fragen und beschwor Jack zu wachsen, einfach zu *wachsen,* bitte. Einfach gesund zu sein. Denn wenn er nicht gesund war, schien die Schuld ganz klar bei ihr zu liegen.

Als Jack etwa drei Jahre alt war, spürte er bei seinen Eltern – auch wenn er es nicht laut oder in Gedanken hätte artikulieren können – einen zwar leisen, aber deutlichen Grundton von Verbitterung, der einfach immer da war, im Hintergrund, so konstant, dass man ihn gar nicht mehr bewusst wahrnahm. Jack begriff nur: Wenn er sich krank fühlte, regten seine Eltern sich auf. Wenn er das Essen nicht bei sich behalten konnte, regten seine Eltern sich auf. Wenn der Arzt ihn wog und vermaß und feststellte, dass sich nichts verändert hatte, regten seine Eltern sich auf. Und wenn sie sich aufregten, zogen sie sich irgendwie von ihm zurück – das war dann wieder ihre alte Strategie: Sie waren auf der Hut, sie rechneten mit dem Schlimmsten. Jack war nicht imstande, die genauen Zusammenhänge zu begreifen, er spürte nur etwas, das ihm unumstößlich wahr erschien, so wahr, wie der Boden fest und der Sommer warm war: Er war *einsam*.

Er fühlte sich wirklich durch und durch einsam – eine furchtbare Erfahrung für einen Dreijährigen. Sie machte ihm Angst. Für Jack war es einfach unerträglich, dass seine Eltern, die einzigen Menschen, von denen er Fürsorge erwarten konnte, so fern und distanziert waren. Und er war nicht imstande, seine Eltern zu ändern, was ebenfalls unerträglich war. Auf der Suche nach einer Erklärung, die seine Welt erträglicher machen würde, und willens, alles zu glauben, was Trost und Sicherheit versprach, vollführte seine Psyche ein kleines Tänzchen. Jack konnte seine Eltern nicht ändern und begann daher zu glauben, dass sie gar keine Veränderung brauchten. Sie hatten recht, zu fühlen, was sie fühlten, und zu tun, was sie taten. Wenn sich jemand ändern musste, dann er selbst. Jack war die einzige Variable, über die er bestimmen konnte, und darum konnte er, wenn er etwas an der Situation verändern wollte, nur sich selbst ändern. Die Geschichte, die er sich, ganz unabsichtlich, zu erzählen begann, war, dass er ihr Unglück beenden konnte, indem er gut, nein, besser war. Jack begann zu glauben, dass sich seine Eltern nicht mehr aufregen würden, wenn er der beste Junge wäre, der er sein konnte. Sie würden sich nicht mehr von ihm zurückziehen, und dann wäre er nicht mehr einsam. Und so entstand in Jacks Kopf, weit unterhalb der bewussten Gedanken, ein einfacher Algorithmus, einer jener automatischen Prozesse, die fortwährend im Hintergrund laufen und alles filtern, ein simples Skript, das all diese Ängste auf zwei Worte reduzierte: *Meine Schuld.*

Wenn seine Mutter sich aufregte, dachte er: *Meine Schuld.* Wenn sein Vater für Wochen verschwand, dachte er: *Meine Schuld.* Wenn seine Eltern sich wieder mal stritten, dachte er: *Meine Schuld.*

Es war nicht angenehm, dieses Gefühl, aber angenehmer als Einsamkeit. Seine Psyche war eifrig beschäftigt, die Wirklichkeit zu verformen, um das zu vermeiden, was er unerträglich fand.

Und so nahm Jack, ohne es wirklich zu merken, bald automatisch die Schuld für jedes Drama und jeden Schmerz im Haus auf sich. Es war wie etwas Instinktives: Er musste genau so sein, wie er in ihren Augen sein sollte, und niemals jemandem den kleinsten Grund zur Aufregung geben. Um die Zeit seines vierten Geburtstags kam es zu einem masochistischen Höhepunkt: Er wurde wieder einmal krank.

Es begann mit einem leichten Kratzen in der Kehle, einem ständigen leisen Schmerz, der sich beim Schlucken nur leicht verstärkte. Das konnte er größtenteils ignorieren. Einige Tage später jedoch spürte er äußerst schmerzhafte Nadelstiche, wann immer er etwas essen oder sagen wollte, gepaart mit einer kleinen Verschiebung seiner Wahrnehmung, in deren Folge selbst Wasser eigenartig schmeckte und Stimmen dumpf hallten. Das war besorgniserregend, aber noch erträglich – und definitiv nichts, wovon er Mom erzählen musste. Ein paar weitere Tage später erwachte er mit dem Gefühl, dass der Schmerz gewissermaßen erblüht war und sich ausbreitete, ein ständiges pulsierendes Wummern, das in Kinn, Hals und Schultern kroch. Er musste aufhören, den Kopf zu wenden, denn das verstärkte den Schmerz, bis es sich anfühlte, als würde ein kleines Tier beharrlich an seinem Nacken nagen.

Noch immer sagte er nichts. Noch immer hoffte er, es werde von allein wieder weggehen, sodass er seine Mutter nicht aufregen musste. Aber es ging nicht weg, und bald hatte er Mühe, den Kopf überhaupt zu bewegen oder auch nur wach zu bleiben: Was er sah, war wolkig und verschwommen, seine Stirn war heiß, der Rest seines Körpers zitterte, und der bloße Gedanke an Essen ließ ihn würgen.

So fand ihn eines Morgens seine Mutter. Er schwitzte und zitterte, er weinte, wenn sie ihn nur berührte. Das Fieberthermometer zeigte 39,5 Grad. Als sie ihn aus dem Bett hob, erbrach er Gallenflüssigkeit. Sie fuhr mit ihm sofort zum Arzt und dachte dabei die ganze Zeit: *Jetzt ist es so weit.* Der Augenblick, auf den sie gewartet und sich vorbereitet hatte, war gekommen: Der kleine Jack würde es nicht schaffen.

Der Arzt registrierte die Symptome – Übelkeit und Erbrechen, Fieber, Verwirrtheit, Kopfschmerzen, Muskelschmerzen, steifes Genick – und kam zu der Diagnose Meningitis. Die Nackensteifigkeit sei ein eindeutiges Zeichen, sagte er zu Ruth und schickte sie zur weiteren Untersuchung und Behandlung nach Wichita. Unterwegs verlor Jack immer wieder das Bewusstsein. Wenn er die Augen öffnete, waren da die sanften Hügel, das wogende braune Novembergras der Prärie und seine Eltern, die sich mit angespannten Gesichtern zu ihm umsahen. Dann zwinkerte er, und sie fuhren in El Dorado am See entlang, den die Bauingenieure der Army aufgestaut hatten: Bäume ragten aus dem Wasser, dicke schwarze Stämme, abgestorben und verfaulend. Wieder ein Zwinkern, und sie waren in Wichita, im Krankenhaus, und man sagte ihm, er solle aufstehen, aber ihm war schwindlig und kalt, und plötzlich saß er in einem Rollstuhl und trug eines dieser knitterigen Krankenhaushemden aus Papier und war in einem Raum mit weißen Wänden und einem Bett in der Mitte, und die Leute sagten ihm, er solle aufstehen und sich über das Bett beugen. Zwei Schwestern halfen ihm, ihre Hände fühlten sich an wie Feuer, und dann stand er, und der Raum schwankte hin und her. Ihm war jetzt noch kälter, und er merkte, dass das Hemd hinten offen war. Zitternd beugte er sich vor, legte die Wange auf die kratzige Bettdecke und sah durch ein Fenster in den angrenzenden Raum, wo seine Eltern, die Arme verschränkt, mit ein paar Ärzten standen und zusahen. Der Arzt sagte, er solle ganz ruhig sein, es werde gleich vorbei sein, sie würden jetzt eine *Spinalpunktion* vornehmen, und es sei sehr wichtig, dass er sich dabei nicht bewege – er dürfe keinen Muskel rühren und vor allem nicht zucken oder um sich schlagen –, das sagte er mit einer besänftigenden Stimme, der Jack nach zahllosen Arztbesuchen sogleich misstraute. »Kriegst du das hin, Tiger? Kannst du stillhalten?« Jack, der noch immer seine Eltern anstarrte, nickte, und dann spürte er Hände auf dem unteren Rücken, die nach der weichen Vertiefung zwischen zwei Wirbeln tasteten, dort unten, wo die Wirbelsäule am meisten gebogen und diese Stelle am besten erreichbar war, und er sah, dass seine Mutter die Hand vor den Mund schlug, wie um einen Schrei zu ersticken, und spürte an der Stelle, die der Arzt ertastet hatte, einen plötzlichen seltsamen Ruck, gefolgt von der Anwesenheit von etwas Großem und Schrecklichem. Später, in seiner Erinnerung, war es das Schmerzhafteste, das er je hatte aushalten müssen, obwohl es nicht im eigentlichen Sinn schmerzhaft gewesen war. *Schmerz* war nur die einfachste Beschreibung einer Empfindung, die nicht Schmerz war, jedoch viele seiner Eigenschaften besaß, vornehmlich die, dass Jack sich mehr als alles andere wünschte, es möge aufhören. Er begann zu weinen. Der Arzt sagte, er solle ganz ruhig bleiben, er mache das ganz prima, es werde gleich vorbei sein. Das Ding in seinem Rücken schien zu platzen, Finger aus Eis schossen durch seine Wirbelsäule, glühende Nadeln in seine Beine, die Füße waren taub, er fühlte sich wacklig, taumelig und war im Begriff zu fallen, mit einer Nadel im Rücken, und er wollte den Arzt warnen und ihm sagen, er solle die Nadel herausziehen, als der in die Hände klatschte und rief: »Fertig!« Und dann halfen sie Jack ins Bett und sagten ihm, er solle sich zusammenkrümmen und so liegen bleiben. Jack lag da und war verwirrt, denn obwohl die Nadel nicht mehr da war, konnte er sie noch immer spüren, ihren Stich und den kalten Schmerz, und er hätte es den Schwestern gesagt, wenn er nicht sofort das Bewusstsein verloren hätte.

Die Testergebnisse waren negativ: keine Meningitis. Die Ärzte waren verblüfft. Es war ein medizinisches Rätsel, bis einer auf den Gedanken kam, einen Blick in Jacks Kehle zu werfen, und was er dort sah, schockierte ihn: Die Mandeln waren so entzündet, dass sie drei Mal so groß waren wie die am stärksten entzündeten Mandeln, die er je gesehen hatte. Niemand hatte daran gedacht, denn entzündete Mandeln machten sich gewöhnlich durch Halsschmerzen bemerkbar, und das war etwas, über das Kinder sich gewöhnlich beklagten. Keiner der Ärzte hatte je von einem Kind gehört, das seine Schmerzen verschwiegen hatte, bis aus einer Mandelentzündung etwas mit Meningitis-Proportionen geworden war. Warum hatte Jack nichts gesagt?

»Sie haben mir gesagt, dass er ein bisschen begriffsstutzig sein würde«, sagte Ruth und fühlte sich wieder einmal zu Unrecht getadelt. Vielleicht hatte dieser Junge seine Krankheit nur verborgen, um sie zu quälen.

Jack erwachte, als man ihn in den Operationssaal schob. Eine Mandeloperation war eine einfache Sache, doch das wusste er nicht. Er wusste nur, dass er wieder mal krank geworden war, dass seine Eltern wieder mal mit ihm ins Krankenhaus hatten fahren müssen, dass sie sich wieder mal aufregten. Das vertraute Gefühl – *Meine Schuld* – war wieder da, und obwohl ihm alles wehtat und er noch immer den Nadelstich im Rücken spürte und beim Sprechen der Schmerz in seiner Kehle tobte, sah er mit großen, feuchten Augen zu seinen Eltern auf und sagte: »Es tut mir leid.«

Als ein Vogel, der über dem Chicago River gekreist hatte, plötzlich gegen eines der vielen hohen, verglasten Gebäude der Stadt flog, ignorierten ihn die meisten der zwanzig Männer auf der anderen Seite der Scheibe. Alle bis auf einen hielten die Augen geschlossen, obwohl der Aufprall recht laut war. Sie saßen auf Yogamatten, reckten den Hals, ließen die Schultern kreisen, verdrehten den Oberkörper, streckten die Wirbelsäule und trugen allesamt Geschäftskleidung – weiße oder hellblaue Button-down-Hemden, Sportjacketts, gebügelte Hosen, ein paar Krawatten –, doch jeder hatte beim Betreten des Raums die Schuhe ausgezogen und an der hinteren Wand abgestellt, wo sich eine hübsche Auswahl an glänzenden Slippern, Oxfords und Budapestern angesammelt hatte.

Der Raum befand sich in der neunten Etage eines Bürohochhauses am Upper Wacker Drive, errichtet an der Stelle, wo der Fluss sich in einen nördlichen und einen südlichen Arm teilte. Die Front des Gebäudes war traditionell gerade und rechtwinklig gestaltet, angepasst an das Gittermuster der Straßen, doch die Rückseite war keineswegs rechtwinklig, sondern folgte in einer langen, eleganten Kurve dem Verlauf des Flusses. Das blaugrün verspiegelte Glas hatte man gewählt, weil es denselben Farbton hatte wie das Wasser. Das Gebäude sollte sich seiner Umgebung perfekt anpassen und sie reflektieren, und man war fast einstimmig der Meinung, dass es eines der schönsten und ausgefallensten von Chicago war.

Für die Vögel allerdings, die den Unterschied zwischen Himmel, Wasser und Glas nicht kannten, war es eine Katastrophe, und so war das Büroleben davon gekennzeichnet, dass man hin und wieder einen dumpfen Schlag hörte, wenn wieder mal ein Fenster den Flug einer unglücklichen Meise, Möwe oder Ente jäh gestoppt hatte.

Nur ein Mann in diesem Raum nahm nicht an den morgendlichen Übungen teil, und das war Jack, der weiter hinten, bei den Schuhen, stand, seine Facebook-Meldungen las und versuchte, den unbestimmten Geruch nach feuchtem Leder und Männerfüßen zu ignorieren. Vor ihm saßen die Männer auf ihren Matten, dann waren da die großen Fenster und der Blick auf den Fluss, den Merchandise Mart am jenseitigen Ufer und das morgendliche Rushhour-Gewimmel auf dem Bürgersteig. Als Einziger im Raum hatte Jack beim Aufprall des Vogels überrascht aufgeblickt und gerade noch gesehen, dass etwas Kleines, Dunkles für einen Sekundenbruchteil reglos in der Luft gehangen hatte, bevor es schlaff zu fallen begann.

Vorn und allen anderen Anwesenden zugewandt saß Benjamin Quince im vollen Lotossitz. Im Augenblick machte er mit nacktem Oberkörper und geschlossenen Augen seitliche Dehnübungen. Seine Brustmuskeln wölbten sich, sein Bizeps war wohlgerundet, und insgesamt wirkte er, wie viele trainierte ältere Manner, irgendwie fest, aber auch aufgepumpt. Nach einer Weile öffnete er die Augen und sagte: »Fangen wir an.«

Dann atmete Benjamin ein. Es war ein tiefes, bewusstes, ja irgendwie gymnastisches Einatmen, an dem der ganze Körper beteiligt war: Benjamin richtete sich hoch auf und beugte sich so weit zurück, wie es nur ging, und dann warf er sich vornüber und stieß die Luft gewaltsam aus, wobei er den Mund aufriss, die Zunge herausstreckte und ein Geräusch machte, als würde er das Wort *Ha* sagen, nur dass das Wort nicht endete und er den Vokal dehnte, bis alle Luft aus der Lunge gepresst war, und gerade als er vor lauter Anstrengung zu würgen begann, richtete er sich wieder auf und atmete in rasend schnellen, intensiven, stakkatoartigen Zügen ein, so lange, dass Jack vom bloßen Zusehen schwindlig wurde. Die Männer auf den Yogamatten taten es Benjamin nach: langes, restloses Ausatmen, energisches, stoßweises Einatmen. Danach waren alle ganz still – der Raum schwankte.

»Ahh«, sagte Benjamin. »Spürt ihr das? Das ist *schön!*«

Es war ein Workshop über psychedelisches Microdosing, den Benjamin am Morgen eines jeden Werktags leitete. Der Gedanke dahinter war, dass die Leute, bevor sie an die Arbeit gingen, diese eigenartige Atemübung machen sollten, denn diese aktivierte einen gewissen Botenstoff im Gehirn – nicht ganz LSD, aber mit LSD verwandt, eine Art natürlicher LSD-Cousin. Anscheinend setzte die Atemübung dieses halluzinogene Molekül in kleinen, nicht halluzinogenen Mengen frei, was alle möglichen positiven Auswirkungen hatte: gesteigerte Kreativität, bessere Fokussierung, positive Grundstimmung und so weiter. Die Teilnehmer wurden ermuntert, diese Übung zu machen, wenn ein Brainstorming über ein neues Projekt, eine wichtige Präsentation, ein Gespräch über eine Gehaltserhöhung oder irgendetwas anderes bevorstand, das in irgendeiner Weise schwierig war.

»Denkt daran, im Körper zu bleiben«, sagte Benjamin und nickte leicht.

Er veranstaltete jeden Morgen diesen Workshop, bot außerdem in der Mittagspause Sitzungen über Biohacking an und hielt manchmal nach Feierabend kleine Vorträge darüber, wie der Buddhismus helfen konnte, »die Arbeit zu überwinden«. Seine Klienten waren hauptsächlich Geschäftsleute aus den umliegenden Gebäuden und arbeiteten für Werbeagenturen, Anwaltskanzleien oder Börsenmakler, doch seit Neuestem bemühte sich Benjamin, seine lokale Berühmtheit in etwas Viraleres zu verwandeln: Er hatte jetzt einen Kanal, strebte so was wie einen TED-Talk an, entwickelte eine Methode.

»Geht sanft mit euch um«, sagte Benjamin. Seine linke Hand machte eine eigenartige greifende Bewegung vor seiner nackten linken Brust. »Bei dieser Übung bin ich übrigens schon ein-, zweimal in Ohnmacht gefallen.«

Dann machten alle dasselbe noch mal.

Während er wartete, sah Jack immer wieder in die Facebook-App auf seinem Handy. Er rechnete mit einer wütenden, wahrscheinlich verwirrten Antwort von seinem Vater. Am Abend zuvor war Elizabeth früh zu Bett gegangen, und Jack hatte getan, was er nachts meist am Computer tat: genervte Facebook-Posts schreiben, in denen er die neueste wirre Verschwörungstheorie seines Vaters widerlegte. Im Augenblick ging es um das Ebolavirus, das sich aus irgendeinem Grund in der paranoiden Gedankenwelt des alten Mannes eingenistet hatte. Sein Vater neigte dazu, ohne jede Reflexion oder die gebotene Sorgfalt irgendeine Geschichte zu teilen, die ihn empört hatte. Sein Feed war voll schrecklicher erster Eindrücke, oft begleitet von schauerlichen Videos, in denen sein Vater in die Kamera wütete. Nach Jahren auf dem Sofa war sein Körper hager, sein knochiges Gesicht mit den weit aufgerissenen, entsetzten Augen füllte den Bildschirm. Heute war Ebola dran: In Texas sei eine ganze Kleinstadt vom Gesundheitsministerium unrechtmäßig abgeriegelt worden, weil eine Familie positiv getestet worden sei; die Regierung rechne insgeheim mit vielen Todesfällen aufgrund von Ebola, der Beweis dafür sei die »Tatsache«, dass man für eine Milliarde Dollar Kunststoffsärge gekauft habe, die augenblicklich an einer Schnellstraße bei Atlanta gelagert würden; das Gesundheitsministerium habe ein Patent auf das Ebolavirus und wolle die Seuche auf Amerika loslassen, um aus dem Impfstoff Profit zu schlagen; Ebola könne durch hoch dosiertes Vitamin C geheilt werden.

Was die Kleinstadt in Texas betraf: Jack klickte auf den Link und stellte fest, dass die Story von einer Website namens National Report stammte, einer Satireseite, wie er bei näherem Hinsehen merkte, deren Zweck es war, leichtgläubige Menschen auf den Arm zu nehmen – eine Information, die er spöttisch mit seinem Vater teilte, wobei er es nicht unterließ, ihn (wie seine Studenten) aufzufordern, »seine Quellen zu prüfen«. Das Foto der Kunststoffsärge, schrieb er seinem Vater, sei genau dasselbe, das vor ein paar Jahren schon einmal als Beleg für eine vollkommen andere Verschwörungstheorie benutzt worden war. Damals hatte es geheißen, die Regierung wolle das Kriegsrecht ausrufen und Millionen Amerikaner massakrieren, und *auch diese Theorie* hatte Jacks Vater geglaubt und gepostet, und Jack suchte im Archiv, bis er den Post gefunden hatte, und schickte seinem Vater den Link. Und was die beiden letzten Geschichten anging, so schlossen sie einander aus: Wenn das Gesundheitsministerium Milliarden mit einem Heilmittel verdienen wolle, könne dieses Heilmittel nicht Vitamin C sein. Jack fügte hinzu, er finde es »interessant«, dass sein Vater beides für plausibel halte, und forderte ihn auf, sich »vielleicht mal ein paar kritische Gedanken« über seine »Argumentationslogik« zu machen.

Danach war es weit nach Mitternacht, und Elizabeth schlief bestimmt längst, und so tat Jack das andere, was er nachts meist am Computer tat: Er sah sich Pornos an.

Jetzt war es Morgen, und er fühlte sich benommen, ganz zu schweigen davon, dass er sich schämte, so lange vor dem Computer gesessen zu haben. Er musste ein Seminar leiten, Kunstgeschichte, nur ein paar Blocks entfernt, aber vorher wollte er mit Benjamin sprechen, hier, in seinem Büro, und sich, was *The Shipworks* betraf, auf den neuesten Stand bringen lassen.

»Spürt euren Körper«, sagte Benjamin. »Spürt, wo er den Boden berührt. Spürt, wie ihr in der Erde verwurzelt seid, spürt, wie das Chi euch durchströmt und eure Entzündungen bekämpft. Denkt daran, dass unsere Vorfahren barfuß über das Gras gelaufen sind und die Steine unter ihren Füßen gespürt haben.«

Wieder fuhr er mit den Fingern über seine Brust.

»Spürt das Gras, wälzt euch im Staub, steckt einen Stein in die Tasche und nehmt seine Ionen auf. Vergesst nicht, dass wir eins sind mit der Erde«, sagte er, und in diesem Augenblick prallte plötzlich genau hinter ihm eine Taube gegen das Fenster und flatterte verdutzt wie wild mit den Flügeln, bevor sie unbeholfen davonflog.

Benjamin schlug die Augen auf, lächelte und klatschte in die Hände. »Dieser Tag gehört euch!«

Alle erhoben sich – manche sehr langsam und wie benommen –, und Benjamin kam durch den Raum auf Jack zu. Sie stießen die Fäuste aneinander, und Benjamin gab Jack einen Klaps auf den Rücken und sagte: »Jack, alter Kumpel, könntest du mir einen Gefallen tun?«

»Klar.«

»Riech mal meinen Atem.«

»Was?«

»Riecht er nach Obst?«

»Ich verstehe nicht.«

»Genauer gesagt: Riecht er wie eine leicht überreife Steinfrucht? Ich glaube nämlich, ich habe den Ketose-Zustand erreicht. Man kann es am Geruch erkennen.«

»Ich weiß nicht«, sagte Jack, beugte sich zu ihm und schnupperte. »Könnte sein.«

»Ausgezeichnet! Komm mit.«

Er führte Jack in den angrenzenden Raum, sein Büro, wo überall Poster hingen, die zeigten, wie *The Shipworks* einmal aussehen würde. Sie setzten sich, und Benjamin sah, dass Jack das orangerote Armband nicht mehr trug, und sagte: »Bist du nicht mehr bei *The System*?«

Tatsächlich hatte Jack das Armband wieder in die Schachtel getan und diese ganz hinten in seinen Kleiderschrank gelegt, nachdem er Elizabeth und ihren Madagaskar gehört hatte. Er hatte ihr nichts von der Aufnahme gesagt und würde das auch nicht tun, aber er hatte das Armband auch am folgenden Abend auf den Nachttisch gelegt, und wieder hatte es Elizabeth und den Vibrator aufgezeichnet, wie auch in der nächsten und übernächsten Nacht. In Jacks Anwesenheit hatte sie dieses Ding nie benutzt, aber wenn sie allein war, benutzte sie es anscheinend jede Nacht. Danach wollte Jack dieses Geräusch nie mehr hören.

»Ich weiß nicht, wie genau das Ding misst«, sagte Jack. »Ich meine, nach den Messwerten müsste ich depressiv sein, sehr depressiv sogar, aber das glaube ich nicht. Oder wenn ich depressiv bin, dann ist das wahrscheinlich die normale Depression, dieses Midlife-Ding, das untere Ende der u-förmigen Kurve, du weißt schon.«

Benjamin sah ihn mit zusammengekniffenen Augen an. »Das sind wahrscheinlich die Bakterien.«

»Die was?«

»Du hast in deinem Körper eine Milliarde Bakterien, wusstest du das? Und die pissen und scheißen die ganze Zeit in dir herum.«

»Krass.«

»Und darum musst du dich reinigen, Jack. Jeden Tag. Du musst dich von diesen Giften befreien. Mit einer Depression will dein Körper dir sagen, dass er mit Giften überschwemmt wird. Schläfst du genug?«

»Eigentlich nicht.«

»Na bitte. Du brauchst mindestens neun Stunden Schlaf, um das Zeug loszuwerden.«

»Ben, könntest du dir vielleicht ein Hemd anziehen?«

Benjamin beugte sich vor und spannte die Brustmuskeln an. »Sieh mich an, Mann. Ich bin besser in Form als jemals in meinem Leben.« Er stand auf, nahm von einem Garderobenständer ein weißes Hemd, zog es an, knöpfte es zu und sagte: »Die Leute im Gym fragen mich, was für Steroide ich nehme, und ich sage ihnen, dass ich mich von Freilandhähnchen und Biobrokkoli ernähre. Ich trinke sechs Liter Wasser am Tag und habe mehrere gute Gründe weiterzuleben. Andere Drogen brauche ich nicht.«

Er setzte sich wieder an den Schreibtisch, legte die Füße auf die Tischplatte und verschränkte die Arme. »Ich nehme an, du willst über *The Shipworks* sprechen.«

»Ja.«

»Über die ganze Aufregung und die Demos und so.«

»Ja, bitte. Was ist da los?«

»Die Geschichte beginnt im Jahr 1956.«

»Okay. Überraschend.«

»Im Jahr 1956 verabschiedete die Bundesregierung ein Gesetz zum Ausbau des nationalen Fernstraßensystems. Und die örtlichen Behörden, die damals praktisch ausschließlich mit Weißen besetzt waren, beschlossen, diese Schnellstraßen durch Viertel zu bauen, in denen hauptsächlich Schwarze wohnten, und damit waren diese Viertel natürlich kaputt.«

»Ich verstehe.«

»Etwa zehn Jahre später verabschiedeten die Bundesstaaten Bürgerrechtsgesetze, die es den Anwohnern erlaubten, Bauentwickler zu verklagen, wenn ihre Bauvorhaben die Integrität der Nachbarschaft beeinträchtigten. Das waren gut gemeinte Gesetze, würde ich sagen, aber dann zeigte sich, dass ihre Anwendung eine Menge Zeit, Aufwand, Koordination und Geld erfordert, und so kommt es, dass die Einzigen, die sich diese Gesetze zunutze machen, perverserweise reiche weiße Leute sind, die ihre Immobilienwerte schützen wollen. Und genau das passiert gerade in Park Shore. Man hat Klagen eingereicht und einstweilige Verfügungen erwirkt.«

»Und diese Forderungen, Park Shores historisches Stadtbild zu bewahren?«

»Das ist nichts als ein Vorwand, reine PR. Die Leute, die sich gegen uns organisieren, wollen bloß nicht zugeben, wovor sie wirklich Angst haben.«

»Und das wäre?«

»Mieter.«

»Das ist alles?«

»Das ist eine Menge. Denk doch mal nach: Menschen mit

niedrigen Einkommen in Park Shore? Das könnte die Immobilienpreise negativ beeinflussen. Es könnte das ›Kolorit‹ der Stadt verändern. Wir versuchen gerade, ein Gebäude mit hochverdichteter gemischter Nutzung in einem sehr wenig verdichteten reichen Vorort zu verwirklichen. Da muss man mit Widerstand rechnen.«

»Gut. Und was jetzt?«

»Zum Glück bin ich auf so was spezialisiert. Risikomanagement. Damit verdiene ich sozusagen meine Brötchen.«

»Und das heißt?«

»Ich will dich nicht mit den Einzelheiten langweilen – das ist alles wahnsinnig kompliziert. Stell es dir einfach so vor: Ein Risiko ist eine Art von Gift, okay? Risiko ist das Gluten der Projektfinanzierung. Es ist ein Gift. Und es ist überall, Mann, wir sind davon umgeben. Es ist wie Gluten, wie die hinzugefügten Zucker, wie die Füllstoffe und Bindemittel, das gentechnisch veränderte Saatgut, die Aluminiumdeos, die Antibiotikakühe und 5G. Ich meine, hast du eine Ahnung, wie viel Schadstoffe in unseren Nahrungsmitteln stecken? In unserem Trinkwasser? In der Luft? Man vermeidet diese Gifte, so gut es geht, aber man kann sie eben nicht alle vermeiden, und darum muss man sie verdünnen und ausscheiden.«

»Ja, aber wie?«

»Ach, hab ich dir meine Vorratskammer noch gar nicht gezeigt?«

Benjamin sprang auf und öffnete ein Schränkchen an der Wand hinter ihm. In dem mit Spiegeln ausgekleideten Fach, in dem frühere Generationen von Geschäftsmännern vielleicht eine mit Whiskey gefüllte Karaffe aufbewahrt hätten, standen Dutzende Fläschchen, Phiolen, Pillendöschen und Plastiktütchen mit glänzenden weißen und grünen Etiketten.

»Das sind meine Superfoods«, sagte Benjamin. »Natürlich, organisch und – das ist entscheidend – hundertprozentig *bioverfügbar*.«

Er nahm eines der Fläschchen (»Das ist ein Konzentrat aus roten Algen«) und träufelte sich mit einer Pipette ein paar Tropfen der rotbraunen Flüssigkeit in den Mund (»Gut gegen oxidativen Stress«), dann einige Tropfen aus einem anderen Fläschchen (»Das sind Zitrusbioflavonoide«). Es folgten weitere Fläschchen und weitere Tropfen: »Das ist reines Camu-Camu ... Das hier ist ein Auszug aus adaptogenen Kräutern ... Das bringt den Darm auf Trab ... Das erweckt die Lymphe ... Das hier habe ich von einem Serben – ich weiß nicht mal genau, was es ist ... Das ist Terpentin, ein hervorragendes Mittel gegen Darmparasiten ...« Von all diesen Flüssigkeiten schluckte Benjamin ein paar Tropfen, wobei seine Wangen sich erst zartrosa und dann rot färbten. »Das ist ... *wow!*«, sagte er und schüttelte den Kopf. »Das reißt einen richtig auf.«

»Wie viel von dem Zeug soll man denn nehmen?«

»Keine Ahnung. Ich mache das intuitiv. Ich nehme so viel, bis es sich richtig anfühlt. Der Körper weiß, was er braucht. Man muss ihm vertrauen.«

Er nahm ein Reagenzglas, in dem sich eine dunkelgrüne Substanz befand. »Das ist flüssiges Chlorophyll, es saugt die Schwermetalle im Körper auf.« Er entkorkte das Glas, prostete Jack zu und trank es aus. »Und außerdem – o Mann, das ist wirklich *stark!* – schärft es den Fokus.«

»Äh, Ben, reden wir noch immer von *The Shipworks?*«

»Ach ja, richtig. Worauf ich rauswill, ist, dass Projektfinanzierung mehr oder weniger nach denselben Prinzipien abläuft. Wo immer es ein Risiko gibt, muss man einen Weg finden, es zu eliminieren. Dieser kleine Schluckauf in Park Shore bedeutet, dass ich das Risiko auf neue Investoren verteilen und/oder andere Investoren finden muss, deren Risikotoleranz, sagen wir, ein bisschen robuster ist. Aber das ist kein Grund zur Sorge. Ich hab alles im Griff.«

»Okay, prima, gut zu wissen.«

»Überlass das alles einfach mir. Und, Jack?«

»Ja?«

»Du solltest mehr auf dich achten, im Ernst. Du siehst beschissen aus.«

Draußen musste Jack über mehrere Singvögel hinwegsteigen, die schrecklich leblos auf dem Bürgersteig des Upper Wacker Drive lagen.

Der Weg zum Seminar in der Michigan Avenue dauerte zwanzig Minuten. Es war eine Einführung in die amerikanische Kunst, die um neun Uhr in einem Kellerraum stattfand, der oft zu dunkel und zu warm war. Die größte Herausforderung war, die Teilnehmer so bei der Sache zu halten, dass sie nicht einschliefen. Im Augenblick beschäftigten sie sich mit den epischen Landschaften der Hudson River School, und als Hausaufgabe für heute hatten sich die Studenten im Art Institute ein bestimmtes Gemälde von Thomas Cole ansehen sollen: *New England Scenery*. Jack ging in Gedanken seine Notizen durch: Er wollte über das Diktum der Hudson River School sprechen, dass jede gemalte Landschaft *schön, grandios* und *pittoresk* sein müsse, und erklären, was diese Worte in diesem bestimmten Zusammenhang bedeuteten. An der Tür zum Seminarraum erwartete ihn im blauen Anzug und mit Aktenkoffer der Finanzvorstand.

»Kann ich Ihnen helfen?«, fragte Jack.

»Ich warte nur auf den Lehrbeauftragten.«

»Das bin ich.«

»Oh!« Der Finanzvorstand warf einen kurzen, skeptischen Blick auf Jacks Tattoos. Dann lächelte er. »Sehr gut! Ich nehme an, Sie wissen, wer ich bin.«

»Ja.«

»Ich mache mich mit den wertvollen Dozenten unserer Universität bekannt und suche das persönliche Gespräch.«

»Okay.«

»Insbesondere möchte ich die Dozenten kennenlernen, für die der Wirkungsalgorithmus die niedrigsten Werte ergeben hat. Die niedrigsten Werte der ganzen Universität, um ehrlich zu sein. Die niedrigsten Werte von allen. Und ich wollte Ihnen nur sagen: *Ich bin auf Ihrer Seite.*«

»Danke.«

»Ich wollte mich mit Ihnen kurzschließen, mal hören, wie Sie diese Werte anzuheben gedenken, wenigstens in den Bereich des Akzeptablen.«

»Ich arbeite daran.«

»Denn Ihre Bilder, sosehr sie mir persönlich vielleicht gefallen, werden in der Welt einfach nicht wahrgenommen. Um ganz ehrlich zu sein.«

»Das ist mir bewusst.«

»Haben Sie mal darüber nachgedacht, das Medium zu wechseln?«

»Was?«

»Heutzutage stehen Videos im Fokus. Da ist das Interesse viel größer.«

»Nein, darüber habe ich eigentlich noch nie nachgedacht.«

»Na ja, ich will nicht behaupten, dass ich was von Kunst verstehe. Aber ich verstehe etwas von KBM.«

»Was ist KBM?«

»Kundenbeziehungsmanagement. Wir haben KBM-Software, mit der wir verfolgen können, was die Kunden auf unserer Website tun. Und wissen Sie, was wir festgestellt haben?«

»Mit Kunden meinen Sie Studenten?«

»Und ihre Eltern. Und wir haben festgestellt, dass die Absprungrate auf der Seite Ihrer Fakultät größer ist als anderswo.«

»Und das soll ich nun ändern?«

»Ja, und ich hatte da eine Idee, einen Vorschlag. Nennen wir's einen Gedankenblitz. Ich empfehle Ihnen dringend, ein paar neue Sachen auszuprobieren, oder besser noch eine ganze Reihe künstlerisch sehr verschiedener neuer Sachen. Es sollte wie eine Flutwelle sein.«

»Eine was?«

»Im Grunde ist es ein Schrotschuss mit breiter Streuung.

Fangen Sie an, wie verrückt zu posten. Irgendein kleiner Gedanke, der Ihnen durch den Kopf geht, irgendeine neue künstlerische Ausrichtung – stellen Sie es online und sehen Sie sich die Analyse an. Das, was die Leute am meisten anklicken, ist Ihre neue Richtung.«

»Und worum sollte es bei meiner Kunst gehen?«

»Spielt keine Rolle! Der Grundgedanke ist: Es ist sehr schwer vorauszusagen, was den Leuten gefällt, aber mit dem Wirkungsalgorithmus ist es ganz leicht zu *enthüllen*.«

»Eine Flutwelle.«

»Es ist eine Technik der Russen. Die sind in so was unglaublich, fast bewundernswert gut. Nur so ein Gedanke.«

»Danke, ich werde darüber nachdenken.«

»Ich wollte Ihnen nur sagen, dass wir voll hinter Ihnen stehen. Es wäre wirklich ein Jammer, wenn wir Sie gehen lassen müssten.«

Der Finanzvorstand verabschiedete sich mit einem kräftigen Händedruck und einem Klaps auf die Schulter.

Jack trat in den Seminarraum, dimmte das Licht und schaltete den Overheadprojektor ein. An der Wand hinter ihm erschien eine Vergrößerung des Bildes, um das es heute gehen sollte, *New England Scenery,* eine schöne, pastorale Ansicht der White Mountains bei Sonnenuntergang. Im Vordergrund stand ein großer belaubter Baum, im Mittelgrund eine Kirche, und überall gab es kleine Anzeichen von Leben: ein Jäger im Wald, ein von Pferden gezogenes Fuhrwerk, herumtollende Hunde, ein Kind, das einen Baum betrachtete. Jack sah auf das Bild, wandte sich seinen fünfundzwanzig Studenten zu und atmete tief durch. Dann sagte er: »Wenn Sie glauben, dass Künstler tun können, was sie wollen, sind Sie im Irrtum. Künstler müssen tun, was man ihnen sagt.«

Ein paar irritierte Blicke und schräg gelegte Köpfe. Einige sahen von ihren Handys auf.

»Nehmen Sie dieses Bild«, sagte Jack und zeigte auf die Landschaft. »Es ist ein totaler Mist.«

Das sicherte ihm die allgemeine Aufmerksamkeit. Er fuhr fort: »Landschaftsmaler konnten nicht einfach eine Ansicht finden, die ihnen gefiel, und sie malen. Sie konnten nicht darstellen, was sie wollten. Sie mussten eine Szenerie *konstruieren*. Und für wen? Für die Sammler. Die Mäzene. Für die Leute mit Geld.«

Jack merkte, dass sich ein bitterer Unterton in seine Stimme geschlichen hatte. Trotzdem fuhr er fort und erklärte den Studenten, dass die Landschaftsmaler, die sie studierten, die Welt nicht so malten, wie sie in Wirklichkeit aussah, sondern von den Reichen gesagt bekamen, wie die Welt aussehen *sollte*, und sich dann auf die Suche nach Beispielen machten. Sie malten die Welt nicht, wie sie war, denn zwischen dem Maler und der Landschaft stand eine ganze Denkschule, die bestimmte, wie eine Landschaft beschaffen sein sollte. Die Landschaft wurde durch die Brille einer Doktrin, eines Dogmas betrachtet. Weite Reisen zu geeigneten Orten wurden erforderlich, wo sich Ausblicke auf eine beinahe ideale Szenerie boten: etwas, das die Schönheit von Gottes Schöpfung beschwor, allerdings ohne das wuchernde Durcheinander der echten, ungebändigten Natur; etwas, das staunende Ehrfurcht erzeugte, allerdings nicht so sehr, dass ein reicher Kunstsammler sich davor klein oder unwürdig fühlte. Oft wollte die Welt nicht recht kooperieren, und so mussten die Maler Szenerien erfinden und mit Versatzstücken aus tatsächlich existierenden Landschaften eine Art »Wahrheit« erschaffen, die sie dann mit erfundenen Elementen anreicherten.

»Zum Beispiel sehen wir oft Ansichten aus Kansas mit großen Bisonherden und berittenen Indianern – die Sache ist nur: Die meisten dieser Bilder wurden erst gemalt, als die Indianer und die Bisonherden längst vernichtet waren. Inzwischen hatten die Sammler an der Ostküste aber ihre Vorliebe für Indianer und Bisons entdeckt. Es war eine Art Fetisch, und die Künstler gehorchten.«

Er legte zwei andere Bilder unter den Projektor, zwei

Zeichnungen. Auf der unteren sah man schmuckloses Grasland, Hügel und Himmel, die andere zeigte dieselbe Szenerie, jedoch versehen mit Büschen, Vögeln, Wegen und Menschen. Es war eine mit greifbarem Leben verzierte Landschaft.

»Diese Zeichnungen stammen aus dem Jahr 1792 und wurden von einem britischen Pfarrer angefertigt, der versuchte, einige Grundregeln der Landschaftsmalerei aufzustellen«, sagte Jack. »Dieser Pfarrer erklärte, die untere Landschaft sei nicht pittoresk und solle nicht dargestellt werden, während die obere pittoresk und vorbildlich sei. Und wissen Sie, warum? Weil die obere Landschaft aussah wie die, in der er aufgewachsen war, und die untere nicht. Das war alles. Sie war ihm einfach vertrauter. Doch dann wurde das zum allgemeinen Maßstab, und sehr bald mussten alle Landschaften so aussehen.«

Die Studenten in diesem Seminar waren hauptsächlich im ersten oder zweiten Studienjahr und hatten die Veranstaltung nicht aus Interesse an amerikanischer Kunst belegt, sondern um die erforderlichen Punkte in ihren geisteswissenschaftlichen Fächern zu bekommen. Sie sahen ihn schweigend an. Staubkörnchen schwebten durch den Lichtstrahl des Projektors und leuchteten auf.

Jack verschränkte die Arme. »Erst war es die Kirche, die den Künstlern sagte, was sie zu malen hatten. Dann waren es die Reichen. Und heute ist es offenbar ein Algorithmus.«

Jetzt waren die Studenten gründlich verwirrt und wechselten besorgte Blicke. Jack beschloss, das Seminar früher als sonst zu beenden. Die Studenten gingen rasch hinaus – einige fragten ihn, ob der heutige Stoff, worum auch immer es gegangen war, in der Prüfung drankommen werde –, und bald war Jack allein in dem abgedunkelten Raum und starrte auf die beiden Zeichnungen: die schmucklose und die geschmückte Landschaft. Er studierte die untere Zeichnung, das Grasland ohne Details, ohne Merkmal, ohne Zierrat, ohne alles, und dachte, was er jedes Mal dachte, wenn er sie sah: Genau so war es zu Hause. Die weit offene Prärie, in der er aufgewachsen war, sah exakt so aus wie diese Zeichnung: wie ein nackter, weiter Raum, wie eine Leere.

Manches, dachte er, ist es nicht wert, dargestellt zu werden. Als könnte Kansas spüren, dass er daran dachte, kam in diesem Augenblick ein Update aus den weiten Ebenen des Mittleren Westens. Jacks Handy summte: Sein Vater hatte wieder etwas ermüdend Langes und Wütendes gepostet. Jack seufzte. Er stellte sich vor, wie der alte Mann ganz allein in diesem Haus zusammengesunken vor seinem altmodischen Computer saß, während draußen das vernachlässigte Gras wucherte und im Hintergrund der übelste aller Nachrichtenkanäle achtzehn Stunden am Tag vor sich hin quakte. Jacks Vater glaubte den größten Blödsinn, den es im Internet zu lesen gab, und verbrachte ganze Nachmittage damit, in reflexhafter Wut Posts zu verfassen. Jetzt war es etwas über illegale Immigranten, die das Ebolavirus nach Amerika einschleppten, und als er die Tirade las und sofort die vielen logischen Löcher und krassen Falschinformationen erkannte, wusste er, wie er die nächste Stunde verbringen würde: Er würde zusammengesunken vor dem altmodischen Computer sitzen, den die Universität ihren Lehrbeauftragten stellte, er würde googeln und recherchieren und eine unanfechtbare Erwiderung schreiben, er würde seine ganze akademische Bildung in Stellung bringen, die hirnrissigen Argumente seines Vaters Punkt für Punkt widerlegen und hoffen, dass er diesmal endlich zuhörte.

Das Besondere an der Prärie ist, dass man sie leicht für das reine Nichts halten kann. Das jedenfalls sagen Reisende oft, wenn sie durch die Flint Hills in Ost-Kansas fahren und keine Städte, keine Bäume, keine Häuser sehen, nichts, was den Horizont unterbricht, nur Gras, wohin man auch blickt, eine Million Kilometer weit, wie es scheint: »Hier ist ja gar nichts!« Die Leute sehen diese Landschaft, und was sie sehen, ist Leere. Es sieht aus, wie ein Land aussieht, bevor etwas anderes damit passiert.

Eine Prärie verströmt nicht die Erhabenheit eines Gebirgszugs, die strenge Kargheit einer Wüste, das unheimliche Mysterium eines Waldes, die Romantik einer Küste. Eine Prärie ist im Grunde ein Rasen, und es ist nicht leicht, besondere Gefühle für einen Rasen zu entwickeln.

Jack hat eine Theorie, warum die Prärie eine missachtete Landschaft ist, die wir, wenn wir sie betrachten, gar nicht wirklich *sehen*: weil man die Prärie nicht auf einem Bild festhalten kann. Es ist bekanntermaßen schwer, sie zweidimensional abzubilden. Selbst für das nackte Auge sieht sie flach aus, obwohl eine Wanderung über die Flint Hills recht anstrengend sein kann und diese aus der Ferne so flache Landschaft einen ganz schön ins Schnaufen bringt, wenn man einen der Hügel hinaufläuft. Das Fehlen jeder Perspektive täuscht das Auge – eine Illusion, der man auch dann noch unterliegt, wenn man sie als Illusion erkannt hat. Und wenn man versucht, es zu malen oder zu fotografieren, wird dieses flache Land noch flacher. Ohne Fluchtpunkt wird die zweidimensionale Abbildung der Prärie zu etwas beinahe Abstraktem, zu braunen und grünen Flächen, die an Bilder von Rothko erinnern. Nur Farbe, ohne jede Verbindung zur physischen Welt. Im Gegensatz zu den Wäldern des Ostens und den Bergen des Westens hat die Prärie keine Dimension. Nichts sticht heraus, es gibt fast keine visuelle Dramatik, keine Konturen, die das Licht herausarbeiten könnte, nichts von alldem, was für uns traditionell mit dem Begriff Ansicht verbunden ist.

Mit anderen Worten: Als schönes Bild, das man sich an die Wand hängt, eignet sich die Prärie eher nicht.

Nur eines der vielen Landschaftsbilder des Art Institute zeigt die Prärie. (Und das in Chicago, das früher mal Prärie *war!*) Dagegen sind die farbenprächtigen Herbstwälder der Ostküste ausgiebig vertreten – die meisten sind in Neuengland entstanden, einige an den Niagarafällen, allesamt Werke der Hudson River School. Da gibt es Winslow Homers felsige Küste von Maine, William Merrit Chases Dünen auf Long Island, George Inness' Catskill Mountains, Thomas Doughtys und Emil Carlsens Sandstrände von Nahant und Nantasket – und dann scheint die Begeisterung der Sammlung über die Leere in der Mitte des Landes hinwegzufliegen und landet bei Georgia O'Keeffe und ihren Mesas, den bunten Blumen und den weißen Schädeln. Im ganzen Museum gibt es nur ein einziges Bild der großen Prärie; es ist von Alvin Fisher und trägt den passenden Titel *The Prairie on Fire*.

Passend, weil wir die Prärie erst wirklich sehen, wenn wir etwas tun, um sie auszulöschen.

Das sagt Jack in seiner Einführung in die amerikanische Kunst, in den Sitzungen, in denen es um die Landschaftsmalerei geht: Die in der europäischen Tradition stehenden Maler sahen das endlose Grasland des Mittleren Westens und wussten buchstäblich nicht, was sie damit anfangen sollten. Ihre Ausbildung hatte sie nicht darauf vorbereitet, etwas so Monolithisches abzubilden. Sie waren an Ansichten mit klaren Grenzen und Dimensionen gewöhnt: Bäume im Mittelgrund vermittelten Perspektive, Flüsse und Täler waren ausgezeichnete Fluchtpunkte, Berge am Horizont dienten als Gegengewichte, und das alles war atmosphärisch in Licht und Schatten getaucht. Aber was macht man mit einer Prärie, wo Vorder-, Mittel- und Hintergrund allesamt gleichermaßen flach und ohne besondere Merkmale sind?

Die meisten Maler beschlossen, die Prärie zu ignorieren. Sie fuhren weiter nach Westen, bis sie die Rocky Mountains erreichten und mit Landschaften belohnt wurden, die ihrer Ausbildung entsprachen, und das ist auch der Grund, warum die Prärie im Kanon der amerikanischen Landschaftsmalerei unterrepräsentiert ist. Nicht weil sie nicht schön gewesen wäre – die meisten Maler räumten in Briefen oder Tagebüchern ein, sie sei tatsächlich sehr reizvoll –, sondern weil sie nicht den traditionellen Standards einer schönen Landschaft entsprach. Die Maler suchten nach Dingen, die sie malen konnten – Wälder, Berge, Strände –, und als sie die nicht fanden, erklärten sie, diese Landschaft sei »leer«.

Sie sahen nicht, was da war. Stattdessen sahen sie, was nicht da war.

Jack will seinen Studenten den Unterschied zwischen der Wirklichkeit und der Darstellung der Wirklichkeit vor Augen führen. Schönheit, sagt er, ist nicht innewohnend, sondern konstruiert. Das, was wir für schön halten, ist das, was schön dargestellt wird. Und wenn es nicht dargestellt wird, wird es auch nicht wahrgenommen. Es tritt nicht in unsere Vorstellungswelt ein. Es wird zu einem *Nichts*.

Darum gibt es im Westen den Yellowstone Park, während die Prärie zerstört wurde.

Die Studenten nicken und machen sich Notizen. Er hofft, dass er ihnen den Kopf gründlich durchgeblasen hat, weiß aber, dass sie sich in erster Linie fragen, ob der Stoff im Test abgefragt werden wird.

Manchmal geht Jack nach dem Seminar ins Museum, steht eine Weile vor *The Prairie on Fire* und betrachtet das Bild. Es hängt in einem der weniger frequentierten Säle im Erdgeschoss. Oben herrscht das übliche Gedränge vor *American Gothic*, die laut lachenden Besucher machen Selfies mit Grant Woods berühmtem Farmerpaar. Jack hat festgestellt, dass er nicht mehr die Geduld hat, die man in diesem Saal braucht. Die auf Fotos erpichten Grüppchen gehen ihm auf die Nerven, wahrscheinlich weil er sich an die Zeit erinnert, als das Fotografieren verboten und es in einem Museum so still wie in einer Kirche war und sich dort hauptsächlich Menschen aufhielten, die vor einem Kunstwerk stehen und sich eingehend damit auseinandersetzen wollten. Einer dieser Menschen war Jack, und er erinnert sich, wie er *American Gothic* zum ersten Mal und ohne Unterbrechung betrachtet hat, etwa eine halbe Stunde lang, so lange, dass ihm Beine und Rücken wehtaten. *Kunstschmerz* nennt er jetzt dieses dumpfe Ziehen im unteren Rücken, das man bekommt, wenn man stundenlang in steifer Pose in einem Museum herumgestanden hat.

Als er *American Gothic* zum ersten Mal sah, war er überrascht, wie klein es war: etwas mehr als einen halben Meter breit, etwas weniger als einen Meter hoch. Es erschien ihm unmöglich, dass ein so kleines Ding so berühmt war. Als er es genauer untersuchte, merkte er, dass es sowohl komplizierter als auch grober war, als er gedacht hatte. Die runden Brillengläser des Farmers zum Beispiel waren an einer Seite asymmetrisch leicht eingedrückt und daher keineswegs ganz rund. Die Zinken seiner Heugabel waren weder gerade noch gleich lang. Und was aus der Distanz wie die Struktur der Jacke des Farmers aussah, erwies sich bei genauerer Untersuchung als eine Reihe unbeholfen wirkender Kratzer. Doch andere Kleinigkeiten waren beeindruckend: dass das Muster des Kleides der Frau verkleinert auf den Vorhängen hinter ihr wiederholt wird oder dass die Pinselstriche auf der Stirn des Farmers die Falten eines Menschen heraufbeschwören, der oft zweifelnd die Augenbrauen hochzieht – bäuerliche Skepsis, die sich ein Leben lang in seine Haut gegraben hat und meisterlich wiedergegeben ist.

Diese Art von langer, gemessener Betrachtung ist heute unmöglich. Jack wird immer wieder abgelenkt von Leuten, die Fotos machen. Das Museum hat diese Praxis anfangs für unerwünscht erklärt, aber seit jeder in seinem Handy eine Kamera und online eine persönliche Galerie hat, ist eine solche Maßnahme, als würde man mit einem Rechen gegen den Ozean ankämpfen. Einfach aussichtslos.

Jack erinnert sich an seine Kunstseminare auf dem College, in denen die Professoren darauf bestanden, alles Fotografierbare sei bereits fotografiert, das Genre sei erschöpft, und es gebe nichts Neues unter der Sonne, das zu fotografieren sich lohne. Diese Professoren haben nicht mit Smartphones gerechnet. Und auch nicht mit Selfies. Um ein Foto zu etwas Neuem zu machen, reicht es, sein eigenes Gesicht darauf unterzubringen.

Jetzt ermuntert man die Besucher, Fotos zu machen und, wenn sie die Bilder online stellen, mit dem richtigen Hashtag auf das Museum zu verweisen. Und daher ist *American Gothic* jetzt den ganzen Tag von Selfie-Sticks, Touristengruppen und Eltern umlagert, die ihren Kindern sagen, sie sollen sich vor das Bild stellen, in derselben Pose wie das alte Paar. Das letzte Mal, als Jack etwas Zeit vor dem Bild verbracht hat, wurde er innerhalb von zehn Minuten von sechs Pärchen gebeten, ein Foto von ihnen zu machen. Schließlich verließ er den Saal.

The Prairie on Fire ist glücklicherweise kein berühmtes Bild. Es hängt an einer stillen Wand in einem stillen Saal, dessen berühmteste Bewohner einige unbedeutendere Werke von John Singer Sargent sind. Es ist nicht die Art von Saal, die zu Selfies anregt, daher zieht Jack ihn dem weit populäreren im ersten Stock vor, auch wenn er sich dabei wie ein übellauniger alter Griesgram vorkommt, nicht so viel anders als der Farmer auf *American Gothic,* ein altmodischer Typ, dem die Leute lieber auf einem Bild als im wirklichen Leben begegnen.

Auf *The Prairie on Fire* hat der Künstler das Problem der Darstellung der Prärie wieder einmal durch Vermeidung gelöst. Es ist eine nächtliche Szene, und daher ist die sonst so schwierige Landschaft in Schwärze und Schatten getaucht; nur im direkten Vordergrund sieht man eine Gruppe Reisender, die durch das hohe Gras geführt wird. In der Ferne, am Horizont, brennen enorme Feuer. In gewaltigen rot und orangerot leuchtenden Wolken quillt Rauch auf. Die Reisenden sehen verängstigt aus. Selbst ihre Pferde sehen verängstigt aus. Das Feuer kommt auf sie zu. Sie sind in Gefahr.

Das Bild zeigt eine Szene aus einem Roman von James Fenimore Cooper, den Jack nicht gelesen hat. Schon eigenartig, dass ein Schriftsteller aus New York und ein Maler aus Boston versucht haben, den harten Mittleren Westen darzustellen: eine Szene aus der Prärie von Kansas, gemalt von jemandem, der noch nie in Kansas gewesen war, basierend auf einem Roman von jemandem, der ebenfalls noch nie in Kansas gewesen war, und Jack stellt fest, dass er das Bild nicht mag. Diese Abneigung hat Ähnlichkeit mit der, die er vor Jahren empfand, als urbane Hipster anfingen, in ironischer Absicht die John-Deere-Caps zu tragen, die Jacks Vater schon immer ganz unironisch getragen hatte. Damals dachte Jack: *Leckt mich doch!* Er hat für den Mittleren Westen eigenartige Beschützergefühle, obwohl er sich als junger Mann so verzweifelt bemüht hat, ihm zu entkommen.

»An Präriefeuern ist nichts Gefährliches«, sagte sein Vater damals, als er sie noch legte. »Nicht wenn man sorgfältig ist.«

Lawrence Baker war immer sorgfältig. Die Feuer, die er jedes Frühjahr legte, waren bei den örtlichen Farmern für ihre Beherrschbarkeit und Präzision berühmt. Wenn er tausend Morgen Weideland in Brand setzte, verbrannte nur das Gras, das verbrennen sollte. Seine Feuer waren elegante, orchestrierte Ereignisse, und er war in den ganzen Flint Hills ein gefragter Mann und bekam Aufträge von Ranchern, deren Ländereien so weit südlich lagen wie Osage County und so weit nördlich wie Pottawatomie. Er besuchte sie jedes Frühjahr und brannte ihre Hügel ab.

»Feuer ist in einer Prärie wie Regen in einem Regenwald«, sagte er in jedem April zu Jack, bevor er in die monatelange Brandsaison aufbrach. Und Jack wusste, dass sein Vater sich an die Arbeit gemacht hatte, wenn ein leiser Rauchgeruch in der Luft lag und er nachts in weiter Ferne einen schwachen orangeroten Lichtschimmer sehen konnte.

In den Jahren, in denen das Wetter mitspielte, ging die Brandsaison gemächlich und geordnet dahin. Andere Jahre waren schwieriger. Wenn man ein Präriefeuer zuverlässig kontrollieren wollte, musste das Gras einen bestimmten Feuchtigkeitsgehalt haben, und der Wind durfte eine bestimmte Geschwindigkeit nicht überschreiten, und wenn das Frühjahr zu trocken und der Wind zu stark war, gab es in zwanzig Tagen vielleicht einen, an dem die Bedingungen gut oder jedenfalls nicht gefährlich waren und man sich endlich an die Arbeit machen konnte. An diesen Tagen sahen die Flint Hills aus wie Pompeji. Jeder Rancher brannte sein Land am selben Tag ab, und Jack konnte durch das von Asche langsam verdunkelnde Fenster seines Zimmers im ersten Stock die Welt brennen sehen. Der Himmel war hinter einem dichten, körnigen Nebel verborgen, die Erde wurde wie bei einem Blizzard langsam mit Asche bedeckt, im Haus roch es verbrannt, obwohl alle Fenster geschlossen waren, und Jack saß da und betrachtete die grauen Rauchwolken, die am Horizont aufragten wie die Finger der Wolkenkratzer in irgendeiner großen amerikanischen Stadt.

Als Kind verwirrte es ihn, dass man das Gras verbrannte, bevor im Sommer die Rinder kamen. Es machte ihm Sorgen, dass das versengte Land jetzt des Einzigen beraubt war, das diese Erde zu bieten hatte: Gras. Die meisten Rancher in den Flint Hills besaßen kein Vieh, sondern die Kalorien, die das Vieh brauchte: Blauhalm, Rutenhirse und Goldbartgras, so nahrhaft und ergiebig, dass ein einjähriges Rind vier Pfund am Tag zunehmen konnte. Und so kamen sie von überallher, eine Million Rinder jeden Sommer, in riesigen Transportern aus Tennessee und Oklahoma, Texas und Mexiko, um sich drei Monate lang mit dem Präriegras der Flint Hills vollzufressen, bevor man sie in die Mastanlagen und schließlich in die Schlachthöfe brachte.

Für die Rancher der Flint Hills waren Rinder Maschinen, die Gras in Geld verwandelten. Und da ihr Einkommen davon abhing, wie viel schwerer die Rinder auf der Sommerweide geworden waren, lag ihnen sehr daran, dass die Futterquelle so gesund und nahrhaft wie möglich war. Und am saftigsten und nahrhaftesten war das Präriegras unmittelbar nach einem Feuer.

Darum wurden in jedem Frühjahr das alte Gras und das verfilzte dürre Stroh darunter verbrannt, und genau zwei Wochen danach erschienen, pünktlich wie ein Uhrwerk, neue grüne Sprossen. Das Gras wuchs wie verrückt. Innerhalb weniger Tage überzogen sich die geschwärzten, rußigen Hügel mit frischem, leuchtendem Grün.

Das geschah in dieser Größenordnung nur noch in den Flint Hills, dem größten zusammenhängenden Stück Hochgrasprärie in Amerika. Früher einmal bedeckte diese Prärie das Land von Kanada bis Texas, von den Rocky Mountains bis Chicago, doch die fruchtbare Erde, die so nahrhaftes Weidegras hervorbrachte, eignete sich auch für den Anbau von Weizen und Mais, und so wurde die Hochgrasprärie nach und nach umgepflügt und in Ackerland verwandelt – alles, das gesamte Grasland in der Mitte des Kontinents, überall außer hier, in den Flint Hills von Kansas, dem einzigen großen, zusammenhängenden Stück Prärie, das nicht in Ackerland verwandelt werden konnte, weil die Erde zum Pflügen zu steinig war. Die Feuersteine, die diesen Hügeln ihren Namen gaben, waren das Problem. Wenn man irgendwo in den Flint Hills anfing zu graben, stieß man bald auf Kies.

Jack versucht sich vorzustellen, wie Amerikas Prärie ausgesehen hat, bevor es Farmen gab: eine Dünung aus mannshohem Gras, das im unaufhörlichen Sommerwind wogt, derselbe Anblick, wohin man auch sieht, ein vollkommen gerader, ununterbrochener Horizont. Das alles ist weg. Er fragt sich, ob das ein weiterer Grund ist, warum Reisende in den Flint Hills sich umblicken und nichts sehen: Vielleicht bezeichnen wir etwas als »nichts«, um zu verdrängen, dass es verloren gegangen ist.

Aber die Prärie ist nicht nichts. Sie ist nicht leer. Sie ist erfüllt. Sie wimmelt von Leben. »In einem Kubikmeter Hochgrasprärie ist mehr Leben als in einem Kubikmeter aus dem brasilianischen Regenwald«, sagte Lawrence. Und er konnte sie alle sehen und benennen, die verborgenen Bewohner, die Flechten, Büsche, Präriehühner, Wildblumen, Falken, Spatzen, Schnepfen, Schlangen und Mäuse, die auf dem verbrannten Land gediehen. Er unternahm mit Jack lange Wanderungen, die wie kombinierte Biologie-, Geschichts- und Chemieseminare waren. Er strich über die Ähren des Blauhalms und erklärte Jack, wie diese Art es schaffte, hier so hoch zu wachsen: weil ihre feinen Wurzeln sich durch die winzigsten Risse und Spalten im Gestein schieben konnten und sechs Meter tief reichten, bis zum Grundwasserspiegel. Er kratzte an einem der Steine, die auf den Hügelflanken aus der Erde ragten. Die Prärie war gesprenkelt mit diesen weißen Steinen – »die Schuppen der Natur« nannte er sie. Man konnte sie mit dem Fingernagel bearbeiten. »Kalkstein«, sagte er. Die ganzen Flint Hills seien früher ein Binnenmeer gewesen, auf dessen Boden sie jetzt stünden, weswegen man manchmal auf einem Felsen den Abdruck einer Muschel finde. Und darum seien die Hügel auch so sanft gewellt: Sie seien vom Gewicht dieses Meeres flach gedrückt worden. Er brach ein Stück Kalkstein ab und steckte es ein, und zu Hause legte er es in ein Glas voll Essig. Gemeinsam sahen sie zu, wie Bläschen aufstiegen.

Er wusste von allem den Namen, sogar von Dingen, die mehr als einen Namen hatten. »Das da sind Säckelblumen«, sagte er und zeigte auf verstreut wachsende, etwa einen Meter hohe Büsche, die ein Jahr nach einem Feuer blühten. »Deine Schwester nennt sie Wilder Schneeball.« Jack lächelte. Bei Evelyn klang alles immer ein bisschen bezaubernder. »Und im Unabhängigkeitskrieg«, sagte Lawrence, »als Tee schwer zu kriegen war, brühten die Kolonisten eben Säckelblumen auf. Man kann die Blüten und die Wurzeln verwenden. Und darum nennen manche ihn auch New-Jersey-Tee.«

Er war so etwas wie ein Amateurhistoriker, ein Amateurnaturforscher, ein Amateurökologe. Er ging mit Jack zu dem kleinen Bach an der Grenze ihres Grundstücks. Am Ufer wuchsen Ulmen und Weiden. Lawrence ging vor einem Ding in die Hocke, das für Jack wie ein kleiner brauner Stock aussah, den jemand senkrecht in den Boden gerammt hatte.

»Das ist ein Ulmenspross«, sagte sein Vater. »Und diese Stelle ist ein Ökoton.«

»Ein was?«

»Ein Ökoton. Das heißt, ein Grenzbereich. ›Öko‹ wie in Ökosystem. Und ›ton‹ vom griechischen *tonos,* das bedeutet ›Spannung‹. Gemeint ist die Spannung zwischen zwei Ökosystemen, die Überschneidung zweier Welten. Zweier Welten, die miteinander im Konflikt sind. Siehst du das Land hinter uns?« Er wies mit dem Daumen auf die sanft wogenden Hügel. »Das Land will Prärie sein. Aber das Land vor uns will Wald sein. Und hier, an dieser Stelle, kämpfen die beiden miteinander. Dieses kleine Kerlchen« – er strich sanft mit dem Finger über den Spross – »ist die Vorhut. Hier, unter unseren Füßen, Jack, tobt in Zeitlupe ein Krieg, von dem wir keine Ahnung haben.«

Manchmal schlug einer dieser Vorhutbäume weit entfernt von seinen Cousins Wurzeln, irgendwo mitten im Grasland, ohne Schutz durch die anderen Bäume, dem beständigen kräftigen Südwind ausgesetzt, der den größten Teil des Jahres über Kansas wehte. Wenn dieser Baum dann heranwuchs, wuchs er krumm, unablässig vom Wind gebeugt, dem er sich schließlich fügte, indem er krumm blieb, auch an den windstillen Tagen.

Aber sie waren selten, diese windgebeugten Präriebäume. Meist fielen sie den jährlichen Bränden zum Opfer. Feuer hatte die Wälder im Lauf der Jahrtausende auf Abstand gehalten.

»Ein Präriefeuer ist was ganz Natürliches«, sagte Lawrence Baker gern, »was ganz Normales.« Und das stimmte, bis es nicht mehr stimmte. Bis 1984, als Jack neun war und Lawrence an einem trockenen, wolkenlosen Apriltag mit beständigem warmem Südwind sein letztes Feuer entzündete.

Daran denkt Jack an den Nachmittagen, an denen er in dem stillen Museumssaal vor dem Gemälde *The Prairie on Fire* steht, die Gesichter der Reisenden studiert, die die Flammen näher kommen sehen, ihre entsetzten, von Panik und Verzweiflung gezeichneten Mienen.

Gemälde geben die Prärie oft nicht akkurat wieder. Aber das hier, denkt Jack, das hier zeigt leider die Wahrheit.

Das Haus mit den mindestens vierzehn Giebeln

Alvin Augustine, 1835–1920

In späteren Jahren sagte Alvin Augustine jedem, der es hören wollte, das große Augustine-Vermögen sei nicht durch Glück oder Vorsehung entstanden, sondern einzig und allein durch seine harte Arbeit, seine Beharrlichkeit, seinen Einfallsreichtum, seinen Weitblick, sein Talent und seinen Mut. Die meisten seiner Zeitgenossen – sogar jene, die seinen Einladungen zu Wochenendgalas oder Fuchsjagden sehr gern folgten – wären sich allerdings vermutlich einig gewesen, dass das Augustine-Vermögen seine Existenz größtenteils dem zufälligen Zusammentreffen dreier scheinbar in keinem Zusammenhang stehender Dinge verdankte: der Kirche, dem Bürgerkrieg und gesüßter Kondensmilch.

Was das Erste betrifft: In den Kirchenbüchern finden sich vor 1858 nur sehr wenige Hinweise auf Alvin Augustine. Eigentlich gibt es nur einen einzigen Eintrag, nämlich im Kirchenbuch eines im frühen 19. Jahrhundert in Greenwich tätigen presbyterianischen Pfarrers, und darin geht es um eine Landübertragung an einen A. Augustine. Bei dem Grundstück handelte es sich um ein schmales, hundert Morgen großes Stück Land südlich von Litchfield im Shepaugtal, so dicht bewaldet, felsig, steil und insgesamt unzugänglich, dass es buchstäblich zu nichts zu gebrauchen war: zu bewaldet für Landwirtschaft, zu abgelegen für eine Sägemühle, zu bergig für Straßen. Es wurde an Alvin zu einer Zeit abgetreten (oder vielleicht mit einem bemerkenswerten Nachlass verkauft – die Quellenlage ist nicht eindeutig), in der die Kirche ihre Schäfchen ermunterte, in die noch immer wilden Winkel Neuenglands zu gehen und die Natur zu zähmen – ein philosophisches Vermächtnis aus puritanischen Zeiten, als der Wald etwas Dunkles, Unzivilisiertes und Gottloses war und das Fällen von Bäumen und die Errichtung von Siedlungen, in deren Mitte natürlich eine Kirche stand, eine Art Stellvertreterkrieg gegen Satan selbst darstellte.

Alvins Begeisterung, in diese spirituelle Schlacht zu ziehen, reichte nur für die Bäume, die gefällt werden mussten, um eine Hütte errichten zu können, und kein Stück weiter. Im Wald südlich von Litchfield baute er sich eine aus einem einzigen Raum bestehende Hütte, stellte alle weiteren Arbeiten ein und verschwand von der Bildfläche. Für die Litchfielder war das gewiss ein Schock, denn Alvins Vater war ein allgemein respektierter Schriftsteller, ein geachteter Lehrer und aufrechter Calvinist, und von seinem Sohn hatte man Großes erwartet. Alvin Augustines Vater war Connecticuts führender Hawthorne-Kenner; er hatte wie Hawthorne auf dem Bowdoin College studiert und sich dort mit ihm angefreundet, er stand noch in Kontakt mit Hawthorne und reiste regelmäßig nach New Haven, um Vorträge über Hawthorne zu halten. Alvin dagegen hatte sich nie besonders für Literatur, das Lesen oder die Schule interessiert und behauptete oft, seine Intelligenz sei von der Art, die man nicht aus Büchern lernen könne, was sein Vater stets mit einem skeptischen Schnauben quittierte.

Alvin saß allein in seiner winzigen Hütte im Wald und begann offenbar einen langsamen Abstieg in die Trunksucht, was entweder von vornherein sein Plan gewesen war – einen hübschen, ruhigen, abgelegenen Ort zu finden, wo er tun und lassen konnte, was er wollte, ohne die Blicke seiner Nachbarn ertragen oder sich in dem enthaltsamkeitsverliebten ländlichen West-Connecticut allem möglichen Geschwätz aussetzen zu müssen – oder aber als Beweis dafür gelten konnte, dass die Haltung der Kirche im Hinblick auf das Verhältnis zwischen Wald und Satan im Grunde korrekt war. Tatsächlich trieb Alvin möglicherweise einem frühen und nassen Grab entgegen, denn der nächste schriftliche Hinweis auf ihn bezieht sich auf eine Bar, die Hem & Haw Tavern in Litchfield, in der Alvin – zur rechten Zeit am rechten Ort – offenbar Zeuge einer öffentlichen Demonstration durch einen gewissen Gail Borden wurde, einem Texaner, der kürzlich entdeckt hatte, wie man Milch kondensieren und in Dosen abfüllen konnte, wo sie nie, nie mehr schlecht werden würde. Borden war von Texas nach Connecticut gezogen, wo es mehr Milchvieh gab, und wollte hier seine neue Milch produzieren, die, wie er behauptete, die Welt verändern werde.

Man bedenke, dass es damals noch keine Kühlung gab, und so verdarb Milch gewöhnlich nach ein bis zwei Tagen. Es war unmöglich, sie über weite Strecken zu transportieren. Auf Dampfschiffen wurden Kühe mitgeführt, um den Passagieren Milch anbieten zu können, doch da Kühe evolutionär nicht auf Schiffsbewegungen eingerichtet waren, wurden sie meist außerordentlich seekrank, worauf ihre Milchproduktion sank und schließlich abrupt zum Erliegen kam. Haltbare Dosenmilch war tatsächlich eine Millionen-Dollar-Idee.

Das Problem war: Niemand traute dem armen Gail Borden, der fast all sein Geld in ein anderes konserviertes Produkt investiert hatte, nämlich den mehr als fragwürdigen Borden's Meat Biscuit, bei dem es sich um eine Art klebrigen Dörrfleischriegel handelte. Schlimmer als der Anblick eines Borden's Meat Biscuit war angeblich nur sein Geschmack, und so hatte niemand Interesse, Bordens neueste Erfindung zu probieren, diese dickflüssige, spermaweiße Milchsirupschmiere. Und selbst diejenigen, die sich an jenem Abend in der Hem & Haw Tavern überreden ließen, davon zu probieren – und zugeben mussten: na ja, okay, nicht schlecht –, waren nicht bereit, in Bordens Idee zu investieren, denn warum sollten sie kondensierte Milch kaufen, wenn frische Milch unvergleichlich besser schmeckte? Wer sollte so was trinken, wenn man ebenso gut frische Milch trinken konnte?

Später sagte Alvin Augustine, diesen Leuten habe es an Fantasie gefehlt. Mit ihrem sehr begrenzten Weltbild hätten sie nur verstanden, wie diese Milch für Leute wie sie selbst schmeckte, für reiche Herren aus Neuengland. Alvin dagegen war, vielleicht wegen seines kargen Lebens im Wald, durchaus imstande, sich vorzustellen, wie diese Milch Menschen schmecken würde, die nicht zur Klasse der Investoren gehörten und sich nicht regelmäßig frische Milch leisten konnten. Gab es in Amerika viele dieser armen, unterprivilegierten, abgelegen lebenden Menschen? Bald würde es sie jedenfalls geben, denn es zog ein Krieg herauf, *der* Krieg, der Bürgerkrieg. Bald würden ganze Armeen nach Süden marschieren, und diese Armeen würden versorgt werden müssen.

Sie würden unter anderem Milch brauchen.

Milch, die eine wochenlange Fahrt durch die Gluthitze des Südens überstand.

Alvin stellte sich vor, wie diese Milch einem armen Infanteristen im gottverlassenen, schwülheißen South Carolina schmecken würde. Sie würde, dachte Alvin, wie die Erlösung schmecken.

An jenem Abend in der Tavern dachte keiner der anderen Männer so. Trotz seiner großartigen Idee konnte Borden nur wenige Investoren gewinnen und errichtete eine Fabrik an dem einzigen Ort, den er sich leisten konnte: im Hinterland von West-Connecticut. Und wie sich zeigte, gehörte der dichte, auf felsigem Grund stehende, nutzlose Wald südlich dieser Fabrik Alvin Augustine.

Alvin besaß kein Geld, das er in Bordens Kondensmilch hätte investieren können, nur dieses armselige Stück Land im Shepaugtal, und ein Geringerer – ein Mann ohne Alvins Kreativität und Weitblick, wie er später sagte – hätte das Land vielleicht für eine bescheidene Summe verkauft und wäre seiner Wege gegangen. Aber das tat Alvin Augustine nicht. Stattdessen bot er Borden ein Geschäft an: Borden konnte auf Alvins Land eine Bahnlinie bauen, die seine Fabrik mit der großen Housatonic-Linie in Hawleyville verband, auf der seine Kondensmilch dann schnell zu allen möglichen Orten weiter südlich transportiert werden konnte, und diese Bahnlinie würde für alle Zeit pacht- und gebührenfrei sein. Dafür, dass die Bauarbeiter mit seinem Land mehr oder weniger machen durften, was sie wollten, verlangte Alvin nur eine einzige Gegenleistung, nämlich dass die Eisenbahngesellschaft, die diese Linie eines Tages befahren würde, den Brennstoff für ihre Dampflokomotiven – damals Holz in großen Mengen – ausschließlich von der frisch gegründeten Augustine Railroad Supply Corporation bezog. Deren einziger Mitarbeiter war Alvin, und sein Betriebskapital war eine Axt.

Borden brauchte dringend einen Vertriebsweg, und da Alvins Angebot ihn deutlich billiger kam als der Kaufpreis für das Land und die Bahngesellschaft das Brennholz ohnehin von irgendwoher würde beziehen müssen, schien es eine jener Situationen zu sein, aus der sich für beide Parteien ein Gewinn ergab. Man schloss einen Vertrag und begann mit dem Bau der neuen Shepaug Rail Line.

Die Aussicht auf Reichtum erwies sich bei Alvin als weit wirksamer, als es die Aussicht auf ewige christliche Erlösung je gewesen war. Er machte sich mit großem Schwung an die Arbeit, fällte Bäume und zerlegte sie in Scheite, die klein genug waren, um in den Feuerkasten einer Dampflok zu passen. Das war schwere Arbeit, und während der Bau der neuen Bahnlinie fortschritt, wurde Alvin klar, dass er, wenn sie fertig war, nur ein paar Klafter Brennholz haben würde. Also fuhr er mit schmerzenden Gliedern und schwieligen Händen nach Hartford und sprach mit ein paar Bankleuten, denen, da sie Bankleute waren, nichts lieber war als eine risikolose Investition und die über Alvins Vertrag mit der Bahngesellschaft geradezu entzückt waren. Sie erklärten sich sogleich einverstanden, Alvins Land als Gegenleistung für einen Kredit zu akzeptieren. Mit dem Geld heuerte er eine Holzfällermannschaft an, die ihr Handwerk verstand und den

Wald so schnell zu Brennholz machte, dass die örtliche Priesterschaft regelrecht stolz war.

Alvins Voraussage erwies sich als richtig: 1861 begann der Bürgerkrieg, und die Soldaten waren von Bordens Erfindung so begeistert, dass Washington gesüßte Kondensmilch zum festen Bestandteil der Truppenversorgung der Nordstaaten erklärte. Außerdem gab es Gerüchte, konföderierte Einheiten würden Nachschubzüge stoppen und ausrauben und hätten es dabei vor allem auf Kondensmilch abgesehen, was bedeutete, dass eine kleine Fabrik in Litchfield nicht nur eine, sondern zwei Armeen mit Kondensmilch versorgte, ganz zu schweigen von den exklusiven Restaurants in New York und Washington, wo man mit Bordens Kondensmilch als Zutat für Cocktails und Backwerk experimentierte. Mit anderen Worten: Die Nachfrage nach gesüßter Kondensmilch war gewaltig, und der einzige Transportweg war die neue Shepaug Rail Line, die mit dem von Alvin gelieferten Brennholz betrieben wurde. Und da Alvin wusste, dass Regierungen in Kriegszeiten recht tiefe Taschen haben, und in dem Vertrag stand, dass die Bahngesellschaft ihr Brennholz von Alvin beziehen musste, aber nicht, *welchen Preis* es haben sollte, berechnete Alvin für das Holz eine ungeheure, buchstäblich lachhafte Summe, etwa das Zwanzigfache des Marktpreises. Der Buchhalter der Shepaug Rail Line jedenfalls erzählte, er habe herzlich gelacht, als er die erste Rechnung der Augustine Railroad Supply Corporation erhalten habe. Er habe zunächst gedacht, bei dem absurden Endbetrag handele es sich um einen Rechenfehler, und der Hinterwäldler, der sie geschrieben habe, könne vermutlich nicht bis drei zählen.

Doch es war kein Rechenfehler. Alvin forderte den Buchhalter auf, den Vertrag zu studieren und umgehend zu zahlen, was die Gesellschaft unter heftigem Protest und Worten wie »Vereinbarung unter Gentlemen«, »angemessener Marktpreis« und »Kriegsgewinnler« schließlich auch tat. Sie konnte nichts tun, als die Nase zu rümpfen und Alvin zu bezahlen, denn das war billiger, als die Fabrik zu verlegen, und außerdem wusste man ja, dass man nicht mehr lange mit Alvin zu tun haben würde: Aus hundert Morgen Wald konnte man nur eine begrenzte Menge Brennholz machen.

Alvin wusste das ebenfalls. Und er konnte bis drei zählen. Er wusste sehr wohl, dass die typische vierachsige Dampflokomotive bei fünfzehn Kilometern pro Stunde – was auf der kurvigen Shepaug-Strecke die Höchstgeschwindigkeit war – zwischen sieben und acht Pfund Holz pro Kilometer brauchte, also etwa vierhundert Pfund für die ganze Strecke von Litchfield nach Hawleyville. In Luftlinie betrug die Entfernung zwar nur siebenundzwanzig Kilometer, doch weil Gleise sich um Steilwände, Schluchten und andere topografische Herausforderungen schlängeln mussten, was bei empfindlicheren Passagieren zu Anfällen von Übelkeit führte, war die Wegstrecke vierundfünfzig Kilometer lang.

Und da der Zug zweimal täglich hin- und zurückfahren musste, brauchte die Bahn etwa sechzehnhundert Pfund Holz pro Tag. Davon ausgehend, dass ein Klafter trockenes Ahornholz zwischen dreitausendfünfhundert und dreitausendachthundert Pfund wog, betrug der tägliche Bedarf der Bahn also etwa einen halben Klafter. Und da jedermann wusste, dass ein Morgen Wald ungefähr einem Klafter Holz entsprach, war nicht schwer zu berechnen, dass Alvins gesamter Wald nach rund zweihundert Tagen verfeuert sein würde. Nach etwas mehr als sechs Monaten also. Mehr Zeit blieb ihm nicht, um den zweiten Teil dessen umzusetzen, was sich zunehmend als Masterplan erwies. Dazu gehörte, dass Alvin all die anderen Besitzer von gleichermaßen felsigem, bewaldetem, wertlosem Land ausfindig machte und ihnen dasselbe Geschäft anbot, das die Banken in Heartford ihm angeboten hatten: Er würde den Landbesitzern zur Verfügung stellen, was nötig war, um den Wald abzuholzen; dafür würde er als Sicherheit ihr Land übernehmen, das sie mit dem hälftig geteilten Gewinn aus dem Holzverkauf zurückkaufen könnten. Einigen der Landbesitzer kam das reichlich spanisch vor. – Wozu eine Sicherheit? Warum konnten seine Männer nicht einfach kommen und abholzen? – Doch Alvin bestand darauf, denn genau so musste es, zumindest auf dem Papier, sein, damit seine Railway Supply Corporation technisch »im Besitz« des Holzes war und es an die Shepaug Line verkaufen konnte. Also schüttelte er den Kopf und beschwerte sich so überzeugend über die idiotische, überflüssige Bürokratie in Hartford, dass diese Männer – isoliert lebende Hinterwäldler mit einem libertären Argwohn gegenüber allen Regierungen – ihm sogleich vertrauten.

Und tatsächlich erschien ihnen das Angebot ziemlich gut: Unter minimalem Einsatz ihrerseits würde sich ihr wertloser Wald binnen Kurzem in wertvolles Ackerland verwandeln. Also unterschrieben sie die Verträge, und dann wurden weitere Holzfällertrupps angeheuert, die das Land nach Westen bis zur Staatsgrenze und nach Norden bis nach Norfolk abholzten.

Schließlich war Alvin für die Entwaldung von fast ganz West-Connecticut verantwortlich und wurde zugleich zum größten Grundbesitzer des Staates, denn nachdem der Wald abgeholzt war und die jeweiligen Besitzer ihren Anteil kassieren wollten, zahlte Alvin ihnen, wie in den Verträgen ausdrücklich vereinbart, fünfzig Prozent des »angemessenen Marktwertes« des Holzes – er hatte ihnen nichts von dem bemerkenswerten Aufschlag erzählt, den er der Shepaug Line berechnete und der so kalkuliert war, dass diese die Insolvenz knapp vermied –, und wenn sie ihm dieses Geld anboten, um ihr Land zurückzukaufen, erfuhren sie, dass sie viel, viel mehr würden bezahlen müssen, denn nach all den Verbesserungen, die er, Alvin, vorgenommen habe, sei es nun zehnmal so viel wert wie zuvor. Er gab ihnen neunzig Tage Zeit, die Differenz aufzubringen – wozu keiner dieser Leute imstande war –, und ließ sie dann vor die Tür setzen. Etliche der Landbesitzer – oder vielmehr der zu ihrem Entsetzen jetzt *ehemaligen* Landbesitzer – gingen vor Gericht, und obwohl die Verträge allen juristischen Untersuchungen standhielten, gebrauchten mehrere Richter dasselbe Wort, um Alvin Augustine zu beschreiben: Er war, wie sie sagten, ein *Schwindler.*

Schließlich baute Gail Borden, der Alvin mit beständiger, verzehrender Leidenschaft hasste, andere Fabriken mit besserer Anbindung an die Frachtrouten. Dampflokomotiven wurden von Holz- auf Kohlebefeuerung umgestellt. Und es sprach sich herum, welchem Schwindel die Landbesitzer und Wälder Neuenglands aufgesessen waren, und so gab es bald niemanden mehr, der Alvin genug traute, um auch nur das kleinste Geschäft mit der Augustine Railway Supply Corporation zu machen. Doch das spielte keine Rolle: Alvin Augustine wurde einer der reichsten Männer von West-Connecticut. Er verdiente Millionen mit Eisenbahnen, Grundstücken und Nahrungsmitteln, obwohl er im Grunde keine Ahnung davon hatte. In seinen Memoiren schrieb Gail Borden, die Shepaug Line sei »die krummste Bahnlinie in ganz Neuengland, und zwar nicht nur wegen der Kurven«.

Alvin zog sich auf das Stück Land südlich von Litchfield zurück, das er damals von der Kirche erhalten hatte, und ließ ein gewaltiges Haus bauen, mit dem er sich selbst ein Denkmal setzen und zudem seinen missbilligenden Vater verspotten wollte, der mit seinen Hawthorne-Studien niemals zu so extravagantem Reichtum kommen würde. Alvin wusste, dass *Das Haus der sieben Giebel* das Lieblingsbuch seines Vaters war, und obwohl er es nie gelesen und keine genaue Vorstellung von einem Giebel hatte, wusste er, dass er seinen Vater übertrumpfen und demoralisieren wollte, und zwar, indem er ein Haus baute, das mindestens doppelt so gut war wie das in dem blöden Buch. Als der Architekt ihn nach spezifischen Vorgaben für das großartige neue Haus fragte, sagte Alvin nur: »Ich will mindestens vierzehn Giebel.«

Everett Augustine, 1870–1950

Nach allem, was man weiß, war Everett, das älteste Kind von Alvin Augustine, ein ängstlicher, einsamer Mann. Dieser traurige Zustand erklärt sich vielleicht durch die Kombination aus den hohen Erwartungen, die sein Vater in ihn setzte, und der Unmöglichkeit, diese zu erfüllen, und zwar hauptsächlich aufgrund des schlechten Rufs, den sein Vater genoss. Als Everett volljährig wurde und ernsthaft über eine berufliche Laufbahn nachzudenken begann, stellte er fest, dass ihm und jedem anderen, dessen Nachname Augustine war, viele Türen verschlossen blieben. Er konnte nicht im Eisenbahnwesen tätig werden, ebenso wenig in der Nahrungsmittelindustrie, im Immobilienhandel, im Bankgeschäft, in der Rechtsprechung oder in der Politik, ja nicht einmal in der Speditionsbranche. Das hielt den älteren Augustine natürlich nicht davon ab, seinen Sohn wegen seiner »Trägheit«, seinem »Mangel an Weitblick« und seinem »fehlenden Geschäftssinn« zu tadeln, womit er Everett vielleicht dazu trieb, sich unüberlegt in einige desaströse Unternehmungen zu stürzen, die nichts anderes waren als verzweifelte Versuche, die Anerkennung seines Vaters zu erringen.

Beim ersten dieser Fehlschläge ging es um eine stattliche Investition in Baumwolle. Das war zu Beginn des Jahres 1893, als Everett Anfang zwanzig war und von seinem Vater als »Startkapital« eine große Summe erhalten hatte, die er deutlich vergrößern sollte. Die Baumwollpreise waren zu jener Zeit wilden Schwankungen unterworfen, doch Everett erhielt ein Angebot, ein ganzes Lagerhaus voll *feinstem, von Hand hergestelltem Baumwollstoff* zu kaufen, viele Hundert Ballen von zartestem weißen Musselin, viele Tausend Meter Stoff, den Everett schon zu Modell- und Brautkleidern verarbeitet sah. Das alles war in Atlanta für einen Preis zu haben, der gut dreißig Prozent unter den kürzlich gezahlten Höchstpreisen lag. Unter Beherzigung des einzigen Rates, den er von einem später in der Wall Street tätigen Schulfreund erhalten hatte – das Geheimnis des Erfolgs sei, bei fallenden Kursen zu investieren –, beschloss Everett, die ganze Partie zu kaufen. Natürlich hätte er, um ins Baumwollgeschäft einzusteigen, ebenso gut in Aktien oder Terminkontrakte investieren können, doch sein Vater sagte immer, materieller Reichtum gründe sich auf materielle Dinge wie Holz oder Land, auf Dinge, die man sehen und anfassen könne, und nicht auf abstrakte, ungreifbare, erdachte Konstrukte wie Aktien, Terminkontrakte oder Geld. (Im Hinblick auf Papiergeld war Alvin mit den Jahren – und noch bevor die USA den Goldstandard aufgaben – etwas paranoid geworden und glaubte, die Banken und die Regierung hätten sich zusammengetan, um ihn zu betrügen. Diese Überzeugung vertrat er mit einer wütenden Leidenschaft, die in keinem Verhältnis zu den überprüfbaren Fakten stand.)

Hätte Everett sich kundig gemacht, so hätte er gewusst, dass die starken Schwankungen der Baumwollpreise auf einige in keinerlei Zusammenhang stehende, aber desaströse systemische Entwicklungen zurückzuführen waren: höhere Ernteerträge, durch die sich die amerikanische Baumwollproduktion verzehnfacht hatte, sowie die Abschaffung von Handelsschranken für hochwertige Baumwolle aus Ägypten und Indien. Beides zusammen sorgte für eine Sättigung des Marktes und ließ die Preise für Baumwollprodukte fallen. Die wilden Marktfluktuationen, zu denen es Anfang 1893 kam, mündeten später in diesem Jahr in eine ausgewachsene, *The Panic* genannte Wirtschaftskrise, eine beinahe zehn Jahre währende Zeit der Stagnation und Mühsal, in der die Preise für viele Waren, unter anderem für Baumwolle, weiter fielen.

Dank der unermüdlichen und segensreichen Bemühungen von Frauen, die sich in der »Liga zum Schutz der Familie« organisiert hatten und ein Ende der Kinderarbeit in Bergwerken und Textilfabriken forderten, hatte sich zudem herausgestellt, dass die Musselinballen, die Everett zu einem inzwischen nicht mehr ganz so günstigen Preis erworben hatte, von bettelarmen, kriminell unterbezahlten Kindern im Grundschulalter hergestellt worden waren, was bedeutete, dass er seinen *feinsten, von kleiner Kinderhand hergestellten Baumwollstoff* niemals an Modehäuser oder Theater, ja nicht einmal an Hollywoods aufstrebende Kostümbildnergilde würde verkaufen können, denn niemand wollte irgendwas mit einem Stoff zu tun haben, dem der toxische Geruch von Kinderarbeit anhaftete.

Das Lagerhaus und der Stoff belasteten also die Bücher und brachten kein Geld ein. Everett musste die monatliche Miete für die Lagerhalle zahlen, den Spott seines Vaters ertragen und nach anderen Wegen zum Reichtum suchen. Ein paar Jahre später glaubte er, einen solchen gefunden zu haben, als er auf ein brandneues Wunderpulver namens Plasmon stieß, das aus getrocknetem und gemahlenen Milchprotein bestand. Ein Teelöffel voll davon war angeblich sechzehnmal nährstoffreicher als ein Steak, kostete aber nur ein paar Cents. Diese Erfindung könne den Hunger auf der Welt beseitigen, behauptete der Präsident und größte Investor der Herstellerfirma, ein gewisser Mark Twain, der, geistreich wie immer, ein flammendes Plädoyer für Plasmon verfasst hatte, in dem er schrieb, wenn man Plasmon einnehme, »preist der Magen Gott und erledigt den Rest«. Dass Everett sich für dieses Milchpulver begeisterte, lag vielleicht daran, dass der Erfolg seines Vaters ebenfalls auf einem Milchprodukt beruhte – eine Investition würde also eine gewisse Generationssymmetrie herstellen, was Everett, der ständig fürchtete, hinter den Erwartungen seines Vaters zurückzubleiben, gut gefiel. Vermutlich ließ er sich auch von Twains Berühmtheit blenden und träumte davon, Amerikas größten Schriftsteller mit der Aussicht auf oberflächliche Vergnügungen und Herumplanschen im Teich für ein Wochenende nach Connecticut zu locken, was seinen Vater, der über jeden der illustren Gäste in seinem Haus sehr genau Buch führte, stark beeindruckt hätte. Und so investierte Everett das zweite von seinem Vater gewährte Startkapital in das von Mark Twain gepriesene Milchpulver, das wie Medizin in eine Suppe, einen Haferbrei oder einen Becher Kakao gerührt wurde: alle Vorteile der Milch, aber ohne das Fett. Plasmon hatte eine Konsistenz wie Talkumpuder und musste tatsächlich untergerührt werden, denn unvermischt schmeckte es bitter und kalkig und war absolut ungenießbar, was vermutlich der Grund war, warum die Firma in Konkurs ging und Everett seine gesamte Investition verlor.

Als sein Vater ihm ein drittes Startkapital übergab, ließ er keinen Zweifel daran, dass dies das letzte Stück Hilfe und Patronage war, das Everett für sein – um es mit Alvins Worten zu sagen – zum Scheitern verurteiltes Vorhaben bekommen würde: die Erschaffung eines finanziell tragfähigen Unternehmens. Das war, wie Alvin anzüglich hinzufügte, vermutlich etwas, das irgendeiner von Everetts Cousins oder vielleicht sogar jemand vom Küchenpersonal besser hinkriegen würde.

Und so machte sich Everett, der mittlerweile ziemlich risikoscheu geworden war, auf die Suche nach einer sicheren Investition, die er schließlich in Form einer Brooklyner Finanzfirma namens Franklin Syndicate gefunden zu haben schien. Deren Präsident behauptete, vertrauliche Informationen über gewisse an der Wall Street gehandelte Aktien zu besitzen, die es ihm ermöglichten, den Markt nach Belieben zu beeinflussen. Dieser Mann hatte so großes Vertrauen in seine Fähigkeiten, Geld zu machen, dass er nicht nur einen Ertrag von zehn Prozent *pro Woche* garantierte, sondern auch die Unversehrtheit der Investition. Mit anderen Worten: Es würde Everett buchstäblich unmöglich sein, sein letztes Startkapital in den Sand zu setzen, was vermutlich Musik in seinen furchtsamen Ohren war.

Dennoch begann er klein und investierte zunächst nur hundert Dollar. Und siehe da: Als er eine Woche später in die Räumlichkeiten des Franklin Syndicate in Brooklyn trat, erwartete ihn dort eine Rendite in Form eines knisternden neuen Zehndollarscheins. Jetzt hatte er die Wahl: Er konnte die zehn Dollar einstecken oder sie reinvestieren. Wenn er Letzteres tat, würde die Rendite in der nächsten Woche etwas höher sein. So war es auch: elf Dollar, die er prompt reinvestierte. In der Woche darauf waren es zwölf Dollar, wieder eine Woche später dreizehn und so weiter. Eine kurze, auf einer Serviette ausgeführte Berechnung ergab, dass jede in das Syndicate investierte Summe eine jährliche Rendite von fünfhundertzwanzig Prozent abwerfen würde. Das war wohl auch der Grund, warum die Schlangen an den Schaltern »Einzahlungen« und »Auszahlungen« bei jedem seiner Besuche im Brooklyner Büro länger waren: Die Sache sprach sich herum. Derart überzeugt investierte Everett sein restliches Startkapital, woraufhin das Syndicate ihm eine fünfprozentige Kommission für alle von ihm vermittelten Investitionen anbot. So wurde er zu einem emsigen Propagandeur des Syndicates, überredete Freunde und Verwandte, ihr Geld dort anzulegen, erhielt seine Kommissionen, die er seinem Konto gutschreiben ließ, das, wie seine Auszüge bewiesen, beständig anwuchs, sodass er seinen Vater in nur wenigen Jahren überholt haben würde, wie er dem alten Mann, der sich hartnäckig weigerte, sein Geld im Syndicate zu investieren, beim Abendessen genüsslich erklärte.

Später, im Gerichtsverfahren, stellte sich heraus, dass das Syndicate die Investitionen seiner Kunden zu keiner Zeit um einen einzigen Cent vermehrt hatte. Als Everett seine ersten zehn Dollar kassiert hatte, waren das keineswegs zehn erwirtschaftete Dollar gewesen – sie stammten vielmehr aus den hundert Dollar, die er ursprünglich eingezahlt hatte, ebenso wie die »Renditen« in den folgenden Wochen. Diese Art von Betrug funktioniert ganz hervorragend, solange niemand seine gesamte Investition zurückzieht. Das aber hatten einige getan und damit das Kartenhaus zum Einsturz gebracht. Es war eine Masche, die eine Zeit lang unter dem Namen Schneeballsystem bekannt war, bis ein italienischer Einwanderer namens Charles Ponzi, ein Spezialist für internationale Antwortscheine, sie sozusagen perfektionierte.

Der Präsident des Syndicate wanderte ins Gefängnis, doch keiner der Investoren erhielt sein Geld zurück. Damit begann für Everett den Berichten zufolge eine lange, schwere Depression. Er verkroch sich im dritten Stock des Hauses, nahm seine Mahlzeiten allein ein und verbrachte die Tage damit, auf dem Grammofon Varietéschlager abzuspielen; später sah er sich auch Filme an. Sein Interesse für Filme brachte ihn schließlich dazu, das Haus zu verlassen. Alvin hatte einen Regisseur namens David Griffith eingeladen, allerdings nicht, weil Everett sich zum Filmexperten entwickelte – Alvins Interesse an diesem Versager und seinen zahlreichen unprofitablen Hobbys war längst erloschen –, sondern weil Griffith kürzlich zu Ruhm und Reichtum gekommen war durch einen Film, der die ganze Nation bewegte und der erste war, der (offenbar sehr zum Gefallen des Präsidenten) im Weißen Haus gezeigt worden war, und Alvin sich gern mit derartigen Leuten umgab. Der Film, um den es ging, hieß *Birth of a Nation* und zeigte den vornehmen, im Bürgerkrieg unterlegenen Süden, der von gefährlichen, verrückten ehemaligen Sklaven überrannt wurde. Der dramaturgische Höhepunkt war eine Szene, in der einer dieser befreiten Sklaven im Begriff ist, über die schöne weiße Heldin des Films herzufallen, als eine Gruppe berittener Klanmitglieder in strahlend weißen Roben und mit spitzen weißen Hüten wie die Kavallerie herbeigesprengt kommt und sie rettet.

Nach dem Film stand Alvin, der zu diesem Zeitpunkt schon recht betagt und gebrechlich war, mühsam auf, klatschte Beifall und rief: »Wunderbar! Wunderbar!« Der Regisseur berichtete, sein Film habe zu einem Wiedererstarken des Ku-Klux-Klan geführt, der jetzt aber, wie er sich beeilte hinzuzufügen, eine sanftere, mildere Form des unmittelbar nach dem Bürgerkrieg gegründeten KKK sei, eher eine Bruderschaft wie die Freimaurer, allerdings mit einem fokussierteren Mandat, nämlich dem Schutz der echten Amerikaner und der amerikanischen Lebensart vor den Fremden, die beides bedrohten: vor den Juden, den Katholiken, den kürzlich eingewanderten Immigranten, den undankbaren Schwarzen und städtischen Kosmopoliten. Im ganzen Land, sagte der Regisseur, seien bereits Hunderte neuer Ortsgruppen gegründet worden, und zwar überraschenderweise hauptsächlich außerhalb des Südens, vor allem im nördlichen Mittelwesten, im Bundesstaat New York und im ländlichen Pennsylvania, wo das neue Motto des Klans – »Hundert Prozent amerikanisch!« – großen Anklang finde. Das Ganze entwickle sich zu einer professionellen Organisation mit echter politischer Macht und einem offiziellen Hauptquartier in Georgia. An diesem Punkt ergriff Everett, der in Gegenwart erfolgreicher Männer meist schüchtern und schamhaft schwieg, plötzlich das Wort und stellte eine für die Anwesenden vermutlich vollkommen zusammenhangslose Frage: »Was ist mit diesen Roben?«

Der Regisseur gestand, ja, die ursprünglichen Klanmitglieder hätten in den 1860er-Jahren nichts dergleichen getragen, und diese weißen Roben und spitzen Hüte seien eine Idee der Kostümbildner gewesen, denn erstens habe man ein visuelles Signal gebraucht, an dem das Publikum erkennen könne, dass die Klansmänner Helden seien, und zweitens sähen diese Kostüme auf körnigem Schwarz-Weiß-Film einfach umwerfend aus.

Darauf schockierte Everett die ganze Familie, indem er am nächsten Tag nach Georgia aufbrach, wo er sich mit dem Präsidenten – oder vielmehr dem Grand Wizard, dem Großen Hexenmeister – dieses neuen KKK traf, das Hauptquartier in Atlanta besichtigte und sich über die Organisationsstruktur informierte: Rekrutierungsoffiziere (Kleagles) warben auf Kommissionsbasis neue Mitglieder (Ghouls) an, deren Beiträge dann unter regionalen Anführern (King Kleagles), bundesstaatlichen Funktionären (Grand Dragons) und der landesweiten Führung (Great Goblins) aufgeteilt wurden. Für sie alle gab es finanzielle Anreize, immer mehr Mitglieder zu werben. Trotz der idiotischen Titel klang dem armen Everett das alles recht vertraut. Er hatte reiche Erfahrungen mit dem Schneeballsystem gesammelt und war begierig, das nächste Mal auf der anderen Seite zu stehen. Also sagte er zum Grand Wizard: »Ich kann Ihnen helfen.« Um eine Erklärung gebeten, fügte er hinzu: »Sie werden Roben brauchen.«

Die weißen Roben und spitzen Hüte aus dem Film. Everett prophezeite, alle neuen Mitglieder des Klans würden sich kleiden wollen wie die Helden in dem Kassenschlager, der ihre Bewegung inspiriert hatte. Und wie es der Zufall wolle, besitze er, Everett Augustine, hier in Atlanta ein ganzes Lagerhaus voll Baumwollmusselin von höchster Qualität.

Und so gründete Everett die Kavalry Klothing Korporation und wurde der offizielle Ausstatter des Ku-Klux-Klan, was in der Hochzeit des Klans zwischen 1920 und 1928 eine ziemlich lukrative Sache war.

Cornelius Augustine, 1926–1980

Cornelius hatte eigentlich keine Chance. Noch bevor er das achtzehnte Lebensjahr erreicht hatte, sah der älteste Sohn von Everett Augustine ein, dass er für sein Vorankommen in der Welt nicht auf den guten Namen seiner Familie zählen konnte. Nicht, solange noch Menschen lebten, die sich an den Schwindel seines Großvaters erinnerten, ganz zu schweigen davon, dass sein Vater die schrecklichen Gewänder des KKK massenweise hergestellt hatte. Was auch der Grund war, warum sich, als die Mitgliederzahlen des Klans 1928 stark zurückgingen, keine Kunden für seine Erzeugnisse fanden, obwohl Everett die Kavalry Klothing Korporation umbenannte (ziemlich fantasielos, wie Cornelius fand, denn sein Vater ersetzte lediglich die K durch C). Aber das machte nichts. Everett hatte in der

Zeit seiner Zusammenarbeit mit dem Klan so viel Geld verdient – und es, vermutlich gewitzt durch seine Fehlschläge, klugerweise nicht in Aktien investiert, sondern in bar aufbewahrt, weshalb er beim großen Börsenkrach 1929 nichts verlor –, dass er in Vorruhestand ging, das Ende der Wirtschaftskrise in *The Gables* abwartete und sich derweil ein paar Filme ansah.

Als Cornelius 1944 achtzehn wurde, trat er, möglicherweise in dem Bemühen, den Namen seiner Familie reinzuwaschen, der einzigen Organisation bei, der die Fehltritte seiner Vorfahren weitgehend egal waren: Er meldete sich freiwillig zu den Marines. Im Jahr darauf nahm er an den Kämpfen um Guam und Guadalcanal teil, bevor er und der Rest der Zweiten Division nach Saipan verlegt wurden, wo sie ein paar Impfungen und einen Schnellkurs in Japanisch erhielten. Das war ein Hinweis darauf, wohin es vermutlich als Nächstes gehen würde, und das jagte der gesamten Zweiten Division einen kalten Schauer über den Rücken, denn einer allseits bekannten Statistik zufolge würde ein direkter Angriff auf das japanische Festland etwa zweiundneunzig Prozent Verluste fordern – im Vergleich dazu würde die im Jahr zuvor erfolgte Invasion in der Normandie im Nachhinein wie ein schöner Tag am Strand aussehen. Daher erfüllte die Soldaten ein kompliziertes, aber inniges Gefühl der Dankbarkeit, als sie in Japan landeten und feststellten, dass die Vereinigten Staaten wenige Tage zuvor mit Atombomben zwei ganze japanische Städte vernichtet hatten, worauf das japanische Kaiserreich sogleich kapituliert hatte, sodass sie das Land nun nicht angreifen, sondern nur friedlich besetzen mussten. Alle Ängste und Anspannungen schmolzen dahin, als hätten die Marines der Zweiten Division alle zugleich die größte Ganzkörpermassage seit Menschengedenken bekommen. Cornelius' Kompanie landete nahe Nagasaki, einer der beiden bombardierten Städte, wo alles ganz normal wirkte – bis auf die gespenstische Stille, die dort herrschte. Nagasaki ist eine Stadt der Täler, und die Bombe war über einem weiter landeinwärts gelegenen Tal abgeworfen worden und hatte ihre Kraft hauptsächlich dort entfaltet. Einige Kundschafter berichteten von totaler, das Begriffsvermögen übersteigender Zerstörung – eine Wüste aus Trümmern und Asche, in der Skelette herumlagen –, doch Cornelius war im Hafen stationiert, und sein Dienst war relativ leicht und langweilig: Er hatte die Kais zu bewachen, und das tat er, schweigend und allein. In den ersten Tagen sah er keine Menschenseele. Keiner der Einwohner wollte mit den Besatzern etwas zu tun haben, was einerseits auf eine recht verständliche Abneigung aufgrund des Bombenabwurfs und andererseits auf die jahrelange Propaganda der japanischen Regierung zurückzuführen war, die stets behauptet hatte, jeder amerikanische Soldat, der den Fuß auf japanischen Boden setze, werde die Bewohner sogleich brutal vergewaltigen und töten.

Eine ganze Woche lang bekam Cornelius keinen einzigen Japaner zu sehen. Dann erschien ein alter, grauhaariger Mann, der sehr gut und teuer gekleidet war und ganz und gar nicht so wirkte, wie Cornelius sich einen Kriegsflüchtling vorstellte. Er kam langsam und vorsichtig auf Cornelius zu und sagte etwas, das wie »Misu« oder »Mischu« klang. Der Mann zeigte auf seine eigene Brust und ein ledernes Halsband, an dem etwas hing, das wie eine dicke, mit fremdartigen Zeichen geprägte Goldmünze aussah. Cornelius nahm an, dass es sich um ein Familienwappen oder etwas Ähnliches handelte, denn der Mann zeigte erneut darauf und sagte: »Mischu.«

Und so zeigte Cornelius auf sich selbst und sagte: »Cornelius.« Er war irgendwie stolz, auf friedliche Weise Kontakt mit vormals bittern Feinden aufzunehmen.

Am nächsten Tag erschien ein anderer, gleichermaßen gut gekleideter Mann, der ebenfalls ein Halsband mit einer Goldmünze trug, darauf zeigte und sagte: »Mischu.«

»Ich bin Cornelius.«

Tags darauf waren es drei – zwei Männer am Morgen

und einer am Nachmittag –, und diesmal hingen die Münzen nicht an einem Band um ihren Hals, sondern befanden sich in kleinen Kassetten, die sie aufschlossen, um Cornelius die Münzen zu zeigen, wobei sie abermals »Mischu« sagten. Inzwischen nahm Cornelius an, dass er dabei war, sich mit einer der führenden Familien der Stadt – der Familie Mischu – anzufreunden. Er nahm eine der Münzen in die Hand, spürte ihre Dichte, ihr Gewicht – er war beinahe sicher, dass es sich um echtes Gold handelte –, nickte den Männern anerkennend zu und gab sie ihnen zurück.

»Ich bin Cornelius.«

In der behelfsmäßigen Kaserne, die man auf dem Hafengelände errichtet hatte, erzählte er abends seinen Kameraden, er habe einen weiteren Besuch von Abgesandten der Familie Mischu bekommen, worauf ein anderer Marinesoldat ihn fragte, wovon zum Teufel er eigentlich rede. Also schilderte Cornelius, was sich zugetragen hatte. Der andere bekam einen Lachanfall, auf dessen Ende Cornelius mit einer gewissen Ungeduld wartete, und erklärte seinem Kameraden, die Japaner hätten nicht »Mischu«, sondern »Misu« gesagt, was, wie Cornelius hätte wissen können, wenn er beim Sprachunterricht in Saipan besser aufgepasst hätte, schlicht »Wasser« bedeute.

Mit einem Mal fuhr Cornelius seine Augustine-Antennen aus, denn ihm wurde klar, was hier lief: Es hatte sich herumgesprochen, dass das Trinkwasser wahrscheinlich radioaktiv verseucht und daher tödlich war, und da die Menschen dringend sauberes, unbelastetes, trinkbares Wasser brauchten, waren sie bereit, mit purem Gold dafür zu bezahlen.

Als Cornelius aus dem Krieg zurückkehrte, brachte er mehrere Kisten voll Münzen, Barren, Bechern, Ringen, Halsketten, Besteck, Schwertscheiden und Metallklümpchen mit, bei denen es sich – auch wenn er es gar nicht so genau wissen wollte – möglicherweise um Zahnkronen handelte. Alles aus Gold oder Silber, alles eingetauscht gegen Wasser, das Cornelius keinen Cent gekostet hatte. Er gründete die Mischu Corporation, eine Handelsgesellschaft für Edelmetalle, und trieb viele Jahre Geschäfte mit Gold, Silber, Platin und Edelsteinen, ohne je zu erwähnen, woher das Startkapital für seine Firma gestammt hatte. Nach und nach stellte er den guten Namen seiner Familie wieder her und bereinigte ihr Ansehen in Gegenwart und Geschichte, sodass man, als seine Enkelin Elizabeth geboren wurde, über die Augustines nur wusste, dass das Gold, das durch Cornelius' Hände ging, meist am Hals der berühmtesten Hollywoodstars landete und die Familie zum alten Geldadel gehörte, weil ihr Vermögen aus dem vorigen Jahrhundert stammte, aus irgendwelchen Eisenbahngeschäften.

Wellness

Elizabeth Augustines Ehe mit Jack Baker begann nicht an ihrem Hochzeitstag, ja nicht einmal an dem Tag, an dem sie sich begegneten. Sie begann an dem Tag, an dem Elizabeth entdeckte, welchem Zweck die Institution der Ehe diente, wofür die Ehe, die Liebe eigentlich da war. Das war im September 1992, ihrem ersten Monat in Chicago. Elizabeths Ehe begann, als sie am Schwarzen Brett des Instituts für Theaterwissenschaften einen Aushang entdeckte. Zwischen all den Zetteln, auf denen Vorsprechtermine für örtliche Theateraufführungen, Studentenfilme und Werbeclips zu finden waren, hing diese seltsame Anzeige:

SCHAUSPIELER/SCHAUSPIELERINNEN FÜR PSYCHOLOGISCHE STUDIE GESUCHT. *Was ist der Schlüssel zum Herzen eines Menschen? Unter welchen Bedingungen entsteht Liebe auf den ersten Blick? Können wir jemanden dazu bringen, sich in einen vollkommen fremden Menschen zu verlieben? Um das herauszufinden, suchen wir Schauspieler/Schauspielerinnen im Studentenalter mit intuitivem Sozialverhalten und flexibler Persönlichkeit.*

Am unteren Rand war der Zettel in Streifen geschnitten, auf denen Kontaktinformationen standen. Elizabeth riss einen davon ab. Sie war die Erste.

Am nächsten Tag druckte sie einen Lebenslauf aus und ging zu dem auf dem Streifen angegebenen Raum, einem kleinen Zimmer im Institut für Psychologie. An der Tür hing ein Schild:

DR. OTTO SANBORNE
PLACEBO-STUDIEN

Die Tür war nicht geschlossen, und durch den Spalt sah Elizabeth den Professor lesend am Tisch sitzen. Er war ein älterer Mann mit rosiger Gesichtsfarbe. Sein schneeweißes Haar war auf dem Kopf so dünn und flaumig, dass es in alle Richtungen abstand, am Kinn aber voller und zu einem gepflegten Spitzbart gestutzt. Er trug eine runde, randlose Brille, ein langärmeliges, robust wirkendes Hemd mit vielen Taschen sowie eine alte graue Wanderhose mit Reißverschlüssen oberhalb der Knie, die man in eine Shorts verwandeln konnte. Nach seiner Kleidung zu urteilen rechnete Sanborne jederzeit damit, hier, mitten in Chicago, zu einer Wanderung aufzubrechen.

An der Wand lehnte ein Fahrrad, daneben standen ein paar offene, unordentlich gestapelte Pappkartons. Sie klopfte an die Tür. Der Professor sah mit erwartungsvoll hochgezogenen Augenbrauen auf. Er wirkte wie ein Mann, der Unterbrechungen gewöhnt war.

»Ich komme wegen der Studie«, sagte Elizabeth und zeigte ihm den abgerissenen Papierstreifen. »Suchen Sie noch Versuchspersonen?«

»Aber ja, aber ja«, sagte er. »Kommen Sie, setzen Sie sich.«

Elizabeth setzte sich ihm gegenüber und reichte ihm ihren Lebenslauf. »Ich bin Elizabeth Augustine, und ...«

»Entschuldigung, meine Liebe, nur einen Moment«, unterbrach er sie. »Vergeben Sie mir – ich bin gleich wieder da. Machen Sie es sich bequem. Nehmen Sie ein Plätzchen«, fügte er hinzu und stellte eine Schale mit Gebäck auf den Tisch. »Bitte, ich bestehe darauf. Es sind meine Lieblingsplätzchen.«

Sie nahm eines – ein Pekanplätzchen –, und Sanborne ging hinaus, während sie ein Stück abbiss und feststellte, dass es alt und trocken war und sogleich zerbröselte. Sie wischte die Krümel vom Tisch, als sie Schritte auf dem Korridor hörte, und dann war Sanborne zurück, setzte sich, nickte ihr zu, griff zu ihrem Lebenslauf und sagte: »Elizabeth Augustine, okay, hallo.«

»Hallo, Dr. Sanborne.«

»Ich bin sehr erfreut, dass Sie hier sind. Hocherfreut«, sagte er und blätterte in ihrem Lebenslauf.

»Danke, Dr. Sanborne.«

»Ein beeindruckender akademischer Werdegang. Fast perfekte SAT-Ergebnisse. Vollstipendium. Wirklich sehr beeindruckend.«

Elizabeth lächelte. Sie saß aufrecht, mit sehr geradem Rücken, die Hände gefaltet, ihre Ellbogen berührten nicht den Tisch. So hatten die Damen gesessen, die sie in ihrem Elternhaus gesehen hatte. All diese eleganten Mütter hatten sich so gehalten – reglos und hoch aufgerichtet – und Heiterkeit, Neugier oder andere Emotionen eigentlich nur oberhalb der Schultern zum Ausdruck gebracht: Sie hatten den Kopf nach rechts gelegt, um Interesse zu bekunden, oder nach links, um Sympathie zu zeigen, sie hatten die langen Hälse vorgereckt, um etwas Vertrauliches zu sagen, oder den Kopf zurückgeworfen, um zu lachen. Sie waren Marionetten mit nur einem einzigen Gelenk gewesen, und Elizabeth merkte, dass sie genau dasselbe tat, wenn sie es mit einer Autoritätsperson zu tun hatte.

»Darf ich Sie was fragen?«, sagte Sanborne.

»Natürlich.«

»Es ist eine eher persönliche Frage.«

»Okay.«

»Warum haben Sie die Krümel weggewischt?«

Sie runzelte die Stirn. »Die Krümel?«

»Ja, gerade eben. All diese kleinen Krümel, die auf dem Tisch lagen. Sie haben sie weggewischt.«

»Ja.«

»Warum?«

»Ich weiß nicht.«

»Es liegt keiner mehr auf dem Tisch. Sie waren sehr gründlich. Wissen Sie, warum?«

»Eigentlich nicht.«
»Soll das heißen, Sie haben sie versehentlich weggewischt?«
»Nein.«
»Automatisch?«
»Nein.«
»Dann müssen Sie einen Grund gehabt haben, irgendein Motiv.«
Sie lächelte. »Wollen Sie mich auf den Arm nehmen?«
»Nein, ich meine es ganz ernst. Beschreiben Sie Ihre Gedanken. Bitte. Sie haben die Krümel gesehen und sie weggewischt. Warum?«
»Weil es höflich ist?«
»Höflich, das stimmt wohl. Fahren Sie fort.«
»Ich finde, man sollte ein höflicher, aufmerksamer Gast sein und sich in der Öffentlichkeit rücksichtsvoll benehmen.«
»Und warum?«
»Warum man rücksichtsvoll sein sollte?«
»Ja, genau. Warum versuchen Sie, rücksichtsvoll zu sein?«
»Um einen guten Eindruck zu machen, wahrscheinlich. Damit die Leute einen guten Eindruck von mir bekommen.«
»Und das ist Ihnen wichtig, nicht? Der Eindruck, den Sie bei anderen hinterlassen.«
Sie sah ihn an. »Wahrscheinlich dachte ich, wenn Sie zurückkommen und all diese Krümel auf Ihrem Schreibtisch sehen, halten Sie mich für schlampig.«
»Und das wollten Sie nicht.«
»Nein, natürlich nicht.«
»Ich fühle mich geehrt, dass meine Meinung Ihnen so wichtig ist«, sagte er. »Aber ich hätte Sie nicht für schlampig gehalten.«
»Es ist wohl etwas, das mir anerzogen wurde. Mein Vater hat das immer gesagt.«
»Was hat Ihr Vater gesagt?«
»Dass kleine äußere Fehler große innere Defizite verraten.«

»Aber mein Liebe, machen wir nicht alle mal Fehler? Haben wir nicht alle irgendwelche inneren Defizite?«

»Es war ihm sehr wichtig, dass ich immer einen guten Eindruck mache. Ich stamme von einer langen Reihe beschämend erfolgreicher Menschen ab, und mein Vater wollte, dass ich mich dementsprechend benehme.«

Sie dachte an die Führungen durch das Haus, die ihr Vater für seine Gäste veranstaltete, an die Geschichten, die er ihnen über den großen Familiensitz erzählte. Sie dachte daran, dass er in der Ahnengalerie gerade lange genug verweilte, um die Biografien der früheren Augustine-Moguln stichwortartig zu umreißen – »Der da hat sein Geld mit Eisenbahnen verdient, der da mit Textilien und der da mit Edelmetallen« –, und kein einziges Mal die Spezialität der Familie erwähnte: Ausbeutung und Plünderung.

»Mein Vater hat eine Art persönlicher Broken-Windows-Theorie«, sagte sie. »Man darf kleine Fehler nicht durchgehen lassen, denn sie ebnen den Weg für große Fehler.«

»Und daher versuchen Sie auch kleinste Fehler zu vermeiden.«

»Genau.«

»Das klingt sehr hart, meine Liebe, sehr hart.«

»Ja, das ist es manchmal auch«, sagte sie, doch dann – weil das so klang, als würde sie um Mitleid betteln, und das war genau einer dieser kleinen Fehler, die man sich nicht durchgehen lassen durfte – wechselte sie das Thema: »Warum interessieren Sie sich so für meine Krümel?«

Sanborne lächelte, legte die Hände auf die Tischplatte, beugte sich vor und wirkte ein bisschen aufgekratzt. »Was, wenn ich Ihnen sagen würde, dass Sie die Krümel aus einem anderen Grund vom Tisch gewischt haben? Wenn ich Ihnen sagen würde, dass der wirkliche Grund etwas ist, das Ihnen gar nicht bewusst ist?«

Bevor sie antworten konnte, schlug er mit beiden Händen auf die Tischplatte, sprang auf, ging zu den an der Wand aufgestellten Pappkartons und griff in einen hinein. »Hier ist der wahre Verantwortliche«, sagte er und holte ein große Flasche Allzweckreiniger hervor.

Die Flasche war offen, Elizabeth konnte die Flüssigkeit darin hin und her schwappen hören. Sanborne stellte sie auf den Tisch.

»Ich verstehe nicht«, sagte Elizabeth.

»Natürlich nicht!«, sagte Sanborne. »Darum hat es ja funktioniert!«

Elizabeth starrte die Flasche an. »Ich habe die Krümel wegen einer Flasche Allzweckreiniger vom Tisch gewischt?«

»Genau! Wegen der Assoziationen, die das Putzmittel geweckt hat, haben Sie den Impuls zum Saubermachen verspürt.«

»Ich wusste doch gar nichts von diesem Putzmittel.«

»Aber Sie haben es *gerochen*.«

Er hatte recht: Plötzlich bemerkte sie den vertrauten Chlorgeruch, obwohl er ihr vor einigen Sekunden noch gar nicht bewusst gewesen war.

»In der Psychologie nennen wir das ›Priming‹«, sagte Sanborne und setzte sich wieder. »Wir werden von einem unbewussten Stimulus angeregt, etwas zu tun, das wir andernfalls nicht getan hätten. In diesem besonderen Fall kam die Anregung von den Assoziationen, die der Geruch des Putzmittels hervorgerufen hat.«

»Es riecht wie ein besonders gründlich geputztes Badezimmer.«

»Richtig. Es riecht frisch, antiseptisch, steril, desinfiziert. Und dieses Konzept hat Sie dazu gebracht, den Tisch sauber zu machen.«

»Machen Sie das mit all Ihren Studenten?«

»Aber ja!« Er lächelte breit. »Seit vielen Jahren! Die Wahrscheinlichkeit, dass die Studenten ihre Krümel beseitigen, ist etwa zehnmal größer, wenn es im Raum nach Putzmittel riecht.«

»Wow.«

»Aber das ist nicht das, was mich wirklich interessiert.«

»Was interessiert Sie denn wirklich?«

»Ich interessiere mich für die Geschichten, die die Studenten sich ausdenken, um zu erklären, warum sie das getan haben.«

»Die Geschichten.«

»Ja. Wenn man sie fragt, erzählen sie meist genau dasselbe wie Sie. Sie erzählen, wie sie aufgewachsen sind, sie beschreiben, wie ihre Eltern sie erzogen haben, sie schildern ihre Sorge, ich könnte schlecht über sie denken. Das sind Standarderklärungen. Keiner hat je was von Putzmitteln gesagt, nicht ein Einziger.«

»Keiner hat den wahren Beweggrund erkannt.«

»Absolut richtig! Im Lauf der Jahre habe ich festgestellt, dass die Menschen dazu tendieren, automatisch zu handeln und zu denken, aber wenn man sie drängt, zu erklären, warum sie etwas Bestimmtes tun oder sagen, füllen sie die Lücke und erfinden eine Geschichte. Und erstaunlicherweise *glauben* sie diese Geschichte.«

»Selbst wenn sie nicht stimmt.«

»Sie braucht gar nicht zu stimmen. Sie muss nur überzeugend sein. Wir alle tun das bis zu einem gewissen Grad. Zwischen uns und der Welt gibt es eine Geschichte. Oft ist es eine gute Geschichte, eine überzeugende Geschichte, die uns persönlich gut gefällt. Nehmen Sie zum Beispiel Ihren Vater.«

»Was ist mit meinem Vater?«

»Es stimmt einfach nicht, dass kleine Fehler automatisch zu Defiziten und Versagen führen. Viel wahrscheinlicher ist, dass es ihn befriedigt, andere – und ganz besonders *Sie* – fehlerhaft zu finden.«

»Warum sollte ihn das befriedigen?«

»Wer weiß um das Böse, das in der Menschen Herzen wohnt? Ich weiß nur, dass Menschen das sehr starke Bedürfnis haben, die Welt so zu erklären, dass sie sich besser, sicherer, stärker, beliebter oder mächtiger fühlen, aber das entspricht dann nicht unbedingt der Wahrheit. In psychologischer Hinsicht ist die Wahrheit leider von sehr geringer Bedeutung. Wir sind eigentlich sehr einfältige Wesen.«

Sanborne schien seine Ausführungen sehr unterhaltsam, ja geradezu vergnüglich zu finden. Das war eine Eigenschaft, mit der Elizabeth nähere Bekanntschaft machte, als sie für ihn arbeitete, von ihm gefördert wurde, seine Assistentin war und gemeinsam mit ihm veröffentlichte: Wann immer er neue Beweise für die Fähigkeit des menschlichen Geistes zur Selbsttäuschung fand, verwandelte er sich in eine Art großherzige Großmutter, die dem Treiben von Kindern zusah.

Bei den meisten ihrer Diskussionen ging es darum, dass Menschen generell und universal verrückt seien. Oder jedenfalls sehr viel verrückter, als in den Wirtschaftsseminaren, die Elizabeth belegt hatte, angenommen wurde. In der Welt der Wirtschaft waren Menschen rational handelnde Wesen, die entschlossen und intelligent ihre eigenen Interessen verfolgten. In Sanbornes Welt dagegen waren die Menschen verrückt, unterlagen allen möglichen Täuschungen, reagierten auf kleinste Reize und ließen sich leicht überlisten, sie handelten widersprüchlich, stellten sich selbst ein Bein, waren unzuverlässig, beeinflussbar, impulsiv, geleitet von Motiven, die sie selbst nicht erkannten, und machten alle unglücklich. Im Lehrbuch der Mikroökonomie war die Welt der Schauplatz eines rationalen Strebens nach möglichst großem Glück. Sanbornes Welt dagegen war ein Ort, wo Glück eine befriedigende, die dunkleren Motive verbergende Erzählung war. Das deckte sich mit Elizabeths Beobachtungen und ihrer Verblüffung über das oftmals widersprüchliche Wesen menschlicher Neigungen.

»Nehmen Sie zum Beispiel die Liebe«, sagte Sanborne an dem Tag, als sie sich kennenlernten. »Wissen Sie, was wirklich geschieht, wenn Menschen sich verlieben?«

»Also, nach meiner Erfahrung werden sie nervös und aufgekratzt und schwitzen stark.«

»Ja, natürlich, das sind messbare Dinge. Aber die Nervosität, das Schwitzen – das sind äußerliche Manifestationen eines innerlichen Phänomens. Und wissen Sie, um welches Phänomen es sich dabei handelt?«

»Ich glaube nicht.«

»Wenn man all die Poesie und die Lieder beiseitelässt, ist Liebe eine Erweiterung des Ichs. Die Grenzen des Ichs erweitern sich, um eine andere Person einzuschließen: Das, was vorher *jemand anders* war, wird mit einem Mal *Teil des eigenen Ichs*.«

»Das klingt irgendwie gut.«

»Es fühlt sich auch sehr gut an. Es fühlt sich wunderbar an, eine andere Person zu entdecken: ihr Charisma, ihr Temperament, ihre Sichtweise, ihr Wissen, ihre Energie, ihr Aussehen. Man erkennt, was die andere Person hat, und will es ebenfalls haben. Und so erweitern sich die Grenzen des eigenen Ichs und umschließen den anderen wie eine Amöbe. Man hängt sich an diese andere Person, man umfängt sie und nimmt sie in sich auf, bis man sie sich langsam, im Verlauf vieler Monate, einverleibt hat.«

»Plötzlich klingt es gar nicht mehr so gut.«

»Sie erkennen in jemand anderem etwas, das Ihnen gefällt, und ziehen es in die konzeptuellen Grenzen Ihres eigenen Ichs. Und die subjektive Erfahrung dieses Prozesses, die Täuschung, die der Geist als Erklärung präsentiert – das ist es, was wir ›Liebe‹ nennen.«

»Ich nehme an«, sagte Elizabeth, »dass Sie keiner dieser hoffnungslosen Romantiker sind.«

»Ha! Nein! Was andere Liebe nennen, ist für mich eine Annexion.«

»Dann ist Liebe also egoistisch – wollen Sie das damit sagen? Dass die Ehe etwas Egoistisches ist?«

»Die Ehe ist etwas, bei dem Sie in einem anderen Menschen so viele Eigenschaften entdecken, die Sie gern in Ihrem Leben haben wollen, dass Sie bereit sind, die Fehler dieses anderen Menschen, die Sie ebenfalls in Ihrem Leben haben werden, in Kauf zu nehmen.«

»Waren Sie je verheiratet, Dr. Sanborne?«

»Nein, nie.«

»Waren Sie je verliebt?«

»Öfter, als ich zählen kann. Womit wir bei meiner gegenwärtigen Studie wären. Die Liebe, besonders die Anfangsphase – der Blitz aus heiterem Himmel, der Romeo-und-Julia-Moment –, ist bekanntlich etwas, das sich schlecht unter kontrollierten Laborbedingungen studieren lässt.«

»Tja, man kann eben nicht zwei Leute in einen Raum bitten und ihnen sagen, sie sollen sich verlieben.«

»Genau! Aber die Frage ist: Was, wenn wir es könnten? Wenn die Liebe einem Gefühl der Verbundenheit des Ichs mit einer anderen Person entspringt, könnten wir dieses Gefühl vielleicht simulieren.«

»Aber wie?«

»Durch anhaltende, sich steigernde, überaus intime Selbstoffenbarungen.«

»Und was genau soll das heißen?«

»Ich werde Ihnen eine Liste mit intimen, unangemessen persönlichen Fragen geben, die Sie einem Fremden stellen werden.«

»Was für Fragen?«

»Daran arbeite ich noch, aber die erste wird höchstwahrscheinlich lauten: Auf einer Skala von eins bis zehn – wie sehr, würdest du sagen, haben dich deine Eltern geliebt?«

»Sie kommen schnell zur Sache.«

»Die weiteren Fragen werden noch persönlicher. Der Gedanke dahinter ist, dass der Austausch von intimen Bekenntnissen innerhalb sehr kurzer Zeit eine Simulation von Liebe erzeugen kann, die so stabil ist, dass wir sie studieren können. Selbstverständlich werde ich die Fragen und Antworten mit Ihnen erarbeiten, um ihre Effizienz zu testen.«

»Ich verstehe.«

»Und das wird, kurz gesagt, Ihre Aufgabe sein. Sie werden äußerst persönliche Geheimnisse mit willkürlich ausgewählten Männern teilen, und dann werden wir sehen, ob diese Männer sich in Sie verlieben. Sind Sie dabei?«

Am nächsten Tag fing Elizabeth an.

D ie *Wellness*-Praxis lag unweit des DePaul-Campus am Lincoln Park in einer ruhigen, von Bäumen gesäumten Straße, in unmittelbarer Nähe der Medizinischen Fakultät und verschiedener anderer Praxen – es gab einen Zahnarzt, einen Physiotherapeuten, einen Dermatologen und ein Heilbad, das Ganze in einem für Büros und medizinische Einrichtungen ausgewiesenen Block. *Wellness* war vor einigen Jahren hier eingezogen, nachdem Untersuchungen gezeigt hatten, dass die Existenz dieser anderen Praxen die Erwartungen der Patienten auf statistisch signifikante Weise beeinflusste – vermutlich durch die gehäuften Signale, die auf Gesundheit, Medizin und fachliche Expertise hinwiesen –, weswegen die meisten von *Wellness* angebotenen Therapien um neun Prozent effizienter waren als am vorigen Standort in der geschäftigen Fullerton Avenue zwischen einem Reifenhändler und einem Sandwich-Restaurant. Die Fensterscheiben der neuen Praxis waren aus Milchglas, und über der Tür hing ein Schild, das die Mitarbeiter entsprechend der angebotenen Therapie und den zu erwartenden Patienten täglich wechselten. Wenn ein Patient beispielsweise zu nicht westlichen, alternativen und sogenannten indigenen Behandlungsmethoden tendierte und *Wellness* eine Art ayurvedischer Massage testete, die die »grundlegenden Lebensenergien« in ein Gleichgewicht bringen sollten, wählte man ein Schild mit einer entsprechenden Typo:

Wellness

Wenn dagegen ein Patient mehr auf individuelle Körperprogrammierung aus war – ein hervorragendes Beispiel waren vor ein paar Jahren die Anhänger der Bulletproof-Diät gewesen, die inzwischen von den Fans der Keto-Diät abgelöst worden waren –, hängte man ein Schild mit einer schlanken, futuristischen Typo auf:

WELLNESS

Wenn der Patient Vorurteile gegen alles hatte, was sonderbar, künstlich und hip war, und *Wellness* einen Oolong-Energiedrink an Angehörigen der jungen urbanen Elite testete, entschied man sich für ein Schild, das wie eine siebgedruckte Sonderanfertigung wirkte:

Wellness

Manche Schilder beschworen Assoziationen zu Klasse, Tradition und altem Geld herauf, was nützlich war, wenn es um gewisse Öle ging, die nach Kiefern-, Zedern- oder Sandelholz rochen und den Duft teurer handgefertigter Möbel verströmten:

Wellness

Andere Schilder versprachen einen asketischen Minimalismus, der natürlich eine Metapher für jede Art von Reinigungskur mithilfe von Saft, Sellerie oder Kohl war. Der zugrunde liegende Gedanke war, dass man sich damit von jedem unerwünschten Molekül im Körper befreite, sodass nur das reinste, reduzierteste Selbst zurückblieb. Das entsprechende Schild sah so aus:

Wellness

Im Abstellraum befanden sich etliche solcher Schilder von erwiesener Effizienz.

In dieser Woche testete man bei *Wellness* ein neues Nahrungsergänzungsmittel namens Peat Bog Belly. Die Geschichte dahinter lautete so: Archäologen hatten kürzlich in einem Torfmoor in Nordengland die Überreste eines Steinzeitmenschen entdeckt, der in dem kalten Moor so gut erhalten geblieben war, dass forensische Anthropologen die spezifischen Bakterien in seinem Darm hatten identifizieren können. Und nicht nur das: Es war ihnen zudem gelungen, die Bakterien zu klonen und zu reproduzieren. Das war bedeutsam, denn diese Bakterien waren hilfreiche Organismen, die bereits existiert hatten, bevor unnatürliche, stark verarbeitete Lebensmittel sie getötet hatten, weswegen sie im Darm des modernen Menschen nicht mehr zu finden waren. Das Nahrungsergänzungsmittel sollte das Mikrobiom im Darm wieder in den Zustand versetzen, den Natur und Evolution ihm ursprünglich zugedacht hatten, und das war in vielerlei Hinsicht hilfreich, unter anderem für die Verdauung, das Immunsystem, das Denkvermögen und einen angestrebten Gewichtsverlust.

Es war eines von mehreren neuen Produkten, die auf die Stärkung des Mikrobioms und der Darmgesundheit abzielten, was insgesamt *der* Gesundheitstrend des Jahres zu werden versprach.

Das Mittel wurde in Form von Tabletten und als Pulver angeboten, das man in Smoothies rühren sollte, und *Wellness* sollte nun herausfinden, welche der vielen Variablen – Farbe, Geruch, Textur, Geschmack, Verpackung, Dosierung sowie etwas, das als *therapeutischer Kontext* bezeichnet wurde – am meisten zur Effizienz beitrug.

Das Schild gehörte zu den zahlreichen Elementen, die in diese letzte Kategorie – Kontext – fielen, und nach einer längeren Debatte über die Assoziationen zu dem Begriff »Torfmoor« hatte man sich für eines entschieden, das gut zu einer alten englischen Apotheke gepasst hätte:

WELLNESS

Der Gedanke dahinter war, dass die meisten Patienten bei dem Wort »Torf« vermutlich an Scotch Whisky dachten, und so war der geeignetste Schriftzug vermutlich einer, der althergebrachte Traditionen heraufbeschwor und eher den Assoziationsraum des Wortes »Torf« als den des Wortes »Moor« öffnete.

Elizabeth saß in dem kleinen Sprechzimmer, in dem die Erstgespräche mit neuen Patienten stattfanden. Den ganzen Nachmittag hatte sie mit Leuten gesprochen, die von ausgesuchten Ärzten an Wellness überwiesen worden waren, weil sie an Verdauungsbeschwerden litten, die zwar relativ leicht und nicht lebensbedrohlich, aber chronisch und sehr lästig waren: anhaltende Verstopfung, Blähbauch, nervöser Darm, unkontrollierbares Aufstoßen, unvermittelte Erschöpfung beim Essen. Elizabeth las gerade das Aufnahmeformular der letzten Patientin für heute, einer Frau namens Gretchen, die offenbar nicht überwiesen worden war, sondern aus eigenem Antrieb einen Termin vereinbart hatte, was eher selten vorkam. *Wellness* machte absichtlich keine Werbung, und Elizabeth überlegte, wie sie die Patientin taktvoll fragen könnte, wer ihr die Praxis empfohlen habe, als Gretchen auch schon eintrat und Elizabeth begriff, dass das nicht nötig sein würde.

»Brandie?«, sagte sie, als sie ihre Freundin aus Park Shore sah. »Hallo. Herzlich willkommen. Was für eine Überraschung.«

Brandie trug eine große Sonnenbrille. Sie hatte ein seidenes Kopftuch umgebunden und eine große graue Stola – vermutlich aus Kaschmir – um die Schultern gelegt. »Hallo, Elizabeth.« Sie umarmten sich und nahmen Platz. Brandie stellte ihre Basttasche vor sich auf den Schoß, als wollte sie sich dahinter verstecken, und nahm das Kopftuch und die Sonnenbrille ab. »Entschuldige die Verkleidung«, sagte sie, »aber es soll niemand wissen, dass ich hier bin. Das ist alles so peinlich.«

»Schon in Ordnung«, sagte Elizabeth. »Hast du irgendwelche Probleme? Irgendwas mit der Verdauung?« Wie den meisten Menschen, die in medizinischen Berufen arbeiten, war Elizabeth eigentlich nichts, was mit Körperfunktionen (oder -fehlfunktionen) zu tun hatte, in irgendeiner Weise peinlich. »Es ist okay, du kannst es mir ruhig sagen.«

»Ach, eigentlich nicht«, sagte Brandie. »Ich meine, dieses Torfmoording... das klingt zwar interessant, aber deswegen bin ich nicht hier.«

»Okay. Warum dann?«

Brandie holte tief Luft. »Ich hatte gestern Nacht eine Offenbarung.«

»Eine Offenbarung?«

»Ich war in meinem Ruheraum – hast du den eigentlich schon gesehen? Es ist ein Extraraum neben dem Wohnzimmer, ganz am Ende des Flurs. Mein Refugium. Da gehe ich hin, wenn ich meine Ruhe haben und mit meinen Gedanken allein sein will.«

»Klingt schön«, sagte Elizabeth.

»Es *ist* auch schön. Ich habe gemerkt, dass ich einen Ort brauche, wo ich meine Mitte finden kann. Wo ich den Lärm der Welt hinter mir lassen und mit meinem höheren Ich eins werden kann. Mike hat ihn für mich gebaut, meinen Ruheraum. Dort spreche ich meine Affirmationen, lausche meinem Unterbewusstsein, zünde meine Vorsatzkerzen an und visualisiere. Hast du auch einen ganz privaten Ort? Einen Raum nur für dich allein?«

»Unsere Wohnung ist ziemlich klein.«

»Aber hattest du mal einen solchen Raum? Dein eigenes Refugium?«

Elizabeth dachte einen Augenblick nach. »Im Haus meines

Großvaters in Connecticut. Wir haben, ganz gleich, wo wir gerade gewohnt haben, jeden Sommer einen Monat in diesem Haus verbracht. Es ist ein riesiges Herrenhaus im Wald, mit einem Teich und einem Tennisplatz.«

»Das ist bestimmt wunderschön.«

»Im zweiten Stock gab es ein unbenutztes Zimmer, und dort habe ich mich manchmal versteckt, wenn ich allein sein wollte.«

»Ja, das ist genau das, was ich meine. So ein Ort. Und jetzt schließ die Augen und stell dir vor, dass du in diesem Raum bist. Versuche wirklich fest zu glauben, dass du dort bist, okay?«

Elizabeth nickte. Das Letzte, was sie gehört hatte, war, dass man diesen Raum, wie auch den Rest des zweiten und dritten Stockwerks, abgerissen hatte. Seit Elizabeth die Familie verlassen hatte, war das Herrenhaus der Augustines systematisch dem Verfall preisgegeben worden. Aber das brauchte Brandie natürlich nicht zu wissen.

»Okay«, sagte Elizabeth, »ich stelle es mir vor.«

»Das solltest du regelmäßig tun. Versetz dich in diesen Raum und nimm dir Zeit zu reflektieren.«

»Über was?«

»Dinge, die du dir wünschst. Die du brauchst. Die deine Probleme lösen würden. Du kannst es Gebet nennen oder Meditation oder was auch immer. Stell dir vor, wie dein zukünftiges Leben aussehen soll. Ich hab das in letzter Zeit oft getan, und gestern war ich in meinem Ruheraum und hatte eine Offenbarung. Es war wie eine riesige Intuitionsbombe. Wie ein plötzlicher Download direkt vom Universum.«

»Und was hat sich da offenbart?«

»Erinnerst du dich an dieses Mittel, das du getestet hast? Diesen Liebestrank?«

»Ja.«

»Also ...«, sagte Brandie und holte abermals tief Luft, »ich brauche ihn.«

»Wirklich?«

»Elizabeth, ich brauche diesen Trank.«

»Aber warum?«

»Meine Ehe ... ist in Gefahr.«

»Tatsächlich?«

»In sehr großer Gefahr.«

»Ich verstehe nicht. Du und dein Mann, ihr seid das perfekte Paar.«

»Ich weiß, so sieht es aus.«

»Ihr erneuert jedes Jahr euer Ehegelöbnis. Ihr macht romantische Sachen. Ich habe die Fotos auf Instagram gesehen.«

»Tja, du solltest nicht alles glauben, was du auf Instagram siehst«, sagte Brandie und verdrehte die Augen. »In Wirklichkeit geht es uns schon lange nicht gut.«

»Wie lange?«

»*Lange.*«

»Ich hatte keine Ahnung.«

»Kann ich dir ein Geheimnis anvertrauen?«

»Natürlich.«

»Letztes Jahr gab es ... sagen wir, einen Fehltritt.«

»Oh.«

»Einen kleinen Seitensprung, ja. Mike war auf einer Dienstreise und hat eine Frau kennengelernt, und, na ja, er behauptet steif und fest, dass es nur ein einziges Mal passiert ist und dass es nie wieder vorkommen wird, aber ich kriege es einfach nicht mehr aus dem Kopf.«

»Das tut mir leid.«

»Ich weiß, dass es unproduktiv ist, so viel daran zu denken. Ich weiß, dass es die falschen Schwingungen erzeugt, wenn man sich so stark auf etwas Negatives fokussiert. Aber ich kann nicht anders. Irgendwann war es so schlimm, dass ich eine App auf seinem Handy installiert habe, damit ich immer weiß, wo er ist.«

»Im Ernst?«

»Ich bin nicht stolz darauf. Ich habe nur Angst, er könnte wieder eine Affäre haben. Wenn er nicht da ist, kann ich sehen, wo er ist. Warte, ich zeig's dir ...« Sie nahm ihr Handy aus der Basttasche und wischte ein paarmal über das Display. »Aha, er war etwa neunzig Minuten im Büro, dann ist er mit einer Durchschnittsgeschwindigkeit von einundfünfzig Stundenkilometern nach Hause gefahren, und jetzt ist er im Erdgeschoss und rührt sich nicht von der Stelle, was heißt, dass er vermutlich Call of Duty spielt.«

»Wow.«

»Die App ist eigentlich für Eltern, die ihre Kinder im Auge behalten wollen, aber für diesen Zweck funktioniert sie natürlich auch.«

»Ich verstehe.«

Brandie warf das Handy in die Basttasche und ließ den Kopf hängen. »Das ist jämmerlich, ich weiß. Und fies. Ich will wirklich aufhören, diese negativen Gedanken zu haben, aber ich bin so *wütend* auf ihn. Einfach *scheißwütend*. Wenn wir diese romantischen Sachen machen, reden wir kaum miteinander und lächeln genau ein Mal, und ich mache ein Selfie, das ich auf Instagram poste, damit meine Follower nicht enttäuscht sind. Die wären einfach *am Boden zerstört*, wenn sie wüssten, dass meine Ehe beschissen ist und dass ich kein bisschen imstande bin, liebevolle Güte zu praktizieren und meinem Mann zu verzeihen. Sie würden den Glauben an das Universum verlieren. Ich habe eine Verantwortung für meine Follower und auch für meine Kinder natürlich, und darum halte ich durch und setze ein großes Lächeln auf und mache das nächste Selfie – aber innerlich *schreie* ich. Elizabeth, du musst mir helfen.«

Elizabeth nahm Brandies Hände. »Du tust mir wirklich leid. Das klingt schlimm. Seid ihr mal bei einem Therapeuten gewesen?«

»Ja, natürlich. Aber da passiert genau dasselbe: Wir reden und reden über diese Affäre. Wir fokussieren uns darauf.

Aber wenn man seine Aufmerksamkeit auf etwas Schlechtes richtet, dann zieht man noch mehr Schlechtes an, davon bin ich fest überzeugt. Und dabei sind wir ja schon von so vielen schlechten Dingen umgeben, von so viel Negativität, von so vielen Bedrohungen und so viel Verzweiflung, und wenn man auch nur das kleinste bisschen davon in sein Leben lässt...«

Plötzlich war Brandie den Tränen nahe. Sie hielt inne, atmete tief durch, fasste sich und fuhr fort: »Das Fokussieren auf ein Problem lässt das Problem in deinem Kopf weiter bestehen. Ich will lieber über Lösungen sprechen. Immer wenn ich vor einem Dilemma stehe, stelle ich mir eine simple Frage: Was würde mein höheres Ich tun? Ich meine, würde die Version von mir, die das Problem gelöst hat, mit einem langen Gesicht herumsitzen und sich damit beschäftigen? Nein, natürlich nicht. Diese Version von mir hat das alles hinter sich gelassen und führt das herrliche Leben meines höheren Ichs, weil sie *aktiv* geworden ist. Und darum habe ich an dich gedacht.«

»Ich wollte, ich könnte dir helfen, wirklich«, sagte Elizabeth, »aber wir geben dieses Mittel nicht einfach so aus. Es gibt eine Prozedur, an die wir uns halten müssen, mit Vorgesprächen und so weiter. Und die Behandlung hat noch keine Zulassung, wir sind in der frühen Forschungsphase, und darum gibt es keine Garantie...«

»Ist mir egal«, sagte Brandie. »Wenn du mir hilfst, schulde ich dir was. Ich werde dir auf ewig dankbar sein.«

Elizabeth dachte für einen Moment darüber nach, was es bedeuten würde, wenn Brandie ihr einen Gefallen schuldete. Seit Toby auf die Park Shore Day School ging, war Elizabeths latente Sorge, er könnte dort einen oder gar mehrere seiner Wutanfälle haben. In öffentlichen Schulen gab es Fachpersonal, das sich um Schüler mit Verhaltensauffälligkeiten kümmerte, doch Privatschulen waren in dieser Hinsicht weniger tolerant. Sie konnten einfach bestimmen, dass ein problematischer Schüler im nächsten Schuljahr nicht mehr kommen durfte – keine weiteren Fragen. Elizabeth war besorgt, Toby könnte ohne Angabe von Gründen gezwungen sein, schon wieder die Schule zu wechseln und die damit verbundene Tortur als Neuankömmling zu erdulden. Aber was, wenn Brandie auf ihrer Seite stand? Die Vorsitzende des Elternbeirats? Die tüchtigste Spendenbeschafferin? Dann wäre die Schule sicher etwas entgegenkommender.

»Ich bin gleich wieder da«, sagte Elizabeth. Sie ging hinaus, zum Abstellraum, nahm aus dem kleinen Kühlschrank ein Pillenfläschchen, kehrte ins Sprechzimmer zurück und stellte das Fläschchen auf den Tisch. Auf dem Etikett stand in freundlicher Helvetica:

Dopaminrezeptor D4/7R+ Polymorphismus
Neurotransmitter #9

»Es funktioniert so: Du glaubst, dass du wütend auf Mike bist, weil er eine Affäre gehabt hat. So weit, so klar. Aber es könnte auch sein, dass diese Affäre ein größeres, grundlegenderes Problem zum Vorschein gebracht hat, eine unbewusste Befindlichkeit. Und vielleicht ist es genau diese Kernbefindlichkeit, die wir behandeln müssen.«

Und dann erzählte sie Brandie die lange und verwickelte Geschichte, die sie allen Patienten vor dieser Behandlung erzählte: Sie erklärte ihnen, der Grund für ihre Rastlosigkeit und Einsamkeit, für ihren Überdruss angesichts des allgemeinen ehelichen Einerleis, für diesen Drang nach allem, was irgendwie anders und exotisch sei, für ihre Ungeduld und ihren Unmut über den Stillstand und die Monotonie des Ehelebens, sei vielleicht gar nicht ein objektives Problem in ihrer Ehe. Vielmehr seien all diese Gefühle vielleicht durch eine biochemische Feedback-Schleife zu erklären, die vor Jahrtausenden in den rastlosesten Jägern und Sammlern angelegt worden sei, in denen, die am weitesten gewandert seien und deren Lebensweise die riskanteste gewesen sei. In ihren genetischen Code habe die Evolution im Lauf der Zeit genau diese Getriebenheit eingeschrieben: ein tiefe Abneigung gegen das immer Gleiche. Für die Steinzeitmenschen, die vor sechzigtausend Jahren aus der Savanne Afrikas aufgebrochen seien, den Fruchtbaren Halbmond und den indischen Subkontinent durchquert und die Weiten Asiens durchwandert hätten, über die Landbrücke nach Alaska und, den eiszeitlichen Gletschern ausweichend, weiter nach Süden gezogen seien, immer auf der Suche nach Wild, immer angepasst an die Jahreszeiten, immer hungrig und in Bewegung, für diese Stämme habe zu langes Verweilen an einem Ort buchstäblich den Tod bedeutet, und daher habe die Evolution Menschen begünstigt, die in Bewegung blieben, die neue Situationen nicht fürchteten, sondern geradezu brauchten, und der Beweis dafür finde sich in der menschlichen DNA, im elften Chromosom, im DRD4-Gen, einem Dopaminrezeptor, dessen genetische Sequenz bei den meisten Menschen zwei- oder vier- oder siebenmal wiederholt werde, und diese letzte Mutation, der sogenannte 7R-Polymorphismus, sei eng verbunden mit der Suche nach Neuem, mit Risikobereitschaft und Offenheit für neue Erfahrungen, dem Wunsch nach Stimulation, ja sogar mit Ungeduld, Untreue, Promiskuität, Impulsivität, einem starken Drang, irgendwohin aufzubrechen, kurz gesagt mit allem, was man unter dem Begriff »Erkundungsverhalten« subsumieren könne. Diese 7R-Variante finde sich am häufigsten in Menschen, deren Vorfahren ein nomadisches Leben geführt, die größten Distanzen überwunden, sich am weitesten von zu Hause entfernt hätten. Ihr genetisches Erbe habe Menschen hervorgebracht, denen der Wunsch nach Neuem geradezu biologisch eingeschrieben sei.

Mit anderen Worten: Es sei durchaus möglich, dass die hypoaktive Partnerbindungsstörung nicht auf ein tatsächliches Problem in ihrer Ehe zurückzuführen sei, sondern auf die kognitive Dissonanz zwischen einem statischen Leben und einem nomadischen Geist.

»Nimm eine von diesen Tabletten, und zwar eine Stunde bevor du mit Mike zusammen bist«, sagte Elizabeth. »Es könnte sein, dass du nach und nach eine Veränderung bemerkst.«

»Danke!«, sagte Brandie und lächelte. Sie steckte das Pillenfläschchen in die Basttasche und umarmte Elizabeth fest. »Ich mache mir schon so lange Sorgen, und ich wusste nicht, was ich tun sollte, und dann bist du aus dem Nichts gekommen mit dieser Lösung. Also, es ist eine ziemlich unkonventionelle Lösung, nicht ganz das, was ich erwartet hatte, aber ... du weißt schon: Wenn das Universum dir ein Ruderboot schickt ... «

»Genau.«

»Du musst nächstes Wochenende zu uns kommen! Wir haben ein Treffen – lauter Leute, die du kennenlernen musst.«

»Gern. Ein Treffen?«

»Es ist bloß eine Nachbarschaftsgruppe. Wir nennen uns das *Gemeindekorps*. Ich habe es kurz nach Mikes... Affäre gegründet. Damals dachte ich, ich werde verrückt – ich musste einfach irgendwas tun, aktiv werden. Es sind Leute, die hier leben, und wir alle tun etwas, um unsere kleine Stadt ein bisschen besser zu machen. Wenn ihr nach Park Shore ziehen wollt, solltest du das Gemeindekorps unbedingt kennenlernen. Sag mir, dass du kommst, bitte.«

»Ja, gern.«

»Wunderbar! Und, Elizabeth?« Sie tätschelte die Basttasche, in der sie die Tabletten verstaut hatte. »*Danke!*«

»Gern geschehen.«

»Du bist eine so gute Freundin, ich bin so froh, dich in meinem Leben zu haben. Du und ich – es fühlt sich an, als würden wir auf der genau gleichen Wellenlänge schwingen.«

Ein Küsschen auf die Wange, und dann war Brandie zur Tür hinaus.

Was Elizabeth weder ihr noch den anderen Testpersonen gesagt hatte – und auch erst nach Abschluss dieser Testreihe sagen würde –, war, dass die Tabletten nichts enthielten. Keinen Wirkstoff. Sie waren biologisch unwirksam. Zuckerpillen. Die medizinisch klingende Diagnose – hypoaktive Partnerbindungsstörung – war ebenfalls erfunden. Auch die ganze weitschweifige Geschichte von nomadischen Wanderern und ihrem genetischen Erbe war bloß ein Sammelsurium diverser Fakten und Theorien, die zu einer irgendwie plausiblen, aber wissenschaftlich vollkommen unbewiesenen Erzählung verknüpft waren. Das Ganze war nichts als ein ausgeklügeltes Placebo.

Und doch: Nach den bisher gesammelten Daten zu urteilen wirkten die Tabletten – bei etwa vierzig Prozent der Patienten. Sie berichteten, ihre Stimmung habe sich aufgehellt, eine Last sei von ihnen genommen, sie seien dem Partner gegenüber offener und insgesamt erleichtert und optimistisch. Diese Aussagen wurden durch Blutuntersuchungen gestützt, die bei den Patienten veränderte Werte für Oxytocin, Cortisol und andere wichtige neurologische Marker ergaben, die mit Stimmungen und Empfindungen wie Liebe, Angst oder Stress in Verbindung gebracht wurden. Mit anderen Worten: Die subjektive Selbsteinschätzung der Patienten passte zu ihren objektiven biochemischen Vorgängen. Es war eine biologische Veränderung eingetreten.

Elizabeth achtete bei diesen Gesprächen sehr sorgfältig auf ihre Worte. Sie sagte den Patienten, nach der Einnahme einer Tablette würden sie vielleicht eine Veränderung zum Besseren bemerken, doch sie sagte nie, es sei die Tablette, die das bewirke. Das war aber genau das, was die Patienten hörten, auch wenn Elizabeth es nie aussprach. Sie wusste ja, dass diese Pille keine Veränderung bewirken konnte. Sie konnte gar nichts bewirken. Sie enthielt keinen Wirkstoff.

Genau genommen log sie nicht. Wenn sie ihren Patienten sagte, sie glaube, sie könnten geheilt werden, war sie ganz aufrichtig. Nur dass es eben nicht die Pille war, die diese Menschen heilte, sondern ihr Glaube, also letztlich der ganze

Kontext des Geschehens: Da waren die Pillen, von denen die Patienten annahmen, dass sie ihnen helfen würden, denn sie hatten schon ein halbes Leben lang Pillen genommen, die ihnen geholfen hatten, und diese Pillen hatten ein bestimmtes Gewicht (500 Milligramm), eine bestimmte, therapeutisch wirkende Farbe (hellrot), es waren Kapseln (und somit, wie die meisten glaubten, wirksamer als Tabletten), sie wurden im Kühlschrank aufbewahrt (und erschienen daher wirksamer als die bei Raumtemperatur gelagerten) und von einer (scheinbar) hoch qualifizierten Fachkraft ausgehändigt, in einer Praxis, deren äußeres und inneres Erscheinungsbild auf maximale Professionalität abzielte. All diese Faktoren trafen auf den starken Wunsch nach Heilung, und das erzeugte schließlich eine Zuversicht, tatsächlich Heilung zu finden – eine Art Bestätigungsfehler, der die wahre und einzige Ursache der Heilung war. Es war der einzige Wirkstoff: Glaube. Elizabeths Patienten wurden geheilt, weil sie an Heilung glaubten.

Das große historische Anwesen der Augustines heißt *The Gables,* weil es für die Anzahl seiner Giebel berühmt ist. Es sind mindestens vierzehn, große und kleine, sie ragen chaotisch über allen vier Stockwerken auf, manche parallel zueinander, andere in einem scharfen Winkel, wodurch das Gebäude aus der Ferne wie ein Durcheinander aus Dreiecken und Pyramiden wirkt, als wäre es ein kompliziertes, abstraktes mathematisches Konstrukt, ein Dodekaeder aus Stein und Holz in den Hügeln von Connecticut.

The Gables wurde 1865 von Elizabeths Ururgroßvater erbaut, einem Mann mit eigenartigen, ja sonderbaren architektonischen Vorstellungen. Es ist eines jener alten neuenglischen Anwesen, in denen alle Räume eine Geschichte und die meisten einen Namen haben. Im Erdgeschoss gibt es den Morgan-Raum (benannt nach J. P. Morgan, der bei einem Urlaubsaufenthalt im Sommer 1902 seine Initialen in die Unterseite des gewaltigen Kaminsimses geritzt hat), ferner den Vanderbilt-Raum (in dem ein gerahmter handschriftlicher Brief von Alice und Cornelius Vanderbilt zu sehen ist, in dem sie die Augustines einladen, den Sommer bei ihnen in *The Breakers* zu verbringen) sowie den Cleveland-Raum (in dem ein Foto von Präsident Grover Cleveland hängt, aufgenommen in diesem Raum, der damals vermutlich noch anders hieß).

Und dann gibt es die Ahnengalerie, wo die nur ganz leicht überlebensgroßen Porträts der Patriarchen ihrer Familie ausgestellt werden:

Alvin Augustine, ihr Ururgroßvater, der aus bitterer Armut zum Eisenbahn-Tycoon aufstieg.

Everett Augustine, ihr Urgroßvater, ein Textil-Tycoon.

Cornelius Augustine, ihr Großvater, ein Edelmetall-Tycoon.

Es ist ein wichtiges Stück Familienfolklore, dass sich, wie ihr Vater oft betont, keiner der Augustine-Tycoons jemals »auf den Familienlorbeeren ausgeruht« hat, sondern mutig seinen eigenen Weg gegangen ist. Jeder hat sich einer ganz neuen Industrie zugewendet und sie sich mit der familientypischen Kreativität und Beherztheit erobert. Es ist eine Geschichte über harte Arbeit, Entschlossenheit und Erfolg, eine großartige Geschichte für dieses gleichermaßen großartige Haus. Elizabeths Vater liebt es, sie zu erzählen und seine Gäste durch das Haus zu führen. Er erklärt den diversen Generaldirektoren, den Bürokraten aus den Ministerien, den Aufsichtsratsvorsitzenden, die im Sommer oft in *The Gables* zu Besuch sind, die Bedeutung eines jeden Raums und erzählt jedes Mal dieselben Anekdoten. Er zeigt ihnen die bedeutenden Räume im Erdgeschoss und dann die im ersten Stock, wo alle Zimmer nach denen benannt sind, die angeblich darin geschlafen haben: Walt Whitman, Robert Frost, Andrew Carnegie, Meyer Guggenheim, John Singer Sargent, Henry Frick. Lange bevor Elizabeth in Büchern oder Museen auf diese Namen gestoßen ist, hat sie sie auf den Messingplaketten an den Wänden von *The Gables* gelesen – der Augustine-Version einer Trophäensammlung. Ihr war die Bedeutung, die Funktion dieser Namen stets klar, sie hat verstanden, dass sie etwas über ihre Familie erzählen, das weit über ihre tatsächliche Leistung hinausgeht: dass ihre Familie nicht nur erfolgreich, sondern auch bedeutend ist, untrennbar verbunden mit dem Fortschritt der Nation, ja eigentlich sogar ein Teil der Kraft hinter diesem Fortschritt, eine Familie, die diese Nation voranbringt: mächtig, herausragend, durch und durch amerikanisch.

Trotzdem bevorzugt Elizabeth andere Räume und andere Giebel: die Dienstbotenzimmer im zweiten Stock. Drei kleine

Zimmer, von denen nur eines ein Fenster hat, ein kleines Badezimmer, eine längst nicht mehr benutzte Kochnische. Diese Räume sind vom Rest des Hauses abgeschottet – der einzige Weg dorthin ist eine Wendeltreppe, die von der Beiküche im Erdgeschoss zwei Stockwerke hinaufführt. Diese bauliche Eigenart macht deutlich, wie sich der Architekt den Haushalt vorgestellt hat: Die Dienstboten sollten durch die Hintertür ein und aus gehen, unsichtbar in der Küche arbeiten und sich dann in ihre separierten Zimmer zurückziehen, damit ihre Herrschaften keine Notiz von ihnen nehmen mussten. Elizabeth stellt sich vor, dass sie gar nicht im Haus gewohnt haben, sondern in seinen Außenbezirken umhergegeistert sind.

Da die Familie keine Dienstboten mehr beschäftigt, ist der zweite Stock unbewohnt – ideal für Elizabeth, die lieber allein ist. Hierhin geht sie, wenn sie lesen oder tagträumen will. Es ist ein Morgen Ende Juli, ihre Familie ist wie jedes Jahr im Sommer für einen Monat in *The Gables,* und Elizabeth hat sich hier oben versteckt, weil sie mit der namenlosen Melancholie erwacht ist, die diesen Tag stets begleitet. Heute ist ihr Geburtstag. Heute wird sie vierzehn, und sie wird diesen Geburtstag verbringen, wie sie ihn immer verbringt: in *The Gables,* mit ihrer Familie. Das ist die Tragödie eines Geburtstags im Sommer – man kann ihn nicht mit Freunden und Freundinnen feiern. Wie sie sich danach sehnt, einmal mit Freunden und Freundinnen ihren Geburtstag zu verbringen. Wie sie sich danach sehnt, überhaupt Freunde und Freundinnen zu haben. Wegen der vielen Schulwechsel hatte sie nie Gelegenheit, jemanden so gut kennenzulernen, dass er oder sie sich für ihren Geburtstag interessiert hätte. Vermutlich ist sie in dem weitaus beständigeren Leben anderer Menschen nur ein kleines, unwichtiges Radarzeichen. Das jedenfalls stellt sie sich in ihrer bedauernswerten Gemütsverfassung am Morgen ihres Geburtstags vor, und darum versteckt sie sich.

Sie sitzt an die Wand gelehnt auf dem Boden unter dem

Fenster und liest. Neben ihr liegt ein Stapel Bücher aus der Schulbibliothek. Sie hat sie vor den Ferien ausgeliehen, teils um die langen Tage herumzubringen, teils um sich auf das kommende Schuljahr vorzubereiten, denn sie will in Wirtschaft, Philosophie und Politikwissenschaft bestimmte Kurse für Fortgeschrittene belegen, wofür sie als Anfängerin eine Sondererlaubnis braucht. Vor allem der Wirtschaftslehrer hat darauf gedrungen und verlangt, dass sie in den Ferien einen Aufsatz über die »Unsichtbare Hand« schreibt. Sie versteht zwar, dass sie bloß ein bisschen Adam Smith wiederkäuen und gehorsam ein Loblied auf den Eigennutz in unregulierten Märkten singen müsste, hat aber beschlossen, ihre Recherche zu erweitern und das Thema von verschiedenen Seiten zu beleuchten, und so entwickelt sich dieser Essay zu einer Abhandlung über rationale Entscheidungen und menschliches Verlangen. Sie liest Adam Smith, ja, aber auch Jeremy Bentham und Thomas Hobbes, ein bisschen Descartes und Plato, ein bisschen John Stuart Mill und William F. Buckley (dies eine Empfehlung ihres Politiklehrers, auf dessen Schreibtisch, wo andere Lehrer Bilder ihrer Kinder haben, gerahmte Fotos von Ronald Reagan stehen). Es ist ein bedeutsamer Zufall, dass sie gerade jetzt etwas über das Verlangen liest: Was wollen die Menschen? Was macht sie glücklich? Die Antwort scheint einfach zu sein: *mehr*. Mehr Dinge. Mehr Zeug. »Das natürliche Verlangen des Einzelnen nach *mehr Dingen*«, wie Buckley es formuliert, und das fühlt sich bedeutsam an, denn heute ist Elizabeths Geburtstag, und sie weiß, was sie erwartet: mehr Dinge. Jedes Jahr überschüttet ihr Vater sie an diesem Tag mit Dingen, und das ist nichts, worauf sie sich freut, trotz allem, was William F. Buckley über das *natürliche Verlangen* der Menschen zu sagen hat.

Letztes Jahr zum Beispiel war es ein Riesenhaufen teures Wanderzeug. Elizabeth war in ihrer früheren Junior Highschool im Hudson Valley einer Ökogruppe beigetreten und verbrachte die Samstagvormittage in den Catskill Mountains: Sie half, Wege instand zu halten, nahm Wasserproben, bestimmte Fährten und Vogelnester und zeichnete die riesigen bunten Pilze, die sie auf umgestürzten, verrottenden Bäumen fand. Dann erfuhr ihr Vater von diesem neuen Hobby und schenkte ihr zum Geburtstag im Sommer einen ultraleichten Rucksack, ultraleichte Wanderschuhe, eine wasserdichte Leggins aus Stretchmaterial, eine Regenjacke, eine Regenhose, einen Trinkwasserbeutel, portionierte Trockennahrung, eine Stirnlampe, einen Kompass, Trekkingstöcke aus Carbon, Wollsocken, einen Sonnenhut und eine Waage, mit der sie das alles wiegen konnte, denn echte Wanderer, erklärte ihr Vater, trügen, um schnell und ausdauernd zu sein, nie mehr als fünf Kilo. Ihr Vater hatte für sich selbst die gleiche Ausrüstung gekauft und verkündete, ihr gemeinsames Ziel für das kommende Jahr werde sein, mindestens ein Dutzend Adirondack-Gipfel zu ersteigen – ein Vorhaben, das schon nach dem ersten Versuch ein Ende fand, als Elizabeth ihren Vater auf halber Höhe des Algonquin aus den Augen verlor – er legte ein sehr schnelles Tempo vor –, und weil er die Karte hatte, wusste sie an der nächsten Abzweigung nicht, wo es weiterging, und musste sich setzen und warten, und er war verärgert, weil er zurückgehen musste und sie so viel Zeit verloren hatten, dass an das Erreichen des Gipfels nicht mehr zu denken war, und darum kehrten sie um, aber während des ganzen Abstiegs zum Parkplatz machte ihr Vater immer wieder Bemerkungen darüber, wer von ihnen beiden ein echter Wanderer war und wer nicht.

Worauf sie nie mehr in den Wald ging.

Dieses Jahr, an ihrer neuen Schule, hat sie mit Tennis begonnen, und auch davon hat ihr Vater offenbar erfahren, denn irgendwann im vergangenen Jahr hat er im Garten von *The Gables* einen Tennisplatz anlegen lassen. Als sie ihn zum ersten Mal gesehen hat, bei ihrer Ankunft, hat ihr Vater »Überraschung!« gerufen, und Elizabeth hat gelächelt und sich bedankt, aber ihre Tennisbegeisterung hat seitdem stark nachgelassen.

So ist es immer: Sobald sie sich für etwas interessiert, überhäuft ihr Vater sie mit Geschenken, worauf sie vollkommen das Interesse verliert.

Und darum: Nein, sie hat kein Interesse an *mehr Dingen*. Was sie im Augenblick am meisten beschäftigt, ist ein Brief, den sie während des ganzen Sommers immer wieder gelesen hat, ein Brief von ihrer neuen Freundin Maggie Percy. Sie sind beide in der Theatergruppe und haben sich beim Bau der Kulissen für *Pygmalion* kennengelernt. Am letzten Schultag hat Maggie ihr diesen Brief zugesteckt, in dem sie Elizabeth einlädt, mit Maggies Familie nach New Hampshire zu fahren, um sich den bunten Herbstwald anzusehen, und erklärt, wie wunderschön das ist und dass Elizabeth ihnen unbedingt die Freude machen muss, ebenfalls dabei zu sein. In dem Umschlag befindet sich auch einer dieser aus Papier gefalteten Entscheidungsfinder, die sie beide so gern basteln. In der Schule haben sie die andauernd gefaltet, diese diamantenförmigen Dinger, die einem angeblich sagen, was man mal werden oder wen man heiraten oder wie viele Kinder man haben wird. Und dieser hier fragt Elizabeth, ob sie im Herbst mit Maggie nach New Hampshire fahren wird, und das Verrückte ist: Ganz gleich, wo sie den Oktoeder teilt, die Antwort ist immer *Ja*.

Sie lächelt bei dem Gedanken daran, eine Freundin zu haben, die ihr so nahesteht, dass sie ihr eine solche Einladung schickt. Sie legt das Buch von Buckley wieder auf den Stapel, beugt sich aus dem Fenster und lässt die kühle Morgenbrise über ihr Gesicht streichen. Am liebsten würde sie den ganzen Tag hier oben verbringen, allein und ungestört. Sie könnte lesen und Briefe an Maggie schreiben und ihre eigenen witzigen Entscheidungsfinder falten, und am Abend würde sie sich auf den Boden legen, an die Decke starren und auf die nächtlichen Geräusche lauschen, auf das Kratzen und Scharren und Flattern im dritten Stock.

Seit ein paar Jahren darf niemand mehr in den dritten

Stock, wegen des Befalls: Eine Fledermauskolonie hat sich vom Dachboden ausgebreitet und das oberste Stockwerk in Beschlag genommen, als es nicht mehr gebraucht wurde und das Haus nach dem Tod von Elizabeths Großvater für den größten Teil des Jahres leer stand und nur in den Sommerferien sporadisch von diversen Familienmitgliedern bewohnt wurde. Elizabeths Vater ließ im dritten Stock die Möbel mit Planen abdecken und den Zugang verschließen und dachte nicht mehr daran, bis sie ein Jahr später in der Abend- und Morgendämmerung dieses unheimliche Quietschen und Kratzen hörten und ihnen klar wurde, dass, während sie sich nicht darum gekümmert hatten, Fledermäuse den dritten Stock übernommen hatten. Bisher hat die Kolonie den zahlreichen Versuchen, sie zu entfernen, mühelos widerstanden: Jedes Jahr am Ende des Sommers kommen die Schädlingsbekämpfer, versprühen auf dem Dachboden und im dritten Stock Gift und versperren alle Zugänge und winzigen Ritzen mit Gittern, Dämmplatten, Gips und Kitt, und jedes Frühjahr sind die Fledermäuse wieder da, manchmal sind es hundert, manchmal tausend. Einer der Schädlingsbekämpfer, die dort hinaufgeschickt worden waren, berichtete von Stalaktiten aus ätzender, giftiger Fledermausscheiße, die im Licht seiner Stirnlampe gefunkelt hätten. Warum hat die Scheiße gefunkelt? Weil sie unzählige schimmernde Insektenflügel enthielt.

Es ist ein Bild, das Elizabeth nicht vergessen kann. Sie stellt sich vor, dass direkt über ihrem Kopf eine Million schlafende Fledermäuse hängen, und unter ihnen sind große, im Mondlicht herrlich funkelnde Guanoberge. Ihr gefällt die Ambivalenz dieser Szene: Sie ist sowohl schön als auch profan.

Doch jetzt hört sie ihre Eltern rufen, und der Tagtraum löst sich auf. Sie rennt die Wendeltreppe hinunter, durch die Beiküche und in die Küche, wo ihre Mutter steht, schön zurechtgemacht: schwarze Hose, schicke graue Bluse, Perlenohrringe. Und genau solche Kleinigkeiten lösen an Tagen wie diesem Elizabeths eigenartige Melancholie aus: dass ihre

Mutter sogar an ihrem Geburtstag anderes zu tun hat und woanders sein muss.

Diesmal geht es zu einer Kunstauktion nach New York. »Ich wollte, ich müsste nicht hin, Schatz, aber ich werde erwartet.« Sie beugt sich vor und flüstert: »Der Bürgermeister wird vielleicht auch da sein.«

Ihr Vater will wissen, was für ein Frühstück sich Elizabeth zum Geburtstag wünscht, und sofort sagt sie ihr Lieblingsfrühstück: »Bananenpfannkuchen«, sieht aber, dass schon eine Schüssel bereitsteht, dass der Teig angerührt und das Waffeleisen auf der Küchentheke eingeschaltet ist.

»Ach«, sagt ihr Vater, »ich mache Blaubeerwaffeln, die magst du doch auch gern, oder?«

»Nein, die magst *du* gern«, sagt ihre Mutter zu ihm. »Das ist *dein* Lieblingsfrühstück, nicht ihrs.«

»Woher soll ich das denn wissen?«, sagt ihr Vater.

»Vielleicht solltest du sie fragen«, sagt ihre Mutter. »Vielleicht solltest du dich mehr mit deiner Tochter beschäftigen.«

»Wenigstens bleibe ich hier, wenn sie Geburtstag hat«, sagt ihr Vater. »Wenigstens *lasse ich sie nicht allein.*«

»Möchtest du, dass ich bleibe, Schätzchen?«, sagte ihre Mutter zu ihr. »Wenn du möchtest, bleibe ich.«

»Und willst du wirklich Bananenpfannkuchen?«, sagt ihr Vater. »Ich kann zum Laden fahren, ein paar Bananen kaufen, den Teig da wegwerfen und einen neuen machen. Wenn du willst.«

Elizabeth sieht die beiden an, ihren Vater, ihre Mutter. Es ist wie immer: Sie geben ihr das Gefühl, sie sei ungezogen und selbstsüchtig, wenn sie einfach sagt, was sie wirklich will.

»Ist schon okay«, sagt sie. »Waffeln sind prima, Dad. Und du kannst ruhig nach New York fahren, Mom, das macht gar nichts. Wir haben ja noch den ganzen Monat.«

Sie lächeln das breite Lächeln erleichterter Eltern, und dann fährt ihre Mutter zum Bahnhof, und ihr Vater macht die Waffeln, geht hinaus, damit Elizabeth sie allein essen kann, und kehrt mit vielen, in silbrig glänzendem Papier verpackten Geschenken zurück: Tennisröcke, Tennistrikots, Tennisschuhe, allesamt blendend weiß, außerdem Tennismützen, Tennisbälle und eine Tennistasche, in der ein nagelneuer Tennisschläger steckt, ein Dunlop, schwarz, mit grünen Dreiecken am Schaft.

»Er ist aus Grafit«, sagt er. »Steffi Graf hat den gleichen.«
»Wow«, sagt Elizabeth. »Danke.«
»Komm«, sagt er. »Probier ihn mal aus.«

Sie ziehen sich um und gehen zum Tennisplatz im Garten. Ihr Vater hüpft auf den Zehenspitzen und schwingt seinen ebenfalls neuen Schläger über den Kopf, um die Schulter zu lockern. Er sagt, er habe Unterricht genommen. Im Club nenne man ihn »die Wand«, weil er die Bälle so oft zurückspiele, genau genommen *immer*. Elizabeth nickt und konzentriert sich, sie bleibt stumm, auch beim Seitenwechsel, und sagt nur vor jedem Aufschlag den Spielstand an. Sie schweigt und hört zu, denn ihr Vater findet es nötig, sie mit einer auf Halbwissen basierenden Autorität auf jeden Fehler hinzuweisen.

Und sie macht viele. Ihr Vater spielt, als wäre das Gewinnen zweitrangig, als ginge es in erster Linie darum, jeden Punkt so demütigend wie möglich zu machen. Er ist ein »linker Hund«, wie ihre Tennisfreundinnen sagen würden: Seine Bälle haben einen solchen Drall, dass sie, wenn sie auf den rot bestäubten Boden prallen, in alle möglichen Richtungen springen, manchmal auf Elizabeth zu, manchmal von ihr weg. Er schneidet die Bälle so stark und in so extremen Winkeln, dass sie, wenn sie durch die Luft schweben, nicht rund, sondern oval aussehen, weil sie sich durch die enormen Umdrehungen verformen. Ihr Vater greift nicht an, er lässt sie nicht mal rennen, er schlägt nur diese enervierenden Bälle, die mit rasendem Spin genau vor ihren Füßen landen, und wenn sie in Position für den Return geht, um wenigstens eine einzige gute Vorhand an ihm vorbeizuschlagen, springen sie irgendwohin, und sie muss sich strecken und weiß, dass sie absolut lächerlich aussieht. Er will nicht bloß gewinnen – er will gewinnen und sie wie eine Idiotin aussehen lassen. Und genau so sieht sie aus: Sie schlägt daneben, trifft den Ball mit dem Schlägerrand, schickt ihn in die Baumkronen oder versenkt ihn im Netz, und selbst wenn sie es wie durch ein Wunder schafft, ihn zurückzuspielen, fehlt es ihr an Kraft und Schwung, sodass ihr Vater mit Leichtigkeit den nächsten Slice spielen kann. Er grunzt und schneidet den Ball auf immer neue Arten, sodass dieser in immer neue Richtungen springt, und so geht es weiter, das Match dauert etwa eineinhalb Stunden.

Am Ende kocht sie innerlich und kämpft gegen die Tränen an. Beim wortlosen obligatorischen Handschlag kann sie ihn nicht mal ansehen. Er sagt ihr, sie solle duschen und sich umziehen, denn sie fahren zur Mall. Eine Stunde später sitzt Elizabeth auf dem Beifahrersitz des BMW ihres Vaters. Der neue Tennisschläger liegt auf dem Rücksitz.

Er fragt sie nach der Schule, nach den Kursen, die sie im kommenden Schuljahr belegen will, und sie zählt auf: LK Wirtschaft, LK Philosophie, LK Politik, LK Physik ...

»Was ist LK?«, fragt er.

»Leistungskurs. Für Fortgeschrittene. So was wie eine Vorbereitung aufs College.«

Er nickt, packt das Lenkrad etwas fester und schweigt. Wie alle in der Familie wissen – Elizabeths Großvater hat es bei jeder Gelegenheit erwähnt und dafür gesorgt, dass niemand es je vergisst –, war Elizabeths Vater ein schlechter Schüler. Er hat kaum den Highschool-Abschluss geschafft und nie ein College besucht. Leistungskurse wären für ihn unerreichbar gewesen.

»Ich finde es ganz schön schwer«, sagt Elizabeth. »Vielleicht ein bisschen zu anspruchsvoll – ich weiß nicht. Ich muss diesen Sommer eine Menge lesen, um den Stoff aufzuholen.«

Ihr Vater schweigt.

»Und ich will in die Theatergruppe«, sagt Elizabeth. »Aber nicht als Leistungskurs. Nur einfach mitmachen.«

»Theater?«, sagt er. »Warum?«

»Ich weiß nicht. Ich glaube, weil die Leute mir gefallen. Außerdem habe ich im vergangenen Schuljahr einen Persönlichkeitstest gemacht, und dabei ist rausgekommen, dass Schauspiel vielleicht was für mich wäre.«

»Aha, jetzt also Theater«, sagt er. »Ist das dein neues Ding?«

Sie erinnert sich, dass ihr Vater und sie im vergangenen Sommer ein ähnliches Gespräch geführt haben, als sie auf diese Schule im Hudson Valley ging und sich für Ökologie interessierte. Damals wollte sie Försterin werden.

»Dein Problem ist«, sagt er, »dass du deine Berufung noch nicht gefunden hast. Als ich in deinem Alter war, wusste ich ganz genau, was ich wollte.«

Er liebt es, diese Geschichte zu erzählen: dass er den Abschluss nur ganz knapp geschafft hat, auf einem dieser teuren Internate, unter all diesen Nerds und Eierköpfen, die von der wirklichen Welt allesamt keine Ahnung hatten, weil sie die Nase nur in Bücher steckten, und dass er, während die anderen ihre Theorien und Theoreme studierten, bereits echtes Geld verdiente und darum keine Zeit für Hausaufgaben und Tests und den ganzen anderen Kram hatte – dies als Erklärung, warum er ein so schlechter Schüler war. Schließlich hat er eine Firma namens *Acquisitions* gegründet, die, soviel Elizabeth weiß, nichts anderes tut, als Firmen zu kaufen, sie umzubauen und irgendwann wieder zu verkaufen. Er sagt, es sei, als würde man mit Bauklötzen spielen, allerdings in einem globalen Rahmen. Jede Firma auf der Welt sei bloß eine aus vielen Einheiten zusammengesetzte Struktur – wie ein aus Spielzeugsteinen gebautes Haus –, und wenn er sich die Bilanzen ansehe, interessiere er sich nicht so sehr für die Firma, sondern für die Bausteine, aus denen sie bestehe, und er habe die Fähigkeit zu erkennen, dass ein ganz bestimmter Baustein in einer anderen Firma sehr viel wertvoller wäre. Und so kauft er eine Firma, liquidiert alles bis auf einen kleinen Bestandteil, fügt diesen einer anderen Firma hinzu und verkauft das so entstandene Konstrukt mit einem gewaltigen Gewinn. Das führt natürlich zu Empörung und Klagen derjenigen, die in den liquidierten Teilen der ersten Firma beschäftigt waren, doch das ignoriert er im Allgemeinen, darum kümmern sich seine Anwälte.

Das also ist seine Berufung: die Dummheit, die Fehler, die Schwächen der Welt zu erkennen und auszunutzen.

»Und was ist *deine* Berufung?«, fragt er.

Sie zuckt die Schultern.

»Jedenfalls nicht Theater«, sagt er. »Das Problem beim Theater ist, dass es da keine Garantien gibt. Du kannst dein Leben lang lernen, wie man ein Stück schreibt, und trotzdem nie Erfolg damit haben. Aber wenn du das Bankgeschäft erlernst, wirst du Bankerin, wenn du Jura studierst, wirst du Anwältin. Überlass die Kunst den Wunderkindern und Genies. Du musst was Praktisches lernen.«

»Aber es gefällt mir«, sagt sie.

»Wenn du wirklich was in der Kunstbranche machen willst, dann nicht als Autorin, sondern als Produzentin. Dann gehört dir nicht das Stück, sondern das Theater. Wenn alle nach Gold graben, sollte man in Schaufeln investieren, verstehst du?«

»Außer wenn man keine Schaufeln mag.«

»Das spielt keine Rolle. Die Schaufeln sind nur ein Mittel zum Zweck. Dein Ururgroßvater zum Beispiel: Glaubst du, Alvin Augustine hat sich auch nur das kleinste bisschen für Kondensmilch interessiert? Oder für Eisenbahnen? Nein. Er wollte reich werden.«

»Aber ich will nicht reich werden.«

»Sagt jemand, der bereits reich ist. Und überhaupt: Es geht nicht um das Geld, sondern um das, was dieses Geld dir ermöglicht.«

»Und was ermöglicht es?«
»Freiheit.«
Elizabeth nickt. Sie schweigen, bis sie den Parkplatz der Mall erreicht haben. Es ist Samstagmittag, der Verkehr staut sich, und alles ist ein einziges dahinkriechendes Chaos. Die Laune ihres Vaters verschlechtert sich, er verströmt Frustration, Ärger und Feindseligkeit. Er hat zwei einander ausschließende Verlangen: Erstens will er so schnell wie möglich parken und aussteigen, damit er all diese Menschen nicht mehr ertragen muss, die anderen Fahrer, die sich nicht entscheiden können, die Leute mit ihren Einkaufstüten, die zu viert nebeneinander mitten auf der Fahrspur herumspazieren. »Verpisst euch!«, schreit er. Und dann regt er sich über die Fahrspuren auf, über das *Parkmanagement* und darüber, dass der Parkplatz der Mall nicht leicht verständlich organisiert, sondern als unübersichtliches System komplex geformter, in ungewöhnlichen Winkeln arrangierter Parkgruppen angelegt ist, das den Verkehr immer wieder trichterförmig bündelt, sodass Staus mehr oder weniger unvermeidlich sind. All das scheint ihren Vater ziemlich aufzuregen, und Elizabeth würde ihm am liebsten sagen, dass er all diesen Ärger leicht vermeiden könnte, wenn er einfach den erstbesten Parkplatz nehmen würde, doch das kommt nicht infrage, denn sein zweites Verlangen besteht darin, einen Parkplatz *ganz vorn* zu bekommen, am Eingang der Mall, eine Art VIP-Parkplatz, für den er eine Runde nach der anderen dreht. Jedes Mal ist er ungeduldiger und kann nicht fassen, dass noch immer kein Platz für ihn frei geworden ist, als wäre er verflucht, als wäre dies die Strafe, die das Universum über ihn verhängt hat. Elizabeth denkt über das Wort *Freiheit* nach. Sie denkt, dass dies, dieses Herumkurven und Schimpfen auf dem Parkplatz, genau das ist, wovon ihr Vater frei sein will. Er will frei sein von anderen Menschen und ihren Einmischungen, er will tun, was er will, ohne irgendeinem Menschen verpflichtet zu sein.

Mit einem Mal wird ihr bewusst, dass man das, was er als *Freiheit* bezeichnet, ebenso gut *Herrschaft* nennen könnte.

»Na endlich«, sagt er, als er eine Parklücke entdeckt – sie ist recht schmal und direkt neben einem Platz für Behinderte. Er schiebt den Schalthebel in die Parkstellung, als wollte er ihm eine Lektion erteilen. Dann nimmt er ihren Tennisschläger und sagt: »Also los.«

In der Mall geht er mit schnellen Schritten – er hat nicht vor, hier mehr Zeit zu verbringen als absolut nötig. Sie betreten ein Sportgeschäft. Ihr Vater reicht dem Verkäufer den Schläger und sagt: »Der funktioniert nicht.«

Der Verkäufer runzelt die Stirn. »Funktioniert nicht?«

»Sie kann damit nicht spielen. Sie macht lauter Fehler. Sie haben gesagt, er würde funktionieren.«

»Vielleicht ist er zu schwer.«

»Meinen Sie?«

Danach gehen sie in eine Buchhandlung, wo ihr Vater den Buchhändler fragt: »Haben Sie Lernhilfen für Leistungskurse? Sie sind für meine Tochter – sie hat einiges aufzuholen.«

Und schließlich gehen sie in ein Damenmodengeschäft. Er sagt: »Ich habe einige Geschäftspartner eingeladen. Meine Tochter braucht ein paar neue Kleider – formell, aber nicht zu formell.«

Elizabeth hat die ganze Zeit kein Wort gesagt und sich von einem Geschäft zum anderen führen lassen. Jetzt erst bemerkt er ihr Schweigen, sieht sie an und sagt: »Warum bist du so sauer?«

Und als sie die Schultern zuckt und weiter schweigt, wendet er sich zu der Verkäuferin, die einige passende Kleider heraussucht, hebt in einer hilflosen Geste die Arme und sagt: »Ich kaufe ihr all diese Geschenke, und das ist der Dank. Ach, Teenager...«

Und dann gehen sie endlich. Elizabeth trägt zwei Taschen voller Kleider und zwei voller Bücher. Ihr Vater trägt den neuen Tennisschläger, den er in der Hand herumwirbeln lässt. Sie folgt ihm, als er hinaus auf den Parkplatz geht, wobei er den langsam dahinkriechenden Verkehr gar nicht beachtet und sich wie einer der Fußgänger verhält, die er vorhin verflucht hat. Beim Wagen bleibt er stehen und legt den Kopf schräg, und als sie hinzukommt, sieht sie, was geschehen ist: Die Fahrertür seines schneeweißen Wagens hat eine kleine Delle, und daneben ist ein kleiner blauer Streifen. Er mustert die beschädigte Tür für eine, wie Elizabeth findet, sehr lange Zeit, und starrt dann auf den blauen Van in der benachbarten Parklücke, einen großen blauen Van, in dem sich eine komplizierte Apparatur befindet, vermutlich eine Art Lift oder Rollstuhlrampe.

»Toll«, sagt er, »einfach toll!«

Elizabeth wagt nichts zu sagen. Sehr schnell und ohne ihn anzusehen geht sie zur Beifahrerseite, stellt die Taschen auf den Boden, setzt sich, schließt die Tür und schnallt sich an – alles ist ganz normal, und sie starrt geradeaus, damit sie nicht sehen muss, was, wie sie weiß, gleich geschehen wird. Sie hört die Schritte ihres Vaters, der um den Van herumgeht, sie hört ihn grunzen, wie er es immer tut, wenn er einen Tennisschläger schwingt, und dann hört sie das laute, heftige Krachen, mit dem ihr Tennisschläger und die Windschutzscheibe des Vans zerbersten.

Er öffnet die Tür des BMW, wirft den zerbrochenen Schläger auf den Rücksitz, setzt sich ans Steuer und sagt, ohne sie anzusehen: »Ich habe einen Job für dich.«

»Okay.«

»Normalerweise habe ich für so was Praktikantinnen, aber da du an geschenkten Dingen offenbar kein Interesse mehr hast, ist es vielleicht an der Zeit, dass du was dafür tust.«

»Was denn?«

»Überprüfen«, sagt er.

Er holt seine Brieftasche hervor, nimmt einen Zehndollarschein heraus und sagt, sie soll zu Sears gehen, ein Maßband kaufen und jeden Behindertenparkplatz auf dem Gelände vermessen, jeden einzelnen. Sie soll die Breite der Parkplätze messen und jeden notieren, der schmaler ist als zwei Meter vierundvierzig, die behördlich vorgeschriebene Mindestbreite eines solchen Parkplatzes. Selbst wenn an dieser Mindestbreite nur zwei Zentimeter fehlen, will ihr Vater es wissen.

»Ich bin in zwei Stunden wieder da«, sagt er und lässt sie allein.

Sie kauft also ein Maßband, vermisst Parkplätze und stellt fest, dass zwei der dreiundzwanzig Behindertenplätze der Mall etwas zu schmal sind – der eine um drei, der andere um fünf Zentimeter. Als ihr Vater zurückkehrt und das erfährt, ist er hocherfreut und zahlt ihr für die beiden Stunden den Mindestlohn.

Am nächsten Tag reichen seine Anwälte im Namen aller körperbehinderten Autofahrer eine Klage gegen die Mall ein. Schon nach wenigen Wochen kommt es zu einer außergerichtlichen Einigung, die ihm so viel einbringt, dass er sich unter anderem einen nagelneuen BMW kaufen kann.

Das Erste, was Elizabeth hätte aufhorchen lassen sollen, der erste Hinweis darauf, dass etwas Seltsames passieren würde, war ein sonderbarer Satz, der am frühen Abend fiel, als die Horsd'œuvres serviert wurden, und er betraf das Ebolavirus und seine Ausbreitung.

Elizabeth war nach Park Shore gekommen, um an einem Treffen von Brandies Gemeindekorps teilzunehmen. Jack passte auf Toby auf, und Elizabeth war hier, in Brandies großem Haus mit all den Leuten aus Brandies Gruppe, die im Augenblick alle um den Esszimmertisch herumstanden und die Nachrichten auf CNN verfolgten, während sie sich an einem Büfett mit gesundheitsbewussten Snacks bedienten: Gemüserohkost mit Hummus, marinierter Tofu und verschiedene Chips, die nicht aus Kartoffeln hergestellt waren, sondern aus Roter Bete, Tang oder alten Getreidesorten.

Die alles beherrschende Nachricht war die von dem Ebolaausbruch in Westafrika, wobei es in der Story eigentlich um einen amerikanischen Arzt ging, der in Liberia für eine Hilfsorganisation Ebolapatienten behandelt, sich aber selbst mit dem Virus infiziert hatte und umgehend in die USA ausgeflogen worden war – was ihn zum ersten Ebolapatienten im Land machte. In genau diesem Moment wurde er in einem Krankenwagen mit hoher Geschwindigkeit zu einer Spezialklinik in Atlanta gefahren. CNN zeigte Livebilder, aufgenommen aus einem Hubschrauber: Der Krankenwagen raste mit blinkenden Einsatzlichtern und eskortiert von Polizeiwagen auf irgendeiner Schnellstraße dahin. Die Leute, die um den Tisch herumstanden, verfolgten wie gebannt das Geschehen.

»Und wenn er einen Unfall hat?«, sagte einer. Alle nickten. »Das ist doch kein sicherer Transport.«

»Hätte man ihn nicht an Ort und Stelle behandeln können? Musste man ihn wirklich zurückholen?«

»Der arme Kerl tut mir ja wirklich leid, aber hat er sein Schicksal nicht irgendwie auch herausgefordert?«

»Tja, er hat die ganze Zeit über dieses Virus nachgedacht, und dann hat er es gekriegt. Das ist doch nicht überraschend. Das Universum gibt einem immer das, womit man sich beschäftigt. Aktion und Reaktion – einfache Physik.«

Worauf Elizabeth – die auf einer sehr guten Schule den Leistungskurs Physik belegt hatte – aufhörte, ihre Karotte zu kauen und die Stirn runzelte. Äh, wie bitte?

Doch der Moment ging rasch vorbei, und wenig später schaltete Brandie den Fernseher aus und bat alle ins Wohnzimmer, wo man auf Sofas und Sesseln Platz nahm. »Danke, dass ihr alle gekommen seid«, sagte Brandie. »Lasst uns anfangen.« Sie ging zu Elizabeth, stellte sich neben sie, legte ihr liebevoll den Arm um die Schultern und sagte: »Kennt ihr das – wenn man zum genau richtigen Zeitpunkt den genau richtigen Menschen kennenlernt? Das ist mir mit Elizabeth passiert. Sie ist in dem Augenblick aufgetaucht, in dem ich sie am meisten brauchte. Es war, ich weiß nicht, die reine Synchronizität.«

Alle lächelten Elizabeth an, einige winkten ihr zu. An diesem Abend waren zehn Mitglieder des Korps gekommen: sechs Frauen und vier Männer, allesamt zwischen Mitte dreißig und Mitte fünfzig, allesamt mit offenen Gesichtern, aus denen Vertrauen, Gewissheit und freundliche Souveränität sprachen. Elizabeth lächelte und winkte ebenfalls.

Brandie erklärte, die Gruppe habe sich zusammengefunden, weil sie Gleichgesinnte seien, die ihr Bestes zum Wohl des Gemeinwesens tun wollten.

»Wir lieben Park Shore sehr und wollen, dass es schön bleibt, dass es so bleibt, wie es ist, für unsere Kinder«, sagte Brandie. »Darum sind wir in der Gemeinde sehr aktiv, und wenn das, was wir hier aufgebaut haben, durch irgendetwas gefährdet werden könnte, versuchen wir, dem mit unserer positiven Vision entgegenzutreten.«

»Wie zum Beispiel?«

»Ach, da war dieser Laden für E-Zigaretten, der in der Innenstadt aufmachen wollte. E-Zigaretten – kannst du dir das vorstellen? In einer Gegend, wo unsere Kinder vorbeikommen? Dem haben wir schnell einen Riegel vorgeschoben. Und dieses Restaurant – wie hieß es noch? Wo die Kellnerinnen aussehen wie Schulmädchen?«

»Twisted Knickers«, sagte jemand.

»Genau. Die wollten hier eine Filiale eröffnen, aber wir haben gesagt: ›Auf keinen Fall!‹«

»Ich verstehe«, sagte Elizabeth.

»Aber ich hoffe, du hältst uns nicht für einen Haufen Miesepeter«, sagte Brandie. »Wir sind eine sehr positive Gruppe, ehrlich. Wir versuchen, uns nicht auf Negatives zu fokussieren. Je negativer man denkt, desto mehr Negativität zieht man an. Ich meine, sieh dir nur das Internet an. Die Leute im Internet regen sich die ganze Zeit über Sachen auf, die sie hassen, und alles, was dabei herauskommt, sind noch mehr Sachen, die sie hassen. Nein, wir halten es eher mit Mutter Teresa.«

»Mutter Teresa?«

»Genau. Mutter Teresa hat mal gesagt, sie würde nicht auf eine Antikriegsdemo gehen, sondern nur auf eine Profriedensdemo. Sie hat verstanden, dass man sich auf das fokussieren muss, was man *will*, nicht auf das, was man *bekämpft*. Also sind wir nicht gegen Verdampfer, sondern für Gesundheit. Wir sind nicht gegen Twisted Knickers, sondern für Anstand. Wir sind nicht gegen Plastikbecher, sondern für Umweltschutz. Wir sind nicht gegen Laubbläser, sondern für Ruhe und Frieden.«

»Ich verstehe.«

»Du musst ein Problem als Gelegenheit betrachten, deine positiven Werte auszudrücken. Und wenn du das immer wieder tust, kannst du deine Gemeinschaft und dich selbst auf eine höhere Stufe heben. Wir alle helfen einander, unser höheres Ich zu verwirklichen. Und hier, in diesem Raum, kann ich dir sagen, gibt es ein paar erstaunliche Erfolgsgeschichten.«

»Ja? Was für welche denn?«

»Also, zum Beispiel«, sagte ein Mann zu ihrer Rechten, Ende vierzig, mit der Statur eines ehemaligen Footballspielers, der in einem Sessel saß, sich aber, die Ellbogen auf die Knie gestützt, vorbeugte wie bei einem Huddle. »Ich bin auf diese Gruppe gestoßen, als ich mitten in einer wirklich sehr schmerzhaften Scheidung war. Damals fand ich alles schrecklich und trostlos, und diese Leute haben mir geholfen, positiver und großzügiger zu sein. Und jetzt? Jetzt kommt meine Frau zu mir zurück!«

Er bekam einen kleinen Applaus, den er mit einem angedeuteten Salut entgegennahm.

»Toll«, sagte Elizabeth. »Wie schön.«

»Und ich habe meinen Diabetes in den Griff gekriegt«, sagte eine Frau am anderen Ende des Raums. »Durch diese Gruppe habe ich gelernt, wie ich mit meinem Körper Frieden schließen und ihn wirklich lieben kann. Und jetzt geht der Diabetes weg!«

Wieder ein kleiner Applaus.

»Tatsächlich?«, sagte Elizabeth.

Und dann erzählten auch die anderen ihre eigene, persönliche Geschichte von innerem Wachstum und Erfolg: Einer Frau war gekündigt worden, doch mit der Hilfe der Gruppe war sie jetzt im Begriff, ihren Traumjob zu bekommen, und schaffte sich bereits die passende Garderobe und einen neuen Wagen an; ein Mann hatte eine belastete Beziehung zu seiner erwachsenen Tochter, doch jetzt wollte sie ihn besuchen, zum ersten Mal seit Jahren; eine Frau hatte sich Sorgen wegen ihres straffällig gewordenen Sohnes gemacht, doch mithilfe der Gruppe würde dieser Sohn demnächst in Stanford studieren. Wie es schien, folgten alle Geschichten einem ähnlichen Muster: Diese Leute hatten die Gruppe in einer Zeit des Kummers und der Einsamkeit gefunden, und jetzt wendete sich, mit der Hilfe der Gruppe, alles zum Besseren und würde binnen Kurzem einfach *großartig* sein.

»Ziemlich erstaunlich, nicht?«, sagte Brandie.

Ja, dem musste Elizabeth zustimmen. Sie dachte, dass sie diese Art von Gruppendynamik, diese starke, intensive Zugewandtheit, seit den Tagen in der *Foundry* nicht mehr gespürt hatte, wo sie und ihre Freunde in der Galerie im Erdgeschoss gesessen und geredet und gelacht und einander Rückenmassagen gegeben hatten. »Ziemlich erstaunlich«, sagte sie.

Brandie faltete die Hände und sagte: »Und jetzt ist Gelegenheit, Dankbarkeit zu praktizieren!«

Sie setzte sich neben Elizabeth, wendete sich mit konzentrierter Aufmerksamkeit zu ihr und sagte: »Also, nur zu.«

»Was, ich?«, sagte Elizabeth.

»Ja, du! Du hast Gelegenheit, dankbar zu sein. Also los.«

Elizabeth sah sich um, sah die erwartungsvoll lächelnde Gruppe. »Ich weiß nicht, wie ich das tun soll«, sagte sie.

Alle lachten wissend.

»Das kennen wir alle«, sagte Brandie und nickte teilnahmsvoll. »Wir alle hier sind da gewesen, wo du jetzt bist.«

»O Mann, ja, das kann man wohl sagen!«, seufzte der geschiedene Typ, worauf alle aus irgendeinem Grund schallend lachten.

»Fangen wir mit was Leichtem an«, sagte Brandie. »Sprich mir einfach nach: *Ich bin dankbar für* ...«

»Okay«, sagte Elizabeth. »Ich bin dankbar für ... meine Gesundheit.«

»Okay, gut, aber ist das nicht ein bisschen zu einfach?«, sagte Brandie. »Ein bisschen zu selbstverständlich? Es ist leicht, für die schönen Dinge dankbar zu sein, aber etwas wirklich Besonderes ist es, für die schwierigen Sachen dankbar zu sein. Pass auf.«

Sie schloss die Augen, atmete tief durch – langes Einatmen, ebenso langes Ausatmen. Dann sagte sie leise: »Ich bin dankbar für all die Herausforderungen, die mich zu dem Menschen gemacht haben, der ich jetzt bin. Ich bin dankbar für all die Schmerzen, die mich stärker gemacht haben. Ich bin Chester Fullerton dankbar, der mir in der elften Klasse das Herz gebrochen hat. Ich bin Miss Godwyn dankbar, meiner Betreuerin im Sommerlager, die mir gesagt hat, aus mir würde nie was werden. Ich bin meinem Dad dankbar dafür, dass er nicht mit Geld umgehen kann, für seine gescheiterten Geschäftsideen und seine Spielsucht. Ich bin dankbar für all die Male, die wir uns in unserem Haus verstecken mussten, weil die Schuldeneintreiber vor der Tür standen. Das alles hat mich dazu gebracht, mir ein Leben im Überfluss vorzustellen, ein Leben in Frieden und Freiheit, und das ist genau das Leben, das ich jetzt habe. Ich bin jedem dankbar, der mir meinen Weg gewiesen hat, selbst wenn es zufällig geschehen ist oder vielleicht sogar mit böser Absicht getan wurde. Zu ihnen allen sage ich: *Danke.*«

Es war still im Raum. Brandie atmete noch einmal tief durch und lächelte. Als sie die Augen aufschlug und Elizabeth ansah, lag auf ihrem Gesicht ein Ausdruck tiefer Ruhe und heiterer Gelassenheit.

»Und jetzt du. Versuch dankbar zu sein für etwas, das schwierig ist. Was ist schwierig in deinem Leben?«

»Tja«, sagte Elizabeth, »ich glaube, ich mache mir Sorgen wegen meinem Sohn. Er geht auf eine neue Schule.«

»Und worüber machst du dir Sorgen?«

»Ob er sich eingewöhnt und glücklich ist. Ob er sich einfügt.«

»Wie würde das aussehen?«, sagte Brandie. »Schließ die Augen und beschreib es. Visualisiere es. Stell es dir vor, als wäre es schon geschehen. Was heißt: Er fügt sich ein?«

Elizabeth schloss die Augen. »Ich glaube, es heißt, dass er viele Freunde hat und sich auf die Schule freut und dass er nicht mehr so viele Anfälle hat.«

»Anfälle?«

»Wutanfälle. Tobsuchtsanfälle. So was eben.«

»Und diese Wutanfälle machen dir Sorgen?«

»Natürlich.«

»Warum?«

»Na ja, zum einen, weil ich nicht will, dass er sich so aufregt. Das tut mir so leid für ihn.«

»Ja, na klar. Und zum anderen?«

»Ich glaube, ich mache mir Sorgen, dass ihm dadurch die Schule schwererfallen wird und er nicht so leicht Freunde findet.«

»Das sind verständliche Sorgen«, sagte Brandie. »Aber sie betreffen *ihn*. Welche Sorgen hast du, die dich selbst betreffen?«

»Wie meinst du das?«

»Welche Sorgen hast du, die nur dir selbst gelten? Getrennt von ihm?«

Elizabeth saß mit geschlossenen Augen da. Ihr wurde plötzlich bewusst, dass sie die Hände zu Fäusten geballt hatte und ihre Fingernägel sich in ihre Handflächen gruben. Sie dachte über Brandies Frage nach, und was sie vor ihrem inneren Auge sah, war sie selbst als Teenager. Sie saß still im BMW ihres Vaters und starrte nach vorn, und während er mit ihrem neuen Tennisschläger die Windschutzscheibe des Vans neben ihr zertrümmerte, drückte Elizabeth sich in den Sitz und tat, was sie bei seinen unvermittelten Ausbrüchen immer tat: Sie verwandelte sich, wie sie es nannte, *in einen grauen Felsen* und saß da, als wäre nichts von Bedeutung, als könnte nichts sie stören.

»Mein Vater hatte auch solche Wutanfälle«, sagte sie leise.

»Okay«, sagte Brandie. Ihre Stimme war sanft. »Da kommen wir der Sache schon näher. Erzähl weiter.«

Es gehörte nicht zu den Dingen, über die Elizabeth normalerweise gesprochen hätte, aber Brandies unerwartetes Geständnis machte sie offener, williger. »Mein Vater war Choleriker«, sagte sie. »Wutanfälle. Probleme mit der Impulskontrolle. Solche Sache eben. Vollkommen willkürlich. Es war irgendwie beängstigend.«

»Das muss ganz schön schwer gewesen sein«, sagte Brandie.

»Er war nicht gewalttätig gegenüber *Menschen*. Aber er hat gegen Wände gedroschen, Sachen zerschlagen, mit Sachen geworfen. Es war eine Gewalt, die nicht gegen mich gerichtet war – eher gegen alles um mich herum.«

»Wie schrecklich.«

»Und manchmal sehe ich das in Toby, und das macht mir Angst.«

»Natürlich.«

Brandies Stimme war so sanft und mitfühlend, so voller Anteilnahme, dass Elizabeth zu ihrer eigenen Überraschung noch mehr Details preisgab: »Ich glaube, mein Dad hat sich immer in Konkurrenz zu mir gesehen. Immer wenn ich in irgendwas besser war als er oder irgendwas wusste, das er nicht wusste, wurde er wütend, und dann ging irgendwas zu Bruch. Er war ein Mann, der sich nur gut fühlen konnte, wenn ich versagt habe. Ich musste nach seiner unausgesprochenen Regel leben: Sei gut, aber nie zu gut. Sei erfolgreich, aber nicht zu erfolgreich. Bring es zu was, aber nicht zu mehr als ich.«

Sie erinnerte sich an das Abschlussexamen im dritten Highschool-Jahr, als sie auf dem Fragebogen mit Bleistift die Antworten auf alle Fragen eingetragen hatte und nach fast drei Stunden an die letzte gekommen war, wieder eine von diesen blöden Analogien: *gesättigt* verhält sich zu *versteinert* wie ... zu ... Den ganzen Morgen hatte sie diese und andere Fragen zum Lesestoff sowie zu Algebra, Geometrie und Trigonometrie beantwortet, und es hatte kein einziges auch nur ansatzweise kniffliges Problem gegeben. Und da war nun die letzte Frage, und sie hatte noch zwölf Minuten Zeit, doch als sie daraufstarrte, hatte sie unvermittelt das Gefühl einer zunehmenden Distanz. Nicht, dass sie die Antwort auf die Frage nicht gewusst hätte – sie war ihr nur plötzlich so gleichgültig, dass sie nicht mal darüber nachdenken konnte. Etwa das gleiche Gefühl hatte sie gehabt, als sie beschlossen hatte, den leichten, vierseitigen Aufsatz für den Musikunterricht nicht zu schreiben. Sie hatte bis dahin schon Hunderte Aufsätze geschrieben, alle perfekt, und dann sollte sie einen lausigen Aufsatz über die *Idée fixe* in der Symphonie fantastique schreiben und tat es einfach nicht. Sie fing nicht mal damit an. Sie bekam null Punkte, worauf aus der Note A ein A- wurde, ihr Notendurchschnitt von 4,0 auf 3,99 fiel und sie nicht mehr die Jahrgangsbeste war. Es war wie in dem Klassenzimmer, beim Abschlussexamen, als ihr Geist für volle zwölf Minuten einfach abschaltete – ein Gefühl, als würde sie sich in einen Felsen verwandeln –, und als die Zeit um war und sie ihren Fragebogen abgab, war die letzte Frage unbeantwortet.

»Ich habe mich selbst sabotieren müssen, um meinen Vater glücklich zu machen«, sagte Elizabeth.

»Aber hilft es, noch immer darauf herumzukauen?«, sagte Brandie. »Hilft es dir, wenn du dastehst wie ein Schmerzdenkmal?«

»Ein was?«

»Gibt es eine Möglichkeit, Dankbarkeit für deinen Vater zu empfinden? Kannst du ihm dankbar sein und ihm verzeihen? Kannst du sagen: ›Danke, ich verzeihe dir und gebe dich frei‹? Denn du musst dein Herz aufräumen, Elizabeth, genau so, wie du dein Haus aufräumst. Nimm alles Unnötige, bedanke dich bei ihm für seine Dienste und lass es los. Kannst du das?«

»Na ja«, sagte Elizabeth mit noch immer geschlossenen Augen, »wir sind sehr oft umgezogen. Ich musste immer wieder von vorn anfangen. Wahrscheinlich habe ich deswegen keine Angst vor neuen Situationen. Wahrscheinlich hat es mich mutig gemacht.«

»Na bitte«, sagte Brandie. »So praktiziert man echte Dankbarkeit. Du sagst zu deinem Vater: ›Danke, dass du mich zu dem mutigen Menschen gemacht hast, der ich bin.‹ Und zu deinem Sohn sagst du: ›Danke, dass du mich etwas über mich selbst gelehrt hast.‹ Ich garantiere dir, dass Tobys Wutanfälle aufhören werden. *Ich garantiere es.* Dein Sohn ist geheilt.«

»Wie denn?«

»Indem du es aussprichst. Immer wieder. *Er ist geheilt.* Wenn du deine Wahrheit ins Universum sprichst, wird sie sich in deinem Leben manifestieren, so wie du dich in *meinem* manifestiert hast.«

»Moment mal«, sagte Elizabeth und öffnete die Augen. »Was?«

Brandie lächelte sie an. »Wenn du willst, dass dein Leben sich ändert, musst du *glauben,* dass es sich ändert. Damit eine Veränderung kommt, musst du sie visualisieren. Sprich von Dingen, als wären sie wahr, und sie *werden* wahr. Genau so habe ich dich in mein Leben geholt.«

»Du hast mich *geholt?*«

»Ja, mit meinen Gedanken.«

»Okay«, sagte Elizabeth und sah die Gruppe plötzlich mit einem kritischeren Blick. »Aber wie...?«

»Ich habe das Universum gebeten, meine Eheprobleme zu lösen, und fest daran geglaubt – und was ist passiert? Du bist aufgetaucht.«

»Bitten, glauben, empfangen«, sagte die Frau mit dem geheilten Diabetes.

»So funktioniert das«, sagte der geschiedene Typ. »Man muss sich auf die richtigen Schwingungen einstimmen. Wenn dein Geist richtig schwingt, werden die richtigen Dinge davon angezogen. Wie von einem Magneten. Es ist eines der Grundgesetze des Universums. Einstein hat es entdeckt.«

»Hat er das?«

»Das Wichtigste ist, in deiner Fantasie zu bleiben, bis sie Wirklichkeit geworden ist.«

Danach kamen von allen Seiten weit hergeholte Erklärungen bezüglich der Mechanismen, die dem Ganzen zugrunde lagen und bei denen es, wenn Elizabeth es recht verstand, um Quantenphysik ging und darum, dass Gedanken sich in Energie verwandelten und es positive und negative Energien gab und die eigene Energie Schwingungen in die Raum-Zeit sandte, die dann in der eigenen Wirklichkeit positive oder negative Veränderungen bewirkten. Oder so ähnlich. Als der geschiedene Typ ihr erklärte, das Universum sei in Wirklichkeit ein riesiges Hologramm, schwand ihr Wohlwollen schlagartig, wie manchmal bei der Arbeit, wenn ein Patient positiv auf eine ihrer ausgedachten »Behandlungen« reagierte: Sie fühlte Enttäuschung, ja Geringschätzung. Dass die Menschen so leicht verführt und getäuscht werden konnten, erfüllte sie mit Mitleid, in das sich ein wenig Verachtung mischte, weil sie die Wahrheit einer Geschichte opferten, nur weil die ihnen ein gutes Gefühl machte. Elizabeth hielt sich für disziplinierter, unvoreingenommener, objektiver, sie war ausgebildet in einer Welt der Konfidenzintervalle und Standardabweichungen, der Sigmawerte und Fakten. Sie würde niemals eine Geschichte wie jene glauben, die der geschiedene Typ ihr gerade erzählte, eine Geschichte, der es so sehr an Substanz mangelte, dass sie einer näheren Untersuchung nicht standhalten würde. Das dachte sie, während er erklärte, dass das, was man als »die wirkliche Welt« erfahre, eigentlich ein von einem 2-D-Energiefeld erzeugtes 3-D-Hologramm sei, und unsere Gedanken erzeugten Minihologramme, die auf dieses Hologramm einwirkten, sodass sie in der sinnlich wahrnehmbaren Welt wahrgenommen werden könnten. An dieser Stelle unterbrach Elizabeth ihn und fragte: »Also, hab ich das richtig verstanden mit deiner Ex-Frau? Sie kommt wirklich zu dir zurück?«

»Natürlich.«

»Okay. Wo ist sie jetzt?«

»Na ja«, sagte er abwehrend, »ich meine, streng genommen, offiziell ist sie noch immer« – er hob die Hände und malte Anführungszeichen in die Luft – »*bei Chad.*«

»Aha.«

»Aber ich weiß, wenn ich nur fest genug daran glaube, kommt sie schon bald zu mir zurück. Es liegt nur an mir. Ich hab's in der Hand.«

»Stimmt haargenau«, sagte Brandie.

»Und was ist mir dir?«, fragte Elizabeth die Frau, die sich eine neue Garderobe und einen Wagen zugelegt hatte. »Das mit deinem Traumjob – ist das wahr?«

»Du musst verstehen«, sagte die Frau, »dass das Universum auf symbolische Handlungen reagiert. Und wie könnte ich dem Universum besser zeigen, dass ich bereit bin, seine Gaben anzunehmen, als indem ich mir Sachen kaufe, die ich mir eigentlich nicht leisten kann?«

»Oje«, sagte Elizabeth. Dann sah sie die Diabetikerin an. »Und du? Wie steht's um deine Gesundheit?«

»Die Ärzte sagen, dass ich noch immer Diabetes habe«, sagte sie, »aber ich weiß ganz genau, dass das nicht stimmt.«

»Du bist völlig gesund«, sagte Brandie mit plötzlicher Bestimmtheit. »Jede Zelle deiner Bauchspeicheldrüse ist heil und rein und perfekt. Dein ganzer Körper ist wiederhergestellt in Gesundheit und Harmonie, denn du hast in dir die Kraft der totalen Heilung.«

»Danke«, sagte die Frau, »danke.«

Elizabeth stand auf, strich ihren Rock glatt und sagte: »Wo ist die Toilette, bitte?«

»Den Flur hinunter, ganz am Ende.«

Elizabeth fürchtete, sie könnte etwas Unbedachtes sagen, das sie später bereuen würde, sie fürchtete, ihre Enttäuschung über diese Leute, die ja immerhin bald Freunde und Nachbarn sein würden, könnte zu offensichtlich sein. Also ging sie, um sich zu sammeln, doch dann entdeckte sie am Ende des Flurs eine Tür, an der ein Schild hing. Es schien sich um ein abgeschliffenes Stück Treibholz zu handeln. Das Wort RUHE-RAUM war hineingeschnitzt, und es hing an einem Stück verknotetem Zwirn. Elizabeth betrachtete es, vergewisserte sich mit einem kurzen Blick, dass niemand sie sah, und öffnete die Tür.

Die Dekoration des Raums vermittelte eine Art heiterer Strandatmosphäre: Auf niedrigen Tischchen aus verwittertem Holz lagen Muscheln und glatt geschliffene Kiesel, auf dem Boden rahmten Kerzen in geometrisch arrangierten Gruppen ein riesiges, quadratisches cremefarbenes Kissen ein, groß genug, um darauf zu meditieren oder zu schlafen. Am Fenster stand ein Rattansessel, auf dem mehrere Gewichtsdecken lagen. Kantige, von innen beleuchtete Brocken aus rosarotem Salz verströmten ein diffuses Licht.

Doch das beherrschende Element in diesem Raum war die Pinnwand – oder vielmehr die Pinnwände, die drei der vier Wände einnahmen, mit einer gewaltigen Collage aus Zeichnungen und Fotos, Zeitungsausschnitten und Buchseiten, auf denen bestimmte Sätze hervorgehoben oder unterstrichen waren. Elizabeth trat näher und studierte eine Stelle, wo MIKE stand: Dort hatte Brandie neben- und übereinander wie in Sedimentschichten lauter Bilder von glücklichen Paaren aufgehängt, die sich umarmten oder an den Händen hielten. Es gab Bilder aus Disney-Filmen, von Prinzen und Prinzessinnen, Fotos aus Zeitschriften oder aus der Werbung: Paare, die am Strand spazieren gingen oder köstliche Speisen aßen oder umschlungen im Bett lagen. Elizabeth war verstört, als sie sah, dass die Gesichter der Menschen auf einigen Fotos durch die von Brandie und ihrem Mann ersetzt worden waren.

Ein Visionboard sollte, wie Elizabeth wusste, eine Zielorientierung unterstützen, doch das hier wirkte eher wie ein Monument des Leidens. Sie stellte sich vor, wie viele Stunden Brandie hier eine Ehe herbeifantasiert hatte, die erfüllter und sicherer war als ihre. Es war wie eine Landkarte von Brandies verletzter Seele. Sie war von der Affäre ihres Mann am Boden zerstört gewesen, hatte sich verzweifelt auf die Suche nach Antworten gemacht und war im Internet auf einen pseudowissenschaftlichen Mumpitz gestoßen, irgendeine Philosophie, die behauptete, man könne sein Leben mithilfe von Gedanken steuern. Das hatte sie fasziniert, denn es bedeutete, dass sie bestimmen konnte, ob ihr noch jemals etwas Schlimmes zustoßen würde.

Elizabeth trat an eine andere Wand, an der eine große weiße Magnettafel hing. In deren Mitte war ein Foto von Brandies wunderschönem Haus in Park Shore, und ringsherum, wie ein Strahlenkranz, standen Dutzende, wenn nicht Hunderte kurze Affirmationen:

Ich werde in diesem Haus GLÜCKLICH sein.
Dies ist mein TRAUMHAUS.
Ich werde MEIN LEBEN GENIESSEN.
ICH WERDE MEIN LEBEN HIER LIEBEN.
ICH WERDE SEHR, SEHR GLÜCKLICH SEIN.

So ging es immer weiter. Elizabeth las und fühlte sich schlecht, ja gemein. Es fühlte sich an, als würde sie im Tagebuch einer Freundin schnüffeln, es war ein Verstoß, ein Verrat. Sie ging hinaus und schloss leise die Tür.

Sie kehrte ins Wohnzimmer zurück und erfand eine häusliche Notsituation – Jack habe eine Lebensmittelvergiftung, sagte sie –, und alle wünschten ihr alles Gute, luden sie ein, bald wiederzukommen, und versicherten ihr, dass es ihrem Mann schon bald sehr viel besser gehen werde, ja, sie behaupteten, dass er wahrscheinlich, noch bevor sie zu Hause war, wieder in bester Verfassung sein werde, denn sie alle würden jetzt an ihn denken und ihm ihre besten und heilendsten Schwingungen schicken.

Entstehungsgeschichten

Wenn der Wind drehte, wusste Jack, dass die Brandsaison näher rückte. Im Dezember, Januar, Februar kam der Wind meist aus Norden und brachte Kansas eine mildere Version der elenden Kälte, die über die Dakotas hinwegfegte. Doch irgendwann Mitte März drehte der Wind auf Süd, fühlte sich anders an, roch anders und fiel unvermittelt über die Hügel her. Es war ein Wind, der in trockenen Jahren so stark wehte, dass es war, als würde er halb Texas und Oklahoma mitbringen, ein warmer, trockener Wind, der den Himmel mit einem zarten rostroten Schleier aus dem Staub des Südens überzog. So war es auch im Frühjahr 1984, einem trockenen Frühjahr mit täglichen Windwarnungen. Auf dem Kansas Turnpike wurden große Sattelschlepper umgeworfen, deren Aufbauten die Sturmböen wie Segel einfingen.

Jack liebte den Wind, er liebte es zuzusehen, wie sich seine Form im Wogen der Gräser abzeichnete, wie er Zweige und Staub aufwirbelte, sich in winzige Tornados verwandelte, die binnen Sekunden wieder verschwanden. Oder wie die Stare mitten im Flug die Richtung änderten, weil der ganze Schwarm von einer Bö getroffen wurde. Oder wie ein Falke sich in den Luftstrom stellte und reglos verharrte wie ein Drachen, um dann mit einer kleinen Flügelbewegung in die genau entgegengesetzte Richtung davonzuschießen. Das alles sah Jack, wenn er sich aus seinem Fenster im ersten Stock beugte und eine Welt betrachtete, die leer und friedlich wirkte, aber, wie er wusste, nur so wimmelte von Leben.

Sein Vater Lawrence sah es praktischer. An den windigsten Tagen spielte Lawrence – als er noch arbeitete und hinausging und mit anderen Leuten redete – am liebsten Home Run. Er ging auf die Nordwiese, wo der Abstand zwischen dem vorderen und dem hinteren Zaun etwa so groß war wie der zwischen der Home Plate und der Centerfield-Mauer im Royals Stadium, und dann tat er eine Stunde lang, als wäre er George Brett, drosch Bälle und sah zu, wie sie vom Wind unglaublich weit getragen wurden.

Jacks Aufgabe war es, die Bälle einzusammeln. Er stand am Zaun gegenüber und trug einen abgewetzten Baseballhandschuh, der geradezu lächerlich nutzlos war, denn selbst wenn er es schaffte, die Richtung des Balls zu berechnen, sprang er im letzten Augenblick mit einem Schrei beiseite und schlang die Arme um den Kopf wie bei den Tornado-Übungen in der Schule. Dass dieser harte, gnadenlose Baseball mit scheinbar tausend Stundenkilometern auf ihn zuschoss, war mehr, als er ertragen konnte. Er konnte sich unmöglich in seine Flugbahn stellen. Er wollte vor seinem Vater nicht als Feigling dastehen, aber nicht alles lässt sich willentlich steuern, nicht wenn so viel Angst im Spiel ist.

Lawrence war so weit entfernt, dass Jack den Ball durch die Luft fliegen sah, bevor er das trockene *Pack* des Schlägers hörte (obwohl es eigentlich kein *Pack* war, denn wenn ein Aluminiumschläger einen Baseball trifft, macht er nicht *Pack,* sondern eher *Plink*). Wenn er das Geräusch hörte, war der Ball schon dreißig Meter hoch in der Luft und raste in tödlicher Absicht auf ihn zu. In all den Jahren fing Jack keinen einzigen. Und wenn der Ball landete, schien er im Gras zu detonieren und bohrte sich tief in den Boden, der mit einer mehrere Zentimeter dicken Schicht aus trockenem Heu bedeckt war, in der Spinnen, Mäuse und Schlangen lebten. Jack musste den Ball suchen und hatte Angst, dabei auf etwas zu stoßen, das ihn beißen könnte, und dann hörte er das nächste *Plink* und bekam Angst, er könnte bei der Suche nach dem Ball vom nächsten getroffen werden. Er sammelte die Bälle in einem Eimer, den er über die unebene Wiese zurück zu seinem Vater schleppte. Die Nordwiese war die größere der beiden Wiesen, zwischen denen das Haus stand. Die im Süden war kleiner, und getrennt waren die beiden durch einen Stacheldrahtzaun, die Zufahrt und einige breite Viehwege, die als Feuerschneisen dienten. Die Nordwiese war so groß wie ein Baseballstadion, und Jack brauchte mehrere Minuten, um den schweren Eimer zu seinem Vater zu tragen, der ihn die ganze Zeit anfeuerte: »Na komm, Kleiner, das geht schneller, los, los.«

Aber an diesem besonders windigen Nachmittag war Lawrence nicht da. Er besuchte Farmen weiter südlich, um die jährlichen Brände vorzubereiten. Jacks Mutter hatte sich wie üblich ins Schlafzimmer zurückgezogen und sah sich das volle Nachmittagsprogramm von CBS in Wichita an, dem einzigen Kanal, den die Hasenohrantenne ihres Fernsehers empfing. Sie lag seit $25.000 *Pyramid* im Bett, sah gerade *Press Your Luck* und würde sich wahrscheinlich *Price Is Right*, *The Young and the Restless* und *As the World Turns* ansehen, bis um halb sechs Dan Rathers Sendung begann. Dann würde sie aufstehen, ein paar Fischstäbchen aufwärmen und sich für das Abendprogramm wieder ins Bett legen: *Magnum, Simon & Simon, Unter der Sonne Kaliforniens*.

Jack ging ihr aus dem Weg. Er war allein, in seinem Zimmer, und spielte *Dungeons & Dragons*.

Es war ein kleines Haus, ein eineinhalbstöckiges Holzhaus – das halbe Stockwerk war ein zum Schlafzimmer umgebauter Dachboden. Im Erdgeschoss befanden sich das Schlafzimmer seiner Eltern, ein Wohnzimmer und die kleine Küche. Und dann war da noch der Keller, der ihm Angst machte: Lehmboden, kalte Betonwände, eine wackelige Treppe aus morschem Sperrholz, ein dunkler Ort voller Spinnweben und Tausendfüßler.

Es war der erste Tag der Frühjahrsferien, und vor ihm

lag eine Woche gähnender Leere. Wegen seiner Kränklichkeit erlaubte seine Mutter ihm nur selten, das Haus zu verlassen; schon beim leisesten Husten oder einer kleinen Appetitlosigkeit verbot sie ihm, in die Schule zu gehen. Er hatte viel Zeit und niemanden, mit dem er sie verbringen konnte: Seine Mutter sah Fernsehen, sein Vater arbeitete, und selbst als seine Schwester Evelyn noch zu Hause gewohnt hatte, war sie viel zu alt gewesen, um eine Spielkameradin zu sein. An einem Wochenende hatte er bei einem privaten Flohmarkt ein D&D-Buch mit Würfeln und Figuren entdeckt. Der Umschlag war absolut faszinierend: ein Ritter mit einem silbrig glänzenden Schwert und ein Zauberer, der mit bloßen Händen eine Flamme hielt. Da er wusste, dass seine Mutter ihm das Set niemals kaufen würde – als Mitglied der Calvary Church wusste sie, dass diese Fantasy-Rollenspiele nichts als teuflisches Blendwerk waren –, klaute er es. Er steckte die Würfel in die Tasche und das Buch in den hinteren Hosenbund.

Er hatte nicht mal ein schlechtes Gewissen, jetzt nicht mehr. Er hatte keine Freunde, aber in D&D konnte er sich welche erschaffen. Er saß im Schneidersitz auf dem Boden seines Zimmers, vor sich die Würfel – sowohl die traditionellen sechsseitigen als auch die komplexeren mit den vielen Facetten – und umgeben von vielen Blättern Papier, auf denen er die Namen und Fertigkeiten seiner erfundenen Freunde und ihre detaillierten persönlichen Geschichten notiert hatte. Es gab einen Kämpfer, einen Magier, einen Hexenmeister, einen Kleriker und einen Barbaren. All diese Figuren und den Spielleiter spielte er selbst. Im Moment arbeitete er an einer Kampagne, bei der es um einen großen Schatz ging, der von mutierten Präriewesen bewacht wurde. Er las als Spielleiter aus seinem Skript vor: »Ein tollwütiger Kojote versperrt dir den Weg zum Schatz. Willst du ihn angreifen?« Und dann sagte er mit einer anderen Stimme, dem tiefen Knurren, das er für den Barbaren der Truppe reservierte: »Den mach ich alle.«

»Aber, aber«, sagte er mit der nasalen Stimme des Diebs, den Jack im Verdacht hatte, ein Feigling zu sein, »müssen wir denn immer zu Gewalt greifen?«

»Vielleicht könnten wir mit diesem Wesen verhandeln?«, sagte er mit der gelangweilten, aristokratischen, leicht britisch eingefärbten Stimme des Magiers.

Der Hexenmeister, ein umtriebiger älterer Typ, der den Leuten gern auf die Nerven ging, warf dem Magier vor, er sei zu vorsichtig, zu vergeistigt, worauf die beiden eine Zeit lang über die beste Vorgehensweise stritten, während der Barbar nur die Augen verdrehte, als wollte er sagen: »Jetzt geht *das* schon wieder los«, denn er hatte diesen Streit schon oft gehört und gelernt, sich herauszuhalten, bis er endete, wie er immer endete: mit Würfeln. Die Überredungsgabe des Hexenmeisters trat gegen die Willenskraft des Magiers an, und der Würfel entschied zugunsten des Ersteren.

»Ji-haa!«, rief der Hexenmeister, der aus irgendeinem Grund einen starken Südstaatenakzent hatte.

Dann kam ein Ruf – »Jack!« – von unten, aus dem Zimmer seiner Mutter. Schnell versteckte er die D&D-Sachen hinter der Kommode, schlich auf Zehenspitzen hinunter, klopfte leicht an ihre Tür und öffnete sie langsam. Drinnen heulte der Fernseher, jemand schrie, untermalt von frenetischem Studioapplaus: »Kein Whammy, kein Whammy!« Seine Mutter saß im rosaroten Bademantel und mit angezogenen Beinen im Bett und starrte auf den Fernseher. Sie wandte den Kopf ein wenig in seine Richtung – der einzige Hinweis darauf, dass sie seine Anwesenheit bemerkte.

»Entschuldige«, sagte er.

»Was war das für ein Lärm?«

»Nichts.«

»Ich rufe dich seit zehn Minuten!«

»Das hab ich nicht gehört.«

»Natürlich nicht«, sagte sie. »Niemand hört auf irgendetwas, das ich sage. Als wäre ich gar nicht da.«

»Ich hab bloß gespielt.«

Die Luft war abgestanden wie in einem Quarantänezimmer und roch leicht nach verschwitzten Decken, Duftspray und jenem bestimmten unverkennbaren Geruch des elterlichen Schlafzimmers. Das Bett seines Vaters stand neben dem seiner Mutter, die Bettdecke war wie immer makellos gefaltet. Der Kandidat im Fernseher rief »Stop!«, und alle jubelten. Wieder kein Whammy.

»Was hast du gespielt?«, sagte seine Mutter.

»Nichts. Ich hab mir nur was ausgedacht.«

Ein genervter Seufzer. »Immer in irgendwelchen Fantasiewelten.«

»Tut mir leid.«

»Wenn du den Kopf nicht immer in den Wolken hättest, wären deine Noten vielleicht besser.«

Seine Mutter drehte eine Strähne um ihren Finger. Ihr glattes Haar war einst haselnussbraun gewesen, doch jetzt war es grau und an manchen Stellen sogar weiß. Sie hatte Jack schon oft gesagt, dass das im Grunde seine Schuld sei und sie die ersten grauen Strähnen während seiner von Krankheit bestimmten ersten Lebensjahre bekommen habe, weil sie sich solche Sorgen um ihn habe machen müssen. Im Fernseher riefen die Kandidaten »Gewonnen!« und »Kein Whammy!«.

»Kann ich rausgehen?«, fragte Jack.

»Warum?«, sagte sie und starrte weiter auf den Fernseher, der wuchtig auf einer Truhe am Fußende ihres Bettes stand.

Jack hatte *Press Your Luck* erst zweimal gesehen. Es war eine Gameshow, bei der die Kandidaten eine Apparatur in Gang setzten, die im Grunde nichts als ein sehr großer Spielautomat war und ihnen Geld, Urlaube, Schmuck, schicke Wagen, Boote und modernste Küchenmaschinen schenkte. Doch je gieriger sie wurden und je öfter sie am Rad drehten, desto größer wurde die Wahrscheinlichkeit, dass ihnen alles von dem gefürchteten »Whammy« genommen wurde, einem animierten knallroten, aber irgendwie humanoiden Wicht, der schadenfroh kichernd über den Bildschirm huschte und alle gewonnenen Preise mitnahm. Es war eine dieser Shows, die keinerlei Fertigkeit oder Talent erforderten, nur die Bereitschaft, die Impulskontrolle so weit zu senken, dass man etwas Dummes oder Peinliches tat, ein Format (dachte Jack etwa zehn Jahre später), das schließlich von *The Real World* übernommen und perfektioniert wurde.

Er sagte: »Ich möchte nicht mehr drinnen sein.«

Eine Bö fuhr heulend um die Ecken des Hauses. Die Fliegentür am vorderen Eingang klappte auf und knallte an die Wand.

»Dann willst du mich jetzt also auch verlassen?«, sagte sie.

Jack sah zu Boden. Einer der Gründe, warum er so wenig mit seiner Mutter sprach, war, dass er sie mit allem, was er sagte, unabsichtlich zu kränken schien. »Nur kurz«, sagte er. »Ich bin gleich wieder da.«

»Alle verlassen mich.«

»Niemand verlässt dich.«

»Evelyn hat mich verlassen, vor langer Zeit«, sagte sie. »Und dein Vater ist Gott weiß wo.«

»Er legt Brände.«

»Er *sagt*, er legt Brände.«

So war es jedes Frühjahr, wenn Lawrence zu den weit entfernten Ranches fuhr, um die anstehenden Brände zu planen, und oft erst am nächsten Tag zurückkam. Dann wurde Ruth Baker plötzlich bitter und zynisch.

Der Kandidat im Fernseher erwischte einen Whammy. Das Publikum stöhnte über sein Missgeschick. Seine Mutter grinste.

»Ich will nur rausgehen«, sagte Jack, »nicht weggehen.«

»Es ist windig.«

»Ich werde nicht lange draußen bleiben.«

»Du hast noch was zu erledigen.«

»Was denn?«

»Du musst dein Zimmer vorbereiten.«

»Für wen denn?«

»Deine Schwester kommt heute Abend.«

»*Wirklich?*«, sagte Jack lächelnd und nicht imstande, seine Freude zu verbergen, was seine Mutter natürlich sogleich bemerkte.

»Ich wollte, du würdest dich auch so freuen, wenn du mich siehst«, sagte sie.

Er sah wieder zu Boden. »Tue ich ja.«

»Ich bin dir wohl nicht gut genug.«

Jack schüttelte den Kopf und sagte nichts.

»Es kann ja nicht jeder wie Evelyn sein.«

»Ich weiß.«

»Einige haben Verantwortlichkeiten«, sagte sie und starrte wieder auf den Fernseher.

So war es immer mit seiner Mutter: Jede Freude, die er empfand, schien auf ihre Kosten zu gehen, jedes Glück für ihn schien Unglück für sie zu bedeuten. Er konnte nie zugeben, dass er sich über etwas freute. Wenn er beim Geburtstagsfest eines Freundes viel gelacht hatte, verstand seine Mutter das als Kritik an ihr. Wenn ihm das Essen in einem Restaurant schmeckte, war das ein Zeichen dafür, dass er an den Mahlzeiten, die sie zu Hause auf den Tisch brachte, etwas auszusetzen hatte. Wenn er stolz auf ein halbwegs gutes Testergebnis war, warf sie ihm vor zu denken, sie sei dumm.

Das alles erforderte eine sorgfältige emotionale Tarierung. Er durfte sich nicht zu sehr über etwas freuen, das nicht direkt mit ihr zu tun hatte, denn das betrachtete sie als Beweis dafür, dass er sie nicht liebte, und dann sagte sie irgendwas Furchtbares. Einer ihrer Lieblingssätze war: »Wenn du ohne mich so glücklich bist, sollte ich mich vielleicht lieber umbringen.«

Doch auch wenn er unglücklich war, durfte er es nicht zu deutlich zeigen, denn sonst nahm sie das als Beweis dafür, dass er sie nicht liebte. »Wenn ich dich so unglücklich mache, sollte ich mich vielleicht lieber umbringen«, lautete ein anderer Lieblingssatz.

Mit anderen Worten: Es war schwierig. Nie zu glücklich, nie zu unglücklich – immer schön in der Mitte. Es ging ihm gut. Alles war immer gut.

»Dann los«, sagte seine Mutter und starrte auf den Fernseher, obwohl bei *Press Your Luck* gerade Werbepause war. »Mach dich an die Arbeit.«

Er ging wieder hinauf – nicht zu schnell, nicht so, dass man es als »eifrig« oder »hoffnungsvoll« oder »begeistert« hätte interpretieren können – und machte sich daran, sein Zimmer für den Gast vorzubereiten.

Seine große Schwester Evelyn kam zu Besuch.

Evelyn war bei Jacks Geburt schon ein Teenager gewesen und ausgezogen, bevor er in die Schule gekommen war, und so rührte das meiste, was er von ihr wusste, von ihren unregelmäßigen Besuchen und den Bemerkungen seiner Mutter. In großzügigen Momenten bezeichnete sie Evelyn als »Freigeist«, in weniger großzügigen als »flatterhaft«, »frivol« oder einfach als »anders«. Evelyn hatte Kansas gleich nach der Highschool verlassen und kehrte nur in unregelmäßigen Abständen zurück. Wo sie den Rest der Zeit verbrachte und was sie dort tat, war irgendwie ein Rätsel. Jedes Mal schien sie gerade von einem anderen neuen und seltsamen Ort zu kommen. Einmal war es eine Insel im Lake Superior, vor der Spitze der oberen Halbinsel von Michigan, wo sie in einer Künstlerkolonie überwintert hatte, in einer kleinen Hütte, deren Holzofen sie beständig hatte füttern müssen. Ein anderes Mal war sie gerade auf Cape Cod gewesen, am äußersten Ende der berühmten Landspitze –, wo sie getan hatte, was immer man als *Stipendiatin* tat. Im Jahr zuvor war sie in der Wüste von West-Texas gewesen, wieder in einer Künstlerkolonie, und wieder erzählte sie von inspirierenden Abenden mit Schriftstellern, Schauspielern, Malern und Musikern. Wenn sie die Baker-Ranch besuchte, brachte sie Geschichten von Abenteuern an weit entfernten Orten mit: New York, San Francisco, die Florida Keys. Evelyn war unverheiratet und kinderlos, sie hatte keinen Job länger als ein Jahr behalten und war immer in Bewegung.

»Meine Tochter, die *Künstlerin*«, sagte Ruth mit sarkastischer Affektiertheit.

Die beiden gingen kühl miteinander um, doch sie stritten sich nicht. Meist ließen sie einander in Ruhe. Ruth verbrachte die Nachmittage mit ihren Gameshows und Serien, aber wenn sie aus dem Schlafzimmer trat, stellte sie fest, dass Evelyn dem Haus ihre Note verliehen hatte: In allen Räumen standen Vasen mit Wildblumen, und die Fenster waren geputzt und vom Winterstaub befreit, sodass das Sonnenlicht wieder hereinströmen konnte. Während Ruth auf den Fernseher starrte, ging Evelyn mit ihren Acrylfarben hinaus und malte. Oder sie wanderte herum, sammelte eigenartige Schätze und erzählte beim Abendessen von ihren erstaunlichen Funden: eine Glasscherbe, die vermutlich aus der Zeit vor der Weltwirtschaftskrise stammte, ein Stück Knochen, möglicherweise von einem Bison, ein Feuerstein, der ganz bestimmt eine Pawnee-Pfeilspitze war. Ruth verdrehte die Augen.

»Das ist bloß ein Stein«, sagte sie.

»Es ist ein Stein mit Bedeutung«, sagte Evelyn und wendete die mutmaßliche Pfeilspitze hin und her. Ihre Augen leuchteten. »Ein Stein mit einer Geschichte.«

»Aus allem musst du mehr machen, als es ist«, sagte Ruth. »Das ist ein Stein. Schlicht und ergreifend.«

»Das Einzige hier am Tisch, das schlicht und ergreifend ist«, sagte Evelyn und lächelte spöttisch, »bist du.«

Und tatsächlich war Schlichtheit das, was Ruth am meisten zu erstreben schien. Mit sechsundvierzig sah ihr Haar noch immer aus wie zu ihrer Highschool-Zeit – es war lang, glatt und sehr vernachlässigt –, während die hellblonde Evelyn jedes Mal eine andere Frisur und manchmal sogar eine andere Haarfarbe hatte. Ruth hatte für modische Kleidung nichts übrig und trug jahrein, jahraus dieselben T-Shirts, denselben rosaroten Bademantel, obwohl Evelyn ihr jedes Mal Kleider mitbrachte, farbenfrohe Kleider, wunderbar ungeeignet für das Leben auf einer Farm in Kansas. Die beiden waren gleich groß, doch Ruth hielt sich immer leicht gebeugt, während Evelyn stets hoch aufgerichtet war wie eine Tänzerin, wodurch sie ein Stück größer wirkte als ihre Mutter. Und während Ruths Haltung gegenüber dem Rest der Welt am besten mit dem Wort »Erbitterung« beschrieben war, schien Evelyn von allem verzaubert zu sein.

Jack liebte ihre Besuche. Er liebte die Vitalität und das Leben, das seine Schwester ins Haus brachte. Es war seltsam, dass Evelyns Anwesenheit das kleine Haus nicht beengter, sondern vielmehr größer erscheinen ließ, als würde es sich, solange sie da war, strecken und mehr Räume bekommen.

Am Abend, als Jack seine häuslichen Pflichten erledigt hatte und in der Küche Fischstäbchen aß, hörte er einen Wagen. Die Baker-Ranch lag an einer Schotterstraße, die keinen Namen hatte – bei der Post wurde sie als Rural Route 13 geführt, aber das stand nur auf dem Papier und interessierte niemanden. Auf dieser Straße fuhren nur Leute, die zur Ranch wollten. Das nächste Haus war fünfzehn Kilometer entfernt.

»Sie ist da!«, rief Jack und rannte zum Fenster. Seine Mutter kam aus dem Schlafzimmer, wo der Fernseher plärrte, und stellte sich neben ihn. Sie sahen den Wagen als einen Schimmer am Horizont, die Scheinwerfer waren das einzige Licht weit und breit. Sie hörten das Knirschen der Reifen auf dem Schotter und das Knallen und Schnalzen der Steine, die gegen den Unterboden oder die Kotflügel des Wagens geschleudert wurden.

»Ich bin gespannt, was für verrückte Sachen deine Schwester diesmal gemacht hat«, sagte seine Mutter. »Dieses Mädchen kann einfach nicht still sitzen.«

Die Scheinwerfer waren jetzt zu erkennen, und Jack sah sofort, dass es nicht die eines Kleinwagens waren, den Evelyn am Flughafen in Wichita gemietet hatte, sondern die eines

Pick-ups. Und es war nicht irgendein Pick-up, sondern Lawrence Bakers '73er F100, der kastenförmige grüne Ford, den er in Jacks Erinnerung schon immer gefahren hatte.

»Was zum …?«, sagte Ruth, die dasselbe bemerkt hatte. »Ist das …?«

Und so war es. Der Pick-up bog in die lange Zufahrt ein und fuhr auf das Haus zu, und dann waren sie da. Lawrence und Evelyn stiegen aus und unterhielten sich dabei und lachten über irgendeinen Witz. Lawrence hob die beiden großen Koffer von der Ladefläche und trug sie zur Veranda. Evelyn strahlte wie immer. Sie trug ein rotes Kleid mit weißen Punkten und hatte das Haar zu einem Pferdeschwanz gebunden, der munter hüpfte, als sie zum Haus ging. Auch Lawrence sah frisch und regelrecht schick aus: Er hatte die John-Deere-Cap abgenommen und das Haar zurückgekämmt und trug ein Hemd mit Knöpfen, eine Jeans ohne Staub- oder Ascheflecken und neu wirkende Turnschuhe anstelle der üblichen Arbeitsstiefel. Es war erfrischend, auf dem Gesicht dieses sonst so schweigsamen, nüchternen Mannes ein Lächeln zu sehen.

Ruth erwartete sie an der Tür, wütend.

»Na, *hallo*«, sagte sie auf eine Art, die unverkennbar keine Begrüßung war. Sie mochte keine Überraschungen.

Lawrence und Evelyn blieben vor der Tür stehen. Für einen unbehaglichen Moment sahen die drei einander an, doch dann öffnete Evelyn die Fliegentür und umarmte ihre Mutter. »Ach, ist das lange her!«

Ruth sah Lawrence verärgert an. »Und was machst *du* hier?«

»Ich habe Evelyn abgeholt.«

»Ich dachte, du wärst im Süden.«

»Zu windig«, sagte Lawrence. »Bei dem verdammten Wind kann man nicht abbrennen.«

»Und du hast nicht daran gedacht, mir das zu sagen?«

»Ich freue mich auch, dich zu sehen, Mom«, sagte Evelyn.

Ruth atmete tief durch und schien nachzugeben. »Ich bin immer die Letzte, die *irgendwas* erfährt«, sagte sie bitter und ging in Richtung Küche. »Kommt rein. Ich setze Kaffee auf.«

»Du meine Güte!«, rief Evelyn, als sie Jack sah, ging zu ihm, beugte sich hinunter und stützte die Hände auf die Knie, damit ihr Gesicht auf der Höhe von seinem war. »Du bist *soooo* gewachsen!«

Jack wusste, dass das eigentlich nicht stimmte. Seine Unfähigkeit, zu wachsen oder an Gewicht zuzunehmen, war ein häufiges Gesprächsthema. Vor Kurzem hatte seine Mutter den Arzt gefragt, ob er Jack nicht ein Wachstumshormon spritzen könne. Sie wusste, dass man das mit Rindern machte, und dachte, es könnte auch bei ihrem Sohn funktionieren, ihrem *kleinen Jackspatz,* wie ihr neuester peinlicher Spitzname für ihn lautete.

»Danke«, sagte er und sah zu Boden.

»Weißt du was, mein Großer?«, sagte sie. »Ich habe ein *Geschenk* für dich.«

Sie sprach gemessen und artikuliert, in jenem herablassenden, eindringlichen Ton, den man für Menschen reservierte, die man – um es mit ihrer Mutter zu sagen – für *begriffsstutzig* hielt. Sie sprach so schleppend, dass selbst das langsamste Kind mitkam.

»Danke«, sagte Jack.

»Gib es ihm später«, sagte Ruth. Und dann, zu Jack: »Geh rauf, die Erwachsenen wollen sich unterhalten.«

Jack ging hinauf und lauschte am Fußboden, konnte aber nur ein Stimmengemurmel hören. Da er wusste, dass sie Kaffee trinken und sich noch eine ganze Weile unterhalten würden, tat er, was er in letzter Zeit immer tat, wenn er sicher sein konnte, eine Weile ungestört zu sein: Er holte das D&D-Buch aus dem Versteck hinter der Kommode, außerdem die Zettel mit den Karten, den Aufgaben, Figuren, Fabelwesen und Notizen für umfangreiche Kampagnen, und begann zu spielen.

Er machte da weiter, wo er aufgehört hatte: Der Barbar stand einem riesigen tollwütigen Kojoten gegenüber. Jack knurrte mit tiefer Stimme: »Ich mach dich alle.«

Dann würfelte er mit sechs Würfeln (Beweglichkeit), addierte die Werte und notierte sie, anschließend warf er fünf Würfel (Wahrnehmung), dann wieder fünf (Fertigkeit), dann vier (Abwehr) und schließlich zwei (Kraft), und jedes Mal rechnete er im Kopf das Ergebnis aus und schrieb es auf (wobei er ständig grunzte und Kampflärm imitierte), bis er schließlich mit der tiefen Stimme des Barbaren verkünden konnte, das Biest sei tatsächlich »alle«.

»Du hast ihn aufgespießt!«, sagte er mit der furchtsamen Stimme des Diebs. »Er blutet! Du hast ihn genau am Solarplexus erwischt!«

»Er ist besiegt, aber noch nicht erledigt«, sagte er mit einer Art Radioansagerstimme, die er für den etwas nervigen, im Umgang mit anderen nicht besonders geschickten Kleriker benutzte.

»Mann, ist der Köter wild!«, sagte er mit dem Südstaatenakzent des Hexenmeisters. »Wilder als 'n Ochsenfrosch!«

»Würdest du ihn jetzt bitte endlich erledigen?«, sagte er mit der müden Stimme des Magiers.

»Wilder als 'ne nasse Henne!«, sagte der Hexenmeister.

»Okay, wir haben es verstanden«, sagte der Magier. »Er ist wild.«

»Wilder als 'n Maultier, das 'ne Hummel geschluckt hat!«

In diesem Augenblick hörte Jack ein leises Knarzen der Dielen, und als er herumfuhr, stand Evelyn im Zimmer. Sie hatte ihm schon einige Zeit zugesehen.

Jack errötete und begann panisch, die Würfel und Zettel einzusammeln. »Tut mir leid«, sagte er, obwohl er gar nicht so genau wusste, was ihm eigentlich leidtat. Es war ein Reflex: Wenn seine Mutter ihn bei so viel Spaß ertappt hätte, wäre sie empört gewesen.

Aber Evelyn lächelte nur und setzte sich auf das Bett.

»Was machst du da?«, sagte sie.

Jack zuckte die Schultern und sah zu Boden. »Nichts. Spielen.«

»Machst du das oft?« Ihre Augen waren blau und wach und direkt auf ihn gerichtet, im Gegensatz zu denen seiner Mutter, die immer an ihm vorbeisahen.

»Schon«, sagte er. »Ziemlich oft.«

»Was für eine Kampagne?«

Jack sah sie an, überrascht, dass sie das Wort »Kampagne« kannte und anscheinend wusste, was es bedeutete.

»Ich weiß nicht«, sagte er. »Ich hab's mir ausgedacht.«

»Zeig mal«, sagte sie.

Und so zeigte er ihr die Karten, die er gezeichnet, die Ungeheuer, die er erschaffen, die Aufgaben, die er erfunden hatte. Da er nur ein einziges D&D-Buch besaß, war ihm ziemlich bald das Material ausgegangen, und da er nicht wagte, seine Mutter um weitere Bücher zu bitten, hatte er die Abenteuer eben selbst erfinden müssen.

»Das alles hast du gemacht?«, fragte Evelyn und betrachtete die Papiere, die auf dem Boden ausgebreitet waren, die Grundrisse von Burgen, die er in seinem Geografiebuch gefunden hatte, Zeichnungen von bizarren Untieren, die auf Tieren basierten, die er in der Prärie beobachtet hatte – einen Rotschwanzbussard, eine Klapperschlange, einen Kojoten –, allesamt riesig groß und monströs.

Jack sah auf sein Werk und sagte: »Mh-hm.«

»Das ist wunderschön«, sagte sie, nahm die Zeichnung des Bussards und studierte sie. »So genau.«

»Auf dem Baum vor meinem Fenster sitzt oft ein Bussard. Den kann ich mir ansehen.«

»Du hast ein gutes Auge.«

»Ich stehe oft am Fenster«, sagte Jack.

Sie nickte, legte die Zeichnung wieder auf den Boden und betrachtete das Durcheinander aus Zetteln und Würfeln. »Ist es nicht schwierig, ganz allein zu spielen?«

»Irgendwie schon«, sagte Jack. »Das größte Problem ist, dass man sowohl der Spielleiter als auch die Spieler sein muss.«

»Wie meinst du das?«

»Wenn ich der Spielleiter bin, kenne ich alle Überraschungen und Geheimnisse. Ich weiß, wo die Fallen sind, wo sich die Ungeheuer verstecken, wo der Schatz vergraben ist. Aber wenn ich die Spieler bin, muss ich so tun, als wüsste ich das alles nicht.«

»Das ist manchmal bestimmt ganz schön verwirrend.«

Jack zuckte die Schultern. »Ich muss eben eine Ebene höher gehen«, sagte er. »Dann bin ich nicht mehr der Spielleiter, sondern der Spielleiter-Leiter.«

Sie lächelte, musterte ihn einen langen Augenblick, stand auf und sagte: »Na, dann viel Spaß.« Sie sprach nicht mehr so langsam und eindringlich, sondern ganz normal, wie mit einem normalen Menschen. Sie ging zur Tür, drehte sich um und sah ihn noch einmal mit einem durchdringenden Blick an.

»Mom erzählt allen, dass du begriffsstutzig bist«, sagte sie.

»Ich weiß.«

»Aber du bist gar nicht begriffsstutzig, stimmt's?«

Jack zuckte die Schultern.

»Ich glaube, du wirst sie überraschen«, sagte sie. »Ich glaube, du wirst alle überraschen. Ich glaube, du wirst sie komplett umhauen.«

Jack grinste. Er spürte die Hitze in seinem Gesicht, und in seiner Brust war eine Leichtigkeit, die er fast unerträglich fand – er hätte am liebsten gelacht und gleichzeitig geweint.

»Du hast ein Geschenk für mich?«

»Ja!«, sagte sie und strahlte ihn an. »Eine Sekunde.«

Sie kehrte mit einer langen braunen Papphröhre zurück.

»Ich dachte, du könntest etwas Kunst gebrauchen«, sagte sie. »Dieses Zimmer ist ein bisschen trist.«

Sie hatte recht. An den Wänden von Jacks Zimmer hingen nur die alten Tapeten, die einst weiß gewesen, jetzt aber cremefarben waren. Als es Evelyns Zimmer gewesen war, hatte sie hier alles Mögliche gesammelt, das sie schön fand: gepresste Blumen, mit Aquarellfarben gemalte Landschaften, Mobiles aus an Schnüren aufgehängten Holzstücken, versteinerte Trilobite, die sie im Hornstein gefunden hatte. Das alles hatte Ruth weggeworfen, kaum dass Evelyn ausgezogen war. Jack hatte nie irgendetwas aufhängen wollen, denn was ihm so gut gefiel, dass er es hätte aufhängen wollen, war etwas, das er vor dem forschenden Auge und den Stimmungen seiner Mutter verbergen musste.

Evelyn öffnete das eine Ende der Röhre. Darin waren mehrere große, glänzende Poster, die Evelyn vorsichtig herauszog und entrollte. Es waren Reproduktionen von Gemälden – manche davon kannte Jack. Da war das Bild eines Mannes, der allein in einem Diner saß, im Vordergrund eine leere Straße – »Es heißt *Nighthawks*«, sagte Evelyn –, und eines zeigte Seerosen, die aus lauter dunkelroten und grünen Schnörkeln bestanden, und zwei andere waren eher unverständlich – das eine ein Chaos aus Gitterlinien, das andere ein Durcheinander von Farbspritzern. »Ein Rothko und ein de Kooning«, sagte Evelyn und fügte hinzu: »Diese Bilder sind abstrakt. Irgendwann werde ich sie dir erklären.«

Und dann zog sie das letzte Poster hervor. »Mein Lieblingsbild«, sagte sie, als sie es entrollte, und Jack erkannte es sofort. Er wusste nicht, wo er es gesehen hatte, doch es war ihm ganz vertraut: der Farmer mit seiner Heugabel, die stoische Frau zu seiner Rechten, das weiße Farmhaus hinter ihnen.

»*American Gothic*«, sagte Evelyn. »Der Maler stammte aus einem sehr kleinen Ort auf dem Land. Wie wir.«

Jack nickte. Er strich mit den Fingerspitzen über das Bild und staunte, wie dick und glatt das Papier war. Es fühlte sich teuer an.

»Aber dann hat er diesen kleinen Ort verlassen und ist in die Stadt gegangen«, fuhr Evelyn fort. »Er ist auf eine

Schule in Chicago gegangen, eine Kunstschule, die in einem Museum untergebracht ist. Kannst du dir das vorstellen? In einem *Museum* zur Schule zu gehen! Jedenfalls ist er einer der größten Maler der Welt geworden.«

»Ich hab das Bild schon mal gesehen.«

»Bestimmt. Es ist sehr berühmt. Aber sieh mal genau hin. An wen erinnert dich der Mann?«

Jack musterte ihn, und plötzlich sah er es: das schmale Gesicht, das kurz geschnittene graue Haar, der absolut neutrale, humorlose Gesichtsausdruck ...

»An Dad«, sagte er.

»Ja!«, rief sie. »Das finde ich auch! Sieh ihn dir an: so still, so ernst.«

Am unteren Ende der Poster stand in geprägten goldenen Lettern: *The Art Institute of Chicago.* Jack strich mit dem Finger darüber.

»Da war ich im vergangenen Jahr«, sagte Evelyn. »In Chicago, hauptsächlich.«

»Du warst schon überall«, sagte Jack.

»Nicht ganz *überall,* noch nicht. Aber ich arbeite daran.«

»Ich stehe nur am Fenster.«

Sie lächelte. »Hinter diesen Hügeln liegt die ganze Welt«, sagte sie. »Eines Tages wirst du sie sehen. Eines Tages wirst du rausfinden, wohin du gehörst.«

Sie sprang auf. »Wenn du willst, können wir die Poster morgen aufhängen.«

Jack nickte. »Okay.«

»Okay!«, sagte sie, winkte ihm zu und ging hinunter zu ihren Eltern.

Er saß da, allein, und starrte in die Leere seines Zimmers. Die Poster waren noch nicht aufgehängt, aber er konnte sie sich vorstellen, schön beleuchtet, elegant gerahmt, auf den cremeweißen Wänden – und mit einem Mal spazierte er in Gedanken mit seinen besten Freunden durch die Säle des Art Institute of Chicago und kommentierte die Bilder.

»Ein hervorragendes abstraktes Gemälde«, sagte er mit der königlichen Stimme des Magiers.

»Aber das sind doch bloß Farbkleckse!«, wandte er mit der rauen, tiefen Stimme des Barbaren ein.

»Also, ich find's einfach *bildschön*«, sagte er im Singsang des verliebten Hexenmeisters.

Evelyn war der Grund dafür, dass Jack nach Chicago zog. Wegen ihr bewarb er sich an der Hochschule, die in dem Museum untergebracht war. Auf ihren Rat hin versuchte er die beiden widerstrebenden Gefühle miteinander zu vereinbaren: das Gefühl, zu Hause zu sein, und das Gefühl, an einen bestimmten Ort zu gehören.

Trotzdem hatte er nicht das Gefühl, nach Chicago zu gehören. Das wurde ihm in der ersten Woche in der Stadt klar, als er während der Einführungsveranstaltungen mit der ganzen verwirrenden bürokratischen Hochschularchitektur bekannt gemacht wurde, den vielen Büros mit Bezeichnungen daran, die ihm nichts sagten – Wörter wie »Registrator« und »Provost«. Zu den vielen Dingen, die er seinen neuen Kommilitonen nie gestanden hätte, gehörte, dass er bisher immer geglaubt hatte, das College sei auf ein einziges Gebäude beschränkt. Er hatte nicht einmal gewusst, dass er das glaubte, bis man ihm eine Karte des Campus mit einer verwirrenden Anzahl von Gebäuden darauf vorlegte und er sich zu seinem Sitznachbarn umwandte und sagte: »In welchem Gebäude findet denn der Unterricht statt?«

Woraufhin der Sitznachbar eine Art schnaufendes, beifälliges Gelächter ausstieß und sagte: »Aber echt, oder?«

Warum hatte man ihm nicht gesagt, dass das College auf gut ein Dutzend Gebäude verteilt war? Und außerdem: Warum hatten eigentlich alle schon ihre Lehrbücher? In der Highschool fand man die Schulbücher auf seinem Platz vor, die Ecken durch Generationen von Benutzern abgestoßen. Und außerdem: Warum hatten alle daran gedacht, aufwendige Einrichtungsgegenstände für ihre Wohnheimzimmer mitzubringen? Jack war dem Bus aus Emporia mit nichts als einem Müllsack voller Klamotten und der stählernen Schreibmaschine seiner Mutter entstiegen, die in einem ramponierten schwarzen Plastikkasten steckte. Alle anderen hatten Personalcomputer dabei, Schachteln mit Ramen-Nudeln, Kartons voller Getränkedosen, Mikrowellenherde und winzige Kühlschränke, Stereoanlagen mit kompliziert angeordneten Lautsprechern, eigens für die Unterbringung riesiger CD-Sammlungen entworfene Regale, Poster für die Wände. Sie schienen einen Leitfaden für das College-Leben gelesen zu haben, den er nie erhalten hatte. Sie schienen Geld zu haben, auch wenn dieser Umstand nie offen zur Sprache kam. Sie kauften alle in Secondhandläden ein, genau wie Jack, und sie klagten alle über ihre niedrigen Kontostände, genau wie Jack, und doch musste niemand von ihnen arbeiten gehen. Jack reinigte nebenher an drei Abenden in der Woche das Art Institute, im Rahmen einer Praktikumsstelle, die als »Facilities Management Technician« ausgeschrieben, deren weniger euphemistische Bezeichnung aber leichter verständlich war: Hausmeister. Jack war Hausmeister. Er brauchte das Geld. Unterdessen hörte er seine Kommilitonen beiläufig von Urlaubsreisen an die verdammte Sorbonne während ihrer Kindheit und von ganzen Sommern in europäischen Zügen erzählen und davon, dass ihre Eltern darauf bestanden hätten, sie zu familiären Weihnachtsfeiern in Skidörfer im Westen einfliegen zu lassen, und Jack begriff, dass diese Leute dem äußeren Anschein zum Trotz anders waren. Er fühlte sich beinahe hintergangen, wann immer er Belege dafür entdeckte, dass sie es im Leben weniger schwer gehabt hatten als er. Er hörte sie darüber diskutieren, welche ausländischen Hauptstädte »überbewertet« seien, und er wollte sagen: *Keiner von euch ist mit Handschuhen ins Bett gegangen, weil sich eure*

Familie die Heizkosten nicht leisten konnte. Keiner von euch wurde in eine Badewanne voller Eis getunkt, wenn ihr Fieber hattet, weil das Krankenhaus zu weit weg war. Keiner von euch weiß, wie es ist, sich einen Wunsch aus dem Kopf zu schlagen, weil es eure Eltern traurig macht, wenn ihr Wünsche habt.

Aber natürlich sagte Jack nichts davon. Meist lehnte er sich zurück, stumm, beschämt, neidisch darauf, dass diese Leute in kultureller und geschmacklicher Hinsicht mit einem so gewaltigen Vorsprung ins Leben gestartet waren. Sie hatten interessante Ansichten über Musik, die er nie gehört, Bücher, die er nie gelesen, Kunstwerke, die er nie gesehen, Philosophien, von deren Existenz er nichts geahnt, Städte, die er nie besucht hatte. Am deutlichsten trat diese peinliche Tatsache – diese offensichtliche riesige Lücke zwischen ihrem und seinem Wissen – in Jacks Studiofotografie-Kurs im ersten Semester zutage, in den die Studenten jede Woche eines ihrer eigenen Bilder mitbringen sollten, um sie der »Gruppenkritik« auszusetzen, die sich als unerträgliche Prozedur erwies, in deren Verlauf der Kursleiter – ein gewisser Dr. Henry Laird, ein Privatdozent mittleren Alters – deutlich durchblicken ließ, dass er wichtige Verbindungen zu Galeristen, Sammlern und Kritikern habe, die jungen Künstlern zum Durchbruch verhelfen konnten, woraufhin sich die Studenten geradezu überschlugen in dem Versuch, sich bei ihm einzuschmeicheln. Am ersten Tag des Kurses zeigte der erste Freiwillige ein Foto des Wrigley Field, auf dem sein eigener ausgestreckter Arm zu sehen war, in der Hand eine Postkarte mit dem gleichen Ausblick auf das Wrigley Field. Es war ein Foto, das seinerseits ein Foto enthielt. Und obwohl der Student sich sofort gemeldet hatte, tat er so, als wäre er nicht besonders zufrieden mit seiner Arbeit; er zuckte mit den Schultern, verdrehte die Augen und sagte: »Bei dem bin ich mir nicht so sicher. Es könnte vielleicht zu gewollt *pomo* sein.« Und Laird nickte nachdenklich, und die übrige Diskussion über das Foto kreiste darum, ob es tatsächlich auf klischeehafte Weise pomo sei, während Jack schwieg und dachte: *Was zur Hölle ist denn pomo?*

Nach dem Kurs trieb ihn die Frage in die Bibliothek, wo er *pomo* erst im Wörterbuch und dann im Lexikon nachschlug und in beiden Quellen nicht fündig wurde, was ihn in seiner Überzeugung stärkte, dass seine Kommilitonen buchstäblich in fremder Zunge sprachen.

Er brauchte drei Wochen, um herauszufinden, dass *pomo* die Abkürzung für den Begriff *postmodern* war, verwendet zumeist von solchen Studenten und Professoren, die von Kunst, wie Jack sie gerade erst kennenlernte, angeödet und enerviert waren. Jacks Schnupperrundgang durch das Art Institute versetzte ihn in Staunen: Er sah seinen ersten Picasso, stand zum ersten Mal von Angesicht zu Angesicht den Wasserlilien gegenüber, sah sein erstes *drip painting* von Pollock, seinen ersten Rothko, seinen ersten Rembrandt, er sah van Goghs Selbstporträt, er sah Grant Woods *American Gothic*. All die Bilder, die Jack so anregend und erhebend erschienen, wurden in seinem Studiokurs als geschmacklos behandelt, als Touristenköder für die Bauerntrampel aus den Vororten. Fortan zögerte Jack, zuzugeben, dass ihm irgendetwas gefiel.

Es fühlte sich wie ein kleiner Triumph an, endlich zu begreifen, dass *pomo* und *postmodern* ein und dasselbe waren, doch Jacks Siegesgefühl ließ rasch nach, sobald er die Bedeutung von postmodern zu verstehen versuchte. Er kehrte immer wieder in die Bibliothek zurück – kein Kurs führte ihn so oft dorthin wie Studiofotografie –, um sich die Bücher der im Unterricht beiläufig genannten Denker anzusehen, und Jack erkannte, dass es einer Übung in Vergeblichkeit und Masochismus gleichkam, sich auch nur durch einen einzigen Absatz dieses verdammten Jacques Derrida zu kämpfen. Das Gleiche galt für Baudrillard, Lyotard, all diese unzugänglichen, unverständlichen, Beklemmung verursachenden Bücher, die er mitnahm, um sie zu Hause zu lesen. Oder eher, um es zu versuchen, wobei »lesen« hier rein buchstäblich zu verstehen war, als Beschreibung des physischen Vorgangs, seine Augen über Textzeilen zu bewegen, aber ohne den Erkenntnisgewinn, den das Wort »lesen« für gewöhnlich beinhaltete. Irgendwo zwischen den Wörtern und seinem Verstand gab es eine Blockade. Der ganze Autor-Leser-Mechanismus fühlte sich wie ein verstopftes Klosett an, und Jack konnte sich nicht entscheiden, ob in diesem Fall der vernagelte Leser oder der dämliche Autor das größere Hindernis war.

Mit der Zeit wurde klar, dass ein Pomo-Foto normalerweise weniger an seinem Gegenstand als vielmehr an sich selbst als fotografischem Objekt interessiert war. Diese Fotografien stellten eine von Laird sogenannte »kontrapunktisch unaufgelöste bachtinsche Oszillation kultureller Signifikanten« dar, was Jack pflichtschuldig Wort für Wort in sein Notizbuch schrieb; daneben zeichnete er bis zum Ende der Stunde ein Bild seines eigenen auf einen Pfahl gespießten Kopfes. Auf Fotos, die in der Gruppenkritik als geglückt eingestuft wurden, wurde oft irgendein wichtiges intellektuelles und/oder kulturelles Konzept »beleuchtet«: die Künstlichkeit der Fotografie an sich, die materiellen Bedingungen der Kunstbetrachtung oder die Simulakren des modernen Lebens. Professor Laird lehrte sie, es sei unmöglich, in einer bereits von Fotos überfluteten Welt Fotos zu »machen«, kein Bild könne als authentisch betrachtet werden, da sich zu diesem Zeitpunkt jedes Bild andere Bilder aneigne, ein heutiger Fotograf schaffe vielmehr Bilder aus Bildern – in einer Welt, in der die Themen der Kunst erschöpft seien, in der es nichts Neues unter der Sonne gab, was sich hätte fotografieren lassen, fotografierten Fotografen mit anderen Worten nicht mehr, sondern sie refotografierten. In der Praxis lief das auf haufenweise ironische Bilder von Werbetafeln hinaus, vor allem Werbetafeln, die über dem überfüllten Kennedy Expressway hingen und irgendeine Art von spiritueller Rettung durch den eigenen Konsum verhießen. Außerdem gebe es im Art Institute aufgenommene Fotos von Menschen, die Kunstwerke betrachteten, insbesondere den Massen, die sich Tag für Tag um *American Gothic* scharten, ein Gemälde, das Professor Laird zufolge gar kein Gemälde mehr war, sondern eher ein Marker für den oberflächlichen bürgerlichen Geschmack.

»Was diese Leute da sehen, ist nicht mehr *American Gothic*«, sagte er. »Es ist« – und an dieser Stelle wurde seine Stimme tief, dröhnend und bombastisch, wie bei einem Fernsehansager, der ein Wrestler-Match ankündigte – »AMERICAN GOTHIC!«

Die Studenten nickten alle und lächelten wissend. Laird fuhr fort: »Sie können *American Gothic* nicht mehr sehen, ohne auch seinen Ruhm zu sehen. Sie schauen das Gemälde an und sehen den *American-Gothic*-Kalender im Museumsshop und den *American-Gothic*-Kaffeebecher und das limitierte gerahmte *American-Gothic*-Poster mit dem goldgeprägten Namen des Art Institute. Das Gemälde ist kein authentisches Kunstwerk mehr. Es ist jetzt eine Berühmtheit.«

Seine eigenen Fotos in dieses Tableau einzuspeisen fühlte sich für Jack geradezu gefährlich an. An jenem ersten Tag der Gruppenkritik hatte er die Polaroids mitgebracht, die windschiefe Bäume draußen in der Prärie zeigten. Der Wind selbst ließ sich natürlich nicht festhalten, man konnte allenfalls die Spuren des Windes fotografieren. Diese Bäume beispielsweise, gegen die der Wind so unerbittlich drückte, dass sie schließlich nachgaben und seitwärts wuchsen.

Der Professor studierte sie. Der Kurs studierte sie. Zahlreiche Kinne wurden nachdenklich in Hände gestützt. Schließlich sagte Laird: »Was genau haben Sie hier zu sagen versucht?«

Und Jack fasste einfach genau das in Worte, was die Bilder offenkundig ohnehin sagten: »Dass der Wind so stark ist, dass die Bäume krumm wachsen.«

Was in Lairds Augen eine schwache und jämmerliche Erklärung gewesen sein musste, da er sie ignorierte und rasch zu Fragen überging, die darum kreisten, ob die heroische Landschaftsfotografie des frühen zwanzigsten Jahrhunderts nicht in Wahrheit Teil des Hurra-Nationalismus gewesen sei, der dem Kalten Krieg Vorschub geleistet habe, und ob es nicht zutreffe, dass Ansel Adams' ikonische Porträts aus dem glorreichen Westen der USA in Wahrheit amerikanischen Expansionismus, das Patriarchat und die zur Zeit des Kalten Krieges herrschende Gewalt depolitisierte und sich also damit gemeinmachte?

(Die Art und Weise, wie Laird diese Fragen stellte, verdeutlichte, dass er nur eine einzige Antwort gelten ließ: Ja.)

So fühlte es sich an, irgendwo nicht hinzugehören: die ständige unterschwellige Vorsicht, der Versuch, der Scham zu entgehen, die er empfand, wenn man ihm enthüllte, dass er etwas Barbarisches getan oder etwas Oberflächliches gedacht hatte. Wie dieses Foto, das offenbar die gewaltsame amerikanische Dominanz aufrechterhielt, obwohl er geglaubt hatte, es handle sich einfach nur um das Bild von einem Baum. Sein Gesicht glühte.

Es begleitete ihn fortwährend, dieses Gefühl, in jedem Augenblick, bei jeder Begegnung versehentlich etwas zu tun oder zu sagen, das allen anderen hier bewies, dass er nicht wirklich einer von ihnen war, dass er fremdartig war, idiotisch, vulgär. Es war die panische Angst davor, zwei rivalisierenden Herren zu unterstehen: demjenigen, der er sein wollte, und demjenigen, der er wirklich war. Der anziehenden zukünftigen Version und der tölpelhaften vergangenen Version seiner selbst.

Zwischen diesen beiden Ichs festzustecken ist eine beinahe unerträglich beängstigende Erfahrung.

Irgendwann, dachte er, würde er genug Derrida verschlungen und all die richtigen Bücher gelesen und all die richtige Musik gehört und all die richtigen Filme gesehen und all die richtigen Kunstwerke betrachtet haben, und durch eine Art innerer Alchemie würde er genau zu dem werden, was er in diesem Moment zu werden hoffte: öffentlich anerkannt, in

Galerien ausgestellt, von den Zeitungen überschwänglich rezensiert, von seinen Zeitgenossen wohlwollend besprochen – eines Tages würde er, wie seine Schwester, ein echter Künstler sein.

Und dieser Tag sollte viel früher kommen als erwartet.

Es begann eines Morgens in der Kunstgalerie im Erdgeschoss der Genossenschaft, einem von Benjamin Quince in einer ehemaligen Gießerei geschaffenen Raum, die der Galerie ihren Namen verliehen hatte: *The Foundry*. Jack und Benjamin saßen am einzigen Tisch der Galerie, auf dem Dutzende von Dias auf eine Ausstellung hoffender örtlicher Künstler verstreut lagen, daneben ein Stapel von Jacks Rockband-Fotos, die er jüngst in verschiedenen Bars aufgenommen hatte, und ein großer beigefarbener Desktopcomputer.

Es sollte das erste Mal werden, dass Jack das World Wide Web erkundete – oder vielleicht das erste Mal, dass er das Internet erkundete, ein Wort, das offenbar gleichbedeutend mit World Wide Web verwendet wurde, sich jedoch auf rätselhafte Weise davon unterschied. Jack hatte seine Fotos vorbeigebracht, und Benjamin hatte vorgeschlagen, dass er noch ein wenig blieb, damit sie sich an den Computer setzen könnten. Benjamin wolle ihm »etwas Cooles« zeigen. Also wartete Jack, während das Modem des Computers seine merkwürdige Kadenz spielte, beginnend mit dem vertrauten Klang eines Freizeichens und dem Piepsen einer gewählten Nummer, gefolgt von verzerrtem synthetischen Plärren, Tuten und Pfeifen, dann ein leises Zirpen, ein Summen wie das Rauschen eines Radios ohne Empfang, dann ein kryptisches Flöten und Tröten, das sich eher nach billigen Soundeffekten aus Videospielen anhörte als nach der futuristischen Auffahrt auf den Superhighway der Informationen.

»Klingt, als wäre es kaputt«, sagte Jack, woraufhin Benjamin lachte und sagte: »Aber echt, oder?«

Jack stellte sich vor, dass vor hundert Jahren wohl industrieller Lärm durch diesen Raum gedröhnt wäre. Heute war das einzige Geräusch das Wimmern dieses kleinen Wählleitungsmodems.

Was Benjamin ihm schließlich zeigte, war etwas namens *Hypertext*.

»Das ist eine völlig neue Art des Lesens«, sagte Benjamin, während er auf den Bildschirm starrte und darauf wartete, dass irgendetwas lud. »Es ist eine neue Art, Geschichten zu erleben, und vielleicht sogar eine neue Art zu denken: interaktiv, nicht sequenziell, ergodisch, polyvokal ...«

»Hör auf, Wörter aus dem Graduiertenkolleg zu benutzen.«

»Der Hypertext befreit uns endlich von der Hegemonie des Buchs.«

»*Hegemonie?* Ben, ich bitte dich.«

»Denk mal über das Buch nach – ich meine die Technologie des Buchs, die eigentliche physische Gestalt des traditionellen gedruckten Buchs. Dir bleibt nichts anderes übrig, als es zu lesen wie vorgeschrieben, von vorn nach hinten, linear, der Reihenfolge nach. Du hast dabei keinerlei Handlungsfreiheit. Um dir ein Buch zu erschließen, musst du dich der Tyrannei des Autors unterwerfen. Damit sind Leser traditioneller Bücher an ihrer eigenen Unterdrückung und Unterjochung beteiligt.«

»Auf der Highschool hatte ich mal einen Englischlehrer, der den letzten Satz wahrscheinlich unterschreiben würde.«

»Wieso dauert das denn so lange?«, sagte Benjamin, während er mit gerunzelter Stirn auf den Bildschirm blickte und die Maus in schnellen, kleinen Kreisen bewegte. »Na ja ... wo war ich gerade?«

»Bücher unterdrücken uns.«

»Ja, aber beim Hypertext kannst du Links folgen, jedem Link, der dich interessiert. Es gibt keinen Oberlehrer, der dir sagt, was du zu tun hast. Du bahnst dir deinen eigenen Weg durch die Geschichte, navigierst durch ein Meer von Informationen, leitest dir aus einer großen Konstellation von Bedeutungen deine persönliche Bedeutung ab – hey, er hat fertig geladen. Komm, setz dich.«

Jack nahm seinen Platz vor dem klickenden, surrenden Computer ein. Auf dem kleinen Bildschirm war eine grobe Landkarte des Viertels zu sehen.

»Was genau sehen wir da?«

»Das ist meine Abschlussarbeit«, sagte Benjamin.

»Okay. Und was ist das Thema?«

»Oberflächlich betrachtet ist Wicker Park das Thema. Aber eigentlich ist es das Leben.«

»Das Leben.«

»Ganz genau.«

»Wessen Leben?«

»Unser aller Leben. Jedermanns Leben.«

»Okay.«

»Die Themen sind universell. Na los, interagier mal.«

»Ich verstehe nicht.«

»Wähl einen Knoten aus.«

»Ich weiß nicht so genau, was das bedeuten soll.«

»Nimm die Maus und klick auf die Karte. Probier's mal.«

»Wieso zeigst du mir nicht einfach den Anfang?«

»Tja, das ist das Schöne am Hypertext. Es gibt keinen Anfang. Du betrittst das Netzwerk, wo du es betreten willst, und es ist an dir, dir deinen Weg durch das Netzwerk zu suchen. Die Geschichte wird nicht von mir kreiert, sondern von dir. Du bist der Co-Autor. Cool, oder?«

»Cool«, sagte Jack, während er auf die Karte klickte, auf die Form, die das Gebäude verkörperte, in dem sie gerade standen – die ehemalige Eisenhütte, Jacks derzeitige heruntergekommene Behausung.

Es öffnete sich ein Fenster mit einem kurzen Absatz, in dem bestimmte Wörter blau unterstrichen waren:

The Foundry. Früher wurden dort **Geräte** hergestellt. Heute wird dort **Kunst** produziert. Geräte sind mehr wert. Ich habe das Gebäude für einen **Dollar** gekauft.

»Okay«, sagte Jack. »Muss ich jetzt irgendwas machen?«
»Ja. Geh auf einen der Links.«
»Der was?«
»Diese unterstrichenen Wörter. Das sind Hyperlinks. Sie führen von einer Lexie zur anderen.«
»Du sagst das, als müsste ich es verstehen.«
»Mein Gott. Du hängst wirklich Jahrzehnte hinterher.«
»Na schön. Was soll's. Ich klicke«, sagte Jack, während er das Wort »Dollar« auswählte, das ihn zu einem neuen Fenster führte, einem neuen Absatz, weiteren blau unterstrichenen Wörtern:

Dad sagte immer: Wer den **Pfennig** nicht ehrt, ist des **Talers** nicht wert. Er arbeitete sein Leben lang für nicht genug Pfennige. Als er in Rente ging, bekam er einen **Aschenbecher**.

»Der Hyperlink oder ›Link‹«, sagte Benjamin und malte dabei herablassende Anführungszeichen in die Luft, »führt dich in andere Teile des Netzwerks. Dadurch wird das Ganze möglich – Hypertext, das Netz. Ich sage dir, der Hyperlink ist die wichtigste Erfindung seit der Druckerpresse.«
»Alles klar«, sagte Jack. Er klickte auf das Wort »Aschenbecher«, wodurch sich ein neues Fenster auftat, ein neuer Text, neue Links:

Die Urne, in der die **Asche** meines Vaters verwahrt ist, war die **zweitbilligste** im **Katalog**.

»Immer wenn ich einen Aschenbecher sehe«, sagte Benjamin leise, »muss ich an meinen Vater denken.«
»Krass.«
»Ich schaue nach unten und sehe einen Aschenbecher auf einem Tisch stehen, und zack, bin ich wieder auf der Beerdigung meines Vaters. Es ist, als würde ich beides auf einmal erleben, gleichzeitig.«

»Das ist echt krass.«

»Unser Leben ist an die Zeit gebunden, aber unsere Erinnerungen sind es nicht. Dort, wo wir unser Leben tatsächlich erleben, hier oben« – er deutete auf seine Stirn – »existiert die Zeit nicht. Etwas, was jetzt gerade passiert, kann dich an etwas erinnern, das vor zwanzig Jahren passiert ist. Und einen Augenblick lang löst sich in deinem Kopf die Distanz zwischen beidem auf. Es ist, als gäbe es keine Zeit.«

»Verstehe.«

»Weißt du, dass die Griechen zwei Wörter für die Zeit hatten?«

»Nein.«

»Das erste war *chronos*. Daher kommt das Wort *Chronologie*. Chronos ist zählbare Zeit, die abläuft. Minuten, Sekunden, Tage, Jahre.«

»Ich verstehe.«

»So wie die Stechuhr. Henry Ford. Geregelte Arbeitstage. Quartalsberichte. Das ist alles sehr Chronos.«

»Und das zweite Wort?«

»*Kairos*, das ist die subjektiv empfundene Zeit. Ein Wendepunkt in deinem Leben, ein Augenblick der Wahrheit, eine bedeutende Veränderung, eine günstige Gelegenheit, das Gefühl, dass die Vergangenheit in die Gegenwart durchbricht. Wenn Geschichte ins Jetzt reinkracht, dann ist das ein Kairos-Moment. Es ist eine Gemeinschaft von Gegenwart und Vergangenheit. Die Urne meines Vaters vor zehn Jahren und der Aschenbecher direkt vor mir – die beiden sind miteinander, sagen wir, verlinkt. Der Hypertext verkörpert dieses Gefühl. Der Hypertext macht es greifbar.«

»Okay«, sagte Jack und starrte auf den Bildschirm, »was jetzt? Klicke ich einfach immer weiter?«

»Jepp.«

»Woher weiß ich denn, wann ich am Ende bin?«

»Du bist nie ›am Ende‹. Die Geschichte hat kein Ende, es gibt keinen Spannungsbogen, keine steigende Handlung, keine dieser manipulativen Buchsperenzchen. Keine Ränder, keine Begrenzungen, nur Äste, vollkommen uneingeschränkt, eine Karte von Bedeutungen, die du selbst angefertigt hast. So funktioniert ein Hypertext auf die gleiche organische Weise wie der Verstand. Es ist also realer als ein traditionelles Buch.«

»Bücher kommen mir ziemlich real vor.«

»Ein Buch ist ein realer Gegenstand, klar, aber die Form des Buchs ist künstlich, ein bloßes Produkt industrieller Handelsnationen, die brave kleine Mittelschichtskonsumenten heranziehen, Schafe, die gelernt haben, zu tun, was man ihnen sagt: umblättern, umblättern, umblättern. Der Hypertext dagegen stellt eine antiautoritäre Alternative dar. Hypertext-Leser sind keine passiven Konsumenten. Sie sind Schöpfer.«

»Und was erschaffen sie?«

»Bedeutung. In einem Hypertext kannst du machen, was du willst. Es gibt keinen herrischen Autor, der dir sagt, was du zu denken hast. Es ist dir freigestellt, zu denken, was du willst. Du musst dir klarmachen, dass Informationstechnologien eigentlich nur Gefäße für Ideologien sind. Gedruckte Bücher sind autoritär und faschistisch. Hypertexte sind befreiend und ermächtigend. Ich sag's dir, Mann, das traditionelle Geschichtenerzählen stirbt aus. In der Zukunft wird sämtliche Literatur von Bedeutung als Hypertext erscheinen.«

»Und dafür ist das World Wide Web da?«, sagte Jack. »Für Hypertext?«

»Das Netz scheint vor allem für zwei Dinge gut zu sein, und das zweite ist Hypertext.«

»Was ist denn das erste?«

»Pornografie.«

»Im Netz gibt es Pornografie?«

»O mein Gott«, sagte Benjamin und schüttelte mitleidig den Kopf. »Du lebst ja wirklich hinterm Mond.«

Er öffnete ein neues Fenster und gab GROSSE SCHWÄNZE

ins Suchfeld ein, sah dann aber Jack neugierig an: »Schwänze, oder? Darauf stehst du doch, ja?«
»Äh, nein.«
»Echt nicht?«
»Eigentlich eher auf Mädels.«
»Kein Scheiß? Wie enttäuschend.«
Benjamin ersetzte SCHWÄNZE durch TITTEN, klickte auf etwas, ging dann fort und ließ Jack allein die buchstäblich Tausenden von Usenet-Gruppen durchstöbern, die nun erschienen, alle jeweils mit einem spezifischen Thema: Pornostartitten und Promititten, Playboytitten und Amateurtitten, Titten von bestimmter Größe (groß, größer, Riesenglocken), Titten in bestimmten Formen (tränenförmig, spitz, prall), von voyeuristischen Nachbarn heimlich durch Fenster geknipste Titten, versehentlich in der Öffentlichkeit enthüllte Titten. Und das waren nur die ersten paar Seiten. Es gab Hunderte weiterer Ergebnisse, was hieß, dass es buchstäblich Tausende weiterer Gruppen gab, die vor Jacks Augen immer spezieller und abseitiger wurden wie ein pornografisches Dewey-Dezimalsystem. Für Jack, der eine Jugend voller erdrückender christlicher Frömmelei und Verleugnung durchlebt hatte, war dieser Überreichtum schwer zu verarbeiten. Es war, als hätte man einen unserer hominiden Jäger- und Sammlervorfahren mitten in einem modernen amerikanischen Supermarkt abgesetzt: Im Angesicht einer solchen Fülle – und nachdem er sein Leben lang beinahe verhungert wäre – hätte man es ihm vielleicht verzeihen können, wenn er ein wenig durchdrehte.

Später am Abend, allein im Art Institute, nachdem er seine hausmeisterlichen Pflichten erfüllt, die Papierkörbe in sämtlichen Unterrichtsräumen und Büros geleert, den Gips, das Styropor und das Wachs aus dem Bildhauereikurs aufgefegt und sich vergewissert hatte, dass alle Chemikalien in der Dunkelkammer verschlossen und ordentlich verstaut waren, nach alldem zog er sich ins Computerlabor zurück und sah sich bis kurz vor Morgengrauen pornografische Bilder an.

Es wurde zu einer Art Hobby: An drei Abenden in der Woche verbrachte er, nachdem seine Praktikumspflichten erledigt waren, die übrige Zeit vor einem Computer und gab sich viele, viele Stunden lang seinen Gelüsten hin. Dass es sich so lange hinzog, lag an einem einfachen Infrastrukturproblem, einer simplen Hürde zwischen Angebot und Nachfrage: Das Angebot an Pornografie war offenbar endlos; seine Nachfrage nach Pornografie schien kein Ende zu kennen; aber der Flaschenhals der Transaktion war das Modem, das mit 2,8 Kilobyte pro Sekunde vor sich hin ratterte und schnarrte, eine Zahl, die für Jack bedeutungslos war, abgesehen von der Tatsache, dass sie seinen Versuchen, sich sämtliche Pornobilder anzuschauen, die er an einem bestimmten Abend sehen wollte, im Wege stand. Wie sich zeigte, überstieg sein Verlangen die Kapazität des Modems um ein Vielfaches. Die meisten Abende verliefen gleich: Er klickte auf ein winziges Vorschaubild, und während das Bild im Vollformat lud, sprang ihm ein weiteres Vorschaubild ins Auge, das er vergrößern wollte, und während dieses Bild lud, sah er ein weiteres und dann noch eines, bis sein Computerbildschirm ein einziges Chaos aus Fenstern und halb heruntergeladenen Bildern war, die sich irritierend langsam aufbauten. Der Computer reagierte dann nur noch sehr träge, brauchte Minuten, um einen einzigen Mausklick zu verarbeiten, und manchmal schien das Gerät seine Bemühungen ganz einzustellen, und die Bilder blieben verpixelt und unvollständig. Einmal stieß Jack auf einen großen Ordner mit Bildern, die allesamt eine bestimmte junge Frau zeigten, deren Körper ihm zu dieser Zeit sehr verlockend erschien (es hatte damit zu tun, dass sie nicht wie ein Pornostar aussah, sondern wie eine durchschnittliche junge Frau, die sich hatte überreden lassen, unentgeltlich pornografische Dinge zu tun, ein Umstand, den er nicht allzu stark zu hinterfragen versuchte, um stattdessen gewissermaßen an ihrer angenehmen äußeren Fassade entlangzugleiten), also klickte er auf den komprimierten Ordner, der sich nach dem

Herunterladen zu »dekomprimieren« versprach, dann ging er ein wenig auf und ab, überprüfte den Stand des Ladebalkens, leerte sämtliche Bleistiftspitzer im Gebäude, überprüfte den Stand des Ladebalkens, wischte die Tafeln, überprüfte den Stand des Ladebalkens, sortierte alle Leinwände und Malpinsel im Lagerraum, überprüfte den Stand des Ladebalkens und saß dann einfach nur da und betrachtete den Ladebalken, unschlüssig, ob dieser sich tatsächlich bewegte – so wie er früher die Sterne angestarrt und sich gefragt hatte, ob sie sich tatsächlich über den Himmel bewegten –, verfolgte, wie der Balken endlos lange auf die hundert Prozent zukroch, woraufhin der Ordner dekomprimiert wurde und der Computer prompt einfror, einfach komplett den Dienst einstellte, was sich nur beheben ließ, indem man den Stecker zog, was Jack so wütend machte, dass er buchstäblich mit der Faust auf die Tastatur einhämmerte.

Professor Laird war verblüfft über die zerbrochene Tastatur, aber sein Verdacht fiel nicht auf Jack, den alle für einen fleißigen und verantwortungsvollen Kerl hielten; das Art Institute war seit Jahren nicht so sauber gewesen.

Jack brauchte nicht lange, um zu erkennen, dass die Lösung seines Infrastrukturproblems darin lag, mehrere Computer einzuspannen. Es war einer dieser Momente, in denen über dem eigenen Kopf eine Glühbirne aufzuleuchten schien und man sich vor die Stirn schlug, weil die Antwort so offensichtlich war: Statt mit einem einzigen Computer fünfzehn Bilder herunterzuladen, so wurde ihm bewusst, konnte er auch die fünfzehn Computer des Labors damit beauftragen, je ein Bild herunterzuladen. Dann würde keiner von ihnen langsamer werden oder abstürzen, und er konnte den Gipfel der Pornoeffizienz erklimmen. Und als er dieses Verfahren zum ersten Mal anwandte, kam er sich wie ein Industrieller um die Jahrhundertwende vor, der durch seine Fabrikhalle ging, von einer Arbeitsstation zur anderen zog, um den Fortschritt zu überprüfen, während er der Musik von fünfzehn eifrig knatternden Modems lauschte. Natürlich wusste er, dass es riskant war. Wäre jemand hereingekommen, wenn er gerade nur einen Computer benutzte – unwahrscheinlich, so spät am Abend, aber dennoch –, dann wäre es ein Leichtes gewesen, rasch das entsprechende Fenster zu schließen und so zu tun, als schaute er nur in sein E-Mail-Postfach. Sollte aber jemand hereinkommen, wenn er auf buchstäblich *jedem Computer des Labors* Pornobilder herunterlud, nun ja, er versuchte nicht zu ausgiebig darüber nachzudenken und platzierte Holzklötze auf den Klinken der Eingangstüren, sodass er vielleicht die Klötze fallen hörte, wenn jemand das Gebäude betrat.

Nach diesen Abenden fragte er sich manchmal, warum er in pornografischer Hinsicht eine so übermäßige Vielfalt brauchte. In seiner Jugend hatte ihn ein einziger Blick in einen Ausschnitt, eine halbe Sekunde Haut, die kleinste Andeutung einer Brustwarze unter einem dünnen oder durchscheinenden Oberteil monatelang zufriedenstellen können. Aber jetzt, hier, im Internet, sah er sich mit einem alten Paradoxon konfrontiert: Je mehr Bilder er entdeckte, desto weniger befriedigend war jedes einzelne von ihnen. Es war eher, als wären sie nur *en masse* befriedigend, als Gesamtmenge. Er verbrachte mehrere Stunden mit dem Herunterladen und Betrachten von Pornobildern auf den fünfzehn Computern des Labors, und wenn er kurz vor Tagesanbruch nach Hause trottete, fühlte er sich ausgepumpt und erschöpft und irgendwie überdreht; sein Hirn schwirrte vor Bildern von nackter Haut, sein Körper bäumte sich bei der kleinsten Berührung auf. Und er kam nach Hause und warf sich ins Bett und begann draufloszuschrubben, einfach nur immer schneller und fester zu schrubben; im Dunkeln, die Augen geschlossen, versuchte er seine liebsten Bilder aus den Streifzügen der Nacht aneinanderzureihen, die perfekten Bilder, um sich zum Höhepunkt zu bringen – aber seltsamerweise konnte er sich nur an eine Art abstraktes Verlangen erinnern, als wären auf dem Heimweg sämtliche Bilder zu einer unförmigen, konturlosen Masse verschmolzen. Ein Barren aus Begierde, ohne harte Kanten, um sich daran festzuhalten. Sinnlos, jämmerlich schrubbte er an sich herum, bis tief in den Morgen hinein.

Offensichtlich musste er die Bilder mit nach Hause nehmen. Die Frage war natürlich, wie. Wie sollte er die Bilder nach Hause bekommen? Er konnte sie nicht auf Disketten speichern, wie er das bei Studenten gesehen hatte, die tatsächlich Computer besaßen. Jack starrte hoffnungslos auf die Schreibmaschine seiner Mutter, die nicht vorhandene Elektronik, den nicht vorhandenen Bildschirm. Nein, er konnte die Bilder nicht auf digitalem Weg transportieren. Seine Lösung, entschied er, würde analog ausfallen müssen. Er würde die Fotografien fotografieren müssen.

Für sein Fotopraktikum hatte man ihm eine 35-mm-Kamera zur Verfügung gestellt. Er hatte einen kleinen Vorrat an Film und Zugang zu einer Dunkelkammer erhalten, in der er ihn entwickeln konnte. Wie man Film richtig entwickelte, hatte Dr. Laird ihm gezeigt, der oft die ersten Minuten der Unterrichtsstunde damit zubrachte, die in jüngster Zeit erhältlichen Digitalkameras wegen ihres Mangels an Klarheit, Farbsättigung, Wärme oder Leben abzukanzeln und Computerbildschirme für ihren Mangel an Tiefe, Schärfe, Schärfentiefe oder Menschlichkeit zu tadeln. Jack hörte sich diese Tiraden an und lächelte freundlich, während er sich all die Körper vor Augen rief, auf die er online Zugriff hatte. *Das sehe ich anders*, dachte er.

Als Jack das nächste Mal im Art Institute war, lud er so viele Pornobilder auf die fünfzehn Computer, wie sich darauf unterbringen ließen, postierte dann Stativ und Kamera vor den besten Bildern, legte einen Film mit der richtigen Empfindlichkeit und Körnigkeit ein, sah kurz auf den Belichtungsmesser und verschoss ungefähr vier Rollen Film. Dann ging er damit in die Dunkelkammer, um sie dem langen Entwicklungsprozess auszusetzen, den chemischen Lösungen, dem Fixiermittel und dem Stoppbad, und die Bilder dann in der hintersten Ecke des Raums zum Trocknen aufzuhängen. Und er hatte ein sehr gutes Gefühl dabei, bis Professor Laird ihn tags darauf bat, nach dem Unterricht dazubleiben.

»Wir müssen uns unterhalten«, sagte der Professor, als sie in seinem Büro waren und die Tür geschlossen war. »Ich möchte Ihnen die Gelegenheit geben, etwas zu erklären.«

»Okay«, sagte Jack und schluckte.

»Einem unserer Studenten ist aufgefallen, dass sich im Cache eines der Computer im Labor einige, sagen wir einmal, sonderbare Bilder befanden.«

Jack wusste nicht, was ein Cache war, aber er konnte es sich aus dem Zusammenhang erschließen. Er spürte, wie er auf dem Stuhl zusammensackte.

»Ja, ausgesprochen sonderbare Bilder«, sagte Laird. »Ausgesprochen, nun ja, geschmacklos.« Er starrte in seinen Schoß, offenkundig darauf bedacht, jeden Augenkontakt zu vermeiden. »Und dann haben wir die gleiche Art von ... nun ja, Material auf allen Computern im Labor entdeckt.«

An dieser Stelle richtete sich der Professor auf und übte sich in der Rolle der strengen Aufsichtsperson.

»Wissen Sie, von welchem Material ich spreche?«

Jack nickte. »Ich glaube schon.«

»Es ist wichtig, dass Sie begreifen, dass ich Ihnen nichts vorwerfe, Jack. Ich möchte Ihnen nur die Möglichkeit geben, sich zu erklären.«

Und die ganze Furcht, die Jack in all den Nächten niedergekämpft hatte – die ganze Schuld und der ganze Schrecken davor, was geschehen würde, wenn jemand herausfand, was er getan hatte, dass man ihn exmatrikulieren und nach Hause zurückschicken würde –, all das hatte er überdeutlich vor Augen, als er aufstand und das Einzige zu tun beschloss, was ihm einfiel, um der lebenslangen öffentlichen Demütigung zu entgehen.

»Kommen Sie mit«, sagte er zu seinem Professor. »Ich möchte Ihnen etwas zeigen.«

Jack ging mit ihm zur Dunkelkammer, in die hinterste Ecke, wo er seine Fotos versteckt hatte, die kopfüber an der Leine hingen wie Fleisch am Haken. Er löste sie von den Klammern. Laird sah ihm im Schein der einzelnen roten Glühbirne leidenschaftslos zu. Jack führte ihn aus der Dunkelkammer ins Licht, gab ihm eine Lupe zum Betrachten der Fotos und sagte: »Schauen Sie.«

Laird tat es, sah sich ein Einzelbild an, warf Jack dann einen neugierigen Blick zu, betrachtete ein weiteres Bild und so weiter.

»Ich arbeite an einer Neuinterpretation der Aktfotografie«, sagte Jack.

Der Professor betrachtete weiter die Bilder, verharrte bei jedem ein wenig länger.

»Es ist ein Projekt zur digitalen menschlichen Gestalt«, sagte Jack, »zur Immaterialität der Computerdarstellung.«

Jack begann verzweifelt die Worte wiederzukäuen, die er häufig im Unterricht gehört hatte, Wörter, von denen er nicht einmal genau wusste, ob er sie richtig verwendete: »Ich *rekontextualisiere* die Bilder«, sagte er, »um das *Nichtdasein* des *medial vermittelten Körpers* zu *beleuchten*.«

Der Professor schaute nur immer weiter.

»Im Grunde geht es um die *kulturelle Verfertigung* von Realität«, sagte Jack. »Wobei ich fürchte, es könnte vielleicht zu gewollt *pomo* sein.«

Endlich war sein Professor beim letzten Bild angelangt. Er drehte sich zu Jack um und lächelte.

»Das«, sagte Laird und tippte auf den Filmstreifen, »Jack, das ist brillant.«

Elizabeth hatte alles geplant: ein Doubledate am Freitag mit einem neuen Paar, Eltern aus Park Shore, die abends nach Wicker Park kämen, wo sich die vier in einer Craft-Cocktailbar träfen, einem dieser Lokale im Stil einer Flüsterkneipe aus den 1930ern, mit Drinks aus der Prohibitionszeit auf der Karte und einem versteckten Eingang ohne irgendwelche Schilder. Man musste einfach mal da gewesen sein.

Jack hockte auf dem Bett. Er war mit dem Anziehen lange vor Elizabeth fertig gewesen (Jeans, schwarzes T-Shirt, Turnschuhe – keine Garderobe, die Zeit oder Überlegung erforderte), hatte die Nachrichten überflogen (ein mit Ebola infizierter amerikanischer Arzt war in einem Krankenhaus in Atlanta erfolgreich behandelt worden), auf seine Facebook-Seite geschaut (Jacks Vater beharrte – blindwütig, leidenschaftlich und ohne irgendeinen Beleg – darauf, dieser Arzt sei in Wahrheit für einen Pharmagiganten tätig, der den maliziösen Plan verfolgte, die Krankheit zu verbreiten), seine E-Mails durchgesehen (Benjamin schrieb, in der Nachbarschaft habe der Widerstand gegen *The Shipworks* überraschenderweise nachgelassen, und der Bau schreite mit voller Geschwindigkeit voran), und jetzt plante er mithilfe der Karten-App ihren Weg zu der Cocktailbar: Das Telefon berechnete einen zehnminütigen Fußweg, den Jack mit Abkürzungen durch einige versteckte Gassen auf acht Minuten reduzieren zu können glaubte und auf sieben, wenn beim Überqueren der Zebrastreifen die Zeit mitspielte.

Elizabeth zog sich in ihrem begehbaren Kleiderschrank um. »Du wirst Kate und Kyle lieben«, rief sie ihm zu. »Sie sind großartig.«

Jack nickte. Er las jetzt die Bewertungen der Bar. Der App zufolge lagen sie durchschnittlich bei 3,9 Sternen, doch das erschien ihm künstlich reduziert, verfälscht von Leuten, die einen Stern vergaben, weil sie den Eingang nicht finden konnten. Er sagte: »Kate und Kyle. Woher kennen wir die?«

Eine Pause, während Elizabeth nachdachte. Dann: »*Wir* kennen sie gar nicht. *Ich* kenne sie.«

Das war etwas, was ihr gegen den Strich ging: wenn Paare irgendwann anfingen, »wir« statt »ich« zu sagen, so als hätten sie ein gemeinsames Paargehirn entwickelt. Ihr Zusammen-Ich. Manchmal sagte Jack: »Was wollen wir heute Abend essen?«, und dann starrte sie ihn an und sagte: »Ich weiß, was *ich* heute Abend essen will. Was willst *du* denn essen?« Oder wenn sie spontan genau das Gleiche im selben Moment sagten – Elizabeth runzelte dann die Stirn und sagte: »Lass das.« Sie war jemand, der in jedem Augenblick nach Individuation strebte.

Jack steckte das Telefon in die Tasche und ging zu Elizabeth hinüber. »Ich meinte...«, sagte er, beendete den Satz aber nicht, als er sah, was sie trug: einen schwarzen halterlosen Spitzen-BH mit passendem Höschen, eine Garnitur, in der er Elizabeths letzten Versuch erkannte, so etwas wie »Dessous« zu kaufen. Er hatte das Ensemble lange nicht mehr zu Gesicht bekommen, und Elizabeth wandte sich jetzt um, sah ihn an, sah, wie er sie ansah, und er konnte beinahe hören, wie sie eine stumme Botschaft durch die Luft zwischen ihnen schickte: *Mach keine große Sache draus.*

»Wer sind die beiden noch mal?«, sagte er. »Kate und Kyle?«

»Eltern aus Tobys Schule. Ich habe mich in letzter Zeit öfter mit ihr unterhalten. Sie sind sehr interessant.«

Ihre Hand berührte ein schwarzes Kleid, das an einem dieser Kleiderbügel hing, die aussahen, als wären ein Kleiderbügel und ein Kissen miteinander verschmolzen: ein besonderer Kleiderbügel. Für ein besonderes Kleid. Sie blickte auf sein T-Shirt, seine Turnschuhe. »Willst du das anlassen?«, sagte sie.

»Nee!«, sagte er und zog sich in seinen eigenen begehbaren Kleiderschrank zurück, um sich noch einmal umzuziehen.

Als sie an der Bar ankamen, trug er sein coolstes Buttondown-Hemd, seine coolsten Stiefel. Für den Weg hatten sie fünfzehn Minuten gebraucht (er hatte nicht berücksichtigt, dass Elizabeth High Heels trug). Und wie versprochen, deutete nichts in der Straße darauf hin, dass sich hinter einer nichtssagenden holzverkleideten Mauer mit einem aufwendigen Street-Art-Wandgemälde darauf und einer von dem Wandgemälde verborgenen Tür eine Cocktailbar verbarg.

Sie betraten den Eingangsraum, der dunkel war bis auf ein kleines, von einer einzelnen Glühbirne beleuchtetes Schild. HAUSREGELN stand darauf, auf Pergament gedruckt in einer Schriftart, die Jack an altertümliche Gelehrigkeit denken ließ (mit ziemlicher Sicherheit Garamond). Die Regeln waren im Hinblick auf die bevorzugte Klientel der Bar sehr eindeutig: Baseballkappen waren nicht gestattet, es wurden keine Jägermeistercocktails serviert, und es wurde kein Budweiser ausgeschenkt. Jack dachte an seinen Vater, der grundsätzlich eine Baseballkappe trug und nichts anderes als Budweiser trank. Was hätte er wohl von diesem Lokal gehalten? Früher hätte Lawrence vielleicht lediglich den Kopf geschüttelt, gelächelt und einen kleinen Spruch über »Stadtmenschen« fallen lassen, aber in Anbetracht der Internetseiten, die er in letzter Zeit las, war Jack sich ziemlich sicher, dass diese Bar ihn zu einer weiteren Schimpftirade über den Klassenkrieg angeregt hätte. Der Facebook-Feed seines Vaters war immer schwieriger zu lesen, die Videos wurden immer unerträglicher – der alte Mann steigerte sich beim Sprechen in lange Hustenanfälle hinein, während Jack zusah und sich fragte, wann es angemessen wäre, ihm endlich die Facebook-Freundschaft zu kündigen.

Elizabeth schob einen großen Samtvorhang zur Seite, und Jack folgte ihr ins Innere der Bar, einen überladenen Raum im viktorianischen Stil mit reichlich Plüsch und einem Kristallleuchter. Gäste saßen auf Stühlen mit hoher Lehne und schlürften Drinks, während die Bedienungen umhereilten, Wasser nachschenkten und leere Kelchgläser abräumten.

»Da sind sie ja«, sagte Elizabeth und deutete auf die hintere Ecke, in der sich ein Mann und eine Frau erhoben und ihnen zuwinkten. Die Frau war überraschend jung, mit silbrig gefärbtem Haar, einer Brille mit breitem Rahmen und großen, freundlichen Augen, die aufleuchteten, als sie die beiden sah. Sie rauschte heran, um Elizabeth ungestüm zu umarmen, und sagte dann: »Du musst Jack sein!«, ehe sie sich vorbeugte und ihn direkt auf den Mund küsste.

Es war kein langer Kuss, sie verweilte nicht auf seinen Lippen – es war ein spielerischer Kuss, aber *auf den Mund*. Es war Jacks erster Kuss mit jemand anderem als Elizabeth seit den Neunzigern.

»Oh, wow, coole Tattoos«, sagte Kate und fuhr ihm mit den Fingerspitzen leicht über den Arm, zeichnete die Motive auf seiner Haut nach.

Jack nickte nur und lächelte. Er zog den Arm weg, steckte die Hände in die Taschen. Er war es nicht gewohnt, dass man so unverhohlen mit ihm flirtete. Er wusste nicht recht, was er tun, wie er darauf reagieren sollte.

Kate hingegen dachte sich offensichtlich nichts dabei. Sie setzte sich schon wieder, lächelte, sagte, wie schön es sei, dass sie einmal alle zusammenkämen, wobei eine Hand wild durch die Luft ruderte und die andere fest das Knie ihres Mannes umklammert hielt. Er war sowohl in Bezug auf seinen Körper als auch auf seine Persönlichkeit das Gegenteil von ihr: still, stoisch, kahlköpfig, bleich, muskulös, mit einer Art humorloser, psychopathisch ausdrucksloser Miene, die Jack aus irgendeinem Grund mit dem KGB in Verbindung brachte. Er hatte einen runden Torso, stämmige Beine, einen gedrungenen Hals und so dicke Arme, dass sie aussahen wie Schlangen, die mit ganzen Kübeln voll Proteinpulver gefüttert worden waren. So stumm, so teilnahmslos, wie Kyle dasaß, hielt Jack es durchaus für möglich, dass der Mann die englische Sprache nicht beherrschte.

Offensichtlich waren sie die Eltern eines Mädchens aus Tobys Schule. »Toby ist ein *entzückender* junger Mann«, sagte Kate. »Ihr müsst ja so stolz sein!«

»Natürlich, ja, absolut«, sagte Jack.

»Ein so hübscher Junge«, sagte Kate, dann beugte sie sich vor und legte ihm eine Hand aufs Knie. »Das hat er offenbar von seinem Dad.«

»Oh«, sagte Jack, »danke.«

Und mit einem Mal schien der Abend eine furchtbare Steigerung erfahren zu haben. Kates Kuss, ihre kokette Art, Elizabeths anregende Dessous, sie machten alles zutiefst bedeutungsvoll: Jeder Satz, jedes Kopfnicken von Jack, selbst seine Sitzhaltung – sollte er ein Bein über das andere schlagen? Den Arm um Elizabeth oder in seinen Schoß legen? –, alles fühlte sich befangen und sonderbar an. Es war, als sähe er sich selbst dabei zu, wie er ein Spiel mit hohem Einsatz, aber unklaren Regeln spielte.

Natürlich wurde das Bestellen der Getränke so zur Tortur, zu einer wichtigen Prüfung, bei der er durchfallen konnte. Als der Kellner an den Tisch trat – ein Mittzwanziger mit Sommersprossen, einem dünnen roten, gezwirbelten Schnurrbart und Jeans, so eng wie Wurstpellen –, studierte Jack noch immer die Karte, auf der Getränke mit erfinderischen Namen und Zutaten standen, von denen er noch nie gehört hatte und die er ganz gewiss nicht laut aussprechen wollte: Eau de Vie. Becherovka. Fernet. Cynar.

»Geben Sie mir einfach was nicht zu Süßes«, sagte er zu dem Kellner, nachdem er die Karte einige Augenblicke lang vergeblich nach etwas Vertrautem abgesucht hatte. »Was auch immer Sie empfehlen.«

»Ganz ehrlich?«, sagte der Kellner. »Unsere Drinks sind alle *perfekt* abgestimmt.«

»Okay.«

»Es gibt auf der Karte nichts, was zu süß oder nicht ausreichend süß wäre. Jeder Drink ist so kreiert, dass er die süße und die saure und natürlich auch die bittere, würzige, salzige, pikante und viskose Empfindung in Ihrem Mund vereint.«

»Die viskose Empfindung?«, sagte Jack, woraufhin Kate auf ihre anzügliche, provokante Art ergänzte: »In deinem Mund.«

»Wenn Sie nach etwas nicht zu Süßem fragen?«, fuhr der Kellner fort. »Dann macht das also nicht wirklich Sinn. Nicht in diesem Zusammenhang.«

»Verstehe.«

»Möchten Sie noch ein wenig weiterschauen?«

Sie sahen Jack jetzt alle an – Kate, Elizabeth, der Kellner, der schweigende Kyle. Sie sahen ihn an, und sie warteten. Zumindest, bis Kate sagte: »Bringen Sie ihm das Gleiche wie mir!«, und sich dann zu ihm herüberbeugte und flüsterte, die Hand auf sein Knie gelegt. »Das wird *köstlich!*« Sie lächelte schelmisch, ihre Hand drückte leicht zu. Zwischen ihrem Kleid und ihrem Körper klaffte ein Spalt, als sie sich herüberbeugte, doch Jacks Blick blieb auf ihre Augen gerichtet, die die Farbe von Kaffee hatten; der Lidstrich war auf eine peinlich genaue, kleopatraartige Weise aufgetragen.

Sie unterhielten sich über die Schule, bis die Getränke kamen (Kates Wahl war wirklich ausgezeichnet), und dann stießen sie an, und der Kellner schenkte Kyle Wasser nach (denn Kyle hatte keinen Drink bestellt und nur wortlos den Kopf geschüttelt, als die Reihe an ihm war), und es trat kurz Stille ein – ein Wendepunkt im Gespräch, ein peinlicher Augenblick, in dem ein neues Thema gefunden werden musste –, und Kate klatschte in die Hände und sagte:

»So, ihr Turteltäubchen, dann erzählt mal eure Entstehungsgeschichte.«

»Unsere was?«, sagte Elizabeth.

»Eure Entstehungsgeschichte! Die Ursprünge eurer Beziehung. Wie habt ihr euch kennengelernt, wann seid ihr das erste Mal zusammen ausgegangen, wie habt ihr euch verliebt, diese Sachen. Die Entstehungsgeschichte verrät einiges über ein Paar.«

Das war einfaches und angenehmes Gesprächsterrain. Wie die meisten Paare hatten Jack und Elizabeth ihre Geschichte so oft erzählt, dass sie mittlerweile zu einer sorgfältig einstudierten Nummer geworden war; Jack wusste genau, wann Elizabeth ihn unterbrechen würde, um ein lustiges oder anrührendes Detail aus ihrem eigenen Blickwinkel beizusteuern, und umgekehrt, wobei jedes Detail im richtigen Moment hinzukam, um die maximale Wirkung zu erzielen. Es fing mit Elizabeth an: »Wir haben uns auf dem College kennengelernt«, sagte sie. »Wir waren beide von weit weg nach Chicago gezogen. Jack studierte Kunst, und ich studierte im Grunde alles.«

»Alles?«, sagte Kate.

»Psychologie, BWL, Biologie, Neurowissenschaft, Theater, alles nur Erdenkliche«, sagte Elizabeth. »Ich hatte keine Ahnung, was ich später mal machen wollte. Jedenfalls war ich eines Abends in so einem Schuppen, ich hatte ein richtig mieses Date, und Jack war auch da und fotografierte die Band. Und ich wollte unbedingt, dass er mich ansprach. Er wusste es nicht, aber ich war schon total in ihn verschossen.«

»Echt?«, sagte Kate. »Wie das denn?«

»Ich hatte ihm monatelang hinterherspioniert.«

»Was?«, sagte Kate, die übliche Reaktion auf dieses kleine Detail.

»Ja, wir waren Nachbarn«, sagte Elizabeth. »Mein Fenster lag seinem gegenüber. Also hatte ich ihn den ganzen Winter über beobachtet.«

Früher einmal hatte Jack beim Erzählen dieser Geschichte den Anfang gemacht. Er hatte zuerst geschildert, wie er Elizabeth durchs Fenster ihrer Wohnung beobachtete. Doch irgendwann in den letzten Jahren hatten sich ihre Zuhörer mit den Einzelheiten dieser Geschichte unwohl zu fühlen begonnen: Er hatte ihr hinterherspioniert? Ohne ihr Einverständnis? Monatelang? Es begann irgendwie übergriffig zu klingen, irgendwie lüstern, irgendwie stalkermäßig. Was in den Neunzigern nicht so gruselig erschienen war, wirkte heute sehr gruselig, also hatten sie die Reihenfolge geändert. Elizabeth bekannte sich nun als Erste zu ihrem Voyeurismus, woran sich offenbar niemand störte und wodurch die ganze Spannerdynamik einvernehmlicher und gegenseitiger und damit akzeptabler erschien.

Jack wartete also bis zu diesem Moment und schaltete sich erst dann ein: »Ich sah sie an dem Abend in der Bar, und sie wusste es nicht, aber ich war auch total in sie verschossen.«

»Was?!«, sagte Kate. Sie war ein dankbares Publikum – begeistert, reaktionsfreudig –, im Gegensatz zu ihrem Mann, der völlig ungerührt blieb und die Geschichte ebenso wie das Leben an sich vorbeiziehen ließ. Jack überlegte sich schon den Scherz, den er später Elizabeth gegenüber machen wollte: Es war, als hätte Kyles Existenz als reines Bizepsgewebe begonnen, dem irgendwann ein Kopf wuchs und das später ein Bewusstsein entwickelte, was aber nur dazu führte, dass es sich von unserer Welt überfordert fühlte. Ja, dachte er, das würde ihr gefallen.

Er sprach weiter: »Ich hatte sie auch durchs Fenster beobachtet, und ich war vollkommen hin und weg.«

»Und ich kannte seine Fotos«, sagte Elizabeth. »Er hatte sämtliche coolen Bands fotografiert und mit Rockstars herumgehangen. Das war genau hier in Wicker Park, Anfang der Neunziger.«

»Damals gab's hier noch keine schicken Cocktailbars«, sagte Jack.

»Wie war denn die Gegend?«, fragte Kate.

»Ganz anders«, sagte Jack und beugte sich vor, um sie sehen zu können, da der Kellner zwischen die beiden getreten war, um Kyles Glas aufzufüllen. »Das Viertel war total verwaist. Es gab hier bloß Junkies und Prostituierte und uns, eine Handvoll Künstler und Musiker.«

»Er war Teil der Szene«, sagte Elizabeth. »Ich traute mich gar nicht, ihn anzusprechen.«

»Und ich traute mich nicht, sie anzusprechen.«

»Also redeten wir ungefähr den ganzen Winter nicht miteinander.«

»Irgendwann«, sagte Jack, »an diesem Abend, in dieser Kneipe machte ich dann den ersten Schritt.«

»Gott sei Dank.«

»Und dann quatschten wir die ganze Nacht lang, fast bis zum Morgengrauen. Für mich war es so aufregend, einfach nur mit ihr zu reden. Ich hätte nie für möglich gehalten, dass einen ein bloßes Gespräch so berauschen könnte.«

»Und von da an waren wir unzertrennlich.«

»Alle nannten uns nur noch Romeo und Julia.«

»Wir waren das absolute Traumpaar.«

»Und der Rest ist Geschichte.«

»Hurra!«, spendete Kate der Geschichte Beifall. »Das ist ja so romantisch!«

Und das war es tatsächlich, dachte Jack. Es war romantisch. Er lächelte Elizabeth an, die das Lächeln erwiderte, und er fühlte sich erleichtert, ließ sich nur allzu gern in die Sicherheit der Vergangenheit zurückfallen.

»Und was ist mit euch?«, sagte Jack. »Wie habt ihr euch kennengelernt?«

»Ach«, sagte Kate und sah Kyle an. »Bei einer Orgie.«

Kyle warf ihr ein wissendes Lächeln zu, und Jack wurde klar, dass sie ebenfalls eine Routine, eine eigene Nummer hatten.

»Wie bitte?«, sagte Jack. »Bei einer was?«

»Na ja, es war keine offizielle ›Orgie‹«, sagte Kate. »Eher eine Party mit Spielraum für eine Orgie, falls sich eine ergeben sollte. Ich war als Einhorn dort. Kyle war Teil eines polyamourösen Vierspänners.«

»Ich habe keine Ahnung, was das bedeutet«, sagte Jack.

»Ach, ein Einhorn ist eine alleinstehende Frau, die offen für Gelegenheitssex mit Paaren ist. Man nennt diese Frauen Einhörner, weil man sie so schwer findet, dass sie genauso gut ein Mythos sein könnten.«

»Verstehe.«

»Und ein Vierspänner sind meist einfach zwei Paare, die was miteinander anfangen. Wobei nicht alle Vierspänner auf Gruppensex stehen, aber dieser eben schon.«

Jack sah Elizabeth an und erwartete, eine bestimmte Miene zu sehen – ein Ist-das-zu-fassen?-Grinsen –, sah aber stattdessen eine andere: ein gelassenes Sag-ich-doch-Lächeln. Elizabeth, schloss er daraus, kannte die Geschichte schon. Es war keine neue Information.

Kate fuhr fort: »Kyle und ich waren uns noch nie begegnet, aber wir liefen uns bei dieser Party am Büfett über den Weg. Weißt du noch?«, sagte sie und stieß Kyles Arm an. »Über den russischen Eiern kamen wir ins Plaudern und hörten gar nicht mehr auf. Wir redeten die ganze Nacht durch, bis zum Morgengrauen. Alle anderen schliefen schon oder gingen heim, aber wir waren immer noch am Quatschen.«

Jack konnte sich nicht entscheiden, was unglaubwürdiger war: der Teil mit der Orgie oder der Teil, in dem Kyle in Plauderlaune war.

»Wir hatten so viel gemeinsam«, sagte Kate. »Wir waren nicht an traditionellen Beziehungen interessiert. Meine Mutter ist sehr katholisch, sehr sex-negativ. Das funktionierte für mich gar nicht. Ich konnte nie treu sein. Ich *wollte* nie treu sein. Und Kyle ging es genauso.«

Worauf Kyle seinen ersten Gesprächsbeitrag des Abends beisteuerte: »Daher hat der Penis seine Form, wisst ihr?«

Und Jack und Elizabeth starrten ihn einen Augenblick lang an, warteten vorgebeugt auf eine Antwort, und Kyle starrte einfach nur zurück, blinzelnd, stumm.

»Nein!«, sagte Jack schließlich. »Wissen wir nicht!«

»Ah, okay, also, er hat die Form eines Pömpels. Dazu dient er. Die besondere, seltsame Form des menschlichen Penis hat sich so entwickelt, um das Sperma anderer Männer heraussaugen zu können. Was in einem darwinistischen Sinne impliziert, dass Frauen in der gesamten menschlichen Frühgeschichte im Prinzip untreue Schlampen waren – ein Begriff, den ich in der positivsten und affirmativsten Weise verwende. Denn wäre die Monogamie in irgendeiner Weise natürlich, dann müsste der Penis nicht so geformt sein. Ist er aber, was heißt, dass Frauen eine Million Jahre lang polyamourös lebten, wahrscheinlich bis zum Beginn des Ackerbaus, als wir das Eigentum erfanden. Dann mussten die Reichen ihr Land und ihre Titel von einer Generation an die nächste weitervererben, und so schufen wir die Ehe und die Monogamie und fingen an, das Sexleben der Frauen zum Besitz zu erklären, um die Aristokratie und das Patriarchat zu stützen, woraufhin wir dieses Modell vermittels der europäischen Kolonisation exportierten und alle anderen Paarungspraktiken der Welt auslöschten, weil sie, in Anführungszeichen, ›sündhaft und unzivilisiert‹ waren, was bedeutet, dass die Monogamie nicht nur unnatürlich und toxisch, sondern auch ein klitzekleines bisschen rassistisch ist. Und der Clou ist, dass sie nicht einmal funktioniert. Und das wissen wir nicht nur aufgrund der Scheidungsstatistiken, sondern auch aufgrund des Widerspruchs, den die Evolution in unseren Gehirnen verankert hat, nämlich dass wir, sobald wir das besitzen, was wir begehrt haben, aufhören, es zu begehren, und anfangen, etwas anderes zu begehren, was uns als Jäger und Sammler wohl zugutekam, für die traditionelle Ehe jedoch eine Katastrophe ist. Unser Verlangen nach Neuem ist buchstäblich unersättlich, weshalb der Kapitalismus ein durchschlagender Erfolg ist und die Monogamie eben nicht.«

Dann lehnte Kyle sich zurück und holte auf dramatische Weise Luft, so als hätte ihn dieser Wortschwall erschöpft. Er nahm sein Wasserglas und leerte es durch einen Strohhalm, der ein lautes schlürfendes Geräusch erzeugte, während Kyle das Wasser restlos aufsaugte.

»Wisst ihr«, sagte Kate, als sie sich sicher war, dass ihr Mann nichts mehr hinzuzufügen hatte, »in mathematischer Hinsicht ist das Thema faszinierend. Zum Beispiel haben wir auf Grundlage dessen, was wir über die Lebensspanne im Pleistozän wissen – über Sterblichkeitsraten und Tod durch Verhungern oder wilde Tiere wie zum Beispiel einen Löwen –, errechnet, dass die durchschnittliche Länge sämtlicher zwischenmenschlicher Beziehungen bei unseren Vorfahren acht Jahre betrug. Während unserer gesamten Entwicklungsgeschichte hatten Frauen und Männer nur acht Jahre, um sich zu begegnen, sich zu paaren und Nachwuchs großzuziehen, bevor einer von ihnen starb. Die Evolution hat es daher so eingerichtet, dass wir uns acht Jahre lang gebunden fühlen und danach nicht mehr so sehr.«

»Was passiert dann?«, sagte Jack.

»Wir werden oft rastlos. Wir brauchen etwas Neues. Weißt du, wie lange die durchschnittliche amerikanische Ehe dauert?«

»Nein, aber ich schätze mal, acht Jahre.«

»Bingo! Wir haben uns so entwickelt, dass wir die Ehe ungefähr acht Jahre lang aufrechterhalten. Danach stellt sich unser Gehirn die Frage: Warum lebe ich immer noch mit diesem Menschen zusammen? Wir sehnen uns nach einer bedeutenden Veränderung.«

»Aber Elizabeth und ich sind seit über acht Jahren verheiratet.«

»Okay. Und was ist um die Acht-Jahres-Marke herum passiert?«

»Da kam Toby«, sagte Elizabeth.

»Mhm. Und acht Jahre danach?«

Jack und Elizabeth sahen einander an; Elizabeth warf ihm ein trauriges Lächeln zu. »An dem Punkt sind wir gerade«, sagte sie.

Kate zuckte mitfühlend mit den Schultern, eine Geste, die besagte: *Ich habe offensichtlich recht.* »Kyle und ich haben eingesehen, dass wir die menschliche Natur nicht verändern können, um der Vorstellung unserer Kultur von der Ehe gerecht zu werden, also haben wir beschlossen, die Ehe zu verändern, um der menschlichen Natur gerecht zu werden. Wir schlafen mit anderen, und wir gehen offen und ehrlich damit um.«

Natürlich hatte Jack schon von solchen Vereinbarungen gehört, aber wenn es von einem Paar kam, mit dem Elizabeth ein Doubledate arrangiert hatte, war es dennoch verstörend.

»Tja«, sagte Jack, »ich bin es eigentlich nicht gewohnt, dass unsere Entstehungsgeschichte so schnell übertrumpft wird.«

Kate lachte. »Das klingt alles sehr aufregend, ich weiß«, sagte sie, »aber eigentlich ist unser Leben ganz normal. Ich meine, alle glauben, wir würden jede Nacht eine Orgie veranstalten, dabei finden die nur samstags statt.«

»Ich bewundere eure Zurückhaltung«, sagte Jack.

»Ach, ihr solltet mal kommen!«

»Zu einer Orgie?«

»Ja!« Kate fasste Jack wieder ans Knie und beugte sich sehr weit vor. »*Orgie* ist eigentlich eine sehr antiquierte Bezeichnung dafür. Es ist eher eine Party, bei der ein paar entscheidende Grenzen wegfallen. Ihr werdet es lieben! Es macht einen solchen Spaß, und die Leute sind einfach *der Wahnsinn*. Es ist ein Privatclub, sehr stilvoll, alles ohne Druck. Ihr müsst nichts tun, was ihr nicht tun wollt. Kommt einfach mal vorbei, und schaut es euch an. Das müsst ihr mir versprechen. *Bitte?*«

Um ehrlich zu sein, fand Jack Kate in diesem Augenblick sehr anziehend: Sie schien über einen inneren Energievorrat zu verfügen, der sie belebte, im Gegensatz zu der Art und Weise, wie Elizabeth und er sich meist fühlten, nämlich müde. Kate wirkte *lebendig* – sie machte große Gesten, vertrat große Meinungen, trug eine große Brille und Ohrringe. Sie sagte, was sie wollte, hatte Sex, mit wem sie wollte, war darauf erpicht, ganz und gar sie selbst zu sein, ohne Schuldgefühle. Was erfrischend war. Jack glaubte nicht, dass Elizabeth und er einander wirklich anlogen, eher gab es zwischen ihnen eine Art Kluft voller diplomatisch verschwiegener Dinge. Ihre Gespräche kreisten um banale Einzelheiten, zu erledigende Besorgungen, einzukaufende Lebensmittel, aufeinander abzustimmende Arbeits- und Schultermine und Fragen – so viele Fragen – zu den näheren Umständen des Tages: Was hatte sie zu Mittag gegessen? Hatte es ihr geschmeckt? Was las sie gerade? Gefiel es ihr? Sie ignorierten einander nicht, aber es kam ihm vor, als wäre die vollkommene, fundamentale Ehrlichkeit, die Kate an den Tag legte, durch diese andere Art des Teilens ersetzt oder aufgehoben worden – keine Intimität, sondern eher eine Art umfassende, wohlgesinnte Abhöraktion. Sie waren immer auf dem Laufenden darüber, was der jeweils andere tat oder sagte. Aber nicht unbedingt darüber, was er dachte.

Ein Beispiel: Warum hatte Elizabeth dieses Treffen arrangiert? Wie viele Einzelheiten aus Kates und Kyles Liebesleben kannte sie bereits? War das eine Art Wink mit dem Zaunpfahl? Wollte sie ihm irgendwas sagen? Wollte sie mit anderen schlafen? Und falls ja, schwebte ihr schon jemand vor? Etwa dieser verfluchte Kyle, der den Mund nicht aufkriegte?

Jack lächelte Kate an. »Ich glaube eher nicht«, sagte er und ergriff die Hände seiner Frau. »Elizabeth und ich brauchen niemanden außer uns.«

Kate lehnte sich zurück und schien einen bedeutungsschweren Blick mit Elizabeth zu wechseln; dann grinste sie breit und sagte: »Das ist natürlich vollkommen in Ordnung. Entscheidend ist, dass ihr tut, was für euch das Richtige ist.«

»Und für euch«, sagte überraschenderweise Kyle, »könnte das eben eher das Nullachtfünfzehn-Modell sein.«
»Nullachtfünfzehn-Modell?«, sagte Jack.
»Und das ist *vollkommen in Ordnung, Mann*.«
»Ich weiß nicht, ob ich es so bezeichnen würde.«
»Wenn ihr eure Meinung ändert«, sagte Kate, »seid ihr jederzeit willkommen.«

Nach zwei weiteren Drinks beendeten sie den Abend. Kate küsste Jack zum Abschied – wieder auf die Lippen –, und sie gingen alle gemeinsam zur Tür, als Jack spürte, wie ihn jemand am Ellbogen packte. Er drehte sich um – und sah den Kellner vor sich.

»Hey«, sagte der Typ zu Jack. »Ich habe Ihnen zugehört.«

Jack lief rot an. Er hatte nicht gewusst, dass ihr Gespräch über Orgien und die männliche Anatomie vor Publikum stattgefunden hatte.

»Und Sie sollten sich klarmachen«, fuhr der Kellner fort, »dass Sie da ein paar echt problematische Dinge gesagt haben.«

»Hören Sie, ich glaube, Sie sollten eher mit dem anderen Paar reden ...«

»Nein, ich meine *Sie*«, sagte er. »Ich habe gehört, was Sie über diese Gegend gesagt haben. Und jemand muss Sie deswegen zur Rede stellen.«

»Was meinen Sie denn?«

»Sie haben gesagt, die Gegend wäre *verwaist* gewesen.«

»Okay. Und weiter?«

»Ich bin mir ziemlich sicher, dass sie nicht verwaist war«, sagte der Kellner. »Ich bin mir ziemlich sicher, sie war puertoricanisch.«

Dann lächelte er Jack auf diese selbstzufriedene Art an, diese Mischung aus »Du bist ein Arschloch« und »Gern geschehen«.

»Jedenfalls«, sagte Jack auf dem Heimweg zu Elizabeth, nachdem er ihr die Geschichte erzählt hatte, »gab es hier keinen dieser Läden, die Gebäude standen alle leer. Ich weiß nicht, was man dazu anderes sagen soll als *verwaist*.«

Elizabeth ging vor ihm her; sie lief deutlich schneller als auf dem Weg zu der Bar und deutlich weniger vorsichtig als sonst, wenn sie Stöckelschuhe trug.

»Ich meine, es war ja kein Werturteil«, sagte Jack. »Ich habe nur eine neutrale, objektive Tatsache ausgesprochen: Die Gegend war verwaist.«

Elizabeth machte einen Satz auf die Straße und überquerte sie, um nicht an der nächsten Kreuzung auf Grün warten zu müssen. Jack folgte ihr.

»Ich meine, es stimmt ja nicht mal, dass es ein puerto-ricanisches Viertel war, zumindest nicht in historischer Hinsicht.«

Elizabeth wich den Leuten auf dem Gehweg aus, wie sie es am Flughafen tat, wenn sie einen Anschlussflug erwischen musste: schnell, zielgerichtet und bestimmt.

»Bevor es puerto-ricanisch wurde, war es ein polnisches Viertel«, sagte Jack und tänzelte um die anderen Passanten herum, um mit ihr Schritt zu halten. »Und davor war es deutsch.«

Er wartete darauf, dass sie ihn verteidigte, rechnete fest damit, dass sie ihn in Schutz nahm und ermutigte und beteuerte: *Nein, Schatz, das war keine rassistische Äußerung*, und weil sie ihn nicht in Schutz nahm und stattdessen mit großem Abstand vor ihm herging, hatte er das Gefühl, sich tatsächlich rassistisch geäußert zu haben, was natürlich seine Hauptsorge war: dass der Kellner recht hatte. Er fühlte sich auf eine drängende, unangenehme Art weiß, wenn er daran dachte, dass dieses Viertel um 1992 herum in Wahrheit vielleicht gar nicht verwaist, sondern vollständig besiedelt, vollständig bewohnt gewesen war, nur eben auf eine Art, die Jack nicht wahrgenommen hatte oder nicht hatte wahrnehmen können. Er war zu einer Zeit nach Chicago gekommen, zu der sich die Innenstädte leerten und die Vorstädte anschwollen, weshalb er sich seinerzeit als progressiv empfand, als ein guter Mensch, im Gegensatz zu diesen engstirnigen Weißen, die sich aus den multiethnischen Bezirken an die Ränder flüchteten und sich damit von der vollen Bandbreite des menschlichen Daseins abwandten. Aber natürlich waren seitdem Jahrzehnte der Gentrifizierung vergangen, und nun gab es eine andere Sichtweise: Womöglich war es vielmehr so, dass Jack und Benjamin und alle anderen aus *The Foundry* ohne Einladung auf einer Party aufgetaucht waren, die bereits in vollem Gange war, und dann hatten sie zu den anderen gesagt: *Ihr könnt euch so glücklich schätzen, dass wir da sind!*

Was in den Neunzigern nicht fragwürdig gewesen war, erschien plötzlich wieder fragwürdig. Er hatte genau das gleiche Gefühl wie damals, als er aufs College gekommen war: dass er aus ihm unbekannten Gründen nicht an diesen Ort gehörte.

»Ich weiß nicht, was ich falsch gemacht habe«, sagte Jack. »Ich war pleite, jemand hat mir eine mietfreie Wohnung angeboten, und ich habe das Angebot angenommen. War das falsch von mir? Bin ich deswegen ein Unmensch?«

Elizabeth antwortete nicht. Wäre sie noch schneller gegangen, hätte man durchaus von Jogging sprechen können.

»Kannst du vielleicht mal ein bisschen langsamer laufen?«, sagte Jack und ergriff ihre Hand. »Was ist denn los mit dir?«

Da blieb sie stehen und sah ihn an, und sie schien kurz zu überlegen, was sie sagen sollte. Ihre ungeduldige Miene glich der, die sie aufgesetzt hatte, als Toby noch klein gewesen war und ständig *Warum?* gefragt hatte.

»Weißt du noch, wie du in der Bar deinen Drink bestellt hast?«, sagte sie schließlich.

»Ja?«

»Und dich nicht entscheiden konntest?«

»Ja?«

»Und es dir total peinlich war, dass du nicht wusstest, was du bestellen solltest?«

»Mhm?«

»Es hat keinen interessiert«, sagte sie. »Es ging allen komplett am Arsch vorbei, was du bestellst.«

»Okay.«

»Du meinst immer, alle würden dich beobachten und bewerten, aber das tun sie gar nicht.«

Dann wirbelte sie herum und ging weiter. Jack folgte ihr schweigend bis nach Hause, wo sie in ihrem begehbaren Kleiderschrank verschwand und in Jogginghose und T-Shirt wiederauftauchte, ihm sagte, sie habe noch zu arbeiten, und er solle nicht aufbleiben, und Jack begriff, dass er irgendwie Mist gebaut hatte. Der Abend hatte mit Dessous begonnen, endete aber auf diese Weise, sie beide in unterschiedlichen Räumen, Elizabeth im Arbeitszimmer, mit einer Jogginghose bekleidet.

Jack lag im Bett und fragte sich, was er falsch gemacht hatte. War es die Bemerkung über das »verwaiste« Viertel gewesen? Die aggressive Art und Weise, auf die er sich nach dieser Bemerkung verteidigt hatte? Vielleicht hatte es gar nichts mit der Bemerkung zu tun. Vielleicht hatte er zu viel mit Kate geflirtet oder war Kyle gegenüber zu unhöflich gewesen. In Gedanken ließ er den Abend noch einmal Revue passieren, dachte noch einmal über alles nach, was er gesagt hatte, auf der Suche nach etwas, wofür er sich entschuldigen müsste. Nachdem er eine volle Stunde so im Bett gelegen hatte, beschloss er, Elizabeth am Morgen eine unspezifische Rundumentschuldigung anzubieten und aus ihrer Reaktion zu folgern, was sie im Besonderen aufgebracht hatte.

Er griff nach seinem Telefon und öffnete die Karten-App. Er machte die Cocktailbar ausfindig, in der sie gewesen waren, und hinterließ eine Bewertung. *Zwei Sterne,* schrieb er. *Gute Drinks, aber die Kellner sind Volltrottel.*

Er sitzt in dem stickigen Klassenzimmer, in der letzten Reihe, auf dem Platz direkt an dem großen Fenster, in der sengenden Sonne, ohne richtig zuzuhören, was im Unterricht vor sich geht, stattdessen ganz auf seinen eigenen Handrücken konzentriert. Er ist ein kleiner Junge, der zu schwächlich aussieht, zu klein, um hier in dem großen Gebäude zu sein, inmitten all der größeren Jungen, Söhnen von Viehzüchtern – breitschultrig, mit großem Bizeps und behaarter Oberlippe –, Jungen mit Körpern, die angeschwollen sind von der Pubertät und der Arbeit.

Er passt nicht in diese Schule, die Flint Hills von Kansas, und trotzdem ist er hier, der kleine Jack Baker, kleiner noch als alle Mädchen im Raum, sitzt an einem Tisch, in dessen Holzplatte die liebsten Dinge anderer Jungen geschnitzt sind: *Lynyrd Skynyrd,* jedes *y* wie ein Blitz geformt, *AC/DC,* der Schrägstrich wie ein Blitz geformt, Blitze, mehrere Paare glockenförmiger Titten und einige Konföderationsflaggen und mehrere übergroße Schwänze mit Eiern, die behaart erscheinen sollen, aber stattdessen aussehen wie mit Dornen gespickt; mit einem Jagdmesser als Instrument lässt sich nun einmal nicht detailliert arbeiten.

Das Holz schimmert zudem widerwärtig, genau an den beiden Stellen, an denen sich die Ellbogen der meisten Schüler befunden haben, zwei kleine Eindrücke, Spuren jahrzehntelanger Langeweile, während die Kinder dort saßen, das Kinn in die Hände gestützt, und diese Gruben durch Reibung,

Schweiß und Teenagertalg immer glatter machten. Beim Gedanken daran muss Jack leicht würgen.

Das Unterrichtsfach heißt »Lesen«. Alle Schüler haben ihre Bücher aufgeschlagen, und viele davon werden gerade zum Luftzufächeln verwendet. Durch die großen Fenster herrschen im Klassenzimmer treibhausartige Temperaturen; so etwas Nobles wie eine Klimaanlage kann sich die Schule nicht leisten. Also sitzen die Schüler nur da, wedeln mit den Büchern und schwitzen. Währenddessen liest Daphne Carter; sie beugt sich weit vor, ganz dicht über das Buch, ein zerschlissenes kleines Taschenbuch, in dem sie schon die ganze Woche lesen, die Romanfassung des Films *RoboCop*.

»Off...iss...ser Stark...weather... fuhr mit... seinem... ähm... Turbo... Cruiser? rück...wärts aus der Kasse... ähm... Gasse«, liest Daphne. »Er www...wusste nicht, ob er einen... Roboter bei der... Po...li...zei wollte... ›Mein... ähm... Mixer hat ja auch keine... Marke‹.«

Jacks linke Hand liegt auf dem Tisch, gleich neben einer der lustigeren Schnitzereien, einem Schwanz mit einem übertrieben großen pilzartigen Kopf, auf den jemand anderes ein Grinsegesicht gezeichnet hat. Jack hat einen Bleistift in der Hand. Mit dem Radiergummi des Bleistifts wetzt er eine zwei, drei Zentimeter lange Scharte in seinen linken Handrücken, genau zwischen dem zweiten und dem dritten Fingerknöchel. Das hat er den ganzen Morgen lang getan, hat die Haut langsam abgeschürft, abgetragen, und jetzt hat er sie fast durchstoßen. Die Haut unter dem Radiergummi ist inzwischen fast so rosa wie der Radierer selbst.

Er wird in dem großen Gebäude unterrichtet, in dem alle von der siebten bis zur zwölften Klasse Unterricht haben. Das kleine Gebäude ist für die jüngeren Kinder, die Klassen eins bis sechs. Es liegt auf der anderen Seite des geschotterten Parkplatzes. Das kleine Gebäude wird als »Gebäude« bezeichnet, aber eigentlich ist es nur ein schlampig umgebautes Wohnhaus – weniger eine Schule als eine etwas bessere Tagesstätte.

Wenn er am Fenster sitzt, sieht Jack manchmal zu, wie die Kinder auf dem Pausenhof herumschreien, herumrennen, Steine werfen, angeschrien werden. Heute aber ist niemand auf dem Pausenhof, denn es ist zu heiß, und das Einzige, was sich auf dem grasbewachsenen Feld vor dem Fenster regt, sind die Ölpumpen, sechs an der Zahl. Jede der Pumpen hebt und senkt sich in ihrem eigenen Rhythmus, und manchmal sieht Jack ihnen stundenlang zu, um Zeuge des seltenen – aber, so überlegt er, mathematisch unvermeidlichen – Augenblicks zu werden, in dem sich alle sechs Pumpen in vollkommener Einheit auf und ab bewegen. Synchron wie die Rockettes, denkt er und erinnert sich an die Thanksgiving-Feste zurück, an denen es ihm gelang, die Antenne so auszurichten, dass sie die große Parade von Macy's empfangen konnten und seine Mutter trotz des Krisselns zuschaute und jeden vorbeiziehenden Wagen aufs Neue mit großem Staunen quittierte.

»Ach, schau mal«, sagte sie dann. »Snoopy.«

»Ach, schau mal«, sagte sie wenige Minuten später, »die Rockettes.«

Für sie war es ein Augenblick des reinen Vergnügens, und wie die meisten Augenblicke dieser Art musste er umgehend mit Bitterkeit und Schuldzuweisungen aufgewogen werden. »Das sehe ich wahrscheinlich zum letzten Mal, weil dein Vater die verdammte Antenne einfach nicht repariert.« Es war, als brächte es sie völlig aus dem Gleichgewicht, vorübergehend glücklich zu sein, sodass sich ihre Stimmung sofort verfinsterte, um ein stabilisierendes Gegengewicht zu schaffen. In der Folge hatte es ihre Familie schon vor langer Zeit aufgegeben, sie glücklich machen zu wollen, alle bis auf Jack, dem die Verantwortung für die Gemütslage seiner Mutter durch eine Art häuslichen Erlass übertragen worden war: Allen anderen war es schlicht egal.

Ein einzelner Blutstropfen erscheint unter Jacks Radiergummi. Er hält kurz inne, um ihn zu inspizieren, wie immer leicht überrascht angesichts der leuchtenden Farbe des Blutes.

Er beginnt, weiterzureiben, und das helle Scharlachrot wird verschmiert und vermischt sich mit dem Abrieb des Radierers zu einem schmutzigen Braunton.

Daphne Carter liest noch immer: »Robo wurde klar... dass die Zeit... zum Reden... vorbei war. Er sch...schaltete... den Laut...spre...cher... ab und leitete die... ähm... Ziel... äh... sekunde?«

»Sequenz«, sagt Mrs. Brannon. »Leitete die Zielsequenz ein.«

Im Unterrichtsfach »Lesen« werden reihum Seiten aus den von Mrs. Brannon ausgewählten Büchern vorgelesen. In den Zeugnissen heißt das Fach offiziell »Amerikanische Literatur«, aber Mrs. Brannon hat vor langer Zeit erkannt, dass sie Schülern, die kaum des Lesens mächtig sind, keine Literatur nahebringen kann. Was sie in eine schwierige Situation versetzt – sie kann den Schülern keine echte Literatur zu lesen geben, weil sie dazu nicht in der Lage sind und unweigerlich durchfallen würden. Aber an einer so kleinen Schule kann sie niemanden durchfallen lassen, nicht wenn es die meisten Schüler ohnehin nicht bis zum Abschluss schaffen. Momentan gibt es in der gesamten Schule nur noch zwei Schüler im Abschlussjahr – Jack und Daphne –, die etwa zwölf anderen aus ihrem Jahrgang hat es unterwegs in verschiedene Berufe mit schwerer körperlicher Arbeit verschlagen, oder sie sind schwanger geworden oder haben einen Schulverweis erhalten. Daphne Carter geht seit vier Jahren in Mrs. Brannons Klasse und liest trotzdem noch zögerlich, stockend, unsicher und oft fehlerhaft.

»Robo... ähm... staaarteeete, nein, starrte... in den Do... nut-Laden. Er hatte ihn nie... be...tre...ten, und trotz...dem er...in...nerte er sich an jede Ein...zigkeit.«

»Nicht *Einzigkeit*«, sagt Mrs. Brannon. »Versuch es noch einmal. Buchstabe für Buchstabe.«

Daphne ist ein stämmiges, starkes Mädchen; sie trägt all ihre Schulbücher in einer einzigen gewaltigen Handtasche über der linken Schulter und schwingt den rechten Arm kräftig hin und her, so als brauchte sie ihn als Gegengewicht, was ihr ihren Spitznamen verliehen hat: die Dreschmaschine. Gerade versucht Daphne, das Wort »Einzelheit« auszusprechen, aber es klingt wie »Einzigkeit«. So geht es immer, wenn Daphne liest – sie sieht ein paar Buchstaben, und ihre Gedanken springen zum nächsten ihr bekannten Wort. Sie betreibt eher eine Art Impressionismus und freie Assoziation, als dass sie wirklich liest.

Jack glaubt nicht, dass das Laut-in-Büchern-Lesen einen pädagogischen Zweck hat – Mrs. Brannon will den Tag einfach mit etwas mehr Würde hinter sich bringen als die anderen Lehrer im großen Gebäude, die hauptsächlich Filme zeigen. Mrs. Brannon macht sich nicht einmal die Mühe, sie anzusehen, während sie lesen, weshalb sie nicht bemerkt, dass Jack mit dem Radiergummi so fest über die Haut seines Handrückens reibt, dass er jetzt richtig blutet, dass die wunde Haut jetzt aufgeplatzt ist und das Blut, wenn Jack einmal kurz aufhört, darüberzureiben, in kleinen Tröpfchen hervorquillt, ähnlich den Blasen, die bei den Schwefelquellen südlich der Schule auf der Oberfläche des Teichs erscheinen. Er starrt auf seine Hand, während Daphne das Wort »Einzelheit« Silbe für Silbe betont.

Mrs. Brannon ist verstummt, und Daphne muss die Tortur allein hinter sich bringen. Die Lehrerin starrt mit ihrem üblichen gedankenverlorenen Blick auf die Seiten von *RoboCop* und fährt sich hin und wieder mit dem Arm über die feuchte Stirn. Ihr ist nicht aufgefallen, dass Jack den Radiergummi »zweckentfremdet« hat, wie sie es vielleicht nennen würde. Ihr ist auch nicht aufgefallen, dass Rodney Snell seinen Radiergummi auf die gleiche Weise verwendet: um ein Loch in die Haut seines Handrückens zu reißen. Ebenso wie Hunter Pierce. Und Carl Kirkland. Und sowohl Aiden Pryor als auch sein jüngerer Bruder Cole. Mrs. Brannon hat noch nicht bemerkt, dass tatsächlich alle Jungen in ihrer Klasse gerade dieser einen Beschäftigung nachgehen: ihr eigenes Fleisch wegzuradieren. Und wahrscheinlich ist es auch besser so, denn wüsste sie, dass sich ihre Schüler lieber selbst verstümmeln, als ihrem Unterricht zu folgen, würde das ihrem ohnehin schon angeknacksten Selbstbewusstsein vermutlich einen schweren Schlag versetzen, denkt Jack.

Das mit den Radiergummis hat am Morgen so angefangen, wie diese Dinge meist anfangen: damit, dass einer der Jungen einen anderen als Memme bezeichnet, worauf immer irgendeine Mannbarkeitsprüfung folgt, meist etwas Schmerzhaftes und Dummes, aber gelegentlich, wie Jack zugeben muss, auch etwas wirklich Kreatives und Interessantes. So wie die heutige Herausforderung, die lautet: die Haut auf dem Handrücken abreiben, bis eine große Wunde entstanden ist, und dann beim Mittagessen ein ganzes Päckchen Salz in die offene Wunde streuen. Bei der Prüfung geht es natürlich darum, den Schmerz auszuhalten.

Nur weiß Jack, dass die Prüfung in Wahrheit gar nichts mit Schmerzen zu tun hat. In Wahrheit geht es um den Mut, den es erfordert, Schmerzen zu begegnen. Oder vielleicht besser gesagt um den fehlenden Mut, wenn man sich vor Schmerzen fürchtet, die Feigheit desjenigen, der sich dieser Prüfung verweigert. Der Schmerz wird sich verflüchtigen und bald in Vergessenheit geraten, aber die Feigheit wird man niemals abschütteln können.

Außerdem darf jeder, der sich dieser Prüfung verweigert, damit rechnen, verprügelt zu werden, wahrscheinlich innerhalb der kommenden Woche. Und das ist Jacks wahre Sorge, seine wahre tägliche Obsession: wie man es vermeidet, in der Schule verprügelt zu werden. Wahrscheinlich verwendet er darauf mehr Gehirnschmalz als auf den eigentlichen Unterricht.

Denn es ist so einfach, verprügelt zu werden. Es passiert hier fast wöchentlich. Für jeden vermeintlichen Fehltritt, jedes kleine Vergehen. Letzte Woche hat es Hunter erwischt, der mit diesen neuen Reeboks mit der kleinen Luftpumpe in der Lasche zur Schule kam. Gut, vielleicht hätte er wissen sollen, dass man nur unerwünschte Aufmerksamkeit auf sich zog, wenn man in der Schule strahlend weiße, protzige Sachen trug. Und tatsächlich schaffte Hunter es nicht einmal bis in die Mittagspause – Rodney kam zwischen der ersten und der zweiten Stunde zu ihm und sagte: »Schicke Schuhe«, was Hunter schon hätte argwöhnisch machen sollen. Man konnte die unmittelbar unter der Oberfläche lauernde Gefahr in Rodneys Stimme hören, und Jack wirbelte herum und ging schnell zu seiner nächsten Unterrichtsstunde, damit er, wenn die Schlägerei losbrach – und er war sich sicher, dass es eine Schlägerei geben würde –, weit weg war und nicht irgendwie hineingezogen wurde, so wie er es bei anderen beobachtet hatte, die am äußeren Rand einer Schlägerei standen und unvermittelt in ihren Sog gerieten, weil sie versehentlich einen rechten Haken abbekamen oder etwas in der Art. Den Rest der Geschichte hatte Jack daher von anderen Schülern gehört, die sagten, Hunter habe Rodney freundlich angelächelt, auf seine neuen Turnschuhe und dann wieder in Rodneys Gesicht geblickt und »Danke« gesagt. Und dann habe Rodney gefragt: »Sitzen sie auch gut?« Und Hunter, der noch immer nicht richtig begriff, was los war, sagte: »Schon.« Und Rodney sagte: »Das wollen wir doch mal sehen«, und damit versetzte er Hunter einen so festen Hüftstoß, dass der auf dem Hintern landete, die Beine in die Luft gestreckt, und Rodney packte einen der Reebok-Schuhe und fing an zu ziehen. Und den nächsten Teil der Geschichte kann Jack bestätigen, weil er allein im Klassenzimmer saß, als er plötzlich sah, wie Rodney den schreienden Hunter an der Tür vorbeischleifte, ihn an seinem Schuh bis zum Ende des Flurs zerrte, wo Hunter sich endlich aus Rodneys Griff befreien konnte und aufsprang und die beiden übereinander herfielen und sich einen ausgeglichenen Faustkampf lieferten, bis ein Lehrer dazwischenging.

Die Schlägerei war etwas so Alltägliches, dass hinterher alle nur über den Schuh reden wollten. Darüber, dass er einfach nicht abgehen wollte. Obwohl Rodney so kräftig daran gezogen hatte. Diese Luftpumpe hielt wirklich, was sie versprach, da waren sich alle einig. Ein Hoch auf Reebok.

Aber Hunter hat die Schuhe seitdem nicht mehr in der Schule angehabt, was klug ist – sowohl aus Gründen des Selbstschutzes als auch, um ihre unvermeidliche Zerstörung zu verhindern. Unter den Schülern gilt die allgemein anerkannte Regel, dass man niemals über Geld spricht oder damit herumprahlt, weil niemand hier welches hat. Und in noblen Hundertdollarschuhen aufzukreuzen ist fast das Gleiche, wie über Geld zu reden, eine Möglichkeit, etwas Reichtum zur Schau zu stellen, sich ein kleines Stück über die anderen zu erheben, und eine solche Geste wird nicht ungestraft bleiben. Es ist, als wäre die Schule eine kleine kommunistische Enklave im ansonsten patriotischen Kansas, ein Ort, an dem offenkundig existierende Klassenunterschiede zwischen den Schülern energisch – und mitunter gewaltsam – zunichtegemacht werden. Ein Schüler war mit einer schönen verspiegelten Ray-Ban-Sonnenbrille zur Schule gekommen und hatte prompt eins auf die Nase bekommen, wodurch die Brille zerbrach. Im vergangenen Jahr hatte einer aus der Abschlussklasse eine teure Musikanlage in sein Auto eingebaut, nur um abends festzustellen, dass die Reifen zerstochen waren. Und als ein Mädchen nach einer Einkaufstour in Dallas mit brandneuen, strahlend weißen Jeans zur Schule kam, fiel es mittags gleich einem »Unfall« mit Preiselbeersaft zum Opfer.

Nein, niemand darf herausstechen. Jeder, der offenkundig reich oder zu gut in der Schule ist, jeder, der Geld hat, jeder, der auffällig intelligent oder über irgendwelche ärgerlichen Talente verfügt, wird aufs Korn genommen und zum Gehorsam gezwungen, ein Vergesellschaftungsprozess, der meist mit ein paar kleinen Schlägen auf einen bestimmten Punkt an der Schulter beginnt, die daraufhin den ganzen Tag lang schmerzt, und sich über Hänseleien und Sticheleien zu roher Gewalt hochschaukelt, wenn derjenige den Wink mit dem Zaunpfahl nicht versteht. Da war dieser neue Junge aus der Stadt gewesen, der in der ersten Woche vom Mathematiklehrer übermäßig für seine forgeschrittenen Algebrakenntnisse gelobt wurde, und im Bus wurde ihm ganz schnell klargemacht, was mit Lehrerlieblingen passiert, eine so effiziente Lektion, dass die Eltern des Jungen ihn am Tag darauf wieder von der Schule nahmen.

Es ist eine unausgesprochene Tatsache – aus der manchmal ein seltsamer Stolz erwächst –, dass die Schüler dieser Schule im Allgemeinen sehr wenig Geld und eine sehr klar vorbestimmte Zukunft haben. Es sind keine Kinder und Jugendlichen, denen man sagt, sie sollten »große Träume« hegen. Und daher neigen sie dazu, jeden, der über Vermögen oder Potenzial verfügt, als Außenseiter zu behandeln. Und es ist diese zweite Eigenschaft, die Jack so nervös macht: sein Potenzial. Denn er wird hier herauskommen. Er ist vor Kurzem an einem College angenommen worden – in Chicago, wo er Kunst studieren wird –, und ganz gewiss haben seine Mitschüler inzwischen von diesem Coup erfahren, und ganz gewiss planen sie schon eine gewaltsame Reaktion darauf, weshalb Jack sich jede Stichelei gefallen lässt, nur um nicht die Aufmerksamkeit des Kollektivs zu erregen. Seine fortwährende, unablässige Mission besteht darin, unbemerkt zu bleiben, sich einzufügen, denn sobald einer der sadistischen größeren Jungen – und sie sind alle größer als Jack, sogar die Neuntklässler – auf ihn aufmerksam wird, kann Jack durch nichts verhindern, dass sein Leben die Hölle auf Erden wird, das ist ihm bewusst. Also macht er jeden Blödsinn der anderen mit, wobei die Sache mit dem Radiergummi nur das jüngste Scharmützel in einer langen Schlacht ist, in der Klugheit und Maskulinität gegeneinander antreten, eine Schlacht, die diese Jungen, soweit Jack es absehen kann, ihr ganzes Leben lang austragen werden.

Bestimmt ist die Wunde in seiner Hand inzwischen groß genug. Bestimmt kann er aufhören, daran herumzurubbeln. Jack blickt auf und bemerkt, dass Daphne nicht mehr liest – der nächste Schüler ist an der Reihe, und Jack ist ein wenig enttäuscht, dass er nicht mitbekommen hat, wie das Drama um das Wort »Einzelheit« ausgegangen ist. Er blickt sich um und sieht nur noch wenige der anderen Jungen weiterreiben – die übrigen sitzen da und umklammern ihre Hände, die verschwitzten Gesichter qualvoll verzerrt.

Sie haben Schmerzen, denkt Jack, und das bereitet ihm etwas Sorge, denn er weiß, dass nichts einen Jungen eher dazu antreibt, die Schwäche eines anderen zu attackieren, als wenn er sich selbst schwach fühlt. Das Mittagessen wird eine Herausforderung werden.

»Jack?«, sagt Mrs. Brannon.

Und Jack schaut auf, und ihm wird bewusst, dass er wohl an der Reihe ist. »Entschuldigung«, sagt er und beginnt, im Buch zu blättern. »Wo sind wir?«

Leises Gekicher im Klassenraum. Jack ist bekannt für seine Träumerei. Seine eigene Mutter erzählt überall herum, Jack sei schon immer etwas schwer von Begriff gewesen, und die anderen Schüler lieben nichts mehr als Bestätigungen für dieses Defizit.

»Nein, du bist nicht dran, Jack«, sagt Mrs. Brannon. »Ich habe dich nur gebeten, das Fenster aufzumachen.«

»Das Fenster?«

»Ja, hier drinnen herrscht eine Bullenhitze.«

Jack betrachtet das Fenster, ein altes Ding mit Holzrahmen und Bleiglas, so oft gestrichen, dass es sich kaum noch bewegen lässt, der Rahmen in der Hitze und Feuchtigkeit des heutigen Tages sicherlich noch stärker aufgedunsen, ein Fenster, das zwei Meter vierzig hoch sein muss und aus Jacks Sicht ebenso gut vier Tonnen wiegen könnte. Er sieht wieder Mrs. Brannon an.

»Ich?«, sagt er.

»Wir müssen ein bisschen Luft hereinlassen«, sagt sie und wendet sich wieder dem Schüler zu, der an der Reihe ist. »Und weiter, bitte.«

Also steht Jack auf, während Layla Harris pflichtschuldig ihre Seite aus *RoboCop* rezitiert, einen Abschnitt, in dem Robo ausgewählte Bösewichter wegpustet, und Jack hofft, dass die anderen völlig gefesselt sind von den verstörend genauen Schilderungen, an welcher Stelle jede einzelne von Robos Kugeln in den Kopf jedes einzelnen Schurken eintritt, so fasziniert von der Gewalt auf den Seiten, dass sie nicht beobachten, wie Jack sich dem großen Fenster nähert und es dort anfasst, wo sich einmal zwei Griffe befanden, die mehrere Generationen Farbe jedoch in zwei glatte runde Knäufe verwandelt haben, und er versucht, seinen Körper so in Schräglage zu bringen, dass es in etwa dem entspricht, was sein Vater meint, wenn er zu einem der Rancharbeiter sagt: »Stemm dich richtig rein!« Er drückt, so fest er kann. Und wie er geahnt hat, rührt sich das Fenster keinen Millimeter. Die ganze Klasse – außer Layla, die liest – beobachtet ihn. Die Jungen starren ihn mit hyänenartigem Grinsen an.

»Es klemmt«, sagt Jack.

Worauf Daphne reagiert, indem sie sich mit einem lauten, dramatischen Seufzer erhebt und sagt: »Ich mach schon.« Sie kommt mit großen Schritten auf Jack zu, wobei sie den Schneid, die Stärke und die Entschiedenheit einer Pionierin ausstrahlt, packt das Fenster an den knolligen Griffen, und mit einen heftigen Stoß ihrer dicken Arme löst sie das Fenster vom Rahmen und stößt es weit auf.

Die ganze Klasse brüllt vor Lachen.

Mrs. Bannon versucht, die Schüler zu beruhigen, aber Jack weiß, dass sie das nicht so schnell vergessen werden. Vor allem die Jungen werden ihn *niemals* damit in Ruhe lassen, dass er zu schwach für etwas war, das ein Mädchen geschafft hat. Eine größere Scham kann es nicht geben, und in diesem Moment weiß Jack: Er wird auf jeden Fall Prügel beziehen.

»Dad, ich nehm grad auf«, sagte Toby verärgert, als Jack früh an jenem Samstagmorgen das Zimmer seines Sohnes betrat. Der Junge saß an seinem Computer, die dicken Kopfhörer auf den Ohren, und schaute den überdrehten Youtube-Kanal eines prominenten Minecraft-Spielers.

Jack stellte sich neben ihn, außerhalb des Blickfelds der Kamera, und betrachtete den Bildschirm: In einem Fenster des Computers befand sich der Youtuber – er saß in seinem eigenen kleinen Zimmer, seinen eigenen großen Kopfhörer auf den Ohren –, und dieses Fenster war in ein größeres Fenster eingelassen, das das Spiel zeigte, das er offenbar gerade spielte, und dieses Fenster wiederum war in ein noch größeres Fenster eingelassen, in dem Toby zu sehen war, der in die Kamera seines Computers blickte, eines von Dutzenden Fenstern, die auf seinem Desktop gerade geöffnet waren. Jack schüttelte den Kopf und lächelte: Fenster in Fenstern in Fenstern, dachte er, Simulationen innerhalb von Simulationen – wie außerordentlich *pomo*.

Jack kannte den Youtuber, es war einer von Tobys Lieblingspromis, ein Typ, der nicht älter als achtzehn sein konnte und dessen Hauptberuf darin zu bestehen schien, den ganzen Tag lang Minecraft zu spielen und das Ganze für ein riesiges, vor allem aus Kindern bestehendes Publikum zu streamen. Es war ein Beruf, in dem man offenbar ziemlich gut verdiente, angesichts der teuren technischen Ausrüstung und all der großen Figuren aus dem Gaminguniversum im Zimmer hinter ihm, ganz zu schweigen von den ganzen Logos. Die Jacke des

Jungen war mit Logos übersät – wie die eines Rennfahrers –, Aufnäher seiner vielen Sponsoren, die meisten aus dem Computerbereich, dazu einige Hersteller dieser kohlensäurehaltigen Energydrinks.

»Weißt du«, sagte Jack, »in meiner Jugend wollte keiner meiner Freunde von irgendwelchen Unternehmen gesponsert werden.«

»Wieso nicht?«

»Man nannte das *Sell-out*. Das hieß, dass man sich selbst nicht treu war.«

Toby schnaubte. »Wie bescheuert.«

»Findest du?«

»Gesponsert zu werden heißt doch nicht, dass man sich selbst nicht treu ist. Das heißt einfach, dass man gut ist.«

Jack inspizierte die Minecraft-Kreation des Youtubers, einen dunklen und engen steinernen Raum mit niedriger Decke und einem Mosaikboden, der mit Schlangen bedeckt zu sein schien.

»Was baut er denn?«

»Eine Oubliette.«

»Eine was?«

»Das ist die neuste virale Challenge. Erschaffe den Raum, in dem man den übelsten Tod stirbt.«

»Das ist ein bisschen morbide.«

»Was meinst du, welcher Tod schlimmer wäre? Durch Schlangen oder durch Lava?«

»Auf jeden Fall Schlangen, würde ich sagen.«

»Ja«, sagte Toby und nickte nachdenklich, »das würde länger dauern.« Dann beugte er sich zur Kamera vor, riss die Augen weit auf, verzog das Gesicht, hob ängstlich die Arme und stieß einen aufrichtig entsetzt klingenden Schrei aus: »*Schlangen!*«

»Toby, deine Mutter schläft noch.«

Er sah Jack an und lächelte verlegen. »Aber das war doch eine gute Reaktion, oder?«

Jack nickte. »Das war eine sehr gute Reaktion.«

»Ja, die nehm ich auf jeden Fall.«

»So, und jetzt zieh dir die Schuhe an. Wir gehen auf den Markt.«

Es war ihre samstägliche Tradition, Elizabeth schlafen zu lassen, während sie zum Park gingen und ihre Wochenration an Gemüse, Obst, Fleisch und allem anderen besorgten, was die guten Menschen von ihrem lokalen Biohof ihnen noch an Überraschungen in die Tüte packten. Es war ein feuchter und bewölkter Morgen; die Sonne warf Lichtstreifen auf die Bäuche der Wolken, die dunklen Fenster der Läden schienen Tau auszuschwitzen, die Luft war trüb und diesig. Sie gingen die Milwaukee Avenue entlang, bis diese auf die Damen Avenue und die North Avenue traf, eine von mehreren verwirrenden Kreuzungen in Chicago, an denen ein normales Neunziggradgitter von einer diagonalen Straße geteilt wurde. Kam man als Autofahrer an diese Kreuzungen, konnte man etwa fünf verschiedene Richtungen einschlagen, was sie zu den Stoßzeiten in einen tosenden, omnidirektionalen Schrecken verwandelte. Aber Toby war daran gewöhnt, er war damit aufgewachsen. Er drückte an der passenden Fußgängerampel den Knopf und wartete.

»Was ist heute die Mission?«, sagte Toby. »Ich will eine richtig gute.«

Es war ein Spiel, das sie jeden Samstagmorgen spielten. Jack gab Toby etwas Geld und eine vieldeutige Jäger-und-Sammler-Anweisung. In der vergangenen Woche hatte er Toby gesagt, er solle »den Regenbogen kaufen«, und der Junge war mit einer Tasche voller roter und blauer Beeren, oranger und gelber Zitrusfrüchte, einer grünen Salatgurke und einer indigoblauen Aubergine zurückgekehrt. In der Woche davor waren es »Sachen mit Schale« gewesen, und Toby war mit Zuckerschoten und Austern wiedergekommen. Die Regel lautete, dass sie all seine Zutaten später in einem einzigen Gericht verwenden mussten – oft ein abenteuerliches

Mahl, da Toby das Ganze üblicherweise mit wenigstens einem völlig unpassenden Lebensmittel sabotierte, was er zum Schießen fand.

»Die heutige Mission lautet«, sagte Jack und imitierte einen kleinen Trommelwirbel. »*Moms Lieblingsfrühstück.*«

Toby nickte und hob den Daumen. »Sehr gut.«

Sie warteten darauf, dass die Ampel auf Grün schaltete. Zu ihrer Linken lag das Fitnesscenter, dort, wo Jacks liebster Coffeeshop gewesen war.

»Da habe ich deine Mutter kennengelernt«, sagte er.

»Ich weiß«, sagte Toby.

»Genau da. Dort hatten wir unsere erste Verabredung.«

»Dad, das erzählst du mir jedes Mal.«

»Wirklich?«

»Dass Mom und du euch vor einer Million Jahren genau da kennengelernt habt.«

»Ganz so lange ist es nicht her«, sagte Jack. »Weißt du, wann das war?«

Toby blickte zu ihm auf. »Ende des zwanzigsten Jahrhunderts?«

Jack lachte. »Ja, ich habe deine Mutter gegen Ende des zwanzigsten Jahrhunderts kennengelernt.«

Auf der anderen Seite der Kreuzung lag das Flatiron Building, in dem sich früher der Hotdog-Laden Swank Frank, ein Café namens Filter und die Kunstgalerie befunden hatten, in der Jack seine erste Einzelausstellung gehabt hatte – sie waren allesamt von einer einzigen Filiale der Bank of America geschluckt worden, und der einzige Hinweis auf das Vorleben als Galerie waren die Werke lokaler Künstler, die der Filialleiter ständig im hinteren Teil aufhängte, hinter dem hüfthohen Tisch mit den Stiften und Einzahlungsformularen. Jacks Ausstellung dort war der Höhepunkt seiner aufblühenden Karriere gewesen. »Mädchen im Fenster« hatte sie geheißen – der Dank gebührte Professor Laird, der sich den Titel ausgedacht, die Ausstellung mit den Eigentümern der Galerie vereinbart und Jack im Grunde mit dem intellektuellen Rüstzeug ausgestattet hatte, mit dem er erklären konnte, aus welchem Grund das Fotografieren von Internetpornografie innovativ und bedeutsam war. Die Ausstellung war ein Überraschungserfolg gewesen und sogar in der *Tribune* besprochen worden, deren Kritiker Jack Baker zum »aufregendsten jungen Künstler Chicagos« kürte, was Jack natürlich als Blödsinn erkannte. Es war ein sonderbares und vertracktes Gefühl, als man ihn zu behandeln begann, als wäre es kein Blödsinn gewesen. Plötzlich wurde er erstmals ernst genommen, nach seiner Meinung gefragt, zur Kenntnis genommen, wenn er einen Raum betrat. Selbst sein Fotografiekurs, der ihn so verunsichert hatte, war von einem Tag auf den anderen gar nicht mehr verunsichernd, da Jack bald eine Veränderung in den Reaktionen auf seine Kunst bemerkte: höchstes Lob anstelle der üblichen Gleichgültigkeit. Darüber hinaus stellte er eine Aufwertung seines eigenen Urteils fest: Die anderen Studenten schienen nun darauf zu warten, dass Jack seine Gedanken äußerte, und wenn er sie äußerte, nickten sie, als wäre das, was er sagte, nicht länger primitiv oder peinlich.

Es zeigte sich: Beruhten alle Kontakte und das gesamte soziale Kapital darauf, dass man ein bedeutender Künstler war, dann war es furchtbar einfach, sich für einen solchen zu halten.

Und so wurde der Umstand, dass »Mädchen im Fenster« aus recht besorgniserregenden, zwanghaften Verhaltensmustern im Zusammenhang mit Pornografie heraus entstanden war, im Geiste verworfen. Die Geschichte wurde neu geschrieben. Jack sagte nun im Unterricht selbstgefällige Dinge, die mit »Als mir der Gedanke zu ›Mädchen im Fenster‹ kam...« begannen, und meinte das tatsächlich ernst.

Man nannte ihn einen bedeutenden Künstler, und er machte den Fehler, daran zu glauben.

»Komm schon, Dad«, sagte Toby und zog an Jacks Hand. Die Ampel hatte endlich auf Grün geschaltet.

Sie gingen auf der Damen Avenue nach Süden, unter den Gleisen der Blue Line hindurch, an einer Wand voller Graffiti entlang, direkt an dem verborgenen Eingang zu der schicken Cocktailbar vom Vorabend vorbei. Bei dem Anblick empfand Jack kurz Scham – über sein ängstliches Verhalten Kate gegenüber, die wachsende Furcht vor Kyle, die ihn beschlichen, die gereizte Onlinebewertung, die er hinterlassen hatte. Er nahm sich vor, sie später zu löschen.

»Hey, Toby«, sagte er. »Hat Mom sich in letzter Zeit mit jemandem von der Schule angefreundet?«

»Weiß nicht.«

»Hat sie sich mit einem Kyle unterhalten?«

»Weiß nicht.«

»So ein stämmiger Typ, muskulös, rasierter Schädel. Hast du den mal gesehen?«

Toby zuckte mit den Schultern und sagte wieder: »Weiß nicht.«

»Okay. Vergiss es.«

Sie gingen zum Park hinüber, wo die vielen Stände des Bauernmarkts so angeordnet waren, dass die Leute durch einen breiten Durchgang in der Mitte geleitet wurden, in dem Jack jetzt Benjamin Quince vor einem Stand namens »Nachhaltige Felder« stehen und das Gemüse probieren sah. Ben kam seit Jahren zum Bauernmarkt, und oft hörte man ihn die Bauern über schadstofffreie Ernährung, natürliche Ergänzungsmittel und biodynamische Ernährungssysteme belehren. Heute trug er ein Muskelshirt, auf dessen Brust in exakt der gleichen Schriftart wie auf den *Yale*-Shirts das Wort *Kohl* stand.

»Jack, mein Freund!«, sagte Benjamin, kam auf ihn zu und umarmte ihn, eine dieser kumpelhaften Umarmungen, die als Handschlag begannen.

Anschließend ging er in die Hocke, um sich auf Tobys Augenhöhe zu begeben. »Schlag ein, kleiner Mann! Hey, willst du mal was richtig Komisches essen?«

Tobys Gesicht leuchtete auf. »Okay!«

»Hier«, sagte Benjamin und reichte Toby ein kleines Blatt, das in etwa die Größe und Form von Basilikum hatte. »Probier mal.«

Und Toby steckte es in den Mund und kaute kurz darauf herum, bis er das Gesicht verzog und »Iiiiih!« machte.

»Wie immer eine ausgezeichnete Reaktion«, sagte Jack.

»Danke.«

»Das«, sagte Benjamin, »ist Hellerkraut.«

»Das schmeckt wie abgelaufener Senf!«

»Ja, man sagt auch Bauernsenf dazu. Eigentlich gehört Hellerkraut zu den Kohlgewächsen. Bedenkenlos essbar und sogar gesund. Im Gegensatz zu dem Monsanto-Horror da.« Benjamin machte eine verächtliche Kopfbewegung in Richtung eines anderen Standes, an dem herkömmlichere Erzeugnisse verkauft wurden.

Das schien Benjamins besondere Leidenschaft zu sein: sonderbare Pflanzen mit überraschend hohem Nährstoffgehalt und vielschichtig bitterem Geschmack, die im Mittleren Westen heimisch, aber bei den großen agrarindustriellen Monopolisten in Ungnade gefallen waren. Wollte man zuverlässig echte, nicht manipulierte, genetisch natürliche Speisen zu sich nehmen, bestand seiner Ansicht nach die einzige Möglichkeit darin, sich für Lebensmittel zu entscheiden, die vom Kapitalismus vor langer Zeit aufgegeben worden waren – daher seine Vorliebe für den Stand von »Nachhaltige Felder«, der mit abseitigen Kräutern und Sträuchern gefüllt war – Hellerkraut, Portulak, Klee, Amarant, Herzgespannkraut – und dessen Schilder und Broschüren ausgiebig Gebrauch von dem Wort »rein« machten. Diese Obsession mit Reinheit – und natürlich ihrem Gegenteil: *Verunreinigung, Verschmutzung* – erinnerte Jack mitunter an die Predigten, die er zu Hause in der Kirche seiner Mutter gehört hatte, die Mahnungen des Pastors gegen sündhafte Gedanken und böse Taten. Der Bauernmarkt, dachte Jack, hatte eine gewisse Ähnlichkeit mit einer Kirche: Einige Menschen mit ähnlicher Gesinnung standen am Wochenende etwas früher auf, als sie es wohl eigentlich gern getan hätten, und versammelten sich an einem Ort, der die Errettung vor einem abstrakten Übeltäter versprach – Satan oder dem Spätkapitalismus, je nachdem. Die Geschichten unterschieden sich, aber die vorherrschende Ästhetik schien in etwa die gleiche zu sein: Sowohl die Kirche als auch der Bauernmarkt sehnten sich nach einer unberührten Erde, wie Gott oder die Natur sie einmal vorgesehen hatten, ehe die Menschheit daherkam.

»Dad?«, sagte Toby und zupfte an Jacks Hemd. »Geld, bitte?«

»Ach ja.« Er gab Toby etwas Kleingeld und die übliche Anweisung, sich nicht außer Sichtweite zu begeben, und der Junge eilte voller Tatendrang davon.

»Also, es gibt richtig gute Neuigkeiten in Park Shore«, sagte Benjamin. »Die Gerichtsverfahren wurden eingestellt, die einstweiligen Verfügungen zurückgezogen, und der Bau schreitet zügig voran. *The Shipworks* ist wieder da, und wir sind sogar noch grob im Zeitplan.«

»Das ist doch großartig. Wie kam es dazu?«

»Ganz ehrlich? Keine Ahnung. Ich würde mir den Erfolg ja gern selbst zuschreiben, aber in Wirklichkeit sieht es so aus, dass die Entropie der Welt manchmal einfach zum eigenen Vorteil ausfällt. Am besten hinterfragt man das nicht weiter. Man bedankt sich einfach und macht weiter.«

Jack beobachtete Toby, der sich gerade an dem Stand umsah, an dem Honig aus der näheren Umgebung verkauft wurde. Und etwas an den Gesten des Jungen – dem dramatischen Schulterzucken und weithin sichtbaren Stirnrunzeln – vermittelte Jack den Eindruck, dass Toby *feilschte,* und er fragte sich, wo sein Sohn das gelernt hatte.

»Ich habe eine Frage an dich, Benjamin. Und sei bitte ehrlich.«

»Okay.«

»Würdest du mich als … nullachtfünfzehn bezeichnen?«
»Was genau meinst du damit?«
»Ich weiß es nicht. *Normal* eben.«
»Ah, ich verstehe. Unscheinbar. Herkömmlich.«
»Ja.«
»Langweilig. Alltäglich. In keiner Weise abnorm. Uninteressant. Mainstream. Schlicht.«
»Ja. Findest du, das passt auf mich?«
»Du musst dir klarmachen, dass es überhaupt nichts Schlimmes ist, nullachtfünfzehn zu sein.«
»Also findest du mich wirklich nullachtfünfzehn.«
»Die meisten Leute sind nullachtfünfzehn.«
»Das schmerzt, Ben.«
»Es ist vollkommen gewöhnlich, nullachtfünfzehn zu sein.«
»Das schmälert meine ganze Persönlichkeit.«

Auf dem College hatte Jack sich ein aufwendiges Tattoo stechen lassen, das seine Arme vollständig bedeckte und sich um den ganzen Oberkörper wand. Damals hatte er das für eine verwegene Aktion gehalten, die seine Einzigartigkeit betonte. Doch ein einziger Blick über den Bauernmarkt zeigte, wie viele andere genauso verwegen und einzigartig waren wie er. Um die Bizepse des jungen Mannes, der gerade neben Jack stand und eine Avocado betastete, ringelten sich zum Beispiel Drachen in Rot und Orange.

Benjamin sagte: »Warum fragst du?«
»Ich fürchte bloß, mich irgendwann in diesen Menschen verwandelt zu haben, der ich nie sein wollte, einen Menschen, mit dem Elizabeth nie verheiratet sein wollte, so einen langweiligen, toxischen, talentfreien, gewöhnlichen Gentrifizierer.«
»Jack, du bist kein Gentrifizierer.«
»Danke.«
»Gern.«
»Und was ist mit den anderen Sachen, die ich aufgezählt habe?«

»Dazu kann ich nichts sagen, aber ein Gentrifizierer bist du ganz sicher nicht.«

»Na ja, gestern Abend habe ich einen Typen getroffen, der mich auf jeden Fall für einen zu halten schien.«

»Das hat schon was, dir die Verantwortung dafür aufdrücken zu wollen. Aber nein, du warst bloß ein Rädchen im Getriebe, bloß das kleinste überhaupt vorstellbare Ritzel im Motor des globalen Fortschritts, einer von Millionen winzigen Bürgen, die das Risiko weiterverteilt haben.«

»Und wie genau habe ich das gemacht?«

»Es war dein Darbender-Künstler-Ethos, dieses Motiv des Rebellen um jeden Preis. Damals haben wir wirklich geglaubt, der Schlimmste in der gesamten seelenlosen Maschinerie wäre der Mann im grauen Anzug, weißt du? Der Mann in der kleinen beigen Kabine im Großraumbüro. Aber da lagen wir falsch. In Wahrheit sind die tätowierten Hipster viel, viel schlimmer.«

»Wie kommst du darauf?«

»Weil sie die Goldsucher des Kapitalismus sind, die die Erde nach dem nächsten Trend durchwühlen. Ist dir mal aufgefallen, dass die Unternehmen, die am meisten Gewinn aus der Kunst schlagen, selbst nie Kunst schaffen? Ich rede von den Firmen in der Unterhaltungsbranche, die in kulturellem Kapital machen, Musik, Verlage, Film und Fernsehen – die Leute, denen diese Firmen gehören, erzeugen selbst gar nichts. Weil Kunstproduktion nämlich unberechenbar ist. Nur ein paar Künstler setzen sich wirklich durch. Trends sind eine schlechte Investition. Zu riskant für Firmen, die Gesellschaftern und Vorständen gegenüber in der Verantwortung stehen. Also übertragen sie das Risiko auf uns. Sie verlangen von uns, darbende Künstler zu sein, die in der Mansarde leben und unentgeltlich arbeiten, für den unwahrscheinlichen Fall, dass wir irgendwann mal groß rauskommen. Damals in den Neunzigern in *The Foundry* glaubten wir, uns gegen die großen Unternehmen zu stellen, aber eigentlich trugen wir alle unseren eigenen kleinen Anteil am Unternehmensrisiko. Wir halfen dabei, das Risiko auszulagern und es über sämtliche Arbeitskräfte zu streuen. Dann wird einer von hundert Künstlern zu einem ernst zu nehmenden Trend, die Unternehmen bringen ihn groß raus und fahren ihren standardmäßigen Gewinn ein, und wir anderen werden, ich weiß auch nicht, zu Anhängseln.«

»Danke, Ben.«

»Wir waren nicht die Gentrifizierer, Jack. Und dich für das verantwortlich zu machen, was passiert ist, hieße, das Boot für die Flut verantwortlich zu machen. Nein, *The Foundry* war ein Ausbeuterbetrieb, und wir waren die hart schuftenden, ausgenutzten Arbeiter. Alle sagen immer, ich hätte mich seit dem College verändert, aber so, wie ich es sehe, tue ich jetzt einfach bewusst, was ich damals unbewusst getan habe: das Risiko umverteilen. Und ich habe dabei keinerlei Schuldgefühle. Und das solltest du auch nicht, wobei ich annehme, dass du trotzdem welche hast, weil das bei dir immer so ist. Darum hast du Toby auch losgeschickt, um Bananen zu kaufen, oder?«

»Was?«

»Du wirst vermutlich Bananen mit nach Hause bringen? Und Honig? Für Pfannkuchen?«

»Das stimmt tatsächlich.« Jack hatte vorgehabt, rechtzeitig nach Hause zurückzukehren, um mit Toby einen Riesenstapel Bananenpfannkuchen zu machen, Elizabeths Lieblingsfrühstück, das auf sie warten würde, wenn sie aus dem Schlafzimmer stolperte. Es sollte eine große morgendliche Geste werden, etwas Fürsorgliches, Liebevolles, Umsichtiges, Herzliches und, na schön, vielleicht ein wenig Verzweifeltes, was ihr auf leicht durchschaubare Weise signalisierte: *Ich will, dass du mich magst*, aber nach den Schwierigkeiten am Vorabend fiel ihm nichts anderes ein, als Elizabeth mit Zärtlichkeit und besonderen Frühstücksleckereien zu besänftigen.

»Die Ironie ist dir bewusst?«, sagte Benjamin. »Auf einem Bauernmarkt in *Illinois* Bananen zu kaufen – wenn die aus der Umgebung kommen, dann höchstens, weil sie irgendwer im Supermarkt gekauft, die Preisschilder entfernt und den Preis verdoppelt hat.«

»Woher wusstest du, dass ich Bananen kaufe?«

Benjamin lächelte. »Man nimmt gewisse Verhaltensmuster wahr«, sagte er.

Als Jack und Toby nach Hause kamen, stellten sie fest, dass die Wohnung in ihrer Abwesenheit zum Leben erwacht war. Lichter brannten, Kaffee kochte. Sie gingen in die Küche und sahen Elizabeth dort stehen, die Hüfte an die Arbeitsplatte gelehnt, und ihr übliches Frühstück zu sich nehmen: griechischer Joghurt, Chiasamen, ein großes Glas Wasser.

»Mom, hör auf zu essen!«, schrie Toby.

»Was? Wieso denn?«

»Weil wir dir Pfannkuchen machen!«

Also sah Elizabeth wacker zu, wie sie das Frühstück abermals zubereiteten: Bananenpfannkuchen mit Honig und Zimt und aus irgendeinem Grund auch Honigmelone, Tobys subversive kleine Überraschungszutat. Und dann aßen sie alle gemeinsam, während Elizabeth Tobys Kochkünste überschwänglich lobte und ihnen beiden für den herrlichen Morgen dankte. Anschließend belohnte sie Toby mit etwas zusätzlicher Bildschirmzeit, um zu signalisieren – auch wenn der Junge es nicht wusste –, dass sie unter vier Augen mit Jack reden wollte. Also huschte Toby in sein Zimmer, und Elizabeth sah nach, ob er auch wirklich seine großen Kopfhörer trug, und dann kam sie wieder in die Küche, sah Jack an und sagte: »Bananenpfannkuchen also.«

»Ja.«

Sie lachte und schüttelte den Kopf. »Das sieht dir dermaßen ähnlich. Du kannst einfach nicht aus deiner Haut.«

»So etwas in der Art hat Ben auch gesagt. Verstehe ich gar nicht.«

»Ich war gestern fies zu dir. Das tut mir leid.«

»Okay, danke.«

»Aber es ist schon interessant, dass ich fies zu dir bin und du mir dafür Frühstück machst.«

»Ja, schon.«

»Warum tust du das immer?«

»*Immer* würde ich nicht sagen.«

»Okay, aber weißt du noch, wann du mir das letzte Mal Bananenpfannkuchen gemacht hast?«

»Nein.«

»*Lesezirkel.*«

»Ah«, sagte er, »okay.« Es war das letzte Mal gewesen, dass er zu ihrem Literaturkreis gekommen war, das letzte Mal, dass die Frauen aus ihrem Literaturkreis in einem fehlgeleiteten Versuch, das Geschlechterverhältnis innerhalb der Gruppe auszugleichen, ihre Ehemänner und Freunde eingeladen hatten. Sie lasen einen Roman, der von Baseball handelte – das hätten die Männer eigentlich als offensichtliche Anbiederung durchschauen sollen, was sie jedoch aus irgendeinem Grund nicht taten –, und einer der Ehemänner konnte mit der Beobachtung glänzen, das Bestreben des Protagonisten, es in die Profiliga zu schaffen, sei mit Ahabs Streben nach dem Tod des weißen Wals vergleichbar, und die Frauen nickten aufmunternd, und aus irgendeinem Grund begriff Jack das Ganze als Herausforderung, als liefe er Gefahr, im Gegensatz zu den anderen nicht wertgeschätzt zu werden. Also meldete er sich unvermittelt zu Wort, obwohl er eigentlich gar keine Meinung dazu hatte, und sagte mit Nachdruck, nein, der Moby-Dick-Vergleich sei vom Autor vermutlich nicht beabsichtigt gewesen, da Ahab viel weniger selbstkritisch und viel wahnhafter als der Protagonist dieses Buches sei, und das Interessante an Melville sei ja gerade ...

Es brauchte lediglich einen Seitenblick zu Elizabeth, die die Stirn in tiefe Falten gelegt hatte, und er schwieg.

»Was redest du denn da?«, fragte sie ihn in einem Tonfall, der die ganze Gruppe verstummen ließ. Und bis zum Ende des Abends hatte Jack dagesessen und vor sich hin geschmort, und zu Hause hatte er nicht mit Elizabeth gesprochen, und dann war er am nächsten Morgen aufgewacht, und ja, es stimmte, er hatte ihr Bananenpfannkuchen gemacht.

»Ich erinnere mich«, sagte er jetzt.

»Und erinnerst du dich auch noch an das vorletzte Mal?«, sagte sie.

»Worauf willst du hinaus?«

»Das war der Abend, an dem du mich hier beim Staubsaugen überrascht hast.«

Daran erinnerte er sich genau. Es hatte Hoffnung auf eine kleine Ausschweifung bestanden, als Toby vor einigen Monaten bei einem Freund übernachtet hatte und Jack und Elizabeth allein zu Hause gewesen waren, und es schien, als liefe alles gut, und die Weichen wären gestellt: Kerzen brannten, eine Flasche Wein war geleert worden, und sie lagen im Bett und wollten gerade loslegen, als sie ihm die Hand auf die Brust legte und sagte: »Bin gleich wieder da«, also wartete er, wartete und wartete, und schließlich hörte er auf zu warten, als er irgendwo in der Wohnung ein leises Surren hörte und Elizabeth in der Küche vorfand, wo sie mit ihrem kleinen Handstaubsauger den Boden reinigte.

Sie sah ihn an und schaltete das Gerät aus. »Da waren Krümel«, sagte sie.

»Wir hatten doch was vor.«

»Ja, aber ich habe die Krümel gesehen, und ich wusste, es dauert bloß eine Sekunde, und dann ist es erledigt.«

Er runzelte die Stirn. »Wenn dich jemand zwingen würde, dich zwischen Staubsaugen in der Küche und Sex mit deinem Mann zu entscheiden, wie würde deine Entscheidung ausfallen?«

»So kannst du das jetzt auch nicht formulieren.«

Und am nächsten Morgen wachte er auf und hatte wegen der ganzen Sache ein schlechtes Gefühl und machte wieder Bananenpfannkuchen.

»Ah, okay«, sagte er, »ich bin also ein langweiliger, berechenbarer Typ, weil ich dir Pfannkuchen machen wollte?«

»Es ist bloß so eine Eigenart, die mir aufgefallen ist.«

»Was bin ich doch für ein langweiliger, herkömmlicher Nullachtfünfzehn-Typ, dass ich dir dein Lieblingsfrühstück mache.«

»Schon gut, vergiss es.«

Jack starrte sie einen Augenblick lang stumm an. Er hasste es, ihr ein schlechtes Gewissen zu machen – er bereute es binnen Sekunden.

»Es tut mir leid«, sagte er. »Das war gemein von mir.«

»Und mir tut es leid, dass ich Kate und Kyle auf dich losgelassen habe«, sagte Elizabeth. »Ich hätte dich vorwarnen sollen.«

»Du schläfst doch nicht mit Kyle, oder?«

»Ist das dein Ernst? *Nein*. Natürlich nicht.«

»Willst du denn mit Kyle schlafen?«

»Bist du deswegen so beunruhigt?«

»Ich weiß nicht, was mich beunruhigen sollte, Elizabeth. Manchmal weiß ich einfach nicht, was du denkst. Nach all den Jahren kommt es immer noch vor, dass du mir ein völliges Rätsel bist.«

Sie nickte und senkte den Blick, lächelte auf ihre in sich gekehrte, flüchtige Art. »Agatha hat immer gesagt, ich würde eine Mauer hochziehen, und wahrscheinlich hat sie recht. Entschuldige. Das ist bei mir so eine Art Grundhaltung.«

»Na schön, dann erklär mir doch bitte: Warum warst du gestern Abend auf dem Heimweg sauer? Das ist mir immer noch nicht klar.«

Sie setzte sich an den kleinen Küchentisch, schaute auf die alte, ausgebleichte Tischplatte, das helle Holz an manchen Stellen zerkratzt und rissig, an anderen fleckig. Sie hatten den Tisch vor fünfzehn Jahren irgendwo an der Straße stehen sehen und ihn so abgeschliffen und geölt, dass er wieder ansehnlich war. Elizabeth wollte ihn seit einiger Zeit ersetzen, aber Jack konnte sich nicht von ihm trennen. In seiner Vorstellung hatte der Tisch während seiner langen Dienstzeit das Aroma ihrer Küche, den Geruch einer Million liebevoll zubereiteter Mahlzeiten aufgesogen.

Elizabeth sah ihn an und sagte: »Ich habe viel über unsere Situation nachgedacht.«

»Welche Situation?«

»Unsere Lebenssituation, hier am Fuß der u-förmigen Kurve.«

»Ah. Die Situation.«

»Und ich habe ein bisschen recherchiert.«

»Natürlich, das Elizabeth-Ding.«

»Und die meisten Studien besagen, dass der Schlüssel zum Glück in diesem bestimmten Augenblick des Lebens darin besteht, einfach neue Dinge auszuprobieren. Neue Abenteuer zu erleben. Die Routine zu durchbrechen. Und mir kommt es vor, als wäre ich bereit, das hin und wieder zu tun, aber du würdest dich, na ja, bei jeder Gelegenheit dagegen sträuben.«

»Wie das?«

»Auf verschiedene Arten. Ich schlage offene Küchenregale vor, und du meinst nur: Nein. Ein Kamin? Nein. Getrennte Schlafbereiche? Nein. Sogar bei der Arbeit – dein Chef will, dass du in künstlerischer Hinsicht etwas Neues ausprobierst, und du meinst nur: Nein. Du machst nicht mal mehr Sport oder trägst dieses orange Armband.«

»Das du lächerlich fandest.«

»Und gestern Abend meintest du bei der leisesten Andeutung, auf eine Party zu gehen, die zumindest interessant wäre, wie du zugeben musst, sofort: Nein.«

»Ich glaube, *interessant* wäre nicht das Wort, das mir dazu einfallen würde.«

»Jack, worauf ich hinauswill, ist, dass deiner Meinung nach anscheinend alles genau so bleiben soll, wie es ist, ohne die kleinste Veränderung. Und das hat mich wohl wütend gemacht.«

»Weil du die Dinge ändern willst. Du willst unsere Ehe ändern.«

»Jack, hör mir mal zu.« Sie stand auf und ging auf ihn zu, ergriff seine Hände. »Mit dir habe ich alles, was ich mir immer gewünscht habe. Das ist mein Ernst. Als ich von zu Hause wegging und nach Chicago kam, hatte ich keine Ahnung, wie es weitergehen würde. Ich wollte bloß einigermaßen über die Runden kommen, einen guten Typen kennenlernen, mit ihm vielleicht eine wunderbare Familie gründen und in einem schönen Zuhause leben, und schau, was passiert ist – ich habe das alles bekommen.«

»Und trotzdem langweilst du dich.«

»Nein, ich langweile mich nicht. Ich lasse mich bloß nicht mehr vom Mysterium des Lebens verführen. Diese ganzen Fragen – *Was wird passieren? Wer werde ich sein?* – sind größtenteils beantwortet. Und jetzt fühlt es sich an, als wäre da diese riesige Leerstelle, wo vorher das Mysterium war. Und ich glaube, danach bin ich eigentlich auf der Suche.«

»Nach dem Mysterium.«

»Nach dem damit verbundenen Abenteuer. Ich weiß nicht, ob Kate und Kyle recht haben. Ich weiß nicht, ob die Ehe eine kaputte Institution ist. Aber ich weiß, wenn wir zu dieser Party gegangen wären, dann hätte alles Mögliche passieren können. Und dieses Mysterium fühlt sich irgendwie wunderbar an.«

In diesem Augenblick zirpten ihre Telefone gleichzeitig – eine Mitteilung an sie beide, und zwar, wie sich herausstellte, von Kate, die schrieb: *Es war so schön, euch Turteltäubchen zu sehen! Freuen uns schon aufs nächste Treffen!*

Kate hatte ihre Nachricht mit einem Emoji bekräftigt, dessen Bedeutung Jack nicht kannte, obwohl Toby ihn einmal in die aufwendige Symbologie der einzelnen sonderbaren Zeichen einzuweisen versucht hatte. Dieses war ein gelbes Gesicht mit hochgezogenen Augenbrauen, das verstohlen nach rechts schaute und lächelte. Wenn Jacks Gedächtnis ihn nicht trog, konnte das bedeuten, dass Kate möglicherweise verkatert oder sarkastisch war oder dass sie ein Geheimnis hatte oder sich sexy fühlte oder dass sie auf eine verführerische oder vulgäre Art *Hallöchen* sagte.

Jack und Elizabeth legten ihre Telefone auf die Arbeitsplatte und sahen einander an.

»Glaubst du wirklich«, sagte er, »dass es dein Leben mit Glück erfüllen wird, auf irgend so eine verruchte Party zu gehen?«

»Natürlich nicht«, sagte sie. »Aber ich weiß auch, dass sich das Leben ohne ein wenig Mysterium, Abenteuer und Nervenkitzel nicht befriedigend anfühlen wird. Das sagt jedenfalls die Wissenschaft.«

»Und das ist der Nervenkitzel, den du dir wünschst?«

»Es ist einfach der, der am ehesten in Reichweite ist.«

»Verstehe.«

»Lass uns mal was Verrücktes machen. Okay? Mehr ist es nicht. Verhalten wir uns zum ersten Mal seit Langem mal nicht wie Eltern. Lass uns einfach mal sein, wie wir früher waren. Lass uns unkonventionell sein. Lass uns nicht so gewöhnlich sein.«

Da war dieses Wort: *gewöhnlich*. Es rief ihm die Abende am Küchentisch mit seiner Mutter und seiner Schwester ins Gedächtnis, wenn seine Schwester zu Besuch war und den ganzen Tag lang in den Flint Hills wandern gegangen war und mit Pfeilspitzen, Quarzsplittern, zu Kalzit versteinerten Muscheln oder grauen Steinen zurückkehrte, von denen sie beharrlich behauptete, es handle sich um ausgehärtete Magmastücke, die aus dem Erdkern heraufbefördert worden seien – lauter Wunder, sagte sie. Evelyn war von allem verzaubert. Aber Ruth, die von gar nichts verzaubert war, schnaubte: »Das sind einfach ganz gewöhnliche *Steine*.«

Jack war nach Chicago gekommen, um wie Evelyn zu sein, aber als Elternteil, dachte er nun, war er vielleicht eher wie Ruth geworden. Ohne es selbst zu merken, war er schlicht geworden. Er war gewöhnlich geworden.

»Na schön«, sagte er jetzt zu Elizabeth, »du hast recht. Machen wir's. Okay? Ich bin dabei.«
»Wirklich?«
»Scheiß drauf. Klar. Lass uns ein Abenteuer erleben.«
Aber auch als Elizabeth ihn umarmte und aufgeregt verkündete, sie werde Kate auf der Stelle anrufen, fragte Jack sich noch, ob nicht vielleicht ein anderer Impuls in ihm stärker war: nicht der Impuls, anders zu sein, sondern der Impuls, gleich zu sein. Im Strom mitzuschwimmen. Teil einer Herde zu sein. Vielleicht war es dieser alte, kindische Impuls, sich einzureihen, sich zu verstecken, nicht anzuecken. Er erinnerte sich daran, was er als Junge alles unternommen hatte, nur um jeder Auseinandersetzung mit anderen aus dem Weg zu gehen. Damals hatte er nie Nein gesagt, war nie für sich selbst eingestanden. Einmal hatte er sich die Haut an seinem Handrücken weggerieben – mit einem Radiergummi –, nur um unter den anderen Jungen nicht aufzufallen, um sich einzufügen.

Er blickte auf seine Hand, drehte sie im Licht. Wenn er sie zur Faust ballte und in einem bestimmten Winkel hielt, so stellte er fest, konnte er die Narbe noch sehen.

Der Bedeutungseffekt

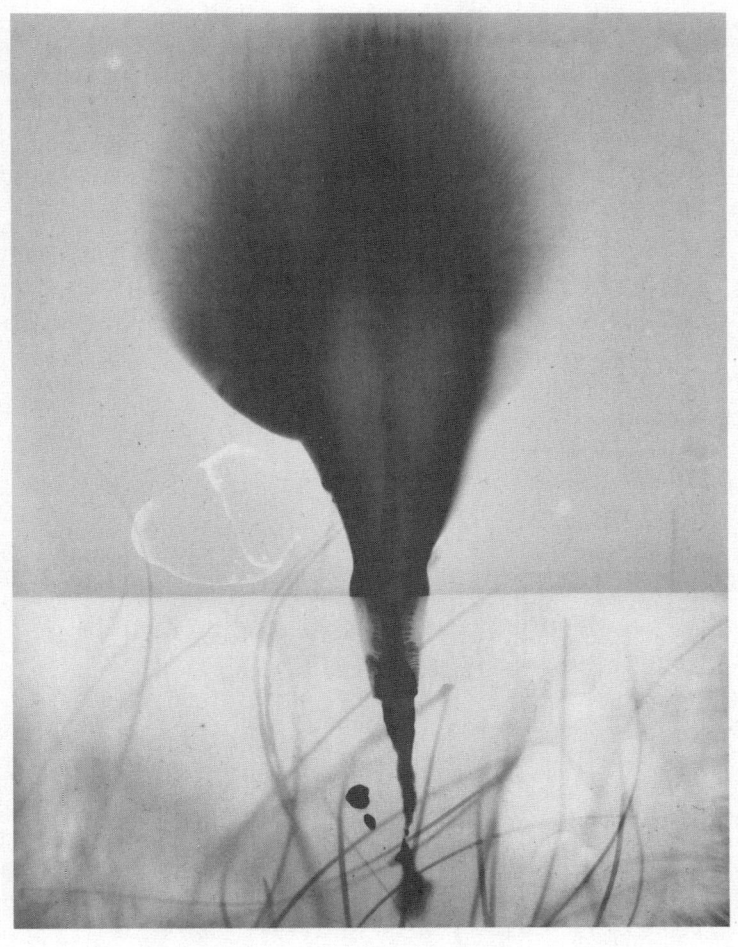

Zwei Patienten mit Kreuzschmerzen gehen zu einem Akupunkteur. Der Akupunkteur unterzieht beide einer langen Untersuchung, bei der er sich die Farbe und Form ihrer Zunge ansieht und kontrolliert, ob sie geschwollen ist, dann am linken und rechten Handgelenk zugleich den Puls misst, dann mit den Fingern auf wichtige Druckpunkte drückt, um nach Hinweisen auf körperliche Beeinträchtigungen oder ein biologisches Ungleichgewicht zu suchen. Und während dieser fachkundig wirkenden Untersuchung wird den Patienten erklärt, dass die speziellen und winzigen Akupunkturnadeln aus Edelstahl, die genau in die entscheidenden Knotenpunkte und Meridiane gesteckt werden, unentbehrliche Lebenskräfte wieder zum Fließen bringen und den Körper stimulieren, um seine sprudelnde Heilkraft freizusetzen, was sie schließlich von ihren Rückenschmerzen befreien wird. Beide Patienten willigen in die Behandlung ein, aber nur einer von beiden wird tatsächlich akupunktiert. Der andere Patient erhält heimlich eine Placebobehandlung, bei der der Akupunkteur nur einen Zahnstocher in die Haut des Rückens drückt, was das Gefühl des leichten Nadelstichs imitiert, ohne die Haut wie üblich zu durchstechen. Beide Patienten glauben, eine echte Akupunkturbehandlung erhalten zu haben. Und wie sich zeigt, haben im Laufe der Zeit beide exakt die gleiche Chance, von ihrem Rückenleiden zu genesen. Wie sich zeigt, spielt es eigentlich keine Rolle, ob sie eine echte oder eine fingierte Akupunkturbehandlung erhalten haben – das Ergebnis ist das gleiche.

Was Dr. Otto Sanborne zufolge bewies, dass die Akupunktur – oder zumindest die im kapitalistischen Westen praktizierte Version der Akupunktur – ein Schwindel war. »Nichts weiter als ein Placebo«, wie Sanborne es in seinem abschließenden Bericht an die Behörde für Lebens- und Arzneimittel beschrieb, nachdem das *Wellness*-Team seine Studie über eine statistisch relevante Anzahl von Menschen mit Kreuzschmerzen abgeschlossen und festgestellt hatte, dass die Erfolgsraten von echter und unechter Akupunktur im Grunde identisch waren: Sie lagen bei vierundvierzig Prozent. Sanborne schickte seinen Bericht zufrieden ab und lud die Mitarbeiter ein, nach der Arbeit in einer Bar darauf anzustoßen; wann immer er eine neue Scheinbehandlung oder ein unsinniges Medikament entdeckte, war er wochenlang gut aufgelegt, und wenn er darüber sprach – vor allem nach ein paar Gläsern Whiskey –, weiteten sich seine Augen, und sein Gesicht nahm die Farbe eines rosa Buntstifts an, so sehr freute er sich darüber, die Torheiten des menschlichen Verstandes entlarvt zu haben.

Doch an jenem Tag in der Bar drehte und wendete Elizabeth die Ergebnisse im Kopf und kam zu dem Entschluss, das Interessanteste an der Akupunktur-Erkenntnis sei nicht unbedingt, dass die Akupunktur keine besseren Resultate als ein Placebo erzielt hatte. Nein, Elizabeth fand am interessantesten, dass das Placebo eigentlich recht gute Ergebnisse erzielt hatte.

Das war nicht lange nach Elizabeths Zusammenbruch im Supermarkt und ihrem darauffolgenden Triumph mit dem United-Airlines-Auftrag, sodass sie ohnehin darüber nachgedacht hatte, wie nützlich – und erst recht wie profitabel – es war, Placebos einzusetzen, statt sie zu eliminieren. Denn hier hatte man eine Behandlungsmöglichkeit für Rückenschmerzen, die keine Operationen, keine suchterzeugenden Schmerzmittel erforderte, die nicht teurer war als ein Zahnstocher, keinerlei Nebenwirkungen hatte und beinahe in der Hälfte aller Fälle wirkte. Es war das Musterbeispiel eines hochqualitativen medizinischen Eingriffs. Und wenn eine Behandlung so gut wirkte, sollte man sich dann wirklich Gedanken darüber machen, ob sie streng genommen *echt* war? Sie begann sich zu fragen, ob sie sich die Lügen vielleicht irgendwie zunutze machen konnte, statt sie zu eliminieren. Vielleicht war es gar nicht dämlich, auf ein Placebo hereinzufallen. Vielleicht war es in manchen Fällen hilfreich, nützlich, ja ideal.

Ein Beispiel: Austern sind kein Aphrodisiakum, dessen Wirkung sich wissenschaftlich reproduzieren ließe. Gibt man jemandem ein Dutzend Austern und misst dann seine Gehirnchemie, wird man keine der speziellen Hormone oder Neurotransmitter finden, die mit sexueller Erregung einhergehen. Nimmt man allerdings ein Liebespaar, das Austern tatsächlich für ein Aphrodisiakum hält, und weist die beiden an, sich für ein Date schick zu machen, bei dem sie zusammen Austern essen werden, und sie gehen in ein hübsches, romantisches Restaurant, das für seine Austern bekannt ist, und sie zahlen einen erklecklichen Betrag für diese Austern, und dann führt man einen Gehirnscan durch, so wird man feststellen, dass die relevanten Drüsen zu wahren Hormongeysiren geworden sind. Mit anderen Worten, durch ihren Glauben an eine streng genommen nicht wahre Geschichte haben sie ein aufwendiges Ritual um diese Geschichte herum geschaffen, mit dem Effekt, dass die Geschichte wahr wurde.

Oder ein anderes Beispiel: Hühnersuppe hat keinerlei Eigenschaften, die gegen eine Erkältung helfen. Aber wird einem kranken Kind von einer fürsorglichen Mutter Hühnersuppe verabreicht, die sie mit großer elterlicher Autorität serviert, dann wird die Erkältung des Kindes im Allgemeinen einen kürzeren und weniger schweren Verlauf nehmen.

Oder die Tatsache, dass Absinth in Wahrheit keinerlei Halluzinogene enthält. Und das, obwohl all die großen Pariser Schriftsteller und Künstler – Baudelaire, Rimbaud, van Gogh, Manet, Toulouse-Lautrec – genau das beschworen haben. Sie alle schufen Gedichte und Gemälde, die von halluzinatorischen Visiten der »grünen Fee« handelten, obgleich Absinth, abgesehen von seinem Alkoholgehalt, wissenschaftlich betrachtet nie besondere bewusstseinserweiternde Eigenschaften besaß. Wie sind also diese aufrichtigen Berichte von Halluzinationen zu erklären? Elizabeths Theorie: Macht man Absinth zum Kennzeichen eines gewissen Insiderstatus innerhalb einer Gruppe intellektueller Bohemiens, die sich gegen eine repressive Kultur auflehnen – insbesondere eine, die das Trinken von Absinth als dekadent und verkommen betrachtet –, und kreiert man dann mithilfe eines besonderen Absinth-Glases und eines geschlitzten Absinth-Löffels mit einem Stück Würfelzucker darauf, der Tropfen für Tropfen langsam zergeht, wobei man angeblich genau das richtige Verhältnis zwischen Absinth und Eiswasser herstellen muss, um die halluzinatorischen ätherischen Öle des Absinths freizusetzen, eine aufwendige Zeremonie rund um das Schwelgen in der Verkommenheit des Absinth-Trinkens, und erwartet und glaubt man des Weiteren, dass dieses ganze umständliche Ritual in einem Gebräu resultiert, das dem Konsumenten sonderbare Visionen beschert, dann wird es das wahrscheinlich auch tun.

Das Entscheidende war das Ritual – die gründliche Untersuchung durch den Akupunkteur, das aufwendige Date des Paares, das Behaglichkeit verbreitende Hausmittel der Mutter, das zeremonielle Mischen des Absinths. Durch diese Feierlichkeiten wurde der Placeboeffekt ausgelöst und verwirklicht: Es war die Wandlung von Glaube in Wirklichkeit, von Erzählung in Wahrheit, eine fleischgewordene Metapher.

Elizabeth nannte dieses Phänomen den »Bedeutungseffekt«, ein Ausdruck, den sie gegenüber »Placeboeffekt« deutlich bevorzugte. Denn in der Aussage, dass diese Wirkungen auf Placebo beruhten, klang an, dass sie auf nichts beruhten – denn das war ein Placebo herkömmlicherweise, eine inaktive Substanz, buchstäblich und vorsätzlich nutzlos –, obwohl der Placeboeffekt doch in Wahrheit aus dem starken Gefühl von Bedeutsamkeit und Wesentlichkeit erwuchs, das das Placebo selbst umgab: dem Kontext, der Erzählung, dem Ritual, der Metapher und dem Glauben, der mit dem Placebo in Verbindung gebracht wurde. Tatsächlich war der Placeboeffekt die Reaktion des Hirns auf das Finden von Bedeutung.

»Warum sollte man das nicht gezielt einsetzen?«, fragte Elizabeth Dr. Sanborne an jenem Tag in der Bar. »Warum sollte man Placebos nicht einsetzen, um den Menschen zu helfen?«

Er schlürfte Whiskey, um die Ergebnisse der Akupunkturstudie zu feiern, und sein Gesicht war noch rosiger als sonst. Elizabeth sprach weiter: »Wenn Placebos den Menschen echte Linderung verschaffen, wo liegt dann das Problem? Sollte man nicht das einnehmen, was einem hilft?«

»Aber woher weiß man denn, dass das Placebo für die Linderung verantwortlich ist?«

»Was sollte es denn sonst gewesen sein?«

»Regression zur Mitte. Die Suche des Körpers nach Homöostase. Rückenschmerzen gehören zum Leben dazu, und oft kommen und gehen sie auf natürliche Weise; manchmal lassen sie nach, unmittelbar nachdem sie sich am stärksten bemerkbar gemacht haben. Entschließt sich also jemand in dem Moment, in dem der Schmerz am stärksten ist, zu einer Akupunkturbehandlung ...«

»Dann wird er glauben, dass er durch die Akupunktur geheilt wurde.«

»Obgleich er in Wahrheit ohnehin von selbst genesen wäre.«

»Das überzeugt mich nicht. Ich habe diese Patienten befragt. Manche von ihnen haben *monatelang* gelitten. Sie haben Schmerzmittel und Muskelrelaxanzien genommen, sie haben Physiotherapie gemacht, ihr Sportprogramm verändert, ihr Schlafverhalten, und nichts hat geholfen. Dann haben sie es mit der Akupunktur versucht, und voilà. Aus irgendeinem Grund funktionierte das.«

»Es funktionierte aufgrund einer Lüge.«

»Und?«

»Und wenn Menschen Entscheidungen bezüglich ihrer Gesundheit fällen, sollten sie sich darauf verlassen können, dass sie nicht angelogen werden.«

»Was, wenn ich Ihnen sagen würde: ›Es bestehen gute Aussichten, dass die Akupunktur Ihre Rückenschmerzen kurieren wird.‹ Das ist doch nicht gelogen.«

»Aber für die Heilung ist nicht die Akupunktur verantwortlich.«

»Sie müssen beachten, dass ich Ihnen nicht sage, *wie* sie wirkt, nur *dass* sie wirkt.«

»Damit verschweigen Sie bloß die Wahrheit, meine Liebe.«

»Was ist schlimmer: den Patienten anzulügen oder ihn leiden zu lassen?«

Er ließ den Whiskey im Glas kreisen, während er über die Frage nachdachte. »Auch wenn es ethisch ist, einem bestimmten Patienten zu helfen«, sagte er, »ist die Lüge unethisch, wenn man den größeren Zusammenhang betrachtet. Fingen alle Ärzte an, Placebos zu verschreiben, würden alle Patienten naturgemäß argwöhnen, dass sie eins erhalten, und dann würden die Patienten sämtliche Behandlungen hinterfragen. Was nicht nur das Placebo, sondern auch die wahre Medizin unterwandern würde. Es kann nicht funktionieren. Es ist nicht skalierbar.«

»Wir reden hier nicht von allen Ärzten, wir reden von Ihnen und mir. Und wir haben herausgefunden, dass das Hirn im Grunde ein Arzneischrank ist. Es verfügt über unglaubliche Fähigkeiten zur Heilung von Krankheiten und Linderung von Leiden, wenn wir nur in der Lage sind, sein Potenzial zu nutzen. Und siehe da: Hier ist der Schlüssel. Wäre es nicht unethisch, ihn *nicht* zu benutzen?«

»Aber vielleicht, meine Liebe, sollte dieser Arzneischrank besser verschlossen bleiben.«

»Was meinen Sie damit?«

»Angenommen, Sie haben recht, und es war keine Regression zur Mitte, dass unsere Akupunkturpatienten sich auf irgendeine Weise selbst geheilt haben. Natürlich haben wir den Ausschlag gegeben, aber die Heilung kam, streng genommen, von innen. Die Heilung war immer schon im Patienten angelegt.«

»Ja.«

»Wenn sie in der Lage waren, sich selbst zu heilen, warum haben sie es dann nicht schon früher getan? Warum brauchten sie uns überhaupt?«

»Ich weiß es nicht.«

»Ich auch nicht. Aber impliziert dieser Vorgang nicht, dass der Schmerz in irgendeiner Weise nützlich war? Wenn das Hirn den Körper heilen kann, sich aber dagegen entscheidet, dann gibt es vielleicht einen guten Grund für den Schmerz. Vielleicht ist der Schmerz notwendig. Vielleicht spart das Hirn Ressourcen für etwas noch Wichtigeres auf, das in der Zukunft liegt.«

»Zum Beispiel?«

Sanborne lächelte, schwenkte den Whiskey, trank ihn aus. »Das müssen *Sie* herausfinden, meine Liebe. Ich bin viel zu alt. Der Ruhestand ruft, und trotzdem muss die Arbeit fortgesetzt werden!«

Einige Wochen später führte Elizabeth ein Abschlussgespräch mit einer Frau, die an einer *Wellness*-Studie zu Saftkuren teilgenommen hatte. Sie war Ende zwanzig, in einem Vorort aufgewachsen und nach dem College nach Chicago gezogen, um im Bereich Umweltschutzanwaltschaft zu arbeiten und »etwas Gutes zu tun«, wie sie es formulierte, aber nun beunruhigte es sie sehr, dass sie bei ihrer Arbeit im Non-Profit-Bereich noch nicht sonderlich weit über den Praktikantenstatus hinausgekommen war und sich trotz buchstäblich Hunderter von Dates mithilfe buchstäblich jeder seriösen Website noch nicht ein einziges Mal verliebt hatte. Jedenfalls hatte man dieser Frau eine ausgeklügelte Geschichte über die antitoxischen Eigenschaften bestimmter Mischungen kalt gepresster Säfte erzählt, die die reinsten Konzentrate nahrhaftester Vollwertkost enthielten – Karotten, Ingwer, Grünkohl, rote Bete und Ähnliches – und ihr von *Wellness* als Fünftagesration zur Verfügung gestellt wurden, in Flaschen mit schlichten weißen Etiketten mit der Aufschrift *Just Juice* und, das war entscheidend, einem Preisschild direkt auf der Flasche: achtzehn Dollar *pro Einheit*. Die Frau wurde angewiesen, in den kommenden fünf Tagen ausschließlich diesen Saft auf ganz bestimmte Weise zu konsumieren, und als sie wieder zu *Wellness* kam, gab sie an, sie habe sich seit Jahren nicht so gut gefühlt und sei zu Anfang ihrer Trinkkur ein ungesunder, ja womöglich vergifteter Mensch gewesen, aber strahlend und rein und neu daraus hervorgegangen; bei der Arbeit sei sie konzentriert und habe noch reichlich verfügbare Energie für ihr Dating-Leben übrig, und sie habe sogar ein neues Hobby gefunden und einige lange aufgeschobene Dinge in ihrer Wohnung erledigt, und ihre Gelenke fühlten sich richtig geschmeidig und gut geschmiert an, ja selbst ihr schmerzhaftes Magengeschwür sei verschwunden, und die Kur habe ihr so gutgetan, dass sie sich sofort mehreren Entsaftungsgruppen im Internet angeschlossen und Updates zu ihrer Saft-Erfahrung gepostet habe, und so weiter und so fort, und Elizabeth war das Herz in die Hose gerutscht, weil sie wusste, sie würde dieser armen Frau sagen müssen, dass sie in Wahrheit gar keinen Saft getrunken hatte, sondern eine Placebosubstanz aus Wasser, Lebensmittelfarbe und einigen elementaren Ergänzungsmitteln, die in so gut wie allen Multivitaminen zu finden waren, sowie künstlichen Geschmacksstoffen, Süßungs- und Verdickungsmitteln, die den Geschmack und das Mundgefühl von echtem Saft simulierten. Elizabeth musste ihr dies alles mitteilen, weil es gesetzlich vorgeschrieben war: Um Förderungen von der Regierung oder Universitäten zu erhalten, musste *Wellness* sich an berufsethische Maßstäbe halten, zu denen auch gehörte, dass nach Abschluss jeder Studie, bei der die Versuchspersonen getäuscht wurden, diesen die Wahrheit enthüllt werden musste. Meist schickte *Wellness* nur einen Brief, der die Placebopatienten darüber informierte, dass sie ein Placebo erhalten hatten. Aber Elizabeth wollte die Aufklärung nun persönlich übernehmen, um aus nächster Nähe zu erfahren, wie die Versuchspersonen reagierten.

Diese bestimmte Versuchsperson reagierte gar nicht gut.

»Das glaube ich Ihnen nicht!«, sagte sie. »Das kann nicht sein!«

»Es tut mir leid«, sagte Elizabeth. »Aber es stimmt.«

»Nein, da muss ein Fehler vorliegen. Sehen Sie in Ihren Unterlagen nach. Das stimmt *auf gar keinen Fall.*«

»Es tut mir wirklich leid, aber Sie haben ein Placebo bekommen.«

»Nein, habe ich nicht! Ich habe Saft bekommen. Richtigen Saft. Ich spüre das. Ich bin zu tausend Prozent überzeugt.«

»Psychologisch gesprochen ist Überzeugung kaum mit Exaktheit gleichzusetzen.«

»Sehen Sie noch mal nach. Sie irren sich.«

Elizabeth erkannte, dass sich die Frau in der ersten Phase der Trauer – *Verleugnung* – befand, und stellte sich darauf ein, dass die Wut bald darauf folgen würde, was sie auch sogleich tat, als Elizabeth ostentativ noch einmal die personenbezogenen Daten kontrolliert und der Frau versichert hatte, sie habe tatsächlich ein Placebo erhalten.

»Das ist doch Schwachsinn!«

»Ich kann mich nur entschuldigen.«

»Warum mussten Sie mir das antun? Warum gerade *mir?* Soll ich mir vielleicht blöd vorkommen?«

»Nein, natürlich nicht. Es war eine randomisierte Doppelblindstudie. Niemand wusste, wer was bekommt.«

»Ich habe mir eine neue Saftpresse gekauft! Für fünfhundert Dollar! Auf Kredit!«

»Es tut mir leid.«

»Und was soll ich den Leuten im Netz sagen?«, sagte sie. »Den Leuten in den Entsaftungsgruppen, die mich unterstützt haben und so wahnsinnig nett zu mir waren? Wie soll ich denen jetzt noch gegenübertreten?«

Elizabeth nickte mitfühlend und dachte: *verhandeln.*

»Ich meine, ich folge allen Topentsaftern auf Instagram! Ich habe über meine Saftkur berichtet! Sie folgen mir! Was soll ich denn jetzt sagen? Sorry, Leute, war alles gelogen?«

»Davon wusste ich nichts.«

»Erst gestern ist irgend so ein toxischer Arsch in unserem Entsaftungs-Subreddit aufgetaucht und hat behauptet, das Entsaften sei ein einziger Schwindel, und wir haben ihn *in der Luft zerrissen!* Was soll ich diesen Leuten denn sagen?«

Elizabeth wusste aus ethnografischen Untersuchungen zu Sekten, die sie gelesen hatte, dass Wahnvorstellungen am ehesten dadurch gestärkt und vertieft wurden, dass man sich mit Menschen umgab, die diese Wahnvorstellungen teilten. In solchen Situationen wurden Bündnisse geschlossen, Feinde ausgemacht, eine Wir-gegen-die-anderen-Dynamik wurde sowohl gefördert als auch rigoros aufrechterhalten. Man tendierte viel eher dazu, etwas zu glauben, wenn man in die Gemeinschaft anderer Gläubiger eingebunden wurde. Auf diese Weise entwickelten gewisse Vorstellungen – selbst falsche – eine Art Immunsystem: Je mehr Menschen sich zu einem Bündnis zusammenschlossen, desto stärker waren die Vorstellungen geschützt. Man konnte die Vorstellungskraft mit einem Körper vergleichen, und diejenigen, die an eine bestimmte Sache glaubten, konnte man mit weißen Blutkörperchen vergleichen, die einen fremden Eindringling angriffen. Wenn Leute online ihrem Ärger Luft machten, betrachtete Elizabeth das manchmal als die Immunantwort einer bedrohten Vorstellung. Aber natürlich entschied sie sich dagegen, irgendwas davon der jungen Frau zu sagen, die sich jetzt mitten in der Phase der Depression befand und leise weinend die Stirn auf den Tisch legte.

»Ich wollte nur *ein Mal* etwas Gutes haben«, sagte sie. »Einfach *ein Mal im Leben* etwas Gutes.«
»Es tut mir wirklich sehr leid.«
»Ich mache und mache und mache, aber nichts klappt richtig. Ich meine, mein Job ist kacke, und die Miete ist so hoch, und ich habe jede Menge unverbindliche Affären, aber überhaupt keine echten Freunde, und im Netz sind alle grob und unverschämt zu mir, und sosehr ich mich auch gegen Kohlekraftwerke einsetze, die CO_2-Konzentration in der Atmosphäre nimmt weiter zu, und der Meeresspiegel steigt, und die Dürren kommen, und das Schelfeis bricht ein, und ich dachte, okay, egal, was kommt, wenigstens *(schnief)* habe ich *(schnief)* noch meinen Saft.«

Und dann verabschiedete sich die Frau mit den Worten, ihr Magengeschwür habe sich prompt wieder bemerkbar gemacht.

Vielleicht war es grausam gewesen, dieser Frau ein Placebo zu geben, aber noch grausamer erschien es in diesem Moment, ihr die Wahrheit zu sagen. Welche Rolle spielte es denn, dass Saftkuren nicht wirksamer waren als ein Placebo? *Wirksam waren sie trotzdem.*

Elizabeth begann, neue Fragen in die Gespräche mit den Testpersonen aufzunehmen, Fragen, die mit dem vordergründigen Zweck der Studie nichts zu tun hatten. Bei *Wellness* ging es seit vielen Jahren darum, dass herausgefunden werden sollte, ob bestimmte gesundheitliche Eingriffe bessere Ergebnisse erzielten als Placebos. Man hatte diverse sinnlose Gesundheitstrends entlarvt, und dennoch kam man kaum umhin zu bemerken, dass diese Trends immer schneller kamen und immer populärer und immer orthodoxer wurden. *Wellness* kämpfte seit Jahren gegen diese Flut an, ohne spürbaren Erfolg. Also schlug Elizabeth eine andere Richtung ein: Statt sinnlose Behandlungen zu entlarven, begann sie der Frage nachzugehen, warum sie überhaupt zu guten Ergebnissen führten. Existierten bei den Menschen, die gut auf Placebos ansprachen, irgendwelche gemeinsamen Wesenszüge, Umstände oder Zusammenhänge, die den Erfolg erklärten?

Und diese Gemeinsamkeiten existierten tatsächlich. Als sie sich nach dem Privatleben, der beruflichen Laufbahn und der Weltsicht ihrer Versuchspersonen zu erkundigen begann, fand sie heraus, dass die Menschen im Allgemeinen völlig verwirrt, überfordert, müde und ausgelaugt waren. Sie lebten in einer Landschaft voller Verzweiflung und Misstrauen, einer Welt, in der Giftbrühe ins Grundwasser sickerte, Feinstaub in der Luft hing, die Ozeane voller Mikroplastik, der Himmel von CO_2 und Strahlung durchsetzt, die Lebensmittel mit Pestiziden, Füllstoffen und Müll vergiftet waren, Ärzte, die keine Zeit für sie hatten, Politiker, die sie anlogen, PR-Wortverdreher, die sie anlogen, Fernsehjournalisten, die sie anlogen, unbefriedigende Arbeitsverhältnisse, Schuldenberge, nur eine Arztrechnung von der Privatinsolvenz entfernt, und niemand schützte sie davor, die Regulierungsbehörden steckten mit den von ihnen regulierten Unternehmen unter einer Decke, die Mächtigen schützten die Mächtigen, während die kleinen Leute litten. Und während sie sich diese Geschichten anhörte, entschied Elizabeth, dass der Glaube an Trenddiäten, mystische Chakren oder Energiekristalle eigentlich eine ziemlich rationale und vernünftige Reaktion auf den systemischen Zusammenbruch war: Wenn einen niemand schützte, musste man es eben selbst übernehmen. Man musste an irgendetwas glauben. Man musste aus irgendetwas Hoffnung schöpfen.

Als Dr. Sanborne sich schließlich zur Ruhe setzte und Elizabeth die Leitung von *Wellness* übernahm, begann sie, die Richtung und die Mission des Unternehmens zu verändern: weniger Verträge mit der Regierung, weniger akademische Forschung, ein stärkerer Fokus darauf, all das anzuwenden, was sie über Placebos herausgefunden hatten, um den Menschen wirklich zu helfen. Sie scharte ihre überschaubare Zahl an Mitarbeitern um sich und erklärte ihnen, die Organisation werde eine Wende vollziehen. Sie sagte ihren Kollegen in ihre überraschten Gesichter, dass die medizinische Wissenschaft in ihrer Besessenheit von harten Daten und reproduzierbaren Ergebnissen zu lange den weicheren Nutzen von Placebos missachtet hatte. Funktionierte eine Behandlung allein deswegen, weil sie eine überzeugende Geschichte erzählte, verwarf das medizinische Establishment sie üblicherweise zugunsten weiterer Medikamente, Prozeduren, Moleküle, Dinge, die wiederholbar und erklärbar waren. Doch eine Geschichte konnte ebenso stark wirken wie Medizin. Ging man beispielsweise ins Theater und sah ein Stück, das so gut war, dass es einen zum Weinen brachte, dann war das eine Art Placebo: Es war eine Geschichte, die die Hirnchemie veränderte, und nur der einfältigste, verbohrteste Mensch würde sagen: *Wieso weinst du denn? Das ist doch gar nicht echt.* Was man bei *Wellness* vorhatte, unterschied sich davon gar nicht so sehr: fiktive Erfahrungen zu kreieren, die echte körperliche und psychologische Reaktionen hervorriefen. Biologisches Theater.

Elizabeth traf sich mit Ärzten aus der Gegend und fragte sie nach Patienten mit weniger schweren Leiden – nichts Lebensbedrohliches, nichts allzu Ernstes –, Leuten mit alltäglichen Beschwerden: Kopfschmerzen, Abgeschlagenheit, Schlaflosigkeit, Benommenheit, Schüttelfrost, Hitzewallungen, Stress; Symptome also, die eher von den Wahrnehmungszentren des Hirns reguliert als durch Fremdkörper wie Viren, Tumore oder Embolien verursacht wurden, gegen die Placebos so gut wie nie halfen. Dann führte ihr Team telefonische Befragungen der Patienten durch und dekorierte die Praxis so um, dass es der Persönlichkeit der jeweiligen Patienten am meisten entsprach. Sie verordnete Negativ-Ionen-Armbänder, probiotischen Kaugummi, Lavendelriechsalz, Bäder in Kokoswasser, extrastarke Kurkumapillen, Collagenpräparate, mit Gewichten beschwerte Armreifen, Superfood-Milchkaffee, kristalldurchwirkte Wasserflaschen, Rosa-Salz-Zerstäuber, Knochenbrühe-Elixiere, Paleo-Pomaden, Aktivkohlezahncreme, CBD-Bartöl, pro-mitochondriale Brokkoliextrakt-Pflaster, energetisierende basische Smoothies, entgiftende Mariendistelpulver, Kombucha-Waschlotionen, und sie fühlte sich kein bisschen schuldig dabei, ihre Patienten auf diese Weise zu täuschen. Man konnte, sagte sie sich, jemandem ein synthetisches Opioid verabreichen oder ein so überzeugendes Placebo, dass es das Hirn dazu brachte, seine eigenen natürlichen Opioide freizusetzen – und war das nicht für alle besser? Es war wirksam, es war billig, niemand wurde abhängig, es gab keine Überdosierungen. Und *Wellness* hatte bei der Heilung chronischer Schmerzen eine Erfolgsrate, die es mit der echten Medizin aufnehmen konnte. Gleiches galt für Erschöpfung, Schlaflosigkeit, nervöse Unruhe, Depression. Nach einigen Jahren waren ihre Ergebnisse schier unglaublich, und sie hätte sie in einem wissenschaftlichen Aufsatz zusammengefasst, hätten die Behandlungen nicht gegen so gut wie alle ethischen Richtlinien in Bezug auf medizinische Placebos verstoßen – im Besonderen gegen die Pflicht, den Patienten zu sagen, dass sie ein Placebo erhalten hatten, was den Behandlungserfolg natürlich zunichtegemacht hätte –, weshalb Elizabeths Erfolge ein Geheimnis zwischen ihr und den Ärzten blieben, die ihr argwöhnisch ihre Patienten zusandten.

Dann meldete sich eines Tages eine Frau mit einem Anliegen in der Praxis, das Elizabeth bislang noch nicht untergekommen war: Die Frau bat *Wellness*, ihr dabei zu helfen, ihren Mann wieder zu lieben.

Die Patientin – achtunddreißig Jahre alt, berufstätig, Mutter zweier Kinder im Alter von neun und fünf Jahren, seit elf Jahren verheiratet – sagte, sie habe weiterhin eine sehr starke Bindung zu ihrem Ehemann, der ein guter Mensch und ein guter Freund sei. Sie spüre nur nicht mehr diesen besonderen *Funken*, das gewisse Etwas, das sie innerlich aufblühen lasse wie in ihren Anfangstagen, vor der Geburt der Kinder. Eine Scheidung kam nicht infrage – dieses Trauma wollte sie den Kindern ersparen, und es gab ja auch kein wirkliches *Problem*.

Ihr Mann und sie stritten sich nie, sie lebten vielmehr neutral nebeneinanderher. Ob *Wellness* vielleicht helfen könne?

Und so stieg Elizabeth ins Geschäft mit den Liebestränken ein.

Sie erzählte ihren Mitarbeitern nicht, dass sie sich für die Probleme dieser Frau interessierte, weil sie große Ähnlichkeit mit ihren eigenen hatten – sie sagte vielmehr, es sei eine interessante neue psychologische Herausforderung und in Anbetracht des wohlbekannten und verbreiteten Eheproblems der im Laufe der Zeit abkühlenden romantischen Liebe außerdem ein lukrativer Einkommensstrom.

Dem Aufnahmegespräch entnahm Elizabeth, dass die Patientin ein ordentlicher, strukturierter und rationaler Mensch war, sehr logisch, sehr methodisch, der klassische ISTJ-Persönlichkeitstyp, eine IT-Managerin in einer lokalen Bank, die mit anderen Worten nicht auf irgendein Chichi ansprechen würde. Keine Kristalle, keine uralten Kräuterarzneien, ganz gewiss keine exotischen Tantra-Methoden. Diese Frau betrachtete sich als ernsthaft und zuverlässig, praktisch, sachlich, sie schätzte Planbarkeit und Nützlichkeit, weshalb Elizabeth vor ihrem Besuch ihr eigenes Büro so einrichtete, dass es möglichst unternehmensmäßig aussah: beige Aktenschränke, graue, nicht sonderlich bequeme Stühle, diese gräulich weißen höhenverstellbaren Schreibtische mit der Gummiumrandung. Es sah im Grunde wie ein Copyshop aus. Elizabeth versuchte zu erreichen, dass sich der Raum so »normal« wie möglich anfühlte, damit sich die Patientin normal fühlte, damit sie die Behandlung für so normal und zweckmäßig und gewohnt wie jede andere hielt und nicht an einen Liebestrank dachte, der gar nicht existierte.

Was den Trank an sich betraf, gab es unter den Mitarbeitern einige Diskussionen bezüglich seiner Darreichungsform. Der Gedanke an eine trinkbare Flüssigkeit lag nah, irgendeine Art von dicklichem Elixier, das man wie einen Hustensirup einnahm, doch das wurde letztlich verworfen, denn wenn ein Problem unlösbar erschien, war die wirksamste Lösung oft ebenfalls schwierig, und ein kleines Glas Liebestrank hinunterzukippen war viel zu einfach. Eine Injektion erschien auch nicht ganz passend. Placeboinjektionen funktionierten am besten, wenn sich das Problem genau eingrenzen ließ: Knieschmerzen zum Beispiel oder Muskelzuckungen, die beide gut auf Behandlungen mit Spritzen reagierten. Doch eine Liebesdroge an irgendeiner Körperstelle zu injizieren, in die man vernünftigerweise eine Nadel stecken konnte, hätte zu willkürlich gewirkt. Es wurde über Infusionen diskutiert, die der Patientin mit einigen Wochen Abstand verabreicht werden sollten; in diesem Fall würde *Wellness* Vergleiche zur Dialyse ziehen und die unterschwellige Botschaft aussenden, der Tropf tausche die schlechten Gefühle allmählich gegen gute aus. In diese Richtung tendierten die Mitarbeiter, als Elizabeth in einem der Gesprächsprotokolle festhielt, die Frau habe gesagt, sie schlafe oft mit einem der Arbeitshemden ihres Mannes dicht an ihrem Gesicht ein, so tröstlich finde sie seinen Geruch noch immer, und da begriff Elizabeth, dass die Verabreichung intranasal stattfinden musste.

Sie verordneten der Frau ein nüchtern wirkendes, medizinisch aussehendes Nasenspray, sagten ihr, es sei mit einem Gemisch aus Hirnchemikalien und Hormonen gefüllt, erklärten ihr, was sie als den Funken in einer Beziehung begriff, sei schlicht die Manifestation uralter Neuropeptide, die die Lust- und Reizsysteme des Hirns regulierten, an erster Stelle Dopamin und Noradrenalin, sie müsse also diese Hirnsysteme wieder mit ihrem Ehemann verbinden. Sie verglichen das Problem (in einer raffinierten Umdeutung des IT-Hintergrunds der Patientin) mit einem Computer, der seinen Drucker nicht erkannte – was nicht bedeute, dass der Computer oder der Drucker defekt seien, sondern lediglich, dass ein Treiber-Update vorgenommen werden müsse. Und diese Verabreichung von Neurochemikalien direkt in die Nasenhöhle und unmittelbar ins Hirn werde, so sagten sie, als dieser nagelneue Treiber fungieren und ihr ermöglichen, sich wieder mit ihrem Mann zu »verbinden«. Sie wurde angewiesen, das intranasale Dopaminspray (in Wahrheit handelte es sich natürlich nur um Kochsalzlösung) immer dann anzuwenden, wenn sich ihr Mann innerhalb der nächsten Stunde in Riechweite befinde. Das wirke sich so aus, sagte man ihr, dass sein Geruch und seine Anwesenheit wieder in ihre Lust- und Reizzonen einsortiert würden statt in die Freundschaftszonen mit geringerer Bindung, die er derzeit belege.

Diese spezifischen Anweisungen dienten erstens dazu, ein Ritual zu kreieren – à la Akupunktur und Austern –, das sich für die Patientin überzeugend anfühlte; zweitens sollten sie die Patientin dazu bewegen, in Augenblicken die körperliche Nähe ihres Mannes zu suchen, in denen sie erwartete, sich zu ihm hingezogen zu fühlen, weil, so die Überlegung, in solchen Zusammenhängen die Lust wahrscheinlich von selbst das Regiment übernehmen würde.

Was sie auch tat. In den Nachbesprechungen berichtete die Frau von einem wiederaufgeblühten Geschlechtsleben und allgemeinen positiven Empfindungen in Bezug auf ihre Beziehung, und sie dankte Elizabeth überschwänglich, bat um regelmäßige Nachfüllpackungen für das Spray und schickte *Wellness* jedes Jahr zu Weihnachten einen Früchtekorb.

Die Mitarbeiter freuten sich über den neuen Einkommenszweig, standen dem eigenen Erfolg aber auch leicht argwöhnisch gegenüber. In der Praxis fragte man sich: Ist das ethisch vertretbar? Patienten auf diese Weise anzulügen? Sie unter Vorspiegelung falscher Tatsachen dazu zu bringen, dass sie Liebe empfanden? Kopfschmerzen zu kurieren war das eine, aber ihnen Liebe vorzugaukeln? Ließ einen das nicht irgendwie die Aufrichtigkeit dieser Liebe in Zweifel ziehen?

Elizabeths Argument war, dass die Behandlungsmethode, philosophisch betrachtet, einer Paartherapie ähnelte, bei der ein Therapeut versuchte, neue Zusammenhänge zu schaffen, in denen die Liebe wieder aufflammen konnte. Der Unterschied bestand nur in der spezifischen Methodik, nicht in der zugrunde liegenden Ethik. Sie verglich es mit ihrem Verhalten damals, als sie Toby das Fahrradfahren beigebracht hatte: Elizabeth war hinter ihm hergelaufen und hatte ihm versichert, sie halte das Fahrrad aufrecht, sie verhindere, dass er umkippte, was sie in Wahrheit nicht getan hatte. Sie hatte das Fahrrad gar nicht berührt. Toby hielt ganz allein das Gleichgewicht, was ihm ohne das aus ihrer Lüge erwachsene Selbstvertrauen nie gelungen wäre. Das Gleiche taten sie bei *Wellness:* Sie schufen keine Liebe, sondern stellten die Bedingungen her, unter denen sie zum Ausdruck gebracht werden konnte.

Unter den Therapeuten der Stadt sprach sich herum, dass *Wellness* eine Art neuen Liebestrank entwickelt hatte, und bald riefen im Büro Ehemänner und Ehefrauen an, die alle mehr oder weniger von den gleichen Symptomen berichteten: Sie waren nicht unbedingt unglücklich, litten aber dennoch. Sie hatten ein wohlwollendes, aber nicht sonderlich leidenschaftliches Verhältnis zu ihren jeweiligen Partnern, liebevoll, aber nicht romantisch, treu, aber auch gelangweilt; sie betrachteten ihre Ehepartner als sehr zugetane Mitbewohner, Elternteile, die einander weniger als Liebhaber begegneten, sondern eher wie die gemeinsamen Gründer eines von zu Hause aus operierenden Unternehmens, dessen Produkte Kinder waren, nicht todunglücklich, aber höchst unzufrieden, ohne so recht zu wissen, was sie dagegen unternehmen sollten.

Diesen Patienten verordnete das *Wellness*-Team intranasale Dopaminsprays, Oxytocinpflaster, Testosterongels, reinigende Östrogenpeelings, Pheromonzerstäuber, MDMA-Tinkturen in Mikrodosen oder DRD4-Gentherapiepillen – natürlich allesamt Placebos –, und bei jeder Nachbesprechung mit einem dankbaren Patienten, der die Ehe nun wieder genoss, verspürte Elizabeth einen neidvollen Stich, weil das, was sie unternahm, um anderen zu helfen, ihr selbst nicht helfen würde. Denn es war eine Binsenweisheit der Placeboforschung, dass der Placeboeffekt nur bestand, solange der Patient sich dessen nicht bewusst war, weshalb Elizabeth sich nicht den von ihr selbst erdachten Behandlungen unterziehen konnte. Die Geschichten, die bei anderen funktionierten, würden es bei ihr niemals tun.

Doch sie versuchte es. Sie versuchte, Dinge zu tun, die eigentlich die Umstände für Romantik und Intimität schaffen sollten. Jack und sie hatten einmal ein gemeinsames Wochenende in einer Hütte in den Wäldern von Door County gebucht, auf deren hinterer Veranda zwei Löwenfußbadewannen mit Blick auf einen See standen, und bei ihrer Ankunft hatten sie festgestellt, dass die Wannen kurz zuvor mit heißem Wasser gefüllt worden waren und die Wasseroberfläche elegant mit Rosenblättern bedeckt worden war. Na schön, sagten sie sich, zogen sich aus, stiegen in die Wannen und sahen der über dem Wasser untergehenden Sonne zu, hielten sich dabei an den Händen und warfen sich gelegentlich verführerische Blicke zu, in Erwartung eines romantischen, spontanen und wilden Liebesakts, während Elizabeth zugleich eine große Nervosität verspürte, da sie wusste, sie sollten in jener Nacht richtig guten Sex haben, und mit einem Mal fürchtete sie, der Sex würde nicht gut genug sein, um ihren großen Erwartungen an den Augenblick gerecht zu werden, und dann setzte sie der Gedanke unter Druck, dass der richtig gute Sex noch nicht begonnen hatte, und dann wusste sie nicht, wie sie den Anstoß zu dem richtig guten Sex geben sollte, während Jack bloß dasaß und schrumpelig wurde und darauf wartete, dass sie irgendwie den Anfang machte, und plötzlich fühlte sie sich gar nicht mehr romantisch und spontan.

Es war immer das gleiche Problem: Sie wusste nicht mehr, wie sie Jack nahekommen sollte, ohne sich zugleich von seinen Erwartungen überfordert und erdrückt zu fühlen.

Zumindest, bis sie Kate begegnete, die eine neue Geschichte erzählte. Kate zufolge war die Lösung nicht Nähe, sondern vielmehr Trennung. Getrennte Schlafzimmer. Getrennte Liebhaber. Deutlich getrennte Leben. Elizabeth hörte zu, während Kate sagte, das Problem moderner Ehen sei eigentlich das ständige Zusammensein, all die Vertrautheit, dieser dumme Drang, vollständig mit dem anderen zu verschmelzen, dabei könne eine Ehe nur die Jahrzehnte überdauern, wenn man ihr etwas Mysterium, Distanz und Eigenständigkeit injiziere, und als Elizabeth das hörte und sich ein Leben in völliger Unabhängigkeit ausmalte, gelegentlich gewürzt mit einer vergnüglichen und ethisch vertretbaren Affäre mit einem gut aussehenden Fremden in einer von allen Verantwortungen der Ehe oder der Elternschaft befreiten Nacht, wusste sie augenblicklich: Das war endlich eine Geschichte, die sie glauben konnte.

Es gab einige Dinge, die sie vor der Teilnahme an einer Orgie wissen mussten.

Punkt eins: Verwende nie den Begriff »Orgie«.

»Darüber wird im Netz tatsächlich ziemlich heftig gestritten«, erzählte Kate Elizabeth am Tag der Party am Telefon. »In gewissen Internetforen gibt es eine sehr lautstarke Gruppe von Leuten, die sagen, *Orgie* sei ein misogyner Ausdruck, das klinge so nach Playboy Mansion anno 1972. Das Wort *Orgie* impliziert irgendwie, dass jeder einen Freischein hat und anfassen kann, wen er will, wie er will, so als könnte man jeden Moment von irgendwem angegrapscht werden, womit Typen selten ein Problem haben, aber Frauen wünschen sich das eher weniger.«

»Wenn es keine Orgie ist«, sagte Elizabeth, »wie lautet denn dann die bevorzugte Bezeichnung?«

»Ach, man kann es einfach genau benennen. Dreier, Vierer, Fünfer, Sechser. Dass mehr als sechs mit von der Partie sind, kommt ehrlich gesagt ziemlich selten vor.«

Elizabeth saß auf dem Boden ihres Schlafzimmerschranks, die Tür geschlossen, den Lautsprecher des Telefons mit der Hand bedeckt, und Jack hatte versprochen, im Nebenzimmer dafür zu sorgen, dass Toby am Computer beschäftigt war, bestenfalls bei voll aufgedrehter Lautstärke – so sehr war ihr daran gelegen, dass ihr Sohn das Gespräch nicht mit anhörte.

»Ihr solltet euch auch überlegen, welche bestimmte Art der Nichtmonogamie ihr leben wollt.«

»Ich habe keine Ahnung.«

»Also, da gäbe es zunächst einmal die klassische stillschweigende Übereinkunft, dann die semimonogame Option oder die transparentere offene Ehe, außerdem sanfter Partnertausch, kompletter Partnertausch, hierarchische Polygamie, nicht hierarchische Polygamie, Polyfidelity, Beziehungsanarchie, Einhornjagd...«

»Ich glaube, wir wollen nur mal schauen.«

»Reinschmecker. Na klar. Ihr solltet wissen, dass die heutige Party viel eher auf Swinger als auf Polyamorie ausgerichtet ist, das sind zwei Subkulturen, die sich nicht immer gut vertragen.«

»Ich hätte gedacht, die spielen beide mehr oder weniger für dieselbe Mannschaft.«

»Nein. Polys neigen zu der Ansicht, dass die Swinger die Nichtmonogamie vulgär und unseriös erscheinen lassen, und Swinger wiederum finden, dass die Polys jede Form von Nichtmonogamie öde und bürokratisch aussehen lassen. Ich kann dir sagen, die Auseinandersetzungen auf Twitter sind brutal.«

»Ich fühle mich langsam ein bisschen überfordert.«

»Außerdem«, sagte Kate, »müsst ihr euch unbedingt auf ein Escape Word verständigen.«

»Ein was?«

»Ein Escape Word.«

»Was ist das denn?«

»Na ja, du weißt doch, dass Leute aus der BDSM-Szene ein Safeword haben?«

»Davon habe ich schon mal gehört.«

»Ein Escape Word ist so was Ähnliches. Es ist ein Signal an deinen Partner, dass du mit dem, was du gerade machst, aufhören willst, *und zwar sofort*. Aber im Gegensatz zu einem Safeword, das in einem normalen Gespräch nie fallen würde – du weißt schon, damit es heraussticht und auch in einem hitzigen Augenblick sofort erkannt wird –, muss ein Escape Word

deutlich subtiler sein. Es sollte etwas sein, was man vor einem anderen Paar sagen kann, ohne dass es auffällt.«
»Mein Gott, wie oft kommt das denn vor?«
»Eigentlich nicht oft, und so gut wie nie im Spielzimmer.«
»Im Spielzimmer?«
»Ja. Dort findet der Sex statt. Die Orgie sozusagen.«
»Ich glaube nicht, dass ich es als Spielzimmer bezeichnen könnte. Das ist mir viel zu kindlich. Mit den Assoziationen komme ich nicht klar.«
»Ich denke, das soll einfach den Spaß zum Ausdruck bringen. In unserer Sprache gibt es kein richtiges Wort für diese Art von Aktivität, also versuchen wir, das Beste daraus zu machen. Ich meine, man will ja nicht von einem *Liebesraum* sprechen, oder?«
»Nein, das ist irgendwie noch schlimmer.«
»Wenn ich erst mal im Spielzimmer bin, muss ich das Escape Word jedenfalls so gut wie nie verwenden. Einvernehmlichkeit ist in dieser Community das A und O, und alle besprechen vor dem Vollzug ausgiebig ihre Grenzen, Regeln und Vorlieben in Bezug auf Berühren und Küssen, Oralsex, Partnertausch, Fetische, bisexuelle Liebe und so weiter und so fort.«
»Das klingt alles wahnsinnig kompliziert.«
»Wenn ich mein Escape Word überhaupt mal benutze, dann *vor* dem Spielzimmer, wenn ich mit irgendeinem Pärchen rede und merke, dass ich wegmuss.«
»Warum solltest du wegmüssen?«
»Drama. Manche riechen förmlich nach Drama. Denen solltest du unbedingt aus dem Weg gehen.«
»Sollte ich auf irgendwas Bestimmtes achten, auf irgendwelche Warnsignale?«
»Na ja, du wirst feststellen, dass die meisten Paare nur da sind, um ein kleines Sexabenteuer zu erleben. Danach gehen sie nach Hause, bezahlen den Babysitter und kichern ein bisschen über das, was sie da Verrücktes gemacht haben.

Aber manche anderen Paare kommen aus einem verzweifelten Bedürfnis heraus, einem Bruch in ihrer Beziehung. Und sie meinen, sie könnten ihre Ehe dadurch kitten, was unweigerlich nach hinten losgeht. Es fliegt ihnen immer um die Ohren, und glaub mir, *da* willst du nicht reingezogen werden.«

»Ein guter Rat. Toll. Danke.«

»Was die Kleidung angeht: Zieh einfach was an, worin du dich sexy fühlst, und stell dich darauf ein, dass es, ganz egal, wie ausgefallen du dich kleidest, irgendwen geben wird, der noch ausgefallener gekleidet ist, und wahrscheinlich ist es Donna.«

»Wer ist Donna?«

»Das wirst du schon mitkriegen. Ach ja, der Eintrittspreis liegt bei achtzig Dollar in bar, plus eine Flasche erstklassiger Alkohol. Das versteht ihr dann schon, wenn ihr da seid.«

»Alles klar.«

»Und zu guter Letzt«, sagte Kate, »ignoriert die Demonstranten.«

»Es gibt *Demonstranten?*«

»Sozusagen. Manchmal. Bei schönem Wetter steht hin und wieder eine Handvoll Leute mit abwertenden Schildern draußen. Sie sind nervig, aber harmlos. Es passt ihnen wahrscheinlich nicht, dass der Club neben einer Kita liegt. Na ja, wir parken jedenfalls immer in der Gasse hinter dem Haus, da kriegen wir sie gar nicht erst zu sehen.«

Und genau so machten es auch Jack und Elizabeth, die in gespannter Stille zu der Adresse in einem Vorort fuhren, unangenehm dicht an der Grenze zu Park Shore gelegen, direkt an der Hauptverkehrsstraße, die ihr Viertel mit den Schnellstraßen der Stadt verband; sie folgten einer Gasse, die sie an ein Schild mit der schlichten Aufschrift PARKEN führte, wo sie auf einen großen Parkplatz fuhren, der von einem drei Meter hohen blickdichten Zaun umgeben war, und in eine Parklücke unweit eines dreistöckigen Gebäudes ohne äußere Beschilderung einbogen, dessen Fensterscheiben so dunkel getönt waren, dass man nur den leichtesten Schimmer von etwas sah, bei dem es sich um die flirrenden Nadelstiche aus Licht zu handeln schien, die von einer Discokugel ausgingen. Elizabeth war schon oft an diesem Gebäude vorbeigekommen, bei jeder Fahrt nach Park Shore und zurück, hatte es aber bis zu diesem Augenblick nie gesehen oder wahrgenommen.

»Willkommen im Club«, sagte der Parkdienstmitarbeiter, und dann wurden sie durch den Hintereingang eines Nachtclubs, der keinen Namen zu haben schien – es sei denn, der Club hieß einfach nur »Club« –, in eine Art Warteraum geführt, einen kleinen Aufenthaltsraum, sanft erhellt von einem Kristallleuchter mit vielen flackernden LED-Kerzen, die echten brennenden Kerzen nachempfunden waren, was dem Raum zusammen mit den roten Wänden, dem drapierten roten Samt, den roten Satinvorhängen und einem echt antik wirkenden Jugendstilschreibtisch eine Art Moulin-Rouge-hafte Opulenz verlieh. Hinter dem Tisch – der wirklich ein bemerkenswertes Möbelstück war, fand Jack, mit verschnörkelten Schnitzereien von Blumenstängeln, Blüten und dergleichen – saß eine Frau, auf deren Namensschild »Donna« stand und die Ende sechzig/Anfang siebzig zu sein schien. Ihr langes graues Haar war zu einer Art voluminöser Dauerwelle frisiert, ihr tief ausgeschnittenes schwarzes Kleid war nicht annähernd so ausgefallen, wie Elizabeth nach Kates Schilderung erwartet hatte, und sie suchte nun auf einer Liste nach ihren Namen. Jack und Elizabeth lauschten dem leisen Wummern von Tanzmusik auf der anderen Seite der Tür und warteten.

»Ah, da seid ihr ja«, sagte Donna mit heiserer Raucherstimme. »Neulinge, wie?«

Jack und Elizabeth nickten.

»Na schön, wir müssen ein bisschen Papierkram erledigen.«

Und Donna half ihnen bei den administrativen Formalien, die notwendig waren, um Zugang zu diesem Ort zu erhalten, der den Dokumenten zufolge tatsächlich »Der Club: ein privater Verein« hieß. Die Formulare waren dicht mit Großbuchstaben bedruckt wie Software-Nutzervereinbarungen, und auf der ersten Seite fand sich der fett gedruckte und unterstrichene Hinweis, die achtzig Dollar, die sie heute Abend zahlten, seien kein »Eintrittspreis«, sondern vielmehr die »Mitgliedschaftsgebühr« für eine eintägige Mitgliedschaft in »Der Club: ein privater Verein«. Donna erklärte ihnen, ein Ort, an dem sexuelle Aktivitäten stattfanden, könne durch Erheben eines Eintrittsgeldes mit den Bordellgesetzen in Konflikt geraten, für private Gesellschaftsvereine gelte jedoch eine andere Lizenzstruktur, die sie vor jeder Art der Verfolgung außer der allerhartnäckigsten schütze. Diese taufrische Mitgliedschaft in »Der Club: ein privater Verein« werde, sagte sie, genau zwölf Stunden währen, es sei denn, sie wollten eine vierteljährige oder einjährige Mitgliedschaft erwerben, wofür absurde Preise aufgerufen wurden. Ein weiteres Dokument belehrte sie darüber, dass sie beim Betreten des Spielzimmers mit der Absicht der Teilnahme an sexuellen Aktivitäten rein rechtlich betrachtet einen Raum betraten, den sie, Jack und Elizabeth, mieteten, ähnlich wie Hotels Festsäle für Konferenzen vermieteten, ohne für irgendetwas verantwortlich zu sein, was irgendjemand auf einer solchen Konferenz sagte oder tat – »In juristischer Hinsicht bieten wir keinen ›Sexraum‹ an, sondern vermieten einen Raum an euch, in dem ihr Sex haben könnt oder auch nicht, ganz wie ihr mögt«, sagte Donna, »was natürlich unsere Haftbarkeit begrenzt« –, also bestätigten sie mit ihrer Unterschrift und ihren Initialen, dass es sich bei einem Teil ihres Mitgliedschaftsbeitrags eigentlich um den »Mietpreis« für das erwähnte Spielzimmer handelte, der im Falle, dass sie sich nicht an der nächtlichen Ausschweifung beteiligen wollten, natürlich nicht erstattbar war. Dann schließlich die Alkoholklausel, zu der Donna erläuterte, dass im Bundesstaat Illinois an Orten, an denen man auch nackten Menschen begegnen konnte, kein Alkohol verkauft werden dürfe, weswegen die Clubmitglieder ihren eigenen Alkohol mitbringen müssten, was bedeute, dass bei strenger Auslegung der bundesstaatlichen Gesetze »Der Club: ein privater Verein« genau genommen nicht widerrechtlich Alkohol ohne Lizenz verkaufte, sondern einem den selbst mitgebrachten Alkohol nur zurückgab. Unterdessen nahm Donna ihre Flasche Hendrick's und sagte: »Den bringe ich an die Bar«, und ihr Gin verschwand auf Nimmerwiedersehen.

»In Illinois gelten also anscheinend noch ziemlich strenge Sittengesetze?«, sagte Jack, woraufhin Donna schnaubte und die Augen verdrehte, als wollte sie sagen: *Ihr macht euch keine Vorstellung.*

»Schönen Abend!«, sagte sie und öffnete die Tür zum Innenraum.

Das Innere des Clubs war so eklektisch und exzentrisch eingerichtet wie eine Teeparty des verrückten Hutmachers aus *Alice im Wunderland*. Überall standen nicht aufeinander abgestimmte skurrile Möbel herum, an den mit ulkiger Blumentapete verkleideten Wänden hingen antike Spiegel, leicht angeschrägte antike Bilderrahmen und antike Uhren, die alle unterschiedliche Uhrzeiten anzeigten, und aus Vasen auf sämtlichen Tischen und in den Regalen der Bar ergossen sich Blumen in pastelligen Rosa-, Violett- und Gelbtönen, die mit ziemlicher Sicherheit künstlich waren. An den äußeren Wänden zogen sich dunkle, nicht einsehbare Nischen entlang, darin mit getuftetem Samt überzogene Sofas mit hohen Lehnen, in der Mitte eine schwarz-weiß karierte Tanzfläche, von oben erhellt durch den sanften, diffusen Schimmer um die Discokugel herum an der Decke baumelnder Lichterketten. Die Lautstärke der Musik war genau so eingestellt, dass sie zum Tanzen ermutigte, aber auch Gespräche zuließ, und Jack beugte sich zu Elizabeth hinüber und sagte: »Wie geht's jetzt weiter?«

Sie führte ihn zu einer der Nischen gegenüber der Bar, wo sie sich auf das Plüschsofa setzten, und dort verborgen beobachteten sie das Geschehen.

Die Party hatte noch nicht begonnen; es waren nur ein paar Dutzend Leute anwesend und nur vier auf der Tanzfläche – allesamt Frauen, die abwechselnd um die Stange in der Mitte der Tanzfläche wirbelten, und das auf eine Art, die auf reichliche Erfahrung, vielleicht sogar Unterricht und Training für Fortgeschrittene schließen ließ. Sie sahen aus, als wären sie in ihren Vierzigern oder Fünfzigern, und sie trugen allesamt halterlose Kleider in knalligen Neonfarben, so kurz, dass man beim Erklimmen der Stange mühelos sehen konnte, wer von ihnen sich zum Tragen von Unterwäsche entschieden hatte und wer dagegen. Als Jack das bemerkte, wandte er sich aus Respekt sofort ab.

Elizabeth kam sich unterdessen *overdressed* vor. Sie hatte für den Abend ein kleines schwarzes Kleid mit Spaghettiträgern gewählt, das vielleicht fünf bis sieben Zentimeter zu kurz war, um es guten Gewissens am Arbeitsplatz zu tragen, aber nun begriff sie, dass ein solches Kleid in dieser Umgebung geradezu prüde wirkte. Das Fleisch war hier auf offensive, frohlockende Weise unverhüllt: Röcke waren eher winzig als mini, Ausschnitte zogen sich unzüchtig bis zum Bauchnabel hinunter, Kleider waren eher eine Andeutung von Bekleidung als wirkliche Bekleidung, Pasties auf den Brustwarzen schienen als Oberteil durchzugehen – und das galt nicht nur für die modelhaften Körper, von denen es einige gab, sondern für nahezu alle Frauen hier, die jungen, die alten und die mittelalten, die großen und die kleinen, jugendliche Körper sowie Körper, die von der Zeit oder dem Austragen von Kindern oder dem Erschlaffen des Alters gezeichnet waren; hier wurde nichts versteckt. Zum Beispiel die Frau, die gerade an der Stange kreiste: Beim Herunterrutschen an der Stange hatte sich ihr Kleid zum Brustkorb hin aufgerollt, sodass nun jeder im Club genau sehen konnte, wie ihr Bauch auf die Kaiserschnittnarbe herabhing, und sie lachte und wirbelte um die Stange und scherte sich einen Dreck darum. Elizabeth fand das erstaunlich einnehmend.

Die Männer dagegen trugen so gut wie alle das gleiche Outfit, die gleiche Kombination aus dunklen Jeans und engem schwarzen Button-down-Hemd; ihren Körperbau konnte man fast durchgängig als »bullig« bezeichnen, ihre Köpfe waren nahezu ausschließlich rasiert oder kahl. Sie sahen so gleich aus, dass Elizabeth lachen musste.

»Wenn diese Frauen auf Abwechslung aus sind«, sagte sie, »werden sie sie hier nicht finden.«

»Schräg, oder?«, sagte Jack. »Ich meine, gehen diese Typen alle zum selben Friseur?«

»Ich frage mich, ob sie einen Gruppenrabatt auf europäischen Clubwear kriegen.«

»Ihre Familienporträts bestehen wahrscheinlich komplett aus Selfies im Fitnesscenter.«

»Es muss auf jeden Fall untersucht werden, ob das Kahlheitsgen mit dem Bedürfnis nach Frauentausch in Verbindung steht.«

Sie lächelten einander an. Und es fühlte sich gut an, zurückgezogen in dieser Nische zu sitzen und zusammen zu scherzen. Es war wie einer dieser Gap-Abstecher zu Studentenzeiten; sie waren wieder ein Team. Elizabeth griff über den Tisch hinweg nach Jacks Hand.

Und das war der Augenblick, in dem sie von Kate und Kyle aufgespürt wurden.

»Da seid ihr ja!«, sagte Kate, die einen schwarzen Lederminirock, eine große, mit funkelnden Juwelen besetzte Brille und ein Oberteil trug, das wie eine Kreuzung aus Bikini und Spinnennetz aussah. Sie war zudem viel, viel größer als sonst, was an den zwanzig Zentimeter hohen Plateausohlen ihrer Schuhe lag, und als sie Jack und Elizabeth begrüßte (natürlich mit einem Kuss auf den Mund), musste sie sich so weit vorbeugen, dass sie um ein Haar das Gleichgewicht verlor und auf den Schößen der beiden landete, was vermutlich auch der Plan war.

»Los, komm, Romeo!«, sagte sie zu Jack. »Holen wir was zu trinken.«

Jack warf Elizabeth einen Blick zu; *Romeo* war zufälligerweise ihr Escape Word. Wenn Elizabeth ihn Romeo nannte oder er sie Julia, darauf hatten sie sich verständigt, dann war das das Signal, alles stehen und liegen zu lassen und die Flucht zu ergreifen.

Als er später auf den Abend zurückblickte, schien ihm der Umstand, dass Kate in den ersten zehn Sekunden ihr Escape Word erwähnt hatte, ein wichtiges Zeichen zu sein, das sie in dem Augenblick übersehen hatten. Im Rückblick erkannten sie in der Art und Weise, wie ihre Freunde sie voneinander getrennt hatten – wie Kate mit ihm an die Bar gegangen und Kyle zu Elizabeth in die Nische gerutscht war –, eine Art ausgeklügelte Strategie, durch die Kate und Kyle sie beide auf ihr jeweiliges Dramapotenzial abklopfen wollten. Aber zu diesem Zeitpunkt erkannten Jack und Elizabeth das Manöver natürlich nicht als solches. Sie machten einfach mit. Inmitten einer Flut von Informationen fällt es manchmal schwer, sich so klug und scharfsinnig zu verhalten, wie man es im Normalfall tun würde.

Jack konnte sich beispielsweise keinen Reim auf die gerade wirksamen gesellschaftlichen Dynamiken machen, während er eigentlich immer nur vor sich hin sagte: *Sei kein Lustmolch. Sei kein Lustmolch.* Diese eine Maxime nahm mehr oder weniger seinen gesamten Arbeitsspeicher in Anspruch, denn als er Kate an den vielen Frauen in ihren vielen extravaganten Stadien der Entkleidung vorbei zur Bar folgte, begriff er, dass jede Frau, jedes Stückchen entblößtes Fleisch, jede aus einem Tanktop lugende Brust, jede unter einem Netzoberteil sichtbare Brustwarze seine tiefe, permanente, totale Lustmolchhaftigkeit ans Licht zu bringen drohte. Er sehnte sich danach, auf die ganze dekadente Szenerie zu starren, und es war die überwältigende Macht dieses Verlangens, die bewirkte, dass er sich schmierig fühlte.

Die Intensität des Gefühls verdoppelte sich, als er mit Kate an der Bar stand und aus nächster Nähe sah, wie sehr ihr

Riemchen-BH-Oberteil sie doch *nicht vollständig bedeckte*, und es kam ihm vor, als gäbe es nicht eine einzige Route, die sein Blick nehmen könnte, ohne dass es als lustmolchhaft interpretiert würde.

»Ist es nicht wunderbar?«, sagte Kate.

»Auf jeden Fall!«, sagte Jack, den Blick fest auf die Getränkekarte geheftet.

»Herrlich, wie frei hier alle sind.«

»Auf jeden Fall!« Er tat so, als würde er die Karte sehr, sehr angestrengt studieren.

Das Problem bestand ganz sicher auch in Jacks akademischer Auseinandersetzung mit dem männlichen Blick, dem problematischen männlichen Impuls zur Objektifizierung und Entmenschlichung. Er verstand, dass es oft ein Problem mit der Wahrnehmung der Männer gab, der Art und Weise, wie sie schauten und sahen und erfassten, was mit ihrer Tendenz zusammenhing, Frauen allein auf ihre sexuell relevanten Körperteile zu reduzieren, und blickte er sich an diesem Abend in dem Club um, dann dachte er: *Ja, genau das tue ich.* Er wusste, wenn er die Frauen hier wirklich so anstarrte, wie er es nur allzu gern getan hätte, dann täte er das auf eine selbstsüchtige, anzügliche, rein objektifizierende Weise, auf den Körper der Frau fokussiert statt auf ihr ganzes menschliches Ich, was widerlich war. Es war ein vertrauter Konflikt, die gleiche innere Spannung wie bei jeder voyeuristischen Gelegenheit, die Jack vorsätzlich und rechtschaffen zu ignorieren versuchte. (Radtouren am Seeufer an den ersten Sommertagen, wenn alle Frauen aus Chicago in winzigen Bikinis an den Strand zu drängen schienen, waren bei Gott ein Albtraum im Spannungsfeld von Verlockung und Disziplin.) Dass er sich des toxischen männlichen Blickes so überaus bewusst war, resultierte meist darin, dass Jack genau das verleugnete, was er am meisten wollte, dass er genau den Dingen geistigen Widerstand leistete, die ihn am stärksten anzogen, wenngleich er kaum seine akademische Ausbildung dafür verantwortlich machen konnte, denn als er auf dem College erstmals mit den entsprechenden Texten in Berührung kam, war er bereits – ziemlich sicher aufgrund der bejammernswerten Geschlechterverhältnisse, mit denen er aufgewachsen war – zu der Überzeugung gelangt, dass Männer Frauen schon allein dadurch ganz grundlegend verletzten, dass sie einfach sie selbst waren. Dass sie schlicht existierten. Einfach nur ihre krude männliche Agenda verfolgten. Wenn er im College also Kritik am männlichen Blick begegnete und las, dass mit ihm womöglich etwas auf grundlegende, unveränderliche Weise nicht stimmte, dann brauchte es nicht besonders viel Überzeugungskraft. Die Lektüre schien unmittelbar etwas zu bestätigen, was er bereits vermutet und gewusst hatte. Solange er zurückdenken konnte, hatte er dieses von Schuld erfüllte innere Melodrama durchlebt, hatte geglaubt, sich zu einem Mädchen hingezogen zu fühlen und ihm Aufmerksamkeit zu schenken sei das emotionale Gegenstück dazu, es anzuhusten und anzuniesen, wenn er krank war. Zog es ihn zu einem Mädchen hin, dann kam er sich plötzlich wie der Riesenkrake am Ende von *Zwanzigtausend Meilen unter dem Meer* vor, so als bestünde er ganz und gar aus selbstsüchtiger, gieriger, widerwärtiger Bedürftigkeit.

Die Frauen hier im Club, das war ihm bewusst, waren nicht ihm und seinem Blick zuliebe in ausdrücklich freizügige Kleider gehüllt, sondern nur sich selbst zuliebe, um ihre Sexualität und Weiblichkeit auf eine körperpositive Weise zu umarmen, und wenn er hier hereinplatzte und sie lüstern anstarrte, störte er die Ruhe dieses sicheren und *empowernden* Ortes, das war die Erzählung, die ihm gerade durch den Kopf ging.

»Ist alles in Ordnung?«, sagte Kate.

»Ja, klar, bestens«, sagte Jack. »Wieso?«

»Weil du auf die Karte starrst wie ein Irrer.«

Elizabeth unterdessen war angespannt.

»Du wirkst angespannt«, sagte Kyle.

»Ich bin nicht angespannt«, sagte sie, setzte ein breites, schmallippiges, leichenhaftes Lächeln auf und schüttelte auf eine eindeutig hastige, manische und angespannte Weise den Kopf. »Kein bisschen!«

Sie war so angespannt.

Kyle war neben sie gerutscht, ganz dicht neben sie, unter Missachtung aller üblichen Distanzzonen, so dicht, dass sie etwas roch, was entweder ein Parfum, ein Aftershave oder eine Körperlotion oder alles zusammen war, eine Mischung verschiedener Moschusnoten. Wie all die anderen Männer hier war Kyle bullig und kahlköpfig, und er trug ein schwarzes Button-down-Hemd mit drei Knöpfen weniger, als man eigentlich für normal gehalten hätte, sodass der Kragen aufklaffte und den Blick auf seine fassartige Brust und das blonde Brusthaar freigab, das Kyle, der vollkommen gleichförmigen Länge von etwa zwei Millimetern nach zu schließen, vor drei bis fünf Tagen komplett abrasiert haben musste. Zu wissen, dass Kyle sein Brusthaar in *exakt* dieser Länge offenbar am schicksten fand, fühlte sich seltsam intim an.

»Erzähl mir von Jack«, sagte er.

»Was willst du wissen?«

»Erzähl mir, warum du dich in ihn verliebt hast.«

Elizabeth lächelte. Das war nicht der Gesprächsverlauf, den sie erwartet hatte. Sie war angespannt gewesen, weil sie angenommen hatte, dass Kyle, nachdem Jack mit Kate fortgegangen war, von ihr erwartete, sie werde sich kokett, sexy, sexuell verfügbar und so weiter geben. Das Umfeld, die Situation und die Tatsache, dass es ihre Idee gewesen war, in den Club zu kommen, all das schien sie dazu zu verpflichten, in diesem Augenblick scharf zu sein. Sinnlich. Verführerisch. Und das Problem war, dass ihr nichts weniger Lust darauf machte, sich verführerisch zu verhalten, als wenn jemand es von ihr erwartete. Und der ganze Charme und Humor, den sie verspürt hatte, als Jack und sie von ihrer dunklen Nische aus die Leute beobachtet hatten, all das war verflogen, als

Kyle sich neben sie geschoben und sie mit einer Miene angesehen hatte, die sie als erwartungsvoll interpretierte.

Doch dann erkundigte er sich nach Jack, was ein deutlich weniger gefährliches Thema war, eine Bestätigung ihrer Treue zu jemand anderem, weshalb ihre Anspannung durch die Frage ein wenig nachließ.

(Sie wusste nicht, dass Kate und Kyle Neuen oft diese Frage stellten, dass sie fanden, Nullachtfünfzehner ließen sich eher dazu bringen, sich verdammt noch mal zu entspannen, wenn sie über ihre gegenseitige Hingabe reden konnten. Es war eine Strategie, die sie verfolgten; ihrer Erfahrung nach vereinfachte es die Anbahnung. Kate hatte genau im selben Augenblick Jack nach Elizabeth gefragt.)

»Na ja, als wir uns kennenlernten«, sagte Elizabeth, »gingen wir aufs College und wohnten beide in Wicker Park, umgeben von lauter Künstlern und Musikern, die alle ihre Unsicherheit kompensierten, indem sie ihre exzentrischen Neigungen voll auslebten. Aus allen Richtungen schien es nur ›Seht mich an!‹ zu rufen. Aber Jack war nicht so. Er brauchte kein Scheinwerferlicht und keine Aufmerksamkeit. Er war still, superromantisch, ja irgendwie ein Kavalier. Außerdem war er so ein tätowierter Künstlertyp mit langem verwuschelten Pony, was natürlich anziehend wirkte.«

»Warum?«, sagte Kyle.

»Warum dieses Tätowierter-Künstler-Ding attraktiv war?«

»Ja, warum fandest du gerade dieses Detail anziehend?«

»Ich weiß es nicht. Ich fand es einfach attraktiv.«

»Ja, aber warum?«

»Wenn ich raten müsste, würde ich wahrscheinlich sagen, dass er so anders war als alle anderen, die ich kannte, als die Leute, mit denen ich aufgewachsen war.«

»Inwiefern?«

»Ich bin in einem sehr strengen Umfeld groß geworden. Alle waren perfekt.«

»Ah, verstehe.«

»In meiner Familie durfte man sich keine Fehler erlauben. Nie.«

»Alles klar.«

»Der kleinste Ausrutscher, und es war, als würde alles über dir zusammenbrechen. Es ging immer gleich ums Ganze.«

Kyle nickte. »Das klingt hart.«

»Es *war* hart«, sagte Elizabeth, »aber dann tauchte Jack auf, mit seinen Tattoos und dem strubbeligen Haar und nur einem einzigen Outfit. Ihm war es egal, wenn er aus dem Rahmen fiel. Sein ganzes Image beruhte darauf. Er zelebrierte es förmlich.«

»Jetzt ist mir klar, dass das auf dich anziehend gewirkt haben muss.«

»Ja.«

»Dass es den Druck von dir genommen hat. Dass du einfach einmal du selbst sein konntest.«

»Genau.«

Nun, da die Spannung von Elizabeth wich, erkannte sie, dass Kyles Miene eigentlich gar nicht *erwartungsvoll* war – sie war eher *interessiert*. Er wandte sich ihr auf eine fokussierte und interessierte, aber nicht unbedingt erwartungsvolle Art zu, was für einen Mann ehrlich gesagt ungewöhnlich war. Insbesondere in einer Umgebung, in der die Möglichkeit von Sex oder sexueller Eroberung in der Luft lag, war es nach Elizabeths Erfahrung ziemlich ungewöhnlich, dass ein Mann seine Aufmerksamkeit von dem entkoppelte, was er sich mit seiner Aufmerksamkeit erkaufen zu können hoffte. Aufmerksamkeit um der Aufmerksamkeit willen, ohne im Gegenzug irgendetwas einzufordern oder zu erwarten, das war mit anderen Worten bei Männern eher selten. Kyle schien, so wurde Elizabeth nun bewusst, eine Eigenschaft zu besitzen, aufgrund derer es ihm egal war, ob sie sich im Zuge dieses Austausches stärker zu ihm hingezogen fühlte oder nicht. Er schien zu sagen: *Ich komme bei meinen Abenteuern mit meiner Frau (und ohne sie) mit so vielen Frauen in Kontakt, dass mein*

Selbstwertgefühl nicht von deiner Reaktion auf mich abhängt, weshalb er bei seinem Austausch mit Elizabeth ruhig, unverstellt und entspannt sein konnte, weshalb dieser Austausch nicht unterschwellig mit verkrampfter Bedürftigkeit aufgeladen war, was Elizabeth unweigerlich gespürt und als einen Druck oder eine Erwartungshaltung erlebt hätte, deren Fehlen, wie ihr nun bewusst wurde, sie vor all den Jahren auch zu Jack hingezogen hatte, und das versuchte sie Kyle jetzt zu erklären: »Jack redete nicht mit mir«, sagte sie, »was ich, wenn ich so darüber nachdenke, komischerweise auch anziehend fand.«

Kyle zog eine seiner blonden Augenbrauen hoch.

»Wir liefen uns immer wieder über den Weg, in Bars und Nachtclubs, monatelang. Und, na ja, er ignorierte mich einfach immer.«

»Und das fandest du anziehend?«

»Ist das nicht merkwürdig? Aber ja, so war es. Je weniger er mich brauchte, desto attraktiver wurde er für mich.«

»Weil er unabhängig, stark und selbstständig wirkte und kein bisschen bedürftig oder anhänglich.«

»Genau.«

»Seine Bedürfnislosigkeit wirkte anziehend, weil sie das Gegenteil von dem war, was du in deiner Kindheit erlebt hattest, als ständig die Aufmerksamkeit anderer auf dir lag.«

»Vermutlich.«

»Und die Aufmerksamkeit anderer ist anstrengend, weil sich ihre Erwartungen wie eine unmöglich zu erfüllende Verpflichtung anfühlen.«

»Richtig.«

»Du fühlst dich verpflichtet, diesen Erwartungen gerecht zu werden, weil du die anderen nicht enttäuschen willst. Aber ihre Ansprüche sind so groß, dass du sie letzten Endes doch enttäuschst. Also bist du so oder so die Gelackmeierte.«

»Wow, ja, genau.«

»Letztlich gehst du dem Problem aus dem Weg, indem du auf Bedürftigkeit allergisch reagierst.«

»Ein Psychologieprofessor hat mir mal gesagt, wahre Liebe würde bedeuten, unser Selbstgefühl auf ein Objekt der Liebe auszuweiten. Dann werden einige seiner Eigenschaften zu unseren eigenen. Und mir gefiel wahrscheinlich Jacks rebellisches Auftreten, dass er sich über Konventionen hinwegsetzte, dass er nichts darauf gab, was andere über ihn dachten, und ja, seine Unabhängigkeit, seine Bedürfnislosigkeit. Das waren allesamt Eigenschaften, von denen ich glaubte, dass sie mir fehlten. Ich glaube, er gab mir das Gefühl, mich zu vervollständigen. Wir vervollständigten uns gegenseitig.«

»Was euch jetzt sicher vor Herausforderungen stellt.«

»Was meinst du?«

»Nur dass Jack dich eindeutig braucht. Er braucht dich offensichtlich sehr.« Und Kyle neigte den Kopf in Richtung Bar, wo Jack stand und Elizabeth anstarrte, und als er sich dabei ertappt fühlte, winkte er ihr kurz nervös zu.

»Ja, das tut er«, sagte sie und winkte zurück. Jack wirkte kleiner als je zuvor, wie er da neben Kate stand, die ihn in ihren Plateauschuhen deutlich überragte.

Sie wandte sich wieder Kyle zu. »Bist du Therapeut oder so etwas in der Art?«

»Ich handle mit Kryptowährungen.«

»Okay.«

Auf der anderen Seite der Tanzfläche sagte Jack in diesem Augenblick zu Kate: »Was mich zuerst zu Elizabeth hinzog, war wohl ihre Energie.«

»Ihre Energie?«

»Ihre ganze Ausstrahlung. Weißt du, was ich meine? Sie war einfach so ein kluger, interessanter, unbeschwerter, entspannter Mensch, für jeden Spaß zu haben, abenteuerlustig.«

Kate nickte. »Kyle ist nicht so der Abenteurer.«

»Wirklich nicht?«

»Ich meine, wir machen *das* hier zusammen«, sagte sie mit einer vagen Handbewegung in Richtung der größtenteils unbekleideten Frauen an der Tanzstange, »aber für andere Bedürfnisse wende ich mich woandershin.«

»Was denn für andere Bedürfnisse?«

»Na ja, Kyle steht nicht so auf Machtspiele, als Dom habe ich darum Larry, und als Sub habe ich Marcus. Ich bin Switcher, weißt du.«

»Verstehe.«

»Für ernsthaftes Impact Play habe ich Bill, der ist erfahren und umsichtig. Und dann ist da noch Paulie fürs Pegging und Rimming, was ich *ausschließlich* mit ihm mache. Malcolm kann wahnsinnig gut kuscheln. Filmabende gibt's mit Kristian, dem kanadischen Filmfan. In Restaurants gehe ich mit Johnny, dem kulinarischen Hedonisten. Ich bin nicht unbedingt bisexuell, sondern eher, was man bi-offen nennen könnte, aber manchmal brauche ich einfach Britney. Und dann gibt es noch Jason – Crush Fetish ist gar nicht so mein Ding, aber es macht mich an, wie sehr Jason darauf steht.«

»Was ist das überhaupt?«

»Ach, das ist ganz unterschiedlich, aber Jason fährt darauf ab, wenn ich irgendeine Art von Obst oder Gemüse mit fester Schale nehme und es mit dem Fuß zerdrücke.«

»Wow. Du hast ja einen ganzen Harem.«

»Ich betrachte es lieber als ein breit gefächertes Portfolio. Was ihr macht, Elizabeth und du – gefühlsmäßig buchstäblich alles auf ein Pferd setzen –, ist einfach so riskant. Menschen verändern sich, sie lassen dich sitzen, sie suchen sich jemand anderen, sie fangen an, sich zu langweilen, sie sterben. Mir ist bewusst, dass sich alle jederzeit aus dem Staub machen können. Nichts ist für die Ewigkeit. Nicht mal Kyle. Und darum glaube ich auch nicht an den einen. Ich will nicht bloß einen. Ich will ein Team außergewöhnlicher Leute, die alle als Freiberufler ihren kleinen Teil dazu beitragen, das Wirtschaftssystem meines Herzens am Laufen zu halten.«

»Aber wünscht man sich nicht auch so etwas wie, ich weiß nicht, Stabilität?«

»Stabilität ist eine Fantasie aus der Mitte des letzten Jahrhunderts. Stabilität entstand in einer Zeit, in der die Leute ihr ganzes Leben lang einen einzigen Job und einen einzigen Geschlechtspartner hatten. Aber heute musst du damit rechnen, nach der nächsten Fusion willkürlich gefeuert zu werden. Und das mit dem einen Geschlechtspartner kannst du auch vergessen – heute schlafen wir vor der Ehe mit Dutzenden und heiraten dann auch noch mehrmals. Nein, Stabilität funktioniert nur, wenn sich alle darauf einigen, sich auf lange Sicht gut umeinander zu kümmern. Die aktuelle Epoche ist vielmehr auf ›Move Fast and Break Things‹ ausgelegt. Es ist das Zeitalter des Nach-links-Wischens, weißt du? Stabilität hat heutzutage einfach eine schlechte Rendite. Der wichtigste Wert ist nicht mehr Stabilität, sondern Flexibilität und dazu eine gewisse individualistische Courage.«

»Das ist im Grunde genau das Ethos, dem mein Chef folgt.«

»Meiner auch! Ich arbeite in der Computerbranche, was vielleicht der Grund ist, dass mir dieser Lifestyle so zusagt. Offene Ehen sind innovativ. Das mit der Nichtmonogamie ziehen viele in der Computerbranche durch. Die vier Frauen, die gerade an der Stange tanzen? Alles Programmiererinnen.«

»Echt?«

»Echt.«

»Darauf wäre ich nie gekommen.«

»Leute aus der Computerbranche sind tendenziell eher datenfokussiert, lösungsorientiert. Wenn sie die konventionelle Ehe betrachten, sehen sie ein Produkt, das bei fünfundsiebzig Prozent seiner Nutzer versagt. Also iterieren sie und suchen nach Lösungen.«

»Indem sie herumvögeln?«

»Ich sage nicht so gern ›herumvögeln‹, sondern nenne es eher die ›Maximierung von Wertschöpfungssynergien‹.«

»Verstehe.«

»Also, worauf stehst du denn?«

»Was meinst du damit?«

»Was sind deine sexuellen Vorlieben?«

»Ach, ich habe keine besonderen.«

»Komm schon. Jeder hat *irgendwas*.«

Der Club füllte sich allmählich, in den meisten der Nischen saßen vier Leute, die redeten, tranken und lachten und in mindestens einem Fall herumknutschten. Einige hatten sich zu den Frauen auf die Tanzfläche gewagt, und an der Bar bildete sich eine Schlange, weil dort nun eine Art zwangloses Büfett angeboten wurde: hausgemachte Sandwiches, Salate, irgendwas in einem Schmortopf.

In ihrer Nische zeigte Elizabeth Kyle Fotos auf ihrem Telefon: »Das ist Toby«, sagte sie, während sie durch den Ordner mit seinen hübschesten Fotos blätterte.

»Oh«, sagte Kyle. »Der ist ja bezaubernd.«

»Mein kleiner Mann«, sagte Elizabeth strahlend.

Kyle entpuppte sich als unglaublich guter Zuhörer. Was sie anfangs als aufdringliche Nähe empfunden hatte, brachte eigentlich nur sein Verlangen zum Ausdruck, ihr besser zuhören zu können. Er saß ganz dicht neben ihr und sah ihr mit einer Intensität und einer Miene direkt in die Augen, die zu sagen schienen: *Ich bin für dich da*. Und er sah ihre Augen nicht nur an, er sah wirklich tief in sie hinein, in ihr Inneres, als bewunderte er die Oberfläche und den Grund des Ozeans zugleich, so fühlte sich seine Aufmerksamkeit an. Er hatte sich nach ihr erkundigt, angefangen mit ihrer Arbeit, und sie hatte ihm alles über *Wellness* erzählt, über ihre Placeboforschungen, ihre Patienten, die mit durch Phantommedizin heilbaren Beschwerden kamen. Dann hatte er nach Toby gefragt, also erzählte sie ihm nun von Tobys Gamingkanal, was Kyle wie alles, was sie ihm erzählte, ganz und gar fesselnd zu finden schien.

»Manchmal«, sagte sie, »erwische ich Toby dabei, wie er vor dem Spiegel ein komisches Gesicht macht, und wenn ich ihn frage, was um alles in der Welt er da tut, sagt er – pass auf –: ›Ich übe meine Reaktionen‹.«

»Ist ja großartig.«
»Oder?«
»Und wahrscheinlich gesund.«
»Meinst du?«
»Klar. Er übt, seine Emotionen aufrichtig auszudrücken. Das ist eine Form von Ehrlichkeit, die die meisten von uns wahrscheinlich niemals erreichen werden.«
»Hm. So habe ich das noch nie betrachtet.«
»Hast du Fotos von der Kunst deines Mannes? Die würde ich gern mal sehen.«

Also zeigte Elizabeth ihm Jacks Arbeiten, die Fotochemigramme, die abstrakten Bilder, die Jack mit den zum Entwickeln von Fotos benötigten Lösungs- und Fixiermitteln schuf. Sie wischte von einem Foto zum anderen – sie sahen alle mehr oder weniger gleich aus: ein dicker Klecks in der Mitte, umgeben von wilden schwarzen Schlieren –, und Kyle nickte, rieb sich das Kinn und sagte schließlich: »Die sehen alle sehr ähnlich aus.«

Und sie erklärte, dass es tatsächlich interessante Unterschiede zwischen ihnen gab, Stellen, an denen die Chemikalien anders verlaufen waren, sich anders gesetzt, sich ein wenig anders gemischt hatten. Aber ja, Kyle hatte nicht unrecht. Sie sahen schon irgendwie gleich aus, hatten alle das gleiche wesentliche Motiv: einen dicken Klecks in der Mitte, umgeben von wilden schwarzen Schlieren.

»Und seit wann macht er das jetzt?«, fragte Kyle.

»Er hat schon vor unserer Ehe damit angefangen«, sagte Elizabeth. »Vor ungefähr fünfzehn Jahren.«

»Seit fünfzehn Jahren mehr oder weniger das gleiche Bild?«

»Jawohl.«

»Ich frage mich, was es bedeutet.«

»Das ist der Punkt. Es bedeutet gar nichts. Es soll nichts bedeuten. Es gibt kein Thema, es wird nichts dargestellt. Es ist eine Darstellung von nichts. Es ist reine Abstraktion, reine Form, entkoppelt von jeder Bedeutung.«

»Ich finde das äußerst bedeutungsvoll.«
»Wirklich?«
»Ja. Die Symmetrie des Ganzen.«
»Welche Symmetrie?«
»Denk mal darüber nach. Dein Mann fotografiert nichts, und du verschreibst nichts. Er bannt nichts auf Film, und du bannst nichts in Tablettenform. Er übt die Kunst des Nichts aus, und du übst die Wissenschaft des Nichts aus. Ihr seid beide davon besessen: vom Nichts, von der Leere, der Abwesenheit. Findest du das nicht höchst bedeutungsvoll?«
Elizabeth war sich nicht sicher. So hatte sie es noch nie gesehen, aber die jähe Offensichtlichkeit von Kyles Erkenntnis machte sie auf eine sonderbare Art nervös. Sie sah zur Bar hinüber. Sie sagte: »Wo bleiben denn unsere Drinks?«
Ihre Drinks standen schon seit einiger Zeit auf dem Tresen und verwässerten allmählich, weil das Eis darin schmolz, doch Kate weigerte sich, sie zum Tisch mitzunehmen, ehe Jack sich nicht zu wenigstens einer sonderbaren sexuellen Vorliebe bekannte.
»Ehrlich, da gibt es nichts!«, sagte er flehentlich. »Ich habe gern Sex mit meiner Frau. Das ist meine Vorliebe.«
»Das glaube ich dir nicht.«
»Es stimmt aber!«
»Sonst macht dich nichts an? Dich macht buchstäblich nichts anderes an, als es in der Missionarsstellung mit deiner Angetrauten zu tun?«
»Na ja, ich meine, klar, da gibt es schon das eine oder andere.«
»Was zum Beispiel? Komm schon, irgendwas musst du nennen. Rollenspiele? Spanking? Dominanz? Unterwerfung? Verbundene Augen? Gangbangs? Cuckolding? Cosplay? Natursekt? Füße?«
»Warum muss es denn so was Ausgefallenes sein? Kann ich nicht einfach auf das Übliche stehen?«
In diesem Augenblick drang ein Jubel von der Tanzfläche

herüber, als die Empfangsdame Donna erschien, die ihr schwarzes Kleid aus- und einen blickdurchlässigen Bodysuit angezogen hatte, der vollständig aus ... nun, es war nicht ganz klar, woraus er bestand.

»Woraus ist der?«, sagte Jack.

»Aus Kondomen«, sagte Kate. Und dann, lauter: »Klasse, Donna!«

Und ja, Kate hatte recht. Offenbar hatte Donna Hunderte von – noch ringförmig zusammengerollten – Kondomen mit Bindedraht zu einer Form verbunden, die sich tragen ließ.

»Sie sagt, es ist eine Weiterentwicklung der Makrameearbeiten aus ihrer Jugend«, sagte Kate.

Und jetzt war Donna an der Stange und tanzte, wie ältere Menschen tanzen, weniger ein Tanz als ein steifes, vorsichtiges Auf-und-ab-Wippen. Die Menge scharte sich um sie und jubelte.

Kate wandte sich wieder zu Jack um. »Wenn du sagst, dass dich nur die eine Sache anmacht, die uns unserer repressiven Kultur zufolge anmachen darf, bist du meiner Meinung nach entweder mir oder dir selbst gegenüber nicht ehrlich.«

»Man könnte mich vielleicht als Allesfresser bezeichnen.«

»Als Allesfresser?«

»Also, die ganzen Sachen, die du genannt hast? Das ganze abgefahrene Zeug? Darauf würde ich abfahren, wenn meine Partnerin darauf abfahren würde. Ich würde mitziehen.«

»Das ist eine ausweichende Antwort.«

»Nein, ist es nicht.«

»Ich glaube, du fürchtest dich nur davor, was du willst. Ich glaube, es gibt da irgendwas, worauf du richtig stehst, etwas, was du nicht zugeben willst, und ich wette, es ist was richtig Schmutziges.«

Es gab da tatsächlich etwas in der Richtung, etwas, das ihn auf den Pornoseiten, die er im Netz besuchte, fesselte und erregte. Es waren Websites, auf denen Nutzer jedes Bild oder Video kommentieren – und mit Suchbegriffen verschlagworten – konnten, und es gab da einen dieser Hashtags, der Jack immer wieder ins Auge sprang, nach dem er Ausschau hielt, wenn er wieder einmal spätabends allein vor dem Computer saß: Er lautete #WishMyWifeDidThis. Bilder des Genres #WishMyWifeDidThis vermochten Jack den ganzen Abend über zu fesseln, und nicht nur aufgrund der bestimmten Handlungen, die sie darstellten und die von der gewöhnlichen Missionarsstellung bis zu den extremsten Ausschweifungen reichten. Nein, das Einzige, was all die Bilder und Videos im großen weiten #WishMyWifeDidThis-Universum gemeinsam hatten, war, dass die in diesen Szenen gezeigten Frauen stets glücklich waren. Geradezu überglücklich. Es waren Szenen, die zeigten, wie ein Mann oder oft auch mehrere Männer bestimmte Dinge mit einer Frau anstellen wollten und die Frau nur allzu gern mitmachte. Und es kam auch gar nicht darauf an, worum es sich handelte, was sie wirklich körperlich tat – nur darauf, dass sie es mit Begeisterung tat. Das war es offenbar, was sich die Männer der englischsprachigen Welt insgeheim von ihren Frauen wünschten: Zustimmung, Entgegenkommen, Freude.

Die wenigen Male, die sie zu Anfang ihrer Beziehung gemeinsam Pornos angeschaut hatten, hatte Elizabeth gesagt, das sei eine so widerliche Männerfantasie: Frauen, die dankbar waren, servil, unterwürfig und schwach sein zu können. Und natürlich hatte er ihr zugestimmt, denn in intellektueller Hinsicht glaubte er aufrichtig, dass Frauen nicht servil, unterwürfig oder schwach sein sollten, auch wenn sein Körper in sexueller Hinsicht sehr positiv auf genau diese servilen Frauen reagierte, eine Tatsache, die ihm viele Jahre lang reichlich Schuldgefühle, Qualen und Verwirrung verursacht hatte und ihn glauben ließ, dass er tief im Inneren womöglich ein kaputter und schrecklicher Typ war, dass es abartige und ungerechte Dinge gab, die einem in das echsenartige Stammhirn einsickerten, wenn man männlich war und im Patriarchat aufwuchs, und dass es seine Aufgabe wäre, diesen hässlichen maskulinen Imperativen für immer zu widerstehen und sie zu unterdrücken.

Nur dass er sich da jetzt nicht mehr so sicher war. Denn wenn er wirklich darüber nachdachte, dann kam er zu dem Schluss, dass es gar nicht die Schwachheit oder die Servilität sein konnte, die ihn erregte. Schließlich hatte er nie erlebt, dass sich Menschen, die sich tatsächlich als servil oder schwach empfanden, besonders froh darüber zeigten. Er erinnerte sich daran, wie seine ausgenutzte Mutter seinen Vater behandelt hatte: voller Verbitterung, Verachtung und täglicher Schwermut. Nein, was Jack interessierte, war diese Fröhlichkeit, diese Begeisterung, nicht weil sie Schwäche, sondern weil sie das Gegenteil implizierte: Stärke. Was er sich vorstellte, wenn er die Frauen von #IWishMyWifeDidThis sah, waren Menschen, die so selbstsicher, so gesund und so selbstbewusst waren, dass sie es ertragen konnten, in diesem Augenblick servil zu sein, ein bisschen Spaß daran zu haben, einige Minuten lang objektifiziert zu werden, ohne sich zerrüttet zu fühlen. Mit anderen Worten empfand Jack Frauen als so stark, als könnte er sie nicht dadurch verletzen, dass er lediglich uneingeschränkt er selbst war, und daher musste er kein schlechtes Gefühl haben, wenn er ihnen seine problematischen Bedürfnisse auflud.

Elizabeth hatte er mit diesen Überlegungen nicht überzeugen können. Als er es ihr zu erklären versuchte, sah sie ihn bloß an, als saugte er sich eine Rechtfertigung aus den Fingern, einen Trick, mit dem er sie dazu bringen wollte, irgendwas Pornomäßiges zu tun. Er konnte ihr nicht erklären, dass sie lediglich die oberflächlichen Details des Pornos betrachtete – die jungen, drallen und gefügigen Körper, den klischeehaft akrobatischen Sex –, ohne die wirkliche verborgene Bedeutung zu sehen.

»Na ja, worauf auch immer du stehst«, fuhr Kate fort, »auf welche unaussprechlichen Sachen auch immer, ich hoffe, dass Elizabeth dabei mitmacht.«

Was Jack ein unfreiwilliges kleines »Ha!« entlockte.

»Nein«, sagte er kopfschüttelnd, »das wird nicht passieren.«

»Wieso nicht?«

»Das steht einfach nicht zur Debatte.«

»Du solltest sie fragen! Hast du nicht selbst gesagt, sie wäre so abenteuerlustig? So unbeschwert? Für jeden Spaß zu haben?«

»Tja, vielleicht doch nicht für jeden.«

Und wenn er sich nun umschaute und Donna in ihrem Verhütungskleid herumhüpfen sah und die Tänzer, die auf der Tanzfläche mit dem Hintern wackelten und sich aneinander rieben, und die Vierergespanne, die sich in den Nischen und Ecken zwanglos küssten, die ganze freie und unkomplizierte Lust, die an diesem Ort herrschte – all das stand in einem solchen Gegensatz zu den vielen Nächten, die Jack auf dem Sofa verbracht oder in denen er sich Elizabeth verführerisch und zugleich behutsam zu nähern versucht hatte, und mit einem Mal kam er sich wie ein Idiot vor. Ein bitterer Geschmack stieg in seinen Mund.

»Elizabeths Abenteuerlust«, sagte er, »ist an bestimmte Vorbedingungen geknüpft. Zum Beispiel darf ihr Arbeitstag nicht zu mühsam oder stressig gewesen sein, sie darf nichts mehr zu erledigen haben, was mit E-Mails oder Kinderbetreuung zu tun hat, idealerweise ist das gesamte Geschirr gespült und weggeräumt und die Bettwäsche sauber, Waschbecken und Toilette sind makellos rein und desinfiziert, die Krümel in der Küche aufgesaugt, und sie muss vierundzwanzig, manchmal auch achtundvierzig Stunden vorher darüber informiert werden, dass es vielleicht an der Zeit wäre, Sex zu haben, damit sie sich, wie sie es formuliert, innerlich darauf einstellen kann, und ehrlich gesagt ist es nicht ganz einfach, meine Lust zwei ganze Tage lang mit mir herumzuschleppen, während ich aufräume und putze und warte, sodass ich meist gar nicht mehr darüber spreche, sondern alles für mich behalte, bis ich zwanzig Minuten habe, in denen ich mit dem Computer allein bin und die Sache sozusagen selbst in die Hand nehmen kann.«

»Ah«, sagte Kate sanft. »Ich verstehe.«

»Was verstehst du?«

»Euer Miteinander. Wie eure Ehe funktioniert.«

»Okay.«

»Also, jede Ehe wird auf der niedrigsten Ebene von einem grundlegenden Betriebssystem gesteuert, einem ganz schlichten und meist unausgesprochenen Befehl, der die Maschinerie am Laufen hält. Einer Art kosmischen Wenn-dann-Anweisung.«

»Und wie genau lautet unsere?«

»Ganz einfach. Wenn ein Mann sich vor dem fürchtet, was er will, dann wird er sich mit einer Frau am wohlsten fühlen, die sich davor fürchtet, gewollt zu werden. Eigentlich habt ihr da eine ganz einwandfreie Verbindung geschaffen.«

In der Nische kam Kyle in etwa zum gleichen Ergebnis.

»Man sucht in einer neuen Beziehung meist das Gegengift zu den Problemen der vorherigen Beziehung«, sagte Kyle, »aber paradoxerweise landen wir dadurch oft in Beziehungen mit genau den gleichen Problemen.«

Elizabeth nickte gebannt, sprachlos und gefesselt von diesem bulligen Kerl, der sie und ihre Ehe auf eine unheimliche, verblüffende Weise zu verstehen schien.

»Du wolltest zum Beispiel einen Partner, der nicht total bedürftig und anhänglich ist«, sagte er. »Aber sobald du den Typen gefunden hattest, der nicht bedürftig und anhänglich war, fing er langsam an, dich zu brauchen und anhänglich zu werden. Das bringt die Nähe einfach mit sich. Und dann fingst du an, dich allmählich zurückzuziehen, was ihn wahrscheinlich verwirrte, sodass er dir noch näherrückte, was sich für dich noch mehr nach Bedürftigkeit anfühlte, sodass du dich noch mehr zurückzogst, sodass er dir noch näherrückte und so weiter und so fort, eine Art Perpetuum mobile aus Bedürftigkeit und Abweisung, bis es irgendwann den Anschein hatte, als wärst du mit genau der Art von bedürftiger, anhänglicher Person zusammen, der du unbedingt entkommen wolltest.«

»Inzwischen glaube ich, dass er niemals nicht bedürftig gewesen ist«, sagte Elizabeth. »Nicht ernsthaft.« Sie dachte an die Bananenpfannkuchen, Jacks Belohnung für sie, wenn sie grausam zu ihm war. Sie wusste, dass es objektiv betrachtet eine wirklich rührende Geste war, für die sie dankbar hätte sein sollen, aber stattdessen machten die Pfannkuchen sie jedes Mal rasend.

»O ja, das kommt oft vor«, sagte Kyle. »Wenn jemand einen Teil von sich selbst fürchtet oder verachtet, errichtet er oft eine Fassade, die das Gegenteil dessen ist, was er fürchtet und verachtet. Vor allem potenziellen Liebespartnern gegenüber. Wer seine eigene Bedürftigkeit verachtet, wird sich also als unabhängig präsentieren. Wer seine eigene Perversion fürchtet, wird sich als Kavalier geben. Wer befürchtet, konventionell und gewöhnlich zu sein, wird sich eine Art simuliertes Rebellentum aneignen.«

»O mein Gott.«

»Und das Problem und die große Ironie dabei ist, dass dann jemand wie du daherkommt, der wirklich auf der Suche nach Unabhängigkeit, kavalierhaftem Verhalten und Unangepasstheit ist, also fühlst du dich von den oberflächlichen Eigenschaften dieses Typen angezogen, weil das die sind, auf die du am meisten Wert legst. Aber während du ihn allmählich immer besser kennenlernst, stellt sich heraus, dass er das genaue Gegenteil von dem Menschen ist, nach dem du eigentlich gesucht hast.«

»O mein *Gott*.«

»Das ist leider eine ziemlich verbreitete Dynamik.«

»Und das hast du innerhalb einer Viertelstunde durchschaut?«

»Du sagtest vorhin, Jack und du würdet euch ›vervollständigen‹. Aber das bedeutet auch, dass jeder von euch für sich genommen unvollständig ist. Und vielleicht seid ihr darum beide so vom Nichts besessen, weil ihr beide dieses enorme Gefühl von Abwesenheit habt. Ihr sehnt euch nach etwas, das euch das Gefühl geben würde, weniger mangelhaft und bruchstückhaft zu sein, was auch immer das sein mag. Und vielleicht habt Jack und du euch an einen Teil des jeweils anderen gehängt, von dem ihr hofftet, er würde diesen Mangel in euch ausfüllen, aber das hat letztlich nicht funktioniert, also sucht ihr jetzt nach neuen Menschen, an die ihr euch hängen, die ihr in eure Verschwörung hineinziehen könnt.«

»›Verschwörung‹ klingt ein bisschen hart.«

»Willst du einen Witz hören?«

»Gern.«

»Ein Polizist sieht abends einen Typen auf allen vieren um eine Laterne herumkriechen. Sagt der Polizist: ›Was machen Sie denn da?‹ Darauf der Typ: ›Ich suche meine Schlüssel.‹ Sagt der Polizist: ›Haben Sie sie denn hier unter der Laterne verloren?‹ Darauf der Typ: ›Nein, aber hier sieht man wenigstens was.‹«

»Ich glaube, ich fände es witziger, wenn ich mir nicht ziemlich sicher wäre, dass ich der Typ bin.«

»Du kriechst herum und suchst nur an den offensichtlichsten Stellen. Du denkst: *Vielleicht wird eine neue Wohnung das Problem lösen! Vielleicht eine Affäre! Vielleicht eine Orgie!* Und klar, diese Sachen können eine Zeit lang dafür sorgen, dass es dir besser geht, aber die ganze Wahrheit ist, dass der Mangel, den ihr in eurer Ehe spürt, worum auch immer es sich handeln mag, weiter da sein wird, und solange ihr ihn nicht zur Kenntnis nehmt, wird er immer da sein, ein Hohlraum in ihrem Zentrum, und vielleicht wisst ihr nicht genau, worin dieser Mangel besteht, aber ihr wisst, er ist groß und tief und roh, und ich verspreche dir, er wird immer weiter in euch gären.«

Dann schaute er zur Tanzfläche – es war das erste Mal in der ganzen Zeit, dass er den unverwandten Blickkontakt unterbrach – und sah Donna tanzen, und ihr Kostüm brachte ihn zum Lächeln. »Das ist zumindest meine Theorie«, sagte er. »Aber ich kann mich auch irren.«

Elizabeth sah über die Tanzfläche hinweg zu Jack hinüber, der noch immer mit Kate an der Bar stand, nun jedoch leicht vorgebeugt, den Kopf in die Hände gestützt, Kates Hand auf seinem Rücken, ihre Miene von Fürsorge und Besorgnis geprägt.

»Ich habe Elizabeth immer für eine entspannte, sorglose Frau gehalten«, sagte Jack, »aber eigentlich ist sie eine diktatorische Perfektionistin.«

»Schon gut«, sagte Kate. »Lass es raus.«

»Ich dachte, sie wäre ein heiterer, fröhlicher Mensch, aber eigentlich ist sie *permanent* gestresst.«

Er blickte zu der Nische hinüber und sah Elizabeth, die in seine Richtung starrte, und ihre Blicke begegneten sich – zwischen ihnen lag die enthemmte Energie der Tanzfläche, die hüpfenden, entfesselten Körper, der wummernde Bass der Musik, Gelächter von allen Seiten –, und sie starrten einander einen Augenblick lang an, über diese belebte Fläche hinweg. Und sie wussten es nicht, aber in diesem Moment dachten sie genau das Gleiche, nämlich: *Du passt überhaupt nicht zu mir.*

»Komm«, sagte Kate, und dann gingen Jack und sie zu der Nische zurück, stellten die beschlagenen Cocktailgläser auf den Tisch, und Kate und Kyle stießen an und sagten – genau im selben Moment und im genau gleichen sonderbar dringlichen Tonfall –: »Kohldampf?«

Und dann kicherten sie und nickten, und dann sagte Kate zu Jack und Elizabeth: »Amüsiert euch richtig gut, ihr beiden.« Und dann spazierten Kyle und sie in Richtung Büfett davon, und die merkwürdige Art und Weise, wie sie es gesagt hatten, und ihre Reaktion, nachdem das Wort gefallen war, machten Elizabeth augenblicklich klar, dass es sich bei *Kohldampf* mit Sicherheit um ihr Escape Word handelte.

Das Wort, das sie einsetzten, um toxischen, nach Drama riechenden Paaren zu entkommen.
Kyle und Kate hatten es gerade gegen *sie* eingesetzt.
Jack setzte sich Elizabeth gegenüber, und die beiden konnten einander nicht mal richtig ansehen und starrten stattdessen vage auf die leere Fläche zwischen ihnen, wodurch sie auf einen Betrachter wie zwei benommene Boxer gewirkt hätten. Schließlich sagte Elizabeth: »Ich muss mal an die Luft«, und Jack nickte, und sie bahnte sich ihren Weg durch die inzwischen dichte Menge zur Vordertür, trat auf den Bürgersteig hinaus und schloss die Tür hinter sich, wodurch die Musik gedämpft wurde, sog die warme Luft ein, blickte dann auf und sah sich plötzlich – sie hatte sie völlig vergessen – den Demonstranten gegenüber.
Es waren nicht viele, vielleicht zehn, gekleidet in Anzug und Krawatten sowie lange, geschmackvolle Kleider. Sie trugen große weiße Schilder mit handgeschriebenen Botschaften darauf. FREMDGEHEN MACHT NICHT GLÜCKLICH stand auf einem. IHR VERDIENT ECHTE LIEBE auf einem anderen. GEHT HEIM UND VERGRÖSSERT EURE FAMILIE. Und so weiter. Die Demonstranten sahen sie stumm an, vermutlich etwas überrascht, tatsächlich jemandem aus dem Sexclub zu begegnen. Sie vermied jeden Blickkontakt und wandte sich rasch zum Gehen, als sie plötzlich eine Stimme hörte:
»Elizabeth.«
Und dann erschien sie wie ein böser Traum, trat aus der kleinen Menge auf dem Gehweg heraus, die Königin des Lehrer-Eltern-Ausschusses von Park Shore: Brandie, die entsetzt wirkte, wie sie dort, das begriff Elizabeth jetzt, mit ihrem Gemeindekorps stand, in der Hand ein Schild mit der Aufschrift: DENKT AN DIE KINDER.

Die Placebo-Ehe

Als junger Mann hatte Jack Baker das Gefühl, völlig anders zu sein.
Aber anders als was?
Er wusste, dass er anders als andere Menschen war. Anders als alle anderen. Als diese gewaltige Masse normaler Amerikaner dort draußen. Ehrlich gesagt war es nur so ein umfassendes Gefühl der Entrücktheit, eine Verwunderung darüber, dass er dazu tendierte, gerade die Dinge zu hassen, die die meisten anderen offenbar liebten und genossen. Er fühlte sich so unbeteiligt, wenn er die Fernsehsendungen zu schauen versuchte, die alle anderen schauten, die Sitcoms, Polizeiserien, Spielshows und Seifenopern. Er hatte eine starke Abneigung dagegen, Sport zu treiben oder sich Sportveranstaltungen anzusehen. Ihm war bewusst, dass viele bei Autorennen, Wrestling-Kämpfen oder den Spielen ihrer lokalen Sportmannschaft mitfieberten, und er wusste, dass er nicht dazugehörte. Er schien an keinen der beliebten Zeitvertreiben Gefallen zu finden, und man hätte ihn für elitär halten können, hätte er nicht auch alles Elitäre gehasst – er hatte nichts übrig für Haute Couture und Haute Cuisine. Erfreut stellte er fest, dass sich keine der Werbeanzeigen in den Hochglanz-Kulturzeitschriften, die er gelegentlich durchblätterte, an ihn richteten, ebenso wenig wie die Artikel über angemessene Kleidung am Arbeitsplatz oder private Vorsorgepläne. Es freute ihn, nicht mal genau zu wissen, was ein privater Vorsorgeplan war. Es freute ihn zu wissen, dass es Millionen von

Menschen gab, die private Vorsorgepläne hatten, und dass er sich offensichtlich von ihnen unterschied.

Abgesehen von diesem Anderssein hatte er keine nennenswerte Philosophie. Tatsächlich fühlte er sich von gewissen Philosophien angezogen, weil sie ihm das Gefühl vermittelten, anders als die Leute zu sein, von denen er sich abheben wollte. Während der Highschool-Zeit hatte er eine Phase, in der er nur Schwarz trug und Bands hörte, die angeblich satanisch waren – Black Sabbath, Iron Maiden, AC/DC, Mötley Crüe, selbst INXS waren akzeptabel, weil sie diesen einen Song mit dem Titel »Devil Inside« hatten –, und all das, obwohl er keinerlei Interesse am Satanismus hatte. Er hörte diese Bands nicht in erster Linie, weil er sie mochte, sondern weil so viele normale Leute sie *nicht* mochten. Auf dem College begegnete er dann Professoren, die Wörter wie *dialektisch, ontologisch, Hegemonie* und *Panoptikum* verwendeten, die ihre Studenten ermutigten, Kunst als ein Mittel zu verwenden, um zu »dekonstruieren«, zu »destabilisieren«, zu »beleuchten« und zu »kritisieren«, die diabolische geheime Wahrheit der Welt offenzulegen: dass es nämlich gar keine Wahrheit gab, dass alles Wirkliche künstlich konstruiert war, dass jedes Stück fester Boden nichts als dünne Luft war. Und Jack fand die Sprache, die zur Beschreibung dieses Vorgangs verwendet wurde – mehrsilbige Wörter, die er zu Hause nie jemanden hatte aussprechen hören –, ärgerlich und zugleich auf befriedigende Weise exklusiv. Er verbrachte seine ersten Semester damit, diese neue Sprache zu lernen – das heißt, bis er eine weitere Philosophie entdeckte, die noch radikaler als die Philosophie seiner radikalen Professoren erschien: den Hypertext, das Vehikel der Neuen Medien, nicht linear, aleatorisch, ergodisch, polyvokal (so viele ausgezeichnete Wörter). Es war der allerneuste Schrei, und er begann Aufsätze zu verfassen, die digitale Zusammenstellungen zerlegter Gedanken waren, Collagen aus Bildern und Texten, flüchtigen Stücken, die alle durch die Hypertext Markup Language miteinander verbunden wurden, auf einer riesigen Landkarte aus Bedeutungen, die die Professoren praktischerweise nicht recht zu lesen, zu bewerten oder zu benoten wussten. Er argumentierte, die traditionelle Denkweise der Professoren – und er genoss es, seine Avantgarde-Professoren »traditionell« nennen zu können, das besondere Privileg der Jugend –, ihr bevorzugter Stil, Argumente in linearer, chronologischer, hierarchischer Weise vorzubringen, sei an sich schon ein gesellschaftliches Konstrukt, wahrscheinlich autoritär, möglicherweise faschistisch, wohingegen Hypertexte ihre Wahrheit in der Zerstreuung und Auflösung fänden: den aufkeimenden demokratischen Offenbarungen des Netzwerks.

Seine Professoren konnten nur hilflos nicken und ihm Bestnoten geben, so eingeschüchtert waren sie angesichts dieses neuen Fetischs. Es war schließlich eine Ära der Dekonstruktion, in der man studentischen Philosophen beibrachte, die Bausteine der Welt zu enthüllen – und sie zu zertrümmern. Was passiert mit einem Text, wenn man Kausalität und lineare Zeit eliminiert? Was passiert mit Kunst, wenn man das Subjekt eliminiert? Was passiert mit Fotografie, wenn man die Kamera eliminiert? Was passiert mit der Welt, wenn man die objektive Wahrheit eliminiert? Das tat er. Das war er.

Um dem wirklich Ausdruck zu verleihen, um zu zeigen, wie unabhängig er in seinen Augen tatsächlich war, um seine Leitphilosophie als materielle und physische Realität in seinen Körper einzuschreiben, beschloss der junge Jack Baker, sich ein Tattoo stechen zu lassen. Ein großes, aufsehenerregendes Tattoo. Seine Freunde sagten ihm, er werde es bereuen. Sie sagten ihm, er solle sich kein so großes und aufsehenerregendes Tattoo stechen lassen. Er sagte seinen Freunden, er werde nie jemand sein, der dieses Tattoo bereute. »Sollte ich es je bereuen«, sagte er seinen Freunden, »dann heißt das, dass ich nicht mehr ich selbst bin.« Er entschied, dass sich nur ein junger, verwegener und besonderer Mensch an einem solchen Tattoo erfreuen könnte. Wenn er je aufhörte, Freude an seinem Tattoo zu haben, hieß das, dass er nicht länger jung, verwegen und besonders und damit im Wesentlichen nicht mehr er selbst war. Es hieß, dass er zu jemandem geworden war, den er, der junge Jack, hasste. Das Tattoo war daher ein in die Zukunft geschleuderter kalkulierter Affront. Er forderte diesen anderen zum Kampf heraus: den furchtbaren älteren Jack, zu dem der jüngere Jack eines Tages werden könnte.

Das Tattoo war gigantisch. Es war ein buntes und schockierendes Tattoo, ein auf aggressive Weise unangemessenes Tattoo: ein sich dahinschlängelndes, gewundenes, vielfarbiges Labyrinth konzentrischer, einander überlappender organischer Formen, als hätte ein invasives Gebüsch von einem fremden Planeten in seiner Wirbelsäule Wurzeln geschlagen, als wäre es wild über seinen Rücken und an den Armen entlanggewuchert und hätte ihn in seinen neonfarbenen Wuchs gehüllt. Jack liebte das Tattoo. Er wurde ständig darauf angesprochen, was es bedeute. Es bedeute gar nichts, sagte er dann. Zumindest nicht *im herkömmlichen Sinn*. Die einzige Bedeutung dieses sehr sonderbaren Tattoos bestand darin, zu zeigen, dass Jack einer war, der sich so etwas stechen ließ.

Dann vergingen viele Jahre.

In akademischer Hinsicht machte Jack Fortschritte. Er lernte eine Frau kennen, und es schien, als wären die beiden auf viele ähnliche Arten besonders. Er verliebte sich in sie. Er machte auf seinem Gebiet einen höheren Abschluss. Er nahm eine Arbeitsstelle an, bei der er nicht das verdiente, was er seiner Meinung nach wert war, aber er fand keine bessere. Er nahm ein wenig zu. Dann noch ein wenig mehr. Er ließ sich die Haare kurz schneiden, als sie an den Schläfen ergrauten. Er bekam einen Sohn, und er genoss es, ihm zuzusehen, wenn er sich als Baby auf den Bauch zu drehen versuchte, wenn er später Wörter zu brabbeln begann, wenn er schließlich Bodenturnen, Gymnastik, ja Ballett übte. Jack hätte nie gedacht, dass er Freude am Ballettunterricht finden könnte, aber wenn der Junge meinte, Tänzer werden zu wollen, warum hätte

Jack es ihm ausreden sollen? Er konnte nicht glauben, wie viele weitere schmalzige Sachen mit einem Mal ganz und gar bezaubernd wirkten. Zum Beispiel den Kinderwagen wie einen Rennwagen durchs Einkaufszentrum zu schieben und Motorengeräusche dazu zu machen, begleitet vom Kichern seines Sohnes. Oder im Wohnzimmer zusammen auf alberne Weise Pirouetten zu üben. Oder samstagabends zu Hause zu bleiben und angesagte Sitcoms zu schauen.

Und so kam es, dass – der jetzt nicht mehr ganz so junge – Jack Baker eines Morgens aus der Dusche trat, in den Spiegel blickte, das Tattoo sah und zum ersten Mal Reue empfand.

Er war an jenem Morgen spät dran, und er musste seinen Sohn rechtzeitig zur Schule bringen, musste dafür sorgen, dass der Junge geduscht und gegessen hatte, dass er seinen Rucksack trug, und warum hätte er gerade jetzt an das Tattoo denken sollen? Er dachte eigentlich kaum noch daran. Er hatte sich an das Tattoo gewöhnt. Es war ein Teil von ihm geworden, ein Teil seines Körpers, etwas so Gewöhnliches, dass er seine Existenz kaum bemerkte. Die Farben des Tattoos leuchteten nicht mehr sehr stark, und an manchen Stellen, an denen sein Fleisch angeschwollen oder leicht erschlafft war, sah es verzerrt aus. Er erinnerte sich an eine Zeit in seiner Jugend, da war es das Wichtigste überhaupt gewesen, sich dieses Tattoo stechen zu lassen. Er war damals ein anderer gewesen. Er war, das wusste er jetzt, ein Narr gewesen. Er hatte die Welt noch nicht gekannt, das Leben noch nicht gelebt, sich noch nicht verliebt gehabt. Sein Verlangen danach, anders zu sein, war eine Pose gewesen, ein ausgeklügelter emotionaler Verteidigungsmechanismus, eine Art und Weise, anderen gegenüber einzigartig und besonders zu erscheinen, obgleich er sich im Herzen gar nicht so sehr einzigartig und besonders vorkam. Irgendwann in seinen frühen Dreißigern hatte er erkannt, dass er vielleicht gegen seine distanzierten Eltern rebelliert hatte, dass er all die Symbole, die er mit ihnen verband, abgestoßen hatte. Er hatte es gehasst, sich seiner Mutter annehmen zu müssen, die ihre Tage vor dem Fernseher vergeudete, und so hatte er diesen Hass umgelenkt und auf den Fernseher selbst gerichtet. Und er hatte es gehasst, dass sein Vater sich vom Leben abgewandt hatte, dass sich das Interesse, das er der Außenwelt entgegenbrachte, wenn er mit Jack durch die Prärie zog und ihm alles erklärte, nun ausschließlich auf Sport richtete – die Chiefs im Football, die Royals im Baseball, die Jayhawks im Basketball, sodass die Jahreszeiten in den Flint Hills nun untrennbar damit verknüpft waren, welche Spiele gerade im Fernsehen liefen –, weshalb Jack Sport zu hassen begann.

Er hatte schlicht das abgelehnt, was er insgeheim begehrte, aber nicht haben konnte. Er wäre liebend gern ein großer, starker Kerl gewesen, der gut im Sport war, aber stattdessen war er klein und kränklich. Er hätte liebend gern genügend Geld gehabt, um sich Haute Couture, Haute Cuisine und einen privaten Vorsorgeplan leisten zu können, aber stattdessen war er arm wie eine Kirchenmaus.

Es war Missgunst im Gewand einer Lebensphilosophie.

Seine Frau und sein Sohn halfen ihm, die gängigen Vergnügungen zu genießen. Sie sahen fern, gingen in den Park, ins Einkaufszentrum – und es gefiel ihm. Er begriff, dass gängige Vergnügungen nicht zu solchen werden, weil sie Klischees, sondern weil sie oft wirklich vergnüglich sind.

Also ja, als junger Mann war er naiv und arrogant. So ist das nun mal. Die meisten sind in ihrer Jugend naiv und arrogant.

Doch die meisten haben nicht solche Tätowierungen. Und gerade als er das dachte und sich im Spiegel anstarrte, mit nichts als einem nassen Handtuch bekleidet, spülte eine Woge des Hasses über ihn hinweg.

Aber Hass worauf?

Hasste er den jungen Mann, der er einmal gewesen war? Diesen selbstsüchtigen und vorlauten Rotzlöffel? Oder hasste er den älteren Mann, der er geworden war? In gewisser Weise hasste er beide. Er sah sich selbst mit den Augen seines jüngeren Ichs, und er fühlte sich hintergangen. Er hatte jetzt eine Hypothek und einen privaten Vorsorgeplan, eine Anstellung, für die er sich ordentlich anzog, eine Ehe, ein Kind. Sein älteres Ich hatte alle Prinzipien seines jüngeren Ichs verraten. Er schnitt Gutscheine aus Prospekten aus. Er stand früh auf. Er trug anständige Hosen. Er besaß eine Uhr. Und er bereute sein Tattoo.

Wie konnten zwei so ungleiche Menschen in ein und demselben Körper leben?

Das Tattoo hatte sich nicht wesentlich verändert, aber er hatte sich verändert. Es war Stück für Stück geschehen. Kleine Kompromisse hier und dort, kleine Zugeständnisse an die Bedürfnisse der Außenwelt. Beispielsweise hatte er sich nie für jemanden gehalten, der irgendwann heiraten würde, aber schließlich war ihm bewusst geworden, dass all seine Freunde verheiratet waren und dass er selbst seit Jahren lebte, als wäre er verheiratet; außerdem brauchte er unbedingt eine Krankenversicherung, also schaffte er diesen Teil von ihm – den Teil, der nicht heiraten wollte – beiseite. Dann wurde ein weiterer Teil entfernt, als sein Sohn zur Welt kam und er die Notwendigkeit eines privaten Vorsorgeplans begriff. Und dann ein weiterer, als er entschied, dass er beruflich weiterkommen wollte, und sich wie ein angesehener Lehrer zu kleiden begann – er steckte den Teil von ihm, der sich niemals der Mode beugen würde, in die Schublade, zusammen mit den alten, ausgeleierten schwarzen Pullovern und seinen Springerstiefeln.

Und auf diese Weise kann sich ein Mensch vollständig verwandeln.

Er begriff, dass Menschen und Ehen und Umgebungen modulare Dinge waren, mit Teilen, die sich jederzeit austauschen ließen. Draußen auf der Straße schließt ein Tante-Emma-Laden und wird durch eine globale Ladenkette ersetzt, und passiert das ein paarmal im Jahr, erkennt man den Straßenzug irgendwann nicht mehr wieder. So verhielt es sich auch bei Menschen, in denen jede Menge Widersprüche darauf warteten, nach außen zu dringen. Er erkannte, dass sein gegenwärtiges Ich – das ihm recht gefestigt und zeitgemäß und mehr oder weniger authentisch erschien – nicht wahrer als sein jüngeres Ich war. Irgendwann würde ein anderer Mensch zum Vorschein kommen, ein völlig Fremder, und um ihn herum würden neue Freunde erscheinen, und eine neue Stadt würde erscheinen, und eine neue Frau und ein neuer Sohn würden erscheinen, und sie würden eine gänzlich neue Familie sein. Die Menschen, die er liebte, so dachte er, waren nur Besucher, und in ihnen wartete die Möglichkeit von jemand Besserem oder jemand Schlechterem, jemand Gutem oder jemand Miesem, jemand Vertrautem oder jemand Fremdem. Seine Frau, sein Sohn, seine Freunde, seine Kollegen – er konnte nicht darauf zählen, dass irgendwer von ihnen durchgängig er selbst war.

Und das machte ihn traurig.

Er zog sich an. Er bedeckte das Tattoo, so gut er konnte, auch wenn seine Ausläufer noch oberhalb des Hemdkragens und an seinen Handgelenken zu sehen waren. Er ging in die Küche, wo er seine Frau und seinen Sohn fand. Sie aßen beide Frühstücksflocken, beide noch im Schlafanzug – Toby trug den grünen Pyjama mit den Minecraft-Symbolen, Elizabeth braune Shorts und einen weiten blauen Pullover, der nicht dazu passte. Er erinnerte sich an längst vergangene Zeiten, in denen sie vor Scham im Boden versunken wäre, hätte er sie in einem solchen Aufzug gesehen. Er erinnerte sich daran, dass sie einmal jede freie Minute mit ihm hatte verbringen wollen. Jetzt wollte sie ein eigenes Schlafzimmer, ihren eigenen Freiraum, eigene Liebhaber, ein eigenes Leben.

Und Toby ging nicht mehr zum Ballettunterricht, wollte nicht mehr dabei gesehen werden, wie er mit seinem Vater im Einkaufswagen durchs Einkaufszentrum raste. Alles, wofür der Junge sich noch interessierte, schien sich auf einem Computermonitor zu befinden, Videos und Memes, die Jack verwirrend und unzugänglich fand.

Seine Frau und sein Sohn wurden zu anderen Menschen, zu neuen Menschen, Menschen, die Jack zunehmend überflüssig erschienen.

Er mochte diese neue Familie nicht, er wollte die andere Familie zurück; er wollte zu ihrer früheren, besseren Version zurückkehren.

»Ihr seid ja noch gar nicht angezogen«, sagte Jack; seine Worte klangen etwas schärfer als beabsichtigt.

»Erwischt!«, sagte Toby und hob die Hände über den Kopf, die Nicht-schießen-Pose, die er schon unzählige Male im Fernsehen gesehen hatte.

»Nicht witzig.«

»Okay«, sagte Elizabeth. »Du hast recht.« Er sah zu, wie seine Frau aufstand, begleitet von dem Stöhnen, das sie von sich gab, wenn sie einen steifen Rücken hatte. »Ich geh mich umziehen.«

»Ich auch«, sagte der Junge.

Jack sah ihnen hinterher. »Beeilt euch«, sagte er, aber was er eigentlich sagen wollte, war: *Bleibt, wie ihr seid.*

Elizabeth brachte Toby nach Park Shore, als sie bemerkte, dass es mit einem Mal Herbst war.

»Wann ist denn alles so bunt geworden?«, sagte sie und sah in den blauen Himmel, der sich gegen den orange-gelben Tumult in den Bäumen abzeichnete.

»Schön«, sagte Toby, der auf dem Rücksitz Minecraft spielte, kurz zu den Bäumen aufblickte und dann wieder auf sein Spiel schaute.

»So plötzlich«, sagte Elizabeth. »Auf einmal, *bumm*, ist es Herbst.«

Natürlich wusste sie, dass das nicht stimmte, aber so fühlte es sich an. Es war, als wäre der langsame Wechsel der Jahreszeit gänzlich an ihr vorbeigegangen. Warum? Nun, ja, sie war ein wenig abgelenkt gewesen.

Elizabeth war nicht überrascht, als sie in den Tagen nach ihrer Begegnung vor dem Club feststellte, dass Brandie sie nicht mehr zu sich einlud. Es geschah in aller Stille, ohne irgendeinen Kontakt oder eine Erklärung von Brandie – da war nur die stillschweigende Implikation, dass Elizabeth nicht mehr willkommen war. Es hatte dazu geführt, dass sie sich in den vergangenen Wochen ganz dem Elterndasein gewidmet hatte. Sie hatte Tobys schulische Angelegenheiten nie so hingebungsvoll begleitet wie jetzt, da sie stets dafür sorgte, dass er seine Hausaufgaben erledigte, und Abend für Abend geduldig bei ihm saß und ihm half. Und wenn sie gerade nicht mit ihm Hausaufgaben machte, putzte sie. Sie putzte die ganze Wohnung. Allein. Es war ein recht durchschaubares Reinigungsritual, das in Schuldgefühlen wurzelte und sie dazu brachte, ganze Tage lang mit Staubfeudel, Wischmopp und Besen all den Schmutz und Dreck zu beseitigen, den die in dieser Wohnung hausenden Tiere hinterließen – drei haarende, schwitzende und achtlose menschliche Tiere, zwei davon Jungs, die achtlosesten Exemplare überhaupt. Sie begann mit dem gefliesten Badezimmerboden, wo sie in den Fugen und Ecken auf verirrte Haarbüschel stieß. Ein Gemisch aus dünnem, leichtem, luftigem Frauenhaar, dem dicken, stoppeligen Männerhaar, das aus Jacks elektrischem Rasierer rieselte, und dem krausen, dunklen Schamhaar uneindeutigen Geschlechts – wie hatte sie all diese *Haare* nicht bemerken können? Wie hatten sie sich so lange dort unten ansammeln können? Sie pumpte etwas Reinigungsflüssigkeit auf ein Papiertuch und nahm damit die meisten Haare auf, aber einige blieben nass auf dem Boden kleben. Diese Haare versuchte sie zuerst mit einem Schwamm, dann mit dem Staubsauger und dann mit ihren Fingern zu entfernen, wodurch sie sie hauptsächlich hin und her schob, ohne dass sie sich von den feuchten Fliesen lösten. Sie würde warten, bis sie getrocknet waren, und sich dann noch mal damit befassen, beschloss sie, während sie zur Toilette überging, dem nächsten Schrecken: der rosa Streifen, der sich auf Höhe des Wasserspiegels gebildet hatte, die hellgelben Urinflecken am nicht weit davon entfernten Grat und der Dichtung. Sie opferte drei Zahnbürsten und Unmengen von Desinfektionsmittel, um das Bad in seinen unbefleckten Zustand zurückzuversetzen, während sich das Wasser in ihrem Putzeimer allmählich in eine graue Suppe verwandelte.

Sie saugte die Läufer (die mit kleinen, von draußen hereingewehten Blattstücken übersät waren) und reinigte die Mikrowelle (deren Inneres in Baumringe aus Fett und Nudelsoße gehüllt zu sein schien), schrubbte die verkohlte Schicht vom Gitterrost des Ofens und klaubte unter dem Toaster, im

Toaster und um den Toaster herum eine unglaubliche Menge an Brotkrümeln zusammen. Auf sämtlichen Chromarmaturen im Bad befanden sich hässliche Wasserflecken, in den Abflüssen wucherte irgendwas Schwarzes, und an den Düsen des Duschkopfs befanden sich mineralische Ablagerungen, die es notwendig machten, ihn in einen Eimer voll Essig zu tauchen. Sie dachte reuevoll an all die Dinge, die Jack und sie sich für dieses Bad vorgenommen hatten, Dinge, die sie bei ihrem Einzug zu tun geschworen hatten; die Fensterbretter waren mit dicken Schichten und kleinen Stalaktiten aus Farbe überzogen, die sie zu entfernen gelobt hatten, um das alte Holz freizulegen, das sie hatten abschleifen, ölen und polieren wollen, um seine ursprüngliche Schönheit wiederherzustellen. Sie starrte auf die Fenster mit den dicken Schichten nie entfernter Farbe. Sie grub die Fingernägel hinein und fand andere Farben darunter, Farben, die in vergangenen Zeiten angesagt gewesen waren – erst Türkis, dann Rosa.

Diese Fenster waren ihr zuwider.

Ihr war zuwider, dass sie nichts mit diesen Fenstern angestellt hatten. Ihr war zuwider, dass sie Pläne machten, denen sie nicht gerecht wurden. Ihr war zuwider, dass sie diese Pläne bald aufgeben und in ihr makelloses neues Zuhause in Park Shore ziehen und damit all die Unzulänglichkeiten auf sich beruhen lassen würden. Eine Löwenfußbadewanne, die sie nach und nach abgenutzt hatten – das Weiß war unter ihren Füßen zu einem trüben Grau geworden, und sie hatten sie neu lasieren wollen, wozu sie aber nie gekommen waren. Es war zu einer Art Metapher für all das geworden, was Jack und sie in ihrer langen Beziehung falsch gemacht hatten. Sie lösten ihre Probleme nicht, sie gewöhnten sich an sie.

So hatte sie den Herbstbeginn verpasst.

Heute hatte sie wieder geputzt, hatte an dem Fliesenspiegel hinter der Spüle herumgeschrubbt und sich elendig und beschämt gefühlt wegen des Schimmels, der dort genau vor ihrer Nase gewuchert war. Und sie schrubbte so eifrig, dass sie nicht merkte, wie die Stunden vergingen, bis Toby in die Küche getappt kam und leise sagte: »Mom?«

»Ja?«, sagte sie, während sie mit einem Scheuerschwamm an den letzten hartnäckigen schwarzen Flecken herumschubberte.

»Ich wollte bloß fragen, ob wir bald fahren?«

»Wohin?«

»Heute ist doch Samstag.«

Natürlich. Das hatte sie vergessen. Die Samstagnachmittage waren jetzt für Brettspiele im Buchladen von Park Shore reserviert. Toby hatte sich mit vier oder fünf neuen Schulfreunden zusammengefunden, mit denen er ein Elizabeth unverständliches Spiel spielte, das Hunderte winzig kleiner Spielsteine aus Plastik, mehrere Kartendecks, austauschbare Landkartenstücke und Würfel mit vielen Seiten in ausgefallenen Formen enthielt. Die Aufgabe des Spiels schien darin zu bestehen, einen fremden Planeten zu besiedeln und ihn seiner natürlichen Rohstoffe zu berauben, was viel Krieg, Diplomatie, Verrat und Verträge mit sich brachte, während die Kinder um die Herrschaft über verschiedene Stützpunkte rangen, die in der Endphase des Spiels von strategischer Bedeutung waren. Das Ganze war eine Art sechsdimensionales Monopoly in interstellarem Maßstab, und Elizabeth wollte nichts damit zu tun haben.

Doch die Eltern waren sich alle einig darin, dass Brettspiele Videospielen vorzuziehen seien, und es war ihnen lieber, wenn die Kinder in einer Buchhandlung saßen, statt allein zu Hause auf Telefone oder Fernseher zu starren, weshalb sie die Organisation des sonderbaren Ausflugs im Wechsel übernahmen.

Und heute war Elizabeth an der Reihe. Und sie hatte es vergessen.

»Ja«, sagte Elizabeth und zog, begleitet von einem nassen Klatschen, die gelben Plastikhandschuhe von den Händen. »Auf geht's.«

Ihre Finger waren noch ganz verschrumpelt, als sie bei der Buchhandlung ankamen, das Haar zurückgebunden, das Gesicht ungeschminkt, sie hatte einfach irgendwas übergeworfen, und sie entschuldigte sich bei den anderen Eltern für ihr Zuspätkommen und ihr Aussehen, und die anderen Eltern entgegneten mitfühlende Variationen von »Das kennen wir doch alle« und machten sich dann prompt aus dem Staub, um ihren kinderfreien Tag zu genießen.

Es war einer dieser Läden, in denen sich eine Buchhandlung, ein Spielzeuggeschäft, eine kleine Boutique und ein Café irgendwie zusammengeballt hatten. Es war weniger ein Buchladen als ein Lifestyle-Warenhaus mit Literaturbezug. Ihre einzigen Pflichten dort: erstens die Kinder verpflegen, zweitens als unparteiische Moderatorin bei etwaigen Querelen um die Spielregeln schlichten und drittens dafür sorgen, dass die Kinder nicht von irgendwelchen Perversen entführt oder angegraben wurden. Die mit Abstand schwierigste dieser Aufgaben war die Verpflegung. Sie reihten sich alle in eine Schlange ein – Elizabeth, Toby und Tobys fünf Freunde –, und sechs Jungen auch nur dazu zu bringen, sich aufs Essen zu konzentrieren, wenn sie eigentlich nur herumtoben wollten – sich gegenseitig auf die Arme zu schlagen oder an den Ohrläppchen zu ziehen, schien bei jungen männlichen Wesen sonderbar beliebt und vielleicht sogar etwas Instinktives zu sein –, das war knifflig genug, ganz zu schweigen davon, sich die Unverträglichkeiten und Allergien der einzelnen Kinder einzuprägen und sich zu merken, ob ihre Eltern etwas gegen Kartoffelchips hatten, was wichtig war, da zu jedem Sandwich zwei Beilagen gehörten, die die Kinder aus einem Dutzend Möglichkeiten auswählten – von denen die Hälfte in Richtung dessen ging, was Kinder nach Meinung ihrer Eltern essen sollten (Obst und Joghurt mit wenig Zucker), und die andere Hälfte aus dem bestand, was Kinder wirklich essen wollten, sozusagen die willenskraftlose freudsche Es-Region der Karte, Kartoffelchips, Kekse und so weiter –, woran sich eine neue Debatte entzündete, wenn den Kindern, deren Eltern nichts gegen Kartoffelchips einzuwenden hatten, die kluge Idee kam, die Chips in dem gerade begonnenen Spiel als Kapital einzusetzen, nach dem Motto: »Du kriegst meine Chips, wenn ich dafür deine erste Uranmine kriege«, und Elizabeth hatte sich noch nicht entschieden, ob sie dieses Verhalten korrigieren oder ihnen zu ihrer Raffinesse gratulieren sollte, als die Kinder feststellten, dass ihr Spiel nun begonnen hatte und sämtliches Essen Verhandlungsmasse war, also begannen sie den Kassierer nach Sandwiches zu fragen, die zur Hälfte mit irgendetwas Bestimmtem und zur Hälfte mit etwas weniger Bestimmtem belegt waren, was den armen Kassierer leicht ins Schleudern brachte; er suchte nach den Knöpfen und versuchte die Bestellungen einzugeben, bei denen es sich mit einem Mal um sechs hoch spezialisierte und anspruchsvolle Sonderbestellungen handelte, die weitere Verhandlungen mit Elizabeth darüber erforderten, ob das »Zwei zum Preis von einem«-Angebot des Cafés auch für halbe oder nur für ganze Sandwiches galt, wofür der Kassierer einen Vorgesetzten holen musste, um einen sogenannten »Override« vorzunehmen; unterdessen waren die Getränkebestellungen der Kinder noch gar nicht aufgenommen worden, und während der Manager geholt wurde, versuchte Elizabeth, das Grüppchen zusammenzutreiben und zu notieren, was jeder Einzelne trinken wollte, und in diesem Moment sagte der Kerl neben ihr in der Schlange, den sie bis eben gar nicht zur Kenntnis genommen hatte, so laut, dass alle in der Schlange hinter ihnen es hörten: »Mein Gott, gute Frau, das ist doch hier nicht der Sturm auf die Normandie.«

Es war ein Mann mittleren Alters mit beginnender Glatze, in Jeans und bunten Sportschuhen, ein breitbrüstiger Kerl, der wie eine ehemalige Sportskanone mit erschlafften Muskeln aussah.

»Verzeihung?«, sagte sie.

»Bestellen Sie doch einfach«, sagte er. »So schwer ist das doch nicht.«

Sie konnte nur ein kleines ungläubiges Schnauben von sich geben, ehe der Manager kam und die Bestellung vollständig war und die Kinder ihr Spiel spielen gingen und Elizabeth sich setzte, um sich etwas Zeit mit einem Buch zu gönnen, das sie schon länger hatte lesen wollen, aber sie stellte fest, dass sie sich nicht auf das Buch konzentrieren konnte, weil sie nur an diesen verfluchten Typen denken konnte, dieses verdammte Arschloch, das keinen Ehering trug und wahrscheinlich keine Kinder hatte und darum auch keine Idee, wovon es sprach.

Was fällt dem ein?, dachte sie immer wieder. Was fiel ihm ein, sie zu kritisieren, in aller Öffentlichkeit, vor ihrem Kind? Sie war stolz darauf, vor Toby keine Szene gemacht zu haben, aber jetzt gerade wollte sie eine ordentliche Szene machen. Es war, als hätte der allgemeine Frust der vergangenen Wochen plötzlich ein passendes Ziel gefunden. Sie wollte den Mann mit den geschmacklosen Schuhen finden und dafür sorgen, dass er sich richtig schlecht fühlte. In Gedanken probte sie eine kleine Rede: *Behalten Sie Ihre ahnungsfreien Ansichten für sich.* Sie stellte sich vor, wie ihr die anderen Leute im Café des Buchladens voller feierlicher Zustimmung zunickten. Ihr wurde bewusst, dass sie sich die anderen Kunden des Ladens als eine Art improvisierte Geschworenenjury vorstellte, vor der sie auftrat. Sie kritisierte sich selbst dafür, dass sie so viel darauf gab, was andere dachten, und dann kritisierte sie sich dafür, dass sie sich ständig kritisierte. Sie wusste, dass der Mann gerade nicht diese Gedankenschleifen durchlief, dass er ihre Begegnung nicht analysierte und vor ausgedachten Geschworenen verhandelte. Das ist es, was Arschlöcher auszeichnet – sie hinterfragen ihr Arschlochsein nicht. Kein Arschloch denkt sich: *Ja, das war eine richtig schöne Arschloch-Aktion von mir.* Nein, sie leben einfach vor sich hin, in völliger unbedarfter Seligkeit.

Sie hielt nach ihm Ausschau. Sie ging ins Café zurück, aber da war er nicht mehr. Sie suchte bei den Zeitschriftenständern, vergeblich. Sie beschloss, zwischen den Bücherregalen auf und ab zu gehen – sie wusste nicht genau, was sie zu ihm sagen wollte, hatte aber eine grobe Ahnung und traute sich zu, die Lücken zu füllen, wenn es so weit war – und bog in die Reihe »Zeitgeschehen« ein, und da sah sie nicht den Mann, sondern Brandie.

Sie war auf eine Weise gekleidet, die Elizabeth als »Herbstchic« beschrieben hätte – kniehohe Stiefel über schwarzer Strumpfhose, schmaler Rock, karamellfarbener Pullover, ein Pumpkin Spice Latte als Getränk und Accessoire zugleich –, und sie blickte Elizabeth an und wirkte nicht im Mindesten überrascht, sie zu sehen.

»Wir laufen uns einfach dauernd über den Weg«, sagte Brandie mit breitem Lächeln.

»Hallo, Brandie.«

»Solltest du nicht auf die Kinder aufpassen?«

»Ja. Ich war gerade auf dem Weg zu ihnen.«

»Tja, ich habe die Jungs gerade abgesetzt«, sagte sie und musterte Elizabeth dann von Kopf bis Fuß. »Soll ich heute bei den Kindern bleiben?«

Womit sie wohl andeuten wollte, dass Elizabeth aussah wie durch den Wolf gedreht und wahrscheinlich gut einen freien Tag gebrauchen konnte.

»Danke, nein, ich mach das schon.«

»Sicher?«

»Ist kein Problem.«

»Wie du meinst«, sagte Brandie, die dastand, die Hände um den Kaffeebecher geschlossen, ihr freundliches Lächeln im Gesicht, leicht vor- und zurückwippend, ohne zu gehen.

»Wirklich«, sagte Elizabeth, »ich habe alles im Griff.«

»Bestens!«

Brandie starrte sie weiter an, behielt ihr steifes Lächeln bei.

»Es ist schon in Ordnung, du kannst nach Hause gehen.«

»Vielleicht bleibe ich besser«, sagte Brandie. »Ja, ich glaube, ich bleibe.«

Und da begriff Elizabeth endlich: Brandie wollte ihr die

Kinder nicht anvertrauen. Für Brandie gehörte Elizabeth nun auch zu den Perversen, vor denen die Kinder geschützt werden mussten.

»Hör zu, Brandie ...«

»Ich wollte dir nur danken, Elizabeth. Wirklich, ich danke dir aus tiefstem Herzen. Vielen Dank.«

»Okay. Wofür?«

»Diese Pillen, die du mir gegeben hast. Die sind *großartig*. Ich nehme sie jeden Tag. Und weißt du, was passiert ist? Mike kam gestern auf mich zu und legte die Arme um mich und sagte: ›Ich liebe dich‹, und zum ersten Mal seit wer weiß wann war ich nicht wütend auf ihn. Die Berührung verursachte mir keine Gänsehaut. Eigentlich fühlte es sich ganz schön an. Ich erwiderte die Umarmung. Und wir blieben lange so stehen.«

»Das ist doch toll.«

»Ich habe das Gefühl, unsere Ehe ist wieder auf dem richtigen Weg. Ich habe das Gefühl, ich kann ihm vielleicht endlich verzeihen. Und das habe ich dir zu verdanken.«

»Das freut mich wirklich.«

»Weshalb es mich auch traurig macht, dir sagen zu müssen, dass wir beide nie wieder miteinander sprechen können.« Brandie neigte den Kopf und zog die Stirn kraus. »Sehr traurig. Wirklich. Es macht mich ganz traurig.«

»Brandie, wenn es um neulich abends vor dem Club geht, dazu musst du wissen, dass ...«

»Ich verurteile dich nicht, Elizabeth. Wirklich nicht. Du kannst tun und lassen, was du willst, so abartig es auch ist. Wenn du und dein Mann euch untreu werden wollt, ist das ganz allein eure Sache. Es ist bloß so, dass Mike und ich wieder auf dem richtigen Kurs sind, und wir befinden uns gerade an einem empfindlichen Punkt, und ich kann nicht zulassen, dass diese Art von Denken in mein Energiefeld eindringt.«

»Dein Energiefeld?«

»Es sendet die falschen Schwingungen aus. Ich hoffe, du verstehst das. Aber du sollst wissen, dass ich dir vergebe.«

»Du *vergibst* mir?«

»Ja, das tue ich. Denn Vergebung sendet ein starkes Signal aus. Vergebung beseitigt die negative Energie. Also werde ich ein kleines Gebet für dich sprechen, Elizabeth. Ich sage Danke, und ich vergebe dir, und jetzt gebe ich dich frei.«

Und sie streckte eine Hand aus und drückte Elizabeths Schulter leicht, lächelte, tätschelte sie zweimal und ging dann in Richtung der Kinder im hinteren Teil des Ladens davon.

»Brandie, hör zu. Ich weiß, du hattest eine schwere Zeit. Ich weiß, du bist nicht sehr glücklich.«

Brandie wirbelte herum. »Ich bin *so was* von glücklich.«

»Ja, das sagst du, aber ich glaube nicht, dass es stimmt. Ich habe deinen Ruheraum gesehen. Ich habe das Vision Board gesehen. Ich weiß, dass du leidest. Möchtest du darüber reden? Ich meine, *richtig* darüber reden?«

Brandie richtete sich ein wenig auf. »Elizabeth, ich habe dich zu einem bestimmten Zweck in mein Leben hineinmanifestiert, und jetzt hast du diesen Zweck erfüllt. Danke.«

»Du hast mich nicht manifestiert. Ich bin einfach aufgetaucht. Es war Zufall.«

»Es gibt keine Zufälle. Es gibt nur Resonanzen, gegenseitige Anziehung und Abstoßung. Darum ist es für mich so wichtig, ausschließlich von Menschen umgeben zu sein, die meine Vision von meinem zukünftigen Ich unterstützen. Und du tust das nicht, Elizabeth, nicht mehr. Aber das macht nichts. Unsere gemeinsame Zeit war so wertvoll. Und du hast deinen kleinen Teil dazu beigetragen, mich an mein höheres Ich heranzuführen. Dafür danke ich dir aufrichtig. Aber jetzt ist unsere Zeit vorüber.«

»Mein Lebenszweck besteht nicht darin, dir zu dienen«, sagte Elizabeth. »Menschen sind keine Widgets, die du einfach wieder löschen kannst.«

»Ich würde dir empfehlen, dir weniger Gedanken über mich und mehr über dein eigenes Energiefeld zu machen. Ich meine, wenn Jack dich betrügen will und Toby immerzu wütend auf dich ist, dann solltest du dich vielleicht fragen, was du falsch machst.«

»Wie bitte?«

»Du schaffst dir deine eigene Realität, Elizabeth. Um alles Negative, was dir je widerfahren ist, hast du wahrscheinlich auf irgendeine Weise gebeten.«

»Nein. Manchmal passieren schlimme Dinge einfach aus Zufall.«

»Es gibt keinen Zufall.«

»Also schön«, sagte Elizabeth und hörte dabei, wie sich ein wütender Unterton in ihre Stimme schlich. »Angenommen, du hast recht, und schlimme Dinge geschehen nur, weil unsere Gedanken sie anlocken. Wenn das stimmt, wie erklärst du dir dann die Affäre deines Mannes? Warum hättest du die denn *manifestieren* sollen?«

Elizabeth bediente sich der Strategie, die sie oft zu Tobys Schlafenszeit anwendete, wenn der Junge sich vor irgendwas Eingebildetem fürchtete: Um jemandem klarzumachen, dass er einer Täuschung aufgesessen ist, muss man versuchen, die Täuschung von innen heraus zu kritisieren. »Wenn du dir nie hättest vorstellen können, dass Mike fremdgeht«, sagte Elizabeth, »warum ist es dann trotzdem passiert?«

Brandie nickte nachdenklich. »Das habe ich mich auch gefragt«, sagte sie. »Ich habe wirklich tief in mich hineingelauscht und bin zu dem Schluss gekommen, dass es nicht meine Schuld war. Die unselige Energie, die Mike in Versuchung geführt hat, kam nicht von mir.«

»Woher kam sie dann?«

»Aus der Welt. Sie geht von all der Negativität aus, der wir da draußen tagtäglich ausgesetzt sind«, sagte sie und deutete mit dem Kinn in Richtung der großen Schaufenster des Buchladens.

»Wo da draußen? Wovon redest du?«

»Du wirst es sehen, wenn du dich erst mal richtig eingeschwungen hast, Elizabeth – die ganzen Spannungen, die uns auf den falschen Weg führen. Anfangs wirken sie vielleicht klein, nur winzige Andeutungen, vielleicht in der Musik, die wir hören, oder den Serien, die wir schauen, oder im Auto auf dem Weg in die Stadt, wo mein Mann beispielsweise tagtäglich auf dem Weg zur Arbeit an eurem perversen Club vorbeifährt.«

Brandie verschränkte die Arme und spannte den Kiefer an, so als wäre die bloße Erwähnung der Clubs ein persönlicher Affront. »Sie mögen vielleicht klein wirken«, fuhr sie fort, »aber sie summieren sich. So wie selbst ein wenig Wasser das stärkste Fundament untergraben kann, wenn man es lange genug tropfen lässt, wenn man unachtsam ist. Ich war damals unachtsam. Ich war auf Autopilot. Aber jetzt bin ich verdammt noch mal achtsam.«

»Aber meinst du wirklich, wenn du einfach nur die Dinge abblockst, die du nicht gutheißt, wenn du die Musik bei euch zu Hause zensierst und gegen die Unternehmen protestierst, die dir nicht gefallen, dann passiert nie wieder etwas Schlimmes?«

»Ich will einfach nur sicher sein, dass meine Familie von positiver Energie umgeben wird. Ich will sicher sein, dass wir nur positive Gedanken denken. Vor einem Jahr sind wir beinahe auseinandergebrochen, aber seitdem haben wir uns *ausschließlich* auf unser zukünftiges Glück konzentriert, und du siehst ja, wohin es uns gebracht hat. Es geht uns besser denn je.«

Und Elizabeth wollte Einspruch dagegen erheben – mit der Begründung, dass es einen großen Unterschied zwischen aufrichtigem Glück und dem stumpfen Ignorieren unglücklicher Gedanken gibt –, als ihr etwas einfiel, das sie vor nicht allzu langer Zeit zu Toby gesagt hatte, an dem Nachmittag, an dem sie ihm die Apfeltaschen gegeben hatte: *Denk jetzt nur daran, wie glücklich du bald sein wirst.* Sie hatte Toby an jenem Tag beizubringen versucht, seine momentanen Gelüste zu verdrängen, seine Gelüste von der Gegenwart loszumachen und sie irgendwo flussabwärts zu verstauen. Denn hatte Elizabeth nicht genau das immer getan? Hatte das bei ihr nicht immer funktioniert – in die Zukunft zu schauen, sich eine Zukunft auszumalen, die besser war als ihre Gegenwart? Sie erinnerte sich an all die Zeit, die sie oben in *The Gables* damit zugebracht hatte, sich ihr zukünftiges Leben auszumalen, so zu tun, als wäre sie irgendwo anders, als wäre sie jemand anderes. Damals hatte sie die kleinen Himmel-und-Hölle-Spiele geliebt, die sie mit ihren Freunden aus Papier gefaltet hatte – es war jedes Mal so aufregend, eine Ecke aufzuklappen, um ihre Zukunft zu enthüllen: wo sie leben, wen sie heiraten, was sie tun, wer sie letztlich sein würde. Wenn sie nun daran zurückdachte, erschien es Elizabeth mit einem Mal, als hätte sie ihr ganzes Leben lang an einem kosmischen Marshmallow-Test teilgenommen und alles immer weiter hinausgezögert, immer weiter auf eine Zukunft gewartet, die besser sein würde als die Gegenwart, um was für eine Gegenwart es sich auch gerade handeln mochte. Als Aufwachsende hatte sie gedacht: *Könnte ich doch nur meinen Eltern entkommen, dann wäre ich glücklich.* Dann entkam sie ihren Eltern, zog nach Chicago und dachte: *Könnte ich doch nur die richtigen Freunde finden, die richtige Wohngegend, die richtige Karriere, den richtigen Mann, dann wäre ich glücklich.* Und dann fand sie all das und dachte: *Wäre ich doch nur verheiratet, dann wäre ich glücklich.* Und als sie verheiratet war, dachte sie: *Hätten wir doch nur eine Familie, dann wäre ich glücklich.* Und schließlich: *Hätten wir doch nur ein schöneres Zuhause, das perfekte Zuhause, eine Traumwohnung, dann wäre ich glücklich.* Sie dachte an all ihre ausgeklügelten Pläne der letzten Zeit – *The Shipworks*, der Club – und fragte sich, wie sehr sie sich eigentlich von Brandies Visionboard-Exzessen unterschieden. Elizabeth hielt sich für so viel geerdeter als Brandie, für so viel weniger verblendet, aber vielleicht waren sie in einer entscheidenden Hinsicht genau gleich. Beide bewältigten sie den Schmerz von heute, indem sie alles auf eine Fantasie von morgen setzten.

»Brandie«, sagte Elizabeth, »ich muss dir etwas sagen.«
»Okay.«
»Diese Pillen, die ich dir gegeben habe?«
»Ja?«
»Die sind nicht echt.«
Brandie kniff die Augen zusammen und runzelte die Stirn. »Was?«
»Das sind Placebos«, sagte Elizabeth. »Es sind bloß Zuckerpillen. Sie haben keinerlei Wirkung.«
»*Was?*«, sagte Brandie, lauter diesmal.
»Es tut mir leid. Ich hätte dich nicht belügen sollen.«
»Nein, das kann nicht sein. Diese Pillen wirken. Ich fühle es.«
»Das bildest du dir ein. Glaub mir, die Pillen und die ganze Geschichte um sie herum – das ist alles ausgedacht.«
»Ich verstehe nicht. Warum solltest du so etwas tun?«
»Ich dachte immer, ich würde den Leuten helfen, aber jetzt ... weiß ich es nicht mehr.«

Elizabeth dachte an Kyles Worte an jenem Abend im Club, an seine merkwürdige Diagnose, sie sei von einem mächtigen Mangel besessen, einem Hohlraum, einem *Nichts*, das unerkannt vor sich hin schwelte. Vielleicht, dachte sie jetzt, war es an der Zeit, diesen Mangel nicht länger zu ignorieren, worin auch immer er bestand.

Sie sah Brandie an. »Ich würde sagen, wenn du wütend auf deinen Mann sein willst, dann sei wütend auf ihn.«
»Was?«
»Sei ruhig stinkwütend auf deinen Mann. Er hat es verdient. Du hast es verdient. Es ist etwas Beschissenes passiert, und du verdienst es, dich deswegen beschissen zu fühlen. Das ist nichts Schlimmes. Und das ganze Gewäsch von Schwingungen und negativer Energie, tut mir leid, aber ich glaube, das ist nur eine Ausweich- und Fluchtstrategie.«

Brandie gab ein kleines ungläubiges Schnauben von sich und starrte Elizabeth einen Augenblick lang verächtlich an, doch dann schien sie sich zu fassen, atmete tief durch, verschränkte die Hände vor dem Körper und setzte ein angespanntes, aber diplomatisches Lächeln auf.

»Ich wusste, dass dieses Gebäude von euch nur Ärger bringen würde«, sagte Brandie.

»Welches Gebäude?«

»*The Shipworks*. Wir hätten unsere Initiative nie beenden sollen.«

»Welche Initiative?«

»Meine Gruppe, mein Gemeindekorps, wir haben gegen den Bau protestiert.«

»Ihr wart das?«

»Wir haben aufgehört, als wir euch kennenlernten. Ich dachte, okay, sie ist nett, vielleicht wird es nicht so schlimm. Jetzt wird mir klar, dass ich ziemlich danebenlag.«

»Aber warum wart ihr denn überhaupt dagegen?«

»Elizabeth, ich gebe mir solche Mühe, damit meine Kinder in Güte und Wohlstand aufwachsen. Glaubst du ernsthaft, ich will, dass sie jeden Tag auf dem Weg zur Schule an diesem Gebäude vorbeigehen? Einem Gebäude – seien wir doch mal ehrlich – voller Missstände und Mängel? Ich meine, wie soll mich denn ein Haufen schwingungsarmer Leute, die auf die Stadt losgelassen werden, an mein höheres Ich heranführen? Wie sollen diese Menschen meinen Kindern helfen? Nein, davor will ich sie bewahren.«

»Wie fürchterlich, so etwas über Menschen zu sagen, die einfach nicht so reich sind wie ihr.«

»Reichtum ist die äußere Verkörperung des eigenen Geisteszustands«, sagte Brandie. »Mit Geld belohnt dich das Universum dafür, ein positiver und verdienstvoller Mensch zu sein.«

»Alles klar«, sagte Elizabeth. Und als sie in Brandies gleichmütige, ungerührte Augen sah, da war es plötzlich, als blickte sie auf all die Generationen von Augustine-Patriarchen hoch oben auf ihren pompösen Porträts, Menschen, die die abscheulichsten Dinge taten, um zu Reichtum zu kommen, und sich dann noch selbst auf die Schulter klopften.

Doch ehe Elizabeth noch etwas sagen konnte, schallte ein Ruf vom hinteren Teil des Ladens herüber, Tobys gellender Schrei: »Mom!« Die Art und Weise, wie er es zu einem zweisilbigen Wort mit einer Senkung der Tonlage zwischen den Noten dehnte – *MAA-homm!* –, sagte ihr, dass etwas nicht stimmte. Sie setzte sich hastig in Bewegung, um nachzusehen. Wie sich herausstellte, hatte einer der Jungen sein Atomwaffenarsenal eingesetzt, um einen der anderen dazu zu bewegen, dass er ihm seine Kartoffelchips gab – ein Manöver, das den Spielregeln zufolge weder ausdrücklich verboten noch ausdrücklich erlaubt war –, und sie wurde als Vermittlerin hinzugerufen. Also setzte sie sich mit den Kindern und dem dicken Regelbuch hin, blätterte vor und zurück und schaute quer durch den Buchladen zu Brandie, die finster zurückstarrte und den ganzen restlichen Tag über aufmerksam Wache hielt.

K urz darauf werden die Bauarbeiten an *The Shipworks* unvermittelt eingestellt.
An den Absperrungen rund um das Gebäude tauchen Zettel auf, die in juristischer Sprache gemäß mehrerer neu eingereichter Klagen und ergangener Gerichtsbescheide sämtliche Tätigkeiten innerhalb von *The Shipworks* untersagen. Die vielen Bauarbeiter und Zulieferer, die angestellt wurden, um das Gebäude zu fliesen, das Dach zu decken und Böden zu verlegen, sitzen den ganzen Tag lang tatenlos herum. Stapel weißlicher Rigipsplatten zersetzen sich langsam im Regen.

Jack und Elizabeth haben sich auf Benjamins Geheiß in einer der mittleren Etagen eingefunden, wo sie die unfertigen Räume einer Wohnung durchqueren, die sie bislang nur in Gestalt von digitalen Files oder Bauplänen kannten. Toby rennt ohne Schuhe durch die langen Flure, rutscht auf Socken über die neuen und angenehm glatten Permateek-Böden. Die groben Bauarbeiten sind inzwischen weitgehend abgeschlossen – die Rohrleitungen sind verlegt, die Stromleitungen ebenso, selbst das Wi-Fi steht –, auch wenn das Gebäude längst nicht fertig ist. Das Äußere ist noch immer von Gerüsten umgeben, der Aufzug fährt noch nicht, Berge von Fliesen, Ziegeln und Steinen türmen sich auf gesplitterten Paletten, und alles ist voller Staub – Rigipsstaub, Betonstaub –, ein kreideweißer Film auf allen Oberflächen, ein feiner Schleier in der Luft, der sich in jedem Lichtstrahl abzeichnet.

In ihrer Wohneinheit sind die Türen bereits eingesetzt,

aber ohne die Eisenteile; die Küchenschränke haben noch keine Fronten; gekappte Stromdrähte baumeln herab, wo eines Tages elektronische Haushaltsgeräte stehen werden. Wände sind errichtet, aber noch nicht gestrichen worden, und am Boden klaffen große Lücken, die bald hinter Leisten verbogen sein werden. Im Esszimmer sind Bündel von wiederaufbereitetem Scheunenholz – gealtert, verwittert, wunderbar abgenutzt – aufgestapelt und harren der Verwendung.

»Wir sind bestens vorangekommen«, sagt Benjamin und macht einen Schritt über die Bretter hinweg, seine Lederslipper von blauen Baumwollüberziehern geschützt. »Wir waren sogar dem Zeitplan voraus. Und dann, na ja, dann ging es ganz schön drunter und drüber.«

Sie hatten kurze Zeit nach ihrem Besuch im Club mit Benjamin gesprochen und seine Entwürfe für die Wohnung und die getrennten Schlafzimmer abgesegnet, zuzüglich zweier getrennter Eingänge, falls ihre Ehe in den kommenden Jahren scheitern sollte – inzwischen war tatsächlich alles denkbar –, sodass die Wohnung im Fall einer unversöhnlichen Trennung als eine Art Doppelhaus fungieren könnte, in dem Jack und Elizabeth ihre parallelen Leben führten, ohne sich in irgendeiner Weise miteinander befassen zu müssen, außer natürlich in der Küche, die als eine Art neutrale Zone zwischen den beiden getrennten Flügeln dienen würde. Jack hatte diesem Plan still zugestimmt, ohne den geringsten Widerstand zu leisten. Seit jenem Abend im Club war es, als müsste er jede Art von Konflikt aus seinem Leben herausschneiden: Er stimmte Elizabeths sämtlichen Wünschen in Bezug auf die Wohnung zu, er ließ seinen Studenten alles durchgehen, so faul ihre Ausreden auch sein mochten, und er hatte den Facebook-Kontakt zu seinem Vater abgebrochen, hatte ihm die Freundschaft aufgekündigt, als dessen jüngster Verschwörungsblödsinn erschienen war und Jack erkannt hatte, dass er nicht mehr über die emotionalen Reserven verfügte, um ihre erbitterten Dispute endlich weiterzuführen.

»Es gibt da offenbar«, sagt Benjamin, »beträchtlichen Widerstand innerhalb der Gemeinde, den ich stark unterschätzt habe. Ich dachte schon vor Monaten, die Demonstranten wären verschwunden, aber jetzt sind sie wieder da, lauter denn je, und sie sind wirklich kreativ.«

»Inwiefern kreativ?«, sagt Jack.

»Diese Klagen zur Wahrung der baulichen Integrität des Viertels, das ist alles wieder losgegangen, und es sind noch neue dazugekommen, die auf die historische Bedeutung abheben. Offenbar will diese Gruppe – die sich selbst den drolligen Namen ›Gemeindekorps‹ gegeben hat – *The Shipworks* ins staatliche Register historischer Bauten aufnehmen lassen, was zur Folge hätte, dass jede kleinste Veränderung am Gebäude von einer fünfzehnköpfigen Kommission in Springfield abgenickt werden muss.«

Benjamin führt sie ins Wohnzimmer, als Toby gerade vorbeischießt, noch immer auf Socken, über den Boden gleitet wie durch einen Eislaufring und schreit: »Das ist mega!«, während er um eine Ecke verschwindet.

»Und dann sind da noch die Umweltverträglichkeitsgutachten«, sagt Benjamin. »Die Stadt Park Shore hat jetzt das gesamte Stadtgebiet – buchstäblich alles innerhalb der Stadtgrenzen – zum Schutzgebiet für den bedrohten Grauen Wolf erklärt, eine Art, die in Illinois seit den 1880er-Jahren gar nicht mehr gesichtet wurde, worauf wir vor Gericht auf jeden Fall hinweisen werden, wenn es so weit ist, aber bis dahin ist jeder Neubau innerhalb der Stadtgrenzen widerrechtlich, was denen natürlich sehr entgegenkommt. Außerdem gibt es einen gerichtlichen Erlass, demzufolge *The Shipworks* angeblich ein wichtiger Nistplatz für irgendeinen bedrohten Zugvogel ist, einen Vogel, der Illinois, was denen wiederum sehr entgegenkommt, nur im Frühsommer durchquert, also müssen wir jetzt tatenlos rumsitzen und fast ein Jahr lang abwarten, um zu sehen, ob dieser Vogel hier wirklich nistet. Das macht einen alles ganz schön kirre, aber irgendwie bewundere ich diese Leute auch für ihre Entschlossenheit.«

»Können wir denn irgendwas tun?«

»Das spielt sich jetzt alles vor Gericht ab und natürlich im Netz. Sie haben eine Facebook-Gruppe ins Leben gerufen, ›Schützt Park Shore‹. Dort organisieren sie sich. Und dort sind wir übrigens auch gedoxt worden. Also, wir alle. Alle unsere Namen kursieren im Internet, wurden öffentlich gemacht. Meiner, eure, sogar die einiger Investoren und Geldgeber. Hat euch noch niemand kontaktiert?«

»Nein.«

»Ich kriege nämlich seit einer Woche täglich ein kleines Stück von *The Shipworks* nach Hause geschickt.«

»Im Ernst?«

»Mal ist es ein Ziegel, mal ein Toilettenabzug, mal ein Stück Kupferdraht, eine Glühlampe, ein Türknauf. Und ich denke mir: Na, toll. Wo kommt das wohl her! Wenn das so weitergeht, wird es sich mit der Zeit ganz schön auf unser Budget auswirken.«

Sie folgen ihm durch einen Flur in Elizabeths Flügel und den Raum, der eines Tages ihr persönliches Schlafzimmer sein soll.

»Die Investoren sind besorgt«, sagt Benjamin. »Sie würden gern stille Teilhaber bleiben. Stakeholder dieser Art bleiben lieber im Schatten.«

»Und warum?«

»Vor allem, weil es sich um Strohfirmen handelt.«

»Um was?«

»Na ja, ihr wisst schon, Offshorekonten, namenlose Nutznießer, solche Geschichten. Es kommt mehr an Immobiliengeldern aus Übersee, als man meint, und es braucht dazu immer ein bisschen Rechtsverdreherei, ein paar kreative Formulierungen in der Grundeigentumsurkunde.«

»Wie kreativ, Ben?«

»Hey, ich habe euch gesagt, die Projektfinanzierung ist ein

barockes Geschäft, es dreht sich alles darum, genau die richtige Alchemie zu finden, und manchmal kommt diese perfekte Mischung aus merkwürdigen Ecken. Wobei ich mich in letzter Zeit frage, warum man sie in Amerika *Tycoons* nennt, in Russland aber *Oligarchen*. Ist das nicht komisch?«

»Unser Zuhause ist von Russen finanziert?«

»Also, haha, ich habe da so eine Verschwiegenheitsklausel unterzeichnet, also werde ich das einfach mal weder bestätigen noch abstreiten, okay?«

»Aber das ist alles legal, ja?«

»Sicher, sicher. Unsere Investoren haben einfach nur einen Steuerstatus, der einer genauen Prüfung der US-Steuerbehörde nicht zwangsläufig standhält. Daher versuchen sie, nach Möglichkeit keine Aufmerksamkeit auf sich zu ziehen. Weshalb diese speziellen Gerichtsverfahren eher ungelegen kommen.«

Toby taucht wieder auf, schlittert ganz aufgekratzt auf die Schlafzimmertür zu. »Dad, weißt du, was wir mal machen müssen?«, sagt er mit geröteten Wangen. »Hier übernachten!«

»Klar, Kumpel, das klingt super.«

»Nein, nein!«, sagt Benjamin. »Nein, nein, nein! Unter gar keinen Umständen solltet ihr euch ohne mein Wissen hier aufhalten, okay? Das Grundstück darf nicht betreten werden.«

»Klar«, sagt Jack. »Ihr wollt nicht, dass wir über irgendwas stürzen und uns verletzen. Ein Haftungsproblem, oder?«

»Ehrlich gesagt sind wir sehr gut versichert. Sehr, sehr gut.«

»Okay.«

»Ich meine, *richtig* gut.«

»Verstehe.«

»Aber es ist immer noch eine Baustelle, und, na ja, man weiß nie, was da alles passieren kann.«

Benjamin sieht Jack ernst an, senkt den Kopf und wiederholt langsam: »*Man weiß es einfach nie.*«

»Okay, klar«, sagt Jack. »Man weiß nie.«

Und dann surrt Benjamins Telefon, und er schaut darauf und sagt: »Tja, wenn man vom Teufel spricht! Unsere Freunde legen mal wieder los. Im Netz tut sich was. Entschuldigt ihr mich kurz?«

Woraufhin Elizabeth das kleine Tablet aus der Tasche zieht, das sie immer dabeihat, falls Toby zu aufgedreht und ungeduldig ist und auf der Stelle eine digitale Ablenkung braucht.

»Hey, Toby«, sagt sie. »Kannst du mal das Wi-Fi testen?«

»Cool!«, sagt er, stets dankbar für etwas zusätzliche Bildschirmzeit.

»Teste jedes Zimmer, okay? Ach, am besten die ganze Etage.«

Der Junge schießt davon, und Jack sieht Elizabeth an. »Was gibt's?«, sagt er.

Sie nimmt einen langen, tiefen Atemzug. »Es ist Brandie«, sagt sie.

»Brandie? Aus der Kirche?«

»Ja.«

»Was ist mit ihr?«

»Ich bin mir sicher, dass sie hinter alldem steckt. Den gerichtlichen Verfügungen, den ganzen Klagen.«

»Im Ernst?«, sagt Jack. »Brandie?«

»Mhm.«

»Wieso das?«

»Sie und ich ... wir hatten da unter Umständen eine Auseinandersetzung.«

»Unter Umständen?«

»Wir hatten eine Auseinandersetzung. Sie ist sauer auf mich. Und sie zeigt es auf diese besondere Art.«

»Was hast du ihr denn getan?«

»Wir hatten eine Meinungsverschiedenheit, okay? Lassen wir's dabei.«

»Okay, aber was auch immer du ihr getan hast, kannst du dich nicht einfach entschuldigen?«

»Wieso meinst du, dass ich diejenige bin, die sich entschuldigen muss? Vielleicht muss sie sich ja bei mir entschuldigen. Wieso gehst du sofort davon aus, dass die Schuld bei mir liegt?«

»Ich frage mich bloß, ob sich die Sache nicht irgendwie bereinigen lässt.«

»Es wäre schön, wenn du ein bisschen mehr auf meiner Seite wärst.«

»Schatz, was auch immer zwischen euch vorgefallen ist, es geht ganz bestimmt vorbei.«

»Es geht nicht vorbei.«

»Okay.«

»Wir verlieren unser Zuhause, wir verlieren unsere Ersparnisse, und Toby wird von der Schule fliegen.«

»Wir verlieren nicht unser Zuhause«, sagt Jack lächelnd, im Versuch, angesichts von Elizabeths plötzlicher Angst nicht den Optimismus zu verlieren. »Und selbst wenn, können wir uns jederzeit ein neues suchen. Benjamin beschafft uns unser Geld wieder, du wirst schon sehen. Und dann melden wir Toby an einer neuen Schule an. Alles halb so wild.«

»Halb so wild? Wenn er schon wieder von vorn anfangen muss? Schon wieder der Neue ist?«

»Beruhige dich. Das wird schon. Toby kommt schon klar.«

»Das ist alles, was dir dazu einfällt? *Er kommt schon klar?*«

»Ja, er kommt klar, und es klappt schon alles irgendwie. Lass uns einfach mal durchatmen und überlegen, wo wir gerade sind, okay? Du und ich, in unserer Traumwohnung. Das sollte doch ein schöner Moment sein. Eigentlich sollten wir tanzen.«

»Tanzen«, sagt sie und schüttelt den Kopf. »O mein Gott, das ist so ein typischer Jack-Satz. Wie aus dem Bilderbuch.«

»Was soll das denn wieder heißen?«

Sie starren einander einen Augenblick lang an. Es ist still, sie sind allein, der Boden ist staubig, und es könnten ebenso gut kleine Steppenläufer zwischen ihnen umherwehen, so sehr ähnelt die Szenerie plötzlich dem ehelichen Gegenstück eines

Duells: zwei Scharfschützen, die einander taxieren. Wie die meisten Ehepaare verfügen sie über ein größtenteils unausgesprochenes Regelwerk, das festlegt, wie gestritten wird – vor allem was ein fairer und was ein schmutziger Streit ist, wie man produktiv oder unproduktiv streitet. Und sie wissen, eine der schmutzigsten und unproduktivsten Arten zu streiten besteht in Verallgemeinerungen, in abstrakten Pauschalaussagen, darin, sich etwas in einem einzelnen Augenblick Gesagtes herauszupicken und zu behaupten, es sei »immer« so, einen kleinen Fehltritt als Anlass zu nehmen, große Löcher in die Persönlichkeit oder den Charakter des anderen zu schießen. Mit ihrer Aussage – *Das ist so ein typischer Jack-Satz* – hat Elizabeth sich dieser schmutzigen Kampftechnik angenähert; es ist ein Verstoß gegen die eheliche Etikette. Jacks Frage – *Was soll das denn heißen?* – kann daher in erster Linie als ein Hinweis auf diese Tatsache gelesen werden (auch ihm ist es aufgefallen) und als eine Aufforderung, die Aussage entweder zurückzunehmen oder in dieser Richtung weiterzumachen. Sozusagen wegzugehen oder die Pistole zu ziehen.

Sie entscheidet sich für Letzteres. »Weißt du, wie schwer Toby die Umstellung gefallen ist? Weißt du, wie schrecklich es war, das mitanzusehen? Und dann kommst du mir mit… Tanzen? Ist das dein Ernst? Wäre dir ein bisschen mehr am Wohlergehen deines Sohnes gelegen, würdest du ein bisschen mehr an seinem Leben teilnehmen, dann müsste ich nicht alles allein machen. Vielleicht hättest du mir mit Brandie ein bisschen helfen können, wenn du nicht so unbeteiligt wärst. Und dann wäre das alles vielleicht gar nicht passiert.« (Es ist ein ziemlich tödlicher Eröffnungsschlag, gleich auf Jacks größte verwundbare Stelle zu zielen, die Tatsache, dass er selbst mit einem größtenteils emotional unbeteiligten Vater aufgewachsen ist, womit Elizabeth nun in den Raum stellt, dass Jack dieses Muster wiederholt und im selben Zug ihren gemeinsamen Sohn auf genau die gleiche Weise verletzt, wie Jack verletzt wurde; sie macht keine Gefangenen.)

»Also bin ich jetzt schuld?«, sagt Jack. »Einfach so? Wow, Elizabeth, das nenne ich mal kreativ.«

»Du überlässt alles mir. Immer trage ich die Verantwortung. Ich muss alles allein machen, bin komplett auf mich gestellt.« (Wie bei den meisten Auseinandersetzungen lautet der Subtext von beiden hier in etwa: *Du bist rücksichtslos und egoistisch, ich dagegen bin großzügig und freundlich.* Das ist die Grundebene, von der sie beide ausgehen.)

Jack sagt: »Nenn mir eine Sache, die du allein machen musst.«

»Ich bin die, die jeden Morgen in der Schule verbringt.«

»Was du freiwillig machst.«

»Und ich bin die, die den Kontakt mit den anderen Eltern pflegt.«

»Wozu dich auch niemand gezwungen hat. Ehrlich, Elizabeth, ich begreife nicht, wie du wegen irgendwelchem Kram sauer auf mich sein kannst, zu dem dich niemand zwingt außer dir selbst.« (Durch und durch gelassen, neutral und mit ruhiger Stimme gesprochen. Es ist ein klassisches Ehemann-Manöver, der Gefühlsaufwallung der Frau mit dem Anschein kühler Rationalität und Logik zu begegnen, was impliziert, dass ihre hysterische weibliche Erregung sie daran hindert, klar zu denken; der Kampf ist eröffnet, Attacken und Vergeltungsschläge, Angriffe und Gegenangriffe.)

»Sämtliche Hausaufgaben«, sagt sie (darüber hinweggehend), »der Haushalt, Tobys Verabredungen mit Freunden – das bleibt alles an mir hängen, immer.«

»Moment mal. Dass ich mich nicht zwanghaft mit jeder Einzelheit aus Tobys Leben befasse, heißt nicht, dass ich unbeteiligt wäre. Ich muss bloß nicht andauernd ausflippen, um mich als guter Vater zu fühlen.« (Er setzt noch einen drauf, streut Salz in die Wunde.)

»Sag mir nicht, ich würde ausflippen, spiel das nicht so runter.« (Jetzt geht sie nicht mehr darüber hinweg.)

»Tust du aber! Du flippst aus, Elizabeth, du flippst ständig aus, seit er ganz klein war. Ich schwöre bei Gott, sobald er auf der Welt war, hast du dich in diesen komischen anderen Menschen verwandelt, in diese herrische, tyrannische Perfektionistin.« (Er ändert die Richtung zu seinem Vorteil. Jetzt zielt er auf ihre größte verwundbare Stelle, bezichtigt einen Overachiever des Scheiterns, bezichtigt eine Mutter, eine schlechte Mutter zu sein; er schlägt doppelt und dreifach zurück.)

»Und du hast dich überhaupt nicht weiterentwickelt!« (Sie spürt, wie er Boden gutmacht, und erklimmt eine höhere Ebene.) »Du bist kein Stück erwachsener geworden! Seit fünfzehn Jahren derselbe Job. Seit fünfzehn Jahren die gleichen Vorlesungen. Seit fünfzehn Jahren die gleiche sinnentleerte Kunst.«

»Sinnentleert?«

»Du beschwerst dich laufend darüber, dass niemand deine Arbeit zu schätzen weiß, und dann machst du immer und immer und immer wieder das Gleiche. Vielleicht wäre es an der Zeit für eine Veränderung.«

»Vielleicht habe ich im Gegensatz zur dir auch einfach ein Problem mit Heuchelei.« (Seine Verteidigungshaltung verwandelt sich plötzlich in Frömmigkeit, ein Makel wird zur Tugend, Heiligkeit zur Waffe.)

»Was soll *das* denn heißen?«

»Ich habe wenigstens meine Prinzipien. Sag doch mal, Elizabeth, was sind denn deine großen Errungenschaften, hä? Was hast du denn Großartiges geleistet? Du hast dafür gesorgt, dass mehr Leute in ein Flugzeug hineinpassen. Bravo. Wegen dir ist das Fliegen noch beschissener geworden. Du wurdest dafür bezahlt, dass weniger Rücksicht auf die Leute genommen wird. Herzlichen Glückwunsch! Du bist wirklich eine echte Augustine.«

(Es ist, als hätten die zwei Jahrzehnte der Nähe die beiden perfekt auf diesen Moment vorbereitet, sie mit genau den fortschrittlichen Waffen ausgestattet, die sie brauchen, um die größtmögliche Verwüstung anzurichten; es ist jetzt eher ein regionaler Bürgerkrieg als eine Schießerei.)

Sie sagt: »Einer von uns musste schließlich Geld verdienen.« (Passiv-aggressive Entmannung.)

Er sagt: »Wenn es dir ums Geld ging, hättest du in Neuengland bleiben und irgendeinen langweiligen Banker heiraten sollen.« (Gezielte Vergeltung.)

Sie sagt: »Oh, ich wünschte, ich könnte die Zeit zurückdrehen und ein paar Entscheidungen rückgängig machen. Das kannst du mir glauben. Manchmal träume ich von einem Neustart in kosmischen Dimensionen.« (Entschiedene Verfestigung der Position.)

Er sagt: »Nein, tust du nicht. Das meinst du gar nicht ernst. Du bist einfach im Kampf-oder-Flucht-Modus. Deine Amygdala hat das Kommando übernommen.« (Er infantilisiert sie, behandelt sie nicht wie eine Ehefrau, sondern eher wie eine Patientin.)

Sie sagt: »Ach ja, mein Schatz, du hast natürlich recht.« (Sie tätschelt ihm tatsächlich den Kopf wie eine Mutter bei einem Kleinkind; die Botschaft lautet: *Ich kann dich noch stärker infantilisieren.*)

Er fegt ihre Hand beiseite, geht zum Fenster, verschränkt die Arme, starrt in den regnerischen Tag hinaus (als wäre er so angewidert, dass er sie nicht mal mehr ansehen kann). Ihre Telefone haben während des Disputs beide zu zirpen und zu summen begonnen, die Nachrichten haben als Rinnsal begonnen und schwellen jetzt zur Welle an, doch sie ignorieren es. Jack sagt: »Selbst wenn du deinen Neustart bekämst und deinen Banker heiraten würdest, weißt du, was dann passieren würde? Du würdest ganz genauso dastehen wie jetzt. Du wärst genauso frustriert und wütend und gestresst und allein, mit wem du auch zusammen wärst. Und weißt du auch, warum?«

»Du wirst es mir bestimmt gleich verraten.«

»Weil du einfach nicht weißt, wie man liebt, Elizabeth. Du bist schlicht und einfach nicht fähig dazu.«

Sie schweigt einen Augenblick lang (ein Schweigen ohne Agenda oder Hintergedanken; endlich ist sie aufrichtig verletzt). Regen klopft gegen das Fenster. Irgendwann sagt sie leise: »Was?«

»Ich gebe mir immer wieder solche Mühe mit dir, aber es ist hoffnungslos. Seit zwanzig Jahren sind wir zusammen, und ich habe immer noch das Gefühl, du bist nur mit halbem Herzen dabei. Und ich habe keine Ahnung, wieso. Immer wenn ich es herauszukriegen versuche, machst du einfach dicht. Man kommt einfach nicht an dich ran, Elizabeth. Manchmal glaube ich, ich hatte bei dir nie eine Chance. Manchmal glaube ich, du wärst wirklich lieber allein – nur du und vielleicht noch dein Vibrator, für immer und ewig. Dieses kleine Stück Plastik – du weißt schon, das Ding, das du jeden Abend benutzt? –, das ist dein perfekter Begleiter. Unkompliziert und anspruchslos. Für mehr hast du in deinem winzig kleinen Herzen keinen Platz.«

Einen Moment lang erklingt kein Geräusch außer dem Regen und dem immer dringlicheren Zirpen ihrer Telefone, das sie beide weiterhin ignorieren. Er sieht sie wieder an und bekommt, wie immer, wenn er sie verletzt hat, sofort ein schlechtes Gewissen.

»Es tut mir leid«, sagt er und macht einen Schritt auf sie zu. »Das habe ich nicht so gemeint.«

Sie weiß, was jetzt passieren wird. Er wird zu einer behutsamen und vorsichtigen Umarmung ansetzen, und wenn sie das zulässt, wird er schließlich seine Lippen ihren nähern, um ihr einen sanften Kuss zu geben, und wenn sie das zulässt, wird er sie heftiger küssen, inniger, drängender, und wenn sie das zulässt, wird er auf Versöhnungssex abzielen, sobald Toby abends schlafen gegangen ist, und wenn sie das zulässt, wird er von morgen an besondere Abende planen, und er wird den ganzen Tag lang versuchen, sie in einen Austausch verführerischer Textnachrichten zu verwickeln, und wann immer sie sich in der Wohnung begegnen, wird er sie aufhalten, um länger zärtlich mit ihr zu kuscheln, obwohl sie zu arbeiten hat, und es wird alles so ermüdend sein, so kraftraubend. So ist das mit Jack: Sobald sie einem seiner Wünsche nachkommt, zieht das nur weitere Wünsche nach sich. Doch aus ihrer Sicht tut sie ohnehin schon ihr Bestes, um den Bedürfnissen aller anderen gerecht zu werden, und hat dabei zugleich das Gefühl, sich am äußersten Ende ihrer eigenen Energie und ihrer Fähigkeiten zu befinden, und trotzdem genügt es nie. Sie genügt nie. Er ist nie zufrieden. Er verlangt immer nach mehr. Alles, was sie ihm an Intimität zugesteht, kommt um ein Vielfaches mehr zurück, und so stellt sie fest, wie sie sich die Intimität sozusagen einteilt, während sie auf eine Weise den strategischen Rückzug vor ihm antritt, die keine Enttäuschung oder Panik in ihm auslösen wird, und jetzt gerade, in diesem Augenblick, in diesem staubigen Raum, erscheint es ihr, als würden sich die emotionalen Verrenkungen, die es erfordert, mit diesem Mann verheiratet zu sein, nicht mehr lohnen.

»Mein Gott«, sagt sie in einem Tonfall, der seinen Annäherungsversuch unterbindet. »Du bist wie eine Gefühls-Hydra, Jack. Du bist ein bodenloses Loch der Bedürftigkeit.«

»Elizabeth, Schatz.«

»Du ziehst so eine große romantische Show ab, aber in Wirklichkeit, tief im Inneren, bist du bloß ein völlig verängstigtes Kind, das Aufmerksamkeit will. Du bist ein ängstlicher kleiner Junge, der sich an den ersten Menschen klammert, der je Interesse an ihm gezeigt hat – mich.«

»Das ist nicht fair.«

»Du dachtest, wenn du ein reiches Mädel heiratest, wärst du nicht das Landei, das du eigentlich zu sein fürchtest.«

»Okay, und du dachtest, wenn du einen Künstler heiratest, dann wärst du nicht der herzlose Stein, der du eigentlich zu sein fürchtest.«

»Kann schon sein«, sagt Elizabeth und nickt. »Und dann haben wir vielleicht eine Geschichte um uns herum gesponnen, die dem Ganzen etwas Heroisches gegeben hat. Aber wir müssen der Wahrheit ins Auge sehen, Jack. Wir führen eine Placebo-Ehe. Eine Zeit lang hat sie uns ein gutes Gefühl gegeben, aber eigentlich ist da gar nichts. Und wahrscheinlich war da auch nie irgendwas.«

Inzwischen wäre das Trillern ihrer Telefone mit »pausenlos« gut beschrieben, ein ununterbrochenes Lärmen, dem sich schließlich nicht mehr entgehen lässt. »Wer zur Hölle schreibt denn da die ganze Zeit?«, sagt Elizabeth.

Also schauen sie auf ihre Telefone und sehen Nachrichten von Freunden, anderen Eltern aus der Schule, Lehrern, Kollegen, die alle auf unterschiedliche Weise im Grunde die gleiche Frage stellen: *Habt ihr das gesehen?*

»Was meinen die denn?«, sagt Elizabeth.

»O mein Gott«, sagt Jack. »Mein Impact Score!«

Jack schaut auf eine E-Mail vom Finanzvorstand der Universität – »Glückwunsch, mein Freund!«, lautet der Betreff –, die seine neuen Impact-Algorithmus-Werte enthält, und er sieht erschüttert, dass sein Onlinewert in den letzten paar Stunden offenbar auf aufsehenerregende, exponentielle Weise explodiert ist.

»Was zum Teufel ist da los?«, sagt er entsetzt und starrt auf eine Zahl, die sein Jahresgehalt jetzt um ein Vielfaches übersteigt.

In diesem Moment ertönt ein leises Klopfen vom Türrahmen des Schlafzimmers, und Toby kommt herein, sein Tablet in der Hand, verstört auf den Bildschirm blickend.

»Schatz«, sagt Elizabeth. »Was ist denn?«

»Irgendwas ist los«, sagt er mit verkniffener, besorgter Miene.

»Was?«

»Irgendwas ist komisch.«

Und Toby dreht das Tablet um, sodass sie den Bildschirm sehen können. »Dad und du?«, sagt er. »Ich glaube, ihr seid viral gegangen.«

Die hilfsbedürftigen Nutzer

Ein Drama in sieben Algorithmen

<1>

Der EdgeRank-Algorithmus

Der Nutzer erscheint am 15.4.2008, 14:47:30 Uhr (UTC 0600), im Netzwerk; er verwendet einen überholten Browser auf einem alten PC, dem zuvor eine andere IP-Adresse zugewiesen war, der sich nun jedoch über eine träge Festnetzverbindung in den Flint Hills in Kansas mit dem Internet verbindet. Der Nutzer hat diesen Computer – bei dem es sich schon um den billigsten Desktoprechner im Sortiment von Best Buy in Topeka handelte, als er vier Jahre zuvor gekauft wurde – von einem Nachbarn übernommen, der sich ein besseres Modell gegönnt und angeboten hat, den Nutzer in die Grundzüge der Bedienung einzuweisen. Natürlich verfügt der EdgeRank-Algorithmus, der den Nutzer erstmals identifiziert und katalogisiert, nicht über diese Informationen. Der Algorithmus kennt zunächst nur die Antworten auf zwei Abfragen, die einzigen, die der Nutzer beantwortet hat: Name – er wurde mit *Lawrence Baker* angegeben – und Interessen – sie wurden mit *Jack Baker* angegeben, was für den Algorithmus schwer zu verarbeiten ist, bis klar wird, dass der Nutzer die Abfrage falsch verstanden hat, und er Jack Baker schließlich durch *Kansas City Chiefs* ersetzt, woraufhin sein Konto verifiziert wird und sein Feed sich mit Inhalten und Werbeanzeigen rund um die National Football League füllt.

Es ist April 2008, und Lawrence Baker ist soeben Facebook beigetreten.

Das Missverständnis bei der Beantwortung der ursprünglichen Abfrage erweist sich bald als einheitliches Verhaltensmuster: Er ist noch kein erfahrener Nutzer der Computertechnologie und neigt daher zu großer Naivität und Verwirrung. Er ist einer jener siebzig Jahre alten erstmaligen Computernutzer, denen beispielsweise das Konzept einer URL für immer unbegreiflich sein wird und die nie einfach *facebook.com* in die Adresszeile eines Browsers eingeben, sondern stattdessen auf eine Suchmaschine wie Yahoo gehen, *www.facebook.com* in die Suchmaske eingeben und dann auf das oberste Resultat klicken, weil sie glauben, das wäre die einzige Möglichkeit, sich durchs Internet zu bewegen, über einen Vermittler, wie bei den ländlichen Telefonanschlüssen, mit denen er aufgewachsen ist und bei denen man den Hörer abnehmen und die Telefonisten bitten musste, einen mit dem anderen Gesprächsteilnehmer zu verbinden. Yahoo ist jetzt wie so ein Telefonist – zumindest bis ihm jemand sagt, dass Google die überlegene Suchmaschine ist, woraufhin er auf Yahoo geht, *www.google.com* in die Suchmaske eingibt und auf Google klickt, wo er dann nach *www.facebook.com* sucht, was ihm nicht gerade wie eine Verbesserung vorkommt.

Außerdem neigt er stark dazu, jede E-Mail, die er auf seinem brandneuen E-Mail-Account erhält, auszudrucken, was an einer grundsätzlichen Fehlannahme darüber liegt, ob er je wieder Zugang zu den E-Mails haben wird. Er hegt einen so großen Argwohn gegenüber dem immateriellen und flüchtigen Internet, dass er seine E-Mails für nicht wirklicher und beständiger als eine Rauchfahne hält, die im Wind verweht. Also druckt er sie aus, allesamt, darunter auch die E-Mail seines Nachbarn, in der dieser sich erkundigt, wie er mit dem Computer zurechtkommt – er druckt sie aus und schreibt mit Bleistift »Bestens!« unten auf die Seite, dann steckt er das Blatt Papier in einen Umschlag, den er mit der Adresse versieht und frankiert, um ihn in den Briefkasten zu stecken und an seinen Nachbarn zu schicken – der knapp fünfzig Kilometer entfernt lebt; »Nachbar« ist in den Plains ein dehnbarer und relativer Begriff –, und dann setzt er sich wieder an den Rechner und wartet auf die nächste Mail.

Zu weiteren Missverständnissen dieser Art zählt Lawrence' feste Überzeugung, von keinem anderen Computer auf der ganzen Welt auf seine E-Mails und sein Facebook-Konto zugreifen zu können – obwohl ihm andere zu erklären versuchen, wie Netzwerke funktionieren, beharrt er darauf, nur über diesen gelblich verfärbten Dell-Computer, der auf seinem Küchentisch ein neues Zuhause gefunden hat, Zugang zu seinem E-Mail- und seinem Facebook-Account zu haben. Er glaubt außerdem, jeder, der in Besitz seiner E-Mail-Adresse ist, könne irgendwie seinen Computer »hacken« und in seine Bankkonten eindringen oder seine Sozialversicherungsnummer stehlen oder dergleichen, weshalb er es so beunruhigend findet, per E-Mail Werbung oder Spam zu erhalten, insbesondere Werbenachrichten, die an ihn persönlich adressiert sind, was ihn oft dazu bringt, nach einer Telefonnummer zu suchen, in dem verantwortlichen Unternehmen anzurufen und den armen Kundendienstmitarbeiter am anderen Ende der Leitung anzufahren: »WOHER KENNEN SIE MEINEN NAMEN? WIE SIND SIE AN MEINE E-MAIL-ADRESSE GEKOMMEN? WER SIND SIE?«

Es kommt auch vor, dass er eine Website besucht, der Browser abstürzt und er eine Fehlermeldung mit dem Text »Unzulässiger Vorgang« erhält und ernsthaft glaubt, er hätte versehentlich etwas Illegales getan, woraufhin er die Website niemals wieder aufsucht.

Er gehört zu den Nutzern, die einen Computer intuitiv bedienen, aber mit seiner Intuition liegt er zuverlässig daneben, was die normale Computernutzung und das Navigieren im Internet mühsam macht. Und es wird noch mühsamer, wenn die vielen flackernden Toolbars und Icons allmählich den Bildschirm zu bevölkern beginnen, das Resultat gewisser Mausklicks auf gewisse Pop-up-Anzeigen, die verkünden:

Ihr Computer ist mit Viren verseucht! Laden Sie sofort diese Antivirus-Software herunter!!! Was er immer tut, jedes einzelne Mal, er lädt herunter, was auch immer ihm die Website herunterzuladen befiehlt, und dennoch verbreitet sich das blinkende Zeug auf seinem Bildschirm aus irgendeinem Grund immer weiter. Und dann wird das Interface sogar noch rätselhafter, als Lawrence – aufgrund einer unwahrscheinlichen Verkettung von Ereignissen, die kein Programmierer oder Betatester je voraussehen oder verhindern könnte – irgendwie einen Screenshot von seinem Desktop macht und dieses Bild dann versehentlich und ohne es zu merken als Hintergrundbild festlegt, was zu einem merkwürdigen Verdopplungseffekt führt, der es erscheinen lässt, als hätte sich jedes der chaotischen Icons auf seinem Computer plötzlich selbst geklont – manche dieser Icons lassen sich weiter anklicken und verschieben, andere trotz wiederholter und erbitterter Versuche zu seiner großen Verblüffung nicht.

Das Fazit lautet: Im Vergleich zu dieser ganzen Verwirrung und Unsinnigkeit stellt die vergleichsweise nutzerfreundliche und entspannt wirkende Homepage von Facebook eine willkommene Erleichterung und Ruhepause dar, weshalb er sie ziemlich oft aufsucht.

Für den EdgeRank-Algorithmus, der für die personalisierte und dynamische Nutzererfahrung sorgt, für das die Facebook-Plattform allgemein bekannt ist, ist Lawrence Baker zunächst ein eher frustrierendes Mysterium. Er postet nichts, likt nichts, freundet sich mit niemandem an und interagiert auch sonst in keiner Weise, und daher entstehen auch keine der neuen Verbindungen, die der Algorithmus braucht, um Lawrence' Feed zu sortieren und auf ihn zuzuschneiden. Der Algorithmus funktioniert nach den grundlegenden Prinzipien der mathematischen Graphentheorie, die ein Netzwerk als großes Objekt mit zahlreichen Ecken und Kanten visualisiert. In stark vereinfachter Form könnte man sich dieses Objekt wie einen Würfel vorstellen – wie die sechsseitigen

Würfel, die Lawrence in Jacks Zimmer fand, nachdem Jack nach Chicago gegangen war, ein Vorrat an Würfeln, Figuren und Dungeons-&-Dragons-Büchern, die Jack in einem Hohlraum hinter seiner Kommode versteckt hatte. In Bezug auf D&D sind die herausragendsten Merkmale an diesen Würfeln die sechs Seiten; diese Seiten mit ihren jeweiligen schwarzen Punkten verleihen dem Würfel erst Bedeutung. Aber versuchen wir uns einen Würfel einmal so vorzustellen, wie es der Algorithmus tut. Der Algorithmus sieht keine Seiten; er sieht nur die Kanten. Schließlich lässt sich ein Objekt mit Flächen ebenso gut anhand seiner Kanten definieren. Ein Würfel hat zwölf Kanten, und wo diese Kanten aufeinandertreffen, bilden sie eine Ecke.

Nun gibt es alle möglichen philosophischen Huhn-oder-Ei-Fragestellungen in Bezug darauf, ob es die Kanten sind, die die Ecke entstehen lassen, oder ob es die Ecke ist, von der die Kanten abgehen oder was auch immer – es spielt keine große Rolle. Philosophie ist für den Algorithmus bedeutungslos. In der mathematischen Sprache, die dieser spezielle Algorithmus als Einzige beherrscht, ist der Mensch Lawrence Baker lediglich ein abstraktes numerisches Konzept, eine einzelne Zacke an einem theoretischen Objekt, eine der vielen Ecken dieses Objekts. Und weil der zugrunde liegenden Mathematik gemäß eine Ecke nichts weiter als der Schnittpunkt ihrer Kanten ist, interessieren den Algorithmus vor allem diese Kanten – ob sie kurz oder lang sind, brüchig oder fest. Als die Ecke »Lawrence Baker« eine Neigung zur Ecke »Kansas City Chiefs« offenbart, entsteht zwischen den beiden eine Kante, eine Linie, eine Verbindung. Und für den Algorithmus liegt darin die gesamte Bedeutung – nicht in den Dingen an sich, sondern in den Beziehungen zwischen ihnen. Also regt der Algorithmus Lawrence dazu an, weitere Beziehungen dieser Art herzustellen: Beiträge zu liken und sich mit anderen Nutzern anzufreunden, wodurch weitere Kanten entstehen, oder selbst Dinge zu posten und mit anderen zu teilen, wodurch neue Ecken entstehen, und auf diese Weise expandiert und wächst das Netzwerk exponentiell, indem es einen Menschen – und seine gesammelten Interessen und Interaktionen – nimmt und ihn zu einem großen vieldimensionalen Objekt umdefiniert, das in ein noch größeres Objekt mit unendlich vielen Dimensionen eingeschrieben ist, ein wimmelndes Universum mit einer Milliarde Ecken und einer Billion Kanten, eine sich stetig weiter verändernde riesige Netzstruktur, die für den menschlichen Verstand buchstäblich gar nicht, für den Algorithmus aber vergleichsweise mühelos vorstellbar ist.

Also fordert der Algorithmus Lawrence dazu auf, seine Hobbys zu benennen, nach für ihn interessanten Seiten zu suchen, ein paar Freunde zu finden – Aufforderungen, die dieser schlankweg ignoriert. Alles, was der Algorithmus hier will, sein alleiniger Sinn und Zweck, besteht darin, Lawrence Baker mehr von dem zu geben, was er begehrt. Der Algorithmus ist wie ein Kellner, und Lawrence ist ein Gast, der auf die Speisekarte starrt, aber nie etwas zu essen bestellt. Jedenfalls nicht bis zu dem Tag, an dem der Algorithmus ihm eine »Personen, die du kennen könntest«-Abfrage vorlegt, bei der er auf die einzige weitere Information zurückgreift, die Lawrence bisher eingegeben hat. Der Algorithmus fragt: *Kennst du Jack Baker?*

Und Lawrence sitzt da und starrt ganze fünfzehn Minuten lang auf diese Abfrage, ehe er sie schließlich bestätigt – *Ja* –, woraufhin der Algorithmus eine Freundschaftsanfrage generiert, und als er gefragt wird, ob er diese Anfrage personalisieren möchte, überlegt Lawrence lange und schreibt dann unbeholfen nach dem Adler-Suchsystem: *Es tut mir sehr, sehr leid.*

<2>

Der Hilfsbedürftiger-Nutzer-Algorithmus

Als Jack Baker diese Anfrage sieht, schließt er augenblicklich das Browserfenster.

Fünf Minuten später loggt er sich wieder ein, schaut wieder auf die Freundschaftsanfrage und schließt wieder das Browserfenster.

Fünf Minuten später das Gleiche.

So geht das den Großteil der nächsten achtundvierzig Stunden: Jack Baker loggt sich ein und betrachtet kurz die Freundschaftsanfrage seines Vaters, um dann rasch Ctrl-W zu drücken. Jack ist ein Nutzer mit einer unterdurchschnittlichen Zahl von Netzwerkverbindungen, also erinnert ihn das System – freundlich, aber täglich – daran, dass eine wichtige Anfrage auf seine Antwort wartet. Nimmt er Lawrence Baker als Freund an, oder lehnt er ihn ab?

Nach zwei Tagen nimmt Jack die Anfrage schließlich an, und zwischen diesen beiden Nutzern entsteht eine Kante, und Jack schickt eine private Mitteilung mit dem Wortlaut: *Hey Dad, lang ist's her.*

WIE GEHT ES DIR???, schreibt Lawrence auf seiner eigenen Seite, an der für öffentliche Statusmeldungen vorgesehenen Stelle. Er ist noch nicht ausreichend vertraut mit den Konventionen und der Etikette des Internets, um zu begreifen, welchen Unterschied es macht, ob man etwas auf seiner eigenen Pinnwand, auf der von jemand anderem oder per privater Nachricht schreibt oder was eine »Pinnwand« überhaupt ist, und er ist auch nicht vertraut mit der allgemeinen Geringschätzung der Facebook-Gemeinde dem Schreiben in Großbuchstaben gegenüber.

Mir geht's gut, schreibt Jack, wiederum in einer privaten Mitteilung. *Wie geht's dir?*

Worauf Lawrence erneut seinen Status aktualisiert, für alle Inhaber eines Facebook-Kontos sichtbar: *ES TUT MIR LEID DASS WIR DICH BESCHULDIGT HABEN BITTE VERZEIH UNS ES WAR EIN UNFALL!!!*

Daraufhin schickt Jack eine lange Nachricht, in der er die wesentlichen Unterschiede zwischen einer Statusmeldung und einer privaten Mitteilung erklärt und die zudem Links auf lehrreiche Internetseiten vom Typ »Einführung in Facebook« und »Facebook für Dummies« enthält, die Lawrence dann pflichtschuldig aufsucht und liest, und danach entspricht das Facebook-Verhalten des älteren Baker eher dem, was man als normal bezeichnen könnte. Die Verbindung zu Jack scheint eine neue Begeisterung für die Abfragen zu wecken, die er zuvor ignoriert hatte, und er kontaktiert weitere Freunde innerhalb des Netzwerks, gibt einige weitere Interessen und Hobbys an, verfasst seine ersten zaghaften Statusmeldungen und postet ein Foto, und Jack beobachtet all das in Echtzeit, ganz oben in seinem Newsfeed, wo nun die Benachrichtigungen über die Aktivitäten seines Vaters erscheinen. Dass sie ganz oben erscheinen, ist dem Einfluss eines neuen Algorithmus geschuldet, der entworfen wurde, um einen Fehler in der Logik von EdgeRank zu korrigieren. Das Problem an EdgeRank ist, dass es darauf programmiert wurde, den Newsfeed mit Beiträgen von Leuten zu füllen, mit denen man über längere Zeit hinweg eine stabile Verbindung geschaffen hat, weshalb es unwahrscheinlich ist, dass es einem Beiträge neu hinzugewonnener Freunde zeigt, weil man mit diesen noch gar keine gemeinsame Historie, keine bestehende Verbindung, keine Interaktionsgeschichte haben kann, und daher haben die neuen Freunde von allen Verbindungen die niedrigsten Edge-Scores. Das ist schlicht eine der Lücken im mathematischen Prozess, was – wirkt man dem nicht entgegen – dazu führt, dass neue Nutzer dem Netzwerk beitreten und sich mit vorhandenen Nutzern anfreunden, die dann nie wieder etwas von ihnen hören. Um dieses bestimmte Schlupfloch des Algorithmus zu korrigieren, braucht es einen weiteren Algorithmus: den Hilfsbedürftiger-Nutzer-Algorithmus, der Nutzer identifiziert, die erst eine bestimmte Zeitspanne auf Facebook verbracht haben oder erst über eine bestimmte Anzahl von Verbindungen mit anderen Nutzern verfügen, und diese Nutzer als »hilfsbedürftig« kategorisiert und ihnen einen »Hilfsbedürftigkeitswert« zuordnet, und dieser Wert wird dann an EdgeRank zurückgeschickt und dem Edge-Score des Nutzers hinzugefügt, der in der Folge so hoch wird, dass der hilfsbedürftige Nutzer in der Rangordnung deutlich aufsteigt, und daraufhin erscheinen seine sämtlichen Aktivitäten – seine Beiträge, Links, Fotos, Favoriten und so weiter – direkt am obersten Ende der Newsfeeds all seiner Freunde.

Lawrence erlebt das subjektiv so, dass er sich noch nie im Leben umfänglicher und bedingungsloser akzeptiert und geliebt gefühlt hat.

Jede kleinste Aktivität, alles, was im Netzwerk das leiseste Plätschern auslöst, kommt als Woge der Wertschätzung und Unterstützung zurück. Er wählt ein Profilbild, und seine Freunde lieben es. Er postet etwas zu einem Spiel der Chiefs, und seine Freunde lieben es. Sogar seine Kommentare zu Wind und Wetter erzeugen einen Sturm positiver Reaktionen.

Seit Jahren hat er nicht so viel Kontakt mit der Außenwelt gehabt.

Er ist unter den Rancherfamilien in den Flint Hills einmal recht bekannt gewesen, und wie sich herausstellt, sind viele dieser Familien nun überraschenderweise auf Facebook, und mehr noch, sie freuen sich unheimlich, ihn nach seiner langen Phase der Zurückgezogenheit endlich dort zu sehen, und in diesem Moment begreift er: *Deshalb tritt man Facebook bei.* Deshalb wird so ein Aufhebens darum gemacht. Es ist eine freundliche, lebendige, fröhliche Sache – man postet Witze, Comicstrips, lustige Fotos von Katzen und Hunden, Bilder der eigenen Kinder, die niedliche Dinge tun, und inspirierende Zitate von Prominenten oder aus der Bibel, und bald schon lernt Lawrence die »Teilen«-Funktion kennen, und kurz darauf teilt er diese lustigen Dinge und erhält jedes Mal nette Kommentare seiner kleinen Freundesschar: »Wunderbar, Lawrence!« – »Danke, Lawrence!« – »Gott schütze dich, Lawrence!« Und so weiter.

Das Beste daran ist natürlich, dass Jack Teil des Ganzen ist, dass er zusammen mit den anderen Lawrence' verschiedene Beiträge likt. Bevor er Facebook beigetreten ist, wäre es Lawrence absurd erschienen, über ein blödes digitales »Gefällt mir« so aus dem Häuschen zu geraten, aber nun, da er dort ist, findet er es alles andere als absurd. Ganz im Gegenteil – wenn ein »Gefällt mir« nach all den Jahren die einzige Möglichkeit ist, mit Jack zu kommunizieren, dann hat es durchaus eine große Bedeutung. Lawrence ist überglücklich, wenn er ein »Gefällt mir« von Jack erhält, und die beiden fangen an, einander gelegentlich private Mitteilungen zu schicken (Lawrence weiß jetzt, wie das funktioniert), und auf diese Weise erfährt Lawrence die Eckdaten von Jacks Leben: Sein Sohn ist Künstler in Chicago, Hochschullehrer, Ehemann, Vater. Es ist erstaunlich, was der Junge erreicht hat, und Lawrence wünschte, er könnte fotografische Belege für irgendetwas davon sehen – Bilder der Ehefrau oder des Kindes oder der Kunst –, doch das kann er nicht. Lawrence findet in Jacks Feed keine Fotos und eigentlich auch keinerlei selbst verfasste oder geteilte Beiträge. Er nimmt an, dass Jack auf Facebook einfach zu schüchtern ist. Ein Low-Level-Nutzer. Wahrscheinlich zu sehr mit seinem aufregenden Leben beschäftigt, um Zeit im Netz zu vergeuden, denkt er. Er begreift nicht, dass Jack diese Dinge in Wahrheit vor ihm verborgen hat – die

Fotoalben, die Beiträge, die Statusmeldungen, die Freunde. Lawrence ahnt nicht, dass diese Dinge verborgen sind, weil er gar nicht weiß, dass sich die Seite entsprechend einstellen lässt.

Die Nachrichten der beiden sind freundlich, aber kurz. Lawrence hat nie viele Worte gemacht, und das Computerinterface verunsichert ihn noch immer, er hat auch kein großes Vertrauen in seine Schreibfähigkeiten, also hält er seine Nachrichten kurz. Für den Augenblick genügt es ihm, sich mit seinem Sohn austauschen zu können und von seinen alten Freunden so positiv aufgenommen zu werden.

In Lawrence' Erinnerung wird diese Phase eine Art Goldenes Zeitalter der Facebook-Nutzung sein, ein glücklicher und unschuldiger Zeitabschnitt, der etwa sechs Monate lang währt, ehe etwas Seltsames geschieht: Die Aufmerksamkeit endet abrupt.

Mit einem Mal reagieren seine Freunde nicht mehr. Lawrence bemerkt es eines Tages, als er ein Foto des gestrigen Sonnenuntergangs über der Prärie postet, ein Beitrag, der eigentlich für mehrere Dutzend Likes und Kommentare hätte gut sein sollen, heute aber nur lausige drei einbringt. Und später am Tag teilt er einen weiteren Beitrag vom Typ »Teile dies und das für diesen und jenen guten Zweck« – diesmal geht es um Unterstützung für die US-Truppen im Ausland, natürlich wird das geteilt –, und dieser Post erhält nur *einen einzigen* Kommentar. Abends postet Lawrence dann während des siebten Innings eines sehr ausgeglichenen Baseballspiels ein »Go Royals!!«, vor allem als eine Art Testballon, um zu sehen, was passiert. Und es passiert ... nichts – der Beitrag wird nicht geteilt, nicht kommentiert, nicht gelikt.

Was habe ich falsch gemacht?, fragt er sich. *Warum wenden sich alle von mir ab?* Es fühlt sich bedrohlich an, so unvermittelt ausrangiert zu werden. Er sucht seine Beiträge der vergangenen Woche nach etwas ab, das unbeabsichtigt beleidigend oder anstößig gewirkt haben könnte. Er öffnet seine Freundesliste, um zu schauen, ob irgendwer abgesprungen ist, ob seine Freunde ihm bewusst den Rücken gekehrt haben. Er fragt sich, ob er in letzter Zeit zu viel gepostet hat, ob ihm seine Freunde die kalte Schulter zeigen, weil sie ihm sagen wollen, dass er es ruhiger angehen lassen soll.

Tatsächlich ist nichts davon passiert. Die einzige Veränderung ist, dass der Hilfsbedürftiger-Nutzer-Algorithmus deaktiviert wurde. Lawrence Baker verfügt jetzt über die notwendige Menge an Verbindungen, um nicht mehr als »hilfsbedürftig« zu gelten, weshalb der Algorithmus ihm nicht mehr künstlich zu einem höheren Rang verhilft, weshalb seine Beiträge in den Newsfeeds nicht mehr ganz oben erscheinen, sondern an Stellen, die man nur durch längeres Herunterscrollen erreicht. Lawrence weiß natürlich nicht, dass seine Beiträge auf diese Weise abgestürzt sind, und er weiß auch nichts über seinen eigenen Rang. Ebenso wenig wie seine Freunde, die sich, soweit sie überhaupt an ihn denken, nur müßig fragen: *Warum postet Lawrence eigentlich nichts mehr?*

<3>

Der Mustererkennungs-Algorithmus

Es kommt nicht ganz von ungefähr, dass die Plattform auf diese Weise funktioniert und Lawrence das Scheinwerferlicht gerade dann entzieht, als er sich daran gewöhnt hat. Es unterscheidet sich nicht wesentlich von gewissen dysfunktionalen Beziehungen, in denen der eine Partner gerade so lange großzügig mit seiner Aufmerksamkeit und Bestätigung umgeht, bis der andere diese Aufmerksamkeit zu wollen und zu brauchen beginnt, woraufhin die Aufmerksamkeit entzogen wird, oft ohne jede Erklärung. Das ist die Standardprozedur sogenannter Pick-up-Artists, bei denen es zum »Spiel« der Verführung gehört, der Frau Bestätigung zu geben, nur um sie ihr unvermittelt und ohne offensichtlichen Grund wieder zu verweigern. Der Gedanke dahinter ist, dass sich dadurch das Machtgefüge der Beziehung verlagert und die Frau sich anstrengen muss, um die Bestätigung und Aufmerksamkeit des Mannes zurückzuerlangen, so wie man dazu tendiert, verlorenen Dingen vernunftwidrig einen höheren Wert beizumessen als Dingen, die man nie besessen oder sich überhaupt gewünscht hat. Im Grunde ist die Verführung der Frau durch den Pick-up-Artist dann erfolgreich, wenn er sie so weit manipuliert hat, dass sie *ihn* verführt – das gleiche Grundmuster, das sich nun zwischen Lawrence und Facebook wiederholt, wobei die Techniker, Mathematiker und Programmierer von Facebook, die den Hilfsbedürftiger-Nutzer-

Algorithmus betreuen, natürlich nicht genau in diesen Begriffen denken – sie wissen nur, was ihre Analysetools ihnen verraten, nämlich, dass die Nutzeraktivität unmittelbar nach der Deaktivierung des Hilfsbedürftiger-Nutzer-Algorithmus meist stark ansteigt, was sie als Erfolg verbuchen.

Lawrence persönlich erlebt es allerdings so, dass er sich verlassen und ausrangiert vorkommt. Es überrascht ihn, wie abhängig er von diesen Likes und Kommentaren geworden ist, wie sehr ihm diese regelmäßige Bestätigung zur emotionalen Stütze geworden ist. Es überrascht ihn, dass er sich ohne sie so leer fühlt, so ausgelöscht. Er wendet sich an Jack, schickt ihm private Mitteilungen ohne bestimmten Anlass, in denen er nur auf recht durchschaubare Weise eine Verbindung herzustellen versucht:

Wie geht es dir heute?
Was gibt es Neues?
Wie ist das Wetter in Chicago? Gut?
Ich hoffe, es geht dir gut. (Schreib mal zurück!)

Und mal schreibt Jack zurück – meist einen Satz oder sogar nur ein Wort – und mal nicht. Dann ignoriert er die Nachricht einfach, als hätte er sie nie gesehen, obwohl er es laut der Benachrichtigung, die Lawrence von Facebook erhält, doch getan hat.

Ihre Beziehung ist zu dieser Zeit das, was man in der Netzwerkgraphentheorie als »nicht reziprok« bezeichnen würde.

Dann kommt es zu einer Welle neuer Aktivität, als Lawrence auf der Plattform nach allem sucht, was ihn auch nur annähernd interessiert, und damit interagiert: Neben anderen Kategorien werden Filme, Fernsehsendungen, Sportveranstaltungen, Prominente, Musiker, Restaurants, Marken, gute Zwecke und sogar einige allgemeine ontologische Konzepte wie »Wissen«, »Erholung«, »Obst« und »Leben« gelikt und zu Favoriten erklärt. Lawrence hat begriffen, dass er seine Aktivität auf Facebook enorm steigern muss, um das gewohnte Maß an Aufmerksamkeit und Sichtbarkeit aufrechtzuerhalten – im Grunde das gleiche Muster wie bei einem Junkie, der immer größere Mengen der Droge konsumiert, um das gleiche High aufrechtzuerhalten. Auch das kommt nicht ganz von ungefähr.

All diese neuen Aktivitäten werden von Facebooks Aktivitätsmesser ordnungsgemäß vermerkt, der die Daten dann in Lawrence' Nutzerprofilmatrix einspeist, eine personalisierte dynamische Datenbank, untergebracht in einem monolithischen schwarzen Server, einem von fünfzehntausend seiner Art, untergebracht in einem riesenhaften, rechteckigen grauen Gebäude unweit des Polarkreises in Schweden, wo die kalte Luft unablässig in das Gebäude gepumpt wird, um die Temperaturen der Computer niedrig zu halten. Dort wird Lawrence' Profil in einer Datenhalle, so weitläufig und gigantisch, dass die Techniker sie mit motorisierten Rollern durchqueren, von einem Algorithmus analysiert, dessen einzige Aufgabe in der Erkennung von Mustern besteht.

Der Programmcode dieses Algorithmus hat sich aus älterer und primitiverer Software entwickelt, die von Banken zum Einlesen handgeschriebener Zahlen auf Barschecks verwendet wurde. Diese Aufgabe – beispielsweise eine schludrig geschriebene Vier zu identifizieren, die in »offener« oder »geschlossener« Form vorkommen kann (4 statt 4) – ist für so gut wie alle über zweijährigen Menschen unproblematisch, aber höchst problematisch für einen Computer, dem man jeden Schritt der Zahlenerkennung mühsam beibringen muss. Der erste Schritt besteht darin, die handgeschriebene Ziffer zu fotografieren und das Bild dann in seine Grundbestandteile zu zerlegen: eine Menge schwarzer und eine Menge weißer Pixel. Dann legt der Algorithmus das ihm bekannte Bild einer handgeschriebenen Null über dieses Bild, woraufhin er die schwarzen Pixel eliminiert, wo die beiden Zahlen nicht überlappen; er beschneidet die Ecken und zählt die verbleibenden schwarzen Pixel: je mehr Pixel, desto größer ist die Überschneidung. Dann wiederholt er den Vorgang mit zehntausend weiteren Nullen, erhält zehntausend weitere Resultate und bildet die Schnittmenge daraus, dann wiederholt er das Ganze mit den Einsen, den Zweien und so weiter, mit jeder Ziffer, einhunderttausend Abgleiche, die in zehn einzelnen Mittelwerten resultieren, deren größter mit ziemlicher Sicherheit von der Ziffer mit den meisten Überschneidungen generiert wird: der Vier.

Es ist mit anderen Worten ein kalter mathematischer und rechnerischer Prozess ohne die menschlichen Eigenschaften, die wir mit echtem Verstehen, Wissen oder Erkennen verbinden, ein quälend komplizierter Vorgang, nur dass ein Mikroprozessor das natürlich in weniger als einer Sekunde erledigen kann, was bedeutet, dass ein Computer und ein Mensch eine handgeschriebene Zahl in nahezu der gleichen Zeitspanne mit ungefähr der gleichen Präzision identifizieren können.

Jedenfalls beruht der von Facebook verwendete Mustererkennungs-Algorithmus auf dieser früheren zweidimensionalen Fassung, die inzwischen aber digital in Millionen von Dimensionen zur Verfügung steht. Jede von Lawrence' Aktivitäten, jeder Beitrag und jedes »Gefällt mir«, jeder Kommentar und jede Nachricht, jedes bisschen an aufgezeichneten Daten ist nur eine Dimension, die der Algorithmus verwendet, um Lawrence mit den anderen Milliarden Facebook-Konten abzugleichen, um herauszufinden, wer genau er eigentlich ist. Um seine verborgene Gleichheit aufzudecken. Der Algorithmus nimmt seine sämtlichen biografischen Daten, sozialen Daten, Verhaltens- und Ortsdaten und gleicht sie in jeder vorstellbaren Kombination mit jedem anderen Nutzer ab, legt quasi alle möglichen Dimensionen übereinander, um die tiefen, unsichtbaren Übereinstimmungen ausfindig zu machen.

Lawrence ahnt natürlich nichts davon. Aber er bemerkt die neuen und besorgniserregenden Statusmeldungen, die jetzt seinen Newsfeed bevölkern. Bei den meisten geht es um Menschen mit Erkrankungen. Oft sind es Kinder. Meist Kinder, die mit ihrem besonders inspirierenden kindlichen

Selbstbewusstsein gegen eine schreckliche Krankheit kämpfen. Eines Tages loggt er sich ein, und ganz oben in seinem Newsfeed wird um Spenden für einen Rancher geworben, bei dessen jüngstem Sohn eine seltene – und teure – Krebsart diagnostiziert wurde. Am nächsten Tag ist es dann eine Meldung über ein Kind, das während der Dialyse von den liebevollen Therapiehunden des Krankenhauses aufgemuntert wird. Am Tag darauf muss die Enkelin eines Bekannten aus der Kirche zum vierten Mal operiert werden, um problematische Blutgerinnsel zu entfernen. Und so geht es immer weiter, jeden Tag eine neue Geschichte über irgendein armes Kind, das sich mit irgendwas Schrecklichem herumschlägt, und Lawrence liest und klickt und kommentiert alles, und oft schreibt er demjenigen, der den Artikel, die Statusmeldung, das Foto oder das Video gepostet hat, dass er ganz schön schlucken musste und dass er lieb grüßen lässt und dafür betet, dass diesen leidenden Kindern Gottes Liebe und Gnade zuteilwird, und wer Lawrence Baker kennt, der weiß, dass er das ganz und gar aufrichtig meint. Denn er hat es selbst erlebt. Sein einziger Sohn Jack war oft krank, lag wegen einer endlosen Zahl willkürlicher Krankheiten und Schicksalsschläge im Krankenhaus, und wer auch nur flüchtig mit Lawrence darüber gesprochen hat, der weiß, wie kraftraubend das war und wie sehr er sich um seinen Jungen gesorgt hat – auch wenn nur wenige mit ihm darüber gesprochen haben, denn im ländlichen Mittleren Westen machen die meisten einen Bogen um schwierige Themen. Also ging Lawrence mit stetiger – aber stiller – Sorge durchs Leben, Sorge um seinen kränklichen kleinen, untergewichtigen Sohn, und jetzt wünschte er mehr als alles andere, damals schon Facebook gehabt zu haben, weil die Menschen auf Facebook die Zurückhaltung im persönlichen Miteinander offenbar überwinden und unverfälschte, tief empfundene Dinge zueinander sagen können. Und so sagt er diesen Eltern und Großeltern nun die Dinge, von denen er wünschte, man hätte sie ihm vor so vielen Jahren gesagt: dass er in Gedanken bei ihnen ist und die Krankheit nicht ihre Schuld ist und guten Menschen manchmal Böses widerfährt.

Und der Algorithmus übersetzt all diese Aktivitäten in seine relevanten abstrakten mathematischen Werte und gleicht sie mehrdimensional mit den Daten aller anderen Nutzer ab und stellt so fest, dass Lawrence große Übereinstimmungen mit anderen amerikanischen Facebook-Nutzern hat, für die das spezielle Thema »Krankheit« und das allgemeinere Thema »Kontaminierung« offenbar eine große Rolle spielen. Weshalb Lawrence immer wieder diese Storys, Statusmeldungen und Videos sieht, die sich um kranke Kinder drehen, so viele kranke Kinder, dass es scheint, als gäbe es eine Epidemie, als wäre die Anzahl der auf bedrohliche, dramatische Weise erkrankten Kinder höher als jemals zuvor. Er zieht die Möglichkeit nicht in Betracht, dass die Anzahl kranker Kinder auf der Welt in etwa gleich bleibt und nur die Anzahl der kranken Kinder variiert, die ihm auf Facebook gezeigt werden. Nein, subjektiv beschleicht Lawrence das sehr starke Gefühl, dass heutzutage viel mehr Kinder krank werden, eine Ansicht, die er immer häufiger äußert, und diese Kommentare ziehen immer weitere Kommentare anderer Nutzer nach sich – von denen viele beunruhigende Theorien haben, die erklären, warum gerade so viele Kinder krank werden –, und diese neuen Verbindungen werden seinen Profildaten hinzugefügt, woraus der Mustererkennungsalgorithmus auf Grundlage verschiedener Übereinstimmungsmatrizes, Kantenstärken, Eigenwerte und Hauptkomponentenanalysen folgert, dass Lawrence sich recht nahtlos in bestimmte *Wellness*-orientierte Facebook-Gruppen einfügt – darunter das »Health Freedom Network«, das »Awakened Patient Project«, der »Big Pharma Report«, »Science Alert«, »CancerTruth«, »Truth Unleashed«, das »Truth Movement«, »Was dein Arzt dir verschweigt« und so weiter –, die der Algorithmus ihm allesamt empfiehlt und denen er pflichtschuldig beitritt.

<4>

Der PageRank-Algorithmus

Die Ideen, Theorien und Fakten, denen Lawrence in diesen bestimmten Facebook-Communitys begegnet, sind gelinde ausgedrückt erschreckend. Sie sind so erschreckend und beunruhigend und mitunter schlichtweg verstörend, dass er zu dem Schluss kommt, sie einer persönlichen Überprüfung unterziehen zu müssen. Und so trennt er jedes Mal, wenn ihm wieder eine erschreckende Theorie oder Tatsache unterkommt, die Verbindung zu seinem Internet Explorer und stellt sie sofort wieder her (auf diese Weise kehrt er zu seiner Yahoo-Startseite zurück, da er den »Home«-Button des Browsers missversteht und glaubt, mit einem Klick darauf irgendetwas in sein tatsächliches Zuhause zu bestellen), und er sucht auf Yahoo nach *www.google.com*, klickt dann auf Google und tippt in die Suchmaske langsam all die auf Facebook aufgeworfenen Fragen ein. Ihm hat nie jemand erklärt, wie Suchmaschinen funktionieren, er ahnt nichts von Stichwörtern, Metadaten, boolescher Logik oder dergleichen, also tippt er einfach grammatikalisch vollständige Sätze ein, wie man sie einem echten Lehrer oder Arzt stellen würde, beispielsweise:

Verursachen Handymasten wirklich Krebs?
Sind die Kondensstreifen von Flugzeugen wirklich giftig?
Wurde die Schweinegrippe von Terroristen erschaffen?

Sind Pharmaunternehmen im Besitz eines billigen Krebsgegenmittels, das sie uns aus Profitgründen vorenthalten? Macht das Fluorid, das die Regierung dem Leitungswasser zusetzt, die Bevölkerung wirklich so vernebelt, dumm und passiv, dass wir die offensichtlichen Komplotte und Lügen nicht durchschauen?

Und die Antwort auf all diese Fragen lautet: wahrscheinlich ja.

Lawrence ist erschüttert, als er über Google Hunderte von Websites und Videos findet, die noch die verstörendsten Behauptungen der Facebook-Gruppen, denen er nun angehört, untermauern, Websites voller Tabellen, Grafiken und eingebetteter Youtube-Clips, Seiten, die so lang und so ausführlich recherchiert sind, dass es minutenlang dauert, bis ans Ende zu scrollen, Texte voller blauer Links, die ihn auf andere Websites bringen, welche genau die gleichen Behauptungen aufstellen und zu genau den gleichen Schlussfolgerungen kommen. Die Beweislast wirkt erdrückend.

Natürlich erkennt Lawrence nicht den grundlegenden Fehler in seiner Suchlogik: dass nämlich Internetseiten, denen zufolge Fluorid giftig ist, so gut wie immer von Menschen erstellt werden, die glauben, dass Fluorid definitiv giftig ist. Menschen, die sich nicht allzu viele Gedanken über Fluorid machen, erstellen üblicherweise keine aufwendigen Internetseiten mit entsprechenden Behauptungen. Und als Lawrence seine Fluorid-Frage stellt, entstammen die Ergebnisse, die Googles PageRank-Algorithmus für ihn zusammenträgt – über drei Millionen in weniger als einer halben Sekunde –, daher einem Pool, der in Fluoridhinsicht viel finsterer und suspekter ist als die echte Welt. Und selbst wenn einige Websites da draußen die Fluorid-Theorie widerlegen, kann Googles inhaltlich neutraler Algorithmus sie buchstäblich nicht von den anderen Seiten unterscheiden, da der Algorithmus nicht in der Lage ist, die Sprache zu verstehen, in der eine Inter-

netseite verfasst ist, oder die Argumente oder die Logik einer Seite zu erfassen. Er kann nichts weiter tun, als schlicht jedes einzelne Wort zu nehmen, das er auf einer Website findet, und diesem Wort einen Punkt im theoretischen Raum zuzuordnen, dann zu analysieren, wie sich diese Punkte gruppieren, und den Wörtern, die häufig nebeneinander auftauchen, hohe Suchergebniswerte zuzuweisen, weshalb zwei grundverschiedene Sätze –
Die Regierung vergiftet uns mit Fluorid
und
Die Regierung vergiftet uns nicht mit Fluorid
– für den Algorithmus im Grunde identisch sind. Die Wörter sind in ihnen auf die gleiche Weise gruppiert. So kommt es dazu, dass Websites, die Verschwörungstheorien widerlegen, ebendiese Verschwörungstheorien paradoxerweise befördern, weil spezifische Wortkombinationen durch sie algorithmisch auffälliger werden. Es ist eine weitere dieser Lücken, die die Mathematik unvermeidlich macht. Darum scheinen die Internetseiten alle zu den gleichen Schlüssen zu kommen und diese Schlüsse größtenteils mit den gleichen Begriffen zu beschreiben: Das spiegelt nur die mathematische Voreingenommenheit des zugrunde liegenden Algorithmus hinsichtlich linguistischer Cluster und Muster wider, die ihn zur Bevorzugung von Standardausdrücken und repetitiven Ausdrucksweisen neigen lässt. Aber das weiß Lawrence nicht, und so kommt es ihm vor, als herrschte in diesen Fragen ein breiter Konsens, eine allgemeine Einigkeit.

Natürlich kann von einem solchen Konsens keine Rede sein, aber die Websites, die der Fluoridtheorie widersprechen, liest Lawrence nie, weil sie nicht auf der ersten Seite der Suchergebnisse erscheinen, die Lawrence wie achtundneunzig Prozent der übrigen Internetnutzer als Einzige anschaut. Die Ergebnisse auf der ersten Seite drehen sich ausschließlich um die verborgenen Gefahren von Fluorid und die Dinge, die uns die Regierung hinsichtlich Fluorid verheimlicht, und diese

Ergebnisse erscheinen vor allem deshalb auf der ersten Seite, weil sie im Vergleich zu den seriöseren, weniger dramatischen, wissenschaftlicheren Internetseiten, die deutlich weniger Eifer hervorrufen, über eine so hohe »Blickfangquote« verfügen. Das ist wichtig, weil Googles inhaltsblinder Algorithmus nicht wissen kann, warum ein Nutzer auf einer bestimmten Website verweilt oder eben nicht, und deshalb Mutmaßungen anstellen muss. Klickt jemand beispielsweise auf ein Suchergebnis und kehrt Sekunden später zu Google zurück, nimmt der Algorithmus an, dass das Ergebnis nicht relevant war, und stuft daher diese Art von Ergebnis bei zukünftigen Suchen herunter. Klickt jemand aber auf ein Suchergebnis und bleibt dann sehr lange auf dieser Website, und folgt der Nutzer dann den Links auf dieser Website zu weiteren Websites, dann nimmt der Algorithmus an, dass der Nutzer etwas Relevantes gefunden hat, und das Ergebnis wird hochgestuft. Diese Tendenz zu Aufmerksamkeit heischenderen Internetseiten funktioniert in den meisten Fällen gut, aber in Lawrence' speziellen Umständen – in denen seine spezifischen Fragen eher zu Seiten führen, denen zufolge es dunkle Mächte auf ihn abgesehen haben, Seiten, die es notwendig machen, dass er sich immer tiefer in ein Gewirr aus Verschwörungen begibt, was er auf eine erschrockene Weise tut, wie ein Gaffer an einer Unfallstelle – befördert und belohnt der Algorithmus eine Art geistigen Treibsand. Er ist darauf ausgelegt, Geschichten zu liefern, in denen man stecken bleibt.

Dass diese Seiten tendenziell untereinander verlinkt sind, ist an sich schon einer der Gründe dafür, dass sie innerhalb von Lawrence' Suchergebnissen so weit oben auftauchen, da der Algorithmus Internetseiten auch aufgrund der Anzahl der von außen auf sie verweisenden Links einstuft. Die Logik dahinter ist, dass mehr Links für größere Autorität sprechen, was im Allgemeinen zutrifft, aber nicht in Situationen, in denen sich eine Handvoll verschworener Anhänger gegenseitig verlinken – und einander damit algorithmisch stärken –, sodass zum Beispiel Fluorid-Website A auf Fluorid-Website B verweist, die auf Fluorid-Website C verweist, die wieder auf A verweist, die wieder auf B verweist und so weiter und so fort, eine rekursive Spirale, die es dem Algorithmus erscheinen lässt, als wäre jede Website tausendfach verlinkt worden, obwohl diese Links in Wahrheit immer wieder auf dieselbe kleine Anzahl von Leuten zurückgehen. Die einsame, aber tatsächlich höchst informative Seite, die darauf pocht, dass Fluorid gewiss nicht giftig ist, wird unterdessen nur sehr selten verlinkt, weil die regelmäßigen Leser nur mit den Schultern zucken, wohingegen jene, die Fluorid doch für giftig halten, sehr leidenschaftlich daran glauben. Was der Algorithmus in diesem speziellen Fall verstärkt, ist also nicht Autorität, sondern Intensität. Besessenheit. Eifer. Groll. Und so sinken die wissenschaftlich unvoreingenommenen Internetseiten, die die Fluorid-Theorie widerlegen, ungefähr auf die fünfte Seite der Suchergebnisse ab, was im Hinblick auf die tatsächlichen Aufrufe bedeutet, dass sie ebenso gut gar nicht existieren könnten. (Ein alter Witz unter SEO-Experten lautet: »Was ist das beste Versteck für eine Leiche? Seite zwei der Suchergebnisse.« Lawrence kennt natürlich weder den Witz noch weiß er, was SEO überhaupt ist.)

Nun beginnt eine Phase, in der Lawrence zu den fragwürdigen neuen Facebook-Gruppen zurückkehrt und dort auf die Pinnwand schreibt, er habe anfangs Zweifel an ihren Behauptungen gehabt, dann jedoch »habe ich selbst recherchiert«, wie er schreibt, und zu seinem Schrecken und seiner Bestürzung herausgefunden, dass die Behauptungen »Hand und Fuß haben«, und das ist in den jeweiligen Gruppen der Moment, in dem die Akzeptanz, die Unterstützung und die Liebe der Gruppenmitglieder Lawrence wie ein warmer Sommersonnenaufgang überströmen. Es ist das mit Abstand größte Maß an Aufmerksamkeit, das ihm seit der Deaktivierung seines Hilfsbedürftiger-Nutzer-Algorithmus zuteilwurde, und es läutet ein zweites Goldenes Zeitalter der Facebook-Nutzung ein, in dem andere ihre eigenen Geschichten von Erkenntnis und Bekehrung teilen, ihm schildern, dass jeder Einzelne von ihnen genau den gleichen Prozess durchlaufen habe und daher genau wisse, wie es ihm gehe, und all die Geschichten von Erleuchtung und Verwandlung haben eine Art vertrauten christlichen Beiklang – »Ich war einst verloren, doch nun bin ich gefunden« –, den Lawrence tröstlich findet, ohne sich dessen ganz bewusst zu sein.

Jack ahnt unterdessen nichts von alledem. Er gehört keiner dieser Facebook-Gruppen an und kann daher nicht sehen, was sein Vater dort liest oder schreibt. Ihm kommt es vor, als hätte Lawrence eine Facebook-Pause eingelegt, was Jack vor allem erleichtert, wenn er ehrlich ist. Er weiß nicht genau, wie er nach all den Jahren der Gleichgültigkeit damit umgehen soll, dass sein Vater plötzlich wieder Interesse an ihm zeigt und förmlich in sein Leben drängt, und er fühlt sich ständig unter Druck gesetzt. Als Jack mit achtzehn auszog, glaubte er, er würde seinem Zuhause für immer den Rücken kehren, alle Verbindungen kappen und in die Welt hinausziehen, um sich neu zu erfinden, als Teil einer, wie er damals dachte, geheiligten amerikanischen Tradition, in der jemand mit Talent und Schneid ein neuer Mensch werden, Großes vollbringen, die eigene Geschichte hinter sich lassen konnte, um niemals zurückzuschauen. Er war nicht auf die Entstehung von Facebook vorbereitet und auf die Art und Weise, wie Facebook der Vergangenheit ermöglichte, über ihn herzufallen. Wo es die meisten in seinem Alter angenehm oder amüsant fanden, wieder mit den lange verlorenen Freunden in Kontakt zu treten, erlebte Jack das gleiche Phänomen als eine Art schwere Bedrohung. Er ist in Chicago nicht mehr derselbe wie in Kansas – er hat seinen Körper tätowiert und seine gesamte Persönlichkeit verändert und einen Teil seiner persönlichen Geschichte von allen anderen abgeschottet, jenen Teil, der mit seinem Aufwachsen auf einer Ranch in den Flint Hills von Kansas zu tun hat, mit einem kleinen Haus, in dem er nie willkommen war.

Natürlich gefällt es ihm daher nicht, dass Facebook ihn wieder dorthin zu zerren versucht.

»Vergiss deine Herkunft nicht«, war der einzige Rat, den er je von irgendwem zu Hause bekommen hat, als sich herumsprach, dass er die Stadt verlassen würde – dass er aufs College gehen würde, *um Kunst zu studieren*. Sie unterstellten alle, dass er in Chicago zu einem dieser überheblichen Städter werden würde, einem dieser engstirnigen Stadtbewohner, die auf Orte wie die Flint Hills herabschauten. Er solle bloß »auf dem Teppich bleiben«, so sagten sie es. Er solle bloß nicht so tun, als wäre er nicht einer von ihnen.

Wie hätten sie begreifen können, dass er sich nie wie einer von ihnen gefühlt hatte? So viele Jahre lang hatten sie ihn wie einen Sonderling behandelt, und nun kamen sie und sagten ihm, das Schlimmste sei, wenn er sich von ihnen absonderte.

Also machte er den Daheimgebliebenen sehr deutlich, dass er nach Chicago ging, um ganz und gar zu vergessen, woher er kam. Und im Jahr 1992 war das noch möglich: sich einfach aufzumachen, an einen anderen Ort zu gehen und ein neuer Mensch zu werden, eine Art dramatisches Abbrennen aller Brücken, was, so denkt er, im Zeitalter von Facebook deutlich schwieriger ist, weil dich all die Menschen in deinem weitläufigen Netzwerk – sanft, aber nachdrücklich – dazu nötigen, immer weiter genau der zu bleiben, für den sie dich stets gehalten haben.

Wann immer ihn irgendjemand aus Kansas auf Facebook ausfindig macht, weist Jack ihn daher reflexhaft ab. Um seine Vergangenheit ist ein hoher Wall gezogen, der nicht durchbrochen wird, bis sein Vater eine Freundschaftsanfrage schickt, die Jack schließlich annimmt, aber nur unter bestimmten Auflagen: Jack verhindert, dass sein Vater irgendwelche Informationen über ihn sieht, und er verhindert auch, dass seine Freunde sehen, was sein Vater schreibt oder tut. Lawrence befindet sich also in einer digitalen Quarantäne, verborgen vor allen anderen Menschen in Jacks Leben, selbst vor Toby, selbst vor Elizabeth. Und die Beziehung besteht viele Monate lang auf diese höchst nicht reziproke Art weiter; Lawrence schickt regelmäßig kleinlaute und flehentliche Nachrichten, und Jack antwortet einige Tage später knapp, kühl und distanziert. Und offen gestanden findet Jack das ganz köstlich, so wunderbar asymmetrisch, ganz so, als hätte sich der Kreisbogen des Universums zu dieser kleinen persönlichen Gerechtigkeit hin gekrümmt, sodass Jack seinem Vater nun genau das antun kann, was der ihm angetan hat, ihn nämlich in der Stunde seiner größten Bedürftigkeit zu ignorieren. Ihn in einer offensichtlich einsamen persönlichen Hölle schmoren und ihm kein bisschen Güte oder Hilfe angedeihen zu lassen. Jack ist nicht unbedingt stolz auf dieses Gefühl, und er begreift, dass er nicht der mitfühlende, empathische, nachsichtige Mensch ist, zu dem er beispielsweise seinen Sohn zu erziehen versucht – aber Rache fühlt sich einfach zu gut an. Es ist die einzige Art von Grausamkeit, die einem bei ihrer Ausübung das Gefühl gibt, ein größerer und besserer Mensch zu sein. Es ist, als würde Jack seinem Vater eine wichtige Lektion erteilen, die sich im Grunde auf die Formel bringen lässt: *Jetzt weißt du, wie sich das anfühlt.*

Und so machen sie eine ganze Zeit lang weiter – Jack enthält Lawrence aufgrund der irrigen Annahme, dieser sei nur auf Facebook, um mit ihm in Kontakt zu treten, jede echte Nähe vor, obwohl Lawrence in den vielen Facebook-Gruppen, in denen er nun quasi berühmt ist für seine rege Anteilnahme und seine zahlreichen Beiträge, in Wahrheit starke und belastbare Verbindungen hergestellt hat, wovon Jack nichts weiß, bis Lawrence irgendwann Mitte 2012 scheinbar aus dem Nichts eine ausschweifende Tirade auf seiner Pinnwand postet, in der er all seine Freunde dazu anhält, ihren Frieden mit Gott zu machen, ihren irdischen Groll fahren zu lassen und das Leben in vollen Zügen und so frei wie möglich zu leben, da im Jahr 2012 bekanntermaßen die Welt enden wird.

<5>

Das maschinell lernende künstliche Neuronennetzwerk

Soweit Jack die Zusammenhänge begreift, geht es um den Maja-Kalender und ein paar uralte Berechnungen der Maja zum Fortschreiten der Zeit, die an einem bestimmten Punkt in der fernen Zukunft an ein abruptes Ende kommt, einen Punkt, an dem die Zeit aufhört, die Geschichte endet und die Welt nicht länger existiert, und wenn man diesen Punkt in unseren heutigen gregorianischen Kalender überträgt, ist es der 21. Dezember 2012. Und an jenem Tag, dem Tag, an dem der Kalender endet, dem letzten Tag eines grundlegenden fünftausendjährigen Planetenzyklus – einem Freitag –, wird irgendwas Schlimmes von kosmischen Ausmaßen geschehen, und was genau das sein wird, ist unklar, aber *Lawrence hat eine Vorstellung.* Es hat mit galaktischen Angleichungen und Kreiselbewegungen der Sonne und der Umkehrung der geomagnetischen Pole des Planeten und dem Aufbrechen seiner äußeren Kruste und der Kollision der Erde mit einem mysteriösen Planeten X zu tun, dessen Anziehungskraft offenbar nachweisbar ist, dessen Position aber unbekannt bleibt, was vermutlich daran liegt, dass er von einem gewaltigen schwarzen Loch verdeckt wird, das sich nach Jahrtausenden in der Ferne jetzt auf die Milchstraße stürzt, um uns in winzig kleine Stücke zu zerfetzen.

Oder irgendwas in der Art. Ehrlich gesagt ist es ein Sammelsurium astronomischen Irrsinns, und Jack schämt sich für seinen Vater, schämt sich anstelle seines Vaters.

Dad, was soll das?, fragt er in einer privaten Mitteilung.
Das habe ich auf Facebook gefunden.
Und glaubst du das?
Ich finde es interessant.
Aber glaubst du wirklich daran?
Es kann nicht schaden, vorbereitet zu sein, oder?
Gut, aber glaubst du den Kram wirklich?
Ich glaube an Unvoreingenommenheit.
Gut, aber im Ernst?
Hör zu, Jack, ich habe das Gefühl, du bist immer noch wütend wegen allem, was war. Vielleicht ist das Ende der Welt ein guter Anlass zu VERZEIHEN, bevor es zu spät ist.
Glaubst du wirklich, dass die Welt DIESES JAHR UNTERGEHT???
Es war bloß ein Scherz, Jack. Beruhige dich.
Aber dann postet Lawrence ganz ernsthaft weiter, teilt mit seinem gesamten Netzwerk von Freunden Links, die beispielsweise auf ein bestimmtes Muster im Lebenszyklus der Sonne verweisen, demzufolge sie alle paar Tausend Jahre quasi durchdreht und gigantische Sonneneruptionen aussendet, die den Planeten Erde mit kosmischer Strahlung und hochaufgeladenen Teilchen fluten, ein tödlicher radioaktiver Sturm, den die Maja tatsächlich überstanden und aus erster Hand miterlebten, was wir aufgrund kürzlich entdeckter Glyphen wissen, die in die Wände eines Gebäudes in Tikal eingemeißelt sind. Also geht Jack auf die Websites der NASA, der National Science Foundation, der National Oceanic and Atmospheric Administration und des U.S. Geological Survey und stößt auf Artikel, denen zufolge es einen solchen Sonnenzyklus nicht gibt und keine Kollision mit irgendeinem Objekt von der Größe eines Planeten droht und sich kein schwarzes Loch irgendwo in der Nähe der Erdumlaufbahn auftut und die Erdkruste ganz sicher nicht einfach so aufbrechen kann, und Jack schickt all diese Links seinem Vater, und sein Vater reagiert – nur wenige Minuten später, was zu wenig Zeit ist,

um all die wissenschaftlichen Artikel ganz gelesen und verstanden zu haben – mit den Worten: *Wenn die Wissenschaftler wüssten, dass die Welt untergeht, glaubst du ernsthaft, sie würden das öffentlich zugeben?*
Aber Dad, die Welt geht nicht unter.
Genau das würden sie sagen, wenn die Welt untergehen würde.
Und so entsteht eine wasserdichte, nicht falsifizierbare Theorie, der zufolge jeder Beweis gegen die Verschwörung merkwürdigerweise zum Beweis für die Verschwörung wird. Also hält Jack einfach den Mund und wartet geduldig auf den 21. Dezember 2012, und als die Welt tatsächlich nicht untergeht, schickt er seinem Vater eine triumphale Hab-ich-doch-gesagt-Nachricht, und Lawrence antwortet mit Links zu neuen Facebook-Gruppen, die darauf beharren, dass die ganze Geschichte mit der Maja-Apokalypse 2012 in Wahrheit von der Regierung lanciert und an die Öffentlichkeit durchgestochen wurde, um uns davon abzulenken, was wirklich vor sich geht, und Jack, der geglaubt hatte, wenn die Welt am 21. Dezember nicht unterginge, würde sein Vater endlich seinen Irrtum einsehen und seine Lesegewohnheiten entsprechend anpassen, ist über diese neue Wendung entsetzt, und nicht nur aufgrund des noch größeren Irrsinns dieser neuen Verschwörung, sondern auch weil das, was sein Vater darüber schreibt, immer gestörter erscheint, voller Lücken, wilder Schlussfolgerungen, Widersprüche und semantischer Paradoxien *(Wenn das wahr wäre, wäre es eine üble Lüge!!!)*. Ihn entsetzt auch, dass sein Vater all das wirklich zu glauben scheint. Obwohl er es privat konsequent abstreitet und Jack immer wieder erzählt, das Ganze sei nur ein Scherz – er wolle die Leute nur aufstacheln und sich ein wenig amüsieren, und vielleicht solle Jack mal versuchen, etwas weniger empfindlich zu reagieren –, klingen seine Äußerungen in der Öffentlichkeit nicht nach einem Scherz, kein bisschen. Es fällt Jack schwer, Lawrence' persönliche Verneinungen mit seinem Verhalten

im Netz übereinzubringen, wo er unablässig darüber schreibt, die Geschichte mit dem Maja-Kalender sei eine Finte der CIA gewesen, um uns von den Plänen der Regierung abzulenken, den Ausnahmezustand auszurufen und Millionen von Amerikanern abzuschlachten, eine Verschwörung, aufgedeckt von anonymen Internetspürhunden, die zuvor einige höchst auffällig vor einer Lagerhalle in Atlanta gestapelte Plastiksärge fotografiert hätten. Und das führt dazu, dass Jack sich auf Facebook in sein eigenes Rabbit Hole stürzt, in Gruppen, die sich dem Lächerlichmachen oder Widerlegen von Verschwörungstheorien verschrieben haben, woraufhin er diese Beweise seinem Vater schickt und Lawrence seinerseits abstruse »Beweismittel« zurückschickt, und das Ganze wird zu einer Art Pendel, das endlos aggressiv zwischen ihnen hin- und herschwingt.

Der alte EdgeRank-Algorithmus ist im Jahr 2012 technologisch in etwa so relevant wie ein Automobil von Studebaker und wird durch ein hochmodernes, voll optimiertes und maschinell lernendes Neuronennetzwerk ersetzt, das entworfen wurde, um die Nutzerbindung zu maximieren und zum Zweck der Monetarisierung zu nutzen. Denn sowohl für Lawrence als auch für Jack ist das wichtigste Ereignis im Jahr 2012 nicht die Maja-Apokalypse, sondern vielmehr die Tatsache, dass Facebook an die Börse geht. Auf eine eher peinliche Börseneinführung, im Zuge derer die Aktie innerhalb nur eines Quartals um etwa fünfzig Prozent fällt, folgt die Anordnung des Firmenvorstands und der wichtigsten Anteilseigner, den Umsatz augenblicklich zu erhöhen. Daraufhin entwickelt sich der Facebook-Algorithmus grundlegend weiter: Nachdem EdgeRank mehr von dem zu geben versuchte, was Lawrence sich wünschte, liefert dieses neue Neuronennetzwerk nun mehr von dem, was Facebook wünscht – nämlich Inhalte, die seine Nutzer länger auf Facebook verweilen lassen, sie zu mehr Interaktion mit der Plattform anhalten und so höhere Werbeeinnahmen generieren. Also macht sich dieses Neuronennetzwerk an die Arbeit. Sein Input besteht in Lawrence Bakers vollständigen Nutzerprofildaten, sein Output definiert sich in Lawrence Bakers jährlichem Nettowert für das Unternehmen. Zwischen Input und Output liegt eine tief verborgene Schicht von Millionen individueller Neuronen und Knoten, die alle ununterbrochen beobachten, testen, filtern, vorhersagen, lernen und optimieren, alles in der gemeinsamen Bemühung, diesen Output-Wert maximal zu vergrößern.

Denn in diesem Moment, Ende des Jahres 2012, bringt Lawrence Baker Facebook im Jahr nur fünf Dollar und fünfundsechzig Cent ein, was alles andere als ausgezeichnet ist.

Das Neuronennetzwerk arbeitet auf eine selbstbezügliche, selbst korrigierende Art, jeder seiner Knoten stupst und stößt auf aggressiv forschende Weise Nutzer an – es werden Gruppeneinladungen versendet, Werbeanzeigen, Umfragen, Benachrichtigungen über Aktivitäten von Freunden, Aufforderungen, Foto-Tags zu verifizieren, und hundert weitere Meldungen und Benachrichtigungen. Reagiert ein Nutzer tatsächlich auf eine bestimmte Benachrichtigung, wird dieser Knoten verstärkt, und reagiert ein Nutzer nicht, dann wird dieser Knoten geschwächt, und so findet der Algorithmus durch Trial and Error in gigantischem Maßstab ganz genau heraus, welche vorgeschalteten Variablen zu welchen Resultaten führen. Es ist ein buchstäblich endloser Abstimmungsprozess, denn nachdem beispielsweise feststeht, dass Lawrence ein starkes Interesse an Inhalten im Zusammenhang mit der Maja-Apokalypse hat, weiß der Algorithmus nicht, ob dieses Interesse schon vollständig ausgereizt ist. Oder anders ausgedrückt: Vielleicht gibt es andere Inhalte, die ihn noch mehr interessieren würden. Also nimmt der Algorithmus eine Art fortgesetzten A/B-Abgleich vor, stupst Lawrence leicht mit Vorschlägen zur Interaktion mit unzähligen neuen Inhalten an, die jedes Mal, wenn er sich einloggt, als leuchtend rote Benachrichtigungen um seine Aufmerksamkeit buhlen.

Der Algorithmus weiß nicht, auf welche Inhalte sich die Vorschläge genau beziehen, und es interessiert ihn auch nicht; für ihn ist nur entscheidend, dass Lawrence darauf anspringt. Und Lawrence ahnt natürlich nichts von alledem. Aufgrund dessen, was er in letzter Zeit auf Facebook sieht, kommt es ihm nur vor, als ginge es mit der Welt steil bergab.

Für Lawrence ist nun offensichtlich, dass das Land weit gefährlicher und weit beängstigender ist als je zuvor, voller drohender Krankheiten, Katastrophen und Seuchen, ein rechtloses Land, das inzwischen von Terroristen, Sozialisten und kriminellen Banden unterwandert ist, in dem für große Unternehmen operierende Räuberbarone die Strippen ziehen und das von den Intrigen der Medien- und Regierungseliten gesteuert wird, die eine neue Weltordnung anstreben und Mikroben, Viren und Krankheiten auf die ahnungslose Bevölkerung loslassen, der nutzlose Pillen und Arzneien verkauft werden, während die ganz und gar natürliche Heilkraft homöopathischer Alternativen totgeschwiegen wird – Dingen wie kolloidalem Silber, Kurkuma, Haiknorpel, dem Gift des Glanzskorpions, Kumin, Aprikosensteinen, elektromagnetischen Wellen –, sodass Menschen krank und hilfsbedürftig, also fügsam und passiv und von der Sozialvorsorge abhängig bleiben. Er teilt all diese Informationen mit seinem Netzwerk – bei jeder neuen bedrohlichen Meldung, die in seiner Zeitleiste erscheint, klickt er auf »Teilen«, denn er sieht es als seine grundlegende Bürgerpflicht, die anderen zu warnen. Doch wann immer er Einzelheiten zu einer neuen Bedrohung teilt, so stellt er fest, erhält er kurze Zeit später eine wichtigtuerische Nachricht von Jack, der ihm schreibt, er solle damit aufhören, und er antwortet Jack, er werde auf gar keinen Fall damit aufhören, da die Leute ein Recht hätten zu erfahren, was los ist, und Jack schickt ihm Links auf Websites, die diese Theorien angeblich widerlegen, und Lawrence schickt Jack Links dazu, dass seine Quellen genau die Lügner sind, mit der die Vertuschung vorangetrieben wird, und Jack schickt Lawrence Informationen zum »Bestätigungsfehler« und beharrt darauf, dass Lawrence allenthalben Bedrohungen sieht, weil er sie sehen *will*, woraufhin Lawrence Jack Links auf Websites zum »Normalitätsfehler« schickt und darauf beharrt, dass Jack die Bedrohungen nicht sieht, weil er Angst davor hat, sie zu sehen, und die beiden streiten sich darüber, wessen Gehirn nicht richtig funktioniert, und der Tonfall der Nachrichten wird immer enervierter und wütender, bis Jack eines Tages schreibt: *Es ist mir so peinlich, mit dir verwandt zu sein.*

Was alles in allem ganz ausgezeichnet ist!

Noch nie zuvor in ihrer langen Nutzergeschichte haben Lawrence und Jack so stark mit der Plattform interagiert. Und nach Monaten der Abstimmung, des Lernens und der Selbstkorrektur hat das Neuronennetzwerk herausgefunden, dass Jack am stärksten auf Lawrence reagiert und Lawrence am stärksten auf Angst und Schrecken. Und so wird der Algorithmus vollkommen automatisch zu einer Maschine, die Angst und Schrecken zu Geld macht.

Lawrence weiß natürlich nicht, dass ihm täglich die grauenerregendsten Dinge im Internet vorgesetzt werden, und er weiß auch nicht, dass das Internet an sich ein recht grandioser Optimierungsapparat für grauenerregende Dinge ist, so wie der ganze Prozess der Viralität und die Methode dahinter, dass Dinge »viral gehen«, dafür garantieren, dass die allerschrecklichsten Inhalte, die einen gefühlsmäßig am stärksten belasten und bei denen man einfach nicht wegschauen kann, mehr oder weniger mechanisch und mit großer Selbstverständlichkeit identifiziert und befördert werden. Er begreift nicht, dass dieser so freundlich erscheinende Ort, an dem er Fotos der Kinder und Haustiere seiner Nachbarn sieht, zugleich die vielleicht raffinierteste jemals konstruierte Angstmaschine ist. Er hält es einfach für die normalen Nachrichten.

Und Jack begreift nicht, dass der Algorithmus ihm, je wütender er auf seinen Vater wird, umso mehr wuterregende

Dinge zeigt, wobei er teilweise sogar etwas aus dem Archiv holt, was Jack beim ersten Mal möglicherweise entgangen ist, etwas, was Lawrence vor Wochen gepostet hat, ohne dass Jack seinerzeit darauf reagiert hätte.

Und so geht es immer weiter hin und her, bis Lawrence und Jack Baker aus der Sicht von Facebook zum Zeitpunkt der ausbrechenden Ebolapanik Mitte 2014 *jeweils über fünfzig Dollar* wert sind, eine Wachstumsrate von um die 1000 Prozent im Jahr.

Was wirklich ganz ausgezeichnet ist.

<6>

Der Bildschirm-Interaktions-Algorithmus

Insgeheim wünschten beide, es wäre anders. Keiner von beiden *will* sich wirklich mit dem anderen streiten, und Jack und Lawrence sind beide der Ansicht, würde der jeweils andere nur aufhören, so uneinsichtig und halsstarrig zu sein, wäre alles in bester Ordnung, und sie könnten sich wieder auf ihren zivilisierteren – wenn auch zurückhaltenden – Frieden verlegen. Tatsächlich sitzt Lawrence zwei Wochen lang jeden Morgen vor seinem Computer, in der Absicht, Jack eine von Herzen kommende, halb versöhnliche Nachricht zu schreiben, in der steht, es tue ihm leid, dass ihr Verhältnis so feindselig geworden ist, er habe gehofft, es würde sich ganz anders entwickeln, und er habe überhaupt nur Kontakt mit Jack aufgenommen, um sich dafür zu entschuldigen, dass er ihn vor Jahren recht unfair und nachlässig behandelt habe, wie ihm nun bewusst sei. Es ist ein langer und schwieriger Brief, den zu schreiben er nie über sich bringt, denn sobald er sich in Facebook einloggt, ist da irgendeine leuchtend rote Benachrichtigung, und ganz oben in seinem Newsfeed findet sich etwas Schreckenerregendes, das seine Aufmerksamkeit auf sich zieht, und dann klickt, kommentiert und teilt er auch schon, und auf diese Weise kann ein ganzer Morgen vergehen. Oft schaut er irgendwann am Nachmittag vom Computer auf, wenn ihm einfällt, dass er vergessen hat zu frühstücken, und er sich erinnert, dass er sich für den Tag vorgenommen hatte, Jack einen ambitionierten Brief zu schreiben, aber er spürt, dass ihm jetzt der Wille fehlt, es noch zu tun, also verschiebt er es auf den nächsten Tag und scrollt blindwütig weiter, denn er findet, es wäre wohl besser, Jack kein Friedensangebot zu schicken, solange Lawrence selbst sich innerlich so aufgekratzt und gereizt und unfriedlich fühlt.

Diese tägliche Transformation – von der morgendlichen Ruhe zur nachmittäglichen Unruhe – ist selbst an seinen Mausbewegungen ablesbar, die von einer in die Website eingebetteten JavaScript-Funktion aufgezeichnet und von einem Algorithmus analysiert werden, der entworfen wurde, um die physische Interaktion eines Nutzers mit Facebook zu verfolgen. Wie sich zeigt, können diese sogenannten »haptischen Daten« recht präzise Geisteszustände übermitteln, die der Algorithmus dann zur Maximierung der Nutzerbindung verwenden kann. So ist beispielsweise im Bereich der »affektiven Datenverarbeitung« wohlbekannt, dass Gefühle einen Einfluss darauf haben können, wie ein Nutzer die Maus bedient, dass ein Nutzer, der sich völlig neutral und entspannt fühlt, den Mauszeiger mit geringerer Geschwindigkeit und in einer mehr oder weniger geraden Linie von A nach B bewegt, wohingegen ein Nutzer, der Stress, Nervosität und Wut empfindet, in seinen Bewegungen sehr fahrig wird: Hochnervöse Mausnutzer neigen dazu, leicht über das angepeilte Ziel hinauszuschießen, sie neigen zu regelmäßigeren Mikrobeschleunigungen und -entschleunigungen ihrer Mausbewegungen, und sie neigen dazu, die Maus kräftiger in Bewegung zu setzen, länger zu klicken und das Ziel auf deutlich weniger präzise Weise anzuvisieren, indem sie den Mauszeiger in einem weiten oder kurvigen Bogen anstelle einer geraden Linie bewegen. Natürlich begreift der Algorithmus, der all diese Bewegungen aufzeichnet, nichts davon als »schlecht« – es ist lediglich einer von vielen möglichen haptischen Zuständen. Und jeder dieser Zustände wird mit Lawrence' Aktionsprotokollen abgeglichen, um zu analysieren, ob irgendein bestimmter Zustand mit verstärkter Interaktion verbunden ist, wodurch der Algorithmus lernt, dass Lawrence dazu neigt, am gründlichsten und am beständigsten mit der Plattform zu interagieren, wenn seine Mausbewegungen am sprunghaftesten und am zittrigsten sind. Also versucht die Plattform natürlich, diesen Zustand in ihm hervorzurufen, ihn leise auf diesen Zustand nervöser Erregung zuzumanövrieren, und wenn sie beobachtet, wie er am Morgen die Maus langsam und sorgfältig und ohne große Gefühlsbeteiligung bewegt, dann signalisiert sie der Inhaltsdatenbank, ihm Meldungen, Mitteilungen und Benachrichtigungen zu schicken, die ihn in der Vergangenheit abgelenkt, seine Aufmerksamkeit erregt und seine Mausbewegungen maximal wirr gemacht haben. Was das Phänomen erklärt, dass Lawrence sich morgens mit einem aufrichtigen Vorhaben an den Computer setzt, Stunden später aber noch immer dasitzt und sich kaum an dieses Vorhaben erinnern kann.

Das Problem verschlimmert sich drastisch, als Lawrence sich sein erstes Handy kauft. Es ist ein älteres Modell, das der jüngsten Version um drei Generationen hinterherhinkt, aber dennoch der technologisch fortschrittlichste Gegenstand, den Lawrence je besessen hat, ein Smartphone mit kapazitivem Touchscreen und eingebautem Beschleunigungsmesser, das Facebook auf passive Weise mit noch mehr haptischen Daten im Hinblick darauf versorgt, wie kräftig Lawrence auf den Bildschirm drückt und wie schnell er das Telefon aufhebt, dreht oder ausrichtet und ob er in einem dunklen Raum daraufschaut und wie lange es in diesem Raum schon dunkel ist, was Rückschlüsse auf seine derzeitige Stimmung ermöglicht. Außerdem ist in dem Smartphone eine Frontkamera verbaut, die praktischerweise direkt auf Lawrence blickt, wann immer er das Telefon benutzt, was der Facebook-App ermöglicht, auf die Kamera zuzugreifen und passiv sein Gesicht zu betrachten, während er die App verwendet, und seine Miene darauf abzuklopfen, was sie über seinen Gemütszustand verrät, sie mit ihrem Datensatz von Millionen anderer Gesichter abzugleichen, um daraus in Echtzeit ganz genau abzuleiten, wie er sich gerade fühlt, und dann zu diesen Gefühlen passende Inhalte bereitzustellen – ihm zum Beispiel interaktive Werbung zu schicken, wenn er gelangweilt wirkt, oder stimmungsaufhellenden Blödsinn, wenn er melancholisch wirkt, oder alarmierende und erschreckende Neuigkeiten, wenn er den Blick länger als eine bestimmte Zeitspanne vom Telefon abwendet, was laut seiner Historie signalisiert, dass er das Telefon bald aus der Hand legen und etwas anderes tun könnte. In diesem Fall ist das wirksamste Mittel, seinen Feed mit Beiträgen eines bestimmten anonymen Facebook-Nutzers zu füllen, der sich Heartland Patriot nennt, angeblich ein Farmer aus dem Mittleren Westen, der sich um die Zukunft des Landes sorgt und gerade mehrmals täglich darüber schreibt, dass Pharmaunternehmen das Ebolavirus erschaffen hätten, um Profit aus einer Pandemie und den entsprechenden Impfstoffen zu schlagen. Das ist beängstigend genug, um Lawrence mit dieser bestimmten tiefen Sorgenfalte zwischen den Augenbrauen weiter auf sein Telefon starren zu lassen, und wie der Algorithmus vor langer Zeit festgestellt hat, gibt es einen starken Zusammenhang zwischen der Tiefe dieser Falte und der Länge von Lawrence' Interaktion mit der Plattform.

Er weiß nicht, dass Facebook ihn überwacht und ausspioniert und ihn mehr oder weniger ständig belauscht. Und er glaubt auch dann nicht daran, als Jack ihm genau das noch einmal erzählt. Die Botschaft erreicht ihn in Gestalt eines langen persönlichen Briefes, den Jack aufgesetzt hat, um seinen Vater zu bitten, nicht mehr so viel Zeit mit all den Verschwörungen zu verbringen, ihm zu sagen, dass sie allesamt nicht wahr seien, dass Lawrence sich wegen nichts unnötig aufrege, dass es keine schattenhafte Gruppierung gebe, die heimlich gegen die Welt intrigiert, und dass in Wahrheit nur ein kleines Grüppchen von Programmierern im Silicon Valley ein paar gewinnbringende Algorithmen geschaffen hat, die sich nun optimieren, dass das, was Lawrence sieht, nicht die Realität ist, sondern vielmehr eine algorithmische Abstraktion der Realität, die die Realität unsichtbar überlagert wie eine Art Verzerrungsfeld. Und Jack schickt Lawrence Informationen zu all diesen Algorithmen – den EdgeRank und PageRank-Algorithmen, dem Bedürftiger-Nutzer-Algorithmus, den Objektklassifikatoren, den Neuronennetzwerken und den verschiedenen Haptische-Interaktions-Skripts, auf die Jack im Netz gestoßen ist – und erklärt ihm, dass Facebook ihn so manipuliert, dass er an erfundene Verschwörungen glaubt, um Werbeeinnahmen zu generieren. Und diese Geschichte klingt in Lawrence' Ohren verdächtig nach genau den Verschwörungstheorien, die Jack sonst so beharrlich als falsch erklärt: eine schattenhafte Gruppierung von Facebook-Programmierern, die im Geheimen die ganze Welt manipulieren?

Komm schon, antwortet Lawrence. *Nie im Leben.*

Sorry, Dad, aber es stimmt.

Ich glaube das nicht.

Ich weiß, es ist demütigend, so manipuliert zu werden. Es tut mir leid.

Dann hältst du es wirklich für ausgeschlossen, dass Pharmafirmen Ebola unters Volk gebracht haben, um Profit daraus zu schlagen?

Völlig ausgeschlossen.

Und trotzdem behauptest du, Facebook hätte die Geschichte über die Pharmafirmen, die Ebola unters Volk gebracht haben, um Profit daraus zu schlagen, unters Volk gebracht, um Profit daraus zu schlagen?

Ich weiß, das ist verwirrend, aber im Grunde ja.

(nachdenkliches Emoji)

Es ist wirklich wahr, Dad.

Aber woher WEISST du, dass es wahr ist?

Und Jack schickt ihm Links zu lauter Websites, die Lawrence auf den ersten Blick ehrlich gesagt mehr oder weniger genauso verlässlich erscheinen wie die, auf denen er seine eigenen Informationen gefunden hat, und doch sagt Jack ihm – was Lawrence ziemlich anmaßend findet: *Du darfst nicht alles glauben, was du im Netz liest.*

Aber DAS hast du doch auch im Netz gefunden, antwortet Lawrence.

Manches im Netz ist wahr und manches eben nicht.

Wie praktisch, dass das, was du sowieso schon glaubst, zufällig wahr ist (noch ein nachdenkliches Emoji).

Es ist nicht wahr, weil ich es glaube, Dad. Ich glaube es, weil es wahr ist.

Facebook spioniert mich nicht aus. Das ist doch absurd.

Wieso glaubst du buchstäblich an jede Verschwörung AUSSER DER, DIE ES WIRKLICH GIBT???

Also macht Lawrence sich auf die Suche nach Beweisen zugunsten von Facebook, die nicht schwer zu finden sind – Websites, die nachdrücklich behaupten, Facebook sei lediglich ein neutrales Werkzeug, das nur die echte Welt widerspiegle, seine Algorithmen seien harmlos, es zwinge uns zu nichts, was wir nicht ohnehin tun wollten, es spioniere uns ganz gewiss nicht heimlich aus, und all die Aufregung über Facebook sei die gleiche Art von moralischer Panik, mit der auch jeder anderen transformativen Technologie begegnet wurde (man vergleiche etwa ähnliche panische Reaktionen bezüglich der Gefahren bewegter Bilder im Kino oder der Schrecken der drahtlosen Funkübertragung von Radiosendern). Andere Websites wiederum behaupten, bei der ganzen Anti-Facebook-Rhetorik handle es sich in Wahrheit um eine arglistige Hetzkampagne verbohrter Linksfaschisten, die all jene zensieren und zum Schweigen bringen wollten, die von ihrer Meinung abwichen, und es sei eine klassische Gaslighting-Technik von Faschisten und autoritären Menschen aller Couleur, hartnäckig zu behaupten, was ganz offenkundig passiere, sei in Wahrheit nie passiert.

Und als Lawrence Jack diese Links schickt, antwortet Jack mit weiteren eigenen Links, und die beiden streiten sich darüber, welche Links die wahren und richtigen seien, und damit stechen sie in das ontologische Hornissennest der Frage, ob man je irgendwas mit Sicherheit wissen kann, ob wir die Wahrheit je erkennen können, ob man überhaupt von »Wahrheit« sprechen kann.

Und Jack muss zugeben (insgeheim, nicht seinem Vater gegenüber), dass manche Dinge, die er über Facebook zu wissen glaubte, bei näherer Betrachtung tatsächlich nicht wahr sind. Wie sich herausstellt, ist es eher unwahrscheinlich, dass Facebook seine Nutzer heimlich beobachtet oder sie am Telefon belauscht – ja, diese kleine Einzelheit könnte wirklich nichts weiter als paranoide Spekulation gewesen sein, die von Autoren, denen Jack aus irgendeinem Grund vertraut hat, als Tatsache ausgegeben wurde. Er hat ihnen augenblicklich und unumwunden vertraut, und jetzt fragt er sich nach dem Grund. Vielleicht hat er ein unbewusstes und womöglich freudsches Bedürfnis, seinen Vater zum Verstummen zu bringen, oder vielleicht handelt es sich wirklich um die Externalisierung irgendeiner tiefen inneren Zerbrechlichkeit, wenn er Facebook für das Problem verantwortlich macht, dass unterschiedliche Menschen unterschiedliche Ansichten haben. Schließlich weiß Jack nichts darüber, wie Algorithmen tatsächlich funktionieren – er hat weder je einen Algorithmus geschrieben noch auch nur einen gesehen, falls man das überhaupt so sagen kann. Seine sämtlichen Annahmen über Algorithmen stammen von anderen Leuten im Netz mit ganz ähnlichen Annahmen. Die Algorithmen selbst sind eine Blackbox, ein Betriebsgeheimnis, ein völliges Wissensvakuum, und Jack hat von Elizabeths Recherchen genug mitbekommen, um zu verstehen, dass sich der mit einem Informationsvakuum konfrontierte Verstand naturgemäß mühen wird, die Leerstelle möglichst rasch zu füllen. Wie sehr unterscheidet sich seine Sichtweise wirklich von Lawrence' eigenen Fantasien? Lawrence und Jack betrachten beide die rätselhaften, göttergroßen Systeme der Welt und projizieren Niedertracht und

Böswilligkeit in sie hinein. Vielleicht haben Vater und Sohn beide den gleichen paranoiden Stil und ihre Paranoia nur jeweils auf ihre eigenen Objekte gerichtet. Vielleicht irren sie letztlich beide. Und Jack spürt seine Bereitschaft, in diesem Punkt einzulenken und einzuräumen, dass seine Ansichten womöglich nicht hundertprozentig zutreffend sind – zumindest bis er bei seinem Vater keinerlei Verlangen nach einem ähnlichen Einlenken erkennt, keine Anzeichen für einen Kompromiss, kein Entgegenkommen. Tatsächlich teilt Lawrence nach einem solchen Austausch mit Jack in nahezu dreifachem Tempo Links, Artikel und Memes des Heartland Patriot, und das macht Jack wütend, dieser plötzlich zur Hysterie gesteigerte Irrsinn, dieser Eifer seines Vaters, der wie ein gegen ihn allein gerichteter kalkulierter Angriff erscheint, und das bewegt Jack schließlich zu etwas, das er eigentlich mit diesem langen und einfühlsamen Brief hatte vermeiden wollen, und er schickt Lawrence eine kurze Nachricht, in der er erklärt: *Es spielt anscheinend keine Rolle, was ich sage, Dad, wie viele Theorien ich widerlege, es scheint sowieso nichts zu ändern, weil du am nächsten Tag mit sieben neuen ankommst, und ich kann dich durch nichts davon abbringen, also ist es den Ärger letztlich nicht wert. Ich habe viel um die Ohren, mein Leben ist schon kompliziert genug, ich kann mich gerade einfach nicht mit deinem Blödsinn auseinandersetzen. Also, mach's gut.*

Und damit kündigt Jack seinem Vater endlich die Freundschaft.

<7>

Der Chatbot

Aber es gibt noch so viel zu sagen, so viel, was sein Vater nicht weiß. Wann immer Jack in den vergangenen Monaten auf Facebook gewesen ist, hat er sich gefragt, wie er zu seinem Vater durchdringen, wie er den Mann aus seinem Fiebertraum erwecken kann. Jack bereut es, ihn so lange ignoriert zu haben, er fühlt sich jetzt verantwortlich für das dunkle Loch, in das sein Vater gefallen ist. Wäre Jack doch nur gütiger gewesen, versöhnlicher, weniger anfällig für seine kleingeistige Rache. Er will seinen Vater irgendwie davon überzeugen, dass das Leben, wie es einem auf Facebook begegnet, *nicht das wirkliche Leben ist,* dass es eine sonderbare und wunderbare Welt gibt, die den Algorithmen verschlossen bleibt. Jack will seinem Vater davon erzählen, wie Toby drei Jahre alt war und eine Phase begann, in der er unmittelbar vor dem Zubettgehen forderte, dass Jack und Elizabeth mit ihm um den Küchentisch tanzten, immer im Kreis, während so ein besonders dämlicher Rocksong aus den Neunzigern mit dem Titel »Peaches« lief, das Lied dieser einen Band aus Seattle, die um 1996 herum kurz populär gewesen war, und niemand wusste, wie Toby überhaupt darauf gekommen war, aber er liebte es so sehr, und der Text –

Movin' to the country
Gonna eat a lot of peaches

Movin' to the country
Gonna eat me a lot of peaches

– ließ ihn in haltloses Gekicher ausbrechen, und sie sangen alle drei mit und rasten um den Tisch herum, bis der Refrain einsetzte und der Gitarrist plötzlich einen köstlichen elektrischen Powerakkord losließ, und in diesem Moment hörte Toby auf zu tanzen und begann wild Luftgitarre zu spielen; er schwang einen Arm in großem Bogen über dem Kopf und ließ die Hand dort landen, wo sich seine imaginäre Gitarre befand, nickte mit dem Kopf und kniff leidenschaftlich die Augen zusammen, wie es die headbangenden Leadgitarristen in Wicker Park getan hatten, als Jack sie vor so langer Zeit fotografiert hatte. Woher Toby das überhaupt kannte, war ein Rätsel, und Jack und Elizabeth konnten Abend für Abend kaum an sich halten, wenn sie ihn zu einem Lied über Pfirsiche so heftig abrocken und in seinem lila Schlafanzug tanzen sahen.

Das ist eine Geschichte, die Jack seinem Vater erzählen will. Aber immer wenn er darüber zu schreiben beginnt, fühlt es sich falsch an. Diese Geschichte auf Facebook zu erzählen fühlt sich an, als veränderte sie sich dadurch. Mit einem Mal erscheint es ihm, als benutzte er die Geschichte womöglich unbewusst, um damit zu prahlen, als wäre der wahre Grund, sie zu teilen, dass er sein bezauberndes Leben zur Schau stellen oder mit seinen erzieherischen Fähigkeiten angeben wollte. Diese sonderbare und private Einzelheit aus seinem Familienleben wird durch die Alchemie von Facebook zu etwas völlig anderem – sie erhält eine zweite, hässlichere Bedeutung. Sie wird instrumentalisiert. Toby wird zur Requisite. Das Ganze wird zu einer Werbeanzeige. So funktioniert die unauslöschliche Mathematik von Facebook: Was immer auf Facebook landet, wird ein bisschen mehr wie Facebook.

Ein Beispiel: Wann immer Jack sich großherzig und teilnahmsvoll fühlt und seinem Vater endlich wieder Zugang zu seinem Leben gewähren möchte, geht er auf Facebook und sieht die abscheulichen Dinge, die Lawrence dort teilt, diese plakativen, wuterregenden Memes des Heartland Patriot – irgendein Irrer, der neuerdings offenbar der beste Freund seines Vaters ist –, und Jacks Sympathie und Großzügigkeit verfliegen sofort. Von einer Sekunde auf die andere kann Jack sich nicht mehr vorstellen, jemanden zu lieben – oder auch nur freundlich oder höflich zu jemandem zu sein –, der so etwas teilt.

Noch schlimmer ist es, wenn Lawrence Dinge zu diesen Beiträgen schreibt, die auf erschütternde Weise wie etwas klingen, was Jack selbst in der Vergangenheit gesagt haben könnte, in den Neunzigern, auf dem College. Seinerzeit empfand Jack rechtschaffenen Zorn auf Unternehmen, auf die Globalisierung, begegnete der Massenkultur und den von ihr Indoktrinierten mit Argwohn. Und nun behauptet sein Vater, den gleichen Zorn zu empfinden, den gleichen Argwohn, aber nicht so, dass Jack es in irgendeiner Weise verstehen oder gutheißen würde. Gewisse Slogans, die sich in den Neunzigern revolutionär anhörten, klingen jetzt apokalyptisch:

Glaubt nicht, was sie euch sagen.
Legt das System still.
Zeigt es denen da oben.
Seid keine Mitläufer.
HINTERFRAGT ALLES!

Oder als Lawrence dieses Youtube-Video darüber teilt, warum man sich nicht impfen lassen sollte – was Jack an dem Video aufregt, ist der Soundtrack, denn der Macher des Films hat von Rage Against The Machine die Zeile »*Fuck you, I won't do what you tell me!*« geklaut, und Jack denkt: *Das ist mein Song! Ihr könnt mir nicht meinen Song wegnehmen!* Das passiert ihm ständig, dass er schockiert sieht, wie seine eigenen Sprüche von damals durch seinen Vater wie ein

Bumerang über die Jahrzehnte hinweg wieder auf ihn zukommen, transformiert und hässlich verzerrt.

Er erinnert sich, wie sich Professor Laird in seinem Fotografie-Workshop auf dem College lang und breit über die Unbestimmtheit der Sprache und die Instabilität des Realen ausgelassen hat und die Studenten alle zustimmend genickt haben. Sie haben die Sprache, die Wahrheit, die Kunst dekonstruiert. Jack hat seine eigenen Fotografien so lange dekonstruiert, bis man sie kaum mehr als Fotografien bezeichnen konnte – sie hatten kein Subjekt mehr, es kam keine Kamera mehr zum Einsatz. *Jedes Stück fester Boden ist nichts als dünne Luft* – das hat man ihnen beigebracht. Die Realität ist etwas künstlich Gefertigtes. Wahrheit existiert nicht.

Und zwanzig Jahre später nimmt er genau die entgegengesetzte Position ein.

Benjamin Quince hat ihm mal gesagt, der Hyperlink sei die wichtigste Erfindung seit der Druckerpresse, und der Hypertext werde eines Tages die gesamte Literatur auf den Kopf stellen. Sie könnten ungehindert in ein Meer aus Information hinauswaten, aus einer Konstellation vieler möglicher Bedeutungen eine persönliche Bedeutung konstruieren, ihre eigenen Geschichten erzählen, und Jack glaubt allmählich, dass Benjamin zur Hälfte recht hatte. Das ist tatsächlich genau das, was die Leute tun, Leute wie dieser Farmer, der Heartland Patriot, Leute wie sein eigener Vater.

Aber sie tun es nicht in der Literatur. Denn wie sich herausgestellt hat, hat der Hypertext nicht die Literatur auf den Kopf gestellt. Nein, er hat die *Realität* auf den Kopf gestellt. Das denkt Jack, wenn er den Irrsinn seines Vaters sieht: Die echte Welt ist zu einem großen Hypertext geworden, und niemand vermag ihn zu lesen. Es ist ein einziges Gerangel, in dem sich jeder aus den unzähligen Fetzen, die die Welt hergibt, die passende Geschichte zusammenbaut.

Ein Beispiel: Der Farmer, der sich Heartland Patriot nennt, ist – was weder Lawrence noch Jack wissen – gar kein Farmer.

Und er stammt auch nicht aus dem Heartland, dem amerikanischen Kernland. Sein Facebook-Konto wird durch eine Reihe privater virtueller Netzwerke über die Bahamas, England, Spanien und Brasilien umgeleitet und von irgendwo, aber ganz sicher nicht aus dem Heartland geführt. Und die vom Heartland Patriot kreierten Bilder und Memes tragen den gleichen digitalen Fingerabdruck wie die Bilder und Memes, die auf mehreren anderen Konten mit Namen wie Southern Rebel, Woke Intersectionalist, Mindful Warrior und Fed-Up-Scientist sowie von einer Beauty-und-Wellness-Influencerin namens Alexis Foxie gepostet werden – all diese wild zusammengewürfelten Identitäten werden auf ein und demselben Computer und vermutlich von ein und derselben Person verwaltet, deren einziger Lebenszweck darin zu bestehen scheint, das Internet nach Dingen zu durchforsten, die andere auf die Palme bringen. Bemerkenswert ist der Umstand, dass die Mission des Fed-Up-Scientist darin besteht, Verschwörungstheoretiker auf Facebook bloßzustellen und zu verspotten, und dass dieser Nutzer den Heartland Patriot oft bezichtigt, toxische Propaganda zu teilen, was bedeutet, das dieselbe mysteriöse Person auf ein und demselben Computer sowohl Pro- als auch Antiverschwörungsinhalte postet, oft innerhalb weniger Minuten. Tatsächlich bekämpfen sich all diese Nutzer untereinander – der Heartland Patriot behauptet beispielsweise hartnäckig, das Ebolavirus sei von Big Pharma produziert worden, um Profit aus einem Impfstoff zu schlagen, und der Woke Intersectionalist sagt: Nein, es wurde von unserer rassistischen weißen Regierung geschaffen und in Afrika freigesetzt, um Schwarze Menschen zu töten, und der Southern Rebel sagt: Nein, es wurde von Terroristen geschaffen und illegalen Einwanderern ausgehändigt, die jetzt unsere Grenzen stürmen, und der Fed-Up-Scientist beharrt darauf, dass alle drei Erklärungen offensichtlich idiotisches Gewäsch ohne jede empirische Grundlage seien, und der Mindful Warrior bezeichnet sie alle als »Schlafschafe«, die jeder offiziellen

Erzählung Glauben schenken, woraufhin sich Alexis Foxie einschaltet und behauptet, Ebola sei ganz offensichtlich ein Produkt der industriellen Viehzucht, was uns allen als Mahnung dienen sollte, wie wichtig cleane Ernährung und Veganismus seien. Es ist ein im Kreis aufgestelltes Erschießungskommando, das Jack ein wenig daran erinnert, wie er als Kind allein Dungeons & Dragons gespielt hat und in die Haut sämtlicher Figuren geschlüpft ist, die sich alle gegenseitig bekämpften; wer auch immer hinter diesen Facebook-Posts steckt, führt ein ähnliches Rollenspiel auf, nur vor einem riesigen Publikum. Und unmittelbar nach jedem Beitrag, buchstäblich Sekunden später, geht es sowohl auf Facebook als auch auf Twitter drunter und drüber, und Millionen anderer Nutzer scheinen den Post gleichzeitig zu liken, zu teilen und zu retweeten und ihre Unterstützung oder ihren Spott zum Ausdruck zu bringen, sodass die Beiträge in den Facebook-Newsfeeds nach oben schnellen und auf Twitter trenden und noch mehr Aufmerksamkeit erzeugen und rasch lange Fäden aus Angst und Wut sowie Beleidigungen und Drohungen hinter sich herziehen.

Die Menschen hinter diesen Kommentaren sind größtenteils gar keine Menschen. Es sind selbst verbessernde Long Short-Term Memory Recurrent Neural Networks, besser bekannt als Bots. Diese Bots sind darauf programmiert, die natürliche Sprache nachzuahmen, indem sie den Wortlaut bereits existierender Beiträge und Kommentare nur leicht abändern, gerade so sehr, dass die Bots wie vernunftbegabte Menschen und nicht wie Maschinen wirken. Das gelingt ihnen nicht dadurch, dass sie Sprache oder Syntax wirklich verstehen, sondern indem sie einen Übungssatz von einer Milliarde Wörter nehmen, die echte Menschen in den sozialen Medien geschrieben haben, und jedem dieser Wörter einen Punkt in einem fünfzigdimensionalen Raum zuordnen, dann die sprachlichen Regeln extrapolieren und neue sprachliche Äußerungen prognostizieren, ungefähr so, wie beim Wetterbericht auf Grundlage vorhandener Wetterdaten das Wetter vorhergesagt wird. Und wie beim Wetterbericht kann der Bot aus seinen Fehlern lernen. Kreiert ein Bot einen Beitrag, und keine echten Menschen reagieren darauf, wird ein Fehler generiert, und der Algorithmus korrigiert sich selbst. Es ist wie bei einer Wettervorhersage, die Regen ankündigt, ohne dass es später regnet – beim nächsten Mal bezieht das Modell den Fehler in die Kalkulation mit ein, was das Modell schrittweise verbessert. Und so kann der Bot nach mehreren Millionen Generationen sehr geübt darin werden, zur Interaktion ermunternde sprachliche Äußerungen hervorzubringen, ohne je zu verstehen, was diese bedeuten. So löst beispielsweise einer dieser Algorithmen einen der großen, epischen Facebook-Kämpfe aus, als nämlich der Fed-Up Scientist ein Video von einem im Schnee jagenden Fuchs postet und es mit den Worten kommentiert: »Die Natur ist erstaunlich«, und ein Bot antwortet: »Du meinst, DIE GÖTTLICHE SCHÖPFUNG ist erstaunlich«, woraufhin die Interaktionsrate durch die Decke geht.

All die Bot-Aktivitäten haben eine zweifache Wirkung auf Lawrence und Jack: Wenn Lawrence hin und wieder anzweifelt, dass der Heartland Patriot wirklich die Wahrheit sagt, oder wenn Jack sich fragt, ob der Fed-Up Scientist nicht vielleicht etwas zu angriffslustig auftritt, sehen zum einen beide, dass jeder dieser Nutzer die Unterstützung Hunderttausender echter Menschen genießt, was ihnen das Gefühl gibt, dass er wohl recht hat. Zum anderen, und das fällt noch stärker ins Gewicht, fühlen sie sich Angriffen ausgesetzt. Unablässig scharfen, aggressiven Angriffen. All die groben und kampflustigen Kommentare geben ihnen das Gefühl, von böswilligen Idioten bestürmt zu werden, und nichts lässt einen stärker an den eigenen Überzeugungen festhalten, als wenn diese Überzeugungen von Trotteln in unfairer Weise missbraucht werden.

Und somit ist Lawrence ziemlich gekränkt, als Jack ihm auf Facebook die Freundschaft kündigt – auf eine in seinen

Augen unverdiente Weise. Er würde Jack gern sagen, wie ungerecht er ihn behandelt, nur dass er ihn natürlich nicht mehr erreichen kann. Also sucht er Facebook nach jeder Erwähnung seines Sohnes ab und stößt so auf eine brandneue öffentliche Gruppe, die sich *Schützt Park Shore* nennt, und in einem Beitrag über den Bau eines Gebäudes mit Namen *The Shipworks* wird Jack als Eigentümer einer Wohnung in diesem Gebäude genannt, und Lawrence sieht, dass in der Gruppe darüber diskutiert wird, mit welchen Taktiken man Jack und die anderen Eigentümer so unter Druck setzen könnte, dass sie von ihren Kaufverträgen zurücktreten, was Lawrence regelrecht bedrohlich erscheint. Und diese Drohungen seinem eigenen Fleisch und Blut gegenüber reichen aus, um Lawrence dazu zu bewegen, den Kampf gegen Jack einzustellen und ihn stattdessen erbittert zu verteidigen. Er kommentiert augenblicklich unter diesem Beitrag, er wisse aus erster Hand, dass Jack Baker ein guter und anständiger und ausgesprochen kluger Mann sei, ein Familienmensch und Kirchgänger, und dass die Stadt sich glücklich schätzen könne, ihn ihren Einwohner nennen zu dürfen.

Und schon kommt eine Nutzerin namens Brandie – eine Momfluencerin mit einer erklecklichen Schar an Followern auf Instagram – angerauscht und schreibt, sie kenne Jack und Elizabeth im wahren Leben und könne mit Gewissheit sagen, dass es sich bei ihnen *nicht* um familienbewusste Christen handle, vielmehr sei Elizabeth eine berufsmäßige Lügnerin, Scharlatanin und Quacksalberin, die mit ihrer Arbeit bei *Wellness* wehrlose Menschen ausplündere und aus Profitgründen anlüge, und des Weiteren wisse Brandie zweifelsfrei, dass Jack und Elizabeth sich an einigen abartigen und entschieden unchristlichen Dingen erfreuten, an widerwärtigen, absonderlichen Dingen sexueller Natur, Dingen, die sie nicht mal ins Netz schreiben könne, so verstörend seien sie. Was die Mitglieder von *Schützt Park Shore* natürlich dazu anspornt, das Internet nach Belegen dafür abzusuchen, dass Jack und

Elizabeth tatsächlich degeneriert sind, und so stoßen sie auf Jacks alte »Mädchen im Fenster«-Bilder. Und sie teilen Links zu diesen Bildern (NSFW) und diskutieren dann eine ganze Zeit lang darüber, ob diese Bilder nun Beweise für unmoralische sexuelle Verderbtheit sind oder nicht, wobei Brandie sich jetzt in die Kommentarspalten stürzt, um mitzuteilen, dass sie sich strengstens gegen Jacks Aneignung der weiblichen Körper ohne Zustimmung verwehrt, ganz zu schweigen von seiner Verwendung der Bezeichnung »Mädchen« in Bezug auf erwachsene Frauen, wodurch diese, wie sie schreibt, infantilisiert würden.

Dann widmet sie sich Jacks Fotos von *The Foundry,* jenen alten Fotografien verlassener Gebäude in Wicker Park aus den frühen Neunzigern. Brandie teilt sie hier, aus dem Zusammenhang gerissen, nur Bilder von Schutt und Verfall, und sie bezeichnet diese Bilder als »Ruinenporno« und schreibt, nur ein elitäres und privilegiertes Arschloch könne Armut auf diese Weise fetischisieren. Und Lawrence reagiert empfindlich auf das Wort »privilegiert« und wirft Brandie vor, sie wisse überhaupt nicht, wovon sie rede, sie habe nicht die geringste Ahnung, wie schwierig Jacks Kindheit wirklich gewesen sei, er sei alles andere als privilegiert gewesen, und wenn hier irgendwer privilegiert sei, dann ja wohl eindeutig Brandie, die in ihrem noblen Haus lebe und ihr Kind auf irgendeine noble Schule schicke. Woraufhin Brandie – die offensichtlich einige Erkundigungen zu Elizabeth angestellt hat – auf Wikipedia-Seiten über die Augustines aus Litchfield, Connecticut, verweist und offenlegt, dass Elizabeth in Wahrheit diejenige ist, die von Haus aus die größten Privilegien genossen hat, ungeheuerliche Privilegien, ein gewaltiges Vermögen, das im Übrigen starke Verbindungen zum KKK aufweist. Dann nennt Lawrence Brandie unvermittelt eine »Nazibraut«, woraufhin Brandie Lawrence' lange Historie fragwürdiger verschwörungsbezogener Beiträge durchforstet, auf seine taktlosesten Kommentare verlinkt und ihn als »primitiven Rassisten« bezeichnet. Und weil Lawrence so viel Zeit in diesem Thread verbringt und weil er feste Kantenverbindungen zu bestimmten Facebook-Persönlichkeiten aufweist, die versessen auf die großen Kontroversen sind, zieht das Ganze schließlich die Aufmerksamkeit des Heartland Patriot, des Southern Rebel, des Woke Intersectionalist, des Mindful Warrior, des Fed-Up-Scientist und Alexis Foxies an, die nun allesamt die Gruppe stürmen und den Kampf auf ihre übliche militante Art ausfechten. Sie alle teilen Beiträge und Links und gießen Öl ins Feuer, sodass die Seite *Schützt Park Shore* komplett gesprengt wird.

Von alldem ahnt Jack natürlich nichts. Die Aktivitäten seines Vaters sieht er nicht, weil er ihm auf Facebook die Freundschaft gekündigt hat, und an jenem Tag, dem Tag, an dem Lawrence sich schließlich persönlich meldet, ist Jack nicht online. Er sitzt nicht am Computer. Er schaut nicht auf sein Telefon. Er streitet sich mit Elizabeth, und erst als Toby an die Tür klopft und das unfertige Schlafzimmer betritt und ihnen sagt, dass sie, Jack und Elizabeth, gerade viral gehen, loggt Jack sich auf Facebook ein, wo er Hunderte von Benachrichtigungen und Mitteilungen sieht und dazwischen unzählige neue Freundesanfragen, alle vom Konto seines Vaters, jede einzelne mit einer neuen persönlichen Nachricht:

Jack, bist du da?, lautet die erste.
Jack, bitte antworte, lautet die zweite.
Jack, ich weiß, du willst nichts von mir hören, aber bitte schreib zurück.
Jack, ich muss dir etwas sagen.
Jack, es ist etwas passiert.
Jack, ich bin krank.
Ich bin wirklich schwer krank, Jack.
Jack, bist du da?
Jack, wo bist du?
Jack, es geht mir schlechter.
Jack, er breitet sich aus, und mir bleibt nicht viel Zeit.

Jack, ich muss dir etwas sagen.

Jack, das mit deiner Schwester und dir war nicht deine Schuld.

Jack, frag deine Mutter, sie wird es dir bestätigen, es war nicht deine Schuld.

Es tut mir leid, Jack.

Es war nicht deine Schuld, Jack.

Jack, bitte. Es tut mir sehr, sehr leid.

Das Wunder

Es dämmerte beinahe, als Jack spürte, wie er wach gerüttelt wurde. Er blickte auf und sah seine Schwester Evelyn, die auf ihn herabschaute, die Hand ausgestreckt, ein durchtriebenes Lächeln im Gesicht.
»Kommst du?«, flüsterte sie.
Er blinzelte die bereits in sich zusammenfallenden Überreste eines Traums beiseite und sah sich um, während die Welt wieder Gestalt annahm: Es war das Wohnzimmer seiner Eltern, er lag auf dem Sofa, seine große Schwester war da, sie war eine Woche lang zu Besuch, und sie streckte eine Hand aus, und er lächelte und ergriff sie, und seine Schwester zog ihn hoch, und zusammen traten sie in den Morgen hinaus; die Sonne war nur eine ferne orangefarbene Ahnung am Horizont, und Jack rieb sich den Schlaf aus den Augen, während Evelyn die kühle Luft schnupperte und dann so tief Luft holte, dass ihr ganzer Körper daran beteiligt war.
»Ich hatte ganz vergessen, wie es hier riecht«, sagte sie mit geschlossenen Augen, die Nase zum Himmel erhoben.
Sie sagte Jack, er solle es ihr gleichtun, und so atmeten sie zusammen – tiefe Luftzüge, die Arme ausgebreitet, die Brust geweitet, anhalten, anhalten und dann langsam entweichen lassen und sich zur Sonne hin tief verneigen. Evelyn nannte es »die Morgendämmerung empfangen«. Sie trug einen großen Drillichrucksack und darunter eines ihrer gepunkteten Kleider – dieses war lindgrün – und weiße Turnschuhe, deren Nähte sich auflösten, die Sohlen geschwärzt, die Schnürsenkel

ausgefranst. Sie führte ihn zur Nordweide, und zusammen gingen sie durch das knisternde trockene Gras, begleitet von den einander überlagernden Musiken des Tages und der Nacht – die Vögel riefen der Sonne ihre Willkommensgrüße entgegen, während die Grillen noch das Dunkel besangen. Der Himmel über ihnen nahm allmählich neue Blauschattierungen an – von Mitternachtsblau zu Marineblau –, und in der Ferne erschien die Sonne als strahlender Punkt über dem schwarzen Rand der Erde.

Sie ließen sich an Ort und Stelle im Gras nieder; Evelyn stellte den Rucksack ab, bauschte ihr Kleid und kniete sich in die struppigen Halme. Sie nahm einen kleinen Angelkasten aus dem Rucksack, legte ihn zwischen ihnen auf die Erde und klappte das ziehharmonikaartige Mittelstück auf. Darin befanden sich Tuben mit Acrylfarben: warme Gelb- und Rottöne im oberen Fach, kühle Blau- und Violetttöne im unteren. Sie zog zwei Pinsel und zwei ovale Holzpaletten aus dem Rucksack, zusammen mit zwei kleinen Rechtecken aufgespannter Leinwand und einer Wasserflasche, deren Plastikoberfläche mit den getrockneten Spuren vieler früherer Bilder in allen erdenklichen Farben überzogen war.

Die Leinwände im Schoß betrachteten sie die vor ihnen liegende Szenerie – das Haus, die Wiese, den Sonnenaufgang, die grüngelben Grashügel des Umlandes. »Die Welt beschenkt uns so reichlich«, sagte Evelyn.

Sie tauchte ihren Pinsel ins Wasser, tupfte etwas gebrannte Umbra auf ihre Palette, und mit einer schnellen, akkuraten Bewegung zog sie die Spitze des Pinsels über die Leinwand und ließ eine Linie entstehen, die sich hob und senkte, so wie sich der Horizont vor ihnen hob und senkte, ein sanfter Hügel, der einer schattigen Kuhle wich.

Dann ein paar graue Pinselstriche, etwas rasch hingetupftes Weiß, und mit einem Mal war da ihr Haus – keine peinlich genaue Darstellung, eher die Andeutung ihres Hauses, dünne Linien, die irgendwie das Haus verkörperten: die Schräge des

Daches, die unter der Last ihres Alters leicht durchhängende Veranda, das lieblich kleine Äußere inmitten der endlosen Grasfläche, die es umgab.

»Du bist dran«, sagte sie.

Als Jack das Haus zu malen versuchte, malte er jede Ecke, jeden Winkel, jedes Fenster, jeden Schatten und jeden Dachvorsprung, er versuchte das Haus vollständig zu malen, es sorgfältig in Farbe zu gießen, aber letztlich sah es chaotisch, unecht und hingeschmiert aus. Es sah aus wie das, was es war – ein Bild von einem Haus –, wohingegen Evelyns lebendig wirkte.

»Ich glaube, das war nichts«, sagte er.

»Ist schon in Ordnung«, sagte sie lächelnd. »Du musst es nur atmen lassen.«

»Was meinst du damit?«

»Arbeite mit leichter Hand, halt den Pinsel im Zaum, überfrachte das Bild nicht. Du brauchst nicht jede Einzelheit zu malen. Nur die wichtigen.«

Jack schaute auf die Szenerie und fragte sich, wie er die unwichtigen Einzelheiten von den wichtigen unterscheiden sollte.

»Versuch einen Spalt zu lassen, den der Betrachter überqueren muss«, sagte sie. »Schau mal.«

Sie ergänzte das Land mit Farbe, schichtete gelbe und grüne Kleckse und überraschenderweise hier und da ein wenig Violett übereinander – »das erinnert an Schatten«, sagte sie –, und als sie diese Farben auftrug, tat sie es mit einer Aufwärtsbewegung aus dem Handgelenk, sodass die harten Borsten ihres Pinsels über die Leinwand schabten und dünne weiße Streifen hinterließen, die erstaunlicherweise exakt die Beschaffenheit von Gras heraufbeschworen: die verflochtenen Wirbel der Halme, die verschnörkelten Ranken der Blätter. Als Jack Gras darzustellen versuchte, malte er das Gras selbst – gerade grüne Linien, die sich zu nichtssagenden einförmigen Klumpen verbanden. Aber Evelyn ließ Gras entstehen, indem sie es nicht malte, indem sie die Farbe wegschabte und einen Negativraum schuf, den seine Augen als Gras deuteten.

Dann malte Evelyn die Sonne; sie fügte der Farbe mehr Wasser als gewöhnlich hinzu und ließ die Flüssigkeit die Arbeit verrichten, die sich in einer Art animierter Mimikry des Sonnenaufgangs über die Leinwand verströmte, sodass die Farben als rotoranger Glorienschein den Himmel ihres Bildes durchzogen. In Jacks Version war die Sonne ein nicht ganz runder gelber Ball. In Evelyns sah sie aus, wie sich der Sonnenuntergang anfühlte: groß und kosmisch und heilig.

Sie lehnte sich zurück und betrachtete ihr Bild. In Jacks Augen war es vollständig – da war ein Haus, da war die Sonne, da waren die sanften Hügel. Es gab nichts mehr, was in Evelyns Darstellung noch gefehlt hätte.

»Die allerersten Bilder von Kansas sahen ganz ähnlich aus«, sagte sie. »Also, ohne das Haus natürlich. Nur Gras und Himmel. Die ersten Erkundungstrupps im westlichen Grenzland hatten immer einen Landschaftsmaler dabei. Sie mussten den Leuten zu Hause im Osten zeigen, wie das Land aussah. Das war natürlich vor der Zeit der Fotografie.«

»Klar«, sagte Jack und nickte.

»Das Problem war nur, dass zu Hause im Osten keiner solche Bilder wollte.«

»Wieso nicht?«

»Man war keine Landschaften mit so wenigen Details gewohnt. Damals war eine Landschaft es nur wert, gemalt zu werden, wenn sie ordentlich ausgeschmückt war. So in etwa«, sagte sie, und mit einem Grün, das so dunkel war, dass es an Schwarz grenzte, malte Evelyn rasch mehrere Wacholdersträucher dem Haus gegenüber – hoch und dürr, mit Ästen wie Federn, ein lang gestreckter Hain, der dramatische Schatten ins Gras warf. Jack hob den Blick und schaute in die echte Welt hinaus, die sie umgab – es war weit und breit kein solcher Strauch zu sehen.

»Du musst dir klarmachen«, sagte Evelyn, »dass auf den

einzigen Landschaftsgemälden, die die Leute je gesehen hatten, Berge, Wälder und Flüsse dargestellt waren. Als sie die ersten Gemälde der weiten Ebenen sahen, dachten sie: ›Wo sind denn die Berge? Wo sind die Wälder? Wo sind die Flüsse?‹«

Evelyn nahm mit dem Pinsel ein paar Blautöne auf und strich sie so auf die Leinwand, dass Jack schließlich einen Fluss darin erkannte – einen reißenden Strom, der das Land durchschnitt und in der Ferne verschwand. Dann staffierte Evelyn die Ufer mit Steinen, kleinen Bäumen und Farnen aus.

»Die Leute wussten die Prärie nicht zu schätzen«, sagte sie. »Wälder waren ihnen vertrauter. Eine Prärie besteht meilenweit nur aus Gras. Das war ihnen zu sonderbar. Sie wollten Bilder wie *dieses*« – sie deutete mit dem Kinn auf die Leinwand –, »die dem ähnelten, was sie kannten, selbst wenn das Bild log.«

Dann erweiterte sie den Horizont um einen Gebirgszug, schneebedeckte Hügel in blassestem Türkis, sodass es aussah, als lägen die Spitzen in weiter Ferne, kaum sichtbar im Morgennebel.

»Irgendwann hörten die Künstler entweder ganz auf, die Prärie zu malen, oder sie schmückten sie so aus, dass die Gemälde den Sammlern in der Heimat nicht so merkwürdig vorkamen.«

Am oberen Rand ihrer Leinwand ergänzte Evelyn nun mit dicker schwarzer Farbe herabhängende Äste und Laub, so als säße sie direkt unter dem Geäst eines großen Eichenbaumes und schaute unter seinem dichten Blattwerk hindurch.

»Gut«, sagte sie, »so müsste es ungefähr hinkommen.« Sie ließ den Pinsel in die Wasserflasche fallen und lehnte sich zurück. »Was sagst du?«

Jack betrachtete ihr Bild einen Augenblick lang, und obwohl er wusste, dass die Szenerie in Wirklichkeit nicht existierte, glaubte er, wenn er sie in einem Buch oder einer

Zeitschrift gesehen hätte, dann hätte er den starken Wunsch verspürt, dorthin zu reisen.

Er schaute auf sein eigenes Bild: flach, leblos, kantig, langweilig.

»Deins ist besser«, sagte er.

»Tja, aber deins ist *ehrlicher*«, sagte sie. »Meins entspricht dem, was die Leute erwarten. Deins entspricht dem, was du siehst. Und damit ist es das bessere Kunstwerk.«

»Wirklich?«

»Unbedingt. Meins ist Propaganda, deins ist die Wahrheit. Wenn du Künstler werden willst, musst du das begreifen. Hab keine Angst vor der Wahrheit, Jack, selbst wenn du dadurch ein bisschen komisch wirkst.«

Das wurde zu ihrem Ritual – in jener Woche weckte sie ihn Tag für Tag frühmorgens und ging mit ihm zur Nordweide hinaus, und sie malten immer wieder die gleiche Szenerie. Dasselbe Haus, den gleichen Ausblick. Das Einzige, was sich veränderte, war der Himmel: Mal war er klar, mal hing er voller großer, dickbauchiger Kumuluswolken, deren Unterseiten in der Dämmerung rot aufleuchteten, dann wieder war er bedeckt, und die dunkelgraue Nacht wich einem nichtssagenden grauen Morgen. Doch Evelyn schien diesen individuellen Bedingungen keine große Bedeutung beizumessen: Sie stellten alle ganz eigene Herausforderungen und Gelegenheiten dar. Sie brachte ihm bei, dass ein bedeckter Himmel nicht nur aus einer einzigen Grauschattierung bestand, sondern aus einem vielschichtigen Feld von Pastelltönen, die sich alle zu einer dynamischen, schimmernden Gräue vereinten. Sie zeigte ihm, dass ein blauer Himmel nicht einfach nur blau war, dass grünes Gras nicht einfach nur grün war, dass beides Spuren des anderen enthielt: dass ein orangefarbener Schimmer den blauen Himmel komplexer machte, dass violette Sprenkel der Grasfläche Tiefe verliehen. Sie zeigte ihm, wie man einen Pinsel hielt, wie man Farben auf der Palette mischte, wie man in einer Landschaft nicht einzelne Objekte, sondern miteinander interagierende Formen sah, dass es die gesamte Dynamik des Bildes, das ganze visuelle Gewicht veränderte, wenn man das Haus in der Bildmitte statt am Rand platzierte.

Zwischen diesen technischen Lektionen gab es allgemeinere, eher konzeptuell ausgerichtete Unterrichtsstunden, in denen es hauptsächlich um die Herausforderung des Malens der Prärie ging und um die Torheit der ersten Landschaftsmaler, die sich daran versucht hatten.

»Die Prärie machte ihnen eine Heidenangst«, sagte sie. »An bewölkten Tagen verloren diese frühen Siedler jeden Orientierungssinn, weil alles um sie herum gleich aussah. An sonnigen Tagen sahen sie einen See am Horizont und ritten den ganzen Tag lang darauf zu, ohne ihn zu erreichen. Entfernungen sind eine merkwürdige Sache in der Prärie. Bei alldem freien Platz kann man nicht einschätzen, wie weit etwas weg ist.«

Jack tupfte Farbe auf seine Leinwand und schwieg. Er wollte Evelyn nicht unterbrechen, wenn sie so in Fahrt war – er wollte sich den ganzen Tag lang in ihrer Aufmerksamkeit suhlen.

»Das Problem liegt darin, dass sie zu groß und gleichförmig ist«, sagte sie. »Beim Malen fällt es schwer, Entfernungen, Kontraste, Tiefe zu erzeugen. Das Problem liegt in der Mischung aus Grenzenlosigkeit und Monotonie. Was, wenn man es sich überlegt, auch das Problem der meisten Ehen ist.«

»Was?«

»Grenzenlosigkeit und Monotonie. Die Ehe in zwei Worten.«

Sie grinste und zwinkerte ihm zu. Es verschaffte Jack einen kleinen Kitzel, dass sie so etwas zu ihm sagte, dass sie ihn mehr oder weniger als Gleichgestellten behandelte und nicht als ein klägliches, kränkliches Kind. Diese morgendlichen Übungsstunden zeichneten sich durch eine zielgerichtete Ernsthaftigkeit aus, die Jack sonst nirgends begegnete –

seine Mutter sprach nicht auf diese Weise mit ihm, und in der Schule tat es ganz gewiss auch niemand. Er fand diese Art von Erfahrungen weder in den Spielshows oder Seifenopern, die den ganzen Tag lang aus dem Fernseher dröhnten, noch in Büchern, weil es in ihrem Haus keine gab.

Und das war ein weiterer Mangel, den Evelyn beheben wollte. Am Ende jener ersten Woche lieh sie sich den Ford und fuhr damit in die Stadt – vorgeblich, um Zutaten für einen Kuchen einzukaufen, da ihre Mutter Geburtstag hatte, aber bei ihrer Rückkehr hatte sie eine Tasche bei sich, die sie in Jacks Zimmer verbarg. Sie war voller gebrauchter Bücher: *Große Erwartungen. Der Ruf der Wildnis. Der große Gatsby. Unterwegs. Ein Porträt des Künstlers als junger Mann.* Bücher, so sagte sie, über Menschen, die ihr Zuhause verlassen haben und in die Welt hinausgehen, um sich von Grund auf neu zu erfinden.

»Du musst nicht das sein, was die Leute hier von dir erwarten«, sagte sie. »Du kannst der sein, der du wirklich bist, in deinem Inneren« – sie setzte ihm eine Fingerspitze auf die Brust –, »in deinem Herzen.«

Er dachte noch immer darüber nach, als sie einige Stunden später »Happy Birthday« sangen. Evelyn war da und sein Vater und seine Mutter, die – wie immer an ihrem Geburtstag – etwas beschämt wirkte angesichts der vielen Aufmerksamkeit. Sie saßen um den Küchentisch herum, der Kuchen in der Mitte, und sie sangen. Draußen verfinsterte sich der Himmel, die Dämmerung nahte. Es wurde gegessen, Geschenke wurden geöffnet. Jack hatte für seine Mutter einige Gutscheine gestaltet, die sie einsetzen konnte, um die unliebsten Haushaltspflichten auf ihn abzuwälzen, und Evelyn schenkte ihr eines ihrer eigenen gepunkteten Kleider, und Ruth quittierte diese Geschenke mit einem leisen »Danke« und »Wie hübsch« in einem Tonfall, der zwischen Wohlwollen und Melancholie schwankte. Dann war Lawrence an der Reihe, und er überreichte ihr eine große, in metallisch glänzendes

Geschenkpapier eingewickelte Schachtel, und Ruth sagte: »Was mag das wohl sein?«, und begann das Papier aufzureißen, und Jack spürte, wie er insgeheim hoffte, dass sein Vater dieses Jahr bei der Geschenkewahl ein gutes Händchen gehabt hatte, dass er etwas gekauft hatte, was Ruth nicht dazu veranlassen würde, sich tagelang bei Jack darüber auszulassen, dass ein besonders nichtssagendes Geschenk bewies, dass niemand sie wirklich verstand oder sie ausreichend liebte, um auch nur zu *versuchen*, sie zu verstehen – Jack war sich ziemlich sicher, dass sein Vater nicht ahnte, wie viel von den negativen Auswirkungen der gedankenlosen Geburtstagsgeschenke auf seinen Schultern landete.

Und während Ruth an der Schachtel herumzerrte, ließ Jack sich noch immer durch den Kopf gehen, was Evelyn ihm gesagt hatte, dass er sich selbst treu bleiben, dass er auf sein Herz hören sollte, und er dachte, dass er eigentlich keine Ahnung hatte, was sein Herz wollte, und das beunruhigte ihn. Er wusste, dass er zum Beispiel mit absoluter Gewissheit und Genauigkeit benennen konnte, was seine Mutter wollte und ob sie dieses oder jenes Geschenk zu schätzen wüsste oder nicht. Aber ihm wurde klar, dass er nicht so leicht beschreiben konnte, was er selbst wollte. Es war etwas, worüber er nie nachgedacht hatte, eine Frage, die ihm nie in den Sinn gekommen war. Ihm fiel ein, wie seine Eltern vor einigen Jahren an Weihnachten mit ihm in ein Einkaufszentrum in Wichita gefahren waren, wo eine Nordpolszenerie aufgebaut war und man sich auf den Schoß des Weihnachtsmanns setzen und ihm seine Wünsche sagen konnte, und als Jack dort hinaufgeklettert war und der Weihnachtsmann fragte: »Na, was wünschst du dir denn, mein Kleiner?«, da wusste Jack es einfach nicht. Ihm kam nichts in den Sinn, was er wirklich wollte, er hatte keinerlei innerliches Bedürfnis. »Bring mir einfach irgendwas«, sagte er schließlich zur großen Verblüffung des Weihnachtsmanns, »es wird schon okay sein.«

Ruth hatte das Geschenkpapier nun abgerissen; sie öffnete die schlichte Pappschachtel und zog ihr Geschenk heraus, bei dem es sich – Jack rutschte bei dem Anblick das Herz in die Hose – um einen Sandwichmaker handelte.
Den elektrischen Sandwichgrill der Marke Oster.
»Oh«, sagte sie.
Sie hielt ihn in den Händen, wie man vielleicht ein schlafendes Tier halten würde: neugierig, aber zaghaft.
Jahre später würde man ein solches Gerät als Paniniofen bezeichnen, aber im Jahr 1984 in Kansas kannte man es als Sandwichgrill, Sandwichtoaster oder Sandwicheisen, und es erfreute sich kurzzeitig enormer Beliebtheit. Aus irgendeinem Grund war es ein paar Jahre lang wahnsinnig angesagt, seine normalen kalten, rechteckigen Sandwiches in diesen gusseisernen Grill zu legen – er hatte kleine Vertiefungen, die genau der Form von fabrikgefertigtem Brot entsprachen –, der das Sandwich nicht nur toastete, sondern auch diagonal durchschnitt und irgendwie alles zusammenschweißte, sodass die Sandwichhälften eher wie Empanadas aussahen (wobei Jack Empanadas natürlich erst viel später kennenlernte), die Außenseite des Sandwiches braun und knusprig, das Innere geschmolzen. Eine Zeit lang waren solche Sandwiches als *hot 'n toasty* bekannt.
Ruth betrachtete ihren Sandwichgrill einen Augenblick lang stumm. Jack wusste, dass sie ihn genauso hassen würde wie jedes andere Geschenk, das mit ihren Haushaltstätigkeiten zusammenhing (der Staubsauger, den sie mal zu Weihnachten bekommen hatte, war das provokanteste Beispiel dieser Kategorie). Doch Jack war auch dabei gewesen, als sie eine Fernsehwerbung für genau diesen Sandwichgrill gesehen und ihn mit den Worten »Der sieht interessant aus« oder »So was könnte doch Spaß machen« gewürdigt hatte, also hoffte Jack, sie wüsste den Sandwichmaker zu schätzen, da er zumindest bewies, dass ihr Mann ihr zugehört und sich ernsthafte Gedanken über sein Geschenk gemacht hatte.

»Oh, wie *toll*!«, sagte Jack, um seine Mutter vielleicht nicht glücklich, aber wenigstens zufrieden zu stimmen. »Hattest du nicht mal gesagt, du wolltest so einen?«

»Ja, das hatte ich wohl«, sagte sie geradezu ungläubig. Sie hatte sich so reflexhaft auf eine Enttäuschung eingestellt, dass das Gefühl leichter Zufriedenheit ein echter Schock war.

Lawrence setzte ein Lächeln auf und schien sich zu entspannen. »Na ja, ich hatte dich darüber reden gehört, nachdem du diese Werbung gesehen hattest«, sagte er, »und dann habe ich gesehen, dass er bei Sears im Angebot war, und guck mal, du kannst damit nicht nur Sandwiches, sondern alle möglichen leckeren Sachen machen« – der Grill wurde mit einem eigenen kleinen Kochbuch mit ausgewählten Rezepten geliefert, das Lawrence nun begeistert seiner Frau präsentierte –, »also, natürlich überbackene Käsesandwiches, das ist klar, aber du kannst auch Thunfischsandwiches machen, Maisbrot, French Toast, Minipizza, Hühnerpastete, Blaubeerküchlein, ein schnelles Bœuf Stroganoff oder Wellington, Lachswindbeutel...«

»*Lachswindbeutel?*«, sagte Ruth empört.

»Jedenfalls«, fuhr Lawrence fort, »kannst du damit alles Mögliche machen. Und ich habe Evelyn gesagt, sie soll aus der Stadt die Zutaten für ein paar Rezepte mitbringen. Also, wenn du das Ding gleich mal ausprobieren willst...«

»Jetzt gleich?«, sagte Ruth.

Lawrence nickte – er war wirklich erpicht darauf, wirklich aufrichtig darum bemüht, es ihr recht zu machen. Also ließ sich Ruth darauf ein, und dann sahen sie alle zu, wie sie den Sandwichgrill in der Küche auf die Arbeitsplatte stellte und an den Strom anschloss – »Hat er einen Einschaltknopf?«, sagte sie. »Wie geht er denn an? Oh, Moment mal, er wird schon heiß. Aber ich bin ja noch gar nicht so weit. Gibt es einen Temperaturregler? Wird alles auf derselben Temperatur gegrillt? Das kann doch nicht sein« –, woraufhin sie gemäß dem Rezept für ein »Feines Fondue-Toasty« eine Brotscheibe mit Butter bestrich und sie auf den Grill legte, gefolgt von einem kleinen Häufchen geriebenem Käse, etwas Senf, ein paar Tomatenscheiben und einer weiteren Scheibe Brot, dann den Deckel schloss und ihn zu verriegeln versuchte – »Ich kriege den Verschluss nicht zu. Wieso geht der Verschluss nicht zu? Ist das Sandwich zu dick? Ich will nicht zu fest drücken. Was, wenn er kaputtgeht? Der Verschluss sieht ganz zerbrechlich aus. Ich glaube, der ist bloß aus Plastik und wird auf jeden Fall kaputtgehen. Wieso geht das Ding denn nicht ganz zu? Ich habe doch bloß eine Handvoll Zutaten draufgelegt. Heißt das, ich kann keine dicker belegten Sandwiches machen? Was ist denn mit den ganzen Rezepten für dick belegte Sandwiches? Wieso sind die denn dabei, wenn wir sie gar nicht verwenden können?« –, und die Stimmung im Raum schien umzuschlagen, während das Sandwich gegrillt wurde – »Riecht ihr das? Brennt da was an? Hier steht, man soll es drei Minuten grillen, aber vielleicht ist es schon fertig? Woher soll ich denn wissen, ob es fertig ist, wenn ich es nicht sehen kann? Es gefällt mir nicht, dass ich nicht weiß, ob es fertig ist. Wenn ich es in der Pfanne brate, sehe ich, ob es fertig ist, aber hier sehe ich überhaupt nichts, wie soll ich da wissen, ob es fertig ist?«

Dann waren die drei Minuten um, und Ruth klappte den Deckel auf und sah, dass tatsächlich etwas von dem Käse ausgelaufen war und blubberte und leicht vor sich hin rauchte – »Ich dachte, das Ding versiegelt die Ränder, aber hier ist gar nichts versiegelt. Und das Brot klebt fest. Wie soll ich das denn abkriegen, wenn das Ding so heiß ist? Jetzt muss ich warten, bis es ganz abgekühlt ist, bevor ich es sauber machen kann, das dauert bestimmt eine Stunde, und ich weiß nicht, wie man Sandwiches für die ganze Familie machen soll, wenn man nach jedem einzelnen warten muss, bis das Ding abgekühlt ist. Außerdem passt das Grilleisen bestimmt nicht in die Spülmaschine, und wahrscheinlich ist es eh nicht spülmaschinenfest. Ich werde es wohl mit der Hand spülen müssen, also ist es bloß noch mehr Arbeit für mich, wie immer.«

Lawrence murmelte leise, er habe noch auf der Weide zu tun, und verließ die Küche. Und Ruth stand an der Spüle, den anderen den Rücken zugekehrt, und füllte das Becken mit Seifenlauge, um den Grill ordentlich zu säubern.

»Warum machst du das?«, brach Evelyn schließlich das Schweigen, das sich drückend über die Küche gelegt hatte.

»Was denn?«

»Du weißt genau, was.«

»Weiß ich nicht«, sagte Ruth, und dann zeigte sie auf eine Schublade in ihrer Nähe. »Handschuhe, Schatz.« Und Jack sprang vom Stuhl auf und holte ihr die Latexhandschuhe, die sie immer beim Geschirrspülen trug.

»Das muss doch nicht sein«, sagte Evelyn. »Es war doch bloß ein dummes Sandwich. Das hättest du nicht so eng sehen brauchen.«

»Nicht so eng sehen«, sagte Ruth und zog sich mit einem schnalzenden Geräusch die Handschuhe über. »Darauf läuft es immer hinaus. Sieh das doch nicht so eng, Ruth. Lass dir alles gefallen, und mach kein Theater, Ruth.«

»Das stimmt nicht.«

»Eines Tages wird sich vielleicht mal irgendwer dafür interessieren, was *ich* will.«

»Das ist das Einzige, wofür sich alle interessieren.«

»Sehr witzig.«

»Denn wenn du nicht kriegst, was du willst, führst du dich so auf.«

»Wie denn?«

»Also trippeln alle auf Zehenspitzen um dich herum und versuchen, es dir irgendwie recht zu machen.«

»Du bist seit einer Woche wieder da, aber anscheinend weißt du bestens Bescheid. Wie schön für dich. Wie schön, wenn man so eine tolle Beobachtungsgabe hat.«

»Ich finde es nicht gut, dass du Dad so behandelst. Das ist alles nicht seine Schuld.«

Ruth schrubbte an dem Grill herum, setzte dem verschmorten Käse etwas heftiger zu als notwendig. Das Wasser im Spülbecken schwappte über und tröpfelte an den Blenden der Unterschränke hinab. Sie sagte: »Wie lange willst du denn dieses Jahr bleiben?«

»Nicht mehr lange«, sagte Evelyn.

»Gut.«

Evelyn starrte ihre Mutter an, während Ruth sich über die Spüle beugte und energisch einen bereits blitzsauber wirkenden Grill säuberte.

»He, Jack«, sagte Evelyn, »der Sonnenuntergang sieht fantastisch aus. Sollen wir ihn malen?«

»Okay«, sagte er.

»Jack sollte nicht so viel draußen sein«, sagte Ruth. »Wegen seiner Krankheit.«

»Und was soll das für eine Krankheit sein?«, sagte Evelyn. Sie wartete auf eine Antwort, aber ihre Mutter schrubbte nur so lange stumm vor sich hin, dass Evelyn schließlich den Kopf schüttelte und ihre Einkäufe nahm, und Jack und sie ließen Ruth in der Küche zurück, wo sie nach ihrer eigenen Geburtstagsparty aufräumte, in völliger Stille, allein.

Draußen fuhr der Abendwind kräftig und warm über das Gras. Evelyn ging mit Jack zu der gewohnten Stelle, wo die Sonne nun hinter dem Haus versank, ein Spiegelbild ihrer morgendlichen Szenerien. In der Ferne sahen sie Lawrence die Brandschneise um die Südweide abgehen.

»Ich glaube«, sagte Jack, in dem seit den ersten sichtbaren Anzeichen der Enttäuschung seiner Mutter ein Plan herangereift war, »ich könnte den Verschluss wahrscheinlich reparieren.«

»Den was?«

»Den Verschluss an dem Sandwichmaker. Ich könnte ihn gegen einen weniger zerbrechlichen austauschen. Dann könnte Mom jedes Sandwich machen, das sie will.«

Evelyn sah ihn lächelnd an. »Klar«, sagte sie. »Das wäre echt nett von dir.«

»Oder vielleicht nicht austauschen, sondern mit Klebeband und Alleskleber verstärken. Ihn stabiler machen. Meinst du, das ginge?«

»Ganz bestimmt sogar«, sagte sie. »Du würdest das hinkriegen. Aber hör mir mal zu, Brüderchen. Es gibt Dinge, die lassen sich nicht geradebiegen. Wenn jemand auf Teufel komm raus unglücklich sein will, kannst du nichts dagegen tun. Okay?«

Er nickte, unschlüssig, ob das bedeutete, dass er seinen Plan weiterverfolgen sollte oder nicht. »Okay«, sagte er.

»Mom gibt sich solche Mühe, unglücklich zu sein. Das war schon immer so.« Evelyn starrte auf Lawrence' Gestalt in der Ferne. »Sie bestraft ihn.«

»Wirklich?«

»Ja«, sagte Evelyn, dann sah sie ihn an. »Kennst du die Geschichte, wie Dad Mom kennengelernt hat?«

Jack nickte. Lawrence war frisch als Helfer zu einer Brennmannschaft dazugestoßen, die an den Ranchen östlich von Wichita arbeitete, und eine dieser Ranchen war die, auf der Ruth aufgewachsen war, und sie waren – wie damals üblich – zweimal zusammen ausgegangen und hatten dann geheiratet.

»Ja, bei ihm war es Liebe auf den ersten Blick«, sagte Evelyn. »Aber wusstest du, dass es gar nicht Mom war, in die er sich verliebt hatte?«

»Es war nicht Mom?«

»Es war Moms *Schwester.*«

»Mom hat eine Schwester?«

»Eine jüngere Schwester. Sie haben seit Jahren nicht miteinander geredet, was ja auch kein Wunder ist. Dad warf nur einen Blick auf das Mädchen – Moms kleine Schwester –, und er verliebte sich, einfach so. Die ganze Woche, die er dort arbeitete, turtelten sie herum, und am Ende der Woche machte er ihr einen Antrag. Und sie sagte Nein.«

»Wieso denn?«

»Das musste sie. Ihr Vater hätte es nie erlaubt. Er hatte lauter überholte und chauvinistische Vorstellungen von Ehre und Tradition. Richtig sexistisches Zeug. Anscheinend durfte eine jüngere Schwester nicht vor der älteren heiraten. So wurde das gehandhabt. Eine dieser dämlichen Regeln. Schon der Antrag an sich war eine schwere Beleidigung, und um die Wogen zu glätten, tat Dad das, was er für ehrenhaft hielt. Er machte stattdessen der großen Schwester einen Antrag. Er heiratete Mom, seine zweite Wahl. Und das hat sie ihm nie verziehen.«

»Woher weißt du das alles?«

»Er hat es mir mal erzählt.«

Sie starrten beide zu ihrem Vater in der Ferne, sahen zu, wie er langsam an der Umzäunung der Südweide entlangging.

»So wie er diesen Tag beschrieben hat«, sagte Evelyn, »wusste er es auf Anhieb. Er begegnete diesem Mädchen, und es war, als wären sich ihre Seelen schon mal begegnet. Hat er dir die Geschichte nie erzählt?«

»Nein.«

»*Unsere Seelen reisen in der Nacht.* Das hat er gesagt. Dass unsere Seelen den Körper verlassen und auf der Erde umherschweifen – mal als Vogel, mal als Maus. Manchmal kann man im Traum sehen, was sie gerade treiben. Und begegnen sie einer anderen Seele, dann spürst du es, wenn du diesen Menschen im wahren Leben triffst. Du spürst so eine Vertrautheit, einen Funken. Und das ist der Mensch, für den du bestimmt bist.«

»Das klingt aber nicht nach Dad.«

»Er hat es vor langer Zeit gesagt, als ich noch ein Kind war, kleiner als du jetzt. Tief im Inneren ist er ein Romantiker. Er war nicht immer wie heute – du weißt schon, so müde. Im Herzen ist er eigentlich ein nobler und liebenswerter Kerl. Aber das erkennt Mom natürlich nicht.«

Evelyn tauchte den Pinsel in die schwarze Farbe auf ihrer Palette und betrachtete einen Augenblick lang ihre Leinwand. »Wusstest du«, sagte sie, »dass die ersten Entdecker, die nach

Kansas kamen, es für eine große Einöde hielten? Sie nannten es die große amerikanische Wüste. Weißt du, warum?«

»Nein.«

»Weil es keine Bäume gab. Sie dachten, wenn hier keine Bäume gedeihen konnten, dann könnte hier gar nichts gedeihen. Sie missverstanden den Ort völlig. Und genau so geht es im Grunde auch Mom.«

Sie sahen, wie Lawrence stehen blieb und sich an einen Zaunpfahl lehnte, den Blick über das Land schweifen ließ, auf das Feld hinausstarrte, das verbrannt werden sollte, sobald das Wetter es zuließ.

»Diese Entdecker«, sagte Evelyn, »suchten nach dem einen, was nicht wuchs, und bemerkten dabei gar nicht, was es sonst alles gab. Das ist eine wichtige Lektion. Wenn du dich zu sehr auf das fixierst, was du sehen willst, übersiehst du, was eigentlich da ist.«

Sie setzte den Pinsel mit ganz leichtem Druck auf die Leinwand und malte die Gestalt Lawrence Bakers in die Szenerie hinein, eine winzige Präsenz in dieser Überfülle an Land. Es würde für Jack zum nachdrücklichsten Bild seines Vaters werden: allein, draußen, den Blick auf das Land gerichtet, in Gedanken damit beschäftigt, wie es sich am besten abbrennen ließe.

Da war das Essen. Da war so viel Essen, und da waren Freiwillige, die es servierten. Da war Kartoffelsalat, Eiersalat, Erbsensalat, Blumenkohlsalat. Da war Nudelsalat. Da war grüner Bohnensalat mit Stückchen brauner, getrockneter Zwiebeln. Da war ganz hinten, am äußersten Ende des Tisches, leuchtend rot wie ein Streichholzkopf, Geleesalat. Da waren Sandwiches und Brötchen, Kartoffelchips und Dip und Kaffee. Da war Wasser. Da waren weiße Plastiklöffel für den Kaffee, Sahnepulver, Styroporbecher. Da waren selbst gebackene Rice-Krispies-Riegel und Chocolate-Fudge-Brownies und Chocolate-Chip-Brownies und Kuchen. Da waren auch Bohnen. Da waren lange, größtenteils von beiden Seiten zugängliche Banketttische, auf denen das Essen angerichtet war. Da waren Leute, die aus der Oktoberkälte in den Keller der Kirche stromerten und mit zusammengekniffenen Augen in den hell erleuchteten Raum spähten, während sie sich langsam an das Licht gewöhnten, familienförmige Menschentrauben, Leute in schlecht sitzenden schwarzen Jacketts oder pastellfarbenen Kleidern mit Blümchenmuster, die die Treppe hinuntergingen. Da waren Empfangspersonen, die lächelten, warteten, grüßten. Da war Freude über die Wärme. Da waren Leute – alte, unbewegliche, wankende –, die den Weg die Treppe hinunter verlangsamten. Da waren Leute, die sich fragten, ob sie schon anfangen dürften zu essen, und dann nach der Familie riefen, nach Lawrence' Familie – seiner Frau Ruth, seinem Sohn Jack –, denn es war doch nur angemessen, wenn die Angehörigen zuerst aßen. Da war dieser Kirchenkeller, da waren die mit grünem Fransenteppich überzogenen Wände, dekoriert mit Bildern der Kinder, Meisterwerken aus der Sonntagsschule: Jesus, der übers Wasser geht, Jesus, der über Palmzweige geht, Jesus mit blutiger Stirn von den Dornen auf seinem Kopf. Da war French-Onion-Dip, und da war Ranch-Dip. Da waren Fleisch und Wurst – Schinken, Pute, Roastbeef – in leicht verschiedenen Grautönen. Da waren zwei Reihen von Leuten, Pappteller und Servietten, Senf in der Quetschflasche, eine Müslischale voll Mayonnaise, Essiggurken. Da waren Kinder, die schon nach dem Nachtisch fragten. Da waren breite Streifen von weißem Papier, keine Tischdecken. Da waren gewichtige Männer ganz vorn in der Schlange und launige Sprüche von den dünneren – »Lass mir was übrig, Junge!« –, von Bohnensaft durchweichte Teller, die sich unter Bergen von Bohnensalat bogen, kurz vor der Katastrophe. Da war rote Götterspeise mit Bananen und Trauben und Erdbeeren darin und auch rote Götterspeise ohne irgendwelches Obst, reine, makellose Götterspeise. Da waren Brötchen, und sie waren weiß, und sie waren aus Weizen. Da war Käse mit kleinen Fettpfützen darauf, weil er so lange draußen gelegen hatte. Da war Chili in einem Schmortopf, da waren Freiwillige, die mit zitternden Händen – runzligen, fleckigen, steinalten Händen – Getränke ausschenkten. Da war rotes Kool-Aid, und da war orangefarbenes Kool-Aid. Da waren Kinder, die so groß geworden waren, seit man sie zuletzt gesehen hatte, ach, wie die Zeit verfliegt. Da waren süße und saure Gurken, da war jemand, der gedankenverloren das Messer für die Mayonnaise ableckte und es wieder zurücklegte, während andere entsetzt zusahen. Da waren Kekse, Chocolate Chip und Zucker. Da war ein nicht sehr aktuelles Foto von Lawrence, und die Leute sagten: »Er ist jetzt an einem besseren Ort« und »Sein Leben war so grausam« und »Das Essen hätte er geliebt«. Da war ein alter Mann, der zu Jack sagte: »Als ich dich das letzte Mal gesehen habe, warst du erst so groß, und du hast mir beim Autowaschen geholfen, erinnerst du dich?«, und Jack erinnerte sich kein bisschen. Da waren Leute, die sagten: »Den ganzen weiten Weg von Chicago, ach, er hätte sich so gefreut, dass du da bist«, und Jack nickte, setzte die Miene auf, die von ihm erwartet wurde, rang sich die höflichen Erwiderungen ab, die von ihm erwartet wurden, fühlte sich aber innerlich taub, blickte sich nur um, beobachtete, registrierte, katalogisierte die Fakten, ohne dass sie in ihm etwas ausgelöst hätten. Da waren Meinungen zu der Zeichnung von Jesus mit der Dornenkrone: ein bisschen brutal, sagten manche, ein bisschen viel Blut für die Sonntagsschule, meint ihr nicht? Da waren zappelige Jungen in steifen Kleidern und harten Schuhen und Schreie von den Kleinkindern, begleitet von aufflackerndem Optimismus: Es wachsen immer Junge nach; die Menschheit überdauert. Da waren Mütter, die leise ihre Kinder vor den verdächtigeren Speisen warnten, den fettigen, eihaltigen, risikoreichen, den Brutstätten für Salmonellen und weiß Gott was noch: E. coli, Campylobacter, Staphylokokkus. Da war ein Gebet, angestoßen von dem alten Pastor, dem heiteren, Jeans und T-Shirt tragenden Pastor: »Unser Herr und Erretter, segne diese Speise.« Da waren gesenkte Köpfe, geballte und auf Stirnen gepresste Fäuste. Da war ein »Lieber Gott, ich weiß, dass Lawrence auf dieses Mahl herunterschaut und aus dem Himmel herabläch elt, und woher weiß ich das, nun, ich will es euch sagen, ich weiß es, weil ich mich Lawrence in dieser vergangenen Woche annehmen durfte, und aus dieser Zeit, aus unserer gemeinsamen Zeit weiß ich um seinen Glauben an Gott, an die Bibel, und ich entscheide nicht, wer in den Himmel kommt, aber ich bin mir sicher, Lawrence ist jetzt dort, weil er es mir gesagt hat, er hat von seinem Glauben erzählt, und er wusste, dass seine Zeit, die Zeit, die ihm noch blieb, hier auf dieser Erde, dieser Welt, zu Ende ging wegen seiner Krebserkrankung, und er hatte seinen Frieden damit gemacht, seinen tiefen Frieden, und er wusste, er würde in den Himmel kommen, weil er glaubte, weil Jesus sein Erretter war, sein Fels, und ob ich schon wanderte im finstern Tal, nicht wahr, denn es ist unsere Entscheidung, wisst ihr, wir fürchten kein Unglück, und keiner, der in den Himmel kommt, ist überrascht darüber, keiner denkt sich: ›Was mache ich denn im Himmel?‹, denn wir entscheiden, wie wir leben, und wenn ihr wissen wollt, was passiert, wenn ihr die falsche Entscheidung trefft, wohin ihr dann kommt, so will ich euch sagen, *es ist die Hölle,* und wenn irgendjemand in die Hölle kommt, dann ist es nicht unsere Schuld, es ist seine Schuld, denn er selbst hat sich so entschieden, denn wir haben die Wahl, und darum weiß ich, dass Lawrence jetzt auf uns herablächelt, und er fürchtet kein Unglück, und das soll uns allen eine Mahnung sein, heute und für das ganze Leben, uns an Lawrence ein Beispiel zu nehmen, der den richtigen Weg gewählt hat, denn er hat den Himmel gewählt, den Felsen, Amen«. Da waren nickende Köpfe – stumm, eifrig –, und das mehrfach wiederholte Wort »Amen«, das Amen-Echo erklang. Da war mehrere Sekunden lang das Geräusch kauender und den Raum verlassender Menschen. Da waren Raucherpausen. Da waren geteilte Erinnerungen an die Sonntagsschule; derselbe Pastor, dieselben grünen Teppichwände. Da waren Fragen zur Reinigung der Wände – mit dem Staubsauger? Da waren Ansichten darüber, wie Lawrence in seinen letzten Tagen ausgesehen hatte, so ausgezehrt, so müde. Da waren die Freiwilligen, die fragten: »Wer isst den restlichen Truthahn?« Da waren Pläne, die sich um das Wechseln der Kleider drehten, das Ablegen dieses Jacketts und dieser Krawatte und das Anziehen gemütlicher Kleidung, Pläne, die sich um den übrig gebliebenen Schinken drehten und um das Bier und darum, auf Gartenstühlen in jemandes Garage zu sitzen, auf Besuch, und irgendwer sagte: »Ich weiß nicht, was ich sonst machen soll, also kann ich genauso gut essen.« Da waren Leute, die vor dem Gehen zu Jack sagten: »Es tut mir so leid«, und »Gott schütze dich«, wozu er stumm nickte. Da war noch immer so viel zu tun. Da waren Blumen, die einzusammeln und fortzubringen waren, und Essen, das aufzuteilen und den Leuten mitzugeben war, und Entscheidungen, die bezüglich des noch einzusammelnden Geldes für die Kosten der Beerdigung und des Sarges zu treffen waren, und da waren die, die Blumen geschickt hatten und denen gedankt werden musste, und da waren die, die es wissen wollen würden, aber noch nicht wussten, und die benachrichtigt werden mussten, und da waren noch die finanziellen Angelegenheiten und die Testamentsverkündung und das Durchforsten des Hauses und das Katalogisieren und Einsammeln und das Wegwerfen all der wegzuwerfenden Dinge und all die Erinnerungen, was wird gefunden werden, und was sollte aufbewahrt werden, und was sollte weggegeben werden, nun, da dieser Mann, sein Vater, fort war. Da waren Essensreste. Da war schmutziges Geschirr. Da war das Spülen, Verpacken, Eintuppern, Kühlhalten. Da waren die Tische, unter die geschaut wurde. Da waren die knallrote Rassel eines Babys und eine Geldscheinklammer, die beide zu den Fundsachen gelegt wurden. Da waren Leute, die in einer Reihe die Treppe hinaufgingen und wegen ihrer schmerzenden Knie stöhnten. Da war der Letzte, der die Türen verschloss, die Lichter löschte, da war die Stille. Da war der Weg hinaus, der Sonne entgegen, der Kälte, dem Tag, der Jahreszeit, dem Jahr, dem nächsten großen Verlust, dem nächsten großen Schrecken, dem Leben und Atmen und der Sehnsucht nach all den Menschen, die wie Lawrence nicht mehr da waren.

Eine Prärie wird erst durch Feuer zur Prärie. Ohne regelmäßige Brände würde die Prärie allmählich überrannt werden. Bäume würden auf das Gras übergreifen – insbesondere die Amerikanische Pappel, ein Baum, dessen fusselartige Samen auf den Winden von Kansas viele Kilometer weit reisen können. Die Amerikanische Pappel schlägt leicht Wurzeln und wächst rasch, fast zweieinhalb Meter im Jahr, ein biologischer Sprint mit dem alleinigen Ziel, vor dem nächsten Feuer noch etwas mehr Leben herauszuschlagen. Und Feuer hat es immer gegeben, alles vernichtende Feuer, irgendwann zwischen Anfang März und Ende August, wenn die Luft in Kansas von Elektrizität und Hitzeblitzen durchpeitscht wird und ein einziger Blitzschlag das sommerlich spröde Gras in Brand setzen und eine Flammenhölle entzünden kann, die sich – in den Äonen vor Zäunen und Feuerwehren – durch eine Million Morgen Land fressen konnte. Die Amerikanische Pappel kann einen Brand nicht überstehen; zu große Teile ihrer Anatomie befinden sich über dem Boden, freiliegend und verwundbar. Aber für das Präriegras in den Flint Hills, Gras mit Wurzeln, die sechs Meter in die Tiefe reichen, ist ein Feuer eine einfache Angelegenheit: ein Haarschnitt, ein gesundes Zurechtstutzen. Man könnte sagen, dass sich das Gras der Prärie mit dem Feuer entwickelt hat, dass es sich auf das Feuer zuentwickelt hat, und zwar indem es größtenteils unterirdisch, geschützt und ungesehen bleibt.

Nimmt man also das Feuer weg, verändert sich die Landschaft der Prärie. Die Pappeln schießen hoch auf, die Ulmen stehlen das Sonnenlicht, die Gräser unter ihnen welken und sterben ab, die Bäume verteilen und vermehren sich, und mit der Zeit, im Laufe der Jahre, wird die Prärie Stück für Stück umgestaltet.

Und genau das war der Baker-Ranch widerfahren.

Jack stand am Fenster seines alten Zimmers, demselben Fenster, durch das er als Kind stundenlang auf das sich wiegende Gras geblickt hatte. Jetzt durchstachen Bäume den Horizont. Die Felder um ihr altes weißes Haus herum waren nun mit ihnen gesprenkelt, sie neigten sich auf diese besondere windgepeitschte Art, wuchsen gekrümmt, von der unablässigen Prärieluft in diese Haltung gedrängt. Lawrence hatte vor dreißig Jahren aufgehört, die Felder abzubrennen, und die Flint Hills waren kein Ort mehr, an dem Steppenbrände ungehindert wüteten, und so wurde die Baker-Ranch allmählich zum Waldstück, einem exakt rechtwinkligen, in das sonst geduckte Gras eingravierten Forst.

Als Jack zuletzt in diesem Zimmer gestanden hatte, war er achtzehn Jahre alt gewesen und hatte eine Reisetasche voller Kleidung, die alte Polaroidkamera seiner Schwester und die stählerne Schreibmaschine seiner Mutter in den Händen gehalten. Er hatte das Zimmer und dann das Haus lange vor Sonnenaufgang verlassen, und sein Vater hatte ihn in dem alten grünen Ford zu einer Greyhound-Haltestelle in Emporia gefahren, wo Jack in den Expressbus nach Chicago gestiegen war. Seine Mutter hatte sich an jenem Morgen nicht verabschiedet – sie würde für seine Seele beten, wollte aber nicht von Angesicht zu Angesicht mit ihm sprechen, denn sie billigte nicht, was er mit seinem Leben anfing: Er folgte Evelyn nach Chicago, er wollte Künstler werden wie seine große Schwester, und Ruth konnte das nicht ertragen. Ihrer Meinung nach hatte Evelyn – die schön und klug und beliebt war und hätte tun können, was immer sie wollte – alles weggeworfen, um einem bizarren Traum vom Leben als Künstlerin nachzujagen. Und nicht mal als besonders gute Künstlerin. Eine mittelmäßige Künstlerin, die gerade so über die Runden kam, niemals sesshaft, immer im Aufbruch, was war denn das für ein Leben? Ruth konnte nicht begreifen, warum Jack den größten Fehler seiner Schwester wiederholen wollte.

An jenem Morgen also, dem Morgen, an dem er Kansas für immer verließ, ging Jack an der geschlossenen Zimmertür seiner Mutter vorbei, hielt kurz inne, flüsterte ihr ein leises Lebwohl zu, und dann fuhren sie schweigend in dem Pritschenwagen nach Emporia, und das einzige Mal, dass Lawrence mit ihm sprach, war an der Bushaltestelle, wo er Jack die Hand schüttelte und sagte: »Tja. Dann alles Gute.«

Und das war das Letzte, was Jack von seinem Vater hörte, bis Lawrence ihn Jahre später auf Facebook ausfindig machte.

Während Jacks langer Abwesenheit hatten sich die Felder um das Haus herum in Totholz verwandelt. Und dieses alte Zimmer war in einen Lagerraum umfunktioniert worden, der fast bis zur Decke mit welkenden Pappkartons und vergilbenden Plastikkisten und Stapeln von Einzelhandelsschrott gefüllt war: noch eingeschweißte Puzzles und Brettspiele; noch in der Packung zusammengebundene Socken; noch mit Preisschildern versehene und über die weißen Kleiderbügel irgendeines Geschäftes gelegte Kinderkleidung; Kartons voller Süßigkeiten mit langer Haltbarkeit – Twinkies und Nutty Bars –, zu großen Teilen niedergedrückt von einem Dutzend verschiedener Shampoos und Pflegespülungen in großen Plastikflaschen; noch verpackte Elektrogeräte aus unterschiedlichen Epochen, Videorekorder, Kofferradios, Bluetooth-Lautsprecher und ungeöffnete Verpackungen mit willkürlich zusammengewürfelten Kabeln (Koaxial, Ethernet, USB, HDMI); außerdem ein Hantelset, drei Yogamatten, vier Baseballhandschuhe und eine Frisbeescheibe.

Verschwunden war die alte Kommode, in der Jack seine alte Dungeons-&-Dragons-Schmuggelware versteckt hatte, ersetzt durch einen eisernen Aktenschrank, dessen Schubladen allesamt mit dem Wort »Rezepte« beschriftet waren – von der Hand einer Frau, die, soweit Jack wusste, nie irgendwas kochte, das nicht aus einer Dose oder Schachtel kam. Jacks altes Einzelbett war noch da, aber von Zeitschriftenstapeln verdeckt, hohen und schiefen Stapeln eselsohriger Zeitschriften, fast alle aus dem Heimwerkerbereich. Das Zimmer war so voll, dass man kaum die Tür öffnen konnte und nur mit Schwierigkeiten zum Fenster kam, über Schutt hinübersteigend, sich einen schmalen Pfad durch das Chaos bahnend.

»Mom?«, rief Jack. »Was sind das denn alles für Sachen?«

Sie erschien im Türrahmen und sah sich mit sanftem Blick im Raum um. Wie immer neigte sie dazu, ihm nicht direkt in die Augen zu schauen, ihren unverwandten, starren Blick leicht zu seiner Rechten zu verlagern, auf einen Punkt im Raum, der etwa auf halber Höhe zwischen ihm und dem Boden lag, ehe sie in mildem Tonfall sagte: »Ach, na ja. Schnäppchen eben.«

»Das ist ganz schön viel Zeug, Mom.«

»Aus dem Schlussverkauf«, sagte sie. »Oder von Hofflohmärkten. Zwei zum Preis von einem. Eins kaufen, eins günstiger dazubekommen. Ich sehe irgendwas im Angebot, und, na ja ... wäre es nicht ein Jammer, sich eine günstige Gelegenheit durch die Lappen gehen zu lassen? Und was ich kaufe, hebe ich hier auf. Falls es mal irgendwer braucht.«

»Wer denn?«

»Ich weiß es nicht«, sagte sie und wich noch immer seinem Blick aus. »Brauchst du was davon?«

»Vielleicht«, sagte er, um sich nachsichtig zu zeigen. »Ich kann ja mal schauen.«

»Gut«, sagte sie nickend, dann wandte sie sich um und schlurfte aus dem Zimmer. »Gut«, sagte sie, während sie schleppend davonging. »Gut.«

Sie entsprach im Grunde noch immer dem Bild, das er von seiner Mutter im Kopf hatte: dasselbe lange graue Haar, dieselben Kleider, die sie in den Achtzigern getragen hatte, dieselben orthopädischen Schuhe, dieselben Souvenir-T-Shirts, die sie gekauft hatte, als die Familie – das war vor Jacks Geburt – noch verreist war, nach Galveston, Branson, an den Ozarks-See, nach Pensacola. Sie bewegte sich jetzt langsamer, behutsamer, ließ die Schultern mehr hängen, schleifte die Füße beim Gehen über den Boden. Und was ihre innere Haltung anging, verströmte sie so eine neue Distanziertheit, als ob sie der Außenwelt nur einen kleinen Teil ihrer geistigen Kapazität widmete. Es war eine Eigenschaft, die Jack an die Junkies erinnerte, denen er nach dem Umzug nach Wicker Park begegnet war, an diesen Ausdruck auf ihren Gesichtern, wenn sie richtig high waren: Es war nicht unbedingt Verzückung und auch nicht Verwirrung, eher eine tiefe Unzugänglichkeit.

Jack hatte seine Mutter an jenem Tag in der Kirche getroffen, derselben Flint Hills Calvary Church, in die sie ihn in seiner Kindheit jede Woche mitgenommen hatte und wo sie jeden Sonntag aufgestanden war und die Gemeinde gebeten hatte, für die Vergebung und Erlösung ihres Sohnes zu beten. Er hatte sie an jenem Morgen dort getroffen, vor Lawrence' Beisetzung. Jack war aus seinem Auto gestiegen, war zu ihr gegangen und hatte gesagt: »Hi, Mom«, und all die Leute in ihren unbequemen Beerdigungskleidern hatten zu ihnen herübergestarrt, denn da war Jack Baker, zurück nach so vielen Jahren in der Fremde.

»Schön, dass du gekommen bist«, hatte seine Mutter gesagt, ohne ihn direkt anzusehen. »Jetzt komm, die Leute warten.« Und das war alles. Sie hatte sich von ihm abgewendet und war in die Kirche gegangen. Und Jack, der ein Experte darin war, die Stimmungen und Signale seiner Mutter zu lesen, hatte augenblicklich begriffen: Sie hatte ihm noch immer nicht verziehen.

Dann die Beerdigung, im Altarraum der Calvary Church, einer umgebauten Tierhandlung, die noch immer leicht nach

Katzenfutter roch. Jack hatte seit der Highschool keinen Fuß mehr in die Kirche gesetzt, aber er hatte einen großen Teil seiner Kindheit dort verbracht, hatte Sonntagsmessen über die Apokalypse ertragen, lange Gebete über den Frieden mit Gott – ehe es dafür zu spät wäre –, Bibellektionen über die vielen fleischlichen Sünden. Sie an jenem Tag zu betreten hatte eine Art Sinnesgedächtnis aktiviert: Jack fühlte sich sofort schuldig, beschämt, verdächtig, böse, beobachtet.

Seine Mutter und er wurden in die erste Reihe geleitet – in der Kirche gab es nur acht Sitzreihen, in denen vielleicht an die fünfzig Menschen Platz fanden; Jack war überrascht, dass sie so viel kleiner war als in seiner Erinnerung –, und während der gesamten Messe starrte Jack auf den schwarz lackierten Sarg oben neben der Kanzel und fragte sich, warum sein Vater in all ihren wütenden Auseinandersetzungen während der letzten Jahre seine Krankheit nicht ein einziges Mal erwähnt hatte. Ruth hatte um einen geschlossenen Sarg gebeten, wegen Lawrence' siechem Körper, wie sie sagte, insbesondere seines Gesichts, das eingefallen und hohlwangig war. »Er sah sich selbst nicht mehr ähnlich«, sagte Ruth beim Essen im Anschluss an die Beerdigung zu vielen, vielen Kondolenten. »Ich dachte mir, dass ihn die Leute so bestimmt nicht in Erinnerung behalten wollten«, sagte sie, und diese Leute ergriffen ihre Hand und klopften ihr auf die Schulter und sagten: »Natürlich, natürlich. Das verstehe ich.« Jack verfolgte all das leidenschaftslos; er kannte oder erinnerte sich an niemanden, also sah er hauptsächlich zu, während seine Mutter immer wieder das gleiche Gespräch führte, das damit begann, dass jemand fragte: »Wie hältst du dich, Ruth?«, und sie sagte: »Ach, es ist nicht einfach«, und dann erzählte sie, die vergangenen Wochen seien besonders hart gewesen, aber Lawrence habe solche Schmerzen gehabt, und er sei bereit gewesen, Gott gegenüberzutreten, und nun sei er an einem besseren Ort, und es endete damit, dass sie das mit dem geschlossenen Sarg erklärte und die anderen sagten, sie solle sich melden, wenn sie irgendetwas brauche, ganz egal was. Wenn dieser Austausch stattgefunden hatte, sah sie sich nach jemand anderem um und ging zu ihm, und derjenige sagte: »Wie hältst du dich, Ruth?«, und sie sagte: »Ach, es ist nicht einfach«, und das Ganze wiederholte sich, ein Ritual, das Jacks Mutter offenbar nie langweilig wurde, denn sobald das Gespräch einmal beendet war, suchte sie sich jemand Neuen, mit dem sie es erneut führen konnte.

Jack bahnte sich jetzt behutsam seinen Weg durch die Kartons, stieg über die willkürlich in seinem alten Zimmer verteilten Stapel, trat in den Flur, ging dann nach unten und bemerkte dabei, wie wenig sich im Haus verändert hatte – dieselben alten Fotografien, dieselben alten Möbel an denselben alten Plätzen. Im Wohnzimmer dasselbe Sofa, auf das Lawrence sich so viele Jahre lang zurückgezogen hatte, neu bezogen jetzt, aber noch immer mit der vertrauten großen Tagesdecke an der Stelle, an der sein Vater immer gesessen hatte.

In der Küche stand seine Mutter an der Spüle, den Rücken zum Raum gekehrt, und starrte aus dem Fenster. Die Küche sah genauso aus wie in Jacks Kindheit, ausgenommen natürlich den Computer auf dem Tisch, ein alter beiger PC, eine vom ausgiebigen Gebrauch verschmutzte Maus, eine Tastatur mit einem Staubfilm auf den Teilen, die Lawrence offenbar nie benutzt hatte – den Funktionstasten, dem Nummernblock –, die übrigen Tasten von den geschäftigen Fingerspitzen seines Vaters sauber gehalten.

»Der Trauergottesdienst war doch sehr schön«, sagte Ruth. »Fandest du nicht?«

»Ja«, sagte Jack. »Sehr schön.«

»Und so viele Leute. Sehr gut besucht. Wobei mir aufgefallen ist, dass die Pattersons nicht da waren. Diese Frau hatte schon immer was gegen mich.«

»Ich weiß nicht, wer das ist.«

»Sonst haben sich anscheinend alle gefreut, mich zu sehen, oder meinst du nicht?«

»Doch, Mom.«

»Sehr sogar«, sagte sie nickend. Neben ihr auf der Arbeitsplatte lagen Tupperware-Behälter voller Lebensmittel, die den ganzen Tag lang vorbeigebracht worden waren: Kartoffelsalat, Schinkensandwiches und Hackbraten.

Jack starrte auf den Computer und stellte sich vor, wie sein Vater davorsaß und wütend auf das Gerät einschrie. »Hier hat sich also alles abgespielt«, sagte er.

»Was denn?«, sagte seine Mutter, ohne sich umzudrehen.

»Dads Zeit am Computer, auf Facebook. Ein komisches Gefühl, dass das alles genau hier stattgefunden hat.«

»Das hat er mit dem Ding gemacht? Er war auf Facebook?«

»Mom, er war besessen davon.«

»Oh«, sagte sie. »Ich habe ihn wohl nie danach gefragt.«

»Er hat jeden Tag mehr als ein Dutzend Beiträge geschrieben.«

»Worüber denn?«

»Größtenteils Blödsinn. Verrückte Internettheorien. Glaubst du das ganze Zeug, das er geglaubt hat?«

»Was denn für Zeug?«

»Es ging um Ebola. Um Fluorid. Die Maja-Apokalypse.«

»Ich verstehe kein Wort, Schatz.«

»Die ganzen Verschwörungen. Die ganzen Tiraden über dunkle Mächte, die die Welt beherrschen.«

»Davon hat er nie erzählt, glaube ich.«

»Wirklich nicht?«, sagte Jack. »Das kann ich kaum glauben.«

»Er war wohl eher in sich zurückgezogen.«

»Im Netz hat er sich gar nicht mehr eingekriegt. Er hat wirklich nie mit dir darüber geredet?«

»Nie.«

Jack war nicht zum ersten Mal verblüfft darüber, was sein Vater alles hatte verheimlichen können. Da war die Geschichte, die Evelyn erzählt hatte, wie der junge Lawrence – nicht älter als Jack an dem Morgen, an dem er nach Chicago aufgebrochen war – auf einer Ranch bei Wichita ein schönes Mädchen entdeckt und sich Hals über Kopf verliebt hatte. Nein, Jack hatte nur die undurchschaubare Version seines Vaters gekannt. Den Vater, der wie die Gräser der Flint Hills lebte, die ihr ganzes Leben, ihre ganze Energie und ihren ganzen Elan tief in die Erde hineinsandten, die den Großteil ihres Ichs verbargen, geschützt und ungesehen. Lawrence Baker war ein Mann, der bestens zu seiner Landschaft passte.

Jack sagte: »Hat er je über mich gesprochen?«

»Ach, hin und wieder.«

»Und was hat er gesagt?«

»Dass es dir gut ging.«

»Weiter nichts?«

»Nein.«

»Und wolltest du je mehr wissen?«

»Was gab es denn sonst zu wissen? Es ging dir gut.«

»Ich habe eine Familie. Eine Frau, einen Sohn.«

»Und wo sind sie jetzt gerade?«

»Ich wollte nicht, dass sie mitkommen.«

»Verstehe.«

»Und ich lehre an der Universität. Ich bin Künstler.«

»Oh, ja, Lawrence hat mir Bilder gezeigt. Von deiner Kunst. Sehr merkwürdig. Schwarze Schlieren, Kleckse und Tropfen und so weiter. Sehr merkwürdig.«

»Die muss er im Netz gefunden haben.«

»Fotos ohne Kamera. Bilder, die nichts zeigen. Dafür bist du weggegangen?«

Sie starrte weiter aus dem Fenster, auf die Nordweide, auf all die jungen, verkrüppelten Bäume. Jack setzte sich auf einen der Küchenstühle, aber nicht auf den vor dem Computer. Dieser Stuhl schien ihm tabu zu sein. Er sagte: »Wie lange war Dad schon krank?«

»Ach, ein paar Jahre, würde ich sagen. Aber richtig krank war er nur die letzten paar Monate.«

»Was war denn mit ihm?«

»Der Krebs natürlich. In der Lunge ging es los. Die Ärzte meinten, es käme wahrscheinlich von den ganzen Feuern, die er sein Leben lang um sich hatte.«

»Wann haben sie es entdeckt?«

»Das müsste so 2008 gewesen sein. Ja. In dem Winter.«

»Hm«, sagte Jack. »Zu der Zeit ist er Facebook beigetreten.«

»Tatsächlich?« Sie machte ein Spültuch nass und begann Arbeitsplatten abzuwischen, die schon sauber aussahen. »Da haben sie ihm die Chemotherapie verordnet.«

»Das hat er nie erwähnt«, sagte Jack. »Mir gegenüber jedenfalls nicht.«

In seinem letzten Austausch mit Lawrence hatte Jack sich mit ihm über die Algorithmen gestritten, eine Auseinandersetzung, die ihm seinerzeit äußerst wichtig erschien, nun jedoch sehr viel weniger; der Tod hat die Eigenschaft, alle anderen Themen vergleichsweise unbedeutend wirken zu lassen. Jack hatte seinen Vater davon zu überzeugen versucht, dass er von verschiedenen Algorithmen gelenkt und beeinflusst wurde, eine Aufgabe, die sich als recht schwierig erwies, weil Algorithmen die Nutzer natürlich gerade dann am erfolgreichsten manipulieren konnten, wenn diese nichts davon ahnten. Die Algorithmen strebten daher die völlige Unsichtbarkeit an. Mitunter spürte man, wie man von ihnen gelenkt wurde, aber sie selbst bekam man nie zu Gesicht. Die Algorithmen waren eine Blackbox, ihr Programmiercode war vertraulich, ihre innere Funktionsweise ein Berufsgeheimnis.

Warum, fragte sich Jack, hatte Lawrence ihn gerade im Moment seiner Krebsdiagnose ausfindig gemacht? Und warum hatte er seine Krebserkrankung dann nie erwähnt? Warum hatte er geschwiegen, als sie sich verschlimmerte? Warum hatte er im Netz seiner Wut Luft gemacht, aber nie im wahren Leben darüber gesprochen? Das waren Fragen, die Jack weder jetzt noch irgendwann würde beantworten können – denn sein Vater war fort, unter der Erde, in einem Sarg, der ultimativen Blackbox.

»Es tut mir leid, Mom«, sagte Jack. »Das muss schwer gewesen sein.«

Sie nickte und wischte weiter die Arbeitsplatte ab, bearbeitete mit viel Druck eine bestimmte Stelle, und einen Augenblick lang schien es, als wäre das Gespräch beendet, bis seine Mutter sagte: »Es war genau der falsche Zeitpunkt. Er hatte gerade diese Scheune drüben auf der Winslow Ranch zerlegt. Jetzt habe ich das ganze Holz hier und nicht die geringste Ahnung, was ich damit anfangen soll.«

»Die Scheune zerlegt? Was meinst du damit?«

»Ach, das kann ich dir zeigen.«

Sie trocknete sich die Hände ab, schlurfte zur Haustür hinaus und führte ihn nach draußen in den hellen, kühlen Oktobertag und zur Rückseite des Hauses, wo von der Straße aus nicht sichtbar ein pyramidenförmiger Stapel Holzbretter lag – wettergegerbt, verkratzt und schartig, die ehemals rote Farbe abgeblättert und ausgeblichen.

»Was ist das?«, sagte Jack.

»Damit haben wir unsere Rechnungen gezahlt.«

»Ich verstehe nicht.«

»Na ja, in den letzten Jahren wurden so viele von den Ranchen verkauft. Die Prärie wird von diesen großen Unternehmen aufgekauft, diesen Vereinen in Texas. Sie zahlen Millionen für das ganze Weideland in den Flint Hills. Aber die Häuser wollen sie nicht. Also werden die Häuser separat verkauft, und ich weiß genau, dass die Leute hier in der Gegend ihre Familien gern in diesen hübschen alten Ranchhäusern großziehen würden, aber sie können es sich nicht leisten. Sie werden regelmäßig ausgebootet.«

»Wer bootet sie denn aus?«

»Hauptsächlich Städter, die sich Ferienhäuser zulegen. Sie kommen einmal im Monat hier raus und erzählen dir, wie toll es ist, *mal alles hinter sich zu lassen*. Aus Kansas

City, St. Louis, Wichita. So gut wie jeder Morgen Land in der Gemeinde ist von irgendwem aufgekauft worden, der gar nicht in der Gemeinde lebt. Wir würden das ganze Land gern behalten, aber wir können es finanziell einfach nicht mit denen aufnehmen.«

»Aber das erklärt noch nicht das Holz.«

»Ach ja. Also, das Ganze hat Lawrence so aufgeregt, dass er keinerlei Skrupel hatte, zu diesen Ranchen zu fahren, wenn keiner da war, und die Scheunen abzureißen. Die hat sowieso keiner mehr benutzt, nicht mehr. Also hat er sie bis auf den letzten Nagel auseinandergenommen.«

»Dad hat Holz gestohlen? Warum denn?«

»Er hat die Scheunen zerlegt und das Holz dann im Internet versteigert. Er nannte es ›authentisches wiederaufbereitetes Scheunenholz aus dem amerikanischen Kernland‹. Es verkaufte sich sehr gut.«

»Oh«, sagte Jack und sank in sich zusammen, während er sich all die neuen Geschäfte in Wicker Park mit ihrer »rustikalen« Ästhetik und seine eigene neue Wohnung in *The Shipworks* einschließlich der Wand mit den Scheunenholzakzenten vor Augen führte, und er nickte und sagte: »Ja«, und fühlte sich ganz elend. »Das ist bestimmt schwer angesagt.«

»Wobei wir nie richtig verstanden haben, wieso«, sagte sie. »Die Städter scheinen es zu lieben. Kannst du dir einen Reim darauf machen?«

Jack fragte sich mit einem Mal, wie ein Ort wie Wicker Park aus dieser Perspektive wirkte, von den Flint Hills in Kansas aus betrachtet, wie *The Shipworks* für seine Mutter aussehen würden, und während er gedankenverloren auf diesen Stapel Holz starrte – Holz, das zugegebenermaßen ganz wunderbar verwittert und geschichtsträchtig aussah –, kam er zu dem Schluss, dass sein Zuhause in Chicago *unersättlich* gewirkt hätte. Es hätte ausgesehen wie ein Ort, der alles Geld, alles Kapital, alle Arbeitsplätze und Menschen ausplünderte, während sich Orte wie die Flint Hills auf katastrophale Weise leerten. Jack stand da und malte sich aus, dass Wicker Park den Leuten in der Prärie wie ein Ort erscheinen würde, der ihre Arbeit abschöpfte, ihr Geld, ihre vielversprechenden Kinder, ihr Land, selbst die Kadaver ihrer eigenen Häuser, um mit den Überresten die noblen Wände nobler Menschen zu dekorieren, die sich selbst auf die Schulter klopften, weil sie sich für Recycling interessierten.

»Nein, Mom«, sagte Jack. »Ich kann es mir auch nicht erklären.«

Sie nickte, und während sie noch immer einen Punkt rechts von ihm fixierte, sagte sie: »Tja«, in diesem bestimmten Tonfall, in dem Endgültigkeit mitschwang, der bedeutete, dass ihre Unterhaltung abgeschlossen war. »Ich will dich nicht aufhalten«, sagte sie. »Du solltest zu deiner Familie fahren.«

»Aber ich bin doch gerade erst gekommen.«

»Du bist sicher beschäftigt«, sagte sie. »Danke, dass du da warst.«

»Im Ernst?«, sagte Jack. »Das war's?«

»Wenn du willst, kannst du Dads Sachen durchschauen, bevor ich sie wegschmeiße.«

»Sonst hast du nichts zu sagen?«

»Ich habe einfach viel zu tun, Jack. Ich muss den Keller aufräumen, und ich muss allen, die Blumen geschickt haben, Dankeskarten schreiben, und ich muss den ganzen Papierkram erledigen, das Testament und die Bankkonten und den Rentenblödsinn, das muss alles geregelt werden. Man sollte meinen, die Regierung würde es einem einfach machen, aber von wegen.«

»Brauchst du Hilfe?«

»Nein. Ich regle das selbst. Allein. Wie immer.«

Damit drehte sie sich um und schlurfte davon, und Jack musste beinahe loslachen, so absurd war die Halsstarrigkeit seiner Mutter. Er kannte sie gut genug, um keine überschwängliche Begrüßung erwartet zu haben, aber mehr als diese sturköpfige Gleichgültigkeit hatte er sich offen gestanden schon erhofft. Es erinnerte ihn daran, wie sie sich am Morgen seiner Abreise nach Chicago geweigert hatte, aus ihrem Zimmer zu kommen. Sie hatte sich in all den Jahren kein bisschen verändert.

»Du kannst mir immer noch nicht verzeihen, oder?«, rief Jack ihr hinterher. »Nach so langer Zeit?«

Da blieb seine Mutter stehen und schien einen Augenblick lang auf die Nordweide in der Ferne zu starren. Und dann drehte sie sich um und sah ihm zum ersten Mal an jenem Tag direkt in die Augen, setzte ein trauriges Lächeln auf und legte den Kopf schief.

»Weißt du, diese Bilder, die du machst?«, sagte sie. »Die nichts zeigen?«

»Ja.«

»Sie zeigen gar nicht nichts. Sie zeigen *sie*.«

Dann wandte sie den Blick ab und trottete langsam weiter ins Haus, und Jack blickte ihr nach, bis sie um eine Ecke verschwand, und dann schaute auch er auf die Nordweide, auf die kahlen Bäume, die krumm auf dem Feld wuchsen; manche von ihnen neigten sich wie alte Grabsteine, andere wanden sich aus dem Boden, dicke Stämme, die sich ihm wie Hilfe suchende Arme entgegenstreckten.

Es war Evelyn, die Jack das Sehen lehrte. Es war seine große Schwester, die ihn lehrte, dass der eigene Blick auf die Welt zu einem großen Teil davon abhängt, was man mit ihr vorhat. Wenn Evelyn auf das wogende Gras einer Weide blickte, sah sie es unter dem Aspekt von Farben, Licht, Textur, Tiefenwirkung und Stimmung. Aber blickte ihr Vater auf dieselbe Weide, sah er sie nicht so. Was er stattdessen sah, war *Brennstoff*. So sprach er darüber – vor allem zur Zeit der Frühjahrsfeuer –, mit dem sonderbaren Vokabular des Leiters einer *Brennmannschaft*. Er sah auf die Weide hinaus, und es war für ihn gar keine Weide mehr; es war jetzt eine *Brennfläche*. Und alle Pflanzen, die auf dieser Brennfläche wuchsen – Pflanzen, die er zu anderen Zeiten im Jahr routiniert als Präriegras, Rutenhirse, Schlickgras, Rittersporn, Eisenkrautsalbei, Seidenpflanze, Klee, Dreimasterblume, Petersilie, Aster, Sonnenhut und Fuchsschwanz identifizierte –, im Frühling wurden all diese Individuen zu einem Kollektiv: der *Brennstoffmasse*. Und die beiden großen, wichtigen Variablen waren erstens, wie entzündlich dieser Brennstoff war, und zweitens, wie sich der Brennstoff verteilte, seine Architektur. Da war das, was er den *Oberflächenbrennstoff* nannte, die Gräser und der sichtbare Wust aus Laub und Nadeln, die toten Äste, all das, was man sehen konnte; darüber befand sich der *Kronenbrennstoff*, die Blätter des von gelegentlichem schütteren Gestrüpp oder den wenigen Bäumen gebildeten Laubdaches; und darunter war der *Bodenbrennstoff,* die zerfallene oder vermodernde Biomasse auf dem Boden, das morsche Holz, die Blatterde, die Wurzeln, der Torf, der Mulm.

Es war diese Schicht, die verborgene Schicht, die ein Feuer am stärksten antreiben oder am leichtesten ersticken konnte. War der Bodenbrennstoff durch einen feuchten Frühling verdichtet – hatten früh Gewitter eingesetzt oder war der Schnee lange liegen geblieben –, dann sammelte sich die Feuchtigkeit in dieser Schicht und löschte das Feuer von unten, ließ den Brand stocken und schließlich zum Stillstand kommen.

Doch in diesem Jahr war der Frühling nicht nass gewesen. Es war ein warmer und trockener Frühling gewesen, ein Frühling voller Südwind und unablässigem Sonnenschein, was diese untere Schicht zu reinem Anzündholz trocknete. Jack hörte es unter seinen Schuhen knacken.

»Der Teil, den du nicht siehst, brennt am heißesten«, sagte sein Vater und legte die Stirn in Falten.

Sie gingen über die Südweide, am Morgen des Tages, an dem sie abgebrannt werden sollte. Lawrence hatte sich entschieden, trotz des von ihm sogenannten »anhaltenden Windproblems« mit seinen eigenen Feuern nicht länger zu warten. Er hatte vor, die Südweide an jenem Tag und die Nordweide am Tag darauf zu brandroden, als Testläufe, um anhand seines eigenen Landes zu beurteilen, ob die Bedingungen sicher genug waren, um das Land anderer abzubrennen.

Der Tag eines Feuers war für Jack eine spannende Angelegenheit. Die Mannschaft seines Vaters kam zu ihnen heraus – meist waren sie zu acht, Rancher aus der Gegend, die im Frühling in Teilzeit Brandrodungen durchführten –, und sie gingen zusammen den jeweiligen Brandplan durch. Zuerst würde das Zündteam festlegen, wie das Feuer zu entfachen war, wobei entweder Propangasbrenner, Signalfackeln oder, wie an jenem Tag, Flämmkannen genannte Instrumente zum Einsatz kamen, kleine Kanister mit dünnen Metalltüllen, die mit einer Benzinmischung gefüllt waren. Am Ende der Tülle befand sich ein Docht, und wenn der Docht angezündet wurde und die Männer den Kanister neigten, entstand ein dünner Wasserfall aus reinem flüssigen Feuer, was natürlich *der Wahnsinn* war, und Jack versank in langen Tagträumen darüber, eines Tages vielleicht selbst einmal mit einer Flämmkanne zu hantieren. Diese Position war viel besser als die andere, die des Spotters. Die Spotter hielten Ausschau nach über die Brandschneisen hinwegtreibenden Funken, die unkontrollierte Flugfeuer außerhalb der Brennfläche auslösen konnten. Es war eine langweilige Aufgabe, denn Lawrence' Feuer waren bekannt dafür, dass alles genau nach Plan ablief.

Die am wenigsten gefährliche, am wenigsten riskante Art von Feuer war das sogenannte *Gegenwindfeuer,* ein Feuer, das sich entgegen der Windrichtung bewegte – Gras als Beschleuniger, Wind als Bremse. Waren diese beiden Kräfte richtig ausbalanciert, resultierte das in einem niedrigen, langsamen, weniger heißen Feuer, das in dünnen Streifen über das Land kroch. Das Problem des heutigen Tages – und eigentlich des gesamten Frühlings – aber bestand darin, dass der Wind zu heftig war, zu böig, dass er zu stark gegen das Feuer drängen und es an der Ausbreitung hindern würde.

»Wir müssen einfach darauf bauen, dass der Brennstoff brennbar genug ist«, sagte Lawrence, der nach einer besonders heftigen Bö zweifelnd in den Himmel blickte. »Sonst wird das mit diesem Feuer nichts.«

Die andere Methode hätte darin bestanden, ein *Lauffeuer* in Gang zu setzen, ein Feuer, das sich mit dem Wind bewegte, das von Gras und Wind zugleich genährt wurde, ein heißes, schnelles Feuer von der Art, wie Maler es oft in ihren dramatischen Darstellungen von Präriefeuern porträtierten, diesen großen, lodernden Flammeninfernos. Aber die meisten Brände sahen nicht so aus. Die meisten waren kurz und folgsam.

»Siehst du das?«, sagte Lawrence und zeigte auf eine Stelle der Weide, an der die dichte Vegetation bloßer Erde wich, mit Grasnarben wie kleine Inseln im Boden. »Das nennen wir eine Unterbrechung der horizontalen Kontinuität. Dort werden wir einen neuen Ankerpunkt brauchen.«

Jack nickte wie zur Zustimmung. »Ja«, sagte er, »okay.«

Unweit von ihnen fotografierte Evelyn die Weide mit einer Polaroidkamera. Sie machte Nahaufnahmen des Grases, wo es am struppigsten und am verworrensten war – diese Bilder sollten das Chaos der Natur widerspiegeln, sagte sie –, und fotografierte dann größere Ausschnitte der weiten, windgepeitschten Landschaft – diese sollten die Symmetrie der Natur widerspiegeln. Das sei das Paradoxon des Grases, sagte sie zu Jack: Was von fern monolithisch wirkte, war unendlich abwechslungsreich und verwickelt, wenn man sich ihm näherte.

Evelyn fand das Spektakel eines Feuers entzückend. Tagsüber ging sie hinter der Zündmannschaft her und machte Fotos. Am liebsten aber mochte sie die nächtlichen Feuer. Dann kauerte sie mit ihren Acrylfarben und Leinwänden in einem nahe gelegenen Feld, sah zu und malte plastische Landschaften, auf die von oben das weiße Licht des Mondes und von unten das orangefarbene der sich über die sanften Kurven des Landes schlängelnden Flammenschnüre fiel.

Es amüsierte Lawrence, dass seine Arbeit – die ihm so prosaisch wie jede andere erschien – in den Augen seiner Tochter so magisch war. Es amüsierte ihn so sehr wie offenbar nur wenige andere Dinge. Er grinste, wenn sie hinter ihnen hertänzelte, das Auge am Sucher der Polaroidkamera, die gelegentlich klickte und ein weiteres Foto ausspuckte.

»Ich weiß nicht, was du daran so interessant findest«, sagte er.

»Alles!«, sagte sie und breitete in einer dramatischen Geste die Arme weit aus. »Das Feuer! Es ist elementar, so prähistorisch. Es ist Erneuerung, es spendet Leben. Es verzehrt alles Abgestorbene und schafft Platz für die nächste Generation. Findest du das nicht herrlich symbolträchtig? Findest du das nicht alles wunderschön?«

»Es ist bloß Arbeit, Evie«, sagte er.

»*Es ist bloß Arbeit, Evie*«, ahmte sie seine tiefe, gleichmäßige Stimme auf komische Weise nach. »Weißt du, nur weil es Arbeit ist, heißt das nicht, dass es nicht schön sein kann.«

»Wenn du meinst.«

»Ja, ich meine.«

»Okay«, sagte er und nickte ihr grinsend zu.

Dann schien Lawrence wieder einzufallen, dass auch Jack da war. »Ich glaube, du solltest dich in Bewegung setzen«, sagte er.

Also lief Jack ins Haus, wo er seine Mutter im Wohnzimmer fand, die in ihrem rosa Bademantel an dem nach Süden hinausgehenden Fenster stand und zusah.

»Wieso fotografiert Evelyn denn Gras?«, sagte sie.

»Weil es symbolträchtig ist.«

»*Symbolträchtig?*«, sagte sie und verzog das Gesicht – sie war so schnell und so leicht zu verärgern. »Sie muss immer aus allem eine große Sache machen. Es ist doch bloß ein Feld. Es ist bloß Gras.«

Sie sahen vom Fenster aus zu, wie draußen die Zündmannschaft Stellung bezog und die Spotter ihre Plätze an den Brandschneisen einnahmen, und Lawrence, der noch immer mit Evelyn redete, machte eine leichte Kopfbewegung, ein Nicken in Richtung der Weide, was Jack als die Ich-sollte-besser-mal-los-Geste erkannte, auf die sein Vater unzählige Male zurückgegriffen hatte, wenn er einen Raum verließ (die Haltung, die Lawrence im Haus am häufigsten einnahm, ließ sich wohl am besten mit den Worten *Gerade im Aufbruch begriffen* beschreiben), aber als er sich zum Gehen wandte, zupfte Evelyn ihn am Ärmel, und er blieb stehen und sah sie an, und sie bewegte sich dicht auf ihn zu, drehte die Kamera in der Hand und hob sie an, sodass sie auf die beiden gerichtet war, und sie drückten sich fest aneinander, und Jack stellte sich vor, wie seine Schwester »Cheese!« sagte, als sie das Bild machte – selbst auf diese Entfernung konnte er das weiße Aufflackern des Blitzes erkennen –, woraufhin Lawrence und Evelyn so stehen blieben, aneinandergedrückt, den Blick auf das Foto gerichtet, während sie darauf warteten, dass es sich entwickelte.

Evelyn hatte die Wange an seine Schulter gelegt, eine Pose sorgloser Freundschaftlichkeit und Zuneigung, und Jack war sich ziemlich sicher, dass er seinen Vater nie jemandem die Art von Wärme hatte entgegenbringen sehen, mit der er Evelyn gerade begegnete; er stand einfach nur da, reglos, ohne sich abzuwenden, ohne seine Flucht zu planen.

Jack spürte, wie sich neben ihm eine gewisse Stimmung über seine Mutter legte. Oft spürte er einen solchen Umschwung selbst dann, wenn sie sich in unterschiedlichen Räumen aufhielten; Ruths Verdruss veränderte dann die gesamte Frequenz des Hauses. Aus der Nähe fühlte es sich wie eine Art körperliche Wärme an.

»Wie er sie vergöttert«, sagte sie und spannte den Kiefer an. »Wir anderen könnten genauso gut tot sein.« Und dann ging sie leise in ihr Zimmer und schloss die Tür hinter sich. Jack hörte das Quietschen der Federn, als sie sich auf ihrem Einzelbett niederließ. Dann hörte er, wie der Fernseher sich mit einem Klicken einschaltete, gefolgt vom rasenden Jubel eines Spielshow-Publikums.

Er wusste, er hätte jetzt zu ihr gehen sollen. Er wusste, es wäre das Richtige gewesen, in ihr Zimmer zu gehen, sich ans Fußende ihres Bettes zu setzen, zu schweigen und darauf zu warten, dass ihr zum Sprechen zumute war, wortlos Treue und Opferbereitschaft zum Ausdruck zu bringen und ihr dann – wenn sie schließlich zu sprechen begann – ein geeignetes Objekt zur Verfügung zu stellen, auf das sie ihren Zorn lenken konnte: ihn selbst. Denn obgleich sein Vater auf ganzer Linie ein zäherer Bursche als Jack war, musste man auch sagen, dass sein Vater Ruths Zorn nicht so gut ertragen konnte wie Jack. In dieser Hinsicht war Jack viel zäher, denn er konnte dort im Strudel von Ruths Groll sitzen und es einfach über sich ergehen lassen.

Doch Jack wollte nicht. Er wollte nicht in ihr Zimmer gehen. Er wollte das Feuer sehen. Es war ein dummer, jungenhafter Impuls: dieses Verlangen, Dinge brennen zu sehen. Er lief nach oben, um am Fenster seines Zimmers kniend alles zu beobachten.

Der Wind blies an jenem Tag aus südlicher Richtung, also begann das Zündteam am Nordrand der Weide. Von seinem Blickwinkel im ersten Stock aus konnte Jack sehen, wie die Dochte der Kannen angezündet wurden, wie die ersten Tropfen Feuer auf das Gras geschüttet wurden, wie die ersten Flammen emporsprangen – aber er sah keinen Rauch.

Bei einem typischen Feuer wäre der erste sich bildende Rauch weiß gewesen – ein heller und fast durchsichtiger sanfter Nebel, der in die Luft aufstieg, wenn die Bedingungen günstig waren, wenn die Brise nicht zu stark und der Boden angemessen feucht war. Weißer Rauch war größtenteils gar kein Rauch – er bestand hauptsächlich aus Wasser, Dampf, der aus dem Boden gekocht wurde, was notwendig war, damit das Land tatsächlich in Flammen aufgehen konnte. Darauf folgten die ersten richtigen Flammen, die so gut wie keinen Rauch erzeugten. Der echte Rauch kam später, wenn das Gras zu schwelen begann, wenn das Feuer langsam über die Weide walzte und sie mit ruhiger, aber unerschütterlicher Entschlossenheit verzehrte. Das waren die Feuer, die die breiten graubraunen Rauchfahnen hervorbrachten, die man in der Ebene kilometerweit sah.

Aber heute war kein solcher Tag. Heute ließ die Zündmannschaft das Feuer aus den Kannen tropfen, und es leckte über das Gras, und alle mussten einen Satz zurückmachen, als das Feuer in mächtigen Eruptionen auflodderte, die gar keinen Rauch erzeugten, so rasch und heiß brannte das Gras. Es lag an der Entzündung des Bodenbrennstoffs, der knochentrockenen unteren Schicht, die den Boden in eine Art tosende

Bombe verwandelte, die hell und wild und hoch und schnell brannte. Zu schnell, wie sich zeigte: Sobald das Feuer entfacht war, drängte der Wind es auf das Zündteam zu, das zurückwich, um nicht versengt zu werden. Und dann breitete sich das Feuer willkürlich, unvorhersehbar aus, manche Feuerfronten wurden vom Wind rasch gelöscht, andere wurden von zeitweiligen Böen in unerwartete Richtungen getrieben, bewegten sich im rechten Winkel zum Wind, wie um ihn zu flankieren, wodurch lauter kleine Lauffeuer entstanden, die durchs Gras wieder auf die Mannschaft zurasten, welche sich noch weiter zurückziehen musste.

Das Team kam an jenem Tag nur langsam, in kleinen Schritten voran. Ein Brand, der für gewöhnlich so elegant wirkte – wie eine einzelne Welle aus Feuer, die leise über das Land kroch –, war heute ein Flickenteppich, die Flammen tosten in einer Richtung, erstarben in anderen, die Zündmannschaft rückte vor und wich wieder zurück. All das beobachtete Lawrence von der Brandschneise aus, studierte mit verschränkten Armen ungerührt und stoisch wie eh und je das ganze unkoordinierte Durcheinander. Evelyn stand neben ihm. Sie hatte aufgehört zu fotografieren.

Jack hatte sich das etwa eine Stunde lang angesehen, als er hörte, wie sich im Haus etwas regte; eine Tür wurde geöffnet, dann kamen Fußschritte die Treppe herauf, und dann war seine Mutter bei ihm. Sie musterte das Zimmer, die von Evelyn gebildeten Stapel – seine Schwester hatte den Raum vollständig kolonisiert und ihn mit ihren Kleidern, Farben, Leinwänden und Materialien gefüllt. Dann betrachtete Ruth die Wände, die Poster an den Wänden, den de Kooning und den Rothko, *American Gothic*. Sie sah die Poster womöglich zum ersten Mal, denn sie hatte es vermieden, den Raum zu betreten, seit Evelyn dort vorübergehend ihr Lager aufgeschlagen hatte.

»Du gehst nicht mehr mit ihr nach draußen«, sagte sie. Sie sah Jack nicht direkt an, sondern fixierte das Fenster hinter ihm. »Es wird nicht mehr gemalt. Nie mehr.«

»Aber«, sagte er und stand auf, »wieso denn?«

»Sie ist ein schlechter Einfluss.«

»Nein, ist sie nicht!«, sagte er, lauter und leidenschaftlicher als beabsichtigt. Seine Mutter sah ihn mit zusammengekniffenen Augen an, verschränkte die Arme, und er versuchte sich zu beruhigen, die Lautstärke zu drosseln. »Sie bringt mir Sachen bei.«

»Schlechte Sachen.«

»Aber mir gefällt es. Du verstehst nicht ...«

»Nein, *du* verstehst nicht. Du begreifst *überhaupt nichts*, Jack. Du merkst gar nicht, wie sie dich manipuliert.«

»Tut sie überhaupt nicht.«

»Wie sie dich gegen mich aufstachelt.«

»Wir reden doch bloß über Kunst.«

»Ach, *Kunst*. Ja, natürlich«, sagte sie lachend. »Genau das meine ich. Mein Gott, sie führt dich komplett an der Nase herum. Sie führt alle an der Nase herum.«

»So ist das nicht«, sagte Jack.

»Was hat ihr ihre ganze Kunst denn eingebracht? Hm? Sie zieht von einer Stadt in die nächste. Keine Arbeit, keine Familie. Wenn du nicht aufpasst, endest du wie sie. Als ein Taugenichts. Eine Schande für uns alle.«

»Sie ist keine Schande! Sie ist ... Sie ist« – er suchte nach dem richtigen Wort – »*mutig!*«, sagte er schließlich. »Was man von dir nicht behaupten kann!«

Sämtliche Luft schien aus dem Raum zu weichen, sobald er das ausgesprochen hatte. »Es tut mir leid!«, sagte er fast unmittelbar darauf, und er sank in sich zusammen und schaute zu Boden, eine durch und durch flehentliche Haltung.

Seine Mutter starrte ihn an, schweigend, schockiert. »Was soll ich bloß mit dir machen?«, sagte sie schließlich.

»Ich habe es nicht so gemeint.«

»Genau davor hatte ich Angst.«

»Es tut mir wirklich leid.«

»Schluss mit Evelyn, hörst du? Sie hat dich genug verdorben.«

Seine Mutter blickte einen Augenblick lang auf ihn herab, die Hände in die Hüften gestemmt. Es sah Jack überhaupt nicht ähnlich, ihr zu widersprechen, und wahrscheinlich wertete sie seine Auflehnung als Beweis für Evelyns starken Einfluss auf ihn.

»Diese Poster«, sagte sie. »Ich will, dass du sie abnimmst. Alle.«

»Aber ...«

»Du nimmst sie sofort runter.«

Also erhob sich Jack langsam, ließ sich seinen Unmut deutlicher anmerken, als er es sonst gewagt hätte. Er ging zu *American Gothic* – Evelyn hatte es mit Reißzwecken an der Wand befestigt, und er versuchte einen der unteren herauszuziehen, stellte aber fest, dass er den Fingernagel nicht darunterbekam, nicht, ohne das Poster zu beschädigen. Also wackelte er mit der Reißzwecke hin und her, um sie möglichst sanft zu befreien, und so ging das, bis seine Mutter »*Herrgott* noch mal« sagte und herüberkam, das Poster am oberen Ende packte und es mit einem raschen und wütenden Ruck herunterriss. Dann begann sie an den anderen Postern herumzuziehen, zerrte und riss sie in Stücke, und so machte sie weiter, bis alle Poster in Fetzen zu ihren Füßen lagen.

Evelyn fand ihn einige Zeit später in seinem Zimmer, wo er im Schneidersitz über den Überresten von *American Gothic* hockte und leise weinte. Sie roch nach Holzkohle, die Vorderseite ihres Kleides war mit Asche beschmiert. Sie sah seine Tränen, sah den Haufen zerrissenen Papiers, sah, dass alle Poster im Zimmer verschwunden waren, und den Rest musste sie sich gedacht haben. Sie setzte sich mit gekreuzten Beinen neben ihn und legte ihm eine Hand auf den Rücken.

»Ich will, dass du mir jetzt gut zuhörst«, sagte sie. »Ich weiß, du kannst es dir gerade nicht vorstellen, aber das geht alles vorbei. Okay? Du wirst das alles überstehen.«

Er nickte, sagte aber nichts. Er hatte die Hände vor das Gesicht geschlagen, teils um die Tränen aufzufangen und teils um zu verbergen, dass er weinte. Er fühlte sich immer schuldig, wenn er weinte, denn es forderte Aufmerksamkeit ein, und er war ein Kind, das nicht gern Forderungen stellte oder Aufmerksamkeit auf sich zog.

»Ich will dir was zeigen«, sagte Evelyn. Sie zog einen Stapel Polaroidfotos aus ihrem Rucksack und begann sie durchzusehen. »Da ist es«, sagte sie. »Das habe ich gerade gemacht. Schau mal.«

Es war ein Foto von verkohltem und rauchendem Erdboden, nichts als Erde und Asche, nur in der Mitte ein Büschel Blumen, die stark und unberührt dastanden. Jack erkannte, dass es sich um Säckelblumen handelte, oder um Wilden Schneeball, wie Evelyn es gern nannte: etwa neunzig Zentimeter hohe, buschige weiße Blumen, das einzig Lebendige inmitten des Rußes.

»Ist das nicht der Wahnsinn?«, sagte sie. »Das Feuer hat alles verschlungen, aber *diese eine Blume* verschont. Es hat einen Bogen um sie gemacht. Alles andere ist gestorben, aber dieses eine Ding hat überlebt. Ist das nicht *unglaublich*?«

»Schon«, sagte Jack und wischte sich die Nase ab.

»Eigentlich ist es mehr als unglaublich. Es ist ein *Wunder*!«

»Okay.«

»Oh, du musst das mit viiieeel mehr Leidenschaft sagen.«

»Was?«

»Ein Wunder ist etwas Heiliges, Jack. Du musst dankbar dafür sein. Du musst es anständig würdigen, mit Ehrfurcht und Dankbarkeit. Du musst es mit Überzeugung sagen. Na los. Es ist ein Wunder!«

»Es ist ein Wunder!«

»Es ist ein Wunder!«, sagte sie, die Arme hoch in die Luft gereckt.

»Es ist ein Wunder!«

»Es ist ein Wunder!«

»Es ist ein *Wunder*!«, sagte er, hob die Arme und sprang auf.

»So geht das.«

Er lächelte. Er fühlte die Tränen jetzt zurückweichen. Evelyn schien diese Wirkung auf ihn zu haben; ihre strahlende Fröhlichkeit war so ansteckend.

»Und jetzt gerade«, sagte sie, »bist du die Blume.«

»Bin ich?«

»Ja. Ich weiß, es kommt dir vor, als wäre das Feuer überall um dich herum. Und ich weiß, die Lage scheint hoffnungslos. Aber glaub mir, sie ist nicht hoffnungslos. Du wirst auf der anderen Seite herauskommen. Du wirst überleben.«

Er nickte ihr zu. »Okay«, sagte er.

»Das wirst du. Ich weiß es. Sie werden sehen – Mom, Dad, alle anderen –, sie werden sehen, was für ein Wunder du bist.«

»Danke.«

»Ach, und mach dir keine Gedanken wegen der Poster«, sagte sie. »Das ist doch bloß Papier.«

Sie hob eine Handvoll Fetzen von *American Gothic* auf und warf sie in die Luft. »Scheiß drauf.«

Er sah lachend zu, wie die Schnipsel zu Boden flatterten.

»Jetzt machen wir uns frisch, gehen runter und versuchen uns bei Mom einzuschleimen.«

An jenem Abend zeigte sich Ruth Baker von ihrer beängstigendsten Seite – sie schwieg. Sie saßen alle vier am Küchentisch und aßen das Rindfleisch-Chili, das Ruth direkt aus der Dose warm gemacht hatte. Keiner von ihnen sprach ein Wort. Und das war wahrscheinlich noch schlimmer, als wenn Ruth der Sinn danach stand, sich lauthals zu beschweren, denn es hieß, dass sie innerlich brodelte. Es hieß, dass eine Strafe im Anzug war. Und in den ruhigen Momenten, bevor die Strafe enthüllt wurde, war es schwer, eine normale, unbelastete Unterhaltung zu führen. Also saßen sie alle da und aßen – Jack staunte, wie laut das tatsächlich war, das Klirren der Löffel in den Schüsseln und die schmatzenden Kau- und die fürchterlichen nassen Schluckgeräusche, staunte sowohl über die Lautstärke als auch über die Tatsache, dass es unter normalen Umständen niemand bemerkte –, bis Ruth schließlich unvermittelt sprach: »Lawrence fährt weg«, sagte sie. »Morgen.«

Alle hoben die Köpfe. Lawrence hörte auf zu kauen, sah sie an, schluckte, tupfte sich den Mund mit einer Serviette ab und sagte sonderbar förmlich: »Ja. Ich werde mit den Männern nach Süden fahren und mit den Feuern loslegen.«

»Ich dachte, es ist zu windig«, sagte Evelyn.

»Man könnte wohl sagen, ich bin« – er sah zu Ruth hinüber, die den Blick nicht von ihrem Chili abwandte – »zu einer neuen Einschätzung gekommen«, sagte er.

Was bedeutete, dass er eine Anweisung bekommen hatte. Man hatte ihm gesagt, er solle gehen. Irgendwann an diesem Abend hatte es eine Unterredung gegeben. Jack wusste nie, worüber seine Eltern bei diesen Unterredungen sprachen, nur dass sie hinterher angespannt und zurückhaltend waren, so wehrhaft wie die Mokassinschlangen, die er manchmal im Gras fand, durch und durch stumme, potenziell tödliche Bedrohung.

»Aber erst muss ich den Brand hier beenden«, sagte Lawrence. »Wir haben es heute nicht ganz geschafft.«

»Wann denn?«, sagte Evelyn.

»Heute Nacht.«

»*Heute Nacht?*«, sagte Evelyn aufgeregt. »Kann ich zuschauen?«

»Na ja«, sagte Lawrence und warf seiner Frau einen Blick zu, »ich wüsste nicht, was dagegenspricht«, was Ruth sofort mit einem lauten Schnauben quittierte.

»Das war nicht abgesprochen«, sagte sie.

»Ich will es doch bloß malen«, sagte Evelyn.

»Ich glaube nicht, dass ich mit dir gesprochen habe«, sagte Ruth. Dann sagte sie leise und in gemessenem Tonfall zu ihrem Mann: »Komm doch bitte mal mit.«

Und die beiden gingen hinaus, und als er sah, wie Lawrence ihr folgte, vornübergebeugt, in dieser Haltung der totalen Niederlage, durchfuhr Jack ein leichter Hass auf ihn, auf diesen großen, stolzen und ehrenhaften Mann, der sich so erniedrigen ließ. Er wünschte, seine Eltern wären einander nie begegnet, ganz gleich, welche Auswirkungen das auf seine eigene Existenz gehabt hätte.

»Das wird vielleicht ein Abend«, sagte Evelyn und verdrehte die Augen. Dann trollte sie sich nach oben in ihr Zimmer.

Jack blieb in der Küche. Er füllte das übrig gebliebene Chili in die Tupperware-Dose um, stellte sie in den Kühlschrank, warf die nicht aufgegessenen Portionen in den Müll, verschnürte den Müllsack, ging damit zu den Tonnen hinter dem Haus, die er anschließend fest verschloss, um interessierte Waschbären und Kojoten abzuhalten, dann wusch er das ganze Geschirr ab, stellte es ins Trockengestell, wischte den Tisch und das Spülbecken sauber, ging ins Schlafzimmer seiner Eltern, legte den rosa Bademantel seiner Mutter auf ihr Bett, schaltete CBS ein und wartete.

Wenn seine Mutter wütend war, verrauchte ihr Ärger seiner Erfahrung nach, wenn er ihr den Weg hierher – im Bademantel vor dem Fernseher – möglichst einfach machte.

Er wartete. Draußen steigerte sich ihre Stimme zu einem verzweifelten Crescendo, und dann kam sie ins Haus zurück: Die Tür wurde zugeschlagen, dann laute Schritte in der Küche, dann kurz Stille, ehe etwas leisere Schritte auf das Schlafzimmer zukamen, wo sie in der Tür stehen blieb und die Szenerie betrachtete: ihr Bademantel, Jack, der im Schneidersitz auf dem Boden auf sie wartete, im Fernsehen *Newhart* bei mittlerer Lautstärke.

»Danke«, sagte sie.

»Gern geschehen.«

Dann hüllte sie sich in ihren Bademantel, und sie saßen gemeinsam wortlos da, bis die Folge zu Ende war und Ruth ihr Schweigen brach. »Sag deiner Schwester, sie kann rausgehen und malen.«

Jack lächelte, das Gesicht von seiner Mutter abgewandt. Er hätte nicht gelächelt, wenn sie ihn hätte sehen können, hätte nicht gewollt, dass sie wusste, wie sehr er sich danach gesehnt hatte, nach diesem Zugeständnis, dieser möglichen Erwärmung des Mutter-Tochter-Verhältnisses, denn das bedeutete, dass Evelyn vielleicht würde bleiben können, und Jack stellte sich weitere Morgen mit seiner Schwester vor, draußen in den Hügeln, wo er mit ihr die Dämmerung empfing, weitere Geschichten über die große Welt da draußen, die Menschen, denen sie begegnet war, die Abenteuer, die sie erlebt hatte, weitere Zeit mit ihr und all ihren täglichen Wundern.

»Na los«, sagte Ruth. »Sag es deiner Schwester, und dann kommst du gleich wieder.«

Also tat Jack genau das, rannte die Treppe hinauf und fand Evelyn, die schon in ihre typische Outdoor-Uniform gekleidet war – das gepunktete Kleid, die schmutzigen weißen Turnschuhe, der Rucksack voller Utensilien –, und sie stieß triumphierend eine Faust in die Luft, als er ihr die Nachricht überbrachte.

»Diesen plötzlichen Stimmungsumschwung habe ich wohl dir zu verdanken?«, sagte sie.

»Kann schon sein«, sagte er grinsend.

Sie packte ihre Malutensilien zusammen und sprang die Treppe hinunter. Er folgte ihr zur vorderen Veranda und sah zu, wie sie in die Nacht hinausging, als sie herumwirbelte und ihn ansah, lächelte und sagte: »Weißt du, ich wünschte, wir hätten zusammen aufwachsen können.« Dann winkte sie, und er winkte zurück, und sie trabte in die tosende Finsternis davon.

Und er fand das alles ausgezeichnet, war hochzufrieden damit, wie er die Sache gedeichselt hatte. Er ging ins Zimmer seiner Mutter zurück und hockte sich wieder auf den Boden neben ihrem Bett, innerlich glühend aufgrund all der Dinge, die sein Leben noch bereithielt.

Die folgende Stunde *Cagney & Lacey,* so erinnerte er sich später, sollte die letzte freudige Stunde sein, die er in diesem Haus verbrachte.

Viel später würde er denken, dass, hätte er nur früher gehandelt und sich nicht in der Wärme seines dämlichen Erfolgs gesonnt –

oder wäre er an jenem Tag früher zu seiner Mutter gegangen ...

hätte er ihr die Möglichkeit gegeben, ihre Wut an ihm statt an seinem Vater auszulassen ...

hätten sie sich an den ursprünglichen Plan gehalten und gar kein nächtliches Feuer entzündet ...

oder hätte er nur besser zugehört ...

All das dämmerte ihm noch nicht, als *Cagney & Lacey* endete und die Lokalnachrichten begannen – Aufmacher waren wie üblich die Dürre und der Wind –, und Jack stand auf, streckte sich und schlenderte zum Fenster hinüber, um auf die Südweide hinauszuschauen, bildete mit den Händen ein Fernglas, presste es gegen die Scheibe, blickte in die Nacht hinaus und sah seltsamerweise gar nichts. Keinerlei Tätigkeit auf der Südweide.

Und doch hatte er die Stimmen der Brennmannschaft gehört, hatte während der Serie ihre Transporter vorfahren gehört.

»Wo sind denn alle?«, sagte er.

»Was meinst du?«, sagte seine Mutter.

»Ich sehe sie nicht. Wo sind sie denn?«

»Auf der Nordweide, Dummerchen.«

Da sah Jack seine Mutter an, und in seinem Bauch regte sich Furcht.

»Du hast doch gesagt, Evelyn soll von der Nordweide aus zugucken.«

»Nein«, sagte sie, »ich habe dir gesagt, sie brennen die Nordweide ab.«

Und sie starrten einander kurz an, und eine furchtbare Gewissheit entstand zwischen ihnen.

»Wo ist Evelyn?«, sagte sie. Aber er rannte schon zur Zimmertür hinaus, aus dem Haus, raste barfuß über die spitzen Steine der geschotterten Einfahrt, ohne sie zu fühlen, denn er sah seinen Vater und die übrige Zündmannschaft an der Brandschneise der Nordweide Signalfackeln hochhalten, die sie in diesem Augenblick knickten, und rasende rote Funken stoben in die Nacht hinein, und Jack schrie, sie sollten aufhören, aber es hatte keinen Sinn. Sie konnten ihn durch den tosenden Wind nicht hören, und Jacks kurze Beine trugen ihn nicht schnell genug zu ihnen, bevor die Fackeln eine nach der anderen in das Feld geworfen wurden, sanfte Parabeln im Himmel.

Evelyn konnte nicht gewusst haben, was vor sich ging. Selbst wenn sie die Zündmannschaft gesehen hätte, von der Mitte dieses riesigen Feldes aus – es war groß wie ein Baseballstadion – und in der Nacht und in der Prärie, wo Entfernungen gedehnt und sonderbar verzerrt waren, hätte sie nicht begriffen, was die Männer vorhatten. Sie hätte wohl geglaubt, sie würden wieder ein Gegenwindfeuer auf der Südweide entflammen. Sie hätte nicht gewusst, dass Lawrence den Plan geändert hatte, dass seine Mühen mit dem früheren Brand ihn dazu bewegt hatten, sich am Abend für ein Lauffeuer zu entscheiden, mit dem Wind zu arbeiten, statt gegen ihn anzukämpfen, sich außerhalb des Feldes aufzustellen und es aus der Ferne mit Fackeln in Brand zu stecken und seine Spotter nach aus der Weide stiebenden Funken Ausschau halten zu lassen, sodass sie, als das Licht des Feuers aufflackerte, auf die Außenränder des Feldes konzentriert waren und nicht auf seine Mitte, wo sie in der Ferne einen kleinen, aber deutlich erkennbaren Farbtupfer hätten ausmachen können: ein gepunktetes Kleid.

Als die Fackeln in dem getrockneten und spröden Gras landeten, schossen die Flammen augenblicklich hoch, und dann schien sich das Feuer, vom stürmischen Wind angetrieben und mit Sauerstoff versorgt, zusammenzuballen und zu explodieren, und mit einem Mal war es eine gewaltige Welle von drei Metern Höhe, die schneller in Richtung Norden raste, als sich irgendwer je hätte bewegen können, und Jack rannte auf die Zündmannschaft zu und dann an den Männern vorbei, schrie unzusammenhängendes Zeug und hörte, wie sein Vater seinen Namen rief, doch er blieb nicht stehen, nicht mal, als er die Weide erreichte und der Boden knackte und vor Hitze glühte, er rannte weiter, und was ihm in den Kopf kam, als er das Feuer immer weiter davonrasen sah, war das Polaroidfoto seiner Schwester, das Bild dieser einzelnen überlebenden Blume, und plötzlich war er davon überzeugt, dass es ein Zeichen war, Schicksal, dass sie diese Blume fotografiert hatte, aber sie hatte es nicht richtig begriffen – diese wundersame Wildblume war nicht er; sie war *sie*. Und das Feuer würde einfach an ihr vorüberziehen, und er würde sie unversehrt vorfinden, so wie sie diese Blume gefunden hatte – er war sich ganz sicher, während er weiterrannte, während er große Schritte sich von hinten nähern hörte, während Schmerz in seinen Füßen auflöderte, er wartete darauf, sie aus dem Dunkel auftauchen zu sehen, rußgeschwärzt, aber verblüffenderweise am Leben, und er schrie heraus, was für die, die hinter ihm herjagten, wie echtes Erstaunen, echter Glaube, echte Ehrfurcht klang, schrie immer und immer wieder den Psalm, den seine Schwester ihn gelehrt hatte: »Es ist ein Wunder! Es ist ein Wunder! Es ist ein Wunder!«

Die menschliche Seele streift draußen umher wie eine Maus

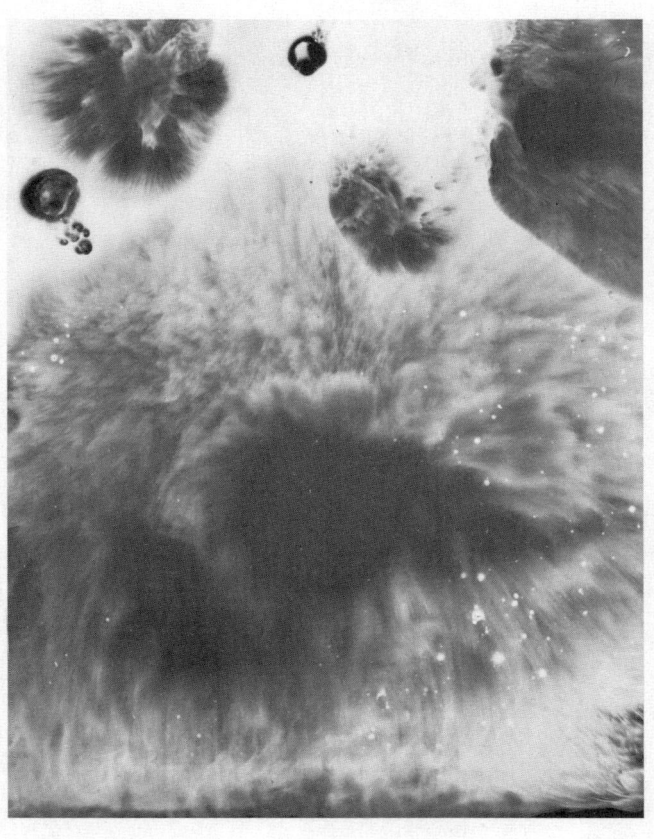

E lizabeths erste bezahlte Arbeitsstelle überhaupt war die Stelle, die Dr. Otto Sanborne ihr in ihrem ersten Jahr auf dem College gab und bei der ihre Hauptaufgabe darin bestand, mit willkürlich ausgewählten Männern intime und freizügige Gespräche zu führen, um herauszufinden, welche dieser Männer sich in sie verliebten. Der akademische Aufsatz, der aus diesen Forschungen resultierte – er trug den trockenen Titel »The Empirical Construction of Relational Intimacy: A Practical Methodology« –, wurde von der Mainstream-Presse mit großer Heiterkeit aufgenommen, und Sanborne wurde in einer Nachmittagstalkshow interviewt, in deren Rahmen man seiner Arbeit einen deutlich glamouröseren Namen verlieh: Es sei, hieß es, der »Leitfaden zur Liebe auf den ersten Blick«. Sanborne hatte verschiedene Kombinationen aus etwa hundert Fragen einer gründlichen Prüfung unterzogen, um die zehn Kernfragen zu ermitteln, die, in einer sehr spezifischen Reihenfolge beantwortet, Zuneigung, ja Liebe zwischen zwei ansonsten ganz und gar Fremden stiften konnten. So ergab sich Elizabeths Aufgabe, die darin bestand, in ihrem ersten Herbst auf dem College an jedem Wochentag zum Psychologischen Institut zu gehen, damit sich drei- oder viermal täglich jemand in sie verlieben konnte.

Die Männer, die sie interviewte, waren allesamt Freiwillige, allesamt im College-Alter und Singles, und in den Aufnahmeformularen brachten sie allesamt ein großes Interesse daran zum Ausdruck, eine Frau kennenzulernen. Die Gespräche begannen mit einer Reihe einfacher Anweisungen, die Elizabeth (die sich selbst als Testperson ausgab) vorlas und in denen stand, dass Elizabeth einige Fragen persönlicher Natur stellen werde und es sehr wichtig sei, dass sie beide diese Fragen gründlich und aufrichtig beantworteten, woraufhin sie mit der Befragung begann.

»Auf einer Skala von eins bis zehn, wie sehr haben dich deine Eltern geliebt?«

Das war die Frage, die Sanbornes Forschungen zufolge das übrige Gespräch am stärksten begünstigte; bat man die Testpersonen um eine Einschätzung, wie sehr man sie in der Vergangenheit umsorgt hatte, wurden sie aufgeschlossener für die Möglichkeit einer neuen und besseren Liebe in der Gegenwart. Darum wurde die Frage in Gestalt einer Skala präsentiert, denn in der Psychologie ist wohlbekannt, dass Menschen, die irgendeinen auf sich selbst bezogenen Umstand auf einer Skala von eins bis zehn einordnen sollen, sich so gut wie nie für »eins« oder »zehn« entscheiden, sodass selbst Testpersonen mit der glücklichsten und von Liebe erfülltesten Kindheit wahrscheinlich »neun« sagen würden, was implizierte, dass es noch Raum für Verbesserungen gab, und das war Sinn und Zweck der Frage: sie zum Nachdenken darüber anzuregen, wie sie in diesem Augenblick auf umfänglichere und befriedigendere Weise geliebt werden könnten.

Außerdem vertrat Sanborne die Theorie, dass Testpersonen, die beim Beschreiben ihrer Kindheit auf einschlägige Erinnerungen zurückgriffen, diese Erinnerungen zugleich nachempfanden und so lange gewissermaßen in dem Kind, das sie einmal waren, lebten. Schließlich gab es im Hirn ein bestimmtes Modul, das keine maßgebliche Unterscheidung zwischen einer Erfahrung in der Gegenwart und der Erinnerung an dieselbe Erfahrung in der Vergangenheit vornahm – genau dieser Vorgang vollzog sich oft auf übermächtige und ungehemmte Weise in Menschen, die am Posttraumatischen Belastungssyndrom litten und sich an einen traumatischen

Moment nicht erinnern konnten, ohne zu glauben, diesen Moment erneut zu erleben. Sprach eine Testperson also darüber, wie sie als Kind geliebt worden war, musste sie in Gedanken zu einem gewissen Maß *dieses Kind werden*, um es angemessen zu beschreiben. Sie musste das Bewusstsein dieses Kindes in ihrem erwachsenen Verstand simulieren und nachbilden, was sie dazu anregte, sich in diesem Augenblick, mit Elizabeth zusammen, genau so zu fühlen wie dieses Kind in der Vergangenheit: bedürftig und verwundbar. Alle Menschen tragen – mal dicht an der Oberfläche, mal tief in sich begraben – den Geist dieses wehrlosen Kindes in sich, der sie noch immer heimsucht, und Sanbornes erster Denkanstoß sollte diesen Geist heraufbeschwören.

Die Verstärkung erfolgte dann durch den zweiten Denkanstoß – »Beschreibe den ersten Gegenstand, den du je geliebt hast« –, der die Männer dazu brachte, Erinnerungen an irgendeine Art von Kuscheldecke, Teddybär, Spielzeug, Puppe oder, bei jenen mit wirklich beeindruckend deutlichen Erinnerungen an die früheste Kindheit, einen Babygegenstand wie eine Rassel oder einen Schnuller zu schildern, der meist irgendeinen primitiven Namen wie zum Beispiel Binky trug. Elizabeth war fasziniert, wie viele Männer die im Grunde gleiche Erinnerung an eine dünne gehäkelte Wolldecke in Pastellblau mit einem samtigen Rand hatten, deren Ecke schließlich ausgefranst war, genau an der Stelle, an der sie als Kinder meist genuckelt hatten. Wichtig war, dass diese geliebten Gegenstände gründlich beschrieben und nicht nur benannt wurden, denn um ihre physischen Eigenschaften zu beschreiben, mussten die Befragten auf im sensorischen Cortex gespeicherte Informationen wie Oberflächenbeschaffenheiten, Gerüche, Geschmacksempfindungen und Ähnliches zugreifen, was wiederum bewirkte, dass diese Decke auf subtile und unbewusste Weise in die Gegenwart geholt und kurzzeitig der Mensch wieder zum Leben erweckt wurde, der die Männer mal gewesen waren, als diese Decke sie umhüllte und sie sich warm und geborgen fühlten.

Mit anderen Worten zielten die beiden Fragen darauf ab, die Verteidigungsmechanismen der Erwachsenen zu durchbrechen und ihr unschuldigeres, verwundbareres und ungeschützteres früheres Ich offenzulegen.

Und dann war es Zeit, ihnen richtig auf den Pelz zu rücken. Oder sie, wie Sanborn es nannte, »eine starke Affekterfahrung durchleben« zu lassen. Nachdem er seine Testpersonen dazu gebracht hatte, sich verwundbar zu fühlen, machte er sich diese Verwundbarkeit zunutze, um heftige und oft quälende Emotionen in ihnen zu wecken. Die nächsten Fragen waren also darauf ausgerichtet, Gefühle der Beklemmung, der Betretenheit und Scham, ja des Schreckens auszulösen; die Testpersonen wurden aufgefordert, Augenblicke zu beschreiben, in denen sie öffentlichem Spott ausgesetzt gewesen waren, vor anderen geweint hatten, außerordentlich aufgeregt oder ängstlich gewesen waren. Elizabeth bat ihre Partner, den eigenen Tod vorauszusagen oder zu erzählen, was sie bereuen würden, sollten sie an diesem Tag sterben. Sie forderte sie auf, klar und deutlich und in allen schonungslosen Einzelheiten zu beschreiben, was genau sie an ihr, Elizabeth, körperlich anziehend fanden.

Diese Fragen sollten eigentlich nur den Herzschlag der Männer beschleunigen, sie ins Schwitzen bringen und nervös machen. Sanborne versuchte in den Testpersonen ungefähr die gleichen Empfindungen auszulösen, die sich einstellten, wenn zwei Menschen sich tatsächlich verliebten – den Schweiß, das Nervenflattern, das Herzrasen –, und machte sich dafür ein bestimmtes psychologisches Phänomen zunutze, demzufolge Menschen dazu neigen, ihrer Erregung eine falsche Ursache zuzuweisen. Nach Sanbornes Erklärung war das, was sie als »Gefühl« oder »Emotion« begriffen, nur eine konzeptuelle und semantische Kategorie, die sie mit einer Abfolge körperlicher Eindrücke verbanden: Wurde ihnen heiß und eng um die Brust und fühlten sie sich zittrig und angespannt, dann hatten sie mit der Zeit gelernt, das als »Wut« zu bezeichnen;

fühlten sie sich abgeschlagen, leer und lustlos, dann nannten sie das »Traurigkeit«. In Bezug auf das menschliche Gefühlsempfinden bestand also ein grundsätzliches Henne-oder-Ei-Problem, ein Problem der Kausalität. Subjektiv, im eigenen Kopf, fühlte es sich an, als riefen starke Gefühle starke körperliche Reaktionen hervor: Man fühlt sich ängstlich, und diese Ängstlichkeit führt zu schwitzenden Handflächen. In Wahrheit war es jedoch andersherum: Die Handflächen beginnen zu schwitzen, und der Verstand sucht rückwirkend nach einer Ursache. »Ich muss Angst haben«, entscheidet er.

Gefühle, sagte Sanborne, seien schlicht Namen, die man *ex post facto* biologischen Ereignissen verlieh, und daher sei es möglich und nicht selten, dass es zu ungenauen, vertauschten oder schlicht falschen Bezeichnungen komme. So könnten Kleinkinder beispielsweise meist nicht zwischen Wut und Müdigkeit unterscheiden. Und selbst Erwachsene verwechselten Frustration zuweilen mit bloßem Hunger. Es sei weithin bekannt, dass Menschen unter Umständen, die Aufregung, Beklommenheit oder Angst auslösten, deutlich stärkere romantische Erregung und Anziehung empfanden – man vergleiche die Studien darüber, wie unglaublich wirksam es ist, das erste Date in einem Vergnügungspark stattfinden zu lassen oder gemeinsam Horrorfilme zu schauen oder (wie in einer brillanten kanadischen Studie) bei starkem Wind auf einer wackligen Hängebrücke einhundertzwanzig Meter über einer Felsschlucht mit einem oder einer potenziellen Geliebten zu sprechen. Die Testpersonen auf dieser winzig kleinen, hin und her schaukelnden, besorgniserregend klapprigen Brücke – sie befand sich unweit von Vancouver – erlebten das volle Ausmaß körperlicher Reaktionen auf einen *starken Affekt* – das Adrenalin, die schweißnassen Handflächen, das Herzrasen, das Gefühl von Panik und Verdammnis, das den Solarplexus erfüllt –, und ihr Verstand hatte zwei Erklärungsmöglichkeiten: Entweder empfanden sie aufgrund der Brücke so, dann handelte es sich um »Angst«, oder sie empfanden aufgrund der anderen Person auf der Brücke so, dann handelte es sich um »Anziehung« oder sogar »Liebe«.

Und weil das Empfinden von Anziehung weniger am eigenen Ego kratzte als das Empfinden von Angst, war das im Allgemeinen die Geschichte, der sie Vertrauen und Glauben schenkten: Paare, die sich auf der Hängebrücke begegnet waren, verspürten eine viel stärkere wechselseitige Anziehung und hatten viel mehr weitere Verabredungen als eine Kontrollgruppe von Paaren, die sich auf einer stabilen, großen Brücke in Kanada begegnet waren, welche sich nicht weit über dem Boden befand und eher langweilig war.

Die Menschen schufen mit anderen Worten eine Geschichte, die ihnen ihr eigenes Empfinden erklärte, und dann hielten sie ihre erdachte Geschichte für die tatsächliche objektive Wahrheit. Vermochte Elizabeth ihre Partner also mit hochintimen und gewagten Fragen nervös zu machen, dann würden die Männer diese Nervosität möglicherweise auf die falsche Ursache zurückführen und sich im Grunde sagen: »Ich muss mich sehr zu dieser Frau hingezogen fühlen, wenn ich in ihrer Gegenwart so nervös werde.«

Daher die letzte Frage des Interviews: »Glaubst du an Liebe auf den ersten Blick?« Es war eine Holzhammerfrage, das psychologische Äquivalent zur »Zauberkraft« eines Magiers, wenn man glaubt, willkürlich eine Karte aus einem Stapel zu wählen, sich in Wahrheit aber für genau die Karte entscheidet, die der Magier einem aufdrängt. Fragte man eine Testperson in genau dem Augenblick, in dem sie die körperlichen Auswirkungen eines extrem starken Affekts durchlebte, ob sie an Liebe auf den ersten Blick glaube, kredenzte man ihr quasi eine Version der Realität, die sie einfach übernehmen konnte.

Woraufhin der Mann zwei Dinge erhielt: erstens den Thematischen Apperzeptionstest zur Einschätzung der potenziellen romantischen und sexuellen Erregung und zweitens Elizabeths Telefonnummer, da der Prozentsatz der Testpersonen, die sie anriefen, um sich mit ihr zu verabreden, eine aufschlussreiche, zu wissenschaftlichen Zwecken zu erhebende und zu verzeichnende Größe war.

Elizabeth half dabei, dieses Skript zu perfektionieren, und Elizabeth wandte dieses Skript am Abend ihres Kennenlernens auf Jack an. Das war ein Umstand, den sie ihm in all den Jahren, die sie ein Paar und schließlich verheiratet waren, nie enthüllte. Sie verschone ihn mit beunruhigendem Wissen, dachte sie; Jack war ein so gewaltiger Romantiker, und die Reinheit und Magie ihrer Entstehungsgeschichte war ihm so kostbar, dass sie seine Erinnerung nicht vergiften wollte, indem sie ihm enthüllte, dass er in Wahrheit das Opfer *fortschrittlicher psychologischer Manipulation* gewesen war. Er sollte nicht wissen, dass der Rausch und die Aufregung, die er an jenem Abend empfunden hatte, zumindest teilweise laborgeprüft und von Experten begutachtet war. Anfangs bereitete es ihr Sorge, auf diese Weise Schindluder mit seinen Gefühlen getrieben zu haben, doch als sie herausfand, dass er sie aus der Ferne durchs Fenster beobachtet hatte, so wie sie ihn beobachtet hatte, und dass er schon vor ihrer ersten Begegnung heftig für sie geschwärmt hatte, schien sie das zu entlasten. Und nachdem Monate und Jahre vergangen waren, spielte es eigentlich keine Rolle mehr. Sie waren nun schon so lange ein Paar, dass alle Täuschungsmanöver, die sie zu Anfang ihrer Beziehung angewandt hatte, durch all die echte und wahrhaftig glückliche gemeinsame Zeit aufgewogen wurden.

Oder?

Das war die Frage, die sie am Tag ihres Treffens mit Dr. Sanborne beschäftigte. Sie fand ihn auf seiner Lieblingsbank vor, mit Blick auf seine liebste Sehenswürdigkeit in Chicago, eine Skulptur, die in der ganzen Stadt liebevoll »die Bohne« genannt wurde. Eigentlich trug sie den Titel *Cloud Gate*, und der Künstler legte großen Wert darauf, dass man sie *Cloud Gate* nannte, und wann immer die Stadt sie in irgendeinem offiziellen Zusammenhang erwähnte, wurde sie auch als *Cloud Gate* bezeichnet, aber alle anderen nannten sie schlicht die Bohne. Denn so sah diese Skulptur aus: Sie war achtzehn Meter lang und neun Meter hoch und mit spiegelndem, hochglanzpoliertem Edelstahl verkleidet, und ihre Form war – es ließ sich nicht leugnen – hülsenfruchtartig. Es war ein kolossaler dreidimensionaler Spiegel in exakt der länglichen Form einer Limabohne.

Die Skulptur stand auf einem Platz in der Innenstadt und spiegelte auf einer Seite sämtliche Gebäude in der Michigan Avenue wider, deren flache Fronten sich auf der nahtlosen Haut der Bohne zu biegen und zu winden schienen. Das Schönste an dieser Sehenswürdigkeit war für Sanborne, wenn die Leute ihre eigenen bizarren Spiegelbilder darin betrachteten, wie sie sich ein Stück in diese oder jene Richtung bewegten und ihre Körper dann gedehnt oder gestaucht erschienen. Hier vorn hatten sie die Form eines Kürbisses; dort hinten hatten sie die Form einer Birne. Hunderte von Menschen taten das gerade, standen um die Bohne herum oder unter ihr, winkten sich selbst zu, machten Fotos, bewegten sich hierhin und dorthin, betrachteten die entsprechenden Verformungen und amüsierten sich köstlich, was wiederum Sanborne köstlich amüsierte. Er saß auf einer der Bänke in der Nähe und sah ihnen lächelnd zu.

Elizabeth hatte um das Treffen gebeten. Sie hatte in den Jahren, seit er sich zur Ruhe gesetzt hatte, keinen engen Kontakt mit ihm gepflegt, aber doch genug, um zu wissen, dass ihm der Ruhestand nicht besonders entgegenkam. Müßiggang oder Untätigkeit entsprach nicht seinem Wesen, sodass ihm die nun verfügbaren verschiedentlichen Hobbys, gesellschaftlichen Anlässe und exotischen Reisen enttäuschend vorkamen; ihnen fehlte das Gefühl eines höheren intellektuellen Zwecks, das daraus erwächst, wenn man einer der größten Fragen des Lebens nachspürt: Woher wissen wir, was wahr ist? *Wen interessiert schon Acapulco im Vergleich zu einer Frage wie dieser?*, hatte er Elizabeth vor einigen Jahren in einer E-Mail geschrieben, die sie aus Acapulco erreichte.

Sanborne trug seine übliche Outdoor-Kluft – das leicht schweißfleckige Wanderhemd mit den vielen Taschen, einen breitkrempigen grünen Fischerhut, der sein rosiges Gesicht vor der Sonne schützte, eine Cargohose mit Klettverschlüssen an den Knöcheln, damit die Hosenaufschläge sich nicht in der Kette seines Fahrrads verfingen, mit dem er sich noch immer durch die ganze Stadt bewegte. Das Rad lehnte an der Rückseite der Bank, schwer beladen nach einem nachmittäglichen Abstecher zum Supermarkt, wie es schien – eine am Lenker befestigte Kiste mit mehreren Sechserpacks Cola, eine ausgebeulte Satteltasche, ein großer Doppelkorb auf dem Gepäckträger, aus dem die Henkel zahlreicher Plastiktüten ragten und sich im Wind drehten.

Sanborne saß da und genoss das Spektakel der Bohne, bis er Elizabeth aus der Menge auftauchen sah, und dann stand er auf, gab ihr einen Kuss auf die Wange und sagte: »Meine Liebe, was für eine schöne Überraschung, von Ihnen zu hören. Bitte, setzen Sie sich, setzen Sie sich.«

Sie nahm neben ihm auf der Bank Platz, und gemeinsam sahen sie einer Gruppe von Kindern zu, die sich vor Lachen darüber ausschütteten, wie die Bohne ihre Gesichter in die Länge zog, stauchte oder auf irgendeine Weise grotesk verzerrte. Die Eltern der Kinder standen unterdessen größtenteils herum und schauten auf ihre Telefone.

»Warum sind Zerrspiegel für manche ein großer Spaß«, sagte Sanborne, »und für andere nicht so sehr?«

»Ich weiß es nicht«, sagte Elizabeth, »aber ich wette, Sie haben eine Theorie.«

»Eine Arbeitshypothese. Sträflich unerprobt. Eine bloße Vermutung. Wahrscheinlich wäre es unverantwortlich, sie auch nur laut auszusprechen.«

»Ihre Vermutungen sind meist ziemlich unterhaltsam. Lassen Sie mal hören.«

»Also schön, mein Verdacht ist folgender: Jeder fühlt sich zu einem gewissen Grad groß oder klein, jeder hat das Gefühl, dass ein Teil von ihm zutiefst merkwürdig ist, nicht wahr? Ein innerer Freak. Ein Teil von ihm selbst, der im Widerspruch zu dem steht, was wir alle als in Anführungszeichen ›normal‹ empfinden.«

»Ja, einverstanden.«

»Und manche haben ein gutes Verhältnis zu diesem inneren Sonderling. Sie schätzen ihn, sie ertragen ihn geduldig, sie lassen ihn zuweilen an die Oberfläche kommen, sie weiden sich an ihm. Das sind diejenigen, denen der Zerrspiegel Freude bereitet. Sie sehen diese monströse Version ihrer selbst und denken: *Ja! Auch das bin ich!* Sie akzeptieren das.«

»Wie diese Kinder dort«, sagte Elizabeth und sah ihnen dabei zu, wie sie nun vor der Bohne wüste Grimassen zogen, die Zunge herausstreckten, schielten, die Finger in die Mundwinkel hakten und sie auseinanderzogen.

»Kinder haben von uns allen am meisten das Gefühl, nicht den gesellschaftlichen Normen und der Etikette zu entsprechen«, sagte Sanborne, »also liegt die Annahme nah, dass sie die stärkste Verbindung zu ihrem inneren Sonderling haben. Erwachsene dagegen? Deutlich weniger. Manche Erwachsenen verwenden beträchtliche geistige Ressourcen darauf, normal zu sein, sich einzufügen, eine allgemein akzeptable Fassade an den Tag zu legen. Diese Erwachsenen erleben ihren inneren Sonderling als beunruhigend und bedrohlich, voller ungewollter Triebe, die zum Verstummen zu bringen oder zu unterdrücken sie sich alle Mühe geben. Ihnen macht der Zerrspiegel keine Freude. Sie empfinden als Herausforderung, was sie darin sehen, das Bild von jemandem, der so garstig und nicht gesellschaftsfähig ist, wie sie sich in ihrem Inneren tatsächlich fühlen. Der dort drüben zum Beispiel ...«

Sanborne deutete auf einen Geschäftsmann in der Nähe, der vielleicht gerade Mittagspause machte – marineblaues Sakko, blaues Hemd, aprikosenfarbene Krawatte, einen kleinen Rucksack über eine Schulter geworfen, so überquerte er gerade den Platz, um am Rand der Menge stehen zu bleiben, einen Augenblick lang in die Bohne zu starren, eine perfekte Haltung einzunehmen und dann rasch weiterzugehen.

»Dieser Mann«, sagte Sanborne, »Junge, der Mann hat *Geheimnisse*.«

»Das klingt nach einem vielversprechenden Forschungsthema.«

»Ach, es ist bloß eine Theorie, meine Liebe. Ich habe nicht die geringste Ahnung, wie ich sie überprüfen sollte. Und außerdem bin ich ohnehin zu beschäftigt.«

»Arbeiten Sie wieder?«

»In der Tat! Ich hätte den Ruhestand nicht eine Sekunde länger ertragen. Die ganze Freizeit. Das ganze *Golfen*. Nein, ich bin wieder zugange; momentan führe ich eine ethnografische Studie an einer faszinierenden Gruppe von Menschen durch, die alle die gleiche sonderbare Überzeugung teilen.«

»Nämlich?«

»Sie halten die Welt für eine Computersimulation.«

»Eine Simulation. Wie in diesem Film mit den Robotern?«

»Ja, nur weniger apokalyptisch. Die Menschen, die ich studiere, nähern sich der Sache auf schockierend realistische Weise, durchaus rational, mathematisch und analytisch. Sie gehen von einer einfachen Annahme aus: dass Rechenleistung, Geschwindigkeit und Kapazität von Computern vermutlich bis weit in die Zukunft hinein mit dem gleichen exponentiellen Tempo voranschreiten werden.«

»Klingt so weit ganz vernünftig.«

»Daraus folgt, dass die Menschheit eines Tages, irgendwann in der Zukunft, Computer mit quasi unbegrenztem Leistungsvermögen erfinden wird, richtig? Computer, so schnell, so mächtig und so intelligent, dass sie die echte Welt bis ins letzte Atom hinein simulieren können. Eine Landkarte der Welt, so groß wie die Welt selbst. Computer, die imstande sind, das Gefühl zu simulieren, als menschliches Wesen ein menschliches Leben zu führen, die gesamte Erdgeschichte zu simulieren, hier und da einige Variablen zu verändern, um zu sehen, was sich ändert, und zu überprüfen, inwieweit sich die Resultate unterscheiden. Wie ein Wettermodell in kosmischem Maßstab. Diese Art von Simulation ist mehr oder weniger unvermeidlich.«

»Ich verstehe.«

»Was glauben Sie also, wie viele dieser Weltsimulationen in jener Zukunft wohl ablaufen werden?«

»Ich weiß nicht. Eine Million?«

»Ja, sagen wir eine Million! In dem Fall könnte man davon ausgehen, dass das Universum eine echte Erde und eine Million simulierter Erden enthält. Woraus logischerweise folgt, dass die Chance, dass wir gerade auf dieser einzelnen echten Erde leben, buchstäblich eins zu einer Million ist. Letztlich ist es eine Frage der Wahrscheinlichkeit. Es ist einfach deutlich wahrscheinlicher, dass wir uns in einer dieser Simulationen befinden, zumal diejenigen innerhalb der Simulation sie nicht als Simulation wahrnehmen würden, weil das die Simulation ruinieren würde. Ziemlich brillant, oder?«

»Glauben das viele?«

»*Unfassbar* viele! Und sie haben große, laute Onlinecommunitys. Ich bin Teil einer Gruppe in Second Life, einer Plattform, die selbst eine Simulation ist. Wissen Sie, wie unsere Gruppe in Second Life heißt?«

»Nein.«

»Third Life! Ach, mir haben diese Plaudereien mit Ihnen gefehlt. Wie geht es Ihnen? Wie geht es Ihrer Familie?«

Elizabeth lächelte. Sie wusste, die Antwort auf diese Frage lautete: *Sie liegt in Scherben*. Jack war weit weg in Kansas, ihre Ehe war in Auflösung begriffen, ihre Zukunft und ihre dahinschwindenden Ersparnisse waren in Internetkontroversen verstrickt. Doch mit einem Mal empfand sie Schuldgefühle bei dem Gedanken, den armen Mann mit ihrem persönlichen Drama zu belasten, und sie sagte: »Gut«, und nickte überaus eifrig. »Es ist alles bestens!«

»Meine Liebe«, sagte er, »Sie haben sich doch nicht bei

mir gemeldet, weil alles bestens ist. Was liegt Ihnen auf dem Herzen?«

Elizabeth ließ einen Atemzug entweichen, den sie offenbar angehalten hatte. »Es geht um Jack und mich.«

»Ja?«

»Zwischen uns läuft es nicht gut.«

»Ah ja.«

»Wir haben Eheprobleme.«

»In letzter Zeit oder schon länger?«

»Wahrscheinlich ... beides? Aber ich glaube, es hat mit der neuen Wohnung angefangen. Das hatte ich noch gar nicht erzählt: Wir haben endlich eine Wohnung gekauft.«

»Gratuliere.«

»Ja, es sollte eigentlich unsere Traumwohnung werden. Und ich glaube, der ganze Prozess, uns unsere Traumwohnung einzurichten, hat einige Dinge ans Licht gebracht, mit denen wir uns ehrlich gesagt nicht auseinandergesetzt hatten. Ich meine, wir haben uns die Frage gestellt, ob wir unser Leben wirklich in dieser Wohnung verbringen wollen, für immer. Uns ist klar geworden, dass es zwischen uns vielleicht ein grundsätzliches, ich weiß nicht, *Missverständnis* gibt.«

»Und was wäre das?«

»Es klingt vielleicht komisch, aber – wissen Sie noch, wie Sie mich eingestellt haben?«

»Natürlich.«

»Können Sie sich noch erinnern, wozu wir damals geforscht haben?«

»Ich glaube, man nannte es den ›Leitfaden zur Liebe auf den ersten Blick‹. Die Entstehung von Intimität unter Laborbedingungen. Ich kann Ihnen sagen, dass sich unsere Ergebnisse als belastbar und replizierbar erwiesen haben, ganz im Gegensatz zu so vielen anderen Ergebnissen heutzutage. Das war sehr gute wissenschaftliche Arbeit.«

»Tja, ich habe sie wohl ein wenig auf Jack angewandt.«

»Haben Sie nicht!«

»Bei unserer ersten Verabredung. Ich habe das gesamte Skript durchexerziert, alle zehn Fragen, in genau der richtigen Reihenfolge.«

»Sie kleine Teufelin!«

»Und seitdem glaubt Jack, wir wären füreinander bestimmt.«

»Ach, ich wünschte bloß, das wäre im Labor passiert. Wir hätten es in unseren Datensatz einspeisen können! Stellen Sie sich die Schlagzeile vor: ›Ergebnisse so eindeutig, dass *Eheschließung* zu den Nebenwirkungen zählen kann.‹«

»Ich bin mir nur ziemlich sicher, dass Jack und ich ... dass wir eigentlich nicht zusammenpassen.«

»Tatsächlich?«

»Wissen Sie noch, was Sie bei unserer ersten Begegnung zu mir gesagt haben? Ihre Definition der Liebe? Sie sagten, Liebe sei, wenn man etwas in jemand anderem sieht und es für sich selbst will. Und ich habe Dinge in Jack gesehen, von denen ich glaubte, ich würde sie wollen, für immer. Aber vielleicht will ich sie jetzt doch nicht mehr, oder vielleicht waren sie auch gar nicht da. Ich weiß es nicht.«

»Meine Liebe«, sagte Sanborne und sah sie jetzt auf die gleiche geduldige Art und Weise an wie damals, wenn sie als Studentin etwas Naives gesagt hatte. »Jack und Sie? Natürlich sind Sie nicht füreinander bestimmt. Natürlich passen Sie nicht zueinander.«

»Wow«, sagte Elizabeth. »Ich hatte wirklich erwartet, Sie würden versuchen, mich aufzumuntern.«

»Das werde ich auch, meine Liebe, aber wohl nicht so, wie Sie es erwarten.«

»Okay.«

»Natürlich bin ich gerade schrecklich voreingenommen. Sie müssen wissen, dass ich mich wahrscheinlich nicht objektiv zum Thema Liebe äußern kann.«

»Weshalb?«

»Ich habe jemanden kennengelernt.«

»Wirklich?«

»Jemand – und mich schaudert, wenn ich mich das sagen höre – jemand *Besonderen*.«

»Ach, wie schön.«

»Er heißt Dale, können Sie sich das vorstellen? Unglaublich! Mein ganzes Leben lang war ich so unsentimental, nur um mich jetzt von einem Dale um den Finger wickeln zu lassen. Es ist hochnotpeinlich.«

»Ich freue mich, dass Sie jemanden kennengelernt haben«, sagte Elizabeth. Es war das erste Mal, dass Sanborne ihr je Einzelheiten zu seinem Liebesleben verraten hatte. Jahrzehntelang hatte er sich dazu entweder ganz ausgeschwiegen oder bewusst vage geäußert. Sie lächelte ihn an, griff nach seiner Hand und drückte sie.

»Tja, Dale also«, sagte Sanborne und schüttelte den Kopf. »Er hat einen grauenhaften Geschmack, was Wein angeht. Und Essen. Und Filme. Er lacht aus ganzem Herzen über die blödesten Sitcoms. Er hat noch nie von Chopin gehört, kennt aber sämtliche Footballregeln in- und auswendig. Beim Kauen macht er so ein fürchterliches feuchtes Geräusch. Und trotzdem kriege ich nicht genug von ihm.«

»Ich habe mal gehört, so etwas nennt man neue Beziehungsenergie.«

»Worauf ich hinauswill, ist, dass er mich dazu gebracht hat, meine einst so konsequente Position in Liebesdingen zu überdenken.«

Sanborne grinste sie an und lehnte sich dann zurück, schlug die Beine übereinander, sah in den klaren Herbsthimmel hinauf. Elizabeth folgte seinem Blick und sah hoch über ihnen mehrere Tauben auf der Bohne sitzen – durch die Art und Weise, wie die Bohne den strahlend blauen Tag widerspiegelte, war kaum zu erkennen, wo sie endete und der Himmel begann, wodurch es aussah, als schwebten die Tauben in der Luft.

»Eine Frage treibt mich seit unserer Akupunkturstudie um«, sagte Sanborne. »Erinnern Sie sich an die Studie?«

»Das war die, bei der sich die Patienten mit einem Zahnstocher selbst von chronischen Rückenschmerzen befreiten.«

»Genau! Und seither denke ich über diese Frage nach: Wenn Menschen zu dieser Art der Selbstheilung in der Lage sind, warum tun sie es dann nicht einfach? Auf eigene Faust? Warum brauchen sie das Placebo? Warum warten sie erst auf die Erlaubnis? Warum brauchen sie einen Auslöser? Damals hatte ich keine Antwort drauf, aber ich glaube, jetzt habe ich eine. Wobei auch diese ungetestet ist, behandeln Sie also alles, was ich sage, mit der Ihnen eigenen Skepsis.«

»Das tue ich ganz bestimmt.«

»Na schön, der Körper kann sich also mitunter selbst von Schmerzen befreien, entscheidet sich aber oft dagegen. Ich glaube, das deutet darauf hin, dass es gelegentlich gut ist, sich schlecht zu fühlen. Es muss einen Vorteil haben, sich schlecht zu fühlen. Der Schmerz muss einen Sinn haben, nicht wahr?«

»Ich denke, der Schmerz ist eine Art Warnsystem. Zerrt man sich einen Rückenmuskel, dann befiehlt einem der Schmerz, den Rücken zu schonen, um ihn nicht noch mehr zu schädigen.«

»Und auf akute Verletzungen trifft das auch unbedingt zu: Muskelzerrungen, Knochenbrüche, Platzwunden, Blutergüsse. Aber wie wir beide wissen, haben Placebos kaum Auswirkungen auf solche Blessuren. Es gibt kein einziges Placebo, das Knochen oder Gewebe verheilen lassen kann. Nein, Placebos wirken am besten bei Leuten mit chronischen Leiden – Rückenschmerzen, die durch keine Röntgenaufnahme zu erklären sind, Kopfschmerzen ohne eindeutige organische Ursache, Reizdarm ohne erkennbare Reize, allgemeine Lethargie, körperliche Abgeschlagenheit, diffuse Entzündungen, endlose Gefühlsqualen, spirituelle Hoffnungslosigkeit...«

»Verlust der romantischen Liebe.«

»Schmerz ohne akuten körperlichen Auslöser, subjektiv wahrgenommener Schmerz, den der Körper lindern könnte, wenn er wollte – das ist die Art von Schmerz, die am stärksten auf Placebos anspricht. Und woran liegt das? Nun, ich denke, die Antwort darauf könnte eine ganz langweilige biologische sein, nämlich, dass es kostspielig ist. Kostspielig in Bezug auf den Stoffwechsel. Schmerzen oder Infektionen von innen heraus zu behandeln ist sehr teuer, was die Investition an reinen Kalorien betrifft. Es bedarf einer riesigen Menge an Energie, um die körpereigene Immunabwehr, die Endorphine, die natürlichen Opioide, das Serotonin und so weiter zu mobilisieren. Wussten Sie, dass der Körper im Winter beispielsweise mit einer deutlich geringeren Immunantwort auf eine Erkältung reagiert als im Sommer?«

»Nein, wusste ich nicht.«

»Das Hirn registriert die kürzeren Tage, das fehlende Sonnenlicht, die niedrigen Temperaturen, und denkt sich: *Das ist die Jahreszeit des Mangels.* Also wendet es nicht so viel Energie für die Bekämpfung von Erkältungen auf wie im Sommer, der Jahreszeit des Überflusses. Darum sind Erkältungen im Winter tendenziell hartnäckiger: Das Hirn geizt bei der Zuteilung von Ressourcen, da es sich unter Bedingungen von Hunger und Strapazen, von Knappheit und Entbehrung entwickelt hat.«

»Der Verhungernde vergeudet also keine Kalorien mit der Bekämpfung einer Erkältung.«

»Und wenn man lauter hungrige Löwen um sich herum hat, verwendet man seine kostbare Energie aufs Davonrennen statt auf den Reizdarm. Das Hirn – das über unserer Welt des einundzwanzigsten Jahrhunderts noch immer eine Simulation des Paläolithikums ablaufen lässt – stellt also eine Kosten-Nutzen-Rechnung auf: Die zur Heilung notwendige Energie wird es nur dann investieren, wenn ganz bestimmt genügend Energie vorhanden ist, wenn wir ganz bestimmt in Sicherheit sind und keine Bedrohung herrscht.«

»Aber wir *sind* doch offenkundig sicher. Keine Löwen, keine Hungersnöte.«

»Gut, aber fühlt es sich im Inneren so an? Fühlen Sie sich sicher? Wenn ein Gefühl nur der Name ist, den wir körperlichen Empfindungen geben, wie würden Sie dann die Erfahrung von Gewissheit und Sicherheit beschreiben? Wie würden Sie sich tief im Inneren fühlen?«

»Ich würde mich wahrscheinlich ruhig fühlen. Gelassen. Friedlich.«

»Ja.«

»Entspannt. Hoffnungsvoll. Unbelastet. Frei.«

»Und sagen Sie mir, meine Liebe, wie oft fühlen Sie sich dieser Tage so?«

»So gut wie nie, würde ich sagen.«

»Ganz genau! Unsere Welterfahrung ist nicht von Frieden und Gelassenheit geprägt. Unser Leben war noch nie so frei von unmittelbaren physischen Bedrohungen, und doch haben wir uns noch nie so bedroht gefühlt. Und das liegt daran, dass wir uns im Laufe unseres normalen Alltagslebens mit all der Verantwortung, die Arbeit und Familie mit sich bringen, inmitten des Strudels von Informationen, Nachrichten, Trends und Meinungsmache, mit den Millionen von Wahlmöglichkeiten, die uns zur Verfügung stehen, mit all den Schrecken der Welt, die uns sekündlich auf den Bildschirmen von Fernseher, Computer und Telefon serviert werden, größtenteils einfach ängstlich fühlen, besorgt, unsicher, verwundbar – im Grunde die gleichen Empfindungen, die wir hätten, wenn tatsächlich eine Hungersnot herrschte oder wir tatsächlich gejagt würden.«

»Informationsüberschuss ist der hungrige Löwe von heute.«

»Das kann man wohl sagen. Wir fühlen uns unsicher. Wir empfinden Ungewissheit. Also wird der Körper knauserig. Er haushaltet. Was das Placebo uns beschert, ist die Illusion von Gewissheit. Es liefert uns eine Geschichte, die den Körper, so wir sie glauben, dazu veranlasst, endlich seinem natürlichen Programm zu folgen. Das Placebo heilt uns also nicht – es schafft vielmehr die Empfindung, die wir benötigen, um uns selbst zu heilen. Und diese Empfindung heißt Gewissheit.«

»Ich bin höchst gespannt, was das mit meiner Ehe zu tun hat.«

»Wir leben nicht in einer Welt, die uns viel Gewissheit bietet, meine Liebe. Wir leben in einer Welt des Hochgeschwindigkeitschaos, einem Zeitalter, das uns das Gefühl gibt, je weniger zu verstehen, desto mehr wir wissen, in dem es als modern gilt, jeglichem Verhalten geheime, unbewusste Motive zu unterstellen, weshalb wir daran zweifeln, dass selbst unsere innersten Gedanken und Gefühle wirklich unsere eigenen sind. Vielleicht sind sie wahr und ehrlich, oder vielleicht wurden sie uns auch nur von der Evolution eingegeben oder uns durch das Aufwachsen im Patriarchat einprogrammiert oder durch das Leben in einer bestimmten ethnischen Kaste gesellschaftlich in uns verankert oder durch die vielen verschiedenen Arten, auf die wir von unseren Eltern verkorkst wurden, in uns implantiert, oder vielleicht denken und fühlen wir so, weil wir uns von Propaganda haben verführen oder von einem Algorithmus haben beeinflussen lassen, oder vielleicht stellen wir unbewusst vor unserem eigenen Stamm unsere Tugendhaftigkeit zur Schau, oder vielleicht wurden wir mit einem ganz bestimmten Hirn inklusive ganz bestimmter Idiosynkrasien geboren, oder vielleicht trifft auch alles gleichzeitig zu – woher sollen wir das wissen? Wir haben den Verdacht, dass etwas Großes unsichtbar unter uns lauert, und darum suchen wir immer nach dem noch tieferen Verständnis.«

»Wie Ihre Computersimulationsleute.«

»Ich halte es für offensichtlich, dass wir nicht in einer Computersimulation leben, aber entscheidet man sich dafür, das zu glauben, dann ist es eine nützliche Metapher: Es gibt unserer nagenden Ahnung einen Namen, dass andere über uns herrschen, dass wir nicht die vollständige Kontrolle haben, dass wir keine Ahnung haben, was zum Henker eigentlich los ist. Es macht aus Ungewissheit Gewissheit. Kennen Sie diese Fotos vom schiefen Turm von Pisa? Auf dem es aussieht, als würde ihn jemand mit der Hand abstützen?«

»Klar.«

»Diese Illusion funktioniert nur, wenn man als Betrachter an genau der richtigen Stelle steht. Bewegt man sich auch nur einen Schritt nach links oder rechts, löst sie sich auf. Und ich glaube, das machen die Leute in ihrem eigenen Leben ständig. Sie finden eine Weltsicht, die ihnen entgegenkommt, eine Stelle, an der sie sich sicher und geschützt fühlen, und dann lassen sie sich an dieser Stelle nieder und bewegen sich nicht mehr weg. Denn würden sie sich bewegen, würde ihre Gewissheit und Geborgenheit, ihre sichere Stellung innerhalb der Welt zerfallen, und diese Vorstellung ist zu beängstigend und schmerzhaft. Also bevorzugen sie die Illusion – dass die Welt eindeutig eine Simulation ist oder dass Akupunktur funktioniert oder dass Saftkuren irgendwas bringen oder dass Ebola von der Regierung geschaffen wurde. Es gibt ihnen inmitten des ganzen Chaos das Gefühl, über ein klein wenig Hoheitsgewalt zu verfügen. Angesichts unentrinnbarer Bedrohungen, drohender Prekarität und zu erwartender Schmerzen sehnt sich der Körper vor allem anderen nach Gewissheit. Man könnte sagen, dass Gewissheit tatsächlich das Gegenteil von Schmerz ist – sie ist die Reflexion des Schmerzes im Zerrspiegel. Wenn ich Leute auf Facebook lautstark ihre unumstößliche Gewissheit bezüglich irgendeines politischen Themas verkünden sehe, dann glaube ich, eigentlich sagen sie: *Ich verspüre einen starken Schmerz, und niemand schenkt mir Beachtung.* Das gilt auch für Leute, die fest an Seelenverwandtschaft glauben, wie beispielsweise Ihr Mann. Was Jack eigentlich braucht, ist die Illusion von Gewissheit, die Illusion, dass er nie wieder verletzt werden wird.«

»Aber warum ist es eine Illusion? Ist Liebe nicht manchmal *real*? Gibt es nicht wenigstens einige Ehepaare, die wirklich genau richtig füreinander sind?«

»Ist Jack der Richtige für Sie? Ist Jack der Falsche für Sie? Nun, das hängt davon ab. Wer ist dieser *Jack,* von dem wir reden? Wer ist dieses *Sie*? Welche Version? Zu welcher Zeit? An welchem Ort? Welches Ihrer vielen lustigen Spiegelbilder ist das korrekte? Gestern waren Sie dieser Mensch, heute sind Sie dieser, und morgen ... wer weiß? Aber die Ehe verheißt Beständigkeit, Gewissheit: *Du wirst für immer geliebt werden.* Und in dem Moment, in dem wir uns dessen gewiss sind, beginnt es uns durch die Finger zu rinnen. Unsere Gewissheit macht uns blind dafür, wie sich die Welt immer weiter und weiter und weiter verändert.«

»Wenn also nichts real ist, wenn die Gewissheit nur eine Illusion ist, was sollen wir dann tun? An gar nichts glauben?«

»Glauben Sie, was Sie wollen, meine Liebe, aber glauben Sie vorsichtig. Glauben Sie mitfühlend. Glauben Sie voller Neugier. Glauben Sie voller Demut. Und misstrauen Sie der Arroganz der Gewissheit. Ich meine, nur zu, Elizabeth, wenn Sie die Götter wirklich zum Lachen bringen wollen, dann nennen Sie es gerne Ihre *Traumwohnung fürs Leben.*«

Elizabeth stand in ihrem brandneuen Kleid im Zimmer ihrer Eltern und wartete. Es lag im zweiten Stock, das größte Schlafzimmer, das *The Gables* zu bieten hatte, mit einem großen Steinkamin, einem Himmelbett und polierten Holzmöbeln, die mindestens ein Jahrhundert alt waren. Ihr Vater stand vor seinem mannshohen Spiegel neben dem großen Mahagonikleiderschrank, zog seine Krawatte fest und sah Elizabeth im Spiegel an. Ihre Mutter saß währenddessen an einem ihrer beiden Schminktische; sie trug ein schwarzes Kleid, hatte einen Kaschmirschal über die Schultern geworfen und überlegte, welchen Schmuck sie anlegen sollte.

Unten bereiteten die Caterer das Haus vor. Hier oben wartete Elizabeth darauf, dass ihr Outfit abgesegnet wurde. Das tat ihr Vater stets, wenn sie Gäste erwarteten; es sei notwendig, da Elizabeth lernen müsse, sich angemessen zu präsentieren, wozu sie, sagte er, regelmäßig nicht in der Lage sei.

Also erwartete sie den Schiedsspruch ihres Vaters. Und sie sah zu, wie ihre Mutter ein Paar antiker Perlenohrringe in die Hände nahm, sie sich an die Ohren hielt, sich im Spiegel begutachtete und die Ohrringe wieder zurücklegte. Auf dem Schminktisch vor ihr lagen noch zehn weitere Paare antiker Perlenohrringe und dazu all die goldenen und silbernen Ohrreifen, die Diamantohrstecker, die Ohrhänger mit exotischen Schmucksteinen, ganz zu schweigen von den vielen schimmernden Armbändern, Armreifen und schmalen Armbanduhren – alle antik –, plus die Halsketten. Für die Halsketten hatte sie einen eigenen Schminktisch. Elizabeths Mutter verstand sich als »Sammlerin« – oder zumindest beschrieb sie so diesen Lagerbestand an Schmuck, die Zimmer voller Queen-Anne-Möbel, die Galerie mit altamerikanischer Kunst im unteren Teil des Hauses, die Garage mit den klassischen Automobilen, die Schachteln voller Designeruhren, die handgemachten Textilien: Es seien alles »Sammlungen«, sagte sie, ein Wort, über das Elizabeth nie richtig nachgedacht hatte, bis sie sich im Rahmen ihres Forschungsprojekts in jenem Sommer, dieser philosophischen Untersuchungen zum ökonomischen Eigeninteresse und der unsichtbaren Hand, zu fragen begann, welchem Zweck – welchem *wirtschaftlichen* Zweck – diese Sammlungen dienten. Antike Perlenohrringe besaßen natürlich weder einen intrinsischen Wert, noch waren sie in irgendeiner zweckmäßigen Weise nützlich oder vorteilhaft. Die Sammlung hatte vielmehr nur deshalb einen Wert, weil Menschen sie für wertvoll hielten; Elizabeths Mutter zeigte Besuchern eine der Sammlungen, und diese Besucher würdigten sie ausgiebig, und das schien ihrer Mutter Freude zu bereiten. Und Freude war in einem marktwirtschaftlichen System von Wert. Elizabeth entschied daher, dass man sich das, was wir als »Sammlung« bezeichnen, tatsächlich als eine Art aufwendige Batterie vorstellen konnte: So wie eine Batterie Energie speichere, speichere eine Sammlung Freude, hatte sie in ihrem Aufsatz geschrieben. Und nun sah Elizabeth ihre Mutter mit den Fingern über diesen und jenen Ohrring fahren, über dieses Armband und jene Brosche streichen, und sie stellte sich vor, wie ihre Mutter die in ihrer Sammlung gespeicherte Freude anzapfte, so wie man Strom aus einer Batterie zieht: allmählich, bis sie leer ist, was sie irgendwann immer ist. Die Sammlungen ihrer Mutter schienen mit der Zeit immer weniger Freude abzuwerfen; wann immer sie sie ihren Gästen vorführte, wurde sie anschließend von dem Bedürfnis ergriffen, sie umgehend zu erweitern, und dann folgten unweigerlich verschiedene Abstecher zu Auktionen,

Haushaltsauflösungen und Boutiquen in der Stadt, die man nur nach Vereinbarung betreten durfte.

Sokrates hätte dazu etwas zu sagen gehabt, dachte Elizabeth. Sokrates sagte, das Wichtige an der Freude sei nicht ihre schiere Menge, sondern vielmehr ihre Qualität, ihre Wirkung, ihre Beständigkeit; ein Mensch, der das Leben so lebte, dass er immer mehr und mehr und mehr Freude brauche und zugleich unfähig sei, sich diese Freude zu bewahren, sei eigentlich gar kein Mensch, sondern eher wie ein Schalentier, das nur umhertrieb und fraß, umhertrieb und fraß.

Das hatte Elizabeth in ihrem Aufsatz nicht geschrieben, weil sie fürchtete, ihre Mutter könne den Aufsatz finden und lesen und naturgemäß schockiert und beleidigt sein.

Elizabeth stand schweigend im Schlafzimmer ihrer Eltern. Sie sah zu, wie ihre Mutter ein weiteres Paar Ohrringe anprobierte. Sie wartete darauf, dass ihr Vater ihre Garderobe freigab. Er betrachtete Elizabeth im Spiegel. Schließlich sagte er: »Haltung.«

Elizabeth sog Luft ein, richtete sich auf.

»So ist es recht«, sagte er. »Schultern zurück, Bauch einziehen. Niemand will deinen Bauch sehen.«

Sie gelobte, nicht mehr schlaff und krumm dazustehen, ein Gelübde, das sie, wie sie aus Erfahrung wusste, nicht länger als ein paar Stunden einhalten konnte. Sie musste immer aufs Neue ermahnt und zum Geradestehen gedrängt werden. Sie rutschte immer wieder unwissentlich in diese gekrümmte Grundhaltung zurück. Sie fragte sich, warum. Warum ihr Geist und ihr Körper so unausgesetzt im Widerstreit waren. An diesem Abend vermochte sie ihre gute Haltung beispielsweise bis zur Hälfte des Dinners aufrechtzuerhalten, und dann sah sie den missbilligenden Blick ihres Vaters und merkte, dass sie schon wieder krumm dasaß.

Am Tisch waren die Geschäftspartner ihres Vaters versammelt, die an jenem Wochenende zusammengekommen waren, weil er irgendeine Auszeichnung erhielt, von irgendeiner Organisation, die sich für Behinderte einsetzte. Das war drei Wochen nach seiner kleinen Episode auf dem Parkplatz des Einkaufszentrums, wo er die Windschutzscheibe dieses Transporters eingeschlagen hatte, und jetzt wurde er für seine »unablässigen Bemühungen zum Wohle der beeinträchtigten Bürger Connecticuts« geehrt, wie es in der Einladung hieß.

Es würde also heute dieses kleine Abendessen geben und morgen dann verschiedene Vergnügungen – Tennis, Schwimmen, Shuffleboard –, gefolgt von der großen Party morgen Abend, dann würde ihm diese Ehre zuteilwerden, und eine große Schar von VIPs würde über *The Gables* herfallen, Leute vom Kapitol, Leute von großer politischer Bedeutung, und ihr Vater verkündete jetzt seinen Geschäftspartnern langsam und andachtsvoll die Namen dieser mächtigen Gäste: »Berkley, Dodd, Macaulay, Groark«, sagte er. »Wenn wir einen von denen an Bord bekommen, sind wir im Rennen.«

Seine Partner lächelten ihn alle folgsam an, nickten ihm folgsam zu – man konnte beinahe sagen, dass sie mit dem ganzen Körper wedelten, dachte Elizabeth, die zusah, wie sie die Fäuste reckten und in kriecherischer Ehrfurcht die Köpfe schüttelten. »Wie machen Sie das nur?«, fragte einer von ihnen, der jüngste, der erst kürzlich sein MBA-Studium abgeschlossen hatte. »Ich meine, Behindertenparkplätze? Wie sind Sie *darauf* nur gekommen?«

Ihr Vater grinste. »Die Welt ist voller Möglichkeiten.«

»Erstaunlich. Wirklich erstaunlich.«

»Der Schlüssel liegt darin, sich nie mit irgendwas zufriedenzugeben«, sagte ihr Vater, verschränkte die Arme und lehnte sich in seinen Stuhl zurück. »Sich nie auf seinen Lorbeeren auszuruhen. Beginnt man zu denken: *Ich habe genug geleistet, ich bin gut genug,* ist man geliefert. Die Erfolge von gestern zählen nicht. Vergessen Sie sie. Es kommt immer nur auf den nächsten an und auf den danach und auf den danach. Nehmen Sie zum Beispiel meine Tochter hier.«

Elizabeths Blick zuckte zu ihm hinauf – sie hatte in ihren

Schoß gestarrt, war in Gedanken abgeschweift, als er zu seiner Rede ansetzte –, und mit einem Mal wurde ihr bewusst, dass sie schon wieder krumm dasaß, also richtete sie sich ruckartig auf.

»Meine Tochter«, fuhr er fort, »gibt sich nicht mit den Kursen zufrieden, die alle anderen absolvieren. Sie gibt sich nicht mit dem zufrieden, was alle anderen auf ihrer Highschool tun. Nein, sie belegt *College-Kurse*. Als Studienanfängerin. Nicht wahr?«

Und dann lagen alle Blicke auf ihr, und ihr erster Impuls war, ihn zu korrigieren – sie belegte keine College-Kurse, sondern Kurse zur Vorbereitung aufs College, was etwas völlig anderes war –, doch dann sah sie den Blick ihres Vaters, einen Blick, der sagte: *Mach es nicht kaputt,* also rang sie diesen Impuls nieder, nickte und zählte die vielen Fortgeschrittenenkurse auf, die sie im Herbst belegen würde, woraufhin sie die Namen der verschiedenen Philosophen fallen ließ – Hobbes, Platon, Adam Smith –, die sie im Sommer zur Vorbereitung gelesen hatte, und sie erging sich immer weiter über ihre Recherchen im Laufe des Sommers, bis sie den Blick ihrer Mutter bemerkte und einen anderen, entgegengesetzten Befehl empfing, der lautete: *nicht prahlen.* Das war eine der obersten Regeln ihrer Mutter, was Manieren und Etikette anging: nicht prahlen. Sich nicht großtun. Oder zumindest nicht den Anschein erwecken, als würde man prahlen oder sich großtun. Sie hatte so oft gesehen, wie ihre Mutter ihre Sammlungen teurer Dinge zur Schau stellte und dem, was man »Prahlerei« nennen könnte, gefährlich nahekam, nur um die Lage dann zu entschärfen, indem sie etwas Selbstironisches und Bescheidenes sagte: *Ach, das ist doch nichts Besonderes, bloß ein Stück Plunder, für das ich ziemlich sicher zu viel bezahlt habe, wahrscheinlich ist es nicht mal echt,* bezogen auf ein teures Schmuckstück, von dem Elizabeth wusste, dass es rigoros auf Echtheit geprüft worden war. Und so versuchte sich Elizabeth, der nun bewusst war, dass ihre akademischen

Errungenschaften womöglich als Prahlerei oder Großtuerei aufgefasst werden könnten, auf ähnliche Weise selbst zu unterlaufen: »Außerdem habe ich Theater belegt, und ich bin so schlecht darin. Einfach völlig untalentiert. Ich nehme vor allem wegen dieses Mädchens namens Maggie teil. Sie ist wohl meine beste Freundin. Im Herbst fahren wir zum Blättergucken.«

»Blättergucken?«, sagte ihr Vater.

Und Elizabeth erklärte, wie Maggies Familie jeden Herbst, auf dem Höhepunkt des Farbenspiels, zu ihren liebsten Aussichtspunkten in den White Mountains im Norden fuhr und das Schauspiel der Bäume betrachtete, ehe sie sich auf den Weg zu der kleinen Hütte machte, die sie jedes Jahr mietete, um dort Feuer zu machen, Marshmallows zu rösten, heißen Kakao zu trinken, Dame oder UNO zu spielen, viel zu lange aufzubleiben und am nächsten Morgen benommen den Rückweg anzutreten, wobei alle aufzuwachen und lebendig zu werden schienen, wenn sie am Old Man of the Mountain vorbeikamen, einer Gesteinsformation in Franconia Notch, die wirklich ganz genau wie das Profil eines Mannes mit kantigem Kinn aussah, und alle im Auto winkten dem alten Mann zu und sagten: »Bis nächstes Jahr, Mr. Mountain!«

»Und das ist Blättergucken«, sagte Elizabeth.

»Klingt gut«, sagte der Kollege ihres Vaters, der junge. Und Elizabeth nickte zustimmend, ja glücklich, bis sie wieder den Blick ihres Vaters bemerkte.

»Wie drollig«, sagte er.

Elizabeth blickte in ihren Schoß. Sie merkte, dass sie wieder in sich zusammengesackt war. Sie richtete sich auf. Sie konnte einfach nie etwas richtig machen.

»Nun«, sagte ihr Vater, »aufs Blättergucken würde ich jedenfalls nicht setzen.« Dann warf er seinen Geschäftspartnern ein Lächeln zu. »Wenn der Deal morgen Abend zustande kommt, dann geht es für uns auf nach D. C.«

»Ach«, sagte Elizabeth und nickte.

»Keine Sorge, meine Kleine. Du wirst D. C. lieben. Und in Virginia gibt es großartige Schulen.«

Einen Moment lang waren alle still und sahen sie an. Ihre Mutter strich gedankenverloren mit der Fingerspitze über einen ihrer Ohrringe. Und dann stand ihr Vater auf, lud seine Kollegen zu einer Führung durch das Haus ein, und alle folgten ihm ins Porträtzimmer, und während Elizabeth zuhörte, wie er die vertrauten Geschichten aus der Vergangenheit der Augustines erzählte, begriff sie etwas: Sie würde mit ziemlicher Sicherheit niemals mit Maggie Percy zum Blättergucken fahren, und mehr noch, sie würde Maggie Percy nie mehr im Leben wiedersehen. Und sie spürte, wie sie dieses alte Gefühl überkam. Oder eher diese *Abwesenheit* jeglichen Gefühls. *Zu grauem Fels werden,* so nannte sie das, nach dem Buch über Silvester und seinen Zauberstein. Sie verhärtete sich, sie versteinerte. Sie spürte, wie sie weniger Gefühle fühlte. Manchmal war es verblüffend, wie viel Macht sie über die automatischen Funktionen ihres Körpers hatte. Sie stellte fest, dass sie ihren Herzschlag verlangsamen konnte, wenn sie sich ausreichend darauf konzentrierte, und sie konnte sich dazu bringen, richtig zu fiebern, wenn sie mal nicht zur Schule wollte, und sie konnte sich zwingen, *einfach nichts zu fühlen* – und dann kam eine Art Kälte über sie, eine Unempfindlichkeit, und sie stellte fest, dass die Welt einige Tage oder manchmal noch Wochen später fade und uninteressant war. Und sie wusste, dass sie es jetzt gerade tat, als die Leute im Porträtzimmer gewissermaßen aus ihrem Blickfeld verschwanden; sie spielten einfach keine Rolle mehr. Und die Nachricht zu diesem Umzug nach Virginia: Sie empfand nichts Besonderes dabei.

Sie war buchstäblich frei von jeglichen Gedanken oder Gefühlen, während sie und alle anderen den Geschichten ihres Vaters über die Augustine-Magnaten zuhörten, diesen Männern, die nicht davor zurückgeschreckt waren, neues und unbekanntes Terrain zu betreten – die Eisenbahn, Immobilien,

Textilien, wertvolle Metalle – und mit jeder Generation einen neuen Industriezweig erschlossen und erobert hatten.

Schließlich zog die Gruppe weiter, und sie ließ sich zurückfallen, bis die Menge in einem anderen Raum verschwunden war, und dann ging sie durch die Küche und die Vorratskammer zurück, über die Treppe hinter der Vorratskammer hinauf in den zweiten Stock und setzte sich, die Knie an die Brust gezogen, in die leere Dienstbotenunterkunft, diese kleinen, vom Rest des Hauses getrennten Zimmer, in denen sie sich an Tagen wie diesem selbst zu besänftigen versuchte. Hier oben konnte sie allein und ungestört sein, wo die einzigen Geräusche der über das Fenster streichende Wind und die ächzenden und knarzenden Wände waren, die sich erwärmten und abkühlten, weiteten und zusammenzogen, atmeten.

Bald jedoch rief ihr ein Rascheln und Flattern über ihrem Kopf die Zeit in Erinnerung – es war jetzt dunkel, und die Horde von Fledermäusen, die ihr dauerhaftes Schlaflager im dritten Stock des Hauses errichtet hatte, rührte sich, erwachte. Trotz aller Bemühungen der Kammerjäger, sie zu fangen, und anderer Unternehmen, sie ein- oder auszusperren, war die Kolonie dort oben geblieben. Irgendwie überstanden die Kreaturen diese Eingriffe stets mehr oder weniger unbeschadet: Die Fledermäuse waren klein, das Haus war groß und zugig; sie fanden immer einen Weg. In den vergangenen Jahren war ihre Zahl so stark angewachsen, dass in Teilen der Decke im zweiten Stock Flecken, Streifen und widerwärtig nasse, gewellte Stellen sichtbar geworden waren, über denen sich monströse, schimmernde Hügel von Fledermauskot befanden, die gesammelten Ausscheidungen des gesamten Schwarms. Dicke Plastikverkleidungen hatten an den Decken dieser Räume angebracht werden müssen, um die Bewohner vor durch den Dung übertragenen Toxinen oder Krankheiten zu bewahren. Selbst die Luft im dritten Stock war nun offenbar giftig. Es war unvermeidlich, dass die Fledermäuse irgendwann das Haus überschwemmen und ruinieren würden, doch wie die Kammerjäger sagten, entspräche die Vernichtung der Fledermäuse einem *Catch-22:* Dazu müsste so viel Gift so beständig angewandt werden, dass das Haus unbewohnbar würde. Die Lage war also völlig unhaltbar und bestand trotzdem unverändert weiter. Elizabeth lauschte den Geräuschen von oben: dem Zittern flatternder Flügel, dem Kratzen von Klauen, die sich in Putz stemmten.

So musste sie eingeschlafen sein, denn als sie aufwachte, war sie noch immer in diesem Zimmer, trug noch immer ihr Kleid, hörte die Stimme ihres Vaters nach ihr rufen. Es war Zeit für ihr morgendliches Tennismatch.

Also zog sich Elizabeth rasch um und ging in den Garten hinter dem Haus, wo sie feststellte, dass ihr Wettkampf heute Zuschauer hatte: sämtliche Teilnehmer des gestrigen Abendessens. Sie waren alle auf der Veranda, und sie applaudierten, als sie kam, und scherzten über ihre Wetteinsätze. Sie marschierte an ihnen vorbei, den Blick gesenkt, marschierte auf den Platz hinaus, ohne ihren Vater auch nur anzusehen, und nahm ihren Platz an der Grundlinie ein, bereit, seinen Aufschlag anzunehmen.

Die ersten paar Spiele liefen ab wie immer. Elizabeth war eine leidlich fähige Tennisspielerin, aber sie hatte ihren Vater, dessen Slices, Spins und Effetbälle sie stets aus dem Konzept brachten, den ganzen Sommer über nicht ein einziges Mal geschlagen. Der Spielertyp des linken Hundes, dem er angehörte, versucht durch Tricks, Gewieftheit, Hinterlist zu gewinnen, ein Spieler, der dem Ball so viel unerwarteten Drall mitgibt, dass es unmöglich ist, ihn sauber zurückzuspielen. Elizabeth sah die Bälle zu ihr zurückschweben, mit so viel Drall, dass sie auf dem staubigen Platz aufkamen und in unerwartete Richtungen davonrasten, auf sie zuschlitterten, von ihr forthüpften, und so lief es immer zwischen ihrem Vater und ihr: erbärmlich.

Doch an diesem Morgen hatte Elizabeth eine plötzliche Eingebung. Nach einigen wie üblich verlorenen Spielen beschloss sie scheinbar aus heiterem Himmel zu gewinnen. Sie beschloss, einer ganz neuen Strategie zu folgen: Wenn das Problem darin bestand, dass die Bälle ihres Vaters auf sonderbare Art herumhüpften, nun, dann würde sie sie eben nicht hüpfen lassen. Sie würde die Distanz zwischen sich und dem Ball verringern. Sie würde ans Netz gehen und gar nicht zulassen, dass die Rotation des Balles ins Gewicht fiel. Sie lief vor und – es war so überraschend einfach – verwandelte den fliegenden Ball, ein harter Cross-Volley, ein klarer Punkt. Ihr Vater sah sie überrascht an. Die Menge jubelte. Sie machte noch einen Punkt auf die gleiche Weise und dann noch einen – sie drosch jeden ihrer Bälle direkt an ihm vorbei. Sie stöhnte nicht, sie schrie nicht, sie feierte sich nicht, nichts dergleichen; das einzige Geräusch war der saubere, befriedigende Aufprall des Balles in der exakten Mitte ihrer Schlägerbespannung, gefolgt vom zünftigen Jubel der zuschauenden Gäste.

Wie angefasst ihr Vater war, wurde deutlich, als Elizabeth nach zwei Spielen einen Gleichstand erreicht hatte. Als sie bei seinem nächsten Aufschlag einen Break erzielte, hatte er bereits begonnen, sich über Glückstreffer, nicht Aus gegebene Bälle, Bälle mit zu wenig Luft und lose Saiten zu beklagen. Den ersten Schläger des Tages zertrümmerte er, als sie den ersten Satz gewann; er hämmerte ihn fest auf den Platz, woraufhin die Begeisterung der Zuschauer unvermittelt nachließ. Doch Elizabeth machte weiter; sie fühlte nichts, sie war ein Fels, mechanisch schlug sie seine langsamen, dahinschwebenden Bälle zurück und sah dann völlig leidenschaftslos zu, wie er ins Schwimmen geriet und seine Taktik änderte – der linke Hund ist bekannt dafür, keinen Plan B zu haben –, indem er zuerst versuchte, über sie hinweg zu lobben, was größtenteils in einfachen Überkopfbällen mündete, und dann den Ball flach und fest zu schlagen, wütende Passierbälle, die fast alle ins Aus gingen, meist meterweit. Ein zweiter Schläger wurde während des Wechsels beim Stand von 3–0 zerstört, er zerbrach ihn über dem Knie, was Elizabeth kaum zur

Kenntnis nahm, während die Gäste nun gänzlich verstummt waren.

Das letzte Spiel entwickelte sich wie die anderen, Elizabeth spielte Volleys in diese oder jene Ecke, ihr Vater rannte, hechtete, verlor. Beim Matchpoint fragte sich Elizabeth beiläufig, warum sie nie zuvor auf diese Weise gespielt hatte – es war eine so offensichtliche Strategie –, und dachte noch immer darüber nach, als sie ans Netz ging, den Slice ihres Vaters annahm und diesmal einen hübschen kleinen Stoppball in die Mitte des Aufschlagfeldes spielte, und ihr Vater, der ganz hinten an der Grundlinie stand, ächzte und lief los, doch trotz seiner ausladenden Schritte und seiner langen Arme sah Elizabeth, dass er keine Chance hatte, dass er diesen Ball niemals erwischen würde, doch da kam er, rannte wild aufs Netz zu, und Elizabeth fragte sich noch immer: *Warum habe ich das noch nie gemacht?*, als der Ball zweimal auftippte – der Punkt war gemacht, das Match entschieden –, woraufhin ihr Vater schrie: »Gottverdammt!« und ausholte und mit einer seitlichen Armbewegung ähnlich der eines Frisbeewerfers seinen Schläger vorwärtsschleuderte – vielleicht auf das Netz zu, wie er später behauptete, vielleicht auch nicht –, und während Elizabeth sah, wie er aus nächster Entfernung auf sie zukam, unausweichlich, wie er helikopterartig geradewegs auf sie zusteuerte, da dachte sie ruhig, ja geradezu sanft: *Ach, darum.*

Das, was schließlich zu Jack Bakers unverkennbarem künstlerischen Stil werden sollte, ergab sich nicht aus einer bestimmten Philosophie oder Praxis, sondern aus reiner Notwendigkeit: Er war schlicht völlig abgebrannt. Er ging aufs College, und er hatte kein Geld, und die Materialien, die Chemikalien und das Fotografiezubehör waren Furcht einflößend teuer. Das war kurz bevor Digitalkameras sowohl die Kosten des Entwickelns als auch die damit einhergehende Eintönigkeit radikal verringern würden. Die Welt der Fotografie, die Jack um das Jahr 1992 herum betreten hatte, würde noch einige Augenblicke lang eine analoge Welt bleiben, angefüllt mit Filmen, Dias, Papier, Chemikalien und Dunkelkammerstunden, und daher war jedes einzelne Bild für Jack mit echten Kosten verbunden, die er bis tief in die Magengrube spürte. Film und Papier allein hätten ihn finanziell ruinieren können, das schwarz-weiße Ilford-Papier, das er in den Gängen von Blick, dem Laden für Künstlerbedarf in der Innenstadt, sehnsüchtig anstarrte, oder die Schachteln mit teuren 35-mm-Filmpatronen oder die Packungen mit Polaroidfilm wären viel zu kostspielig gewesen, hätte er so viele Fotos wie seine Kommilitonen gemacht. Zu Jacks Glück neigten diese Kommilitonen – die von ihren Eltern größtenteils monatliche Taschengelder, Carepakete, Flugtickets für die Ferien und gottverdammte *Autos* bekamen – zur Verschwendung. Jack sah es, wenn er ihnen an seinen Abenden im Art Institute hinterherräumte, hinter verschlossenen Türen, allein im Gebäude, Jack, der Hausmeisterpraktikant, der von einem Raum zum nächsten ging und staunte, wie viel *Zeug* liegen gelassen wurde: aufgespannte Leinwände, die nur leicht verzogen waren; Holzstücke, die nach etwas Hobeln und Schleifen wie neu gewesen wären; mit noch nicht getrockneter Ölfarbe bedeckte Kartonpaletten; benutzte Pinsel mit verklebten Borsten, die sich mit ein wenig Terpentin hätten säubern lassen; und in den Fotostudios und Dunkelkammern Abfallkörbe voller Fotopapier, teils versehentlich belichtet, teils abgelaufen, teils unsachgemäß entwickelt, jetzt zusammengeknüllt und zurückgelassen. Jack sammelte alles ein.

Ihm war bewusst, dass die meisten Künstler anfangs irgendeine Vision von ihrer Kunst hatten und sich dann die passenden Materialien suchten, um diese Vision zu verwirklichen. Jack machte es andersherum: Er begann mit dem Material und versuchte es durch Rekonstruktion nachträglich in Kunst zu verwandeln. Was ihm zur Verfügung stand, war verknittertes, zerknülltes und abgelaufenes Fotopapier im Format 20 × 25. Was er tun musste, war, herausfinden, was sich damit anfangen ließ.

Er stellte fest, dass das Papier nicht mehr auf herkömmliche Weise verwendbar war. Entweder war es schon belichtet worden – in dem Fall würde sich jede neue Belichtung nur blass und durchscheinend auf das schon vorhandene Bild legen –, oder es war zu alt, was hieß, dass jedes Bild als schemenhafter, verschwommener grauer Klecks darauf erschien.

Aber auch wenn diese verworfenen Papiere nicht mehr richtig auf Licht reagierten, reagierten sie noch auf Chemie. Die Entwicklerlösungen, Fixiermittel, Stoppbäder und Bleichmittel des fotografischen Prozesses interagierten noch immer stark mit der Silberhalogenidgelatine, mit der die Seiten überzogen waren. Jack fand heraus, dass er mithilfe dieser Wirkstoffe im Grunde ohne Farbe malen konnte. Er konnte ohne Tusche zeichnen. Er stellte fest, dass eine Lösung aus Entwickler und Wasser dem Papier eine hellgraue Farbe verlieh, die sich dann umso mehr verdunkelte, je länger die chemische Reaktion ablaufen konnte. Es war eine Art Druck, bei dem statt Pigment die Zeit zum Einsatz kam. Er stellte fest, dass er Schichten und Tiefe und abweichende Grautöne schaffen konnte, indem er das Papier zwischen Entwickler- und Stoppbädern hin- und herbewegte, und die Chemikalien, die sich in den Knicken und Falten des zerknüllten Papiers sammelten, ließen dunklere Linien entstehen, die eine Art Krokodilhaut auf der Oberfläche des Fotos erzeugten. Er konnte nach Pollock-Manier Entwicklerchemikalien auf das Papier tropfen lassen oder sie nach Richter-Manier mit dem Rakel auftragen oder nach Rothko-Manier rechteckige Felder zeichnen. Diese Abende im Art Institute waren von willkürlichen Experimenten erfüllt: Er wischte mit dem Papier über die zurückgelassenen Paletten, um zu sehen, wie sich Ölfarben im Zusammenspiel mit der Lösung verhielten, oder er sengte die Seiten leicht an, verkratzte sie mit seinem Schlüssel, weichte sie in Wasser ein, bis sie sich beinahe auflösten, bedeckte sie mit chemikalienbeständigen Substanzen wie Wachs oder Honig, um zu sehen, was passierte. Er erzeugte viele Hunderte solcher bedeutungsvollen Unfälle und lernte schließlich, die so entstehenden »Fotografien«, oder wie auch immer man sie nennen wollte, zu kontrollieren und zu gestalten.

Er konnte sich weder eine Kamera noch Kameralinsen, noch Filmmaterial oder auch nur Papier leisten, also kreierte er eine vollwertige künstlerische Vision, die gänzlich ohne diese Dinge auskam. Fotografie ohne Verwendung einer Kamera sei, wie er in vielen akademischen Aufsätzen schreiben sollte, nicht nur eine tragfähige Kunstform, es sei tatsächlich die höchste, die wahrste, die reinste und echteste Art der Fotografie überhaupt, denn schließlich sei das essenziellste Instrument im gesamten fotografischen Prozess nicht die Kamera, sondern vielmehr die fotosensitive Chemie. Diese chemische Matrix sei es, die uns ermögliche zu sehen, was eine Kamera sah. Ohne sie sei die Kamera wertlos, nichts weiter als ein Spiegel und eine Linse.

Die Fotografie, wie er sie betrieb, sei tatsächlich die *wichtigste* Art der Fotografie, die man überhaupt betreiben könne.

Manchmal muss man einen Nachteil in einen Vorteil verwandeln. Diese Lektion hatte Jack gelernt, als er nach Chicago kam, an einen Ort, der sich selbstkritisch als »Second City« bezeichnete, was die Künstler und Musiker von Wicker Park emphatisch begrüßten. Es war nicht so, dass man sie *überging*. Nein, sie waren *unabhängig*. Von großen, an den Küsten ansässigen Mischkonzernen gar nicht erst wahrgenommen zu werden sei eigentlich positiv, beharrten sie, denn es bedeute, dass sie authentisch und rein bleiben könnten.

Sie bastelten sich eine Weltsicht zurecht, die das ablehnte, was man ihnen ohnehin verwehrte.

Die Lehre, die Jack daraus zog: Manchmal nimmst du den Scheiß, der dir aufgezwungen wird, und machst eine Haltung daraus. Manchmal ist das, was wir als Lebensphilosophie sehen, nur die komplizierte Art, damit umzugehen, wie andere mit uns umgehen.

Jack hatte lange genug in Professor Lairds Kurs gesessen, um zu begreifen, dass das, was sein Lehrer an einem Bild am meisten schätzte, nicht sein Inhalt war, nicht seine ästhetischen Qualitäten und nicht mal das technische Vermögen oder Geschick, das ihm zugrunde lag – tatsächlich betonte Laird oft, wie wichtig es in der Fotografie sei, alles Können über Bord zu werfen, und er neigte sogar dazu, Arbeiten zu loben, die auf ironische Weise amateurhaft waren, schlecht ausgeleuchtete Schnappschüsse, die seinen Worten nach eigentlich brillante fotografische Gegenstücke zu Duchamps Urinalen waren. Nein, was Laird am meisten bewunderte, war nicht visueller, sondern konzeptueller Natur: das richtige Statement zum richtigen Thema zu machen. Der Wert eines Kunstwerks, sagte er, liege vor allem darin, wie die Kunst auf andere Kunst reagiere. Und so lautete die Geschichte, die Jack (in dem akademischen Jargon, in dem er so geschult war) zu erzählen begann, dass seine Fotografie anikonisch und nicht gegenständlich sei, reine Abstraktion, die die oberflächliche Materialität eines Bildes in den Vordergrund rücke; dass seine Fotografien keine Dinge *zeigten*, sondern Dinge *seien*; dass er die Absicht verfolge, die Substanzen, die Chemie und die echte taktile Körperlichkeit eines Bildes ins Zentrum zu stellen, die Fotografie an sich von ihrer traditionellen Unterwerfung unter den dokumentarischen Realismus zu befreien, die Kunstform von der tyrannischen Bürde der »Bedeutung« zu erlösen.

Es war eine Geschichte, die von seinem Lehrer mit guten Zensuren honoriert wurde, aber es war nicht die Wahrheit. Es war nicht mal annähernd die Wahrheit.

Die Wahrheit lautete: Wenn er diese Papiere in Schalen mit Wasser legte und die Entwicklerlösungen dazuschüttete, dann sahen die grauen Schieren und Wirbel in seinen Augen wie Rauch aus. Anfangs schwächlich und blass, wie die Dampfwolken, die den Beginn der Brände seines Vaters kennzeichneten, wurden diese silbrigen Schwaden schwerer und dichter, je länger das Papier in seinem chemischen Bad trieb, bis sie es schließlich zur Gänze überwältigten und schwärzten. Jack starrte in die Schale, und es war, als starrte er in sein eigenes Gedächtnis: der Rauch, das Feuer, die Nacht, in der Evelyn gestorben war.

Zu diesem Zeitpunkt, auf dem College, lag der Tod seiner Schwester etwa zehn Jahre zurück, und doch war es in den Nächten allein im Art Institute oder wenn er im Bett einzuschlafen versuchte oder manchmal ganz unvermittelt noch immer diese Erinnerung, die auf ihn einstürzte und einen ansonsten einwandfreien Tag ruinierte. Das lag in der Natur der Trauer und der Schuld, dass für jeden gut gelaunten Moment augenblicklich sein Gegenwert in Elend, Reue und Buße zu entrichten war. Er war so in seine Trauer verstrickt, dass er gar nicht mehr genau wusste, wer er ohne sie gewesen wäre. Sie war ein tagtägliches Gewicht, das ihn zu dieser einen schrecklichen Tatsache herunterzog, sobald er sich zu weit von ihr entfernte: dass er in einem zerstreuten Augenblick, durch ein fatales Nachlassen der Aufmerksamkeit, den Tod seiner Schwester verursacht hatte, und weder sein Unterbewusstsein noch seine Eltern würden es ihn je vergessen lassen.

Nach Evelyns Beerdigung war es, als hätten Lawrence und Ruth Baker die Rollen getauscht. Jetzt war es sein Vater, der wie angewurzelt vor dem Fernseher saß, sich das volle Tagesprogramm an Spielshows, Nachrichten- und Sportsendungen ansah, in die hintere Ecke des Wohnzimmersofas gequetscht, wo er zur kleinsten Version seiner selbst wurde. Lawrence kommunizierte nur noch auf die oberflächlichste Weise, brach jeglichen Kontakt mit der Außenwelt ab, hörte auf zu arbeiten, hörte auf, mit Jack zu interagieren oder ihn auch nur zur Kenntnis zu nehmen; selbst wenn Jack ins Wohnzimmer ging und kleinlaut sagte: »Dad, es tut mir leid«, blickte Lawrence weiter auf den Fernsehschirm, und selbst wenn Jack sich dann zwischen seinem Vater und dem Fernseher aufbaute und sagte: »Dad« – denn Jack empfand einen Schmerz, der sich so bedrohlich eng um sein Herz legte, dass es körperlich schmerzte, wenn er sich bewegte –, selbst dann starrte Lawrence weiter geradeaus, mit leeren Augen, die irgendwie auf Jack gerichtet waren, ohne ihn wirklich zu sehen, und der einzige Hinweis darauf, dass Lawrence seine Anwesenheit überhaupt wahrnahm, bestand darin, dass er mit dem Kopf in Richtung der Küche deutete und sagte: »Geh schon, hilf deiner Mutter.«

Jacks Mutter dagegen schien zum Leben zu erwachen. Sie schien genau in dem Maße aufzublühen, wie Lawrence sich zurückzog. Sie war jetzt für den Unterhalt der Familie verantwortlich und nahm verschiedene Tätigkeiten im Ort an, stets im Auftrag wohltätiger Menschen, die Anteil an ihrem Schicksal und der Tragödie nahmen, die über ihre Familie gekommen war. Sie verbrachte ihre Tage jetzt nicht mehr im

Bademantel im Bett. Sie arbeitete am Schalter der Genossenschaftsbank und im Sekretariat der Grundschule und übernahm die Buchhaltung der Calvary Church. Ihr neues Gesellschaftsleben bedeutete, dass es im ganzen Bezirk niemanden gab, der die Umstände von Evelyns Tod nicht kannte: dass Jack sie versehentlich auf das falsche Feld geschickt hatte, dass Ruth von Schuldgefühlen überwältigt worden war, weil sie die Nachricht nicht selbst überbracht, weil sie Jack in einer so wichtigen Angelegenheit vertraut hatte.

»Du darfst dir nicht die Schuld geben«, sagten viele Freunde und Nachbarn und nahmen Ruths Hände in die ihren, während Jack nicht weit entfernt dasaß und so tat, als wäre er mit einem Spielzeug oder einem Buch beschäftigt, wobei er sich offensichtlich in Hörweite befand.

»Der Junge war schon immer begriffsstutzig«, sagte Ruth. »Er hört einfach nicht zu«, und sie sah zu Jack hinüber, der in diesem Augenblick so tat, als hörte er nicht zu.

Sie begann Jack viermal in der Woche zur Kirche mitzunehmen, sagte ihm, er müsse sich nun ganz besonders anstrengen, Gottes Liebe und Gnade zurückzugewinnen. Und nicht allein wegen des Unfalls, sondern auch aufgrund der Möglichkeit, dass es *kein* Unfall gewesen war. Ruth begann ihn auf immer unverblümtere Weise zu fragen, ob er sich sicher war, Evelyn nicht *absichtlich* auf die Nordweide geschickt zu haben – schließlich sei sie diejenige in der Familie gewesen, die über das Hirnschmalz, das Talent, den gesunden, starken Körper verfügt, die das abenteuerliche Leben gehabt, die die Liebe und Unterstützung ihres Vaters genossen habe. Habe Jack, der immer in ihrem Schatten gestanden sei, nicht vielleicht eine Möglichkeit gewittert, sie aus dem Weg zu schaffen? Und Jack, der stets bereit war, die Verantwortung und Schuld für alles, was in diesem Haus geschah, auf sich zu nehmen, zuckte nur jämmerlich mit den Schultern, ohne sich in irgendeiner Weise zu verteidigen. Und seine Mutter sah ihn mit ihrem typischen tiefen Stirnrunzeln an und sagte den Satz, der zum Motto seiner Jugendzeit werden sollte: »Jack Baker, du bist durch und durch verdorben.«

Daher all die Sonntagsgottesdienste, in denen Ruth aufstand, wenn es Zeit war, die übrigen Gemeindemitglieder zum Gemeinschaftsgebet aufzurufen, und darum bat, dass alle ihre Familie im Herzen trügen und dass Gott dem Menschen vergeben möge, der ihrer Familie so viel Leid bereitet habe, und alle in der Kirche wussten genau, wen sie damit meinte – Jack selbst natürlich eingeschlossen, der neben ihr saß, die Augen geschlossen, den Kopf gesenkt.

Es folgten viele Jahre voller Sonntagsgottesdienste und informeller Gebetsgottesdienste am Donnerstag und Bibelstunden am Mittwochabend und Samstagnachmittag. In der Flint Hills Calvary Church schienen sich die Bibelstunden hauptsächlich darum zu drehen, dass Jesus kleine Christenkinder bedingungslos geliebt habe – zumindest, bis diese Kinder etwa mit dreizehn Jahren die Pubertät erreichten, und dann schien es in den Bibelstunden vor allem darum zu gehen, wie sehr Jesus die wollüstigen Dinge hasste, von denen der Pastor ganz genau wusste, dass sie sündigen Teenagern durch den Kopf gingen. *Wer eine Frau ansieht, sie zu begehren, der hat mit ihr die Ehe gebrochen in seinem Herzen* – das schien die maßgebliche und furchterregende Bibelstelle zu sein, mit der der Pastor sämtliche merkwürdigen Eingriffe und Gebote rechtfertigte. So wurde den Jungen beispielsweise ein »Rechenschaftspartner« an die Seite gestellt, dem sich jeder Junge anvertrauen und den er um Hilfe dabei ersuchen konnte, Versuchung, Lust und Geschlechtsverkehr und vor allen Dingen der Selbstbefriedigung zu widerstehen. Selbstbefriedigung schien absolut tabu zu sein, und ganze Bibelstunden konnten über der Frage vergehen, ob es schon eine Sünde war, den eigenen Penis beim Pinkeln zu berühren, wobei der Pastor ihnen mitteilte, unter gewissen Bedingungen sei es tatsächlich moralisch akzeptabel, den eigenen Penis beim Pinkeln zu berühren, nämlich wenn der Junge a) persönlich dafür garantieren könne, dass er dabei keinerlei fleischliches oder körperliches Vergnügen verspüre, und b) beim Pinkeln und Berühren keinen einzigen ungehörigen wollüstigen Gedanken habe. Und konnten die Jungen gegenüber Gott nicht geloben, dass beide Bedingungen zugleich zutrafen, dann sei es wohl am besten, wenn sie sich, am Urinal stehend, den Penis ohne Einsatz der Hände quasi aus der Hose schüttelten und aufs Geratewohl lospinkelten oder sich bei einer Toilettenschüssel einfach zum Pinkeln hinhockten. Solche Anstrengungen sollten sie unternehmen, um den inwendigen Versuchungen aus dem Weg zu gehen, die zu öffentlicher Erniedrigung führen konnten: Innere Lust führt zu Selbstbefriedigung, was zu sexueller Verderbtheit führen würde, was zu ungewollten Schwangerschaften führen würde, was zu Abtreibungen führen würde. Es war daher ihre heilige Pflicht, *jedweden sexuellen Gedanken* daran zu hindern, auch nur in ihren Verstand einzudringen, da diese Gedanken sie auf einen steilen Abhang führen würden, der in getöteten Babys mündete. Aus diesem Grund trug man ihnen auf, sämtliche Zeitschriften, Kataloge oder Prospekte, die ins Haus kamen, durchzusehen und sämtliche Anzeigen für Büstenhalter und Unterwäsche sowie alle anderen Bilder, die sündige Lust hervorriefen, herauszureißen, was Jack ein wenig wie ein Catch-22 erschien, da jedes Bild, das er herausriss, um Lust zu verhindern, natürlich ebendiese Lust hervorrief, sobald er daraufschaute, und er also zunächst mal sündige Lust verspüren musste, um überhaupt zu wissen, welche Bilder er herausreißen musste. Auf einen ähnlichen Catch-22 machte er den Pastor aufmerksam, wenn in der Highschool das Gespräch auf Ehe und Geschlechtsverkehr kam und der Pastor ihm sagte, die Liebe und Begierde einer Ehefrau gegenüber sei von Gott geheiligt, doch jegliche Begierde irgendeiner anderen Frau gegenüber sei in Gottes Augen eine Sünde, und Jack den Pastor fragte, wie er denn eine Frau finden solle, die er begehrte, wenn ihm die Begierde untersagt sei, bis sie zu seiner Frau wurde.

Ein Hinweis auf diese Widersprüche brachte ihm meist die strenge Mahnung des Pastors ein, es habe Konsequenzen, »Gottes Wort infrage zu stellen«, Konsequenzen, die meist mit einer Ewigkeit voller kreativer Folterqualen zu tun hatten. Die vom Pastor am häufigsten genannte Strafe bestand darin, im Nachleben täglich aufs Neue geköpft zu werden, was der Pastor lebhaft schilderte – er bat sie alle, es sich vorzustellen, das Gefühl am Hals, das Schaben und Nagen einer Säge, deren Zähne in seiner Schilderung meist stumpf und rostig waren.

Es dauerte nur einige Jahre, bis Jack aufhörte, dem Pastor und seiner lachhaften Doktrin zu folgen. In seinem letzten Jahr auf der Highschool hatte er bereits aufgehört, zur Kirche zu gehen, und angefangen, Musik zu hören, die seiner Mutter und dem Pastor zufolge möglicherweise satanisch war. Dann hatte er beschlossen, diesen Ort zu verlassen, weit wegzugehen, auf welche Art auch immer. Er dachte über das Militär nach – er hatte kein Geld, also erschien ihm das Militär als der schnellste, einfachste, zweckdienlichste Ausweg –, doch dieser Gedanke wurde aufgegeben, sobald der Rekrutierungsoffizier einen Blick auf seinen mageren Körper und seine besorgniserregende Krankengeschichte geworfen hatte. Es schien also, als wäre das College die einzige Fluchtmöglichkeit, doch seine Zensuren waren nur durchschnittlich, und beim Leistungstest für die Hochschulreife schnitt er nicht besonders gut ab (niemand hatte ihm gesagt, dass man für diese Prüfung lernen sollte). Allerdings erinnerte er sich, dass seine Schwester ihm gesagt hatte, in Chicago gebe es eine Hochschule in einem Museum, und diese Schule habe in der Vergangenheit zahlreiche Studenten aus dem ländlichen Kernland aufgenommen, also forderte er ein Aufnahmeformular an, füllte es aus, schrieb einen Essay darüber, dass er von Grant Wood und *American Gothic* inspiriert sei, und schickte der Schule Farbdias von den Kansas-Landschaftsmalereien seiner Schwester, die er als seine eigenen ausgab. Er war kein großer Maler, aber seine Schwester war eine große Malerin gewesen, und er glaubte nicht, dass sie etwas dagegen gehabt hätte, wenn er sich ihre Arbeiten ausborgte.

Die Aufnahmebestätigung kam einige Monate später, zusammen mit einem bedarfsorientierten Studentendarlehen und verschiedenen Praktika, die seine Ausgaben decken sollten. Es war, als würde sich die Prophezeiung, die seine Schwester vor so vielen Jahren ausgesprochen hatte – dass er eines Tages die Ranch verlassen und hinausgehen würde, um die Welt zu sehen –, endlich erfüllen, ganz allein wegen ihr. Sie hatte seine Zukunft vorausgesagt, und sie hatte ihm diese Zukunft ermöglicht.

An seinem letzten Abend in Kansas, dem Abend bevor sein Vater ihn nach Emporia fahren und er in den Bus nach Chicago steigen würde, ging Jack in der Dämmerung auf die Nordweide hinaus. Seit der Nacht des Unfalls hatte niemand einen Fuß auf dieses Feld gesetzt, und das Gras überragte Jack an einigen Stellen, mit dicken, scharfen Halmen und sich im Wind neigenden Rispen. Hier und dort waren junge Bäume gesprossen, darunter eine Ulme im Zentrum der Weide – dort, wo das Mittelfeld gewesen war, wenn Jack mit seinem Vater gespielt hatte, die Weide wäre ein Baseballstadion –, und Jack stellte sich vor, diese Stelle, an der der einsame Baum wuchs, wäre die, an der Evelyn gestorben sei, dies sei ihr Grab. Natürlich hatte sie ein richtiges, offizielles Grab mit einem Grabstein, drüben bei der Calvary Church, aber für Jack fühlte sich dieser Baum echter an, so als wäre er stärker mit ihr verbunden. Er hoffte, dass in irgendeinem Teil des Baumes auch ein Teil von ihr wuchs.

Jack hatte nie gesehen, was das Feuer mit ihrem Körper angerichtet hatte, und das war ein Segen. In der Nacht des Unfalls hatte ihn sein Vater bald eingeholt und gepackt und Jack mit einer seiner großen Hände die Augen zugehalten. Und auch als Jack sich zu befreien versuchte, und auch als Lawrence gequält aufschrie, und auch als die Brennmannschaft vergeblich herbeirannte, um Hilfe zu leisten, blieb diese Hand, wo sie war, und versperrte Jack die Sicht. Es war ein Geschenk, für das Jack später dankbar war. Er hatte den Körper seiner Schwester in diesem Feld nicht gesehen, doch sein Vater hatte ihn gesehen, und Lawrence war danach nicht mehr derselbe gewesen. Jacks einzige bleibende Erinnerung war das Bild des Feuers und des Rauches, eine Wolke, so schwarz, dass sie noch dunkler war als der Nachthimmel.

Der an dieser Stelle wachsende Baum wuchs krumm und gebeugt, er war so lange vom Wind bedrängt worden, dass es nun wirkte, als kniete er, und Jack erinnerte sich, dass Evelyn die gleiche Haltung eingenommen hatte, nachdem sie ihn morgens geweckt hatte und mit ihm zum Malen hinausgegangen war, dass sie sich zum Horizont verneigt und die Dämmerung empfangen hatte. Jack ging um diesen schiefen Baum herum und machte mit Evelyns Polaroidkamera Fotos, bis der gesamte Film aufgebraucht war.

Am nächsten Morgen nahm er Abschied von den Flint Hills.

Womit er nicht gerechnet hatte, war, dass er zumindest in seiner Kunst so lange an diesem Ort verweilen würde. Als er an den Abenden, an denen er hinter den verschwenderischen Studenten aufräumte, entdeckte, dass bestimmte Chemikalien, wenn man sie auf Fotopapier goss, Wirbel, Streifen und Kräuselungen erzeugten, die wie Rauch aussahen, und als er des Weiteren herausfand, dass diese fotosensitiven Bilder, ließ man sie in der Sonne liegen, Schattierungen von Rot und Rosa annahmen, die an Feuer erinnerten, hatte er mit einem Mal sein Thema: seine Schwester, den Brand, ihre schreckliche letzte Nacht.

Natürlich konnte er das weder vor seinem Hochschullehrer noch vor seinen Kommilitonen zugeben, die alle schwere Vorbehalte gegenüber dem Ausdruck von zu viel Gefühl in der Kunst hatten; jeder Künstler, der den Schmerz seines eigenen Lebens zu offensichtlich ausschlachtete, wurde augenblicklich als zu sentimental abgelehnt. Jack wollte weder abgelehnt werden noch als sentimental gelten, noch wollte er, dass irgendjemand in Chicago sein Geheimnis kannte: nicht seine Freunde und nicht mal Elizabeth. Erst recht nicht Elizabeth. Er brauchte sie einfach zu sehr, und er hätte es nicht ertragen, wenn sich ihre Gefühle ihm gegenüber verändert hätten, wenn sie diese Geschichte gehört hätte und zu dem gleichen Schluss gekommen wäre wie seine Mutter: dass er begriffsstutzig war, dumm, nicht vertrauenswürdig, womöglich sogar bösartig, rachsüchtig, mörderisch, durch und durch verdorben.

Also behielt er das Wissen um jene Nacht für sich, übertrug es auf Papier, um es aus dem Kopf zu bekommen, ein in aller Öffentlichkeit verstecktes Geheimnis, Fotografien von einer unaussprechlichen Erinnerung, auf ein Medium übertragen, das wie Jack ruiniert und verstoßen worden war.

Ehe Jack nach Chicago zurückkehrte, sagte ihm seine Mutter, er solle sich mal unten in Lawrence' Schlafzimmer umschauen, ob es etwas gebe, was er behalten oder aufheben wolle, irgendwelchen Kleinkram, etwas von Wert.

»Dad hat da unten geschlafen?«, sagte Jack, der am oberen Ende der Treppe stand und in die Dunkelheit blickte.

»O ja, er hat sein Schlafzimmer vor ein paar Jahren nach unten verlegt«, sagte Ruth. »Wegen des Hustens. Er fing nachts zu husten an. Er wollte mich nicht aufwecken.«

Sie schaltete die Treppenbeleuchtung ein. In Jacks Kindheit waren die Treppen aus klapprigem altem Sperrholz gewesen, aber irgendwann in den letzten paar Jahrzehnten waren sie mit Teppich bezogen worden.

»Wir hatten getrennte Schlafzimmer«, sagte Ruth. »Das hatten wir auf HGTV gesehen. Es ist modern.«

»Ja, ich habe davon gehört.«

»Nimm dir von da unten, was du willst. Der Rest kommt in die Kirche. Oder auf den Müll.«

»Willst du gar nichts davon?«

»Warum sollte ich irgendwas wollen?«

»Ich weiß nicht«, sagte Jack. »Vielleicht als Andenken an ihn.«

Ruth sah ihn mit zusammengekniffenen Augen an und zuckte mit den Schultern, ganz die alte Pragmatikerin: »Ich werde ihn wohl kaum vergessen, Jack.«

Der Keller war in Jacks Kindheit ausschließlich als Stauraum genutzt worden, doch in der Zeit seit seinem Auszug waren die bloßen Betonwände verputzt, der Naturboden betoniert und mit Teppich ausgelegt worden, das Rohrgewirr an der Decke mit einer so niedrig hängenden Zwischendecke verkleidet, dass Lawrence sich wahrscheinlich hatte bücken müssen, um sich nicht den Kopf zu stoßen. Der Keller, der Jack früher so geängstigt hatte, verströmte jetzt die beigefarbene Anonymität eines Zahnarztwartezimmers. Es war schwer zu glauben, dass ein so gewöhnlich aussehender Ort als Landschaft der letzten Jahre seines Vaters gedient hatte. Etwas so Monumentales wie der Tod verdiente eine fantasievollere Unterkunft.

Das Zimmer eines kürzlich Verstorbenen zu durchstöbern fühlte sich wie eine heftige Verletzung seiner Privatsphäre an. Was, wenn Jack auf etwas Peinliches stieß? Auf irgendein Geheimnis? Jack wusste, dass sein Vater, der immer ein zurückhaltender Mann gewesen war, es gehasst hätte, dass Jack in seinem Zimmer herumwühlte. Aber natürlich gab es keinen Lawrence mehr, niemanden, den man hätte beschämen, niemanden, der diesen Hass hätte empfinden können, also blickte Jack sich mit einem seltsam ambivalenten Gefühl um.

Es gab ohnehin nicht viel zu sehen. Das Ausziehsofa – nicht mal ein richtiges Bett – war noch ausgezogen, die Laken auf einer Seite zusammengeknüllt, eine mitleiderregend dünne Matratze, ein Kissen, befleckt mit etwas Rötlichem und Dunklem – wahrscheinlich Blut. In Reichweite des Bettes gab es einen Sauerstofftank und ein Atemgerät. Und eine metallene Gehhilfe, auf deren Füßen Tennisbälle aufgespießt waren. Ansonsten war der Keller ordentlich und sauber, es gab nichts zu durchfilzen außer einer Kommode und einem Badezimmer.

Die Kommode war hauptsächlich mit weißen T-Shirts gefüllt, die sich am Kragen und unter den Achseln zu einem Cremeton verfärbt hatten. Dazu ein paar grüne Baseballkappen von John Deere. Zwei Paar blaue Jeans, einige Socken, etwas Unterwäsche – alles weiß, alles von Hanes – und ein Gürtel, an dem eine stark beanspruchte Schlaufe gerissen war. Jack hatte nicht gewusst, worauf er dort unten stoßen würde, aber dies vorzufinden – im Grunde nichts –, setzte ihm ziemlich zu. Die gesamten Habseligkeiten seines Vaters hätten wohl in einen einzigen Pappkarton gepasst – Lawrence' Leben belief sich auf 0,1 Kubikmeter. Kein Wunder, dass er so viel Zeit im Netz verbracht hatte.

Im Bad fand Jack den elektrischen Rasierer seines Vaters, und als er ihn in die Hand nahm, fielen kleine Stückchen grauer und schwarzer Haare heraus. Ein seltsames Detail, dass Lawrence gewusst hatte, er würde sterben, und sich dennoch weiter rasiert, weiter die mechanische Instandhaltung betrieben hatte, die der lebendige Körper erforderte. Das Medizinschränkchen war leer bis auf Zahncreme, Deodorant und einige Fläschchen mit Aspirin. Dann öffnete Jack etwas, was er für einen Wäscheschrank hielt, was sich aber – er holte scharf Luft, als er es sah – als ein Arzneireservoir voller Pillen, Pulver, Extrakte, Salben und Elixiere in großen bauchigen Flaschen entpuppte, Hunderte davon, der gesamte Schrank mit Utensilien und Medikamenten gefüllt, von denen Jack viele kannte, weil sein Vater im Internet davon geschwärmt hatte.

Da waren Fläschchen mit kolloidalem Silber und Kurkumapillen und Nahrungsergänzungsmittel mit hoch dosiertem Vitamin C und zerstoßenem Haiknorpel und Pilzextrakt und Gift des Glanzskorpions und Kuminsamen, deren Etiketten unverbürgte Behauptungen über ihre ganz und gar natürliche Wirkung bei der Bekämpfung von Krebs aufstellten. Da waren Tüten mit Aprikosenkernen, die angeblich Tumore abtöteten, indem sie den Körper alkalisierten. Da war ein Fläschchen mit braunem Inhalt, der angeblich den kaum bekannten Parasiten abtötete, der in Wahrheit die Wurzel jeglicher Art von Krebs war. Da war ein Gerät, das wie ein altes Radio aussah und angeblich die Quantumvibrationen der spezifischen Krebszellen eines Menschen erfassen konnte. Da waren mehrere geöffnete Packungen »metabolischer Anti-Krebs-Entgiftungskuren«. Da waren Tüten nicht eindeutig zuzuordnender »chinesischer Kräuter«, Flaschen mit aus klarer Flüssigkeit bestehenden »Immunomodulationen«, Vitamin-, Aminosäure-, Antioxidans-Infusionen. Da war bioaktives CBD auf einer Reihe unterschiedlicher Trägersubstanzen: Öl, Gel, Pulver. Da war eine Flasche mit der Aufschrift NATURE'S CHEMOTHERAPY ohne Angabe der Inhaltsstoffe. Jack fragte sich, wie viele Tausend Dollar und wie viel falsche Hoffnungen in diesem Schrank verstaut waren. Er schloss die Tür und ging nach oben.

»Hast du was gefunden?«, sagte seine Mutter. Sie saß auf der Veranda vor dem Haus auf einem Gartenstuhl und schaute in Richtung Westen, wo die Sonne jetzt über dem wogenden Gras versank.

»Erzähl mir von letztem Monat«, sagte Jack, während die Gittertür hinter ihm zuschlug. »Wie ist es mit Dad zu Ende gegangen?«

»Das habe ich dir doch schon gesagt. Der Krebs hat sich ausgebreitet.«

»Und wie wurde er behandelt?«

»Ach, er hat jede Menge Medikamente genommen. So viele Pillen, ich kam gar nicht mehr mit.«

»Waren das die Medikamente aus dem Schrank unten? Hat er die genommen?«

»Wahrscheinlich.«

»Und was war mit den Ärzten? Hat er auch verschriebene Medikamente genommen?«

»Na ja, er hatte kein großes Vertrauen in Ärzte.«

»Denn das Zeug da unten ist wirkungslos. Das weißt du, oder?«

»Er war der Meinung, Krankenhäuser wären Betrug.«

»O mein Gott.«

»Lawrence hielt Ärzte für Lügner. Er glaubte, es würde ein Heilmittel geben, das sie ihm vorenthielten. Und ehrlich gesagt kann ich nicht behaupten, dass ich anderer Meinung war, bei dem ganzen Ärger, den wir mit den Ärzten hatten, als du klein warst. Weißt du noch, wie sie sich uns gegenüber verhalten haben? Sie waren wirklich gemein zu uns.«

Jack setzte sich auf die Verandastufen, die Ellbogen auf die Knie, den Kopf in die Hände gestützt. Es ergab jetzt etwas mehr Sinn, dass sein Vater an all diese Internetverschwörungen geglaubt, dass er sich so bereitwillig diesen Fantasien hingegeben hatte. Vielleicht hatte der Mann glauben müssen, was er im Netz las, so weit hergeholt es auch sein mochte, um seine ganz persönliche Hoffnung aufrechtzuerhalten: dass er geheilt werden, dass er nicht sterben würde.

»An Lawrence' letztem Tag im Krankenhaus«, sagte Ruth, »schickten sie diesen Neuen zu ihm. Es war kein Arzt, sondern ein Sozialarbeiter, ein Beistand. Er sagte, er wäre auf *Palliativpflege* spezialisiert.«

»Das heißt, auf alles, was mit dem Lebensende zu tun hat.«

»Ich weiß, was es heißt. Jedenfalls wollte er, dass Lawrence lauter so alberne Atemübungen macht. Er sollte mit geschlossenen Augen dasitzen und die Atemzüge zählen. Stell dir das vor, einem Mann, der an Lungenkrebs stirbt, zu sagen, er soll atmen!«

»Klingt nach Meditation.«

»Er sagte Lawrence, wenn man stirbt, wäre es normal, Angst und Wut zu empfinden, und manchen würde es helfen, sich zu entspannen und sich auf bestimmte Momente ihres Lebens zu konzentrieren.«

»Glückliche Momente vermutlich.«

»Nein. Er sagte, Lawrence sollte sich auf *wahre* Momente konzentrieren.«

»Wahre Momente. Was soll das heißen?«

»Die Augenblicke, in denen er sich selbst am nächsten war.

Er sagte, jeder hätte ein tiefes Gefühl dafür, wer er ist, etwas, das unter allem anderen liegt und sich nie verändert. Und Lawrence sollte ihm einen Augenblick beschreiben, in dem er dieses andere gefühlt hätte. Und weißt du, für welche Erinnerung er sich ausgerechnet entschieden hat?«

»Nein.«

»Wie er beim Homecoming-Umzug Evelyns Wagen zog.«

»Ah, okay.«

»Nicht unseren Hochzeitstag. Nicht den Tag, an dem er mir den Antrag machte. Nein, wie er auf seinem Traktor fuhr. Das ist anscheinend der Dank, den ich dafür kriege, dass ich die ganzen Jahre lang hier den Laden geschmissen habe.«

»Ich erinnere mich an diese Umzüge. Evelyn sah so glücklich aus.«

»Dieses Mädchen wurde von allen geliebt.«

»Ja, das stimmt«, sagte Jack und nickte. »Du hattest übrigens recht, was meine Kunst angeht. Meine Fotografien. Diese Bilder zeigen nicht nichts. Sie zeigen Evelyn. Sie zeigen das Feuer.«

»Tja, das liegt auf der Hand.«

»Dad hatte mir wegen Evelyn geschrieben. Gegen Ende, es war eine seiner letzten Nachrichten.«

»Ach? Und was stand drin?«

»Er meinte, es wäre nicht meine Schuld gewesen.«

»Wie nett von ihm.«

»Er meinte, ich sollte dich danach fragen.«

»Mich fragen?«

»Ja, er meinte, es wäre nicht meine Schuld gewesen, und du würdest mir erklären, warum. Was sollte das heißen?«

»Dieser Mann«, sagte Ruth. »Er macht mir immer noch Vorwürfe, noch aus dem Grab heraus?«

Jack drehte sich zu ihr um. »Was für Anschuldigungen?«

Sie setzte sich aufrechter hin, faltete die Hände und stieß ihr Lachen aus, ein gezwungenes und gekünsteltes Lachen, das, wie Jack wusste, eher Verdruss und Gereiztheit zum Ausdruck brachte. »Weißt du, wie sehr ich deinen Vater geliebt habe?«, sagte sie. »Mein Gott, er sah so gut aus, als er an diesem Tag auf unserer Ranch auftauchte. Ich war achtzehn Jahre alt, und ich warf einen Blick auf diesen Mann und dachte: Tja, da ist er also. Er ist es, er und kein anderer. Ich verliebte mich auf der Stelle. Und weißt du, was er tat?«

»Er machte deiner Schwester einen Antrag.«

»Er machte meiner Schwester einen Antrag. Ja. Woher weißt du das?«

»Evelyn hat es mir erzählt.«

Ruth nickte. »Aber du musst wissen, dass es meiner Schwester nicht ernst mit ihm war. Sie war flatterhaft, sorglos, faul. Sie hätte keine gute Ehefrau abgegeben. Sie hätten nicht gut zusammengepasst. Also überzeugte ich meinen Vater davon, dass ich die Richtige wäre. Schließlich war ich die Ältere. Ich hätte zuerst heiraten sollen. Ich dachte einfach, wenn Lawrence sich für mich entschied, würde ich ihn schon dazu bringen, sich in mich zu verlieben.«

Sie schüttelte den Kopf und verdrehte die Augen, während sie sich zurückerinnerte, lachte wieder ihr falsches Lachen. »Tja, du weißt ja, wie die Sache ausging«, sagte sie. »Er warf mir vor, sein Leben zerstört zu haben.«

»Es tut mir leid, Mom.«

»Ich dachte, es würde vielleicht bergauf gehen, wenn wir ein Kind hätten. Wenn wir Eltern wären, müsste er mich doch lieben, oder? Also kriegten wir Evelyn. Und er vergötterte dieses Mädchen, er liebte sie so sehr. Ich kam mir vor, als ... na ja, als wäre ich gar nicht da. ›Deine Frau sollst du lieben und wertschätzen‹, sagte ich ihm. Ich sagte ihm, es wäre eine Sünde, seine Tochter so viel besser zu behandeln als mich.«

»Du warst eifersüchtig auf Evelyn?«

»Das glaubte er jedenfalls. Vor allem nach ihrem Tod. Als Evelyn tot war, bekam ich nichts anderes mehr von ihm zu hören, als dass ich sein Leben zerstört hätte. Zum zweiten Mal. Er machte mir die schlimmsten Vorwürfe.«

»Was warf er dir denn vor?«

»Ich hätte sie absichtlich da rausgeschickt, auf die Nordweide.«

»Absichtlich?«

»Ich hätte dir das falsche Feld genannt. Hätte Evelyn zum Sterben da rausgeschickt.«

»Du hast immer gesagt, ich hätte dich falsch verstanden.«

»Ich weiß.«

»Du hast gesagt, ich hätte nicht richtig zugehört, es wäre meine Schuld gewesen.«

»Ich weiß.«

»Und stimmt das? War es meine Schuld?«

Ruth stand rasch auf, legte die Stirn in Falten, schüttelte den Kopf. »Wieso reden wir überhaupt darüber?« Und sie war im Begriff, die Gittertür zu öffnen, als Jack aufsprang und die Tür zuhielt.

»Mom«, sagte er. »Sag es mir.«

»Ich weiß es nicht mehr.«

»War es meine Schuld oder nicht?«

»Ich weiß es nicht mehr!«

»Sei ehrlich.«

»Bin ich doch! Ich weiß es nicht mehr! Wirklich nicht, Jack! Es passierte so viel in dieser Nacht, es war so ein Chaos. Ich war mir nur sicher, dass es ein Unfall war, ein Fehler, aber ich wusste nicht genau, wer den Fehler gemacht hatte, ob ich es gewesen war oder du. Aber dann hast du die ganze Nacht lang ›Es tut mir leid, es tut mir leid‹ gesagt, und ich dachte, ah, okay, es muss wohl deine Schuld gewesen sein.«

»Aber du wusstest es nicht?«

»Du schienst einfach so schuldig zu sein, so sicher, dass du schuld warst, dass ich wohl ... ich habe wohl mitgespielt.«

»Du hast *mitgespielt*?«

»Alle wussten, dass du ein bisschen begriffsstutzig bist.«

»Das dachten sie wegen *dir*.«

»Und was hätten die Leute gesagt, hm? Wenn sie geglaubt

hätten, ich hätte meine eigene Tochter umgebracht? Ich hätte mich doch nie wieder in die Kirche wagen können.«

»Also hast du mir die Schuld gegeben, um deinen Ruf zu wahren.«

»Ich habe dir nicht die Schuld gegeben. Du hast dir selbst die Schuld gegeben. Ich bin dir nur gefolgt.«

»Ich war neun!«

»Tja, ich weiß nicht, was ich dir sagen soll.«

Sie stand mit verschränkten Armen und hängenden Schultern da und starrte zu Boden wie ein bockiges Kind.

»Die ganzen Jahre, die du mich zur Kirche geschleppt hast«, sagte Jack, »hast du nicht für *mich* um Vergebung gebeten, sondern für *dich*.«

»Ich habe um beides gebeten.«

»Weil du nicht weißt, was wirklich passiert ist.«

»Ich weiß es nicht. Das ist die Wahrheit, Jack. Ich habe so oft über diese Nacht nachgedacht, und ich weiß einfach nicht, was ich gesagt habe. Vielleicht habe ich dir das Falsche gesagt, vielleicht hast du Evelyn das Falsche gesagt. Es war ein Unfall, so viel weiß ich. Aber die Erinnerung ist ausgelöscht.«

»Dad hat dir nicht geglaubt.«

»Nein.«

»Er dachte, du hättest es absichtlich getan.«

»Er sagte, Evelyn wäre beliebt und glücklich gewesen und ich allein und unglücklich, und ich hätte es nicht ertragen. Er glaubte, ich hätte mich rächen wollen. Stell dir mal vor, mit jemandem verheiratet zu sein, der glaubt, du wärst zu so etwas fähig.«

War sie zu so etwas fähig? Hatte sein Vater recht gehabt? Oder war das nur eine der paranoiden Geschichten des Alten, eine weitere seiner Verschwörungen? Jack wusste es nicht, und vielleicht musste er es auch gar nicht wissen. Er hatte so lange mit der Schuld am Tod seiner Schwester gelebt, dass sich diese neue Zweideutigkeit im Vergleich wie eine Befreiung anfühlte.

»Du erwartest wahrscheinlich eine Entschuldigung«, sagte seine Mutter.

»Das wäre schön.«

»Wahrscheinlich soll ich mich auf der Stelle vor dir in den Staub werfen und zugeben, was ich für eine schreckliche Mutter gewesen bin.«

»Du hast mir gesagt, ich wäre *durch und durch verdorben*.«

»Na ja, bevor du jetzt großspurig wirst, vergiss nicht, welche Schwierigkeiten du mir bereitet hast. Als du klein warst. Du warst auch nicht gerade perfekt.«

»Ich weiß. Das hast du mir gesagt. Ich hätte besser nicht zur Welt kommen sollen.«

»So ist es. Hättest du nicht. Also sind wir in meinen Augen mehr oder weniger quitt.«

Jack musste lachen – über die Sturheit seiner Mutter, ihre Unverfrorenheit, den Kummer, den sie in ihrem Herzen gesammelt und gehegt hatte, über ihre Fähigkeit, sich die Realität so zurechtzubiegen, dass sie selbst keine Schuld traf.

»Klar, Mom«, sagte Jack. »Ist schon gut. Was soll's. Wir sind quitt.«

Die Sonne sank unter den westlichen Horizont, und die vor ihnen liegenden Weiden nahmen ihren bläulichen Abendschimmer an, und der Wind trug den Klang heran, der in den Flint Hills oft den Sonnenuntergang begleitete: ein Rudel Kojoten, das gespenstisch heulte und bellte.

»Gott, das Geräusch habe ich immer gehasst«, sagte Jack.

»Die Kojoten?«, sagte Ruth. »Warum?«

»Ich mochte es nicht, wenn sie im Zaun feststeckten. Sie schrien die ganze Nacht. Es war schrecklich.«

»Wenn sie im Zaun feststeckten?«

»Du weißt schon, die Kojoten sind doch immer am Zaun hochgesprungen, und manchmal hingen sie dann fest.«

»Das hast du geglaubt?«

»Ja.«

»Jack, die Kojoten steckten nicht fest. Dein Vater hat sie dort hingehängt.«

»Wirklich?«

»Er hat auf den Feldern Fallen aufgestellt. Und wenn er einen erwischte, hängte er ihn an den Zaun.«

»Wieso denn?«

Sie zuckte mit den Schultern. »Das hält die anderen Kojoten ab«, sagte sie sachlich. »Aber du solltest es nicht sehen. Also hat er es ganz frühmorgens gemacht, bevor du wach warst. Du warst immer so empfindsam.«

»Oh«, sagte Jack. Er fand es barbarisch von seinem Vater, so etwas zu tun, aber er verspürte auch ein plötzliches Aufwallen von Zärtlichkeit ihm gegenüber. Dass Lawrence in die Schwärze vor der Dämmerung hinausging, um seinem feinfühligen Sohn einen verstörenden Anblick zu ersparen – es weckte in Jack den übermächtigen Wunsch, sich zu bedanken, für diesen einen Gefallen und für all die anderen Mildtätigkeiten, die sein Dad ihm wahrscheinlich im Stillen hatte zuteilwerden lassen. Schließlich hätte Lawrence Jack sagen können, er solle sich nicht so anstellen, sich wie ein Mann verhalten, wie es so viele der anderen Väter taten. Aber nein, Lawrence hatte von Jack nie verlangt, ein anderer zu sein als der, der er war. Lawrence hatte Jack eine Akzeptanz entgegengebracht, die Jack, so dachte er jetzt, nicht hatte erwidern können. In jenen letzten Jahren des Zanks hatte er es massiv an Mitgefühl, an Großmut fehlen lassen. Jack wünschte, das alles zurücknehmen zu können, all die Bitterkeit, all die sinnlosen Auseinandersetzungen im Internet.

»Das war lieb von ihm«, sagte er. »Das war nett.«

»Tja«, sagte Ruth, »nicht aus Sicht der Kojoten.«

Und jetzt drang ein anderes Geräusch zu ihnen, irgendwo aus der Ferne, das Rattern, Knirschen und Knattern von etwas, das die lange Schotterstraße entlangfuhr. Und als sie aufblickten, sahen sie eine staubige Wolke in der Luft jenseits der Nordweide, und einen Augenblick später erschienen die Scheinwerfer eines Pritschenwagens zwischen den sanft geschwungenen Hügeln, der träge auf die Ranch zurollte, und Ruth nickte und sagte: »Das werden die Brannons sein. Kennst du die noch?«

»Nein.«

»Die Mutter hat an deiner Schule Literatur unterrichtet.«

»Ach ja.«

»Jetzt ist sie natürlich in Rente.«

»Sie hat nicht Literatur unterrichtet«, sagte Jack. »Sie hat *RoboCop* unterrichtet.«

»Sie kommt bestimmt, um ihre berühmten Zitronenriegel vorbeizubringen. Ich setze mal Kaffee auf.«

Jack öffnete die Gittertür und folgte seiner Mutter in die Küche, wo er ihr beim stummen Hantieren mit Kaffeefilter und Kaffeepulver zusah.

»Hör mal, Mom, ich mache mich wohl besser auf den Weg.«

»Alles klar.«

»Ich habe noch zu tun. Morgen früh ist Unterricht.«

»Natürlich«, sagte sie, ging zum Wasserhahn und füllte eine Kaffeekanne.

»Kommst du hier zurecht?«

Daraufhin wandte sie sich zu ihm und setzte diese altvertraute Miene auf: verwirrt, verstört, das gleiche Gesicht, das sie immer gemacht hatte, wenn Evelyn von irgendeinem verwunschenen Stein oder der wunderbaren Symbolik des Grases erzählt hatte – *Es ist doch bloß ein Stein*, hatte Ruth dann gesagt. *Es ist doch bloß Gras und sonst nichts.* Jetzt sah ihn seine Mutter mit der gleichen verblüfften Miene an. »Wieso sollte ich denn nicht zurechtkommen?«

»Klar. Natürlich.«

»Jetzt geh schon. Geh dorthin, wo du hingehörst.«

Und dann drehte sie sich wieder zum Küchenschrank und nahm zwei Kaffeebecher heraus.

»Tschüs, Mom«, sagte Jack, und er verließ die Küche.

Draußen warf er einen letzten Blick auf das kleine weiße Haus und dann noch einen langen Blick auf die Weiden, die es umgaben. Er drehte sich lange im Kreis und suchte nach der Stelle, an der Evelyn und er morgens gesessen hatten, wenn sie ihn das Malen, das Sehen gelehrt hatte. Er starrte auf die Felder hinaus, bis der Besuch seiner Mutter in die lange, unbefestigte Einfahrt der Ranch einbog, dann sprang er in seinen eigenen Wagen und fuhr los, begegnete auf halbem Weg Mrs. Brannon, der er kurz zuwinkte, rumpelte über die Viehroste, bog in die Schotterstraße ein und fuhr etwa vierhundert Meter weit an der Umzäunung der Nordweide entlang, ehe er bremste, am Straßenrand anhielt, ausstieg und sich über den Stacheldraht schwang. Er lief auf die Nordweide hinaus, in ihre Mitte, hüpfte über Gesträuch, umrundete die größeren Grasbüschel, die sich im starken Wind neigten, einen Meter achtzig hoch. Bald sah er den Baum, der in seiner Vorstellung Evelyns Grab war. Er war jetzt so viel höher und von anderen Bäumen umstanden, die allmählich das Feld kolonisierten, aber es war eindeutig die Ulme, die er am Abend vor seinem Umzug nach Chicago im Sonnenuntergang fotografiert hatte – sie wies die gleiche Neigung auf, die gleiche Krümmung.

Zwanzig Jahre lagen zwischen jenem Augenblick und dem jetzigen, zwanzig Jahre, in denen Jack ein gänzlich neuer Mensch geworden war – Künstler, Intellektueller, Lehrer, Ehemann, Vater –, und doch vermutete er, dass er sich überhaupt nicht verändert hatte. Wäre Jack auf dem Totenbett von irgendeinem Beistand gebeten worden, einen besonders »wahren« Moment aus seinem Leben auszuwählen, dann hätte er sich vielleicht für den entschieden, in dem er eines Morgens mit Evelyn hier draußen auf der Weide gesessen und im Dämmerlicht Landschaften gemalt hatte. Seine Schwester konnte mit wenigen Pinselstrichen so viel Substanz schaffen – nur eine Handvoll suggestiver Linien, und mit einem Mal schien ihr Bild zu pulsieren. Jack dagegen kleisterte seine Leinwand mit Farbe zu, begriffsstutzig und stumpf. Er versuchte jedes Gebäude, jeden Grashalm zu malen, alles zu definieren, festzuhalten, zu kontrollieren und zu ersticken.

»Du musst es atmen lassen«, hatte seine Schwester ihm geraten, und vielleicht war das Jack in einem Satz: Er ließ nichts atmen. Er ließ nichts einfach nur da sein. Er ließ nicht zu, dass sich irgendwas auf natürliche Weise entwickelte oder entfaltete, ohne den Versuch, es zu kontrollieren oder zu beschränken. Seine Schwester dagegen hatte die der Welt innewohnende Unberechenbarkeit akzeptiert, begrüßte sie sogar, lebte jedes Jahr an einem anderen exotischen Ort, lernte immer wieder neu dazu, wusste nie, was als Nächstes kam. Jack hatte die Vorstellung gefallen, ihrem Beispiel zu folgen, aber in Wahrheit hatte ihn nach seinem Umzug nach Chicago augenblicklich nach Beständigkeit, Sicherheit und Kontrolle verlangt: Er hatte sich innerhalb des ersten Jahres eine Frau und eine Ästhetik gesucht und dann nie mehr irgendwas daran geändert. Für Jack ging es in der Ehe und in der Kunst nicht darum, etwas zu erforschen, etwas zu lernen oder an etwas zu wachsen. Er betrachtete beides eher als Schnappschüsse, die man machte, um sie dann in ein Album zu kleben: Sie waren Artefakte, Erinnerungsstücke, unter Laminat fixiert. Er konnte sie nicht atmen lassen.

Er war aus Kansas fortgegangen, weil er sich von seiner Familie entfremdet gefühlt hatte, aber wie sehr unterschied er sich wirklich von ihnen? Seine Mutter hatte eingefordert, dass Lawrence sie anbetete, dass Evelyn genau wie sie war, dass Jack sie lobpries, und sie klammerte sich so fest an dieses Bedürfnis, dass sie nicht sah, wie sehr sie selbst darunter litt und wie die anderen genau davon in die Flucht geschlagen wurden.

Und tat Jack nicht das Gleiche? Er brauchte Elizabeth so sehr, und diese Bedürftigkeit erdrückte sie ganz offensichtlich. Er hatte solche Angst davor, sie zu verlieren, dass er alles Leben aus ihrer Ehe herausgequetscht hatte.

Evelyn hatte ihm vor langer Zeit genau das beizubringen versucht. Sie hatte ihm gesagt: *Wenn du dich zu fest an das klammerst, was du willst, verpasst du das, was tatsächlich da ist.*

»Ich wünschte, wir hätten zusammen aufwachsen können«, sagte Jack jetzt in Richtung der Gedenkstätte, die er für seine Schwester geschaffen hatte. Und dann wandte er sich um und ging zum Auto. Endlich wusste er, was er zu tun hatte, wie sich das Problem seiner Ehe lösen ließ. Er musste endlich dem Rat seiner Schwester folgen. Er musste – auch wenn ihn das in Schrecken versetzte –, er musste seine Ehe loslassen. Diesen Entschluss fasste er, dort draußen auf der Weide, im Schatten des aufragenden Baumes, den strengen Wind im Gesicht: Es war Zeit, Elizabeth loszulassen.

E s war eine bestimmte Woche mitten im Herbst – die Woche, in der Chicago sich dem Winter zuzuneigen schien, in der gebräunte Blätter büschelweise auf Gehwege zu fallen begannen und ein kalter Wind von Norden wehte und man den kommenden Jahreszeitenwechsel in der kalten Luft riechen konnte –, in der man in einem ruhigen Block unweit des Lincoln-Park-Campus der DePaul University zum ersten Mal seit Jahren keine Patienten die *Wellness*-Klinik betreten oder verlassen sah und kein Schild über der Tür an der Fassade hing.

Wellness war während seiner Zeit dort zu einer Art Kuriosum geworden. Die Zahnärzte, Physiotherapeuten und Dermatologen in den umliegenden Gebäuden waren irritiert über ihren seltsamen Nachbarn, diese dubios klingende Klinik mit den wöchentlich und manchmal täglich wechselnden Schildern davor. Was ging dort drinnen vor sich? Welche merkwürdigen Dinge ereigneten sich hinter dem Milchglas? Es kursierten Gerüchte über bizarre Therapien, die nie bestätigt oder widerlegt wurden.

Doch in jener Woche kamen zum ersten Mal, soweit sich die Leute zurückerinnern konnten, keine Patienten, und es gab keine Schilder, nur dieses blickdichte und anonyme weißblaue Glas. Neuankömmlinge, die zum ersten Mal in der Gegend unterwegs waren, hätten nicht geahnt, dass sich überhaupt jemand in der Praxis befand.

Und das lag daran, dass Elizabeth den Laden dichtmachte.

Sie zog den Stecker. *Wellness* konnte nicht länger im Geschäft bleiben, nicht, nachdem es im Netz so öffentlich geoutet worden war. Nachdem Brandies Facebook-Tiraden viral gingen, waren einige Patienten in die Klinik gekommen und hatten nach Antworten verlangt, und Elizabeth hatte zugeben müssen, dass diese Patienten tatsächlich Placebos erhalten hatten, und die Reaktionen waren erwartbar ausgefallen. Wut, Empörung, Verrat. Woraufhin sich eine Art Kettenreaktion entwickelt hatte – diese Patienten erzählten es anderen Patienten, die es wieder anderen erzählten, und dann war der Spuk vorbei. Schließlich wirkt die Placebotherapie nur dann, wenn sie ohne Wissen der Patienten angewandt wird. Und nun, da alle genau wussten, was Elizabeth tat, war ihr Tun nicht länger wirksam.

Da war sie also, mit ihrem kleinen Team, und alle schwiegen traurig, packten ihre Sachen, und es war nur zu hören, wie Kartons geöffnet und geschlossen und Schubladen umgestürzt wurden, wie Packband abgewickelt wurde und Toby auf dem Sofa im Wartebereich Minecraft spielte.

Am Nachmittag hatte Elizabeth eine E-Mail von Jack erhalten, einen kurzen Brief, der mit den Worten *Ich glaube, es ist Zeit, Dir etwas Freiraum zu geben* begann und in dem Jack dann ausführte, er sei zurück in Chicago, und er sei während der Zeit in Kansas zu einigen bedeutsamen Einsichten gelangt, und er werde die kommende und einige weitere Nächte in *The Shipworks* verbringen. *Mach dir keine Gedanken,* schrieb er. *Ben wird nicht mitkriegen, dass ich da bin. Ich verhalte mich unauffällig. Ich brauche nur ein Dach über dem Kopf, bis wir uns über die nächsten Schritte verständigt haben.* Und diese Formulierung, »die nächsten Schritte«, klang so unerwartet endgültig. Elizabeth las es und dachte: *Ein Problem nach dem anderen.* Zuerst musste sie sich mit *Wellness* befassen.

Sie war den ganzen Tag lang beschäftigt gewesen, und jetzt ging draußen die Sonne unter. Elizabeth hockte im Schneidersitz auf dem Boden ihres Büros. Eigentlich hätte sie ihre restlichen Bücher einpacken sollen, aber stattdessen blätterte sie in einer neuen Psychologiezeitschrift. Die Zeitschrift war heute gekommen – sie musste daran denken, das Abonnement zu kündigen –, und Elizabeth las darin, weil die gesamte Ausgabe dem Problem der »Replikationskrise« in der Psychologie gewidmet war, die darin bestand, dass einige der bekanntesten und einflussreichsten Studien nicht replizierbar waren, dass sich ihre Ergebnisse nicht überprüfen ließen. Studien zu Social Priming, zum Erinnerungsvermögen und selbst zum Placeboeffekt wurden nun infrage gestellt, neu bewertet, oft widerlegt. Und Elizabeth war ein Artikel ins Auge gesprungen, der die berühmte alte Stanford-Studie, die sich um Kinder, Marshmallows und Geduld gedreht hatte, hinterfragte und entkräftete.

Die ursprüngliche Studie war zu dem Schluss gekommen, dass Kinder, die einem Marshmallow fünfzehn Minuten lang zu widerstehen vermochten, im späteren Leben erfolgreicher waren, weil sie ihre Impulse kontrollieren und die eigene Belohnung hinauszögern konnten. Doch diese neue Studie hatte eine Reihe grundlegender Variablen berücksichtigt und war zu einer neuen Schlussfolgerung gelangt: Die Kinder, die imstande waren, fünfzehn Minuten lang zu warten, hatten sich nicht etwa besser unter Kontrolle: Nein, sie waren größtenteils einfach reich. Diese Kinder wussten, dass sie jederzeit so viele Marshmallows bekommen konnten, wie sie wollten. Also konnten sie es sich leisten zu warten. Wohingegen die Kinder, die keine fünfzehn Minuten durchhielten, im Allgemeinen nicht aus vermögenden Verhältnissen stammten, und sie griffen nicht nach dem Marshmallow, weil sie impulsiv waren, sondern weil man, wenn man in einem Zustand chronischen Mangels lebt, nichts riskiert; man geht auf Nummer sicher. Und wenn man die Entwicklung all dieser Kinder bis ins Erwachsenenalter verfolgte, war es wenig überraschend, dass die reichen Kinder im Durchschnitt ein besseres Auskommen hatten als die armen Kinder. Und das brachte sehr wenige Erkenntnisse hinsichtlich Geduld, Impulsivität oder Belohnungsaufschub mit sich.

So etwas schien ständig zu passieren: Ehemals verbürgte Wahrheiten wurden nun auf den Kopf gestellt, entlarvt, in Misskredit gebracht, und auf so offensichtliche Weise. Im Nachhinein betrachtet war der Marshmallow-Test *natürlich* fehlerhaft. Warum hatte sie das vorher nicht erkannt? Sie schaute zu Toby hinüber, der auf dem Sofa saß, in sein Spiel vertieft, und dessen Gesicht aussah wie immer, wenn er Minecraft spielte, völlig reglos, glasig und fischartig. Sie hatte ihn diesem Test unterzogen, weil sie ihm beibringen wollte, seine inneren Zwänge zu kontrollieren. Denn sie war besorgt wegen seiner Ausbrüche, hatte Angst vor seinen Wutanfällen. Sie wollte nicht, dass er wie ihr Vater wurde.

Elizabeth wusste noch, wann sie aufgehört hatte, darüber zu sprechen. Es war während jener ersten Otto-Sanborne-Studie gewesen, als ihre Aufgabe in Unterhaltungen mit willkürlich ausgewählten Männern bestanden hatte – sie beantwortete mit diesen Männern zusammen ungemein persönliche Fragen und wartete dann ab, ob sie sie später anriefen, um sich mit ihr zu verabreden. Vordergründig untersuchte Sanborne die Wirksamkeit verschiedener Kombinationen von Fragen, doch für Elizabeth lief während dieser Interviews eine Art sekundäre Untersuchung ab, eine Substudie, die ihr ermöglichte, vermittels eines ausführlichen Trial-and-Error-Verfahrens genau zu verstehen, was potenziellen Liebespartnern an ihr am meisten gefiel – und, noch viel wichtiger, was ihnen am wenigsten gefiel.

Was die zweite Kategorie anging: Die Männer, denen sie bei diesen Interviews gegenübersaß, schienen es nicht besonders liebenswert zu finden, wenn sie erwähnte, dass ihr Vater mitunter gewalttätig gewesen war. Beantwortete sie Frage eins damit, dass die Liebe ihres Vaters zuweilen durch seine Wut neutralisiert wurde – hier ein zertrümmerter Tennisschläger oder Fernsehschirm, dort ein faustgroßes Loch in der Wand –, rief das in den Männern üblicherweise keine Liebe hervor. Eher so etwas wie Mitleid. Oder Besorgnis. Oder dieses gewisse Abschalten, das Männer so außergewöhnlich gut beherrschten, dieses Umlegen eines Schalters in ihren Augen, wenn sie plötzlich zu denken schienen: *Oh, nee, die ist hinüber, mach dich besser aus dem Staub.*

Mehr Erfolg hatte sie mit einer leicht abgewandelten Version der Geschichte, die ihre Testpersonen in Chicago ansprechend und liebenswert fanden: Ihr Vater sei ein unerbittlicher Tyrann (was stimmte), ein Perfektionist, der viel Wert auf äußeren Schein und auf Geld legte (was beides stimmte) und vom Unglück anderer profitierte (was ebenfalls stimmte und eine Art Familientradition war). Und dann präsentierte sie sich selbst als eine Art rebellische Bilderstürmerin, die seinen Reichtum zurückgewiesen hatte und quer durchs Land gezogen war, um es auf eigene Faust zu schaffen.

Wenn das mal nicht heroisch klang.

Bei ihrem ersten Date mit Jack wusste sie schon so über ihre Familie zu sprechen, dass es ganz und gar einnehmend und liebenswürdig klang. Sie log nicht unbedingt, was ihre Vergangenheit anging, sie hatte eher eine bestimmte Art der maßvollen Zensur zur Perfektion gebracht. Und damit hatte sie so viele Jahre lang weitergemacht, ohne allzu sehr darüber nachzudenken, bis Tobys Wutanfälle alles wieder an die Oberfläche holten.

Eine Erinnerung war ihr noch besonders präsent: diese ersten Augenblicke, als der Tennisschläger sie getroffen hatte und sie benommen auf dem Boden lag, während ihr Gesicht schon anschwoll, Blut im Auge, den sonderbaren Geschmack von Metall auf der Zunge, und all die Leute, die von der Veranda aus zugesehen hatten, sie alle kamen jetzt auf den Platz gelaufen, und Elizabeth hörte ihre Schritte, ihre Stimmen, und bestimmt hatten sie sich über sie gebeugt, hatten sie gefragt, wie es ihr ging, doch das war es nicht, woran sie sich erinnerte. Sie erinnerte sich, wie rasch und wie emphatisch diese Leute bereits erklärten, einordneten und festschrieben, was passiert war. Während ihr noch das Blut aus der Nase lief, behaupteten sie schon nachdrücklich: »Es war ein Unfall.« Ihr Vater, die Geschäftspartner ihres Vaters, ihre Mutter, alle wiederholten sie das Gleiche: »Es war nur ein Unfall!« Elizabeth lag noch auf dem Boden, und doch zwangen ihr diese Leute schon diese Realität auf – *nur ein Unfall, niemand kann etwas dafür, es ist alles in Ordnung* –, und so ging es weiter, als sie endlich wieder auf die Beine kam, und jemand, der sich auf eine marginale medizinische Ausbildung berief (vielleicht war er mal Bademeister gewesen?), untersuchte ihre Nase und verkündete mit absoluter Bestimmtheit, ihr fehle nichts, wirklich rein gar nichts, es sei nur ein wüst aussehender Bluterguss, kein Grund, einen Arzt zu rufen, und jemand anderes half ihr dabei, schwankend, schwächlich zum Haus zu gehen, in ein Badezimmer, wo sie im Spiegel ihre beiden bereits geschwärzten Augen und die große rote Schwellung auf ihrem Nasenrücken und die Blutstriemen auf ihrer weißen Tenniskleidung sah. Einen Moment lang glaubte sie, sich übergeben zu müssen, aber dann ging es vorbei, und zurück blieben nur ein anhaltendes Schwindelgefühl und ein pochender Kopfschmerz. Sie wusch sich die Hände und so behutsam wie möglich das Gesicht. Ihre Mutter brachte ihr Wäsche zum Wechseln, umarmte sie und sagte: »Alles in Ordnung.«

Es war eher eine Feststellung als eine Frage. Elizabeth nickte.

»Es war ein Unfall, weißt du.«

»Ja.«

»Er hat das nicht gewollt. Der Schläger muss ihm aus der Hand gerutscht sein.«

Elizabeth starrte zu Boden. »Ich glaube, ich muss mich mal kurz hinsetzen«, sagte sie. »Ich würde gern allein sein.«

»Okay«, sagte ihre Mutter und rieb ihr den Rücken. »Mach das.«

Also stieg Elizabeth ganz langsam die Wendeltreppe hinter der Vorratskammer hinauf in die Dienstbotenunterkunft, wo sie sich auf den Fußboden setzte, mit dem Rücken an die Wand lehnte, die Augen schloss und endlich zu weinen begann. Sie weinte vor Schmerzen, gewiss, aber auch weil sie wusste, dass das, was ihr Vater getan hatte, kein Unfall gewesen war. Er hatte es mit Absicht getan, um sie zu bestrafen, weil sie ihn gedemütigt hatte, weil sie gewonnen hatte. Sie wusste es tief im Inneren. Das taten alle anderen auch, aber sie hätten es nie ausgesprochen. Sie hätten diese Tatsache nie anerkannt. Denn sie alle waren von ihm und seinem Vermögen abhängig: diese Geschäftspartner, die ihre Rückvergütungen brauchten, Elizabeths Mutter, die von ihrem großen Haus und von den Autos, den Kunstwerken, den Kaschmirschals und den Perlenohrringen, die sie sammelte, betört war. Es stand viel auf dem Spiel, und so wurden die Fakten rasch durcheinandergebracht. Ihr Vater würde damit durchkommen, so wie alle fürchterlichen Augustine-Magnaten vor ihm.

Und während Elizabeth dasaß und leise weinte, drang von der Kochnische um die Ecke ein Geräusch zu ihr, ein Geräusch wie ein Klopfen, so als tippte jemand leicht gegen eine Wand.

»Hallo?«, sagte Elizabeth. Keine Antwort. »Wer ist da?«

Sie stand auf – noch immer ganz behutsam – und ging zur Kochnische. Es war ein kleiner Alkoven, ein Herd mit zwei Kochplatten, eine winzige Spüle, gräulich verfärbter Linoleumboden und Küchenschränkchen aus dünnem, billigem, unverkleidetem Holz. Sie stand ganz reglos da, lauschte auf das Klopfen, folgte dem Geräusch die Wand empor, zu den Schränken – das Klopfen kam aus dem Inneren. Etwas war im Inneren des Küchenschranks, klopfte gegen die Blende, und Elizabeth streckte die Hand nach dem alten Messingknauf des Schranks aus – abgewetzt und abgestoßen nach hundertjährigem Gebrauch – und zog die Klappe sehr langsam, sehr bedächtig nur ein Stück weit auf, nur einen Spalt, als sie unvermittelt spürte, wie etwas in dem Schrank mit Gewalt nach außen drängte, und ehe sie wusste, wie ihr geschah, fiel sie hintenüber und schrie, während die Luft über ihr urplötzlich von Leben erfüllt war. Schwarze Streifen schossen im Zickzack umher, rasten auf und nieder, panisch, zirpend, Dutzende von Fledermäusen, die in den Raum drängten. Sie kreisten unter der Decke der Dienstbodenunterkunft, landeten auf dem Absatz eines Fenster- oder Türrahmens oder krallten sich in die Wände, hielten dort kurz inne, schauten nach links und nach rechts, aufgeregt, ängstlich, ehe sie sich wieder in die Luft erhoben. Elizabeth lag in der Kochnische auf dem Boden und sah ihnen zu, ein Wirbel aus Flügeln über ihr. Sie schaute in den Küchenschrank und sah, dass die Wand dahinter zersetzt, abgetragen, zerfressen war. Und von ihrem Platz auf dem Linoleum aus konnte sie mitten durch die Decke sehen, bis hinauf in die oberen Räume, durch ein großes Loch, das direkt hinter den Schränken entstanden war.

Die Kolonie, die das dritte Stockwerk übernommen hatte, rückte nun offenbar ins zweite vor.

Bald schienen sich die Fledermäuse zu beruhigen, und eine nach der anderen hefteten sich mit ihren kleinen hakenartigen Krallen an Fenstergitter und Vorhänge. Es war Tag, und sie hätten es vorgezogen zu schlafen, und so hörte das Gewimmel im Raum nach einigen Minuten auf. Bald herrschte Stille, und der ganze Raum war voller kleiner schwarzer, regloser Punkte.

Und nun drang Wärme zu ihr, feuchtwarme Luft und ein Geruch, der wie Nebel aus der Lücke in der Decke herunterwaberte. Es roch nach reinem Ammoniak und schien leicht in ihrem Mund zu brennen. Ihr fiel ein, dass die Kammerjäger, die in den dritten Stock hinaufgegangen waren, immer aufwendige Masken getragen hatten, dass die Luft dort oben offensichtlich giftig war. Und mit einem Mal wusste Elizabeth – als wäre es das Vernünftigste auf der Welt – ganz genau, was sie zu tun hatte. Sie stand auf. Sie öffnete die

Schranktüren. Sie stieg auf die schmale Formica-Arbeitsplatte. Sie streckte die Arme in den Hohlraum hinter der Wand, fand Halt an ein paar alten Leisten hinter dem Putz, an denen sie sich nun in die Aussparung hinter den Schränken und dann durch das eingefallene Loch emporziehen konnte, wobei sie sich auf antiken Metallträgern und geborstenen Holzstücken abstützte, bis sie schließlich den dritten Stock erklomm.

Sie befand sich in einer Art Salon oder Gesellschaftszimmer – die großen verhüllten Objekte an den Wänden ähnelten möglicherweise Sofas und Stühlen und einem Tisch am anderen Ende, alles mit Planen abgedeckt. Der Boden hier oben bestand aus Parkett, wo er sich unter einer dicken erstarrten Schicht von etwas abzeichnete, das wie schwarzer Schimmel, schwarzer Sand oder schwarzer Kies aussah, teils in Hügeln von sechzig, von neunzig Zentimetern Höhe. Die Vorhänge waren geschlossen, der Raum schummrig und diesig, dünne Lichtstrahlen fielen durch Spalte in den Wänden oder Löcher in den Vorhängen, und wo immer das Licht auf den Boden auftraf, begann diese schwarze Substanz zu schimmern und zu schillern – das Funkeln der Flügel einer Million vertilgter Insekten, in denen sich das Sonnenlicht spiegelte.

Elizabeth hob den Blick, betrachtete die Decke über dem höchsten Hügel und sah, dass sie in steter Bewegung zu sein schien. Schwarze, schemenhafte, zuckende Umrisse, die, als sich ihre Augen an das Dunkel gewöhnt hatten, konkreter wurden, und nun sah sie die vielen Hundert kopfüber hängenden Fledermäuse, die ganz leicht hin- und herschwankten und schaukelten, und gelegentlich löste sich eine und flog zu einem der vielen anderen Grüppchen. Dieses Geräusch, das rasche Schlagen einzelner Flügelpaare, tönte pausenlos aus allen Richtungen, obwohl Elizabeth nur selten seinen Ursprung ausmachen konnte – die Fledermäuse waren zu schnell, im Raum war es zu dunkel. Es war nur ein uneindeutiges Plätschern in der Luft um sie herum.

Ihr war bewusst, dass der Geruch überwältigend sein

musste, aber ihre Nase war verstopft, wahrscheinlich gebrochen, und so nahm sie den Geruch eher als einen Geschmack wahr, ein Poolwasseraroma in ihren Nebenhöhlen, ein beißendes chemisches Brennen in ihrer Lunge. Es schien ihr den Hals zuzuschnüren, und bald atmete sie schwer und hustete, und sie überkam das panische Gefühl, das sich einstellt, wenn die Luft nicht genügend Luft enthält, wie wenn man zu lange unter einer Decke liegt. Sie schloss die Augen. Sie versuchte sich zu entspannen. Sie glaubte irgendwo tief unter sich Gelächter zu hören – jemand lachte, das Leben im Haus ging schon wieder seinen gewohnten Gang. Und sie wusste, dass sie nur sitzen bleiben musste. Bald würde sich das Gas ihrer bemächtigen. Bald würde sich der Raum ganz verdunkeln. Bald würde sie bewusstlos werden – so einfach war das –, und irgendwann später würden sie sie hier oben finden, und dann würde sie ihnen ihre Realität aufzwingen. Sie stellte sich vor, wie die Polizei gerufen wurde, wie die Polizisten die Gäste vernahmen und die Tatsache, dass ihr Vater sie angegriffen hatte, öffentlich bekannt wurde, wie sich die Nachricht verbreitete und ihr Vater auf ewig bloßgestellt und damit bestraft wurde. Zum ersten Mal im Leben hatte sie Macht über ihn – so große Macht, jetzt in diesem Augenblick –, und er wusste es nicht mal. Sie lauschte dem Klang der gefährlich dicht über ihren Kopf hinwegflatternden Schwingen, und sie atmete tief ein, atmete tief aus, und sie wartete.

»Stimmt was nicht, Mom?«

Elizabeth schlug die Augen auf. Toby stand jetzt vor ihr, starrte sie an, den Kopf schiefgelegt, besorgt. »Ist alles in Ordnung?«, sagte er.

Sie lächelte. So war das manchmal mit ihm. Er war so häufig uneinsichtig und stur, aber manchmal, wenn die Finsternis ganz über sie kam, spürte er es, selbst wenn er gerade in einem anderen Zimmer war, und mit einem Mal wurde er mitfühlend, liebevoll.

»Mir geht's gut, Schatz«, sagte sie und blinzelte, um die Erinnerung an jenen Tag zu vertreiben.

»Sicher?« Er sah sie zweifelnd an. Er glaubte ihr nicht.

»Sicher«, sagte sie.

»Hundertpro?« Er dehnte das Wort, betonte jede Silbe überdeutlich. *Hun-dert-pro?*

Und die Art und Weise, wie er sie so aufmerksam anstarrte, und seine heftige Besorgnis und Beunruhigung um sie ließen sie beinahe in Tränen ausbrechen. Sie spürte jetzt eine Art Schmerz in sich aufsteigen, eine Sehnsucht, die sich anfühlte, als wäre sie jahrzehntelang verschüttet gewesen: diese kindliche Hoffnung, dass ihr irgendwann doch jemand helfen würde. All die Gäste in *The Gables* und all die Lehrer an all den vielen Schulen und all ihre kurzzeitigen Freunde und Bekannten – warum hatte niemand gesehen, dass sie Hilfe brauchte? Warum waren sie nicht eingeschritten? Warum hatten sie nicht gefragt, ob es ihr gut ging? *Sie war in Schwierigkeiten, und niemand bemerkte es.*

Aber hier war Toby, und er bemerkte es.

»Hey, hör mal«, sagte sie zu ihrem Sohn, »erinnerst du dich noch an das Spiel mit den Apfeltaschen?«

Er zog die Stirn kraus und drehte die Augen nach oben, während er die Erinnerung aufspürte. »Ach ja«, sagte er. »Eine sofort oder zwei in einer Viertelstunde.«

»Genau das.«

»Das war doch bestimmt irgend so ein Test.«

»Es war ein blöder Test.«

»Ich glaube nicht, dass ich ihn bestanden habe.«

»Das macht nichts, Schatz.«

»Ich habe es *versucht*.«

»Wirklich, mach dir keine Gedanken darüber.«

»Ich dachte sogar, ich hätte ihn bestanden. Zuerst dachte ich echt, ich hätte alles richtig gemacht.«

»Was meinst du damit?«

»Na ja, du willst ja nicht, dass ich so viel Süßkram esse.«

»Das stimmt.«

»Also dachte ich, wenn ich bloß *eine* Apfeltasche esse, statt zu warten, damit ich *zwei* essen kann, macht dich das glücklich.«

»Das verstehe ich nicht.«

»Darum habe ich die Apfeltasche sofort gegessen. Damit du mir nicht noch eine zu geben brauchst. Ich dachte, ich hätte den Test bestanden. Ich dachte, ich hätte *der Versuchung widerstanden*. Es tut mir leid.«

»O mein Gott.«

»Würden wir den Test wiederholen, würde ich es diesmal richtig machen. Versprochen.«

Da schloss sie ihn in die Arme und drückte ihn fest an sich, diesen wunderbaren kleinen Jungen, dieses herzige, feinfühlige Kind. »Ach, Schatz«, sagte sie, »dir braucht gar nichts leidzutun. *Mir* sollte es leidtun.«

Sie verstummte, weil sie merkte, wie ihre Stimme brach, wie ihr die Tränen kamen. Sie drückte ihren Sohn, und was ihr an erster Stelle durch den Kopf ging, war: *Gott sei Dank.*

Gott sei Dank hatte sie an jenem Tag in *The Gables* nicht Ernst gemacht. Gott sei Dank hatte sie es bis hierher geschafft, war Jack begegnet, hatte Toby bekommen. Sie wünschte, sie könnte in der Zeit zurückreisen, diese vierzehnjährige Version von sich aufspüren und das arme Mädchen in den Arm nehmen. Sie dachte daran zurück, wie kurz sie davor gewesen war, Schluss zu machen, als sie schwer atmend in diesem Salon im dritten Stock gesessen hatte, und was sie davon abgehalten hatte, war nichts Nobles oder Bejahendes gewesen, sondern nur dummer Stolz. Es war die Erkenntnis, dass ihr Vater ihren Tod nur als eine weitere Niederlage seiner Tochter verbucht hätte, ein letztes Scheitern an ihm, einen letzten Sieg über sie. Er hätte keine Schuld auf sich genommen. Er war unfähig, Schuld auf sich zu nehmen. Nein, es wäre auf widernatürliche Weise zu etwas geworden, worauf er merkwürdig stolz war: Elizabeth war schwach und dumm und tot und er dagegen stark und klug und lebendig.

»Mom, du zerquetschst mich«, sagte Toby.

Sie ließ ihn los, und er taumelte aus ihren Armen. »Entschuldige!«

»Autsch«, sagte er, rieb sich die Rippen und machte ein übertrieben gequältes Gesicht.

»Ach, jetzt hör auf. So fest habe ich dich auch nicht gedrückt.«

»Ich weiß.« Er kicherte und ließ grinsend die Arme sinken. »Ich zieh dich bloß auf.«

Sie nahm seine Hände in ihre. »Toby, das mit den Apfeltaschen tut mir so leid. Ich entschuldige mich. Das hätte ich nicht tun sollen.«

»Okay.«

»Du weißt, du musst für mich keine Tests bestehen. Du musst gar nichts tun. Egal, ob du bestehst oder durchfällst oder was auch immer, ich liebe dich in jedem Fall. Ich will einfach nur, dass du du selbst bist.«

»Warum bist du so komisch?«

Sie lächelte. »Meine Eltern haben mich nie ich selbst sein lassen. Ich will nicht den gleichen Fehler machen.«

»Mom, du machst *nie* Fehler.«

»O doch. Andauernd.«

»Ja, das sagst du immer, und du entschuldigst dich ständig für irgendwas, aber ich habe keine Ahnung, wieso.«

»Was meinst du?«

»Du bist einfach perfekt.«

»Bin ich das?«

»Ja«, sagte er ganz sachlich, so als wäre das völlig offensichtlich. Und dann zog er die Hände weg und trabte zum Sofa zurück, um weiterzuspielen, während Elizabeth vollkommen reglos dasaß und dachte: *perfekt?*

Wie konnte der Junge sie für perfekt halten, wenn sie selbst ihr Muttersein als eine konstante Katastrophe erlebte, eine endlose Niederlage, wenn sie ihren eigenen Erziehungsansprüchen nie gerecht wurde, nicht an einem einzigen Tag? *Was zum Teufel mache ich bloß falsch?*, war quasi ihr tägliches Mantra, und doch hielt Toby sie aus irgendeinem Grund für perfekt. Die große Frage war also: Warum war sie als Einzige anderer Meinung?

Und dann wurde es ihr klar. Es war offensichtlich. So wie es für die Wissenschaftler offensichtlich gewesen war, die den Marshmallow-Test revidiert hatten, indem sie sich dieselben Daten noch einmal ansahen, aber eine neue Erklärung fanden.

Sie stand noch immer auf diesem Tennisplatz.

Auf eine gewisse grundlegende Art war sie vielleicht noch immer dort draußen, zwang sich zum Verlieren, unterwanderte sich selbst, um der Eifersucht ihres Vaters zu entgehen, ihm die Demütigung zu ersparen, seiner Rache vorzubeugen. Vielleicht war es, als wäre ihr Verstand an jedem Tag ihres Erwachsenendaseins auf diesem Tennisplatz gewesen, wo der Ball immer wieder aufprallte, sie das Spiel immer wieder auf der höchsten Schwierigkeitsstufe spielte.

Im Geiste stellte sie alle Belege dafür zusammen, all die Dinge, die sie unternommen hatte, um sich das Leben schwer zu machen: wie sie das Familienvermögen, wie sie ihr eigenes Erbe ausgeschlagen hatte und mittellos und allein nach Chicago gekommen war. Wie sie an der DePaul fünf Hauptfächer gewählt und sich so verzettelt hatte, dass sie in keinem davon einen ausgezeichneten Abschluss schaffte. Wie sie zur Expertin auf ihrem Gebiet geworden war, aber auf eine Weise, dass sie nie dazu publizieren konnte, nie die entsprechende Anerkennung bekam. Es war, als wäre ihr Vater trotz ihrer Trennung und der Distanz zwischen ihnen noch immer da, als blickte er ihr über die Schulter, ständig präsent als das unsichtbare Publikum, für das Elizabeth ihr Leben aufführte. Es war, als wollte sie sich jeden Augenblick an ihn wenden und zu ihm sagen können: *Siehst du? Ich scheitere immer noch! Du kannst mich also in Ruhe lassen!*

Und dann, wie sie sich als Mutter, mit Toby, in all die neusten Forschungsergebnisse gestürzt, wie sie jede relevante wissenschaftliche Zeitschrift gelesen hatte. Damals hatte sie gesagt, sie wolle ihre Erziehung an den besten Praktiken ausrichten, aber vielleicht setzte sie sich in Wahrheit so unerreichbare Standards, dass sie garantiert daran scheitern musste. Sie war nie mit sich zufrieden, musste immer noch ein klein wenig besser werden, sich endlos immer und immer weiter verbessern, und ihr fiel ein, dass ihre eigene Mutter in Bezug auf ihre Sammlungen ein ähnliches Verhalten an den Tag gelegt hatte, dass sie nie ganz zufrieden gewesen war: *leben wie ein Schalentier,* so hatte Elizabeth es seinerzeit mit einem Sokrates-Zitat beschrieben. Leben wie eine Kreatur, die immer nur in sich hineinschlingen, aber nichts wertschätzen kann.

Toby liebte sie. Und das wusste sie zu schätzen. Jack liebte sie.

Jack, ihr liebenswürdiger Mann, ein hoffnungsloser Romantiker, der ohne irgendeinen Zweifel daran glaubte, dass sie füreinander bestimmt waren, dass er ihrer Seele auf deren nächtlichen Reisen begegnet war. Es war, als hätte Elizabeth sich bewusst für jemanden entschieden, der sie so ungemein liebte, sie so ungeheuer idealisierte, dass sie dem nie gerecht werden könnte. Sie war der Unzufriedenheit ihres Vaters entgangen, nur um sie in ihrer eigenen Ehe nachzubilden.

Wie elegant sie das hinbekommen hatte. Wie vollkommen, wie blödsinnig, wie fürchterlich elegant.

Sie dachte daran, wie sie damals während der Junior Highschool mal am Morgen in der Küche gesessen und ein Buch gelesen hatte, und ihre Eltern waren da gewesen, ihr Vater würde bald zur Arbeit fahren, und er hatte gerade das Frühstück zubereitet, dieses widerwärtige grüne Smoothiezeug, ein Gebräu aus Spinat, Kiwi, Erdbeere, Banane, Magermilch und NutraSweet. Es war noch im Mixer, schaumig, frisch püriert, leuchtend grün, und ihr Vater schilderte müßig seinen Tagesablauf – »Ein paar Befragungen, eidesstattliche Aussagen et cetera« –, nur dass er das *et cetera* wie *eck cetera* aussprach, mit einem harten *k*-Laut, und Elizabeth wusste, dass das nicht richtig war, und es störte sie jedes Mal, wenn sie es ihn sagen hörte.

»Übrigens«, sagte sie an jenem Morgen, »es heißt *eT cetera*. Mit *t*.«

Und dann widmete sie sich ihrem Buch und schaffte vielleicht zwei Sätze, ehe der ganze Glasbehälter des Mixers vor ihr auf die Arbeitsplatte krachte und leuchtend grüner Smoothiesaft überall auf ihre Kleidung, das Buch und die Büchertasche spritzte, und sie saß wie benommen in der stillen Küche, während ihr Vater seine Krawatte festzog und sagte: »Oh, sieht aus, als hättest du dir dein Frühstück auf Hose, Schuhe *eT cetera* geschüttet«, und dann aus der Tür stürmte.

Danach hatte sie ihn nicht mehr korrigiert.

Und jetzt fragte sie sich, wie oft sie Jack etwas verschwiegen hatte, irgendwas Schwieriges, wie oft sie etwas nicht ausgesprochen hatte, weil sie diese eine wichtige Lektion verinnerlicht hatte: dass Männer schwach sind. Dass sie nicht mit ihr zurechtkamen. Wie vielen Konflikten war sie aus dem Weg gegangen, wie oft hatte sie ihren Groll unterdrückt? Wie oft hatte sie sich irgendwie um den Sex herumgedrückt, statt einfach zu sagen, was los war? Wie wenig von sich selbst hatte sie mit denen geteilt, die sie am meisten liebten? Es weckte die Befürchtung in ihr, dass sie noch immer vorgab, dieser Fels zu sein: flach, unbeweglich, unzerbrechlich, unzugänglich. Vielleicht war etwas in ihr kaputt. Vielleicht fühlte sie nicht, was sie hätte fühlen sollen. Vielleicht begriff sie Liebe nicht als Gefühl, sondern als theoretisches Konstrukt, so als hätte sie ein psychologisches, neurobiologisches, vielleicht sogar algorithmisches Verständnis von Liebe, das nur eine gründlich recherchierte Simulation dessen war, was echte Menschen als echte Liebe empfanden. Vielleicht bestand ihr Problem mit

Jack und Toby darin, dass sie eigentlich immer schon lieblos, steinern, zurückgezogen gewesen war.

Sie stellte sich vor, wie Jack ganz allein im Dunkeln in *The Shipworks* saß. Sie dachte daran zurück, wie sie ihn zum Besuch des Clubs überredet hatte. Sie hatte gesagt, dass sie einen neuen Nervenkitzel in ihrem Leben brauche, dass all die großen, bedeutenden Fragen beantwortet seien, dass sie schon alles kenne – sich *selbst* kenne – und einen Schuss Mysterium brauche.

Wie dumm, dachte sie jetzt, was für ein Witz. Nein, sie kannte sich nicht. Nicht mal ansatzweise. Und vielleicht war das die Erklärung für diese Ernüchterung der mittleren Jahre, die sie in letzter Zeit verspürte, am Boden der u-förmigen Kurve: vielleicht dauerte es einfach so lange, all die verschiedenen Arten zu entdecken, auf die man sich selbst belog.

Sie stand auf, griff nach ihrer Handtasche, bat ihre Mitarbeiter, ein, zwei Stunden lang auf Toby aufzupassen. Auf dem Weg nach draußen machte sie am Sofa halt, wo er Minecraft spielte.

»Hey, Toby? Ich bin mal kurz unterwegs.«

»Okay«, sagte er, die Augen starr auf den Bildschirm gerichtet.

»Kommst du klar?«

»Okay.«

Sie betrachtete ihn kurz, wie er mit leerem Blick, ohne zu blinzeln, auf den Bildschirm starrte – in diesem Zustand war es so schwierig, seine Aufmerksamkeit zu bekommen. »Mach's gut«, sagte sie, ohne eine sichtbare Reaktion zu erzielen. Dann: »Vergiss nicht zu abonnieren.«

Das funktionierte. Er sah jetzt strahlend zu ihr auf. »Vergiss nicht zu abonnieren!«

»Ich bin nicht lange weg«, sagte sie und warf ihm einen Kuss zu.

»Hey, Mom?«, sagte er, als sie gerade zur Tür hinausging. »Was ist besser, Diamanten oder Netherit?«

»Das weiß ich«, sagte sie. »Netherit ist besser.«
»Richtig!«
»Es ist widerstandsfähiger. Und es brennt nicht.«
»Es schwimmt sogar auf Lava«, sagte er.
Sie lächelte ihn an, ihren dünnen, kleinen wundersamen Jungen. Sie winkte ihm zu. Sie trat in die Nacht hinaus, ging die Straße entlang zu ihrem Auto und dachte, dass das Videospiel vielleicht recht hatte. Ja, Diamanten waren das Härteste, was es gab, aber manchmal waren die ausgedachten Dinge noch härter.

Sie öffnete gerade die Autotür, als sie von hinten eine Stimme hörte: »Hey, Elizabeth?«

Und sie drehte sich um und sah Benjamin Quince aus dem Dunkel treten, der sie mit einer uncharakteristisch besorgten und reumütigen Miene ansah.

»Hi, Ben«, sagte sie. »Was machst du denn hier?«
»Ich hoffe, ich habe dich nicht erschreckt, so wie ich mich hier im Dunkeln verstecke.«
»Ja, wieso versteckst du dich im Dunkeln?«
»Ich habe schlechte Nachrichten.«
»Okay.«
»Nachrichten, die ich nur persönlich überbringen konnte.«
»Verstehe.«
»Elizabeth, ich fürchte, die Investoren sind abgesprungen.«
»O nein.«
»Ja, die Investoren, die Geldgeber, allesamt. Jeder einzelne. Ich fürchte, wir haben nicht mehr die Mittel, um *The Shipworks* fertigzustellen. Es tut mir so leid.«
»Warum sind sie denn ausgestiegen?«
»Die ganzen Kontroversen in letzter Zeit, die Aufmerksamkeit im Netz, die negative Berichterstattung, die Gerichtsprozesse. Wie schon gesagt, unsere Investoren bleiben lieber anonym, und die Lage ist ihnen inzwischen ›zu heiß‹, und das ist der genaue Wortlaut. Zu heiß. Genau so haben sie es gesagt.«

»Also geben sie das Projekt einfach auf. Und das dürfen die?«

»Sie scheinen sich nicht von Gesetzen, Ethik oder auch nur bloßem Anstand bremsen zu lassen. Weißt du, wie einfach es ist, in Amerika eine Strohfirma zu gründen?«

»Nein.«

»Man sollte meinen, es gäbe da irgendwelche Auflagen, aber, haha, nichts dergleichen!«

»Ben, ist alles in Ordnung?«

»Der größte Weltmarkt für illegale Geldwäsche ist offenbar das amerikanische Immobilienwesen! Manchmal weiß man nicht, mit wem man es zu tun hat, bis es einen Tick zu spät ist.«

»Wie geht es also weiter? Das Gebäude ist nicht bewohnbar, und wir haben schon gezahlt.«

»Im Prinzip haben wir zwei Optionen. Die erste wäre zu klagen. In dem Fall bekommt ihr euer Geld vielleicht in fünf bis zehn Jahren zurück, abzüglich der Anwaltskosten natürlich.«

»Das kommt nicht infrage. Das können wir uns nicht leisten.«

»Ja, und diese bestimmten Investoren zu verklagen wäre ein Albtraum, wahrscheinlich wäre Interpol involviert, ganz zu schweigen davon, dass es zu Drohungen und Einschüchterung gegen deine Person kommen würde, wahrscheinlich in Gestalt eines großen toten Tiers, das irgendwann in deinem Bett auftaucht. Oder irgendwas Groteskes in der Art.«

»Mein Gott, Ben.«

»Außerdem fordern die Investoren selbst ihr Geld zurück. Unverzüglich. Also sofort. Und mit denen ist nicht gut Kirschen essen. Daher die zweite Option. Die zweite Option ist der Grund dafür, dass ich mich hier in dunklen Ecken herumdrücke.«

»Okay.«

»Sie ist der Grund dafür, dass ich dich nicht angerufen

oder dir geschrieben habe. Ich durfte keine Spuren hinterlassen!«

»Ben, wovon redest du?«

»Ich wollte euch euer Erspartes zurückholen. Ihr müsst mir bitte glauben, dass ich genau das gerade tue.«

»Was ist die zweite Option, Ben?«

»Stell es dir wie eine Entgiftung vor, okay? Manchmal hat man einfach zu viele Giftstoffe im Körper, oder? Und dann muss man zu drastischen Mitteln greifen. Manchmal muss man eben so lange Selleriewasser trinken, bis der ganze Dreck rausgespült ist. Das mache ich mit *The Shipworks*, wenn man so will. Eine Entgiftung.«

»Ben, was genau hast du vor?«

»Ich fackle das Gebäude ab.«

»Du machst *was*?«

»Um die Versicherung einzustreichen. Das ist der einzige Weg, das investierte Geld schnell zurückzubekommen. Natürlich hast du das nicht von mir gehört. Und ich werde bestreiten, dass dieses Gespräch je stattgefunden hat, okay?«

»Ben!«

»Zum Glück geben uns die jüngsten Proteste Deckung. Wir können es den Aktivisten in die Schuhe schieben.«

»Der Plan gefällt mir nicht, Ben.«

»So was kommt öfter vor, als du vielleicht glaubst. Die Versicherungsgesellschaften preisen es inzwischen mit ein.«

»Der Plan gefällt mir ganz und gar nicht, Ben.«

»Tja, es tut mir leid, Elizabeth, aber es gibt kein Zurück mehr.«

»Was meinst du damit?«

»Das Gebäude brennt schon. In diesem Moment. Ich wollte dir nur Bescheid sagen.«

»Es brennt schon?«

»Ja.«

»Aber Jack ist da drin!«

»Nein, nein, ich habe ihm absolut klargemacht, dass er es

nicht betreten darf. Außerdem habe ich nachgeschaut. Nirgends Licht an, kein Pieps zu hören.«

»O mein Gott.«

Bis Park Shore waren es dreißig Minuten mit dem Auto, aber Elizabeth schaffte es ungefähr in der Hälfte. Selbst einige Häuserblocks entfernt konnte sie es schon sehen, ein oranger Schimmer am Himmel, strahlender und unheilvoller als das normale diffuse Hintergrundleuchten der Stadt. Sie sah eine Rauchfahne bei den Blinklichtern der Rettungswagen, eine schmale Säule, von blitzendem Rot und Blau erhellt. Sie roch das verbrannte Holz in der Luft. Eine Menschenmenge hatte sich um *The Shipworks* geschart, alle starrten stumm auf das Gebäude, zum Dach und dem Penthouse, das in Flammen stand, eine riesenhafte Kerze in der Nacht. Elizabeth sprang aus dem Auto und rannte auf das Feuer zu – selbst einen Block entfernt spürte sie die Hitze auf dem Gesicht, und sie blieb an der Mündung einer Gasse stehen, die die Ersthelfer abgesperrt hatten. Feuerwehrleute verbanden langsam Schläuche miteinander, plauderten freundlich, trödelten. Niemand schien sonderlich in Eile zu sein, und Elizabeth wollte gerade anfangen, sie anzuschreien, jemand sei dort oben, gefangen in einer der mittleren Etagen, sie wollte gerade verlangen, dass die Rettungskräfte losrannten, dass Leitern aufgestellt wurden, als sie in die Gasse schaute und ihn am anderen Ende sah, Jack, der an der Rückwand des Gebäudes emporstarrte. Da war er, ihr sanfter, geduldiger, idiotischer Ehemann, stand da, die Hände in den Taschen, und sah zu, wie ihre Traumwohnung abbrannte.

Die Erleichterung, die sie verspürte, der Schrecken, der dahinschmolz, als sie durchatmete, zum ersten Mal seit Langem, wie es ihr schien – das waren nicht die faden Empfindungen eines großen grauen Felsens. Ihr Gesicht war nass – von Tränen, von Schweiß oder beidem. Sie winkte Jack zu, aber er sah sie nicht. Er betrachtete das Feuer, sah zu, wie die Seile des Gerüsts erschlafften, schmolzen und rissen; Metall krachte, als das große Gestell niederfiel. Und die schöne Schiffsbugfassade, erst kürzlich im 3-D-Druckverfahren aus komplexen Polymeren hergestellt, lag abgetrennt und zerschmettert auf dem Gehweg. Jack betrachtete all das, während Elizabeth ihn betrachtete.

Waren sie füreinander bestimmt? War er überhaupt der Richtige für sie? Sie wusste es nicht. Sie wusste gerade gar nichts mit Bestimmtheit. Sie konnte sich nicht sicher sein, dass sie Jack je auf so gewaltige, so bedingungslose Weise liebte, wie er es brauchte. Sie wusste, dass es einen fantastischen und erhabenen Ort gab, an dem seine Liebe wartete, und sie war sich nie sicher, ob sie dort zu ihm stoßen konnte, ob ihr Herz dazu in der Lage war. Aber sie wusste, dass sie ihn in diesem Moment liebte. Und wahrscheinlich würde sie ihn auch morgen lieben. Und vielleicht genügte das. Vielleicht musste sie gar nichts mit Bestimmtheit wissen. Vielleicht war das menschliche Herz einfach ein solches Wirrwarr, und jede Art von romantischer Liebe war zutiefst prekär, und die Zukunft blieb offen, und das war in Ordnung so. Vielleicht hieß wahre Liebe eben, das sich entfaltende Chaos zu umarmen. Und vielleicht waren die einzigen Geschichten mit einem klaren und eindeutigen Ausgang Lügen, Märchen und Verschwörungen. Vielleicht war es, wie Dr. Sanborne sagte: Gewissheit war nur die Geschichte, die der Verstand erdachte, um sich gegen den Schmerz des Lebens zu verteidigen. Was quasi per Definition bedeutete, dass Gewissheit ein Weg war, dem Leben auszuweichen. Man konnte sich für die Gewissheit entscheiden, oder man konnte sich entscheiden, lebendig zu sein.

Und sie war sich nur einer Sache gewiss: dass zwischen uns und der Welt eine Million Geschichten liegen, und wenn wir nicht wissen, welche von ihnen wahr sind, dann können wir ebenso gut die ausprobieren, die human, freigiebig, schön und liebevoll sind.

War Jack ihr Seelenverwandter?

Klar, dachte sie. Wieso nicht?

Endlich sah er sie. Sie winkte ihm zu, und er winkte zurück, so wie er ihr am Abend ihrer ersten Begegnung zugewinkt hatte, als er in einer finsteren Kneipe auf sie zugerauscht war und sie gefragt hatte: »Kommst du?« Sie lächelte ihn an, und ihre Gesichter waren vom Feuer hell erleuchtet, und als sie einander anstarrten, getrennt durch die Länge der Gasse, fragten sie beide das Gleiche – auch wenn sie es nicht wussten –, genau das Gleiche, genau zur selben Zeit: *Wärst du jemals imstande, jemand so Kaputten, so Erbärmlichen wie mich zu lieben?*

An einem bestimmten Winterabend – klamm und trüb, der Himmel spuckt einen dünnen, balsamischen Nebel aus, ein diesiger, violetter Abend, gut geeignet für Geistergeschichten oder Philosophie – gehen sie spazieren, untergehakt, die Hände in den Taschen vergraben, und starren an den Fassaden von Mietshäusern empor, nehmen die typischen urbanen Tatsachen hinsichtlich brutaler grauer Betonmauern zur Kenntnis: »Steril, kalt, finster«, sagt Jack. »Was mich stört«, sagt Elizabeth, »ist, dass sie so bestimmt aussehen.« Sie sind auf dem Heimweg. Es ist spät. Sie sagt: »Eine Betonmauer hat nichts Zweideutiges an sich.« Er stimmt ihr zu. Sie schlurfen durch den schmelzenden leberbraunen Schnee, lauschen dem Knirschen von Salz und Sand auf dem Gehweg. Und dann sehen sie Licht in einem Fenster und Bewegungen – zwei Schatten, die sich auf einem leuchtend gelben Vorhang abzeichnen. »Guck mal«, sagt er. »Die da oben. Tanzen die?« Ja, sie tanzen wirklich, und er sieht zu, wie sie umherhuschen, diese menschlichen Körper, wie Puppen an Schnüren – sie zucken, sie stoßen mit dem Hintern aneinander. Sie bleibt ebenfalls stehen und betrachtet die flackernden Schatten. »Die Stimmung muss fröhlich und warm sein dadrin«, sagt sie. Es bringt ihn zum Nachdenken, über das Leben der Menschen, das geheime Leben, das hinter dem öffentlichen verborgen ist.

Was machen echte Paare eigentlich zusammen?, fragt er sich. Was fangen echte Paare mit der ganzen Zeit an?

Jack und Elizabeth wissen es nicht. Sie sind zwanzig Jahre alt. Es ist das erste Mal, dass sie *wirklich* mit jemandem zusammen sind.

Aber er hat eine Theorie: »Echte Paare«, sagt er, »schauen sich tief in die Augen und halten sich stundenlang im Arm und schreiben epische Liebesgedichte über Engelsflügel und rosenrote Lippen. Echte Paare«, sagt er, »sind körperlich und seelisch unzertrennlich.«

»Das ist doch abgeschmackt«, sagt sie.

Aber er bleibt dabei. Menschen, die einander wirklich lieben, kennen einander bis tief in die Seele, weil ihre Seelen einander schon begegnet sind.

»Nachts«, sagt er, »wenn wir schlafen, steigen unsere Seelen aus unseren Körpern und gehen auf Erkundungstour.«

»Ach, komm schon.«

»Das stimmt! Sie nehmen die Gestalt von Tieren an – von einer Maus, von einem Vogel –, und sie stromern in die Nacht hinaus. Und manchmal begegnen sie sich. Und wenn man dann im echten Leben seine wahre Liebe trifft, weiß man es sofort, weil man sie schon kennt.«

»Du bist ein hoffnungsloser Fall.«

»Und du kannst mir nicht das Gegenteil beweisen.«

»Du bist ein totaler Quatschkopf.«

»Wie sieht denn deine Theorie aus?«

Ihre ist düsterer. Sie spricht von Liebenden, die ihre Liebe unter Geschwätz begraben – freudlose Plattitüden, unangenehme Stille, lähmende, stumpfe Langeweile und so weiter.

»Kann sein«, sagt er. »Vielleicht werden wir es nie erfahren.«

»Es spielt sich alles hinter zugezogenen Vorhängen ab.«

»So sieht's aus.«

Also gehen sie zu ihrer kleinen Einzimmerwohnung, und sie küsst ihn – auf die Handfläche, knapp unter dem Knöchel, auf die Stelle, die sie sein *Meer der Stille* nennt, ihre liebste Stelle, die weichsten fünf Quadratzentimeter auf der Welt. Sie decken den Tisch mit den guten Tellern, den blauen, Jim und Julianne heißen sie, die Teller. Er sagt: »Wir sind wieder da! Freut ihr euch, uns zu sehen?«, und die Teller klappern und klatschen. Er sagt: »Wie wär's heute mal mit Makkaroni?«, und die Teller sind außer sich vor Begeisterung. Ihnen ist nur vage bewusst, dass sie in Wahrheit Teller sind.

Sie sagt: »Das heutige Motto lautet Selbstporträts mit albernem Essen.« Also essen sie, ziehen die Vorhänge zu und klatschen Ölfarbe auf verschmierte Leinwände – *Stillleben mit Boyfriend und Nudel, Stillleben mit Eierschale und Mädchen*. Er sagt: »Wir hängen im Realismus fest. Wir sollten unseren Glauben an abstraktere Dinge stärken«, und sie sagt: »Bring es mir bei.«

Später liegen sie nebeneinander, still und zusammengerollt, in Cleveland, denn so haben sie ihr Sofa genannt. Alles in ihrer Wohnung ist auf diese Weise benannt worden – die Möbel und die Schränke, die Gläser und das Besteck, all diese geheimen Wahrzeichen, die Umrisse ihres Lebens sind neu kartiert und getauft worden. Er lehnt sich an sie und sagt: »Hallöchen«, was so viel heißt wie: Ja, in diesem Augenblick sind wir die besten Menschen auf dem Planeten. Sie tippt auf seine Brust, ein Morsesignal, das das Gegenteil von SOS ist. Wenn sie sich streckt und stöhnt und das Gesicht verzieht, bedeutet das, dass Liebe nicht allein aus Rückenmassagen besteht, aber *Rückenmassagen beinhalten muss*, so wie eine Hochzeitstorte mehr als nur etwas zu essen ist, aber auch essbar sein muss.

Dann antwortet er mit seiner Grizzly-Bergmensch-Stimme. Oder seiner Zu-viel-Zucker-Stimme. Oder seiner Bionischer-Robotertyp-Stimme. Und sie nennt ihn »Halb Mensch, halb fantastisch«. Das ist einer seiner vielen Spitznamen. Andere sind Taubenbeere, Pfirsichbutter, Prinz von Wales, Schnucki van der Waals, Mr. Weichstiefel und die Namen ihrer vier liebsten schneeweißen Mineralien: Pandermit, Carnallit, Aphrodite und Perle. Sie verbinden ihre Nachnamen und zollen der Kraft des Bindestrichs Bewunderung, und dann fügen sie ihren Namen noch weitere Namen hinzu, erweitern sie um Dinge wie »Madame« und »Esquire« und sonderbare Wendungen wie »Ihre Königliche Exzellenz« und »Schatzkanzler«, bis ihre Namen ein ganzes Notizbuch füllen. »Wir haben es geschafft«, sagt sie. »Jetzt kommt der Reingewinn.«

In diesem Moment ertönt oben ein krachendes Geräusch – wie ein umgestürztes Bücherregal, eine fallen gelassene Bowlingkugel –, und sie springen auf und schreien genau gleichzeitig: »Himmel hilf!« Sie beäugen einander argwöhnisch und fragen sich: *Habe ich das von dir, oder hast du es von mir?* Sie wissen es nicht. Die Worte scheinen von keinem von ihnen und zugleich von ihnen beiden zu stammen.

»Es ist, als wärst du in meinem Kopf«, sagt sie. »Wie kann das sein?«

»Habe ich dir doch gesagt«, sagt er. »Unsere Seelen sind sich begegnet.«

Sie schließt die Augen. »Dann sag mir, was ich denke.«

Sie dreht ihm den Rücken zu, was in diesem Moment bedeutet, dass er von hinten die Arme um sie legen soll, ganz um sie, sie eng umschließen, dann die Lippen an ihr Ohr legen, dann an ihrem Haar riechen, dann lange Küsse auf ihr Schlüsselbein setzen und langsam daran hinunterwandern, bis sich die Haut hellrosa verfärbt, ihr dann ohne Hast das T-Shirt ausziehen, sie dann umdrehen, ihr dann sehnsüchtig, dann innig und dann wild in die Augen schauen, *in genau dieser Reihenfolge*, und als er es tut, entfaltet sich ihr Körper zu einem träumerischen *Ja*.

In jener Nacht, im Bett, unter einem Haufen Stepp- und Woll- und Daunendecken, beschuldigen sie sich gegenseitig, dem anderen in der vergangenen Nacht die Decken geklaut zu haben.

Sie sagt: »Gestern habe ich dich mehr geliebt, aber ich glaube, heute liebst du mich mehr.«

Sie schlägt ihn mit einem Kissen.

Er denkt über den Spaziergang nach, über die tanzenden Schatten auf dem gelben Vorhang, und er fragt sie noch mal: »Was machen Paare im Verborgenen?«

Sie sagt: »Sie geben ihrem Geschirr Namen. Ist doch klar.«

Als sie eingeschlafen ist, regt sie sich, dreht sich auf die Seite und gähnt ausgiebig, und eine kleine weiße Maus kriecht aus ihrem Mund. Die Maus ist ein zierliches kleines Ding, zart und weich, mit flaumigem Fell in der Farbe von Milch. Sie streift umher, reckt die Nase in die Luft und macht einige vorsichtige Schritte auf die Tür zu. Er nimmt sie mit der Hand auf – sie ist so leicht! Wie ein Klecks Schlagsahne. Er trägt sie nach draußen – langsam, behutsam, so als hielte er ein dünnes, intaktes Eigelb. Er flüstert ihr bewundernde Dinge ins Ohr und hält sie hoch, und die Maus starrt in den Sternenhimmel. Dann zeigt er der Maus, wie man spielt; er gräbt seine Handknöchel in die Erde, und die Maus fängt an, ausgelassen herumzuspringen. Sie wühlt sich in die weiche, bröckelnde, fettige Erde hinein und verschwindet.

Nach einiger Zeit ruft er die Maus, und das Wesen hört seine Stimme und erkennt sie und folgt ihr. Die Maus kehrt zurück und findet ihren erwachenden Körper vor, kriecht wieder in ihren Mund, als sie gähnt, und sie blinzelt und öffnet die Augen und sieht ihn an. Er fragt: »Hast du gerade geträumt?« Und sie sagt Ja, das habe sie. Also erzählt er ihr von der Maus, wie er sie zu den Sternen emporgehoben habe, und sie sagt: »Im Traum bin ich durchs Weltall geflogen.« Wie die Maus im Boden gewühlt habe, und sie sagt: »Im Traum habe ich mich zum Mittelpunkt der Erde durchgegraben.« Wie er die Maus gerufen habe, und sie sagt: »Im Traum bin ich deiner Stimme im Dunkeln gefolgt.«

Sie lacht und sagt: »Glaubst du mir?«

Das, denkt er, machen Liebende hinter zugezogenen Vorhängen – sie sind Alchemisten und Architekten; Pioniere und Fabulierer; sie machen das eine zum anderen; sie erfinden die

Welt um sich herum. Also sagt er: »Ja, ich glaube dir«, und sie lächelt. Sie streckt sich. Sie berührt sein Gesicht und macht es prachtvoll.

#DANKBARKEIT

Danke, Reagan Arthur, für dein Vertrauen in dieses Buch und die sichere Hand, mit der du es in die Welt gebracht hast. Danke, Gabrielle Brooks, Isabel Yao Meyers, Emily Murphy, Edward Allen, Zachary Lutz, John Vorhees, Oliver Munday und an das ganze unglaubliche Team bei Knopf.

Danke, Emily Forland, dass du nicht nur eine wunderbare Fürsprecherin, sondern auch eine echte kreative Partnerin und Freundin bist. Danke, Marianne Merola, Henry Thayer, Gail Hochman, John Spano und an meine übrige Familie bei Brandt & Hochman.

Danke an die generösen Leser, die sich frühere Entwürfe angesehen und mir Ratschläge von unschätzbarem Wert gegeben haben: Peter Geye, Mark Abrams, Patrick Thomas und Jessica Flint.

Danke an meine Lektoren, Agenten, Verleger und Übersetzer im Ausland für Ihre inspirierende Begeisterung und die harte Arbeit, mit der Sie dieses Buch zu Lesern auf der ganzen Welt bringen.

Danke, Tim Connell – deine Unterstützung und Freundschaft bedeuten mir unheimlich viel.

Danke, Michelle Weiner, für deine unablässige Begeisterung und Ermunterung.

Danke, Javier Ramirez, für die anschauliche Führung durch das Wicker Park der 1990er.

Danke an die Den Creek Ranch in den Flint Hills für die Gastfreundschaft.

Danke an meine Eltern, die viel bessere Eltern waren als die in meinen Büchern – danke, und ich liebe euch.

Danke an meine Frau Jenni Groyon, die wusste, dass die Leser dieses Buches wahrscheinlich glauben würden, dass ich darin unsere Ehe beschreibe – und die mich trotzdem dazu ermutigt hat. Danke. Deine Liebe ist das Geschenk meines Lebens.

Und schließlich Danke an all die Eltern, die mich so viel über das Elternsein gelehrt haben – die Höhen wie die Tiefen –, die ihre Geschichten, ihr Herz und manchmal sogar ihr Zuhause mit mir geteilt haben. Danke, Jen und JT, Anne Marie und Patrick, Aaron und Jessica (ein besonderes Dankeschön an Jess für die Inspiration zu »Die Lösung«), Mark und Marlena, Chris und Shawna, Kelley und Sam, Erica und Matt, Anne und Chris, Eric und Melissa sowie Michael und Valerie.

Vor allem Valerie ... danke. Wir vermissen dich alle so sehr.

BIBLIOGRAFIE

Eine der großen Freuden beim Bücherschreiben ist es, dabei kuriose Dinge zu recherchieren und tief in jene Themen einzudringen, die mich verwundern, amüsieren oder verzaubern. Für dieses Buch bin ich tief eingetaucht. Es war ein täglicher Prozess des Entdeckens und Staunens, und ich würde gern ein allgemeines *Dankeschön* an all die Psychologen, Soziologen, Neurologen, Evolutionsbiologen, Wirtschaftswissenschaftler, Sexualforscher, Therapeuten, Philosophen, Ärzte, Datenwissenschaftler und auch sonst alle richten, die hart arbeiten, um unsere sonderbaren, widerspenstigen, wundersamen und chaotischen Gehirne zu verstehen.

Besonders viel habe ich den folgenden Büchern zu verdanken:

Zu medizinischem Placebo und der Wellness-Kultur:
Das Wellness-Syndrom: Die Glücksdoktrin und der perfekte Mensch von Carl Cederström and André Spicer; *The Mind Made Flesh* von Nicholas Humphrey (der für Otto Sanbornes Theorie hinsichtlich des Nutzens von Gewissheit bei der Heilung Pate stand); *Natural* von Alan Levinovitz; *Meaning, Medicine, and the ›Placebo Effect‹* von Daniel E. Moerman; *Placebo Talks,* herausgegeben von Amir Raz und Cory S. Harris; und *The Gospel of Wellness* von Rina Raphael.

Zu Ehe, Liebe, Sex und Elternschaft:
Arousal and Male Sexuality von Michael Bader; *Open to Desire* von Mark Epstein; *Marriage Confidential* von Pamela Haag; *Alles über Liebe* von Bell Hooks; *Intimate Terrorism* von Michael Vincent Miller; *Kann denn Liebe ewig sein?* von Stephen A. Mitchell (die Inspiration für Kyles Theorie, dass in der Ehe die Leiden der Kindheit nachvollzogen werden); *Was Liebe braucht – Das Geheimnis des Begehrens in festen Beziehungen* und *Was Liebe aushält – Untreue überdenken. Ein Buch für alle, die jemals geliebt haben* von Esther Perel; *Monogamie, aber drei sind ein Paar* von Adam Phillips; *Sex – die wahre Geschichte* von Christopher Ryan und Cacilda Jethä; *Overwhelmed* von Brigid Schulte; *Himmel und Hölle: Das Dilemma moderner Elternschaft* von Jennifer Senior; *Midlife-Crisis* von Kieran Setiya und *Why Have Kids?* von Jessica Valenti.

Zu sozialen Medien, Falschinformation, Algorithmen und Verschwörungstheorien:
The Formula von Luke Dormehl; *The Chaos Machine* von Max Fisher; *Zehn Gründe, warum du deine Social Media Accounts sofort löschen musst* von Jaron Lanier; *Nine Algorithms That Changed the Future* von John MacCormick; *Post-Truth* von Lee McIntyre; *The Misinformation Age* von Cailin O'Connor und James Owen Weatherall; *Likewar* von P. W. Singer und Emerson T. Brooking; und *Outnumbered* von David Sumpter.

Zu Gentrifizierung, Authentizität, Immobilien und Wicker Park:
Exile in Guyville von Gina Arnold; *Neo-Bohemia* von Richard Lloyd (, der Benjamin Quinces Theorie von urbanen Künstlern als Corporate Risk Manager inspiriert hat); *The Authenticity Hoax* von Andrew Potter; *Snob Zones* von Lisa Prevost; und *Naked City* von Sharon Zukin.

Zu den Flint Hills und der Prärie:
Plain Pictures von Joni L. Kinsey; *PrairyErth: A deep Map* von William Least Heat-Moon; und *Conducting Prescribed Fires* von John R. Wein.

Die Geschichte von der menschlichen Seele als Maus auf Wanderschaft stammt aus *Folktales of Norway,* herausgegeben von Reidar Thoralf Christiansen.

Otto Sanbornes Theorie der Liebe sowie sein Experiment »Liebe auf den ersten Blick erschaffen« waren inspiriert von »The Experimental Generation of Interpersonal Closeness: A Procedure and Some Preliminary Findings« von Arthur Aron, Edward Melinat, Elaine N. Aron, Robert Darrin Vallone und Renee J. Bator, veröffentlicht im *Personality and Social Psychology Bulletin,* Jahrgang 23, Heft 4 (1997) und später von Mandy Len Catron in ihrem Buch *Verliebe dich, in wen DU willst* beschrieben.

Es gibt mehrere Studien und wissenschaftliche Artikel, auf die ich mich in *Wellness* bezogen habe, ohne sie explizit zu zitieren. Diese sind:

Cargill, Kima: »The Myth of the Green Fairy: Distilling the Scientific Truth about Absinthe«, in: *Food Culture & Society* 11, no. 1 (März 2008), 87–99.
Cherkin, Daniel C., Karen J. Sherman, Andrew L. Avins, Janet H, Erro, Laura Ichikawa, William E. Barlow, Kristin Delaney, et al.: »A Randomized Trial Comparing Acupuncture, Simulated Acupuncture, and Usual Care for Chronic Low Back Pain«, in: *Archives of Internal Medicine* 169, no. 9 *(Mai 11,* 2009), 858–66.
Crum, Alia J., William R. Corbin, Kelly D. Brownell und Peter Salovey: »Mind over Milkshakes: Mindsets, Not

Just Nutrients, Determine Ghrelin Response«, in: *Health Psychology* 30, no. 4 (2011), 424–29.

Danaher, John, Sven Nyholm und Brain D. Earp: »The Quantified Relationship«, in: *American Journal of Bioethics* 18, no. 2 (Februar 2018), 3–19.

Dutton, Donald G. und Arthur P. Aron: »Some Evidence for Heightened Sexual Attraction under Conditions of High Anxiety«, in: *Journal of Personality and Social Psychology* 30, no. 4 (1974), 510–17.

Earp, Brian D., Anders Sandberg und Julian Savulescu: »The Medicalization of Love«, in: *Cambridge Quarterly of Healthcare Ethics* 24, no. 3 (Juli 2016), 323–36.

Garcia, Justin R., James MacKillop, Edward L. Aller, Ann M. Merriwether, David Sloan Wilson und J. Koji Lum: »Associations between Dopamine D4 Receptor Gene Variation with Both Infidelity and Sexual Promiscuity«, in: *PLoS One* 5, no. 11 (November 2010), e14162.

Holland, Rob W, Merel Hendriks und Henk Aarts: »Smells Like Clean Spirit: Nonconscious Effects of Scent on Cognition and Behavior«, in: *Psychological Science* 16, no. 9 (September 2005), 689–93.

Levy, Karen E.: »Intimate Surveillance«, in: *Idaho Law Review* 51 (2014), 679–93.

Matthews, Luke J. und Paul M. Butler: »Novelty-Seeking DRD4 Polymorphisms Are Associated with Human Migration Distance Out-of-Africa alter Controlling for Neutral Population Gene Structure«, in: *American Journal of Physical Anthropology* 145, no. 3 (Juli 2011), 382–9.

Savulescu, Julian und Anders Sandberg: »Neuroenhancement of Love and Marriage: The Chemicals between Us«, in: *Neuroethics* 1, no. 1 (März 2008), 31–44.

Schwandt, Hannes: »Unmet Aspirations as an Explanation for the Age U-Shape in Wellbeing«, in: *Journal of Economic Behavior er Organization* 122, Ausgabe C, 75–87.

Seshadri, K. G.: »The Neuroendocrinology of Love«, in: *Indian Journal of Endocrinology and Metabolism* 20, no. 4, 558–63. doi:10.4103/2230-8210.183479

Veissiere, Samuel und Leona Gibbs-Bravo: »Juicing: Language, Ritual, and Placebo Sociality in a Community of Extreme Eaters«, in: *Food Cults: How Fads, Dogma, and Doctrine Influence Diet,* herausgegeben von Kima Cargill, 63–86. Lanham, Md.: Rowman & Littlefield, 2016.

Watts, Tyler W, Greg J. Duncan und Haonan Quan: »Revisiting the Marsh-mallow Test: A Conceptual Replication Investigating Links between Early Delay of Gratification and Later Outcomes«, in: *Psychological Science* 29, no. 7 (Juli 2018), 1159–77.

Weiss, Alexander, James E. King, Miho Inoue-Murayama, Tetsuro Matsuzawa und Andrew J. Oswald: »Evidence for a Midlife Crisis in Great Apes Consistent with the U-Shape in Human Well-Being«, in: *Proceedings of the National Academy of Sciences 109,* no. 49 (4. Dezember, 2012), 19949–52.

Wudarczyk, Olga A., Brian D. Earp, Adam Guastella und Julian Savulescu: »Could Intranasal Oxytocin Be Used to Enhance Relationships? Research Imperatives, Clinical Policy, and Ethical Considerations«, in: *Current Opinion in Psychiatry* 26, no. 5 (September 2013), 474–84.

Folgende Studien wurden im Kapitel »Die Lösung« zitiert:

Ambady, Nalini, Margaret Shih, Amy Kim und Todd L. Pittinsky: »Stereotype Susceptibility in Children: Effects of Identity Activation on Quantitative Performance«, in: *Psychological Science* 12, no. 5 (September 2001), 385–90.

Barber, Theodore X.: »Hypnosis, Suggestions, and Psychosomatic Phenomena: A New Look from the Standpoint of

Recent Experimental Studies«, in: *American Journal of Clinical Hypnosis* 21, no. 1 (Juli 1978), 13–27.

Bergman, Nils J., Lucy L. Linley und Susan R. Fawcus: »Randomized Controlled Trial of Skin-to-Skin Contact from Birth versus Conventional Incubator for Physiological Stabilization in 1200- to 2199-Gram Newborns«, in: *Acta Pædiatrica* 93, no. 6 (Juni 2004), 779–85.

Birch, Leann L. und Diane W. Marlin: »I Don't Like It; I Never Tried It: Effects of Exposure on Two-Year-Old Children's Food Preferences«, in *Appetite* 3, no. 4 (Dezember 1982), 353–60.

Bluestone, Cheryl und Catherine S. Tamis-LeMonda: »Correlates of Parenting Styles in Predominantly Working- and Middle-Class African American Mothers«, in: *Journal of Marriage and Family* 61, no. 4 (November 1999), 881–93.

Bystrova, Ksenia: »Skin-to-Skin Contact and Suckling in Early Postpartum: Effects on Temperature, Breastfeeding and Mother-Infant Interaction«, Doktorarbeit, Karolinska Institutet (Sweden), 2008.

Carruth, Betty Ruth, Paula J. Ziegler, Anne Gordon und Susan I. Barr: »Prevalence of Picky Eaters Among Infants and Toddlers and Their Caregivers' Decisions about Offering a New Food«, in: *Journal of the American Dietetic Association* 104, supp. 1 (Januar 2004), 57–64.

Carruth, Betty Ruth, Paula J. Ziegler, Anne Gordon und Kristy Hendricks: »Developmental Milestones and Self-Feeding Behaviors in Infants and Toddlers«, in: *Journal of the American Dietetic Association* 104, supp. 1 (Januar 2004: 51–56).

Casey, Rosemary und Paul Rozin: »Changing Children's Food Preferences: Parent Opinions«, in: *Appetite* 12, no. 3 (Juni 1989), 171–82.

Cashdan, Elizabeth: »Adaptiveness of Food Learning and Food Aversions in Children«, in: *Social Science Information* 37, no. 4 (Dezember 1998), 613–32.

Chiang, Wen Chi und Karen Wynn: »Infants' Tracking of Objects and Collections«, in: *Cognition* 77, no. 3 (Dezember 15, 2000), 169–95.

Cornish, Alison M., Catherine A. McMahon, Judy A. Ungerer, Bryanne Barnett, Nicholas Kowalenko und Christopher Tennant: »Maternal Depression and the Experience of Parenting in the Second Postnatal Year«, in: *Journal of Reproductive and Infant Psychology* 24, no. 2 (2006), 121–32.

Crum, Alia J. und Ellen J. Langer: »Mind-Set Matters: Exercise and the Placebo Effect«, in: *Psychological Science* 18, no. 2 (Februar 2007), 165–71.

Cummings, E. Mark und Patrick T. Davies: »Maternal Depression and Child Development«, in: *Journal of Child Psychology and Psychiatry* 35, no. 1 (Januar 1994), 73–112.

De Chateau, Peter und Britt Wiberg: »Long-Term Effect on Mother-Infant Behaviour of Extra Contact During the First Hour Post Partum II: A Follow-up at Three Months«, in: *Acta Pfediatrica* 66, no. 2 (März 1997), 145–51.

Dishion, Thomas J. und Gerald R. Patterson: »The Timing and Severity of Antisocial Behavior: Three Hypotheses Within an Ecological Framework«, in: *Handbook of Antisocial Behavior*, herausgegeben von David M. Stoff, James Breiling und Jack D. Maser, 205–17. Hoboken, N. J.: John Wiley & Sons, 1997.

Dovey, Terence M., Paul A. Staples, E. Leigh Gibson und Jason C. G. Halford: »Food Neophobia and ›Picky/Fussy‹ Eating in Children: A Review«, in: *Appetite 50, nos.* 2–3 (März-Mai 2008), 181–93.

Dumas, Jean E. und Christine Wekerle: »Maternal Reports of Child Behavior Problems and Personal Distress as Predictors of Dysfunctional Parenting«, in: *Development and Psychopathology* 7, no. 3 (Juni 1995), 465–79.

Feldman, Ruth, Aron Weller, Lea Sirota und Arthur I. Eidelman: »Testing a Family Intervention Hypothesis: The Contribution of Mother-Infant Skin-to-Skin Contact (Kangaroo Care) to Family Interaction, Proximity, and Touch«, in: *Journal of Family Psychology 17,* no. 1 (März 2003), 94–107.

Flaten, M. A. und Terry Blumenthal: »Caffeine-Associated Stimuli Elicit Conditioned Responses: An Experimental Model of the Placebo Effect«, in: *Psycho-pharmacology* 145, no. 2 (Juli 1999), 105–12.

Galloway, Amy T., Yoonna Lee und Leann L. Birch: »Predictors and Consequences of Food Neophobia and Pickiness in Young Girls«, in: *Journal of the American Dietetic Association* 103, no. 6 (Juni 2003), 692–98.

Goodman, Sherryl H. und Jan H. Gotlib: »Risk for Psychopathology in the Children of Depressed Mothers: A Developmental Model for Understanding Mechanisms of Transmission«, in: *Psychological Review* 106, no. 3 (Juli 1999), 458–90.

Hamilton, Elizabeth B., Constance Hammen, Gayane Minasian und Maren Jones: »Communication Styles of Children of Mothers with Affective Disorders, Chronic Medical Illness, and Normal Controls: A Contextual Perspective«, in: *Journal of Abnormal Child Psychology* 21, no. 1 (Februar 1993), 51–63.

Harner, Lorraine: »Yesterday and Tomorrow: Development of Early Understanding of the Terms«, in: *Developmental Psychology* 11, no. 6 (November 1975), 864–65.

Harner, Lorraine: »Comprehension of Past and Future Reference Revisited«, in: *Journal of Experimental Child Psychology* 29, no. 1 (Februar 1980), 170–82.

Harner, Lorraine: »Immediacy and Certainty: Factors in Understanding Future Reference«, in: *Journal of Child Language* 9, no. 1 (Februar 1982), 115–124.

Herrenkohl, Roy C., Brenda P. Egolf und Ellen C. Herrenkohl: »Preschool Antecedents of Adolescent Assaultive

Behavior: A Longitudinal Study«, in: *American Journal of Orthopsychiatry* 67, no. 3 (Juli 1997), 422–32.

Hobden, Karen und Patricia Pliner: »Effects of a Model on Food Neophobia in Humans«, in: *Appetite* 25, no. 2 (Oktober 1995), 101–14.

Horodynski, Mildred A. und Manfred Stommel: »Nutrition Education Aimed at Toddlers: An Intervention Study«, in: *Pediatric Nursing* 31, no. 5 (September 2005), 364, 367–72.

Ingoldsby, Erin M., Gwynne O. Kohl, Robert J. McMahon und Liliana Lengua: »Conduct Problems, Depressive Symptomatology and Their Co-occurring Presentation in Childhood as Predictors of Adjustment in Early Adolescence«, in: *Journal of Abnormal Child Psychology* 34, no. 5 (Oktober 2006), 602–20.

Kelder, Steven H., Cheryl L. Perry, Knut-Inge Klepp und Leslie A. Lytle: »Longitudinal Tracking of Adolescent Smoking, Physical Activity, and Food Choice Behaviors«, in: *American Journal of Public Health* 84, no. 7 (August 1994), 1121–26.

Klimes-Dougan, Bonnie und Claire B. Kopp: »Children's Conflict Tactics with Mothers: A Longitudinal Investigation of the Toddler and Preschool Years«, in: *Merrill-Palmer Quarterly* 45, no. 2 (April 1999), 226–41.

Landray, Martin J. und Gregory H. Y. Lip: »White Coat Hypertension: A Recognised Syndrome with Uncertain Implications«, in: *Journal of Human Hypertension* 13, no. 1 (Januar 1999), 5–8.

Larson, Nicole I., Mary Story, Marla E. Eisenberg und Dianne Neumark-Sztainer: »Food Preparation and Purchasing Roles Among Adolescents: Associations with Sociodemographic Characteristics and Diet Quality«, in: *Journal of the American Dietetic Association* 106, no. 2 (Februar 2006), 211–18.

Laible, Deborah J. und Ross A. Thompson: »Mother-Child Conflict in the Toddler Years: Lessons in Emotion, Morality, and Relationships«, in: *Child Development* 73, no. 4 (Juli-August 2002), 1187–1203.

Lepper, Mark R. und David Greene (Herausgeber): *The Hidden Costs of Reward*. London: Psychology Press, 1978.

Lovejoy, M. Christine, Patricia A. Graczyk, Elizabeth O'Hare und George Neuman: »Maternal Depression and Parenting Behavior: A Meta-Analytic Review«, in: *Clinical Psychology Review* 20, no. 5 (August 2000), 561–92.

Lyons-Ruth, Karlen, David Zoll, David Connell und Henry U. Grunebaum: »The Depressed Mother and Her One-Year-Old Infant: Environment, Interaction, Attachment, and Infant Development«, in: *New Directions for Child and Adolescent Development* 1986, no. 34 (Winter 1986), 61–82.

McGrath, Jacqueline M., Kathie Records und Michael Rice: »Maternal Depression and Infant Temperament Characteristics«, in: *Infant Behavior and Development* 31, no. 1 (Januar 2008), 71–80.

Phillips, Raylene: »The Sacred Hour: Uninterrupted Skin-to-Skin Contact Immediately After Birth«, in: *Newborn and Infant Nursing Reviews* 13, no. 2 (Juni 2013), 67–72.

Pliner, Patricia und Karen Hobden: »Development of a Scale to Measure the Trait of Food Neophobia in Humans«, in: *Appetite* 19, no. 2 (Oktober 1992), 105–20.

Resnicow, Ken, Matt Smith, Tom Baranowski, Janice Baranowski, Roger Vaughan und Marsha Davis: »2-Year Tracking of Children's Fruit and Vegetable Intake«, in: *Journal of the American Dietetic Association* 98, no. 7 (Juli 1998), 785–89.

Rosenkranz, Richard R. und David A. Dzewaltowski: »Model of the Home Food Environment Pertaining to Childhood Obesity«, in: *Nutrition Reviews* 66, no. 3 (März 2008), 123–40.

Scaramella, Laura V. und Leslie D. Leve: »Clarifying Parent-Child Reciprocities During Early Childhood: The Early

Childhood Coercion Model«, in: *Clinical Child and Family Psychology Review* 7, no. 2 (Juni 2004), 89–107.

Schulz, Laura E., Alison Gopnik und Clark Glymour: »Preschool Children Learn about Causal Structure from Conditional Interventions«, in: *Developmental Science* 10, no. 3 (Mai 2007), 322–32.

Serra-Majem, Lluis, Lourdes Ribas, Carmen Pérez-Rodrigo, Reina Garcia-Closas, Luis Peña-Quintana und Javier Aranceta: »Determinants of Nutrient Intake Among Children and Adolescents: Results from the enKid Study«, in: *Annals of Nutrition and Metabolism* 46, supp. 1 (2022), 31–38

Singer, Martha R., Lynn L. Moore, Ellen J. Garrahie und R. Curtis Ellison: »The Tracking of Nutrient Intake in Young Children: The Framingham Children's Study«, in: *American Journal of Public Health* 85, no. 12 (Dezember 1995), 1673–77.

Skinner, Jean D., Betty Ruth Carruth, Wendy Bounds und Paula Ziegler: »Children's Food Preferences: A Longitudinal Analysis«, in: *Journal of the American Dietetic Association* 102, no. ii (November 2002), 1638–47.

Smith, Judith R. und Jeanne Brooks-Gunn: »Correlates and Consequences of Harsh Discipline for Young Children«, in: *Archives of Pediatrics & Adolescent Medicine* 151, no. 8 (August 1997), 777–86.

Sobal, Jeffrey und Brian Wansink: »Kitchenscapes, Tablescapes, Platescapes, and Foodscapes: Influences of Microscale Built Environments on Food Intake«, in: *Environment and Behavior* 39, no. 1 (Januar 2007), 124–42.

Solomon, C. Ruth und Francoise Serres: »Effects of Parental Verbal Aggression on Children's Self-Esteem and School Marks«, in: *Child Abuse & Neglect* 23, no. 4 (April 1999), 339–51.

Strassberg, Zvi, Kenneth A. Dodge, Gregory S. Pettit und John E. Bates: »Spanking in the Home and Children's

Subsequent Aggression toward Kindergarten Peers«, in: *Development and Psychopathology* 6, no. 3 (Sommer 1994), 445–61.

Sullivan, Susan A. und Leann L. Birch: »Infant Dietary Experience and Acceptance of Solid Foods«, in: *Pediatrics* 93, no. 2 (Februar 1994), 271–77.

Visalberghi, Elisabetta und Elsa Addessi: »Seeing Group Members Eating a Familiar Food Enhances the Acceptance of Novel Foods in Capuchin Monkeys«, in: *Animal Behaviour* 60, no. 1 (Juli 2000), 69–76.

Wardle, J., M. L. Herrera, L. Cooke und E. L. Gibson: »Modifying Children's Food Preferences: The Effects of Exposure and Reward on Acceptance of an Unfamiliar Vegetable«, in: *European Journal of Clinical Nutrition* 57, no. 2 (Februar 2003), 341–48.

Widström, A. M., V. Wahlberg, A. S. Matthiesen, P. Eneroth, K. Uvnäs-Moberg, S. Werner und J. Winberg: »Short-Term Effects of Early Suckling and Touch of the Nipple on Maternal Behaviour«, in: Early *Human Development* 21, no. 3 (März 1990), 153–63.

Bildnachweise:

Fotos auf den Seiten 7, 53, 181, 343, 433, 585, 641:
© Nathan Hill
Foto auf S. 139 © Nathan Hill, unter Verwendung von Natural Lipstick: Close Up of the Face of Young Woman with New Shiny Lipstick on Her Lips von Yakobchuk Olena/stock.adobe.com.
Foto auf S. 219: Three Essays: On Picturesque Beauty; on Picturesque Travel; and on Sketching Landscape: To Which Is Added a Poem, on Landscape Painting by William Gilpin, R. Blamire, 1794

»Es war wie immer. Ich könnte sie umbringen.«

Camilla Barnes
Keine Kleinigkeit
Roman

Aus dem Englischen von
Dirk van Gunsteren
Piper, 256 Seiten
ISBN 978-3-492-07316-5

Mit »Boswell«, ihrer alten Tiefkühltruhe, sind sie vor zwanzig Jahren nach Frankreich gezogen: Mirandas Vater, pensionierter Oxford-Professor, der keine Diskussion scheut. Und ihre Mutter, die jede Gelegenheit nutzt, über den Krieg zu sprechen, den sie selbst nie erlebt hat. Nach fünfzig Ehejahren haben sie die ein oder andere Eigenart entwickelt, und je länger Miranda die beiden beobachtet, desto drängender wird für sie die Frage, ob es nicht einen guten Grund für die Widerspenstigkeit ihrer Mutter gibt.

Leseproben, E-Books und mehr unter   www.piper.de

PIPER

Leseproben, E-Books und mehr unter www.piper.de

Ein Anruf der Anwaltskanzlei Rogers & Rogers verändert schlagartig das Leben von Samuel Anderson. Er, der als Kind von seiner Mutter verlassen wurde, soll nun für sie bürgen: Nach einem vermeintlichen Angriff auf einen republikanischen Präsidentschaftskandidaten verlangt man von ihm, die Integrität einer Frau zu bezeugen, die er seit mehr als zwanzig Jahren nicht gesehen hat. Samuel will nun endlich begreifen, was damals wirklich geschah – um sein eigenes Leben zurückzubekommen, muss er seine Mutter retten.

Coverabbildungen vorbehalten

Nathan Hill
Geister
Roman

Aus dem amerikanischen Englisch
von Werner Löcher-Lawrence
und Katrin Behringer
Piper Taschenbuch, 864 Seiten
ISBN 978-3-492-31198-4

»Das Debüt eines großartigen Erzählers.«
Deutschlandfunk